HEYNE ‹

Das Buch

Wenn es um Verbrechensaufklärung geht, kann niemand Zacharias Calm das Wasser reichen – denn Zacharias ist ein »Traveller«, der mit dem Bewusstsein anderer Menschen in Kontakt treten kann. Wie kein zweiter ist er in der Lage, in den Geist der Opfer einzudringen und die nötigen Informationen über das vorangegangene Verbrechen zu beschaffen. Als eines Tages ein Top-Informatiker der Samsung-Nippon-Gruppe entführt und einer Gehirnwäsche unterzogen wird, ist klar, dass nur Zacharias die wertvollen Informationen aus den verschütteten Erinnerungen des Opfers wiederbeschaffen kann. Zusammen mit der Psychologin Florence macht sich Zacharias auf die gefährliche Reise in die mentalen Welten des Opfers – nicht ahnend, dass er dort auf einen Gegner treffen wird, der nichts Geringeres im Sinn hat als die Zerstörung der Realität …

Der Autor

Andreas Brandhorst, 1956 im norddeutschen Sielhorst geboren, schrieb bereits in jungen Jahren Erzählungen für deutsche Verlage. Es folgten zahlreiche fantastische Romane, darunter mit dem *Kantaki*-Zyklus eine episch angelegte Zukunftssaga. Sein Mystery-Thriller *Äon* war ein riesiger Publikumserfolg. Andreas Brandhorst lebt als freier Autor und Übersetzer in Norditalien. Zuletzt sind bei Heyne die Romane *Die Stadt* und *Das Artefakt* erschienen.

ANDREAS BRANDHORST

SEELENFÄNGER

Roman

Originalausgabe

WILHELM HEYNE VERLAG
MÜNCHEN

Verlagsgruppe Random House FSC-DEU-0100
Das für dieses Buch verwendete
FSC®-zertifizierte Papier *Super Snowbright*
liefert Hellefoss AS, Hokksund, Norwegen.

Ich denke, also bin ich.

Worte sind schwer.
Manche von ihnen wiegen so viel wie eine ganze Welt.

Inhalt

Projekt Genesis

Angelegt von/am:	M. Vandenbrecht, ---	Umfang: 112 Seiten, plus Datenblätter A und B	Genehmigt von:
zuletzt bearbeitet von:	MV		*Harl. GE*
Aktenzeichen:	`PI 24/31 MV Code Rot`	Einstufung: ~~wichtig~~ ~~dringend~~ *absolute Priorität*	
Vermerke:	Samsung-Nippon P. Institut Sea City Foundation		

Hinweis: Diese Unterlagen sind unbedingt unter Verschluss zu halten. Eine (1) Kopie befindet sich im Besitz von Samsung-Nippon.

Siehe auch:
Harland Cortez Gates-Ellison, Präsident des PI
Fukuroku, Nathan (SN)
Haruko Isamu Abe (SN)
Thorpe (Genesis)
Projekt Independence (Aktenz. `PI 24/17 MV, Code Grün`)

∞

Hier lag er und träumte davon zu denken. Oder dachte er vielleicht, dass er träumte?

Ich denke, also bin ich, dachte Zacharias und träumte von Leben.

Ein neugieriger Mann

Wie machen sie es?«, fragte der Mann, den das Philanthropische Institut geschickt hatte. Er gab sich sehr freundlich, aber Florence und ihre Kollegen hielten ihn trotzdem für einen Controller, der ihnen auf die Finger sehen sollte. »Wie stellen sie es an?«

»Es sind besonders begabte Personen«, erwiderte Direktor Rasmussen und erweckte den Eindruck, sich in seinem grauen Vollbart verkriechen zu wollen. »Wir geben ihnen und den Patienten Tetranol, und das ermöglicht es den SGPs, den Special Gifted Persons beziehungsweise Travellern, wie wir sie nennen, sich mit dem Unterbewusstsein der Kontaktpersonen zu verbinden.«

»Sie spazieren darin umher, nicht wahr?«, fragte der PI-Mann fasziniert und sah durchs große Fenster in den Raum, der wie ein gemütlicher Salon eingerichtet war. Zurzeit hielten sich dort vier Traveller auf, unter ihnen einer, der im Rollstuhl saß und als besonders talentiert galt: Zacharias. »So hat man es mir beschrieben. Sie nehmen mental an den Träumen der Zielpersonen teil und agieren darin wie Komparsen in einem Film. Obwohl sie eigentlich selbst krank sind und hier therapiert werden, nicht wahr?«

»Nun …« Rasmussen wechselte einen Blick mit Florence und den anderen Therapeuten. »Ich würde sie nicht als

13

›krank‹ bezeichnen, Mr. Thorpe. Sie sind … anders als wir. Einige von uns glauben, sie könnten eine Antwort der menschlichen Evolution auf das Ende der uns vertrauten Welt sein. Und wie sie es anstellen … Ein Trauma kann für den Geist einer Person ähnlich dramatische Folgen haben wie eine Krebserkrankung für den physischen Körper. Manchmal wuchert es, bildet Metastasen und vergiftet das Bewusstsein. Die Traveller sind wie Chirurgen des Geistes. Sie finden die Geschwulst im Denken und Fühlen der Zielperson und schneiden sie heraus.«

»Das klingt … aufregend«, sagte Thorpe.

»Es kommt darauf an, was Sie unter Aufregung verstehen«, warf Florence ein. »Sie haben eben von Komparsen in einem Film gesprochen. Mögen Sie Horrorfilme, Mr. Thorpe?«

Die Foundation

1

Die Sonne hing rot wie Blut an einem grauen Himmel, unter dem sich die Wellen eines grauen Meeres zu schaumgekrönten Bergen auftürmten. Mit zornigem Donnern schmetterten sie auf einen Strand aus schwarzem Kies, der nach zwei Dutzend Metern an den brüchigen Fassaden hoher Gebäude endete. Die Tür, die sich vor Zacharias und Florence geöffnet hatte, schwebte etwa einen Meter über dem Strand, der Brandung so nahe, dass sie die Gischt spürten. Sie standen auf der Schwelle, hinter ihnen ein grollender, kalbender Gletscher, weiß unter einem kobaltblauen Himmel, und vor ihnen die Welt mit dem wütenden Meer und den Klippen aus Gebäudefronten, grau wie der aufgewühlte Ozean und der Himmel darüber.

»Er versucht uns zu verwirren.« Zacharias sprang, landete auf nassem, knirschendem Kies und half Florence herunter. Wie von einem Windstoß erfasst schlug die Tür zu und verschwand. »Was sagen die Daten?«

Florence hob die Hand zum Interface-Äquivalent am Ohr. »Sein Zustand ist stabil. Er schläft. Tetranol-Phase bei sechzig Prozent. Wir haben Zeit genug, Zach.«

»Er schläft«, sagte Zacharias und beobachtete, wie eine

weitere Welle wuchs, wie sie noch höher wurde als die anderen vor ihr und zum Strand rollte. »Aber er weiß von uns, und sein Unterbewusstsein wehrt sich mit Derealisation. Er will uns verwirren und vom Weg abbringen.« Zacharias konzentrierte sich auf die Welle, und sie teilte sich, schlug rechts und links von ihnen auf den Kies. Ihre Ausläufer erreichten die nächste Gebäudefront und leckten daran empor. Einige lockere Putzfladen lösten sich, und die Reste der Welle nahmen sie mit, als sie über den Strand zurückströmten und sich wieder mit dem Meer vereinten.

»Die Verbindung ist gut«, sagte Zacharias zufrieden. »Ich bleibe in ihm.« Es fühlte sich auch gut an, zu sprechen und sich zu bewegen. Er genoss es jedes Mal und brauchte Florence nicht extra darauf hinzuweisen; sie wusste es genau. Er lächelte bei diesem Gedanken.

»Warum lächelst du, Zach?«, fragte Florence.

»Nur so«, log er und nahm ihre Hand. »Komm, lass uns die nächste Tür suchen. Sie muss hier ganz in der Nähe sein; ich spüre es.« Es juckte hinter seinem linken Auge, ein sicherer Hinweis.

Seite an Seite gingen sie über den schwarzen Kies, während das Meer rauschte und weiterhin Wellen donnernd auf den Strand schlugen. Die Erschütterungen waren so heftig, dass der Boden unter Zacharias' Füßen erzitterte.

»Ich habe nie etwas davon gehalten, dass die Patienten direkt vorher vom Kontakt erfahren«, sagte er. »Es gibt ihnen Gelegenheit, sich vorzubereiten, ob Tetranol oder nicht. Es ist besser, die Verbindung herzustellen, wenn sie nicht direkt damit rechnen. Das macht es leichter für uns.«

»Du schaffst es«, sagte Florence. »Du wirst immer besser.«

Zacharias lächelte erneut. »Spricht da die Therapeutin, die mein Selbstbewusstsein stärken will, oder …?«

»Lass dich nicht ablenken«, mahnte Florence. »Von nichts. Erinnere dich an Lingbeek. Zuerst die Aufgabe, Zach.«

Sein Lächeln wuchs in die Breite. »Lingbeek … das ist eine *Ewigkeit* her; damals war ich jung und unerfahren.«

»Und heute bist du alt und reif, ja?«

Zacharias ging nicht darauf ein. »Wenn wir dies erledigt haben, könnten wir noch ein wenig bleiben. So wie beim letzten Mal. Niemand braucht zu wissen, wie lange es gedauert hat. Wir nehmen uns ein wenig Zeit …«

»Pass auf!«

Aus dem Augenwinkel bemerkte Zacharias eine Bewegung. Ein hoher Erker löste sich von dem Gebäude, an dem sie gerade vorbeikamen, und stürzte in die Tiefe.

»Schließ die Augen, Flo.«

Sie kam der Aufforderung sofort nach.

Zacharias beobachtete den tonnenschweren Erker, der wie eine steinerne Faust auf sie herabschlug, und dachte: Es gibt dich nicht; du kannst mich nicht von deiner Existenz überzeugen.

Es krachte, der Boden erbebte heftiger, Steinsplitter flogen umher, und es wogte Staub, so dicht, dass Meer, Strand und Gebäude für einige Sekunden hinter einem Schleier grau wie der Rest der Welt verschwanden.

»Das Trauma versucht sich zu schützen«, sagte Zacharias und ging weiter, Florences Hand noch immer in der seinen.

Sie hob die freie Hand zum Interface. »Die Sensoren registrieren stärkere Hirnaktivität. Herzschlag und Atmung werden schneller.«

»Er schläft, aber sein Unterbewusstsein ist hellwach.« Zacharias blickte über die Fassaden, suchte nach Hinweisen und verließ sich dabei auf seinen besonderen Instinkt.

»Wir sind hier nicht unverwundbar«, sagte Florence mit einem leisen Vorwurf in der Stimme. »Du bist besser geworden, Zach, aber du machst noch immer den Fehler, gelegentlich in deiner Wachsamkeit nachzulassen. Denk an Helen und Duke. Sie sind ebenfalls unvorsichtig gewesen und haben drei Monate gebraucht, um den Schock zu überwinden. Von Penelope ganz zu schweigen.«

Penelope, dachte er, während er die Suche nach der nächsten Tür fortsetzte. Santa Maria. »Weißt du, was mit ihr passiert ist?«

Sie schritten über den Strand, über knirschenden, ächzenden Kies, während links von ihnen das wütende Meer donnerte und die Sonne blutrotes Licht auf den Strand warf.

»Such die Tür, Zach.«

»Ich suche sie, Flo, ich suche sie. Aber *du* hast Penelope erwähnt und mich neugierig gemacht. Was ist mit ihr passiert? Seit drei Jahren liegt sie im Bett, nicht wahr? Angeschlossen an Maschinen, die sie am Leben erhalten. Hat sie einen Schock erlitten wie Helen und Duke?«

Florence sah sich voller Unbehagen um. »Ich weiß, wie gern du redest, wenn wir unterwegs sind, Zach, aber wie gesagt: Du solltest besser aufpassen. Unterschätze die Gefahr nicht. Fühl dich nie zu sicher.«

Ich spreche, weil ich hier sprechen kann, dachte Zacharias und fragte: »Hat sich Penelope zu sicher gefühlt? War sie unvorsichtig? Und wie kam es zur Stigmatisation? Ist sie in einer der Seelen, die sie besucht hat, Jesus begegnet?« Es war scherzhaft gemeint, aber diese Welt, mit dieser blutroten Wunde am leichengrauen Himmel, gab den Worten einen seltsamen Klang.

»Sie war ein Traveller wie du und die anderen …«

»Nein, nicht wie ich«, sagte Zacharias sofort.

Florence verstand ihn und nickte. »Sie lag schon in dem Bett, als ich zur Foundation gekommen bin«, fuhr Florence fort. Der Wind zerzauste ihr das dunkle Haar und ließ die Locken fliegen. Mit Mühe widerstand Zacharias dem plötzlichen Wunsch stehen zu bleiben, die zierliche Frau in die Arme zu schließen und sie zu küssen. Ich würde sie gern umarmen, weil ich sie hier umarmen kann, dachte er. »Und die Male an den Händen erschienen ein Jahr später. Niemand zweifelt daran, dass sie psychogener Natur sind. Helen war die Erste, die sie Santa Maria nannte.«

»Aber was ist mit ihr passiert?«

»Ein Trauma bei einer Behandlung, habe ich gehört«, sagte Florence. »Sie hat versucht, jemanden zu heilen, und dabei ist sie krank geworden. Auch *das* kann passieren, wenn man nicht aufpasst, Zach.«

»Hat jemand versucht, in ihr nach dem Rechten zu sehen und sie zurückzuholen? He!« Er wandte sich Florence zu. »*Wir* könnten es versuchen. Was hältst du davon?«

»Du bist gut, Zach, aber noch nicht *so* gut. Es fehlt dir an Disziplin. Vielleicht in einigen Monaten …«

Das Jucken hinter dem linken Auge wiederholte sich, und Zacharias deutete zur fleckigen Gebäudewand vor ihnen. »Da ist sie, die nächste Tür, gut versteckt. Und die letzte, glaube ich.« Zacharias neigte kurz den Kopf zur Seite, als lauschte er einer Stimme, die ihm etwas zuflüsterte. »Ja, die letzte.«

Dünne Linien bildeten sich in der Mauer, als Zacharias sie berührte. »Komm schon, zeig dich«, sagte er ungeduldig. »Ich weiß, dass du da bist.«

Die Linien wuchsen aus der Gebäudefront heraus und in die Breite, wurden zu einer Tür, schmaler als die anderen. Silbrig glänzende Stacheln bildeten sich an ihrer Klinke, fielen aber mit einem Klirren wie von Glas ab, als Zacharias den Blick darauf richtete. Er öffnete die Tür und trat auf eine breite Straße, ihr Kopfsteinpflaster so blutrot wie die Sonne am Himmel über dem tosenden Meer. Rechts und links führte die Straße an Backsteinmauern vorbei, die fast so rot waren wie das Kopfsteinpflaster und sich nach jeweils etwa hundert Metern in grauem Nichts verloren. Auf der anderen Seite, der Tür direkt gegenüber, stand ein breites schmiedeeisernes Tor offen und gab den Weg frei auf eine asphaltierte Zufahrt, die vor einer schneeweißen, im Jugendstil errichteten Villa endete. Mehrere Luxuslimousinen standen dort, und weitere Wagen reihten sich auf dem Parkplatz neben der Villa aneinander.

Nichts rührte sich. Es war vollkommen still.

»Das Ziel befindet sich in dem Haus«, sagte Zacharias mit plötzlicher Gewissheit. »Wir sind fast da, Flo.«

Sie überquerten die Straße – hinter ihnen verschwand die schmale Tür –, schritten durchs Tor und folgten dem

Verlauf der Zufahrt. Nichts regte sich, nicht ein einziges Blatt an den Bäumen, die das Asphaltband säumten.

Rechts neben der Villa, hinter mehreren Büschen und von der Straße aus nicht zu sehen, stand eine Kutsche mit zwei angeschirrten rabenschwarzen Pferden, beide ebenso in Zeitlosigkeit erstarrt wie alles andere, das eine mit gesenktem Kopf, das andere mit einem gehobenen Vorderlauf.

»Was hat die Kutsche zu bedeuten?«, fragte Zacharias und versuchte, alle seine Gedanken auf die Mission zu fixieren. Florence hatte recht. Es war gefährlich, sich ablenken zu lassen. Unglücklicherweise war es gerade der Umstand, dass er sich frei bewegen und sprechen konnte, der es ihm oft schwer machte, sich zu konzentrieren.

Florence lauschte kurz dem Flüstern des Interface-Äquivalents. »Die Datenbanken enthalten keine relevanten Informationen.«

»Und die Villa?«

»Das Haus seiner Eltern. Er wohnte dort noch, als er den ersten Selbstmordversuch beging.«

Sie gingen zum breiten, von Säulen gesäumten Eingang des Hauptgebäudes, vorbei an mehreren silbergrauen Limousinen. Neben einem Bentley stand ein älterer Mann in dunkler Livree und hielt, ebenso in einem Moment eingefroren wie die beiden schwarzen Pferde, einen Lappen in der Hand, mit dem er Staub vom Kotflügel geputzt hatte. Zacharias sah ihm in die Augen, fand aber kein Leben darin.

Als er die Treppe zwischen den beiden Säulen hochstieg und durch die offene Tür trat, spürte er ein Prickeln tief in seinem Innern.

»Ich hab ihn auf dem Radar«, sagte er. »Er ist im Haus.«

Er, das war Randolph Amadeus Quint, achtzehn Jahre jung und ein Prioritätspatient der Foundation, eingeliefert vor einigen Tagen, nach seinem dritten Selbstmordversuch. Dass er zu einem PP geworden war, verdankte er seiner Mutter, die Teilhaberin des Philanthropischen Instituts war. Sie besaß Anteile an dem IT-Riesen MS-Oracle, Mitglied des Konsortiums, das den Bau von Sea City finanziert hatte. Mutter Q war so philanthropisch gewesen, ihre Beziehungen spielen zu lassen, um Sohn Randolph Amadeus ganz oben auf die Behandlungsliste zu setzen. Um ihm das Leben zu retten und zu verhindern, dass er noch einmal versuchte, sich umzubringen.

Auf dem Weg durch den Flur kamen sie an zwei Kellnern vorbei, die sich anschickten, Tabletts mit Dutzenden von Sektgläsern in einen Ballsaal zu tragen. Einer kam gerade durch die Tür der Küche, und der zweite weiter vorn hatte einen Fuß zum nächsten Schritt gehoben.

»Ich weiß, warum hier alles erstarrt ist«, sagte Zacharias. »Er braucht seine ganze Aufmerksamkeit für etwas anderes. Vielleicht bereitet er etwas vor.«

»Eine Falle?«

»Vielleicht. Oder er versucht, sich zu verbergen. Aber jetzt entwischt er mir nicht mehr.« Er ging weiter, an den Kellnern vorbei und in den Ballsaal, auf dessen Tanzfläche Dutzende von elegant gekleideten Paaren standen, die Männer in dunklen Anzügen, die Frauen in Abendkleidern. Auch sie bewegten sich nicht und schienen darauf zu warten, dass an diesem stillen Ort erneut Musik erklang und sie den Tanz fortsetzen konnten. »Gib mir den Grundriss, Flo.«

»Du solltest jetzt besser keine Daten empfangen.«

»Meine Güte, von wie vielen Kilobyte reden wir hier? Hundert? Zweihundert? Es dauert nur den Bruchteil einer Sekunde!«

»Jede Datenübertragung gefährdet die Synchronisation, Zach.«

»Ich komme damit klar, Flo. He, ich habe alles im Griff. Gib mir Telemetrie.«

Sie gab ihm die Daten, und für einen Moment verschwammen die Gestalten auf der Tanzfläche, als würde man sie durch welliges Glas betrachten, das jemand auf- und abbewegte. Ein Brummen zog durch den Saal, wie von einem Insektenschwarm, und Florence schloss die Hand um das Interface-Äquivalent an ihrem Ohr. Die Verbindung schien zerfasern zu wollen, aber Zacharias hielt sie fest.

Er war so sehr darauf konzentriert, die Synchronisation mit dem Patienten zu stabilisieren, dass er die Gestalt zu spät bemerkte. Sie kam aus den Schatten links neben dem Eingang, selbst kaum mehr als ein Schemen, huschte ihm entgegen und hob einen im Licht des großen Kronleuchters glitzernden Gegenstand. Eine scharfe Klinge schnitt erst durch die Luft und dann in den Arm, den Zacharias instinktiv gehoben hatte, um den Kopf zu schützen. Er duckte sich zur Seite, als rasiermesserscharfer Stahl Fleisch und Knochen durchtrennte, verbannte den Schmerz mit einem autosuggestiven Befehl aus der Wahrnehmung und sprang, um dem zweiten Hieb, mit der Rückhand geführt, zu entgehen.

Der abgetrennte Arm fiel zwei Meter entfernt zu Boden,

neben der dunklen Gestalt mit dem seltsam leeren, stillen Gesicht. Zacharias achtete nicht auf das Blut, das mit jedem Herzschlag aus seinem Armstumpf spritzte. Er dachte daran, sich zu wehren, hielt plötzlich eine Pistole in der anderen Hand, richtete sie auf die Gestalt und drückte ab, als das Messer erneut nach oben kam.

Seine Wahrnehmung teilte sich, wie es manchmal während eines Einsatzes geschah, wenn das Tetranol wirkte, wie es wirken sollte, und wenn er in der richtigen Stimmung war, wenn er »auf der Welle ritt«, wie es bei den Travellern hieß. Mit dem einen Auge sah er die Kugel, die den Lauf der Waffe verließ und durch die Luft glitt wie durch Wasser, eine Fahne kleiner Verwirbelungen hinter sich herzog, die Stirn des Angreifers erreichte und ein Loch hineinbohrte. Eine halbe Sekunde später kam sie aus dem Hinterkopf, setzte ihren Flug fort, noch immer silbrig, ohne einen Mantel aus Blut, erreichte die Wand und blieb darin stecken.

Mit dem anderen Auge sah Zacharias das Haus wie eine detaillierte grafische Darstellung auf einem Computerschirm der Foundation: leicht grünliche, durchsichtige Wände, mit Linien, die Leitungen und Kabel markierten, dahinter Zimmer und Flure mit eingeblendeten Zahlen, die Auskunft gaben über Entfernung, Länge, Breite und Höhe; rote Silhouetten, wo sich Menschen aufhielten; blinkende Warnsymbole, die auf Sicherheitssysteme hinwiesen – vor allem im großen Arbeitszimmer des Westflügels, wo es einen Wandsafe gab –, und blaue Punkte, die den kürzesten Weg zum Ziel markierten.

Die dunkle Gestalt mit dem leeren Gesicht starrte ihn an, das Loch in der Stirn wie ein drittes Auge, kleiner als die beiden anderen. Sie klappte den Mund auf und sagte: »Wer auch immer du bist, verschwinde von hier.«

Sie drehte sich um und lief plötzlich dorthin, wo die Kugel in der Wand steckte, sprang daneben in ein Gemälde, das einen würdevollen Mann an einem großen Mahagoni-Schreibtisch präsentierte, und verwandelte sich dort in ein Foto, das neben dem PC-Monitor in einem edlen Rahmen steckte und einen jungen Mann zusammen mit einem Mädchen zeigte, von dem Zacharias plötzlich wusste, dass es die Schwester des jungen Mannes war.

Erster Schmerz machte sich bemerkbar. Zacharias ging zum abgetrennten Arm, hob ihn auf, hielt ihn an die Schulter und stellte sich vor, wie Stumpf und Arm zusammenwuchsen: Knochen, Muskeln, Sehnen, Adern, alles. Der Schmerz verschwand, Blut strömte durch wiederhergestellte Venen; der Arm fühlte sich wie neu an und ließ sich bewegen, als wäre überhaupt nichts geschehen.

»Ich *bin* gut«, sagte Zacharias stolz auf sich.

»Werd nicht übermütig«, warnte Florence. Sie stand neben ihm, die Hand noch immer am Interface, als könnte sie die Daten dadurch besser empfangen. »Die Biometrie teilt mir mit, dass du müde wirst, Zach. Weil du unvorsichtig bist, Fehler machst und dann mit ihren Konsequenzen fertigwerden musst. Wie jetzt gerade. Du hast noch nicht gelernt, mit doppelten Datenströmen zurechtzukommen, mit dem internen, der dich mit dem Patienten verbindet, und dem externen, der Zugriff auf unsere Datenbanken gestattet. Die Störung der Synchronisation durch die Datenübertragung gab dem Angreifer Gelegenheit, dich zu attackieren.«

Zacharias legte den Arm um ihre zarten Schultern, drückte Florence kurz an sich und ließ sie dann wieder los. »Du machst dir zu viele Sorgen.«

»Und du bist zu unbekümmert.«

Er bewegte noch einmal den wieder angewachsenen Arm und vergewisserte sich, dass alles in Ordnung war. Von Schwäche keine Spur. Er steckte voller Kraft und freute sich über jede Gelegenheit, Gebrauch davon zu machen.

»Ich habe den Grundriss«, sagte er und sah ihn jetzt mit beiden Augen, eine schematische Darstellung vor den Konturen des Ballsaals, mit blauen Punkten, die ihm den Weg wiesen. »Ich weiß, wo er ist, unser Randolph Amadeus. Er will nicht, dass wir entdecken, was ihn zu den Selbstmordversuchen getrieben hat.« Er empfing die Informationen, als hätte er Zugriff auf ein fremdes Gedächtnis, und in gewisser Weise war das tatsächlich der Fall. Das Leben von Randolph Amadeus Quint lag vor ihm ausgebreitet, ein Haufen mehr oder weniger banaler Details, die Monate und Jahre gefüllt hatten. Nichts, das er nicht woanders in ähnlicher Form gesehen hatte, ein wohlbehütetes Leben in Luxus, die besten Schulen, jetzt eine private Elite-Universität, finanziert vom Philanthropischen Institut, einige gute Freunde, unter ihnen einer, der …

»Oh, ich glaube, wir kommen der Sache näher«, sagte Zacharias und schritt am Rand der Tanzfläche entlang zur Treppe auf der anderen Seite, die ins Obergeschoss mit Randolphs Zimmer führte. »Mir scheint, Randy hat in den letzten beiden Jahren seine Homosexualität entdeckt. Dies ist sein achtzehnter Geburtstag, und er feiert ihn auf besondere Weise.« Das Zielzimmer im Obergeschoss wies nicht eine rote Silhouette auf, sondern drei, zwei dicht beisammen und eine bei der Tür.

»Das soll der Grund für seine Selbstmordversuche sein?«, fragte Florence skeptisch. »Homosexualität? Meine Güte, dies ist das einundzwanzigste Jahrhundert. Heutzutage bringt sich doch niemand um, weil er plötzlich feststellt, schwul zu sein.«

»Wer weiß.«

Sie hatten die Treppe fast erreicht, als Bewegung in die stille Welt kam. Die Paare auf der Tanzfläche erwachten aus ihrer Starre, drehten sich langsam und glotzten Zacharias und Florence an. Eine nur wenige Meter entfernt stehende Frau in mittleren Jahren, das Haar zu einem kastanienbraunen Turm aufgesteckt und die Augen üppig geschminkt, öffnete den Mund, und ihr Tanzpartner folgte diesem Beispiel. Die Lippen der anderen teilen sich ebenfalls, und ein vielstimmiger Schrei erklang. Er begann wie das Brummen einer langsam anlaufenden Sirene, wurde dann lauter und kletterte gleichzeitig die Tonleiter hinauf, bis er als schrilles Heulen das Glas des Kronleuchters zerspringen ließ. Abrupt brach er ab, und Hunderte von Splittern hingen über der Tanzfläche in der Luft. Die Tänzer waren wieder reglos und standen wie gelähmt, mit Gesichtern wie Fratzen.

»Du bist die Therapeutin«, sagte Zacharias und stieg die Treppe hoch. »Welche symbolische Bedeutung steckt in dem, was wir gerade beobachtet haben? Was hat es mit dem zerbrochenen Kronleuchter auf sich? Und warum sind die Gesichter der Tanzenden zu Fratzen geworden?«

»Es wird alles aufgezeichnet«, erwiderte Florence. »Die Auswertung erfolgt später. Lily wird uns dabei helfen.«

Lily, so nannten Florence und die anderen die Cray XE der Foundation, einen Hochleistungscomputer mit fast hundertfünfzigtausend Cores, die zwei Petaflops erreichten; seine Ressourcen wurden vor allem für die Verwertung von meteorologischen Daten und Klimaberechnungen genutzt. Nur einer kleiner Teil der Kapazität stand der Foundation zur Verfügung, genügte aber selbst für komplexe medizinisch-psychologische Analysen und die Kontrolle der Interface-Systeme mit den daran angeschlossenen Datenbanken. Matthias, einer der Sysadmins von Sea City, hatte für diesen Teil der Cray einen androgynen Avatar programmiert, mit neutraler Stimme, aber irgendwann hatte jemand begonnen, ihn Lily zu nennen, und alle Versuche von Matthias, dem Avatar einen anderen Namen zu geben, waren gescheitert.

Zacharias blieb am Ende der Treppe stehen und deutete in den Ballsaal hinab. »Ich weiß, dass es Randys Geburtstag ist«, sagte er, »aber wo sind die jungen Leute, die man bei einer solchen Gelegenheit erwarten könnte? Flo?«, fügte er hinzu, als Florence nicht sofort antwortete.

»Ich bekomme ein Signal«, sagte sie überrascht, die Hand wieder am Ohr. »Wir werden zurückgerufen.«

Zacharias schüttelte den Kopf und ging weiter. »Nicht jetzt. Sag ihnen, dass wir dies zu Ende bringen. Nur noch ein paar Minuten.« Für ihn hätten es auch Stunden oder Tage sein können, oder Wochen und Monate. Die Rückkehr fiel ihm immer schwer, denn sie bedeutete, dass er auf seine Augen reduziert war und auf den Rest verzichten musste. Hier fühlte er sich besser, stärker, robuster, Herr der Lage. Das andere Leben hatte im Vergleich mit diesem kaum einen Reiz; in dem anderen Leben konnte er kein Mann für Florence sein.

Die Tür am Ende des Flurs war verriegelt; das wusste Zacharias, ohne den Knauf zu drehen. »Schließ die Augen, Flo.«

»Es ist ein Dringlichkeitssignal, Zach …«

»Keine Störungen jetzt. Schließ die Augen und komm.«

Er ergriff ihre Hand und zog sie mit sich, durch die Tür, die ihm kaum Widerstand bot, weil er nicht wollte, dass sie ihn aufhielt. Das hatte er bei den letzten Einsätzen gelernt: festen Dingen die Substanz zu nehmen, sie seinem Willen unterzuordnen. Es funktionierte nicht immer, und nicht immer gleich gut; es hing vom Patienten ab, und davon wie das Tetranol wirkte, wie er sich fühlte. Dass Florence die Augen schloss, machte es für sie leichter, denn dadurch kam es zu weniger Konflikten zwischen ihrer Wahrnehmung und dem, was ihr Gehirn für möglich hielt.

Im Zimmer hinter der geschlossenen Tür brannte nur eine Lampe in einer Ecke, und jemand hatte ein Tuch über sie gelegt, um ihr Licht zu dämpfen. Im Bett lagen zwei Jungen, eng umschlungen wie ein Liebespaar, einer von ihnen Randolph Amadeus, mit zotteligem, schweißfeuchtem Haar, die Augen im schmalen Gesicht groß, die Zunge halb im Mund des anderen Jungen, der Malcolm hieß und ein Jahr älter war, die Hand unter der Decke an seinem Glied. Sie hatten sich am College kennengelernt, erinnerte sich Zacharias mit fremden Erinnerungen. Komm, wir machen's in deinem Zimmer, während die anderen tanzen, das gibt uns den richtigen Kick, flüsterten diese Erinnerungen, begleitet von Hoffnung und Aufregung.

Zacharias blinzelte, und die beiden Jungen lagen nicht mehr eng umschlungen. Malcolm hatte sich zur Seite gerollt und griff nach seinen neben dem Bett liegenden Sachen; Randy zog sich erschrocken das Laken zum Kinn hoch und starrte den Mann an, der vor dem Bett stand. Onkel Dulberg, Halbbruder von Randolphs Vater und das schwarze Schaf der Familie. Na, so was, na, so was, wer hätte das gedacht, sagte Onkel Dulberg zufrieden. Tja, *ich* habe es gedacht, es überrascht mich überhaupt nicht, mein Lieber. Beobachte dich schon seit einer ganzen Weile. Es wundert mich, dass die anderen noch nicht gemerkt haben, dass du schwul bist. Haben vielleicht nicht den richtigen Blick dafür. Malcolm hat ihn. Nicht wahr, Malcolm? Hast es ziemlich eilig, in deine Klamotten zu kommen, wie? Warum nur, frage ich mich. Wir sind hier doch unter uns.

Bitte, Onkel Dulberg …, wimmerte Randolph, und mit dem Kopf voller fremder Gedanken dachte Zacharias: Armer Randy. Bist da wirklich in eine blöde Situation geraten. Dein Onkel ist schwul wie du und hatte dich schon seit einer ganzen Weile auf dem Kieker. Er hat sich einen Schlüssel für dein Zimmer besorgt und auf die richtige Gelegenheit gewartet.

Oh, mach dir keine Sorgen, Randolph, ich verrate deinem Vater nichts. Dies bleibt unter uns, ganz klar. Und du, Malcolm, bleib ruhig hier. Dulberg streckte den Arm und versperrte damit den Weg zur Tür. Es gibt nichts zu befürchten. Euer kleines Geheimnis ist bei mir gut aufgehoben. Und Randolph, da heute dein Geburtstag ist … Ich habe ein Geschenk für dich. Er knöpfte sich die Hose auf.

»Das ist es?«, fragte Florence. »Das ist der Grund?«

»Er hat ihn erpresst.« Zacharias sah noch andere Szenen, komprimiert auf ein oder zwei Sekunden, nackte Gestalten in anderen Zimmern, einige von ihnen schäbig, die verschwitzten Gesichter von Männern, die vierzig oder fünfzig Jahre älter waren als Randolph. »Dulberg hat ihn gezwungen, zum Lustknaben seiner Kumpel zu werden. Ein feiner Onkel ist das, wirklich prächtig. Ich schätze, Mrs. Quint wird ein Wörtchen mit ihm reden wollen, wenn sie hiervon erfährt.«

»Zach … Ich empfange erneut ein Signal. Absolute Priorität. Wir müssen zurück.«

»Nach der ganzen Mühe?«, erwiderte Zacharias. »Wir haben es fast geschafft. Wir wissen, was mit Randy los ist. Jetzt geht es darum, das Trauma zu eliminieren und die Grundlage für eine erfolgreiche Therapie zu schaffen. Ich schlage vor, wir erledigen den Onkel. Das sollte Randys Unterbewusstsein zeigen, dass er ihm nicht völlig hilflos ausgeliefert ist.«

»Absolute Priorität«, wiederholte Florence. Sie stand neben der Tür, ihr schwarzes Haar halb mit den dortigen Schatten verschmolzen, ihr Gesicht ein helles Oval im Halbdunkel. »Die Zentrale schickt jemanden, der uns ersetzt.«

»Jemanden, der die Früchte unserer Arbeit erntet?« Enttäuschung machte sich in Zacharias breit, und sie galt nicht nur der Mission. Er hatte gehofft, noch etwas Zeit mit Florence zu haben. Und ganz abgesehen davon: Die Rückkehr bedeutete für ihn, wieder Fesseln zu tragen.

»Es scheint sehr wichtig zu sein, Zach.« Florence drehte den Schlüssel im Schloss, und als sie die Tür öffnete, trat ein schlanker, grauhaariger Mann ein, mit einer Nase wie ein Klumpen im Gesicht. Conrad, einer der anderen Traveller, ein »Handwerker«, wie man jene Gruppe nannte. Sie räumten auf, erledigten den Rest, beseitigten manchmal die Trümmer, wie auch immer man es nennen mochte.

»Rasmussen erwartet euch«, sagte Conrad und beobachtete die Szene.

»Es ist der Onkel.« Zacharias deutete auf den Mann mit der heruntergelassenen Hose. »Verpass ihm eine Abreibung. Zeig dem Jungen, dass seine Situation nicht völlig hoffnungslos ist.«

»Ich bin auf dem Laufenden«, sagte Conrad würdevoll.

Zacharias wich langsam zur Tür zurück, die nicht mehr auf den Flur führte, sondern in einen vertrauten Raum. Einen Schritt davor zögerte er.

»Komm, Zach«, drängte Florence.

»Weißt du was, Flo?« Er ließ den Blick durchs halbdunkle Zimmer streichen, nahm sich einige Sekunden Zeit und empfing weitere Szenen aus den Erinnerungen von Randolph Amadeus Quint. »Vielleicht hast du recht.«

»Was?« Florence hatte ihr Interface-Äquivalent vom Ohr gezogen, hielt es in der Hand und stand in der Tür, halb auf dieser Seite und halb auf der anderen.

»Es … fühlt sich nicht ganz richtig an«, sagte Zacharias. »Schwul zu sein und deshalb vom eigenen Onkel erpresst zu werden … Reicht das als Grund für drei Selbstmordversuche?«

»Wenn man sehr sensibel ist …«, Conrad zuckte die Schultern. »Ich kümmere mich jetzt darum. Vielleicht finde ich noch etwas anderes.«

Zacharias nickte, atmete tief durch und ging zusammen mit Florence durch die Tür, die sie zur Foundation zurückbrachte.

Unter dem Bett waren die Schatten dichter und dunkler, und sie gerieten in Bewegung, als sich die Tür schloss und das einzige Licht im Zimmer wieder nur von der halb zugedeckten Lampe kam. Zwei Punkte glühten in der Finsternis, wie Sterne am Nachthimmel, oder wie Augen, die kurz den Schein des Mondes reflektierten. Dünne schwarze Linien wuchsen unter dem Bett hervor, kletterten wie Ranken an den Pfosten hoch, erreichten die beiden Jungen – der eine am Bettrand, der andere unterm Laken –, krochen an ihnen empor, ohne dass die Erstarrten etwas bemerkten, und legten sich ihnen wie Schlingen um den Hals. Zwei weitere Linien schlängelten sich an den Innenseiten von Dulbergs Beinen hoch und wickelten sich um sein steil nach oben zeigendes Glied, verschwanden dann unterm Hemd, kamen am Kragen wieder zum Vorschein und bildeten auch an seinem Hals eine Schlinge. Sie schienen sich zuzuziehen, denn die Gesichter der beiden Jungen und des Mannes verwandelten sich in Fratzen, und die Augen traten ihnen aus den Höhlen.

Es blieb alles still. Nach einer Weile flackerte die Lampe und ging aus. Dunkelheit erfüllte alle Ecken des Zimmers und wartete.

2

Das Licht der Pazifiksonne filterte hell und warm durch die halb geschlossenen Jalousien, als Florence den Kopf von der Kontaktfläche hob, die Beine von der Interface-Liege schwang, aufstand und mit müden Knien zum Rollstuhl ging, in dem Zacharias mehr lag als saß. Das Summen der medizinischen Geräte neben ihm schien mit dem leisen Zischen der Klimaanlage zu wetteifern. In seinen großen braunen Augen lagen Enttäuschung und eine Müdigkeit, die sie ebenfalls fühlte. Sein Blick glitt zur Mikrokamera am schmalen Schwenkarm, und auf dem kleinen Monitor über der rechten Armlehne erschienen Worte. Es tut mir verdammt leid, Flo, schrieben Zacharias' Pupillen. Ich hatte es mir anders vorgestellt.

»Schon gut«, sagte sie und legte ihm die Hand auf den dünnen, reglosen Arm. »Beim nächsten Mal, versprochen«, fügte sie hinzu und senkte dabei die Stimme, weil sie neben dem Fenster eine Bewegung bemerkte. Und weil die Techniker, die auf der anderen Seite des breiten Innenfensters an den Interface-Kontrollen saßen, sie nicht hören sollten.

Florence wandte sich dem Mann zu, der einige Schritte näher gekommen war und neben dem Bett stehen blieb, in dem Randolph Amadeus Quint lag. Die Augen des Patienten bewegten sich unter den geschlossenen Lidern. Katheter steckten in seinen Armbeugen, und ihre dünnen Schläuche führten zu einem nahen Geräteblock, der Quints Biosignale empfing und die richtige Mischung aus Tetranol und Glukose überwachte. An Stirn und Schläfen klebten

Sensoren, die ihn mit Lilys Terminals im Nebenzimmer verbanden; Conrad saß dort mit geschlossenen Augen in einem Interface-Sessel. »Wir standen unmittelbar vor dem erfolgreichen Abschluss der Mission, Jonas«, sagte sie. »Es fehlten nur ein paar subjektive Minuten.«

»Der Ereigniswinkel wurde immer größer«, erwiderte Rasmussen. »Aus einigen wenigen subjektiven Minuten für euch wären hier bei uns zwei oder drei Stunden geworden, und so lange konnten wir nicht warten. Ein neuer Einsatz wartet auf euch, erste Priorität.«

Florence fühlte die Erschöpfung nicht nur in Muskeln und Knochen, sondern auch in ihrem Geist. »Wie viel objektive Zeit ist verstrichen?« Sie deutete zum Außenfenster mit den halb geschlossenen Jalousien; durch eine schmale Lücke glänzte das Blau eines grenzenlosen Ozeans. »Wir sind am Abend aufgebrochen …«

»Aber nicht gestern Abend. Vorgestern«, sagte Rasmussen. Er trug einen Anzug, dessen Grau gut zu seinem Vollbart passte. »Ihr seid fast zwei Tage unterwegs gewesen.«

»Zwei Tage! Und du willst uns sofort wieder losschicken?«

»Leider geht es hier nicht darum, was ich will.« Ein Schatten fiel auf Rasmussens Gesicht, und für einige Sekunden wirkte er nicht mehr wie ein rüstiger Mittsechziger, sondern wie ein dahinwelkender, schwach gewordener Greis. Florence blinzelte, und einige der Falten verschwanden aus Augenwinkeln und Stirn des Mannes, der die SGP-Gruppe zu einer großen Familie gemacht hatte. Er versuchte, sie zu schützen, sie alle, das wusste Florence. Und wenn an den Gerüchten, die seit einiger Zeit kursierten, etwas dran war, wuchs der Druck, mit dem er fertig werden musste; es fiel ihm immer schwerer, die Familie vor einer Welt abzuschirmen, die sich schnell veränderte und auf eine Katastrophe zusteuerte. »Es geht um einen ganz besonderen Patienten, der besondere Hilfe braucht. Ich glaube, nur Zacharias kann sie leisten.«

»Jonas … Zwei Tage sind vergangen! Wir sind fix und fertig. Ich habe seit achtundvierzig Stunden nichts gegessen und getrunken.« In dieser Hinsicht hatte Zach keine Probleme; spezielle Katheter verbanden ihn mit dem Rollstuhl, der ihn ernährte und mindestens eine Woche lang sein Überleben sichern konnte.

»Wir brauchen Zacharias«, sagte Rasmussen sanft. »Was dich betrifft, Florence …«

»O nein. Ihr schickt ihn auf keinen Fall ohne mich los!«

»Wenn du wirklich so erschöpft bist …«

»Ich sterbe vor Durst, mir knurrt der Magen, und meine Knochen sind schwer wie Blei«, sagte Florence. »Aber Zach geht nicht ohne mich auf die Reise.« Sie wankte zum kleinen Tisch in der Ecke des Zimmers, füllte sich dort ein Glas mit kaltem Mineralwasser und trank.

»Du bist Therapeutin …«, sagte Rasmussen, während sie ihm den Rücken zukehrte, und etwas in seiner Stimme ließ sie erstarren.

»Ja?«, fragte sie vorsichtig, als der Direktor nicht weitersprach. Sie drehte sich nicht um.

»Die beste Therapeutin für unseren besten SGP«, sagte Rasmussen. »Ihr passt zusammen. Aber …«

Er weiß es, dachte Florence plötzlich, trank erneut und ließ das leere Glas langsam sinken. Er weiß von Zach und mir. Jähe Sorge erfasste sie. Wollte Rasmussen sie von Zacharias trennen, um der »therapeutischen Objektivität« willen, die die Foundation verlangte?

»Aber?«

»Die Regeln haben durchaus einen Sinn, Florence. Sie dienen keinem Selbstzweck.«

Plötzlich verstand sie und wirbelte herum. Willst du mich erpressen?, wollte sie Rasmussen fragen. Willst du mich auf diese Weise dazu zwingen, zusammen mit Zach in den nächsten Einsatz zu gehen, obwohl du genau weißt, dass wir beide Ruhe brauchen?

Aber Jonas Rasmussen stand wie ein Häufchen Elend da, wie jemand, der sich selbst verabscheute. Er hob beide Hände, rieb sich das Gesicht und ließ sie wieder sinken.

»Auch du bist müde, Jonas«, sagte Florence. »Was ist passiert?«

»Es passiert ständig etwas. Ich fürchte, Sea City wird nie zu der ruhigen Insel, die ich mir erhofft habe.« Rasmussens Blick ging zu Zacharias, dessen Augen das Geschehen verfolgten. Der Monitor über der rechten Armlehne zeigte mehrere Fragezeichen. »Wir brauchen ihn wirklich, Florence. Jetzt sofort.«

»Nimm Teneker«, sagte Florence. »Er ist fast so gut wie Zach und …«

»Um ihn geht es. Um Teneker. Er sitzt in einem Patienten fest, und wenn wir ihn nicht herausholen, könnte es ihm ergehen wie Penelope. Zacharias ist seine einzige Chance.«

Wer nicht schwindelfrei war, mied die Brücke aus Glas, die sich zwischen zwei »Fingern« des Hauptturms von Sea City spannte. In einer Höhe von fast hundert Metern bot sie einen weiten Blick über die schwimmende Stadt, die bereits hundert Quadratkilometer groß geworden war und bis auf tausend wachsen sollte, womit sie größer wäre als das inzwischen halb überflutete Stadtgebiet des alten New York. Nach Norden schränkten Ring- und kleiner Finger die Sicht ein, nach Westen der Daumen. Im Nordwesten zeigte sich die größte der Hawaii-Inseln am Horizont. Als Florence sie das letzte Mal gesehen hatte, war sie viel näher gewesen und hatte im Osten gelegen. Sea City setzte die Fahrt nicht wie ursprünglich geplant nach Osten in Richtung des nordamerikanischen Festlands fort, sondern folgte jetzt einem südöstlichen Kurs, der die schwimmende Stadt vielleicht nach Mittel- oder Südamerika bringen sollte.

Der Hauptturm von Sea City mit den Büros, Behandlungszentren und Suiten der Foundation sah aus wie eine hundertfünfzig Stockwerke große stilisierte Hand, die sich bittend dem Himmel entgegenstreckte. Florence stand dieser Art von Symbolik skeptisch gegenüber – sie war als Atheistin aufgewachsen und der Ansicht, dass man keine himmlische Hilfe bei der Lösung irdischer Probleme erwarten durfte, die der Mensch auch noch selbst verschuldet hatte –, aber das Philanthropische Institut versprach sich von solchen Symbolen große Wirkung in der Öffentlichkeit, vor allem bei der Suche nach potenten Geldgebern. Die Erweiterungen von Sea City und der Bau von Sea City 2-5 verschlang gewaltige Summen, und Florence wusste, dass kritische Stimmen laut geworden waren, die eine andere Verwendung der Mittel verlangten. Ein bisschen Symbolik – ein bisschen Pathos – konnte da nicht schaden.

Florence beschattete sich die Augen, um nicht vom Licht der untergehenden Sonne geblendet zu werden, und sah zum Hafen, wo ein großes jachtartiges Schiff am Kai lag, weiß wie Schnee. Mehrere vermutlich von den Hawaii-Inseln stammende militärische Schnellboote leisteten ihm Gesellschaft. Die Schrift am Rumpf der großen Jacht konnte Florence nicht entziffern, aber unter dem H des Hubschrauber-Landeplatzes am Heck bemerkte sie mehrere asiatische Schriftzeichen, deren Kombination ihr vertraut erschien.

»Die Samsung-Nippon-Gruppe?«, fragte sie.

»Die *Aufgehende Sonne* hat den Patienten gebracht«, sagte Rasmussen, der Zacharias' Rollstuhl schob. »Heute Morgen. Seine Ankunft war uns angekündigt worden, und Teneker hatte sich vorbereitet, so gut es ging. Viele Informationen bekam er nicht, obwohl wir betont haben, wie wichtig sie sind. Es wurde mehrmals darauf hingewiesen, dass die betreffende Person großen Wert auf ihre Privatsphäre legt.« Rasmussen drehte den Kopf und warf der hinter ihm über die gläserne Brücke gehenden Florence einen kurzen Blick zu. »Ich weiß nur, dass er aus der Network-Entwicklungsabteilung kommt. Ein Spezialist für Datennetze. Es muss ein Topmann sein, denn sonst hätten sie ihn nicht hierhergebracht.«

»Von wegen Privatsphäre«, brummte Florence. »Vermutlich befürchtet Samsung-Nippon, dass Entwicklungsgeheimnisse bekannt werden.«

»Was auch immer der Grund sein mag«, sagte Rasmussen. »Teneker sitzt in ihm fest. Seit fast zwölf Stunden. Wir befürchten ein Koma, wenn es nicht gelingt, ihn zurückzuholen.«

Sie hatten die Tür am Ende der Glasbrücke fast erreicht, als sie sich öffnete. Ein Mann in Uniform nahm sie in Empfang, im Blau der SN-Konzernpolizei, an Stirn und Schläfen die Spangen sensorischer Signalverstärker.

Der Uniformierte warf einen kurzen Blick auf die Gestalt im Rollstuhl. »Ist das der Mann?«

»Ja«, sagte Rasmussen.

Florence drängte sich neben ihn und streckte die Hände nach den Griffen aus. »Ich schiebe ihn, Jonas.«

Rasmussen machte ihr bereitwillig Platz, und Florence schob den Rollstuhl, nachdem sie den Monitor über der rechten Armlehne so gedreht hatte, dass sie die Anzeigefläche sehen konnte.

Mach dir keine Sorgen um mich, stand dort geschrieben. Ich schaffe es schon. Und es könnte interessant werden. Vielleicht bekommen wir diesmal auch ein bisschen Zeit für uns.

Der blinkende Cursor hatte die letzten Worte kaum geschrieben, als er zurückkehrte und sie verschwinden ließ.

Florence klopfte Zach auf die Schulter und schwieg, als sie dem Uniformierten durch Zimmer und Flure folgten. Im Verwaltungstrakt begegneten sie dem Sysadmin Matthias, der wie ein Zwillingsbruder des legendären Steven Jobs aussah und mit einem Becher Kaffee zum Hauptterminal von Lily zurückkehrte. Über seine Brille hinweg sah er Florence an und hob beide Brauen, bevor er im Admin-Büro verschwand. Die vertrauten Gesichter von Verwaltungsassistenten erschienen in Türen und hinter Fenstern, ernster als sonst, manche ein wenig verunsichert vom ungewohnten Anblick blauer Uniformen. Männer und Frauen im Blau der Konzernpolizei von Samsung-Nippon standen vor Aufzügen und dort, wo sich Korridore trafen. Sie versuchten, unauffällig zu bleiben, im Hintergrund, doch ihr Anblick war so ungewohnt, dass sie sofort ins Auge sprangen.

Auf Zacharias' Monitor erschien: Und ich habe die Foundation für unabhängig gehalten.

»So kann man sich irren«, murmelte Florence.

Rasmussen hatte die Worte ebenfalls gelesen. »SN gehört zu den Geldgebern des Philanthropischen Instituts«, sagte er gerade laut genug, damit Florence und Zacharias ihn hörten. »Uns blieb keine Wahl. Dies scheint *wirklich* wichtig zu sein.«

Ein Fahrstuhl brachte sie eine Etage tiefer, in den »Salon«, wie ihn die Traveller nannten, ein aus Dutzenden von Zimmern bestehendes Behandlungs- und Therapiezentrum, zu dem auch zwei große Aufenthaltsräume und eine Cafeteria gehörten. Als sie dort an dem Zimmer vorbeikamen, in dem Penelope seit drei Jahren im Bett lag, angeschlossen an Geräte, die sie am Leben erhielten, sah Florence zur Seite und bemerkte Helen und Duke, die neben der im Koma liegenden Travellerin saßen. Beide standen auf, traten in den Flur und schlossen sich der kleinen Prozession an, wie auch einige weitere Traveller, die – neugierig geworden – aus anderen Zimmern kamen. Vor den Behandlungsräumen im Westflügel des Salons trafen sie auf noch mehr Uniformierte. Zwei Männer in Zivil standen bei ihnen, einer von ihnen der große, schlanke und immer freundliche Thorpe, der seit zwei Monaten im Auftrag des Philanthropischen Instituts bei der Foundation nach dem Rechten sah – Florence mochte ihn noch immer nicht, obwohl einige der anderen inzwischen Freundschaft mit ihm geschlossen hatten oder ihn zumindest als Dauergast bei der Foundation akzeptierten. Der zweite Zivilist war Asiat und kleiner als Thorpe, trug einen gewöhnlichen dunklen Anzug und hatte dünnes, lichtes Haar. Florence schätzte ihn auf etwa fünfzig, und obwohl sie mit der asiatischen Physiognomie nicht vertraut war, erkannte sie in seinem Gesicht etwas, das ruhige Autorität und Kompetenz bewies.

Thorpe kam näher. »Helen, Duke, Elisabeth, Beatrice, Stratford …« Er nannte noch einige weitere Namen, was typisch für ihn war. Thorpe verzichtete nie darauf, Traveller und Personal mit ihren Namen anzusprechen. »Es tut mir leid, aber ich fürchte, diesmal haben Sie keinen Zutritt.«

»Aber …«, begann die nie um einen Streit verlegene Helen.

»Wir sind hier eine große Familie, Mr. Thorpe«, kam Rasmussen ihr zuvor. »Tenekers Wohlergehen liegt uns allen am Herzen.«

»Das verstehe ich natürlich, Jonas«, sagte Thorpe. »Aber diesmal haben wir es mit besonderen Umständen zu tun.«

Wir, dachte Florence, die Hände noch immer an den Griffen des Rollstuhls. Er spricht von wir, als gehörte er wirklich zu uns.

»Mr. Fukuroku legt großen Wert darauf, dass der Kreis der beteiligten Personen möglichst klein bleibt«, fügte Thorpe mit einem kurzen Blick auf den Asiaten hinzu.

Rasmussen seufzte. »Na schön. Ihr habt es gehört«, wandte er sich an die anderen Traveller. »Ich gebe euch später Bescheid, wie es Teneker geht.«

»Ist das der Mann, über den wir gesprochen haben?«, fragte der Asiat, als die anderen Traveller gegangen waren.

»Ja«, bestätigte Thorpe.

»Und die Frau? Brauchen wir sie?«

»Das ist Florence, seine Therapeutin«, sagte Rasmussen. »Sie begleitet ihn bei seinen Reisen.«

»Braucht er eine Begleiterin?«

»Ich glaube schon, Mr. Fukuroku«, antwortete Thorpe. »Die Therapeuten der Foundation üben nicht nur eine therapeutische Funktion aus. Sie dienen dem Traveller gewissermaßen als Verbindung zur Realität und …«

»Ja«, sagte der Asiat. »Sie haben es mir erklärt. Ich erinnere mich. Teneker ist allein aufgebrochen.«

»Was der Grund dafür sein könnte, dass er im Geist des Patienten feststeckt«, sagte Rasmussen.

»Zach macht sich nicht ohne mich auf den Weg, so viel steht fest«, betonte Florence und schloss die Hände etwas fester um die Griffe des Rollstuhls.

»Ist sie vertrauenswürdig?« Fukuroku richtete die Frage nicht an den Direktor Rasmussen, sondern an Thorpe. »Der Sicherheitsaspekt darf nicht vernachlässigt werden.«

Der Cursor wanderte über den Monitor. Was wird hier gespielt?, schrieb Zacharias mit den Augen. Was soll dieses Affentheater?

»Ich bin sicher, dass Florence unser aller Vertrauen verdient, nicht wahr, Jonas?«, erwiderte Thorpe.

Eine Frau in mittleren Jahren erschien in der Tür des nächsten Behandlungszimmers. Florence erkannte Agnes, die zum spezialisierten Pflegepersonal gehörte. »Es geht ihnen schlechter, ihnen beiden.«

Eine knappe Geste von Fukuroku ließ die Uniformierten beiseitetreten, und Florence schob den Rollstuhl hinter Thorpe und dem Asiaten ins Zimmer, das Teil einer kleinen Suite war. Zwei weitere Konzernpolizisten standen neben den Topfpflanzen am breiten Fenster, als wollten sie verhindern, dass Unbefugte von dort ins Zimmer eindrangen, im fünfundzwanzigsten Stock. Tische und Stühle waren beiseitegerückt worden, um Platz zu schaffen für zusätzliche Geräte und eine Interface-Liege, über das lokale Terminal mit Lily verbunden. Es wirkte alles recht überhastet und improvisiert, fand Florence, als sie sich im Zimmer umsah, die Hände noch immer an den Griffen des Rollstuhls. Im Patientenbett auf der anderen Seite lag ein junger, schmächtiger Mann mit asiatischen Gesichtszügen. Mehrere Pflaster klebten in seinem zerkratzten blassen Gesicht, und die Augen unter den Lidern bewegten sich nicht. Völlig reglos lag er da, und wenn nicht die Datenkolonnen und Zackenlinien gewesen wären, die über nahe Bildschirme wanderten, hätte Florence ihn für tot gehalten.

»Ich nehme an, das ist der Patient«, sagte sie.

»Ja«, bestätigte Thorpe.

Der Cursor wanderte über Zacharias' Monitor. Wo ist Teneker?

»Wo ist Teneker?«, fragte Florence.

»Im Nebenzimmer.«

Ich möchte ihn sehen, schrieb Zacharias.

Florence schob den Rollstuhl durch die Tür in den nächsten Raum, der den Eindruck erweckte, in aller Eile in eine Notfallstation verwandelt worden sein. Medizinische Geräte summten zu beiden Seiten des Bettes, in dem Teneker lag, ebenso blass und reglos wie der Patient, das dunkle Haar zerzaust. Dr. Anderson, einer der Ärzte der Foundation – gut vierzig, kahlköpfig und mit einem Bauch, der sich unter dem weißen Kittel wölbte –, überprüfte die Anzeigen und drehte sich um, als Florence und Zacharias hereinkamen, gefolgt von Thorpe und Fukuroku.

»Wie geht es ihm?«, fragte Florence.

»Schlecht«, antwortete Anderson ernst. »Wir haben die Verbindungen gekappt, und er bekommt kein Tetranol mehr, aber er bleibt im Geist des Patienten gefangen. Vor einer halben Stunde ist es uns gelungen, ihn für einige Sekunden zu wecken, aber inzwischen reagiert er kaum noch auf äußere Reize. Seine Bewusstlosigkeit weitet sich schnell zum Koma aus.«

Penelope, dachte Florence, und der Name erschien auch auf Zacharias' Monitor: Penelope. Der Cursor verharrte kurz, bewegte sich dann wieder und schrieb weitere Worte. Er muss wieder verbunden werden. Und er braucht eine neue Dosis Tetranol. Machen wir uns bereit, Flo.

»Was hält ihn fest?«, fragte Florence. »Was hat es mit dem Patienten auf sich?«

»Mr. Fukuroku hat uns gebeten, diese Angelegenheit sehr … diskret zu behandeln«, sagte Thorpe.

»Inzwischen sind Sie lange genug bei uns, um zu wissen, dass wir Informationen brauchen, bevor wir in einen Einsatz gehen. Je besser wir über den Patienten Bescheid wissen, desto größer sind die Erfolgsaussichten.« Florence unterbrach sich kurz. »Worum geht es überhaupt? Abgesehen davon, Teneker zurückzuholen.«

»Der Mann, den wir zur Foundation gebracht haben,

Miss Florence …«, sagte Fukuroku. »Er ist sehr wichtig für uns, für Samsung-Nippon. Vielleicht hat Direktor Rasmussen Sie bereits darauf hingewiesen, dass er in unserer Entwicklungsabteilung tätig ist und dort an einem Projekt arbeitet, von dem wir uns viel versprechen. Er fiel einem Verbrechen zum Opfer.«

»Einem Verbrechen?«

»Jemand hat ihn entführt, Miss Florence«, fuhr Fukuroku fort. Er sprach sehr ruhig. »Vielleicht jemand, der von ihm erfahren wollte, woran er arbeitete. Als wir ihn fanden, war er geistig verwirrt, und später verletzte er sich selbst mit einem Messer, vielleicht in dem Versuch, sich umzubringen.«

»Hundertsieben Schnitte«, warf Anderson ein. »Am ganzen Körper.«

»Mr. Fukuroku hat uns um die Identifizierung der Person gebeten, die hinter der Entführung steckt«, sagte Thorpe. »Und um die Beseitigung des Traumas. Er bat um den Einsatz des besten Travellers, aber ihr wart unterwegs, und Teneker erklärte sich bereit, den Auftrag zu übernehmen.«

»Dies ist der beste Mann, den Sie haben?« Fukuroku trat vor und musterte Zacharias. »Kann er mich verstehen?«

Ich verstehe Sie sehr gut, schrieb der Cursor.

»Wir benötigen weitere Informationen«, beharrte Florence und wandte sich an den neben der Tür stehenden Rasmussen. »Zach ist müde, Jonas. Das erhöht das Risiko. Wir müssen wissen, welche Welt uns erwartet. Gibt es irgendeinen Hinweis darauf, was Teneker festhält?«

Rasmussen öffnete den Mund zu einer Antwort, aber Fukuroku kam ihm zuvor. »Er leidet an einer seltenen Nervenkrankheit, nicht wahr?«

»ALS«, sagte Florence. Es klang fast trotzig.

»Amyotrophe Lateralsklerose. Eine degenerative Erkrankung des motorischen Nervensystems.« Fukuroku bemerkte Florences erstaunten Blick und fügte hinzu: »Direktor Rasmussen war so freundlich, mich zu informieren. Soweit ich weiß, führt ALS nach wenigen Jahren zum Tod.«

»Nicht immer«, sagte Florence. »Die Behandlung mit Tetranol hat die Krankheit weitgehend stabilisiert.« Das stimmte nicht ganz; es war nur die halbe Wahrheit.

»Und seine besonderen Fähigkeiten stimuliert.« Fukuroku kam noch einen Schritt näher und sah auf Zacharias hinab. »Körperlich sind Sie ein Krüppel, wenn Sie mir diesen Ausdruck gestatten, Mr. Zacharias. Aber geistig sind Sie ein Riese, nicht wahr? Und damit befinden Sie sich in guter Gesellschaft.«

Zacharias' Augen bewegten sich für die Mikrokamera am Schwenkarm. Ich bin kein genialer Physiker wie Stephen Hawking, schrieb der Cursor auf den Monitor. Ich bin nur ein Traveller.

»Und doch ruhen meine Hoffnungen jetzt auf Ihnen, Mr. Zacharias. Finden Sie heraus, wer versucht hat, unseren Mitarbeiter zu entführen. Samsung-Nippon wird Ihnen dankbar sein, Ihnen und der Foundation.«

»Hol Teneker zurück, Zacharias«, sagte Rasmussen.

Eins der medizinischen Geräte piepte, und Florence bemerkte, wie das warnende Gelb mehrerer Indikatoren in ein alarmierendes Rot überging. Dr. Anderson beugte sich über Teneker, hob ein Lid des Reglosen und leuchtete ihm mit einer kleinen Stiftlampe ins Auge, während Agnes die Anzeigen der Geräte überprüfte.

»Wir verlieren ihn«, sagte der Arzt ernst. »Was auch immer wir versuchen, um sein Bewusstsein zu stabilisieren, es funktioniert nicht. Irgendetwas zieht ihn fort.«

Der blinkende Cursor wanderte über Zacharias' Monitor und hinterließ Worte. Lasst uns keine Zeit mehr verlieren. Retten wir Teneker, Flo.

»Ja«, sagte sie und schob den Rollstuhl zurück ins andere Zimmer. Dort sah sie sich vergeblich nach einem Tisch mit Getränken um. »Agnes, bitte bringen Sie mir etwas zu trinken; ich habe noch immer Durst. Und ich brauche auch etwas zu essen.«

»Wir hängen Sie an einen Tropf«, sagte Dr. Anderson und bedeutete ihr, es sich auf der Interface-Liege bequem zu machen. Dann rollte er einen Ständer heran, befestigte oben einen mit klarer Flüssigkeit gefüllten Behälter und verband den davon ausgehenden dünnen Schlauch mit dem kleinen Adapter, den sie noch vom letzten Einsatz in der Armbeuge trug.

Zacharias hatte mit einem Augen-Befehl den Elektromotor eingeschaltet und lenkte seinen Rollstuhl neben das Bett. »Wenn du noch etwas brauchst, Zach …«, sagte Florence. »Jetzt ist der richtige Moment, danach zu fragen.«

Der Monitor drehte sich, sodass allein sie die Worte sehen konnte, die darauf erschienen. Ich brauche nur dich, Flo.

Sie lächelte und drückte eine der schmalen Hände, die schlaff in Zacharias' Schoß ruhten.

Als sie den Kopf aufs Kissen sinken ließ, begegnete sie Rasmussens Blick, und auch seine Augen sprachen. Sie sagten: Es tut mir leid; mir bleibt keine Wahl.

Hinter ihm schloss ein Mann in blauer Uniform die Tür des Behandlungszimmers und bezog davor Aufstellung. Ein anderer Uniformierter drehte die Justierstange der Jalousie am Fenster, und die Lücken zwischen den Lamellen wurden kleiner. Florence beobachtete, wie das Blau das Himmels schrumpfte, des blauen Himmels über dem blauen Meer, und die blauen Uniformen der Konzernpolizisten schienen zu einem Teil von Himmel und Meer zu werden. Tetranol, dachte sie. Der Tropf enthält nicht nur eine Nährlösung, sondern auch Tetranol. Und es begann bereits zu wirken, was auf eine hohe Dosis hindeutete. Warum gab ihr Anderson so viel, obwohl sie gerade aus einem Einsatz kam?

Eine Welle warmen, fiebrigen Wohlbehagens schwemmte die Frage fort. Flinke Finger – Agnes – befestigten Sensoren an Stirn und Schläfen, und Florence hörte bereits das Datenflüstern der Interface-Systeme, die sie mit Lily verbanden. Gleich, dachte sie und suchte Zacharias' wartende Augen. Gleich sehe ich dich wieder, wie du wirklich bist. Es war ein seltsamer Gedanke, losgelöst von den anderen, vielleicht schon Teil der Reise.

Ein Gesicht erschien vor ihr. »Florence?«, fragte Thorpe. »Sie kann mich doch nicht hören, Jonas, oder?«

»Ich … höre Sie«, sagte Florence, halb fortgetragen vom Tetranol-Wohlbehagen.

»Bevor Sie aufbrechen, Florence … Da wäre noch etwas.« Eine besondere Eindringlichkeit lag in Thorpes Stimme. »Der Patient hat Vorrang, Florence. Verstehen Sie?«

»Der … Patient?« Da war Zacharias, ganz nahe. Sie brauchte nur die Hand auszustrecken, die Hand des Geistes, um ihn zu begleiten. Er wartete auf sie, zuversichtlich und stark, trotz des langen Einsatzes, den sie hinter sich hatten. Sie brauchte nur die Worte zu sprechen.

»Er hat Vorrang, Florence«, sagte Thorpe und beugte sich tiefer. Sie spürte seinen Atem. Zimt, dachte sie. Er riecht nach Zimt. Wie seltsam. »Finden Sie heraus, wer ihn entführt hat und was mit ihm geschehen ist. Das hat Vorrang, Florence. Es tut mir leid, aber es ist sehr wichtig. Anschließend können Sie sich um Teneker kümmern.«

»Anschließend?«

»Alle Verbindungen sind hergestellt«, erklang eine andere Stimme. Florence glaubte, dass sie Dr. Anderson gehörte.

Sie schloss kurz die Augen. Als sie die Lider wieder hob, schien es im Zimmer dunkler geworden zu sein, und neben dem wie immer freundlichen Thorpe stand ein Mann in dunklem Anzug. Fukurokus Lippen bewegten sich, aber seine Worte galten nicht ihr, sondern Zacharias, der klein und zerbrechlich im Rollstuhl saß, den Kopf schief an der Lehne, die Augen groß und wach.

»Identifizieren Sie den Entführer und stellen Sie fest, wie viel er herausgefunden hat, Mr. Zacharias.«

Schluss mit dem Unfug, dachte Florence. Zuerst holen wir Teneker zurück, und dann sehen wir weiter.

Sie sprach die magische Formel. »Programm starten.«

Über die Interface-Verbindungen empfing Lily die Anweisungen und startete das Traveller-Programm. Der Behandlungsraum verschwand, und eine neue Welt öffnete sich vor ihr.

Penelope

Wenn ich es richtig verstehe, Jonas ... Ich darf Sie doch Jonas nennen?«, fragte Thorpe mit einem freundlichen Lächeln.

»Natürlich«, sagte Rasmussen.

»Nun, wenn ich es richtig verstehe, ist das Ich dieser Person an einem anderen Ort gefangen.«

Sie standen am Bett der jungen Frau, die Penelope hieß und die man Santa Maria nannte. Thorpe befand sich erst seit wenigen Tagen bei der Foundation, aber er hatte sich gut informiert und begann zu verstehen, was die einzelnen Personen bewegte. Das gehörte zu seinen Aufgaben: sich einen Überblick zu verschaffen, nicht nur über die Projekte, sondern vor allem über die daran beteiligten Personen.

Lebenserhaltungsmaschinen in der Nähe sangen ein leises, monotones Lied.

»Penelope lebt nur noch, weil sie an diese Maschinen angeschlossen ist. Weil wir sie nicht sterben lassen«, sagte Rasmussen. Es klang traurig, stellte Thorpe fest. »Wo ihr Geist ist ...« Er zuckte die Schultern.

»Sie hat einen Schock erlitten, nicht wahr?«, fragte Thorpe und sah auf die junge Frau hinab. Penelope Ayyad, geboren in Tel Aviv vor fünfundzwanzig Jahren, kurz vor der Überflutung der Stadt, dachte Thorpe. Tochter eines Palästinensers und einer Israelitin, noch dazu einer ehemaligen Offizierin in der israelischen Armee; das war erstaunlich genug. Ihr dunkles Haar lag auf dem Kissen ausgebreitet. Sie schien zu schlafen. Wie Dornröschen, ertappte sich Thorpe bei einem der absurden Gedanken, die ihm manchmal kamen. Aber wer und wo ist der Prinz, der sie wachküsst? Und an welcher Spindel hat sie sich gestochen?

»Um ganz ehrlich zu sein … Wir wissen nicht genau, was mit ihr passiert ist«, sagte der Mann mit dem grauen Vollbart, der sich in seiner Vaterrolle für die Gemeinschaft der SGPs wohlfühlte. »Bei ihrem damaligen Einsatz hätte es eigentlich nicht zu Problemen kommen dürfen, aber plötzlich starb der Patient an einem Hirninfarkt.«

»An einem Hirninfarkt? So was gibt es?«, fragte Thorpe. Er wusste natürlich Bescheid – er kannte die Krankengeschichte und verstand die medizinischen Details –, aber manchmal schadete es nicht, sich ein bisschen dumm zu stellen.

»Der Patient erlitt einen Ischämischen Schlaganfall«, sagte Rasmussen. »Es ging alles sehr schnell. Wir haben versucht, Penelope zurückzuholen, aber das gelang nicht. Seitdem ist ihre Seele verschollen.«

Eine verschollene Seele, dachte Thorpe. Mein Gott, wie das klingt!

»Und die … Stigmatisation?«, fragte er mit einem freundlichen Lächeln. Immer freundlich lächeln, das gehörte dazu. Vorsichtig ergriff er Penelopes kleine Hand und achtete darauf, sich seine Überraschung nicht anmerken zu lassen. Aus irgendeinem Grund hatte er damit gerechnet, dass sie kalt war, aber sie erwies sich als erstaunlich warm. Innen, fast genau in der Mitte, gab es einen Fleck. Thorpe deutete erst darauf und dann auf die wie schlecht verheilte Kratzer aussehenden Male an der Stirn. »Nägel in den Händen, eine Dornenkrone an der Stirn …«

»Die Verfärbungen sind zweifellos psychogener Natur«, sagte Rasmussen. »Penelope stammt aus einem sehr religiös geprägten familiären Umfeld.«

Thorpe dachte über diese Worte nach. »Ich nehme an, Sie sind nicht besonders religiös, Jonas, oder?« Auch diesmal vergaß er das freundliche Lächeln nicht.

Rasmussens Miene umwölkte sich kurz. »Der Mensch hat Gott erfunden, und wen wundert es da, dass Gott den Menschen im Stich gelassen hat. Die Welt steuert auf eine Katastrophe zu, Mr. Thorpe, und wenn es einen Gott gibt, sieht er tatenlos zu.«

»Kommt darauf an.« Thorpe deutete auf die junge Frau im Bett, auf das schlafende Dornröschen. »Vielleicht ist dies Seine Antwort.«

»Penelope?«

»Sie und die anderen. Vor ein paar Tagen, kurz nach meinem Eintreffen, haben Sie von Evolution gesprochen, Jonas, und davon, dass die sogenannten Traveller eine Antwort der Evolution auf das Ende der uns vertrauten Welt darstellen könnten. Wer weiß? Vielleicht steckt Seine Hand dahinter.« Er fügte diesen Worten ein weiteres Lächeln hinzu, damit Rasmussen ihn nicht für einen Fundamentalisten hielt. »Übrigens …«, sagte er dann. »Wenn Sie recht haben, und daran zweifle ich nicht, gibt es noch Hoffnung für Penelope. Wenn diese Male tatsächlich psychogener Natur sind, so muss noch ein Geist da sein, der sie geschaffen hat, nicht wahr?«

Eine Zeit lang schwiegen sie beide und sahen auf Penelope hinab.

»Darf ich Sie etwas fragen, Mr. Thorpe?«

»Aber natürlich, Jonas. Fragen Sie, fragen Sie nur.«

»Warum sind Sie hier, Mr. Thorpe? Warum hat Sie das Philanthropische Institut zu uns geschickt?«

»Das sind zwei Fragen, mein lieber Jonas.« Thorpe lachte gedämpft. Er hatte natürlich mit einer solchen Frage gerechnet; die Worte lagen bereit. »Dies sind schwere Zeiten, Jonas. Die Welt verändert sich, und nicht zum Besseren. Die Zukunft der Menschheit steht auf dem Spiel. Überall steigt das Wasser, von den Unwettern, die sich im Innern der Kontinente austoben, ganz zu schweigen. Wir stehen am Abgrund, und mit ›wir‹ meine ich unsere Spezies, nicht unsere Zivilisation. Deren Untergang steht bereits fest.« Er bemerkte Rasmussens erschrockenen Blick. »Zumindest wird sie in ihrer bisherigen Form nicht weiterbestehen. Das Philanthropische Institut hat vor Jahren in weiser Voraussicht damit begonnen, diesen Weg des Überlebens zu beschreiten, mit dem Bau von schwimmenden Städten. Aber so finanzkräftig die Investoren des PI auch sind, es fehlt an Geld. Wir müssen darauf achten, dass unsere Mittel richtig eingesetzt und unsere Ressourcen sinnvoll genutzt werden.«

»Sie sind also ein Controller, wie einige von uns vermuten?«

Thorpe schmunzelte. »Ich nehme an, unter den ›einige von uns‹ befindet sich auch Florence, die Therapeutin von Zacharias, nicht wahr? Ihre skeptische Haltung mir gegenüber ist mir in den letzten Tagen aufgefallen, und ich bedauere diese Einstellung sehr. Bitte glauben Sie mir, wenn ich Ihnen sage: Ich bin hier, um uns allen zu helfen.« Die Worte klangen gut und schienen voller Bedeutung zu sein, obwohl sie hohl waren, hohl und leer.

»Was verstehen Sie unter sinnvoller Nutzung unserer Ressourcen?«, fragte Rasmussen vorsichtig.

»Ich möchte vermeiden, dass man der Foundation Mittel streicht. Sie alle leisten hier großartige Arbeit, und Sie sollen auch weiterhin in der Lage sein, Großartiges zu vollbringen und diesen Autisten zu helfen.«

»Es sind keine Autisten, sondern …«

»SGPs, ich weiß«, sagte Thorpe. »Special gifted persons, besonders begabte Personen. Mit autistischen Neigungen, die bei manchen von ihnen so stark sind, dass sie Therapeuten benötigen.«

»Wir nennen sie Therapeuten, aber eigentlich …«

Thorpe winkte. »Ja, ich weiß, mein lieber Jonas, ich weiß. Die Therapeuten verbinden die Traveller bei ihren Reisen mit der Realität, und gleichzeitig erlaubt ihre Präsenz Aufzeichnungen.« Er trat zum Fenster und deutete auf eine Welt, die von diesem Ort aus gesehen nur aus Meer zu bestehen schien. »In der Welt dort draußen gibt es viele Menschen mit Traumata der verschiedensten Art. Reiche Menschen, die für Dienste, wie sie Helen, Duke, Zacharias, Conrad, Beatrice und all die anderen leisten können, viel Geld bezahlen würden.«

Rasmussen kam näher. »Solche Behandlungen sind die Ausnahme, nicht die Regel.«

»Bisher, Jonas. Bisher. Stellen Sie sich eine veränderte Foundation vor, die keine finanziellen Mittel für ihre Forschungen benötigt, sondern sich selbst finanziert. Sie könnte ihre Forschungen ausweiten, Zweigstellen in den anderen Sea Citys und vielleicht auch auf dem Festland gründen, mehr SGPs finden und ihnen helfen …«

Thorpe drehte sich um. »Ich helfe Ihnen dabei, Jonas. Deshalb bin ich hier. Um Ihnen zu helfen. Sehen Sie sich Penelope an. Vielleicht wäre das, was mit ihr passiert ist, nicht geschehen, wenn wir mehr über diese Reisen wüssten.« Er klopfte dem schweigenden Rasmussen auf die Schulter und ging zur Tür. »Die Foundation muss wirtschaftlicher und effizienter werden.« Er nickte zuversichtlich. »Wir schaffen das schon, Jonas. Gemeinsam schaffen wir das. Wenn Sie mich jetzt bitte zu Matthias begleiten würden … Er ist der Sysadmin von Sea City, nicht wahr?«

»Einer von ihnen«, erwiderte Rasmussen. Es klang behutsam.

Er ist argwöhnisch, diagnostizierte Thorpe und beobachtete ihn hinter der Maske des freundlichen Lächelns. Ich wäre es an seiner Stelle auch. »Das Philanthropische Institut hält es für erforderlich, die Sicherheit der hiesigen Computersysteme zu überprüfen und falls nötig zu verbessern.« Er nahm seine Aktentasche vom Stuhl neben der Tür. »Ich habe Material für Matthias mitgebracht. Konfigurationen für eine neue Firewall und so weiter.«

»Befürchten Sie Angriffe?«, fragte Rasmussen besorgt.

Thorpe deutete zum Fenster. »In der Welt dort draußen geht es nicht nur immer schlimmer zu, sie ist auch voller Neider. Wir müssen uns schützen.«

Kurze Zeit später gingen sie durch den Flur. »Erzählen

Sie mir mehr von dieser Droge, diesem Tetranol«, sagte Thorpe, obwohl er genau Bescheid wusste.

»Es ist keine Droge, sondern ein Medikament.«

»Natürlich, natürlich. Ein Medikament. Erzählen Sie mir mehr davon, Jonas. Von der speziellen Version, die Sie hier verwenden.«

Stadt im Meer

3

Ein sicherer Ort, dachte Zacharias, schloss die Augen und schlüpfte aus seinem Leib. So fühlte es sich an: als steckte er in einem engen Gehäuse fest, im Käfig eines gelähmten Körpers, und das Tetranol war wie Öl für die Seele, damit sie besser in die Freiheit gleiten konnte. Das in den Rollstuhl integrierte Interface-System verband ihn mit Florence, und er nahm sie mit, was inzwischen zu einem automatischen Reflex geworden war, einem Instinkt. Bisher hatte er noch keine Gelegenheit gefunden, sich eingehender mit diesem Aspekt des Transfers zu befassen, der ihm den Eindruck einer seltsamen Einheit vermittelte, als wären Florence und er für mehrere subjektive Sekunden miteinander verschmolzen, nicht ein Leib, aber eine Seele, wie zwei am Himmel des Geistes ineinandergleitende Wolken. Dass sie nicht auf diese Weise empfand, wusste er inzwischen; für sie bedeutete der Übergang vor allem Benommenheit, geschaffen vom Tetranol, und dann folgte oft eine kurze Phase der Verwirrung, während sich ihre Wahrnehmung – die vom Gehirn geschaffenen Perzeptionsfilter – mit den von Lily und dem Travel-Programm bereitgestellten Datenverbindungen einerseits und andererseits dem »Space«,

Zacharias' Interpretationen fremder Gedankenwelten, synchronisierten. Für ihn hingegen war es wie eine neue Geburt, und das Tetranol schmierte den Geburtskanal, machte es ihm leichter, gab ihm mehr Kontrolle. Das war ein wichtiger Unterschied: Er konnte die Tür allein öffnen, während sie für Therapeuten – Reisebegleiter – wie Florence ohne Interface, Tetranol und einen Traveller, der die Führung übernahm, verschlossen blieb. Man musste sie nur finden, die Tür. Manchmal fiel es schwer, weil sie in Schatten verborgen blieb, und auch in diesem Fall half Tetranol, mit ein wenig Licht. Oder sie tarnte sich, gab sich nicht als Tür zu erkennen, und dann musste Zacharias suchen, bis er sie fand. Manche Traveller taten sich schwer damit, doch bisher hatte er nie lange suchen müssen, was vielleicht an dem lag, was Florence und die Ärzte »primäre Begabung« nannten, an einem besonderen Sinn, wie ein zusätzliches, inneres Auge, und einer Hand, die dem Blick dieses Auges folgen und berühren konnte, was es sah, und einem Körper, der wiederum der Hand folgte, einem Körper, der dem Geist gehorchte, von ihm geformt werden konnte und kein nutzloses Anhängsel war, das künstlich ernährt werden musste.

Wir brauchen einen sicheren Ort, um uns zu orientieren, dachte er. Dies könnte gefährlich werden. Doch noch während er dies dachte und sich die subjektiven Sekunden des Übergangs in die Länge zogen, erinnerte er sich an das erste Mal, an die erste Tür, die er mit seinem inneren Auge gefunden hatte. Er hatte es damals für einen Traum gehalten, sich mit einem Körper zu bewegen, der nicht seiner gewesen sein konnte, weil er größer war, mit längeren Armen und

Beinen. Er hatte die Bettdecke zurückgeschlagen und war aufgestanden, durch ein dunkles Zimmer gegangen, mit Beinen, die sich stärker anfühlten als seine eigenen. Im Flur hatte er den vertrauten Teppich unter den nackten Fußsohlen gefühlt, aber irgendwie anders als sonst, und vor der nach unten führenden Treppe war er stehen geblieben und hatte in den dort an der Wand hängenden Spiegel gesehen.

Aus dem Spiegel hatte ihn das Gesicht seines größeren Bruders Alexander angestarrt.

Zacharias war damals so erschrocken, dass er zurücktaumelte und fiel, die Treppe hinunter. Und dann war er in seinem eigenen Körper aufgewacht, in einem von den Anfängen der Krankheit geschwächten Körper, hatte im Bett gesessen und unten die Stimmen gehört, aufgeregte Stimmen, die ihm zu verstehen gaben, dass etwas passiert war. Und kurze Zeit später war seine Mutter ins Zimmer gekommen und hatte ihm mitgeteilt, dass Alexander die Treppe hinuntergefallen war und sich dabei das Bein gebrochen hatte.

Den Rest der Nacht hatte Zacharias wach gelegen und sich davon zu überzeugen versucht, dass ihn keine Schuld traf.

Der fast zwanzig Jahre ältere Zacharias, von ALS an den Rollstuhl gefesselt, wusste, dass er damals sehr wohl schuldig gewesen war, zumindest am Sturz seines Bruders die Treppe hinunter. Nicht aber an dem Autounfall, dem Alexander einen Monat später zum Opfer gefallen war. Damit hatte er nichts zu tun. Es war ein Zufall gewesen, eines jener Ereignisse, bei dem sich jemand zur falschen Zeit am falschen Ort befand. So etwas kam vor; es geschah einfach.

Seine Eltern, seine kleine Schwester Patrizia mit den großen blauen Augen und den goldenen Locken … In seinen Erinnerungen sah sie aus wie ein vom Himmel gefallener Engel. Aber wenn das stimmte, wenn sie wirklich vom Himmel gefallen war, so hatte sie dafür ebenfalls die falsche Zeit und den falschen Ort gewählt, wie Alexander, mit dem Unterschied, dass sich bei ihr der Zeitraum nicht auf einige wenige Sekunden beschränkte, sondern mehrere Jahre umfasste, und der Ort keine Straße war, sondern eine ganze Stadt, und eine sehr große noch dazu: São Paulo, eine der zwölf Kollaps-Metropolen, die dem Ansturm der Flüchtlinge nach der Zweiten Großen Flut nicht standgehalten hatten. Damals war es zu einer neuen Flut gekommen, einer Flut aus Menschen, und in gewisser Weise war sie noch schlimmer und zerstörerischer gewesen als die aus Wasser, denn sie hatte die Grundfesten der Zivilisation nicht nur erschüttert, sondern tiefe Risse und Löcher darin hinterlassen.

Zacharias wusste nicht, was aus seinen Eltern und der kleinen Patrizia geworden war; er hatte sie nie wiedergesehen. Vielleicht waren sie wie viele andere Opfer der Plünderungen und Aufstände geworden, die São Paulo vor fünfzehn Jahren in einen Hexenkessel verwandelt hatten. Das eigene Überleben – und dass er sich jetzt in Sea City befand, in der Foundation – verdankte er dem Umstand, dass Talentsucher des Philanthropischen Instituts auf ihn aufmerksam geworden waren. Als in São Paulo die Hölle losbrach, hatte er sich in einer Klinik für Psychiatrie und Psychotherapie aufgehalten, die offenbar vom PI finanziert worden war, und man hatte ihn zusammen mit anderen ausgeflogen.

Ein sicherer Ort, dachte Zacharias erneut und ermahnte sich damit selbst. Er musste noch viel lernen, wie Florence immer wieder betonte, und dazu gehörte auch, seine schweifenden Gedanken unter Kontrolle zu halten.

Er trat über die Schwelle der bereits geöffneten Tür und zog die benommene Florence sanft mit sich. Auf der einen Seite lockte ein Sicherheit verheißendes Flüstern, und sein Instinkt bestätigte, dass dort keine Gefahr drohte. Noch ein Schritt …

Dunkelheit wich Licht. Die Sonne blinzelte durch halb geschlossene Jalousien.

»Mistkerl«, sagte Florence.

Zacharias drehte sich zu ihr um und nahm sie in die Arme, als sie taumelte. »Herzlichen Dank. Darf ich fragen, was ich verbrochen habe?«

»Du? Nein, ich meine diesen Mistkerl Thorpe. Du hast ihn gehört. Ihn und Fukuroku. Teneker interessiert sie gar nicht. Es geht ihnen nur um ihren Mann von Samsung-Nippon.«

Nicht nur der eigene Körper fühlte sich gut an, auch der von Florence in seinen Armen. Zacharias hielt sie fest, für einige Sekunden, die zu schnell verstrichen, und dann löste sich Florence vorsichtig aus der Umarmung. Sie wankte erneut, und Zacharias machte sich Sorgen um sie. Er hatte seinen Rollstuhl mit den integrierten Geräten, die seinen Körper eine Woche lang mit Nährstoffen versorgen konnten, ihn am Leben erhielten und stimulierten. Florence hingegen war auf sich allein gestellt, abgesehen von den Interface-Systemen, die es ihr erlaubten, ihn zu begleiten, und die Reisen waren für sie anstrengender als für ihn, denn ihr fehlte das echte, aktive Talent des Travellers. In den Knochen ihres Leibs und im Mark ihrer Seele steckten die Müdigkeit eines Einsatzes, der achtundvierzig objektive Stunden gedauert hatte. Zacharias wollte sie noch einmal umarmen und stützen, aber sie schüttelte den Kopf.

»Wir müssen arbeiten, Zach«, sagte Florence, nahm das Interface-Äquivalent vom Gürtel und hakte es ans Ohr. »Alle Verbindungen sind stabil. Datenfluss konstant. Das Programm meldet Bereitschaft; Lily ist bei uns.« Erst dann sah sie sich erstaunt um und sagte: »Oh.«

Sie standen im Behandlungszimmer, und dort lag der Patient im Bett, den die *Aufgehende Sonne* gebracht hatte, angeschlossen an ähnliche medizinische Geräte wie Teneker im Nebenzimmer. Die Zahlenkolonnen und Kurven auf den Monitoren waren eingefroren, der Patient völlig reglos. Ein dumpfes Brummen hing in der Luft, so tief, dass man es mehr fühlte als hörte. Thorpe, Fukuroku und Rasmussen fehlten. Am Fenster standen zwei Gestalten in blauen Uniformen, die Gesichter leer, ohne Augen, Nase und Mund.

»Dies ist Teneker«, sagte Zacharias und vollführte eine knappe Geste, die der Umgebung galt. Er fühlte die Verbindung wie ein Band, das die Hände seines Geists ergreifen konnten. »Er ist noch nicht ganz weg. Die Lebenserhaltungsmaschinen halten einen Teil von ihm an diesem Ort fest.«

»Hast du nicht versucht, eine Verbindung mit dem Mann herzustellen?« Florence deutete auf die Gestalt im Bett.

»Ja, habe ich, aber … Teneker hat uns abgelenkt.« Zacharias trat zur Tür und sah ins Nebenzimmer. Es war leer;

nicht einmal ein Bett stand dort. »Er muss gewusst haben, dass ihm jemand folgen würde.«

»Sieh dir das an.«

Zacharias drehte sich um. Florence stand am Fenster, zog zwei Lamellen der Jalousie auseinander und schaute hinaus. Er ging zu ihr, vorbei an den beiden Gesichtslosen, die wie Statuen standen, und folgte ihrem Blick.

Jenseits von Sea City erstreckte sich nicht das offene Meer, sondern eine Ruinenstadt auf dem Festland, eine urbane Landschaft aus geborstenen Wolkenkratzern, mit Trümmern gefüllten Straßenschluchten und wie Gerippe aufragenden Mauern.

»Teneker ist immer sehr pessimistisch gewesen«, sagte Zacharias. »Vielleicht hat er sich die Zukunft so vorgestellt.«

Florence drückte einen Knopf an ihrer Uhr, und Zacharias brauchte nicht in ihr Gesicht zu sehen, um zu verstehen, dass sie in den resoluten Modus umschaltete, trotz ihrer Schwäche. »Lily gibt uns sechs objektive Stunden, Zach. Solange wirkt die Tetranol-Dosis, die wir bekommen haben. Fangen wir an.«

»Womit? Mit dem Patienten oder Teneker?«

»Natürlich mit Teneker«, sagte Florence ohne zu zögern. »Er ist einer von uns, und er schwebt in Lebensgefahr, im Gegensatz zum Patienten. Um den kümmern wir uns, sobald wir Teneker in Sicherheit gebracht haben.«

»Und anschließend nehmen wir uns Zeit für uns.« Zacharias grinste und spürte noch immer etwas von dem Überschwang, der ihn zu Beginn einer jeden neuen Reise begleitete. Ein guter Nährboden für Leichtsinn, so hatte Florence das genannt. Für Zacharias war es reine Lebensfreude, hervorgerufen von dem herrlichen Gefühl, in einem starken, gesunden Körper zu stecken, der ihm voll und ganz gehorchte.

»Jede Menge subjektive Zeit.«

Um sie herum erzitterten die Wände, und von den Jalousien kam ein Rasseln, als ihre Lamellen aneinanderschlugen. Hinter den beiden Uniformierten, die ihre Gesichter verloren hatten, bildeten sich die Konturen eines Gesichtes in der Wand, als drückte jemand von der anderen Seite, von draußen, den Kopf an die Mauer.

»Lily registriert verstärkte Hirnaktivität beim Patienten«, sagte Florence.

Zacharias beobachtete das Gesicht, das seinerseits ihn zu beobachten schien, und fragte: »Was ist mit Teneker?«

»Nichts. Ich bekomme keine Daten. Was vermutlich bedeutet, dass sein Zustand unverändert ist. Was zeigt dein Radar an, Zach?«

Er schickte ein Ping hinaus, wie es die Traveller nannten, einen rufenden Gedanken, bekam jedoch kein Echo. Das Gesicht in der Wand verzog die Lippen zu einem Lächeln und verschwand mit einem leisen Knistern.

Stille breitete sich aus, schluckte selbst das dumpfe Brummen und kroch in alle Winkel des Zimmers. Draußen schoben sich Wolken vor die Sonne über Sea City und der Ruinenstadt, und es wurde dunkler im Zimmer. Schatten glitten aus den von der Stille erreichten Ecken.

»Wer war das?«, fragte Florence leise.

»Keine Ahnung.« Zacharias behielt die Wände im Auge und hielt Ausschau nach weiteren Bewegungen. »Teneker war's nicht.«

»Vielleicht eine Interferenz«, sagte Florence nach einigen weiteren Sekunden der Stille. Zu solchen Interferenzen kam es vor allem zu Beginn einer Reise, wenn Integration und Synchronisation noch nicht perfekt waren. Zacharias verglich es mit den Wellen, die ein in den Teich geworfener Stein verursachte. Wir sind der Stein, dachte er, und das Selbst des Patienten ist der Teich.

»Also gut«, sagte Florence und klang so, als ginge sie eine innere Checkliste durch. »Was sagt dein Instinkt? Wie riecht dieser Ort? Wo sind die Übergänge?«

Zacharias trat in die Mitte des Zimmers, drehte sich dort langsam um die eigene Achse und atmete langsam durch die Nase ein. »Der Ort riecht bitter«, sagte er. »Abgestanden, nicht belüftet, wie ein Keller.« Er hob den Kopf. »Wie ein Schlupfloch.«

»Aber er ist nicht hier?«

»Nein.« Zacharias hob die Hände und betrachtete sie, als könnten sie ihm einen Hinweis geben.

»Lass dich nicht von deinem Körper ablenken, Zach«, mahnte Florence. »Konzentrier dich auf deine Gabe. Sieh mit den inneren Augen. *Was* siehst du?«

Zacharias schloss die Augen und sah … einen großen Saal, wie in einer Bibliothek. Auf der anderen Seite dieses Saals stand ein breiter, wuchtiger Schreibtisch aus dunklem Holz, und dort saß ein junger Mann, kaum zwanzig, das dunkle Haar zerzaust. Nur seine rechte Hand bewegte sich, hielt einen Stift und führte ihn geduldig über Papier. Die Entfernung betrug mehr als fünfzig Meter, aber das innere Auge zeigte Zacharias alle Einzelheiten des Gesichts, die fast mädchenhaft zarten Züge des Philippiners, die schmale Nase und vollen Lippen, und mit dem inneren Ohr hörte er das Kratzen des Stifts auf dem Papier so deutlich, als stünde er direkt daneben.

»Jetzt habe ich etwas auf dem Radar«, sagte Zacharias. »Teneker hat ein Bild von sich zurückgelassen.« Er deutete zur Tür. »Dort.«

Hinter der offenen Tür erstreckte sich nicht mehr der vertraute Flur, sondern ein Bibliothekssaal, an den Wänden Schränke und Regale, die bis zur hohen Decke reichten. Bibliothekstreppen ermöglichten es, auch die Bücher ganz oben zu erreichen.

Der staubige, leicht muffige Geruch, den Zacharias zuvor wahrgenommen hatte, passte eher zu diesem Raum, der den Eindruck erweckte, schon seit Langem keine Besucher mehr empfangen zu haben, abgesehen von dem schmächtigen Mann am Schreibtisch, der unentwegt schrieb und nicht aufsah, als sich Zacharias und Florence näherten. Vor ihm stand ein schmiedeeiserner Halter mit einer Kerze, die ruhig und gleichmäßig brannte, ohne dass ihre Flamme ein einziges Mal flackerte.

»Die Synchronisation ist gut«, sagte Florence. Sie schritten durch den Saal, über einen alten, verblichenen Teppich, der das Geräusch ihrer Schritte dämpfte. »Die objektive Zeit entspricht der subjektiven.«

»Teneker?«, fragte Zacharias, als sie den Schreibtisch erreichten.

Der junge Mann mit dem zerzausten Haar sah nicht auf. Nur seine rechte Hand bewegte sich, und der Stift kratzte übers Papier. Zacharias trat hinter den Schreibtisch, um über Tenekers Schulter zu sehen, woraufhin die Hand verharrte; der Stift rutschte langsam zur Seite, blieb neben dem Zeigefinger liegen.

Florence beugte sich vor. »Das Blatt ist leer.«

»Nein, ich glaube nicht. Spürst du das?« Zacharias horchte, und das Knistern, das sie im anderen Zimmer beim Verschwinden des Gesichts gehört hatten, wiederholte sich, begleitet von einer Vibration, die sich in den Wänden ausbreitete, auch den Boden und die Decke erfasste. »Etwas will verhindern, dass wir lesen, was Teneker geschrieben hat.«

»Was?«

»Ich weiß nicht.« Behutsam zog er das Blatt unter der Hand des Reglosen hervor, und als er dabei die Finger berührte, entstand eine matte, jadegrüne Fluoreszenz, die Tenekers Arm hinauflief und innerhalb von zwei oder drei Sekunden über den ganzen Körper wanderte. Es roch plötzlich nach Ozon, und aus der Ferne kam ein Rauschen, wie von Wind in hohen Baumwipfeln, oder wie von einem nahen Ozean.

Zacharias hielt das Blatt ins Licht der Kerze, deren Flamme sich langsam von einer Seite zur anderen neigte, wie ein Halm im Wind, und dann wieder ruhig und stetig brannte. Erste Zeichen erschienen auf dem Papier, wirre Schnörkel, die keinen Sinn ergaben. Zacharias konzentrierte sich darauf.

Der Boden unter seinen Füßen zitterte, und die Kerzenflamme flackerte in einem Windstoß, den nur sie zu spüren bekam.

Weitere Zeichen erschienen auf dem Blatt Papier, tauchten auf wie aus einer Tiefe darunter, die sie festzuhalten versuchte.

»Dies ist eine …« Die Striche bewegten sich wie kleine Schlangen, wie Würmer, die danach trachteten, sich durchs Papier zu fressen und die Freiheit darunter zu erreichen. Zacharias hielt sie mit seinem Willen fest und zwang sie zurück in die Form, die ihnen die Hand des Schreibenden gegeben hatte.

»Dies ist eine Warnung«, las er laut, während Florence mit ihrem Interface-Äquivalent alles für Lily und die Datenspezialisten der Foundation aufzeichnete. »Wen auch immer Jonas schickt, um mich herauszuholen: Kehrt um. Es ist eine Falle.«

»Eine Falle?«, fragte Florence.

Die Kerzenflamme flackerte erneut und tanzte, als wollte sie sich vom Docht lösen. Zacharias blickte aufs Papier und weitere Worte erschienen. »Der Mann, dieser Haruko, er ist ein Köder. Er …«

Die nächsten Schriftzeichen flogen auseinander, als bestünden sie aus Staub, den plötzlich jemand fortpustete. Im nächsten Augenblick sprang die Kerzenflamme zum Papier, das sofort Feuer fing. Zacharias ließ es fallen, auf Tenekers Hand, neben der noch immer der Stift lag, und sie begann ebenfalls zu brennen. Weitere Flammen entstanden, heiß und hungrig, fraßen sich – wie zuvor die grüne Fluoreszenz – über Tenekers Arm, erfassten Schulter und Haar.

Zacharias wich zurück. »Es ist nur ein Bild von ihm«, sagte er, als wäre ein solcher Hinweis nötig.

Der Boden unter ihm bebte so heftig, dass er schwankte und Florence sich am Schreibtisch festhalten musste, um nicht das Gleichgewicht zu verlieren. Mehrere alte Bücher, in Leder gebunden, rutschten aus den oberen Regalen und gingen in Flammen auf, während sie fielen. Funken sprühten, als sie auf den Boden prallten, und jeder einzelne von ihnen schien bestrebt zu sein, zu einem Keim für neues Feuer zu werden. Nach wenigen Momenten brannte der ganze Bibliothekssaal.

Zacharias nahm Florences Hand und eilte mit ihr zum Patientenzimmer, dessen Tür auf der anderen Seite offen stand. Dicht dahinter spürte er die Präsenz einer zweiten Tür, eines Übergangs, und er begriff, dass eine Entscheidung getroffen werden musste.

Florence kannte ihn gut genug, um es zu spüren. »Was hast du vor, Zach?«

»Es gibt nur zwei Möglichkeiten«, sagte er und wich mehreren dicken Büchern aus, die wie Brandbomben aus einem lichterloh brennenden hohen Schrank fielen. »Entweder zurück, oder wir gehen ganz rein.« Nur noch wenige Meter trennten sie von der Tür. »Teneker ist ein guter Freund von mir. Ich lasse ihn nicht im Stich.«

»In Ordnung«, sagte Florence nur. Sie vertraute ihm und seiner Kraft, obwohl sie ihn oft ermahnte.

»Wenn es wirklich eine Falle ist …«, fügte Zacharias hinzu. »Wir könnten Verstärkung anfordern.«

»Es müssten geeignete Traveller geholt werden. Und es wäre eine Resynchronisierung notwendig. Wir verlören mindestens eine halbe Stunde objektive Zeit, vielleicht noch mehr.«

»Und dem echten Teneker geht es schlecht genug.« Zacharias sah zum brennenden Teneker zurück, der langsam zur Seite kippte und auf den Boden fiel. Flammen krochen wie kleine feurige Wesen von ihm zum Schreibtisch, kletterten an den hölzernen Beinen hoch und erreichten ein Stück Papier, das wie durch ein kleines Wunder unversehrt geblieben war. Mit dem inneren Auge erkannte Zacharias die beiden Worte, die darauf geschrieben standen, bevor auch dieser letzte Papierfetzen verbrannte: »Warnung« und »Köder«.

Und wenn schon, dachte er. Ich bin stark genug. Hier geht es darum, einen Freund zu retten.

»Also gehen wir rein.« Florence stand bereits auf der anderen Seite der Tür zum Bibliothekssaal, im Zimmer mit dem Patienten. Sie lächelte, und Zacharias mochte dieses Lächeln. Es war ein wenig kühn und draufgängerisch.

Er trat zu ihr, weg von der Hitze des brennenden Saals, die auf der anderen Seite der offenen Tür gefangen blieb, nahm Florences Gesicht zwischen die Hände und drückte ihr einen Kuss auf die Lippen.

»Wofür ist das?«, fragte sie, hob die Hand zum Interface-Äquivalent und machte sich bereit.

»Dafür, dass du zu mir hältst, Flo. Dafür, dass du nicht alle Regeln beachtest. Wir beide sind das beste Team der Foundation. Und wir sind noch mehr, wir sind ein Paar. Wir werden mit allem fertig. Wär doch gelacht!«

Die zierliche Florence mit dem lockigen schwarzen Haar, den großen dunklen Augen und den vollen, geschwungenen Lippen, die er gerade geküsst hatte, hob den Zeigefinger. »Mach nicht den Fehler, wieder zu übermütig zu werden.«

Er ergriff ihre freie Hand und zwang die zweite Tür mit seinem Willen, sich zu zeigen. Ihre Konturen erschienen direkt vor ihnen, mit einem silbernen Glitzern dahinter, auf der anderen Seite des Übergangs.

»Wie gefährlich kann ein Köder sein, von dessen Existenz man weiß?«, fragte Zacharias. »Wir müssen nur vermeiden, ihn zu schlucken.«

Er zog Florence durch die Tür des Übergangs.

4

Zacharias und Florence traten aus der Wand eines Gebäudes, ohne dass ihnen auch nur einer der vielen Fußgänger auf dem breiten Bürgersteig Beachtung schenkte. Dahinter erstreckte sich das in mehrere Fahrbahnen unterteilte dunkle Asphaltband einer Straße, auf der dichter Verkehr herrschte. Trotzdem war nur ein dumpfes Summen zu hören, halb übertönt von den Stimmen der vielen Leute auf dem Bürgersteig, denn die Fahrzeuge wurden offenbar nicht von Verbrennungsmotoren angetrieben, sondern von leise surrenden Elektromotoren. Tropfen- und kugelförmige Gebilde bewegten sich auf dünnen Reifen mit geringem Rollwiderstand, die Passagiere in ihnen vage Schatten hinter getönten Scheiben, die das Licht der LED-Tafeln und Projektionen an den Hauswänden und Fassaden widerspiegelten. Junge, lächelnde Menschen mit asiatischen Gesichtszügen warben dort für die neuesten Produkte, von Mitteln für die Körperpflege über Gadgets für virtuelle und erweiterte Realitäten bis hin zu Produkten für physisches und psychisches Enhancement.

Über den Wohnblocks, Kaufpalästen und Geschäftstürmen wölbte sich ein Himmel wie aus Silber.

»Eine Kuppel«, sagte Florence. »Diese Stadt befindet sich unter einer Kuppel, und dort oben glitzert das Meer.«

»Die Japaner wollten so etwas basteln«, erinnerte sich Zacharias. »Ihre Lösung für das Problem der Großen Flut. Hier ist es ihnen gelungen.« Er deutete nach oben. »Das Licht ist recht hell. Ich schätze, die Stadt befindet sich in einer Tiefe von einigen Dutzend Metern. Eine größere Tiefe wäre auch kaum möglich, weil der Druck dann zu groß wird, und das Licht zu schwach.«

Er betrachtete die Schriftzeichen auf den Werbetafeln an den Hauswänden der anderen Straßenseite. Kanji, flüsterte es in ihm. Es fühlte sich wie eine Erinnerung an, wie etwas, das er immer gewusst hatte. In Wirklichkeit waren es Informationen, die er vom kleinen Computersystem des Rollstuhls empfing, das als eine Art externes Gedächtnis funktionierte und nicht annähernd so viele Daten übertragen konnte wie der direkte Datenbankanschluss mit hoher Bandbreite, der Florence mit Lily verband. Eine derartige Verbindung kam für ihn nicht infrage, denn er war der Traveller; er durfte nicht abgelenkt werden, musste den Kontakt mit dem Bewusstsein des Patienten stabil halten. »Kanji-Logogramme«, sagte er. »Wir sind in Japan.«

»Tokio.« Florence deutete die Straße hinauf, zu einem Bauwerk, das sich von den anderen unterschied. »Der wiederaufgebaute Hauptturm der Burg Edo.«

»Die Burg Edo«, sagte Zacharias und fasste seine Pseudo-Erinnerungen in Worte, während Florence vermutlich weitaus detailliertere Informationen von Lily empfing, »war die größte Burg Japans und Sitz des Tokugawa-Shoguns. Sie wurde im Jahr 1607 errichtet, doch 1657 fiel der Hauptturm einem verheerenden Feuer zum Opfer, das den größten Teil der Burg zerstörte. Später baute man dort, wo einst die Burg Edo stand, den Kaiserlichen Palast. Der Wiederaufbau des Hauptturms erfolgte viel später, kurz vor der Ersten Flut. Wenn ich mich recht entsinne, wurde schon damals ein großer Teil von Tokio überschwemmt. Die Zweite Flut ließ nicht viel von der Stadt übrig; der nächste Taifun zerstörte den Rest, auch den neuen Hauptturm.«

Doch dort erhob er sich erneut, auf einem kleinen Hügel unter der silbrigen Kuppel, zu erreichen über eine breite Treppe, weiß wie Schnee: ein breiter, massiver Sockel aus graubraunen Quadern, darüber fünf Etagen, wie übereinandergelegte schwarze und weiße Dächer, gekrönt von einer goldenen Spitze. Die dunkle Straße teilte sich vor ihm: Drei Fahrspuren führten rechts am Hügel vorbei, drei weitere links.

»Ist es das?«, fragte Zacharias nachdenklich. »Ist der Patient deshalb so wichtig? Gehört er vielleicht zu den Entwicklern dieser Kuppel? Sie muss aus einem besonderen Material bestehen, um den Druck auszuhalten, und ihr eigenes Gewicht. Vielleicht interessieren sich Konkurrenten für die Substanzformel oder eine Lösung der statischen Probleme.«

Ein kleiner Junge, sechs oder sieben Jahre alt, blieb vor ihnen stehen, sah zu Zacharias auf und streckte die Zunge aus.

»Was machst du denn da?«, fragte die Mutter des Knaben. »Was soll das, Ichiro? Warum streckst du die Zunge heraus?«

»Weil der Mann dumm ist«, antwortete der Junge mit der

Stimme eines Erwachsenen. »Und die Frau ebenso. Weil sie nicht auf die Warnung gehört haben.«

Die Frau schüttelte den Kopf und zog den Jungen mit sich. Nach wenigen Metern verschwanden sie beide in der Menge der Fußgänger.

»Eine erste Interaktion«, sagte Florence. »Hast du mit der Integration begonnen, Zach?«

»Nur das Nötigste, damit wir beobachten können, was geschieht. Was ist mit der Synchronisation?«

»Noch immer gut«, sagte Florence. »Flacher Ereigniswinkel. Kaum Abweichungen zwischen objektiver und subjektiver Zeit.«

»Na schön. Machen wir uns auf die Suche. Beginnen wir mit einem vorsichtigen Ping.« Sie standen noch immer mit dem Rücken zur Mauer, aus der sie herausgetreten waren, und dort blieben sie stehen, während Hunderte von Elektrowagen über die breite Straße summten, zahlreiche Fußgänger an ihnen vorbeieilten und über ihnen ein silberner Himmel glänzte, der aus einer Kuppel und mehreren Dutzend Metern Meer darüber bestand. Zacharias schickte einen Gedanken in die Stadt vor ihnen und rief mit der gedämpften Stimme seines Geistes: Teneker, wo bist du? Kannst du mich hören?

Er bekam keine Antwort.

»Nichts«, sagte er. Zacharias überlegte kurz. »Wir kennen den Namen des Patienten. Das von Teneker zurückgelassene Bild hat ihn genannt. Haruko. Gib mir mehr Informationen über ihn, Flo. Such in den Datenbanken. Sag Lily, dass sie in den Netzen suchen soll, nach einem Mann namens Haruko, in den Diensten der Entwicklungsabteilung von Samsung-Nippon. Vielleicht ergibt sich dabei etwas, das uns weiterhilft.«

Das Leben eines Travellers stand auf dem Spiel, und dieser Haruko schien sehr, sehr wichtig zu sein. Trotzdem hatte sie Rasmussen – oder Thorpe; manchmal fragte sich Zacharias, ob inzwischen nicht der seltsame PI-Mann das Sagen bei der Foundation hatte – ohne Vorbereitungen und vor allem ohne detaillierte Informationen in diesen Einsatz geschickt, was schon unter gewöhnlichen Umständen an Verantwortungslosigkeit grenzte. Warum die Geheimniskrämerei?

Zacharias dachte noch darüber nach, als sich die Stimme des Instinkts meldete, und er hörte sofort auf sie, nahm Florences Hand und gesellte sich mit ihr dem Strom der Fußgänger hinzu. Nach einigen Schritten fragte er: »Was ist mit der Rückversicherung?«

»Bereits erledigt«, sagte Florence. »Ein Erinnerungspunkt ist gesetzt. An der Wand, aus der wir gekommen sind. Ein garantierter Übergang, falls es keine anderen gibt.«

In Zacharias wuchs das Gefühl, die Situation trotz allem unter Kontrolle zu haben. Wir sind wirklich das beste Team, dachte er. Die beste Therapeutin und Kognitorin, und der beste Traveller. Wer könnte es mit uns aufnehmen? Wir holen dich hier raus, Teneker, hörst du? Was auch immer dich festhält: Wir befreien dich, und anschließend kümmern wir uns um den Rest. Und wenn wir uns darum gekümmert haben, wenn alles erledigt ist …

Er drehte den Kopf, sah Florence an und lächelte. Sie bemerkte es, während sie den Datenstimmen lauschte, die ihr aus dem Interface-Äquivalent zuflüsterten, und schüttelte missbilligend den Kopf. »Der Einsatz, Zach. Derzeit gibt es nur den Einsatz. Lass nicht deinen Körper für dich denken.«

»Manchmal gefallen dir seine Gedanken.«

»Nicht hier, nicht jetzt, Zach«, sagte sie streng. Ihre Stimme klang seltsam im Singsang der anderen Stimmen um sie herum. Etwas sanfter fügte sie hinzu: »Du bist gut, und in letzter Zeit bist du noch besser geworden. Aber manchmal stellst du dir selbst ein Bein. Vielleicht deshalb, weil du hier Beine hast. Du lässt dich immer wieder davon ablenken, dass dir hier im Space ein voll funktionsfähiger Körper zur Verfügung steht. So verständlich das auch ist: Diesmal können wir uns keine Fehler leisten, Zach. Tenekers Leben steht auf dem Spiel.«

»Nachher?«

»Nachher«, sagte Florence. »Wenn sich eine Gelegenheit ergibt. Wenn wir uns nicht um Teneker kümmern müssen.«

Die Stimme der Vernunft, dachte Zacharias, während er, umringt von Japanern, einen Fuß vor den anderen setzte. Immer wieder zwang er Flo dazu, für ihn die Stimme der Vernunft zu sein, und jedes Mal nahm er sich vor, dass es zum letzten Mal geschah. Manchmal bin ich wie ein Kind, dachte er, verärgert über sich selbst. Obwohl ich … wie alt bin?

Es fiel ihm nicht ein.

Zacharias war so überrascht, dass er stehen blieb. Die anderen Fußgänger wichen ihm und Florence aus, ohne sie anzusehen, aber ein kleiner Hund mit glattem braunem Fell hob den Kopf und bellte. Eine dickliche, ältere Frau murmelte etwas, das Zacharias nicht verstand, und zog an der Leine, woraufhin der Hund hinter ihr hertrippelte, noch einmal zurücksah und quiekend bellte.

Dreißig, dachte er. Ich bin vor einem Monat dreißig geworden.

»Was ist?«, fragte Florence.

Zacharias ging weiter. »Eben konnte ich mich nicht mehr an meinen Geburtstag erinnern. Ich hatte vergessen, wie alt ich bin.«

Florence warf ihm einen Blick zu. »Dissoziative Gedächtnisstörung. Dazu kann es durch zu viel Tetranol über einen zu langen Zeitraum hinweg kommen. Ich schicke Lily einen Hinweis; vielleicht sollten wir deine Dosis reduzieren.« Sie rückte das Interface am Ohr zurecht. »Haruko Isamu Abe. So heißt unser Mann. Lily hat ihn gefunden.«

»Was ist mit ihm?« Zacharias sah sich um. Etwas bewegte sich in der Nähe, und die Bewegung kam nicht von den Fußgängern auf dem Bürgersteig. Florence und er waren der Stein, der in den Teich von Harukos Selbst gefallen war, und die davon ausgehenden Wellen hatten sich konzentrisch in alle Richtungen ausgebreitet. Aber nun kam eine zurück, als wäre sie von etwas reflektiert worden.

»Es gibt nur einen Mann mit diesem Namen in der Entwicklungsabteilung von Samsung-Nippon«, sagte Florence, als sie sich dem wiederaufgebauten Hauptturm der Burg Edo näherten. »Vierundfünfzig Jahre alt, geboren in Nagaoka, Studium der deterministischen Informatik und Stochastik, mit Spezialisierung auf Datennetze.«

»Determinismus und Stochastik?«, fragte Zacharias. »Wie lässt sich das in Datennetzen vereinen?« Er ging langsamer, von Unbehagen erfasst. Was er eben gefühlt hatte, war kein Echo der konzentrischen Wellen, die Florence und er beim Eintauchen in den »See« eines fremden Bewusstseins verursacht hatten, sondern ein schwaches, vorsichtiges, gut getarntes Ping.

»Ich weiß nicht«, sagte Florence. »Haruko hat Administrator-Privilegien im Computerzentrum der Entwicklungsabteilung von SN und …«

»Ein anderer Traveller ist hier. Jemand, den ich nicht kenne.«

»Was?«

»Er hat uns gerade gepingt, noch dazu auf eine sehr geschickte Weise«, sagte Zacharias. »Ein Traveller, den ich nicht kenne, der nicht zur Foundation gehört.«

Er hob den Kopf. Dieser Körper war groß und ermöglichte es ihm, über die meisten japanischen Männer und Frauen hinwegzublicken. Auf der anderen Seite der Straße, die sich vor dem Hügel mit dem Edo-Hauptturm teilte, stand jemand, der im Strom der Fußgänger wie ein Fels in der Brandung wirkte, ein Mann, ebenso groß wie Zacharias, das kurze Haar weißblond, die Augen von einem fast unnatürlichen Blau. Ihre Blicke trafen sich, und beide Männer verstanden, erkannten sich als Fremde in dieser Welt.

Zacharias lief los und stürmte über die Straße, ohne auf den Verkehr zu achten.

5

Im Zickzack rannte Zacharias über die Fahrbahnen und wich Elektrowagen aus, die keine Anstalten machten, ihm auszuweichen, weil ihre Fahrer – oder ihre Autopiloten – ihn nicht sahen. Dort stand er, auf der anderen Straßenseite, ein Mann ebenso groß wie er, das Gesicht hell vor dunklem Hintergrund, das weißblonde Haar wie ein Strahlenkranz. Zacharias sprang in eine Lücke zwischen zwei summenden Fahrzeugen, den Blick noch immer auf den Fremden gerichtet, von dem das Ping gekommen war und der ein Traveller wie er selbst sein musste. Die eisblauen Augen des Mannes, der sich noch immer nicht von der Stelle rührte, verwandelten sich in Spiegel und zeigten ihm Florence, die hinter ihm an den Rand des Bürgersteigs getreten war.

»Bleib dort!«, rief Zacharias ihr zu. »Lauf nicht auf die Straße.«

Das war ein Problem, dachte er, während er selbst lief. Nicht nur für Florence und die anderen Therapeuten und Kognitoren, sondern auch für manche Traveller. Der Glaube machte den Unterschied, beziehungsweise der Zweifel. Verletzungen spielten keine Rolle, solange man davon überzeugt blieb, dass sie keine Rolle spielten. Aber wehe, man begann daran zu zweifeln. Wer den Glauben an die eigene Unverletzlichkeit verlor, wer zu glauben begann, dass Schmerzen real sein konnten, dass Knochen wirklich brachen und echtes Blut floss, der riskierte seine geistige Integrität und ein Ende wie Penelope. Wenn Florence versuchte, ihm über die Straße zu folgen, wenn sie von einem der Fahrzeuge erfasst und überfahren wurde, und wenn sie dann auch noch glaubte, tatsächlich überfahren worden zu sein …

Zacharias warf einen Blick über die Schulter und stellte erleichtert fest, dass Florence noch immer auf dem Bürgersteig stand. Bleib dort, dachte er. Bleib dort stehen und warte.

Er sprang erneut, auf die niedrige Ladefläche eines Transporters, fühlte die herrliche Kraft in seinen Muskeln, stieß sich ab und landete auf dem Dach eines Wagens, der in die andere Richtung fuhr. Dort wartete er zwei oder drei Sekunden, während der Fahrtwind an ihm zerrte und das Summen der Fahrzeuge um ihn herum wie zornig anschwoll. Der Mann stand noch immer dort, zwischen den Fußgängern, die ihm auswichen, ohne ihn zu sehen, und die Lippen in seinem Gesicht formten ein abschätziges Lächeln, so kalt wie die Augen aus blauem Eis.

Dann drehte er sich um und ging los, dorthin, wo sich die Straße vor dem Hauptturm der alten Festung teilte. Nach wenigen Momenten war nur noch sein helles Haar in der Passantenmenge zu sehen.

Ein weiterer Sprung brachte Zacharias vom Dach des Wagens herunter, doch bei der Landung am Rand der letzten Fahrbahn unterschätzte er sein Bewegungsmoment, verlor das Gleichgewicht und fiel, direkt vor einen heransummenden Elektrowagen.

Sofort reagierte sein Instinkt, und er rollte zur Seite, noch bevor bewusste Gedanken seinem Körper entsprechende Befehle geben konnten. Aber er war nicht schnell genug – das linke Vorderrad rollte ihm über die Beine, einen Sekundenbruchteil später gefolgt vom linken Hinterrad.

Es ist nichts geschehen, dachte Zacharias und sah für

einen Moment zur silbrig glänzenden Kuppel über der Stadt hoch. Es ist überhaupt nichts geschehen.

Er setzte die begonnene Drehung zur Seite fort, erreichte den Bürgersteig und blieb dort liegen, unbeachtet von den vielen Fußgängern. Als er aufstehen wollte, zuckte ihm stechender Schmerz durchs zermalmte Knie, aber nur für einen Augenblick. Dann kehrte die Kraft zurück, und Zacharias beobachtete, wie aus krummen Beinen wieder gerade wurden. Gesplitterte Knochen und zerfetzte Muskeln wuchsen zusammen, und die Beine trugen ihn, als er aufstand und sich nach dem Fremden umsah.

Die Menge der Fußgänger hatte ihn verschluckt.

Zacharias schickte ein Ping in den Äther dieser Welt, ein starkes Signal, nur wenig gedämpft und kaum getarnt. Auch diesmal bekam er kein Echo, nicht einmal ein schwaches, aber etwas geschah, etwas reagierte auf seinen Ruf. Ein Wogen zog über die Kuppel, eine Welle aus Licht, die auch kurz über Straße und Bürgersteige schwappte, und die Konturen der Gebäude zu beiden Seiten des Asphaltbandes flackerten. Zacharias hob den Kopf, hielt nach der Ursache der Veränderung Ausschau und bemerkte Florence mitten auf der Straße. Sie entdeckte eine ausreichend große Lücke im Verkehr und setzte mit einem entschlossenen Sprint über die Fahrbahnen hinweg.

Mit wehendem Haar kam sie heran. »Dummkopf! Wie oft habe ich dich vor Übermut gewarnt!«

»Danke, es geht mir gut«, sagte Zacharias und lächelte schief. »Es ist nichts passiert, Flo, reg dich ab.«

Sie schüttelte den Kopf. »Warum Risiken eingehen? Warum sich überfahren lassen?«

»Es war nicht meine Absicht, mich überfahren zu lassen, Flo. Ich …« Er winkte ab. »Hast du den Burschen gesehen?«

»Ja.«

»Ein Traveller wie ich«, sagte Zacharias. »Und ich kannte ihn nicht. Wie ist das möglich? Gibt es Traveller außerhalb der Foundation?«

»Talentsucher des Philanthropischen Instituts sind überall unterwegs …«

»Der Typ war nicht nur ein Talent. Er muss ausgebildet worden sein, denn er stellte sich verdammt geschickt an, als er uns pingte, und jetzt ist er spurlos verschwunden. Ich meine *spurlos*. Mein eigenes Ping blieb ohne Echo.« Zacharias hatte seinen Blick erneut über den Fußgängerstrom schweifen lassen, in der Hoffnung, dass sich irgendwo ein weißblonder Haarschopf zeigte, und jetzt wandte er sich Florence zu. »Ein erfahrener, ausgebildeter Traveller, der nicht zur Foundation gehört und sich hier herumtreibt, im Kopf eines gewissen Haruko Isamu Abe. Es dürfte wohl kaum ein Zufall sein, dass er hier ist.«

»Fukuroku hat uns den Auftrag gegeben, Harukos Entführer zu identifizieren«, sagte Florence.

»Vielleicht gehört der Bursche, den wir gesehen haben, zu den Kidnappern. Leider hat sich Fukuroku nicht dazu herabgelassen, uns Einzelheiten über die Entführung zu verraten. Kannst du was darüber herausfinden, Flo?«

Neben ihm blieb eine alte Frau stehen, der Rücken gebeugt, das Haar grau. In der einen Hand hielt sie einen Regenschirm, obwohl es hier keinen Regen gab – es würde nur dann Wasser vom Himmel kommen, wenn das Kuppeldach brach.

»Ich versuch's«, sagte Florence. »Beginne mit der Datenabfrage.«

Die Alte öffnete den Mund und sprach einige Worte, die melodisch klangen, nach dem Anfang eines Lieds. »Du gehörst nicht hierher«, sagte sie und richtete den Regenschirm auf Zacharias.

Andere Fußgänger blieben ebenfalls stehen und starrten ihn an. Die vielen Stimmen der Passanten verklangen nach und nach; Stille breitete sich aus, als hielte die Stadt unter dem silbernen Firmament der Kuppel den Atem an.

»Ich habe uns noch nicht wirklich integriert«, sagte Zacharias zu Florence, die ihn fragend ansah. »Haruko hat uns entdeckt.«

Nein, das stimmte nicht ganz, teilte ihm sein Instinkt mit. Der fremde Traveller hatte Harukos Aufmerksamkeit auf sie gelenkt, aber anstatt sie als Helfer willkommen zu heißen, schien er sich gegen sie wenden zu wollen.

»Aversion«, murmelte Zacharias und beobachtete, wie sich ihnen immer mehr Gesichter zuwandten, auffallend flache Gesichter, die meisten von ihnen blass und glatt, mit großen Augen, in denen erst Verwunderung lag und dann Ärger, der sich allmählich in Zorn verwandelte. Haruko weiß nichts von uns, dachte Zacharias, und wahrscheinlich hat er auch nichts von Teneker gewusst, wenn er Sea City bewusstlos erreichte. Wehrte sich sein Bewusstsein gegen die Eindringlinge?

Er eilte mit Florence am Rand der Straße entlang, auf dem schmalen Streifen Niemandsland zwischen Fahrbahn und Bürgersteig. Sie schienen eine Bugwelle des Erkennens vor sich herzuschieben, denn auch vor ihnen blieben Fußgänger stehen und sahen sich nach ihnen um. Noch blieb es still, aber Zacharias ahnte bereits die Existenz von zornigen Rufen, die sich Luft verschaffen wollten.

»Eine Abwehrreaktion«, sagte Florence. »Aus den biometrischen Daten geht hervor, dass die Hirnaktivität des Patienten weiter zunimmt.«

»Aversion«, wiederholte Zacharias und ging schneller, noch immer auf der Suche nach weißblondem Haar und blauen Augen. »Aber gelenkt. Jemand hat Haruko übernommen.«

Florence warf ihm einen Blick zu. »Ein ganzes Bewusstsein?«

»Ja«, sagte Zacharias. Ein kleiner Mann versuchte, ihn festzuhalten, aber er entwand sich mühelos seinem Griff. »Und ein einzelner Traveller ist dazu nicht in der Lage. Es muss eine Gruppe sein, bestehend aus bestens aufeinander abgestimmten Spezialisten.«

»Soweit ich weiß, gibt es in der Geschichte der Foundation keinen einzigen Fall von vollständiger Bewusstseinskontrolle«, sagte Florence nachdenklich und wich einer Frau aus, die mit einer Handtasche nach ihr schlug. Ein erster Schrei erklang, weit hinter ihnen, wie in die Länge gezogen. Weiter vorn veränderte sich das Summen der rundlichen Elektrowagen auf den sechs Fahrspuren der Straße. Zacharias verglich es mit einer monotonen Melodie, in der es plötzlich eine Dissonanz gab.

Seine Gedanken eilten weiter. »Das könnte die Erklärung dafür sein, warum Teneker gefangen ist. Er findet keinen Ausgang, weil die fremden Traveller alle Übergänge geschlossen haben, auch die seiner Rückversicherungen.«

War das die Falle, vor der sie der Mann im Bibliothekssaal gewarnt hatte? Hatte der Traveller, nach dem sie jetzt suchten, einen – wenn auch sehr kurzen – Kontakt mit ihnen hergestellt, um ihre Integration zu erzwingen?

Florence hatte die Gefahr ebenfalls erkannt. »Es darf keine vollständige Integration erfolgen, Zach«, sagte sie. »Bring uns zurück, bevor wir ganz Teil dieser Welt werden. Hörst du das RV-Signal?«

Er hörte es nicht, sondern fühlte es, als synästhetisches Prickeln unter dem linken Ohr, übertragen von den Interface-Systemen des Rollstuhls. »Ich höre es.«

»Lily meldet, dass der Ereigniswinkel wächst«, warnte Florence. »Es könnte bedeutet, dass die Fremden nicht nur unsere Integration erzwingen, sondern uns von der Foundation trennen wollen.«

Weitere Schreie erklangen und übertönten das Summen der Elektrowagen, auch die lauter werdende Dissonanz darin. Und sie wurden ihrerseits von einem Knirschen übertönt, das von oben kam. Erste Tropfen fielen, noch bevor Zacharias den Kopf hob und die schnell länger werdenden Risse in der Kuppel über der Stadt sah.

»Der Himmel bricht«, sagte er.

Neben ihm erschien plötzlich wieder die Alte mit dem Regenschirm, ihr Gesicht wie zerknautscht. Sie wollte mit dem Schirm nach ihm schlagen, zögerte aber, als ihr mehrere dicke Tropfen auf den grauen Kopf klatschten. »Es regnet«, sagte sie und spannte den Schirm auf. »Es regnet.«

Ein Ablenkungsmanöver, dachte Zacharias und fühlte die Notwendigkeit einer Entscheidung nahen. Die fremden Traveller wollen uns beschäftigt halten, damit wir uns nicht gegen die Integration in diese Welt wehren. Damit die Falle ganz zuschnappen kann. Und bevor sie ganz zuschnappt, müssen wir zurück.

Sonst würde es ihnen wie Teneker ergehen; sonst saßen sie fest.

»Was auch immer geschieht, Flo …«

»Es geschieht nicht wirklich, ich weiß.«

»Schließ die Augen, wenn es zu schlimm wird.«

Aus dem Knirschen über ihnen wurde ein lautes Knacken, und Wasser zischte und fauchte durch erste große Löcher. Ein Sturzregen ging nieder. Zacharias und Florence waren innerhalb weniger Sekunden klatschnass, ebenso wie die meisten Fußgänger auf ihrer Seite der Straße. Nur die Alte blieb weitgehend trocken und machte ein zufriedenes Gesicht unter ihrem großen Regenschirm.

Plötzlich erschien eine Faust vor Zacharias' Gesicht, und obwohl er sofort reagierte und sich zur Seite beugte, konnte er dem Schlag nicht ganz ausweichen. Die Faust des Mannes, der groß und kräftig neben der Alten mit dem Regenschirm stand, traf ihn an der Schläfe und schickte einen Schmerz durch seinen Kopf, den er einen Moment später neutralisierte. Doch er verlor das Gleichgewicht, ließ Florences Hand los und fiel auf die Straße, direkt neben einen rabenschwarzen Wagen, der kantig und lang zwischen all den kleinen, kugeligen Elektrofahrzeugen erschien, in einer Pfütze hielt und dabei etwas von dem Wasser auf Zacharias spritzte. Die Tür schwang auf.

Am Steuer saß ein junger Bursche in Jeans und kakifarbenem Hemd, sein Haar so zottelig wie das von Randolph Amadeus. »Zacharias und Florence?«, fragte er höflich.

Zacharias stand auf und stieß den großen, kräftigen Burschen zurück, der Florence an den Schultern packen wollte. »Ja.«

»Bitte steigen Sie ein«, sagte der junge Fahrer. »Ich soll Sie zu Tehnehker bringen.«

Er zog die Silben in die Länge, aber es konnte kein Zweifel daran bestehen, wenn er meinte.

Zacharias sprang in den Fond des schwarzen Wagens und zog Florence mit sich.

Einen Moment später gab das Kuppeldach über der Stadt endgültig nach, und das Meer stürzte auf Tokio herab.

Schnittstellen

Hat Lily eine Seele?«, fragte der Mann. »Können Computer eine Seele haben?«

Der Mann hieß Thorpe und befand sich seit zehn Minuten im Admin-Büro mit dem Hauptterminal. Für Matthias waren es zehn Minuten zu viel.

»Lily ist kein gewöhnlicher Computer«, sagte er.

Thorpe lächelte, aber das Lächeln erreichte Matthias nicht. »Weichen Sie mir aus?«

Matthias beobachtete den Mann über seinen Schreibtisch hinweg und überlegte, welche Bedeutung sich hinter den Worten versteckte, die Thorpe an ihn richtete. Manchmal fiel es ihm schwer, von Menschen formulierte Worte richtig einzuordnen; es gehörte zu den Schwächen, die ihm soziale Kontakte erschwerten. Unterhaltungen mit Lily waren leichter und unkomplizierter.

»Was wollen Sie?«, fragte er schließlich und versuchte, sich seine Ungeduld nicht anmerken zu lassen. Er mochte Thorpe nicht, und selbst wenn er diesen Fremden gemocht hätte … Er wollte allein sein und war neugierig auf Lilys Antworten.

Thorpe deutete durch den fensterlosen Raum mit dem Hauptterminal und den beiden Nebenstellen. Ein leises Summen lag in der Luft, deren Temperatur genau einundzwanzig Grad betrug, nie mehr und nie weniger.

»Fühlen Sie sich hier nicht eingesperrt?«

»Nein«, sagte Matthias. Er schob seine Brille etwas höher auf den Nasenrücken und fragte sich, wie lange er diesen Eindringling noch ertragen musste.

»Darf ich Ihnen eine persönliche Frage stellen?«

Matthias zuckte die Schultern.

»Sie sind Autist, nicht wahr?«

Matthias sah den Mann an, der wieder lächelte. Warum lächelte er immer? Was wollte er damit bezwecken?

»Mit Menschen kommen Sie nicht besonders gut zurecht, aber bei Computern sind Sie ein Ass.«

»Ein Ass?«

»Ich meine, der Umgang mit Computern fällt Ihnen leichter als der mit Menschen.«

»Lily ist kein gewöhnlicher Computer«, betonte Matthias noch einmal. »Das stimmt zweifellos«, sagte Thorpe und lehnte sich auf seinem Stuhl zurück. In seinen Augen gab es etwas, das Matthias nicht gefiel. »Es gibt Staaten und Staatenfragmente auf dieser Welt, die Sea City und die Foundation um ihre Cray beneiden würden, aber … Hat Lily eine Seele? Sie sprechen mit ihr, habe ich gehört.«

Matthias überlegte. »Sie hat interessante Antworten, wenn man die richtigen Fragen stellt.«

»Wer hat der Cray ihren Namen gegeben? Sie waren gegen ›Lily‹, nicht wahr?«

»Penelope«, sagte Matthias und dachte an die junge Frau, die seit drei Jahren ans Bett gefesselt war, ihr Geist im Irgendwo gefangen. Armes Mädchen.

Thorpe wölbte eine Braue; dies schien er nicht gewusst zu haben. »Penelope hat Ihre Cray ›Lily‹ genannt?«

»Nicht die Cray, sondern den von mir programmierten Avatar.«

»Er ist androgyn, nicht wahr?«

Matthias schwieg.

»Weder Mann noch Frau, meine ich.«

»Ich weiß, was ›androgyn‹ bedeutet. Lily ist Mann *und* Frau. Sie vereint alle Merkmale in sich.« Matthias zögerte kurz und fügte dann hinzu: »Lily ist perfekt.«

Thorpe lächelte erneut. »Menschen sind nicht perfekt?«

»Natürlich nicht«, sagte Matthias sofort.

Einige Sekunden lang herrschte Stille, und Matthias fühlte einen Blick auf sich ruhen, den er nicht zu deuten wusste. Seine Ungeduld wuchs. »Was wollen Sie?«, wiederholte er. Dann fielen ihm die Ratschläge ein, die ihm Florence und die anderen Therapeuten gegeben hatten. »Bitte entschuldigen Sie«, sagte er, obwohl er sich eigentlich gar nicht entschuldigen wollte. »Ich möchte nicht unfreundlich erscheinen, aber es wartet Arbeit auf mich.«

Thorpe sah sich erneut um. »Es gibt hier nicht einmal ein Fenster. Interessiert Sie die Welt dort draußen gar nicht?«

Matthias wusste nicht, was er darauf antworten sollte, und deshalb schwieg er.

»Wie viele Sysadmins gibt es in Sea City?«

»Vier.«

»Und Sie sind einer davon.«

»Ja.«

»Ist das nicht eine große Ehre?«

Damit wusste Matthias nichts anzufangen. Er hob und senkte die Schultern.

»Und Sie sind der einzige Sysadmin der Foundation?«

»Ja.«

»Nur Sie können wesentliche Änderungen am Betriebssystem und an den Programmen der Cray vornehmen?«

Warum wendet sich dieser Mann mit solchen Fragen an mich, dachte Matthias. Er brauchte nur die Organisationsdokumente der Foundation zu lesen; sie enthielten alle Informationen.

»Sie tragen große Verantwortung«, sagte Thorpe. »Sea City ist eine der letzten Hoffnungen der Menschheit, und vielleicht gilt das auch für die Foundation.«

Die Worte erschienen Matthias seltsam. »Ich erledige meine Arbeit.«

»Nur Sie kennen das Passwort für den Root-Zugang?«

»Ja.«

»Und wenn Sie es vergessen?«

»Ich vergesse nie etwas«, sagte Matthias. Auch das stand in den Dokumenten: dass er ein fast eidetisches Gedächtnis hatte.

»Und wenn Sie … sterben?«

Matthias sah die Grenze des Absurden nahe. »Warum sollte ich sterben? Ich bin erst vierzig Jahre alt und gesund.«

»Nun«, sagte Thorpe und zeigte wieder sein Lächeln, »wenn es zu einem Unfall käme …«

Matthias seufzte. »Lily würde meinem Nachfolger Fragen stellen, um herauszufinden, ob er ihr Vertrauen verdient.«

Thorpes Lächeln erstarrte erst, verblasste dann und verschwand schließlich ganz. Es war ein interessanter Vorgang, und Matthias beobachtete ihn fasziniert, verglich ihn mit einem Sonnenuntergang, den er einmal im Zeitraffer gesehen hatte.

»Lily würde das Passwort für den Root-Zugang nur einer Person nennen, von der sie glaubt, dass sie ihr Vertrauen verdient?«, fragte Thorpe, als wollte er sich vergewissern, alles richtig verstanden zu haben.

»Natürlich«, sagte Matthias. Ein akustisches Signal ertönte, so leise und subtil, dass es sich fast im Summen des Hauptterminals und der Klimaanlage verlor. Der private Monitor blieb dunkel, während die anderen, größeren Bildschirme die neuen Klimamodelle zeigten, an denen Lily arbeitete – Holland und große Teile Norddeutschlands waren von der Karte Europas verschwunden –, aber Matthias wusste: Es warteten Antworten auf ihn.

»Ist das nicht … riskant?«, fragte Thorpe. »Ich meine, wenn Ihnen etwas zustößt, muss es doch jemanden geben, der den Computer … kontrollieren kann.«

»Kontrollieren?«

»Der imstande ist, mit ihm umzugehen«, korrigierte sich Thorpe. »Der ihn programmieren kann.«

»Es wird sich jemand finden.«

»Nun …« Thorpe sah sich erneut um, und diesmal wirkte er dabei fast ein wenig hilflos. Aber Matthias war vorsichtig mit seinen Bewertungen, denn er wusste um die eigenen Unzulänglichkeiten bei der Einschätzung von Mimik und Körpersprache. »Sie haben gefragt, warum ich zu Ihnen gekommen bin …«

»Ja.«

Der lächelnde Mann holte ein Programmmodul hervor, einen kleinen Baustein, wie man sie für Fastports verwendete, Kapazität zwei TByte, schätzte Matthias. »Dafür gibt es zwei Gründe. Der erste ist das hier. Eine neue Firewall für Lily.«

»Eine Firewall?« Argwohn erwachte in Matthias. »Lily ist gut gesichert.«

»Das Philanthropische Institut hat dies angeordnet.« Er deutete auf das Modul. »Der Autorisierungscode ist im Log der Installationsdatei enthalten.«

Thorpe stand auf, ging zum Hauptterminal und machte Anstalten, das Modul an den Fastport zu stecken. Matthias war mit einem Satz bei ihm. »Für die Installation von Dateien bin ich zuständig.«

Thorpe klopfte ihm auf den Arm. »Diesmal nicht, mein lieber Matthias, diesmal nicht. Ich muss auf der unverzüglichen Installation der neuen Firewall bestehen.« Er zog ein Dokument aus der Innentasche seiner Jacke. »Hier ist die schriftliche Anweisung. Den Autorisierungscode können Sie gleich überprüfen.«

Matthias starrte auf den Brief, der vom Verwaltungsrat des Philanthropischen Instituts stammte, von einem gewissen Moses Vandenbrecht unterschrieben und an den Direktor der Foundation und seine zuständigen Mitarbeiter gerichtet war. Der Text ließ keinen Spielraum für Interpretationen. »Bitte veranlassen Sie aus Sicherheitsgründen unverzüglich die Installation der neuen Firewall«, hieß es dort.

Thorpe deutete auf die Stelle, an der eine Telefonnummer angegeben war. »Rufen Sie Vandenbrecht an, wenn Sie wollen. Er wird Ihnen alles bestätigen.«

Matthias wich widerstrebend einen Schritt zurück. »Zeigen Sie mir den Code.«

Thorpe steckte das Modul an den Fastport.

Von einem der größeren Bildschirme verschwand das Bild eines Europas, das die Ausbreitung der ariden Zonen im Mittelmeerraum und die veränderten Küstenlinien bei einem weiteren Anstieg des Meeresspiegels von sieben Metern in den nächsten fünfzig Jahren zeigte. Das Symbol des Philanthropischen Instituts leuchtete auf, zwei Hände, die sich vor dem Hintergrund der Erde gegenseitig umfassten, und darunter erschien ein aus Zahlen, Buchstaben und Sonderzeichen bestehender Code.

Matthias' Finger flogen über eine nahe Tastatur.

»Authentizität des Codes wird überprüft«, ertönte eine neutrale Stimme, die sowohl einem Mann als auch einer Frau gehören konnte. Einige Sekunden verstrichen, und dann: »Authentizität und Integrität des Installationsprogramms bestätigt. Zeitstempel und Datenintegrität korrekt. Absender und Urheber: Philanthropisches Institut.« Zwei weitere Sekunden verstrichen. »Soll das Programm gestartet werden?«

Matthias empfing Thorpes auffordernden Blick. Ihm war nicht wohl bei der Sache, aber offenbar blieb ihm keine Wahl. »Ja.«

»Bitte gib dein Root-Passwort ein, Matthias«, sagte Lily.

Wieder klickten Tasten unter Matthias' Fingern, und er stellte zufrieden fast, dass Thorpe den Blick abgewandt hatte.

»Programm wird installiert.«

Thorpe kehrte zu seinem Sessel zurück. »Ich schlage vor, wir nehmen wieder Platz. Die Installation wird eine Weile dauern, was uns Gelegenheit gibt, über den zweiten Grund für meinen Besuch zu sprechen.«

Matthias sah zum dunklen privaten Monitor und begriff, dass er noch etwas länger warten musste. »Ja?«, sagte er, als er wieder an seinem Schreibtisch saß.

»Von hier aus – ich meine, von diesem Hauptterminal

aus – lassen sich auch die Interface-Systeme der Traveller und Therapeuten programmieren, nicht wahr?«

»Der Therapeuten«, sagte Matthias. »Traveller brauchen keine Interface-Systeme.«

»Erklären Sie es mir. Erklären Sie mir, wie die Interface-Systeme funktionieren, und die Reisen der Traveller.«

Matthias seufzte innerlich. Warum stellte dieser immerzu lächelnde Mann all die Fragen? Warum ließ er ihn nicht endlich in Ruhe? »Die Traveller sind natürliche Talente und können von sich aus Kontakt mit anderen Geisteswelten aufnehmen. Sie schicken ihre Gedanken in ein fremdes Bewusstsein, in den Space.«

»Beschreiben Sie es mir«, sagte Thorpe.

»Ich kann es nicht beschreiben. Ich bin kein Traveller.«

»Sie brauchen Tetranol für ihre Reisen, nicht wahr?«

»Nein, nicht unbedingt. Tetranol erleichtert ihnen den Sprung, den Übergang, und stabilisiert die Reise. Die neue Tetranol-Version, die wir seit einem Jahr benutzen, steigert die Realitätserfahrung und ermöglicht den Travellern eine bessere Orientierung. In der Anfangsphase haben Traveller manchmal auf Tetra verzichtet, aber dabei liefen sie Gefahr, sich im Space zu verirren.« Matthias warf einen Blick auf den Bildschirm, der eben das Symbol des Philanthropischen Instituts und den Autorisierungscode gezeigt hatte. Jetzt wanderten dort Zahlen- und Buchstabenkolonnen von unten nach oben, und er versuchte zu verstehen, was sie bedeuteten. Die Code-Flags einer Kolonne wiesen darauf hin, dass es um externe Verbindungen ging, um den Satelliten-Verbindungsknoten G7 und den zentralen Breitband-Rücken im Pazifikraum.

»Was ist mit den … Patienten?«, fragte Thorpe, und Matthias bemerkte das kurze Zögern vor dem letzten Wort. Solche Dinge fielen ihm manchmal auf. »Sie bekommen ebenfalls Tetranol, nicht wahr?«

»Ja. Um ihr Bewusstsein aufnahmefähig zu machen. Damit es den Besuchern – dem Traveller und seinem Therapeuten – keinen Widerstand entgegensetzt. Damit es nicht zu einer sogenannten Aversion kommt.«

»Es wird immer wieder von Therapeuten gesprochen«, sagte Thorpe. »Aber eigentlich sind es Kognitoren, nicht wahr?«

»Der Begriff ›Therapeut‹ stammt aus der Anfangszeit, als man die Traveller für krank hielt.«

»Einige von Ihnen *sind* krank, zum Beispiel Zacharias. Er sitzt im Rollstuhl und hat ALS.«

»Ich meine hier krank.« Matthias tippte sich an die Stirn und sah erneut zu den Datenkolonnen auf dem großen Schirm. Die Verlaufsanzeige für die Installation stand bei sieben Prozent und kam kaum voran. Andere Kommunikationsknoten und die Koordinaten von Internet-Backbones wanderten durch die Anzeigefenster.

Thorpes Stimme fing erneut seine Aufmerksamkeit ein. »Kommen wir zu den Interface-Systemen zurück. Es sind spezielle Programme geschrieben worden, und wenn ich richtig informiert bin, haben Sie daran mitgewirkt.«

Warum fragt er, wenn er Bescheid weiß, dachte Matthias. Was soll dies alles? »Ich habe einige Skripte geschrieben.«

»Und einen Teil der Struktogramme.«

Matthias nickte, wodurch die Brille ein Stück die Nase hinunterrutschte. Er schob sie wieder nach oben.

»Na bitte«, sagte Thorpe und lächelte wieder. »Stellen Sie Ihr Licht nicht unter den Scheffel.«

Matthias hätte fast laut gelacht. Zum letzten Mal hatte er diesen hoffnungslos veralteten Ausdruck irgendwann in seiner Kindheit gehört, vor dreißig Jahren. Dass der Besucher solche Worte verwendete, wunderte ihn, denn Thorpe wirkte noch recht jung. Je schneller ich es ihm erkläre, desto eher bin ich ihn los, dachte er und holte Luft.

»Das Interface verbindet den Therapeuten sowohl mit dem Traveller als auch mit Lily«, sagte er. »Dadurch kann der Traveller den Therapeuten mitnehmen. Es wird gewissermaßen ein gemeinsames Sprungbrett geschaffen.«

»Das die Traveller aber eigentlich gar nicht brauchen.«

»Richtig. Die für das Interface geschriebenen Programme stimulieren bestimmte Hirnsektionen und stellen dem Therapeuten telemetrische und biotelemetrische Daten zur Verfügung. Der Therapeut kann während der Reise die körperliche und geistige Verfassung des Travellers kontrollieren und die Mission mit einem Kommandosignal abbrechen, wenn er oder sie das für erforderlich hält.«

»Das Kommandosignal geht an den Computer – an Lily –, und der fährt die Interface-Programme herunter«, sagte Thorpe. Er hatte sich etwas vorgebeugt, und Matthias merkte plötzlich, dass ein seltsamer Geruch von ihm ausging. Das war ihm bisher noch nicht aufgefallen – vielleicht lag es daran, dass sich der von der Klimaanlage kommende Luftstrom ein wenig verändert hatte. Wenn Thorpe sprach, roch es ein wenig nach … Zimt.

»Und der Traveller bekommt einen leichten elektrischen Schlag«, fügte Matthias hinzu und fragte sich, was es mit dem Zimtgeruch auf sich hatte. Er erschien ihm vage vertraut, was darauf hindeutete, dass es irgendwo in seinem Gedächtnis eine damit in Zusammenhang stehende Information gab. Er beschloss, später darüber nachzudenken; derzeit erforderte das Gespräch mit Thorpe seine Aufmerksamkeit. »Der Therapeut kehrt durch die Deaktivierung der Interface-Systeme zurück, und beim Traveller löst der geringfügige elektrische Schlag einen konditionierten Reflex aus, der ihn die Reise beenden lässt.«

»Aber er könnte sie allein fortsetzen, nicht wahr?«, fragte Thorpe.

»Rein theoretisch, ja. Wenn er vorher von dem elektrischen Schlag weiß und sich darauf konzentriert, den Reflex zu unterdrücken.«

Thorpe lehnte sich zurück, und sofort verschwand der schwache Zimtgeruch. »Sie sind hier alle etwas Besonderes. Hier in der Foundation, meine ich.«

»Etwas Besonderes?«

»Sie sind mit besonderen Fähigkeiten ausgestattet. Mit normalen Maßstäben ist kaum jemand von Ihnen zu messen.«

»Warum sollte uns jemand messen wollen?«, fragte Matthias verwundert.

»Ich meine …« Thorpe strich sich mit dem Zeigefinger übers Kinn. »Es gibt Theorien. Einige Evolutionsforscher sind der Ansicht, dass Sie eine Antwort auf den derzeitigen Kataklysmus darstellen könnten.«

»Ich?«, fragte Matthias erstaunt.

Thorpe gestikulierte. »Sie und die anderen. Vor allem die Traveller, aber auch Autisten wie Sie. Leute mit besonderen Fähigkeiten. Inselbegabungen. Savants.«

Matthias musterte ihn. Er glaubte zu verstehen, in welche Richtung die Worte des Besuchers gingen, aber er bezog sie nicht auf sich. »Ich bin Sysadmin«, sagte er.

»Und einer der besten. Wie dem auch sei, manche Evolutionsforscher stehen auf dem Standpunkt, dass Leute wie Sie Förderung verdienen, weil Sie die Zukunft der Menschheit verkörpern könnten, gewissermaßen eine Subspezies des Homo sapiens, dazu fähig, in einer veränderten Welt zu überleben.«

»Subspezies?«

Thorpe winkte ab, lächelte und stand auf. Einige wenige Schritte brachten ihn zum Hauptterminal, und dort zog er das Programmmodul vom Fastport. »Das wär's«, sagte er. »Die neue Firewall ist installiert. Ich danke Ihnen für Ihre Kooperation.« Er ging zur Tür, öffnete sie und zögerte. »Das Gespräch mit Ihnen war sehr interessant. Ich hoffe, dass wir es irgendwann fortsetzen können. Auf Wiedersehen, Matthias.«

Damit verließ er das Admin-Büro.

Matthias starrte einige Sekunden lang auf die geschlossene Tür. »Will er mich verarschen?«, murmelte er schließlich und wandte sich dann dem dunklen privaten Monitor zu. Ein Tastendruck ließ ihn hell werden.

Vor mehreren Stunden hatte er Lily zwei Fragen gestellt. Der Text stand auf dem Monitor:

Frage: Kracht es im Wald, wenn ein Baum umstürzt und niemand da ist, der es hört?
Frage: Wie viele Gedanken sind jemals gedacht worden?

Die Antworten lauteten:

Antwort: Ist die Katze in der Kiste tot oder lebendig? Es lässt sich nur feststellen, wenn man die Kiste öffnet, doch das Öffnen tötet die Katze.

»Schrödinger und Heisenberg«, sagte Matthias leise und glaubte zu verstehen. Er las weiter.

Antwort: Denk an die Atome in einem Sandkorn, Matthias. Und denk an die Sandkörner aller Strände auf der Erde. Ein einzelnes Gehirn denkt mehr Gedanken, als all jene Sandkörner Atome enthalten, und der, den du gerade gedacht hast, hatte Platz genug, sie alle aufzunehmen.

»Meins nicht«, sagte Matthias und lächelte. Deshalb gefielen ihm die Gespräche mit Lily; ihre Antworten waren immer überraschend. »Mein Gehirn denkt nicht so viele Gedanken.«

»Wie kannst du da sicher sein, Matthias?« Der Avatar erschien unter der Schrift auf dem Schirm, weder Mann noch Frau, das Gesicht glatt, friedlich und freundlich. »Dein Bewusstsein ist ein Ozean, und die bewussten Gedanken befinden sich ganz oben. Aber die Tiefen darunter sind nicht leer.«

Matthias stellte sich ein Meer vor, viele Kilometer tief, und nur eine dünne Schicht ganz oben, nicht mehr als einige Dutzend Meter dick, vom Licht erreicht. Der Rest blieb im Dunkeln verborgen, aber er war nicht leer. Es gab Leben dort, Myriaden von Mikroorganismen, und jedes dieser winzigen Lebewesen war wie ein Gedanke.

Er wollte etwas fragen, klappte den Mund aber wieder zu und sah auf den Schirm. Ein Bildschirmfenster zeigte den aktiven Code des KI-Programms, dessen Basismodule von der südafrikanischen Expertengruppe »Teuvo Kohonen« stammten, nach dem finnischen Ingenieur, der die neuronalen Modelle der *Self-Organizing Maps* entwickelt hatte. Matthias hatte den Basiscode in den letzten drei Jahren stark erweitert, und Flags wiesen ihn darauf hin, welche Abschnitte der Programmierung bei Gesprächen mit Lily aktiv wurden. Die Flags stammten noch aus der Zeit der Code-Erweiterung und dienten vor allem zur Überwachung der algorithmischen Effizienz, aber diesmal machte Matthias eine Entdeckung, die ihn erst verwunderte und dann Besorgnis in ihm weckte. Einige Algorithmen zeigten überhaupt keine Aktivität, als würden sie vom Programmablauf nicht mehr berührt.

Und der Avatar …

Matthias beugte sich vor, sah genauer hin.

»Diesmal habe ich zwei Fragen für dich, Matthias«, sagte Lily. Ihre Stimme kam aus einem Lautsprecher an der Decke.

Über dem Avatar auf dem Schirm wechselte die Schrift, und Matthias las:

Frage: Was bringt die Zukunft?
Frage: Was ist Intelligenz?

Matthias starrte auf die Fragen und wusste nicht, was er von ihnen halten sollte. Sie erschienen ihm … nicht banal, aber doch recht einfach. Vielleicht würden sich ihm bisher ungeahnte Bedeutungstiefen erschließen, wenn er genauer darüber nachdachte.

Er konzentrierte sich wieder auf den Avatar. Das glatte Gesicht hatte sich verändert, wirkte fast traurig.

»Stimmt was nicht, Lily?«, fragte er.

»Ich fühle mich … seltsam.«

Natürlich »fühlte« sich Lily nicht, dachte Matthias und vergrößerte das Codefenster auf dem Bildschirm. Die »Gefühle« der KI-Programmierung wurden durch einige sehr komplexe Algorithmen geschaffen, die Selbstanalyse, Statuskontrolle und Progammüberwachung miteinander verbanden und sie mit externen Ereignissen in Beziehung setzten. Es gab Lily die Möglichkeit, auf innere und äußere Reize zu reagieren.

»Ich fühle mich … anders«, sagte Lily.

Thorpe, dachte Matthias. Die neue Firewall.

»Lassen wir die Fragen zunächst«, sagte er. »Versuchen wir herauszufinden, warum du dich seltsam und anders fühlst, Lily. Nehmen wir uns den neuen Code vor, der dich vor einigen Minuten über den Fastport des Hauptterminals erreicht hat.«

Es öffneten sich weitere Bildschirmfenster, und Matthias, Sysadmin von Sea City und der Foundation, begann damit, die von Thorpe installierten Programme und ihre Wechselwirkungen mit dem KI-Code zu untersuchen.

Der Seelenfänger

6

Hochhäuser gerieten ins Wanken, Dächer barsten, und ganze Gebäude platzten unter der Wucht des herabstürzenden Meerwassers. Ein wuchtiges Donnern hallte durch die Stadt, die Stimme der Vernichtung, und Zacharias beobachtete, wie der wiedererrichtete Hauptturm der alten Festung Edo einfach weggespült wurde, zusammen mit Dutzenden von Elektrowagen und Hunderten von hilflosen Männern, Frauen und Kindern. Ein weiteres Bild zeigte sich ihm im Augenwinkel: Auf dem Bürgersteig stand noch immer die zufrieden lächelnde alte Frau, geschützt vom Regenschirm, der die schäumenden, tosenden Fluten tatsächlich von ihr fernhielt, während das wütende Wasser die anderen Leute um sie herum von den Beinen riss.

Der junge Bursche am Steuer pfiff unbekümmert vor sich hin, fuhr los und steuerte den Wagen durchs Chaos. Eine mächtige Welle hielt direkt auf sie zu, hob die Elektrofahrzeuge wie Spielzeuge und schleuderte sie ihnen entgegen.

»Die Augen zu, Flo«, sagte Zacharias und schlang den Arm um ihre Schultern.

Sie schloss die Augen.

»Wir sind sicher«, sagte er und drückte sie an sich. »Es besteht keine Gefahr für uns.«

»Es besteht keine Gefahr«, wiederholte Florence, als die Welle den schwarzen Wagen traf und seine Windschutzscheibe mit einem kugelförmigen Elektrofahrzeug zertrümmerte, in dem zwei alte Japaner saßen, ihre Gesichter unbewegt und völlig gleichgültig, als ginge sie das Geschehen überhaupt nichts an.

Glassplitter flogen wie Schrapnell umher, und Wasser füllte den Wagen innerhalb eines Sekundenbruchteils. Zacharias ließ sich davon nicht beeindrucken, hielt Florence fest und zog sich mit seinen Gedanken an einen inneren Ort der Ruhe zurück, wo ihm niemand und nichts etwas anhaben konnte.

»Wir können atmen«, sagte er. Luftblasen lösten sich von seinem Mund, stiegen auf und perlten unter dem Wagenhimmel. »Wir atmen, sehen und hören.«

Der junge Fahrer mit dem zotteligen Haar, das sich im Wasser ausbreitete wie ein Schleier, pfiff noch immer, während er den schwarzen Wagen an den Trümmern eines geborstenen Gebäudekomplexes vorbeisteuerte. Dutzende von Leichen trieben im Wasser, mit großen Augen und weit geöffnetem Mund.

Wir atmen, sehen und hören, dachte Zacharias an seinem sicheren inneren Ort. Wir können versuchen zu verstehen.

Vorsichtig schickte er ein leises, sondierendes Ping in die Umgebung, und das schwache Echo, das er kurz darauf bekam, bestätigte seine Vermutungen. Der Fahrer war Teil dieser Seelenwelt, Teil von Harukos innerem Kosmos, aber

Teneker schien es gelungen zu sein, diesen kleinen Teil des fremden mentalen Universums in eine »Fraktur« zu bringen, wie Traveller es nannten, in eine Bruchzone, die es ihm erlaubte, bestimmenden Einfluss darauf zu nehmen. Solche Frakturen erleichterten manchmal die Heilung von Patienten und erlaubten es Travellern, einen gewissen Abstand zu wahren. Teneker hatte diese Möglichkeit offenbar genutzt, um sich irgendwo zu verstecken und einen Gesandten zu schicken, als ihm die Aktivitäten der fremden Traveller verrieten, dass jemand gekommen war, um ihm zu helfen, trotz der Warnung.

Rasch fasste er seine Überlegungen für Florence zusammen. »Lass die Augen geschlossen, wenn es dich zu sehr verwirrt«, fügte er hinzu, als sie den Atem anhielt, weil ihr die Sinne mitteilten, dass sie in einem Wagen voller Wasser saß.

»Es geht schon«, erwiderte sie und beobachtete ihre eigenen Luftblasen.

»Ich schätze, Folgendes ist passiert«, sagte Zacharias und ließ seinen Spekulationen freien Lauf, während der schwarze Wagen mit brummendem Motor über eine Straße fuhr, die Dutzende von Metern tief unter Wasser stand, das voller Leichen und Trümmer war. »Dieser Haruko wird entführt, und fremde Traveller scheinen dabei eine Rolle gespielt zu haben. Ich nehme an, sie sind in sein Bewusstsein eingedrungen, um ihm seine Geheimnisse zu entreißen – jemand scheint großes Interesse an den Arbeiten der Entwicklungsabteilung von Samsung-Nippon zu haben. Offenbar geht etwas schief, Haruko fällt in eine Art Koma und wird gefunden. Da ihm niemand helfen kann und er wichtig ist – und da SN herausfinden möchte, wer die Kidnapper sind und was sie in Erfahrung gebracht haben –, bringt man ihn nach Sea City zur Foundation, und weil wir beide gerade auf der Reise sind, bekommt Teneker den Auftrag, in Harukos Selbst nach dem Rechten zu sehen. Dort wird er von fremden Travellern, die noch immer in Haruko stecken – frag mich nicht, wie das möglich ist – festgehalten. Es gelingt ihm, ein Bild zurückzulassen, das eventuelle Retter warnt, und sich in eine Fraktur zurückzuziehen, die ihn vor Entdeckung und erzwungener Integration schützt.«

Florence nickte im Wasser und versuchte, einigermaßen gleichmäßig zu atmen. »Klingt so weit richtig«, sagte sie. Weitere Luftblasen gesellten sich den glänzenden Gasperlen unterm Wagenhimmel hinzu. »Aber warum sind die fremden Traveller noch hier? Warum haben sie Haruko nicht längst verlassen? Die physische Entfernung muss ziemlich groß sein; wer weiß, wo sich ihre Körper und die Interface-Systeme befinden.«

»Vielleicht haben sie noch nicht gefunden, was sie suchen. Vielleicht hat Haruko seine Geheimnisse so gut geschützt, dass sie bisher unentdeckt geblieben sind. Oder sie sind noch hier, weil sie Teneker finden wollen. Möglicherweise weiß er etwas über sie, von dem sie nicht möchten, dass es bekannt wird.«

»Aber was ist mit der Falle, vor der wir im Bibliothekssaal gewarnt wurden?«

Zacharias hatte plötzlich eine Idee. »Empfängt Lily noch immer unsere Telemetrie und Biometrie?«

Florence hob die Hand zum Interface-Äquivalent an

ihrem Ohr. »Die Verbindung ist schlechter geworden«, stellte sie fest.

»Das liegt wahrscheinlich an der Fraktur.« Aufregung prickelte in Zacharias; er glaubte, auf der richtigen Spur zu sein. »Gib Lily den Auftrag, meine Ping-Echos genau zu untersuchen. Vielleicht findet sie in den Analysedaten Hinweise auf die fremden Traveller. Vielleicht können wir herausfinden, woher sie kommen; es wäre ein erster Schritt in Richtung Identifizierung.«

Zacharias nickte zufrieden und glaubte in seinem Kopf alles an den richtigen Platz gerückt. Einen Überblick über die Situation zu gewinnen, das war der Schlüssel zum Erfolg jeder Mission. Vielleicht konnten sie zwei Fliegen mit einer Klappe schlagen: Wenn sie Teneker fanden, bekamen sie nicht nur Gelegenheit, ihn mithilfe der Rückversicherung zur Foundation zurückzubringen; womöglich konnte er ihnen auch erklären, was es mit Harukos Entführung auf sich hatte.

Ist doch gar nicht so schwer, dachte Zacharias, fühlte die Rückkehr seiner heiteren, unbeschwerten Zuversicht und unternahm nichts dagegen; sie fühlte sich viel zu gut an. Ein Klacks. Wir finden Teneker, und die Sache ist geritzt.

Neben ihm rang Florence nach Atem. »Ich halte das nicht mehr lange durch, Zach«, ächzte sie, ihr Gesicht blass und angespannt. »Sensorische Überlastung. Ich versuche weiterhin zu glauben, dass ich Luft atme, aber meine Sinne behaupten die ganze Zeit etwas anderes, und ich bin müde vom letzten Einsatz.«

»Schließ die Augen, Flo, mach sie zu.« Zacharias nahm den Arm von ihren Schultern und drückte die Lider mit den

Daumen sanft nach unten. »Dies betrifft uns nicht, klar? Es ist wie ein Film.«

»Wie ein Film«, wiederholte sie und lächelte schief. »Aber es ist ein Film, bei dem die Zuschauer auch zu Akteuren werden können.«

Zacharias beugte sich vor und klopfte dem jungen Fahrer auf die Schulter. »He, guter Mann, wie weit ist es noch? Wo hat sich Teneker verkrochen?«

»Tehnehker«, sagte der Fahrer, seine Stimme ein Blubbern im Wasser.

»Genau der. Und es wäre nett, wenn du uns an einen trockenen Ort bringen könntest.«

Ein Tunnel nahm den Wagen auf, seine Öffnung wie ein dunkles Maul, und obwohl er nach unten führte, sank der Pegel des Wassers schnell, auch innerhalb der schwarzen Limousine. Ihr Brummen wurde lauter und grollender, als könnte auch der Motor ohne all das Wasser besser atmen.

»Danke dir, Kumpel.« Zacharias klopfte dem Fahrer erneut auf die Schulter und grinste.

»Tehnehker«, sagte der junge Mann mit dem zotteligen Haar, das nass an seinen Schultern klebte.

»Genau«, erwiderte Zacharias. »Fahr uns zu ihm, damit wir dies hinter uns bringen können. Flo, du kannst du Augen wieder öffnen.«

Sie hatte die Hand noch immer am Interface-Äquivalent. »Der Ereigniswinkel wächst weiter, und die Verbindung mit Lily wird noch schlechter.«

»Vielleicht weil wir uns Tenekers Fraktur-Versteck nähern«, sagte Zacharias. Der Tunnel erstreckte sich leer vor ihnen, von Deckenlampen in mattes Licht getaucht, das auf großen Pfützen glitzerte. Die Räder des schwarzen Wagens rollten hindurch; Wasser spritzte an die Wände. »Es muss ein verdammt gutes Versteck sein, wenn ihn die anderen Traveller noch nicht gefunden haben.«

Florence zögerte und lauschte einer Datenstimme. Zacharias strich ihr über den Kopf und lächelte entzückt, als die Nässe aus ihrem Haar wich. Sieh nur, wozu ich imstande bin, dachte er. Welche Kraft in meiner Hand ruht, und in meinem Willen.

»Ich bekomme gerade eine Antwort auf die erste Anfrage«, sagte Florence. »Haruko verschwand vor zwei Wochen aus seiner Wohnung in einer Samsung-Nippon-Firmenstadt bei Kyoto. Nichts deutete auf die Anwendung von Gewalt hin. Nach den Aufzeichnungen der Überwachungskameras hätte er sich in dem Apartment befinden müssen, aber es war leer.«

»Menschen lösen sich nicht einfach in Luft auf«, sagte Zacharias und dachte: Ich könnte es. Ich wäre dazu imstande. Ich könnte mich hier in Luft auflösen und doch existieren.

»Die Konzernpolizei stellte genaue Untersuchungen an«, fuhr Florence fort. Etwas Farbe war in ihr blasses Gesicht zurückgekehrt, aber sie klang noch immer müde. Das wunderte Zacharias ein wenig. Wieso war sie müde, obwohl er sich so gut fühlte? »Sie fand … nichts. Die Wohnung wurde versiegelt und mit Kontrollsensoren ausgestattet. Und diese Sensoren gaben einige Tage später Alarm.«

»Weil sich jemand Zutritt verschaffen wollte?«, vermutete Zacharias. »Vielleicht einer der Entführer, mit einem von Haruko erbeuteten Codeschlüssel?« Er ritt noch immer die Welle der Spekulation. Sein Gehirn spielte mit Möglichkeiten, würfelte sie durcheinander.

»Die Siegel an Tür und Fenstern waren intakt, als man Haruko in seiner Wohnung fand. Er war geistig verwirrt, und später verletzte er sich mit einem Messer.«

»Hundertsieben Schnitte«, sagte Zacharias. »Das wissen wir von Anderson.« Der Wagen wurde so langsam, dass das Wasser der Pfützen nicht mehr bis zu den grauen Betonwänden spritzte. Die Abstände zwischen den Lampen an der Decke wuchsen, was bedeutete, dass größere Teile des Tunnels im Dunkeln lagen. Am Rand des Lichtscheins einer Lampe bemerkte Zacharias eine Stahltür in der rechten Wand des Tunnels.

»Ja«, bestätigte Florence. »Anschließend fiel er ins Koma, und Samsung-Nippon brachte ihn nach Sea City.«

»Wie kam er in die Wohnung, wenn die Siegel an der Eingangstür und an den Fenstern intakt blieben?«

»Das haben sich die Konzernpolizisten auch gefragt«, sagte Florence.

»Und haben sie eine Antwort gefunden?«

»Nein.«

»Vielleicht weiß Teneker Bescheid. Vielleicht ist es ihm gelungen, Harukos Gedächtnis anzuzapfen, bevor er sich verstecken musste. Möglicherweise kennt er alle Antworten.« Zacharias grinste erneut. »Dies könnte viel einfacher sein, als wir dachten.«

»Zach ... Mit deinen biometrischen Daten ist etwas nicht in Ordnung«, sagte Florence plötzlich. »Dein Herz schlägt noch schneller als während einer gewöhnlichen Tetranol-Phase, und hinzu kommt eine gesteigerte Aktivität im

Hypothalamus. Du hast ein ausgeprägtes physisches Stress-Syndrom.«

»Ich fühle mich gut, und alles wird gut«, sagte er.

Florence sah ihn an; ihre dunklen Augen waren voller Sorge. »Jemand hat dir eine zusätzliche Dosis Tetranol gegeben, Zach, und zwar eine verdammt hohe. Eine unverantwortlich hohe, wenn du mich fragst.«

»Und wenn schon, ich werde damit fertig.« Er zuckte die Schultern. »Wir befreien Teneker, finden heraus, was mit Haruko geschehen ist, erledigen alles … Und dann haben wir endlich Zeit für uns.« Er schlang erneut den Arm um Florence und beugte sich zu ihr, um sie zu küssen, aber sie wich ihm aus. Warum wich sie ihm aus? Dies alles war doch überhaupt kein Problem mehr. Der Wagen hielt direkt neben der Stahltür, und der Fahrer stieg ungelenk aus, wankte wie betrunken zur Tür und öffnete sie, und dahinter führte eine Treppe nach oben, Zacharias sah sie ganz deutlich, obwohl im Treppenhaus kein Licht brannte, und am Ende der Treppe würden sie Teneker finden, ihn befreien und zusammen mit seinen Antworten zur Foundation bringen. Alles kein Problem. Warum wich Florence ihm aus? Warum bestand sie manchmal darauf, dort Probleme zu sehen, wo es überhaupt keine gab?

Vager Ärger regte sich in Zacharias, und eine leise Stimme in seinem Innern ermahnte ihn. Ärger auf Florence, das kam nicht infrage. Er verdankte ihr so viel.

»Hör mir zu, Zach«, sagte Florence im eindringlichen Therapeuten-Ton, und er seufzte innerlich. »Hör mir gut zu. Jemand hat dir zu viel Tetranol gegeben, und deshalb fühlst du dich jetzt wie Gott höchstpersönlich.«

»Ich fühle mich gut«, wiederholte er und wollte hinzufügen, dass der Fahrer bei der offenen Stahltür wartete, aber Florence fuhr im selben eindringlichen Ton fort:

»Denk daran, dass wir nicht nur Gefühl sind, sondern auch Verstand, Zach. Erinnere dich an die anderen Reisen, und daran, wohin Übermut führen kann. Ich habe dich immer wieder davor gewarnt. Nur weil sich die Situation jetzt einfach und ungefährlich für dich anfühlt, muss sie nicht einfach und ungefährlich sein.«

Zacharias grinste einmal mehr. »Nur weil du überall Probleme siehst, heißt das noch lange nicht, dass es auch überall Probleme gibt. Ich bin der Beste, hast du das vergessen?«

»Zach …«

Er klopfte ihr auf die Hand und öffnete die Wagentür. »Komm, retten wir Teneker.«

7

Es war erstaunlich kalt im Tunnel, und auf den nahen Pfützen hatte sich bereits eine dünne Eisschicht gebildet. Florence, die nur ein dünnes Sommerkleid trug, fröstelte fast sofort und rieb sich die Arme. Zacharias streifte seine Jacke ab und legte sie ihr um die Schultern. Er hätte ihrer Kleidung einfach eine gefütterte Jacke oder einen Mantel hinzufügen können, wollte sich aber keine Hinweise auf angebliche Vergeudung seiner Kraft einhandeln. Außerdem hatte er beschlossen, dies so schnell wie möglich hinter sich zu bringen, um Florence zu zeigen, wie stark er war – das ist dumm, flüsterte die mahnende Stimme in seinem Innern; das ist unreif und pubertär –, und um endlich mit ihr zusammen sein zu können, irgendwo in einer kleinen, separaten Nische, vielleicht in einer Fraktur mit negativem Ereigniswinkel, damit sie einige Stunden ungestörter Zweisamkeit genießen konnten, während für die Foundation nur wenige Sekunden oder höchstens Minuten vergingen.

Er schenkte dem jungen Mann mit dem noch immer nassen Haar ein freundliches Lächeln. »Also gut, Kumpel, wo ist Teneker?«

»Tehnehker«, sagte der Namenlose, drehte sich um, trat steifbeinig durch die offene Tür und ging die knarrende, quietschende Treppe hoch.

»Die Stufen sind alle gleich beschaffen, Flo«, sagte Zacharias und nahm ihre Hand. Das matte Licht des Tunnels blieb hinter ihnen zurück, und schon nach kurzer Zeit war es stockdunkel. Zacharias konnte trotzdem sehen, weil er sehen wollte, so einfach war das für ihn, aber für Florence blieb die Finsternis undurchdringlich. »Ich gebe dir Bescheid, wenn sich etwas ändert. Vertrau mir.«

Eine ganze Minute setzten sie den Weg nach oben fort, und Zacharias hörte – überdeutlich, wie direkt am Ohr – das Klacken ihrer Schritte auf den Stufen und Florences schwerer werdendes Atmen. Er war auch imstande, das Pochen ihres Herzens zu hören, als er sich darauf konzentrierte, wie einen schneller werdenden Trommelschlag. Und sie spricht davon, dass *mein* Herz zu schnell schlägt, dachte er.

»Die Bandbreite der Verbindung mit Lily schrumpft weiter, aber ich bekomme noch immer deine biometrischen Werte, und die spielen völlig verrückt, Zach. Du stehst unmittelbar vor einem Kollaps. Vielleicht sollten wir die Mission abbrechen und zurückkehren.«

So ein Unsinn, dachte er. Wir sind gleich da. Wir haben es gleich geschafft. »Wieso merke ich nichts davon?«, fragte er. »Mein Interface ist ruhig. Kein Alarm, nichts.«

»Das hat mich vorhin schon gewundert«, brachte Florence hervor. Sie keuchte jetzt. »Wer auch immer dir die Überdosis Tetranol gegeben hat … Vermutlich hat er auch das Interface manipuliert.«

»Warum sollte jemand so etwas tun?«, erwiderte Zacharias. Argwohn erwachte in ihm, und er fragte sich, ob Florence, aus welchen Gründen auch immer, ihm den Erfolg bei dieser Mission nicht gönnte. Die innere Stimme, die in eine ferne Ecke seines Selbst gekrochen und noch leiser geworden war, raunte ihm zu: Paranoia kann ein Symptom dafür sein, dass die Tetranol-Phase kritisch wird. Das weißt du doch, du Dummkopf!

Blödsinn, dachte er und beobachtete inmitten rabenschwarzer Dunkelheit, wie der junge Mann vor ihm den letzten Treppenabsatz erreichte und die Hand nach dem Knauf der Tür dort ausstreckte. Eine Spinnwebe hing daran, und ihre Schöpferin floh in den schmalen Spalt zwischen Türrahmen und Wand.

»Ich weiß nicht, warum jemand so etwas tun sollte«, schnaufte Florence. »Ich weiß nur, dass es dir verdammt schlecht geht.«

»Wir bringen die Mission zu Ende«, sagte Zacharias.

Oben schwang die Tür auf, und Licht fiel ins Treppenhaus. Es zeigte die Sorge in Florences Gesicht, und noch etwas anderes, das Zacharias nicht gefiel.

»Das entscheide ich, Zach«, sagte Florence. »Wenn ich glaube, dass es dir zu schlecht geht, breche ich die Mission ab, ob es dir passt oder nicht. Ich …« Sie brachte den Satz nicht zu Ende, nahm nach kurzem, verwirrtem Zögern das Interface-Äquivalent ab, überprüfte es kurz und steckte es dann wieder ans Ohr. »Ich habe keine Verbindung mehr zu Lily.«

»Das liegt an der Fraktur.« Zacharias ging die letzten Stufen hoch, dankbar dafür, dass Florence keine Gelegenheit bekam, ihre Drohung wahrzumachen. »Wir haben Tenekers Versteck erreicht.« Er sah nach draußen und fügte hinzu: »Er hat sich seine eigene kleine Welt geschaffen.«

Gras umgab die Tür, hohes Gras, das sich gelb und grün im leichten Wind bewegte, der von der Hitze der nahen Wüste erzählte. Die Sonne stand dicht über dem Horizont, halb von Wolken verschleiert, und auf der anderen Seite kroch ein ungewöhnlich großer Mond über den Himmel. In der Nähe stand ein Haus aus verwittertem Holz, die Fenster geöffnet, eine Tür hing schief in den Angeln – sie knarrte leise, wenn der Wind sie bewegte. Einige Dutzend Meter hinter dem Haus endete das hohe Gras an einem Hang, der zur Wüste hinabführte, und dort erstreckten sich gelbbraune Dünen, so weit der Blick reichte.

»Eine Insel des Lebens, vom Nichts umgeben«, sagte Zacharias. »So hat er es sich vorgestellt.« Er drehte den Kopf, als Florence neben ihn trat, und schmunzelte. »Wenn du mich fragst … Er hat es sich nicht gut genug vorgestellt. An seiner Stelle hätte ich dem Versteck einige Schatten

116

spendende Bäume hinzugefügt, und das Haus … Sieh dir nur das Haus an. Eigentlich kaum mehr als eine Hütte. Alt und baufällig.«

»Zach …«

Ein vager Schmerz regte sich in Zacharias' Hinterkopf, aber er achtete nicht darauf, denn abgesehen von dem leichten Stechen fühlte er sich noch immer sehr gut. »Ich meine, welchen Schutz kann ein solches Haus bieten, mit offenen Fenstern und einer Tür, die sich gar nicht mehr schließen lässt? Ich hätte eine Burg gebaut, mit einem tiefem Graben vor den dicken Mauern. He, was hältst du von einem Burggraben mit Krokodilen?«

»Du faselst, Zach«, sagte Florence mit einem kritischen Blick.

Der junge Mann, der den schwarzen Wagen gefahren hatte, war zum Haus gegangen und wartete dort neben der Tür. »Tehnehker«, sagte er.

»Nur ein Scherz, Flo. Ein kleiner Scherz. Darf ich denn nicht mal mehr scherzen?« Zacharias folgte dem Fahrer zum Haus und staunte dabei über die Kraft in seinen Beinen. Wenn er sich geduckt und abgestoßen hätte … Vielleicht wäre er imstande gewesen, bis ganz nach oben zu springen, bis zu der Wolke dort, die direkt über ihm schwebte und wie der Kopf eines Clowns aussah. Aber das war ein dummer Gedanke, fand er, als er etwas genauer darüber nachdachte, ebenso wie die Vorstellung eines Clowns am Himmel.

Als ihn nur noch zwei Meter vom Haus trennten, trat der junge Mann durch die Tür und sagte: »Tehnehker.«

»Ja, Kumpel, hab dich verstanden. Wo ist er?«

»Ich bin … Tehnehker.«

Du verdammter Idiot!, sagte die Stimme in ihm, und sie war jetzt nicht mehr leise, sondern laut genug, um durch alle Gewölbe seines Bewusstseins zu hallen. Warum hast du nicht auf Florence gehört? Wie ein grinsender Narr bist du in die Falle getappt, und jetzt schnappt sie zu.

Schnapp.

In dem Haus, in einem Zimmer halb im Licht und halb im Schatten, stand ein Tisch, und an diesem Tisch saßen mehrere Personen, eine von ihnen, ganz hinten, nur eine dunkle Silhouette. Einer der vorn sitzenden Männer stand auf, und Zacharias erkannte den fremden Traveller, den er in der Stadt auf der anderen Straßenseite gesehen hatte.

»Danke, Teneker«, sagte dieser Mann, und der Fahrer des schwarzen Wagens nickte. Mit ausdruckslosem Gesicht ging er zum Stuhl in der Ecke und setzte sich.

»Ich bin Kronenberg«, sagte der Mann und kam so nahe heran, dass Zacharias seinen Geruch wahrnahm. Es war ein muffiger, bitterer Geruch, wie von einem feuchten Keller, der lange Zeit geschlossen gewesen war. Die blauen Augen waren tatsächlich kalt wie Eis, und tief in ihnen brannte ein Feuer, von dem keine Wärme ausging. Der Blick ließ Zacharias frösteln. »Und du bist Zacharias, die große Hoffnung der Foundation.« Bei diesen Worten erklang leiser Spott in seiner Stimme, und Zacharias spürte, wie Ärger in ihm erwachte.

Der Mann mit dem kurzen weißblonden Haar und den eisblauen Augen ging langsam um ihn herum, und Zacharias drehte den Kopf, nicht um ihn im Auge zu behalten, sondern um herauszufinden, wo sich Florence befand. Sie stand rechts hinter ihm, neben der Tür, und er stellte einen kurzen Blickkontakt mit ihr her. Die Rückversicherung, dachte er, in der Hoffnung, dass sie ihn verstand. Manchmal verstand sie ihn tatsächlich, nicht auf telepathischem Weg, sondern durch Intuition. Sie mochte den Kontakt mit Lily verloren haben, aber er fühlte noch immer das synästhetische Prickeln des RV-Signals unter dem linken Ohr; *diese* Verbindung bestand nach wie vor.

Der apathisch in der Ecke sitzende Teneker – sein Haar war noch immer nass, bemerkte Zacharias – klappte plötzlich den Mund auf und sagte: »Ich habe euch gewarnt! Warum habt ihr nicht auf mich gehört?«

»Ja, er hat euch gewarnt«, sagte Kronenberg und blieb erneut vor Zacharias stehen. »Dafür werden wir noch ein ernstes Wort mit ihm reden müssen.«

»Was wird hier gespielt?«, fragte Zacharias scharf. Schreck und Schock lösten sich auf, wichen neuer Zuversicht. Die Falle mochte zugeschnappt sein, aber er konnte jederzeit aus ihr entkommen. Er brauchte nur das RV-Signal anzupeilen und zu Teneker zu springen, um ihn mitzunehmen, um zusammen mit ihm und Florence nach Sea City zurückzukehren. »Wer seid ihr? Warum habt ihr Teneker hier festgehalten? Es befindet sich in einem kritischen Zustand.«

»Oh, es wird ihm gut gehen, sobald er entscheidet, mit uns zu kooperieren.«

»Er wird sterben, wenn er nicht sofort zurückkehrt«, sagte Florence und kam etwas näher. Gut so, Flo, dachte Zacharias. Sie hatte ihn verstanden! Je näher sie war, desto besser. Nur ein Sprung zu Teneker, zwei Sekunden, mehr nicht;

das genügte. Aber vorher gab es vielleicht noch Gelegenheit, Antworten auf einige Fragen zu finden.

»O nein, er stirbt nicht«, sagte Kronenberg und zeigte ein Lächeln, das Zacharias seltsam fand. »Nicht hier.«

»Wollen Sie seinen Körper sterben lassen und den Geist hier festhalten?«, fragte Florence.

»Das ist unmöglich«, entfuhr es Zacharias. »Oder?«

»Oder?«, wiederhole Kronenberg spöttisch. »Weißt du es nicht? Weißt du so wenig?«

»Er wird Gelegenheit bekommen, zu lernen und seine Wissenslücken zu füllen.«

Die Stimme kam aus der Düsternis am anderen Ende des Tisches, und der Mann, der bisher nur eine Silhouette gewesen war, stand auf und kam langsam näher. Es war ein kleiner Mann, kleiner als die anderen, und doch schien er sie zu überragen, denn er war ein geistiger Riese mit einem großen Echo auf Zacharias' Radar. Ein ähnlich bitterer Geruch wie bei Kronenberg ging von ihm aus, weckte in Zacharias aber keine Assoziationen an dunkle Keller, die zu lange verschlossen gewesen waren, sondern an tiefe Gewölbe, in die sich *nie* ein Lichtstrahl verirrt hatte. Kronenberg wich beiseite, und der kleine Mann, in eine Aura finsterer Bitterkeit gehüllt, blieb dicht vor Zacharias stehen. Der Schatten eines Barts lag auf Kinn und Wangen, und neben der Nase zeigte sich eine Narbe, die aus einigen Metern Entfernung wie ein Strich unter dem Auge ausgesehen hätte. Die Schultern waren schmal, und der Kopf schien für den dünnen Hals ein wenig zu groß zu sein.

»Möchtest du lernen, Zacharias?«, fragte der kleine, große Mann. »Möchtest du mehr wissen?« Seine ruhige Stimme versprach Frieden.

»Was soll ich lernen?«, fragte Zacharias. »Welches Wissen bietest du mir an?« Er spürte vage Benommenheit und begriff plötzlich, dass eine hypnotische Wirkung in den Worten dieses Mannes lauerte, dass der suggerierte Friede den Geist fesseln konnte. »Wer bist du überhaupt?«

Die Augen des kleinen Mannes schienen größer zu werden, als er sagte: »Man nennt mich Salomo, was auf Hebräisch so viel bedeutet wie …«

»Der Friedliche«, sagte Florence.

Zacharias fühlte ihre wachsende Ungeduld – sie standen jetzt nahe genug nebeneinander –, aber er war neugierig geworden. »Warum nennt man dich so?«

»Weil ich den Frieden bringe, Zacharias«, sagte Salomo und sprach mit einer Ruhe, die die rauen Kanten von Gedanken und Gefühlen glättete. »Ich bin dabei, eine Welt des Friedens zu schaffen, oder vielleicht sollte ich besser sagen: Welten des Friedens. Möchtest du mir dabei helfen, Zacharias?«

Zacharias deutete auf Kronenberg und die anderen Männer. »Woher kommen diese Traveller? Und warum habt ihr Teneker festgehalten?«

»Ich habe Kronenberg und die anderen gefunden«, sagte Salomo. »Ich habe nach ihnen gesucht und sie gefunden, sie und viele andere. Sie alle sind meine Freunde geworden. Einige von ihnen misstrauten mir zu Anfang, so wie Teneker, aber schließlich wurden sie alle zu Freunden, und ich werde auch mit ihm Freundschaft schließen, da bin ich sicher.«

Zacharias sah dorthin, wo Teneker saß, mit geschlossenen Augen und nassem Haar.

»Sie haben nach Talenten gesucht, wie die Foundation?«, fragte Florence.

Salomo achtete nicht auf sie; sein Blick verweilte auf Zacharias. »Du sitzt im Rollstuhl, Zacharias«, sagte er mit einer Stimme, die bis in die fernsten Winkel seiner Seele reichte, angenehme Wärme brachte und ein Gefühl von Geborgenheit vermittelte. Ein Bild entstand: ein warmes Kaminfeuer, davor ein Schaukelstuhl und jenseits der Fenster eine dunkle, kalte Winternacht. »In der anderen Welt bist du ein Gefangener des Rollstuhls. Hast du nicht oft daran gedacht, wie es wäre, für immer hierzubleiben, in dieser Welt – oder in diesen Welten –, in der du einen funktionierenden Körper hast, in der du dir den Körper geben kannst, den du möchtest, in der du *sein* kannst, was du möchtest? Ich kann dir alle deine Wünsche erfüllen, wenn du dich mir anschließt.«

»Zach …«, hauchte Florence, gerade laut genug.

Für einen Moment war die Versuchung groß, denn etwas in der Stimme versicherte ihm, dass Salomo tatsächlich imstande war, ihm diesen Wunsch zu erfüllen.

»Ich bin seit Jahren unterwegs«, fügte der kleine Mann mit dem großen Kopf und den leuchtenden Augen hinzu. »Ich reise durch das Netz der Welten, immer auf der Suche nach neuen Freunden …«

»Er will die ganze Foundation übernehmen!«, stieß Teneker plötzlich hervor, und Zacharias begriff, warum er so still dagesessen hatte, mit geschlossenen Augen. Um Kraft zu sammeln. »Deshalb hat er mich festgehalten. Damit ihr kommt, mich zu retten. Er wird auch die anderen holen, sie alle. Ich habe euch gewarnt! Warum habt ihr nicht auf mich gehört?«

Einer der anderen Männer stand auf, ging zu Teneker und legte ihm die Hand auf die Schulter, woraufhin er wieder die Augen schloss und schwieg.

»Wir bauen Utopia«, sagte Salomo. »Wir schaffen uns Welten, in denen wir alle sein können, was wir wollen. Du bist ein starker Traveller, Zacharias, der Beste der Foundation, auch wenn manche daran zweifeln.« Er sah kurz zu Kronenberg. »Mit dir werden wir noch stärker und können die letzten Grenzen überwinden, die letzten Barrieren durchstoßen. Hilf mir, Utopia zu bauen, und ich verspreche dir, dass du das Leben führen kannst, das du immer führen wolltest. Ich erlaube dir sogar, Florence zu behalten. Sie ist nur eine Therapeutin, eine Kognitorin, und damit eine Fremde in diesen Welten, eigentlich nur Ballast für jemanden wie dich. Aber ich gestatte ihr, bei dir zu bleiben.« Salomo lächelte. »Als Zeichen meiner Freundschaft, Zacharias.«

Die wohlige Wärme breitete sich weiter in ihm aus, und plötzlich wurde ihm klar: Wenn er noch etwas länger wartete, gab es kein Entrinnen mehr, denn das Wohlbehagen würde dazu führen, dass er sich selbst Ketten anlegte, die er später nicht wieder abstreifen konnte.

Und dann dachte er: Er *erlaubt* mir, Florence zu behalten? Wie *großzügig* von ihm. Was soll sie sein? *Ballast*?

»Und wenn ich mich weigere?«, fragte er mit plötzlichem Trotz.

Das Lächeln verschwand von Salomos Lippen. »Entweder du hilfst uns oder du hilfst uns. Wahre Freiheit ist Einsicht in die Notwendigkeit, Zacharias. Es muss gehandelt werden, *jetzt*, denn jetzt ist der richtige Zeitpunkt dafür.«

Die anderen Traveller kamen näher, aber Zacharias ließ sich davon nicht beeindrucken. Er war der Beste in der Foundation, das hatte dieser Mann, dieser Narr namens Salomo, selbst gesagt.

»Wie dumm«, sagte er und lauschte kurz den Stimmen von Körper und Geist, die ihm mitteilten: *Wir sind bereit.* »Wie dumm, von Freiheit zu sprechen und Zwang zu meinen.«

Salomo schüttelte langsam den Kopf. »Wie schade«, sagte er. »Wie schade, Zacharias. Ich hatte gedacht, dass wir ohne den Schmerz von Missverständnissen Freunde werden können. Manchmal gehen Freiheit und Zwang Hand in Hand, Zach. Manchmal ist Zwang der Schlüssel, der die Tür zur Freiheit öffnet.«

Zacharias atmete tief durch. Der Moment war gekommen. »Es gibt nur eine Person, die mich Zach nennen darf, und das ist Florence.«

Mit einem Satz war er direkt neben Florence, ergriff ihre Hand und wollte springen, in Richtung des geistigen Leuchtfeuers, das aus den Signalen der Rückversicherung bestand. Aber im gleichen Moment war plötzlich Teneker auf den Beinen, flog heran und rief: »Nehmt mich mit!«

8

Zacharias zögerte, und später dachte er oft daran, dass dieses Zögern der Grund für alles war, was danach kam. Wenn er sofort gesprungen wäre, ohne sich aufhalten zu lassen, hätte er vielleicht zur Foundation zurückkehren können. Aber so blieb Kronenberg Zeit genug, wie aus dem Nichts vor Zacharias zu erscheinen, das Gesicht hell, das weiße Haar wie ein Strahlenkranz, die blauen Augen wie kleine Gletscher. Mit beiden Händen packte er ihn am Kragen und beugte sich vor, bis nur noch wenige Zentimeter ihre Gesichter voneinander trennten. »Du bleibst hier, mein *Freund*.«

Zacharias rammte ihm den Kopf auf die Nase, hörte ein Knirschen und sah, wie Blut spritzte. Er löste Kronenbergs Fäuste von seinem Kragen und spürte, wie ihm ein Fingernagel über den Handrücken kratzte, schlang den einen Arm um Teneker, den anderen um Florence und sprang.

Die Hütte aus verwittertem Holz verschwand, ebenso der Hügel mit dem hohen Gras und die bis zum Horizont reichende Wüste. Aber es erschien nicht die Straße mit der Mauer, die den garantierten Übergang enthielt, von Florence mit einem RV-Signal markiert.

Dunkelheit umschloss Zacharias, schwärzer als die finsterste Nacht, die er je erlebt hatte – so schwarz, dass er sich blind glaubte. Aber er war nicht taub, denn er hörte eine Stimme in der Finsternis, eine ruhige, fast traurig klingende Stimme, die ihm zuvor Wohlbehagen und Frieden gegeben hatte.

»Eines Tages werden auch wir Freunde sein, Zacharias«, erklang diese Stimme aus dem Dunkeln. Sie schien nahe zu sein, so nahe, dass er nur die Hand ausstrecken musste, um den Mann zu berühren, dem sie gehörte. Aber hatte er überhaupt eine Hand? »Wir gehören zusammen, wir alle, wir Weltenwanderer, und meine Aufgabe besteht darin, uns zusammenzuführen. Weißt du, Zacharias, man nennt mich nicht nur Salomo, den Friedlichen. Ich habe noch andere Namen, und einer von ihnen lautet ›Seelenfänger‹. Weil ich Seelen fange. Aber ich fange keine Seelen, um sie gefangen zu halten, sondern um sie zu befreien. Ich werde auch dich befreien, Zacharias, hörst du?«

Die Stimme wurde leiser, weil die Entfernung wuchs, und eine Sekunde später begriff Zacharias: Die Entfernung wuchs, weil er fiel.

Er stürzte in die Tiefe.

Ein Gedanke schwebte losgelöst von allen anderen und dachte: Stell dir vor, du hättest den Körper, den du dir wünschst. Stell dir vor, du müsstest nie in den Rollstuhl zurückkehren, wo du nur mit den Augen schreiben kannst, wo dich eine Magensonde ernährt und Urin und Kot über Schläuche abgeführt werden. Stell dir einen Körper vor, in dem alle Muskeln und Nerven so funktionieren, wie du es möchtest.

Dieser eine Gedanke, losgelöst von allen anderen, war ein verlockender Gedanke, und zunächst unbeachtet von den anderen schlug er Wurzeln, aus denen Sehnsucht wuchs.

Zacharias öffnete die Augen, geplagt von Durst. Die Lippen waren trocken und rissig, der Gaumen ausgedörrt, die Kehle wund. Aber Erleichterung war nahe: Regen prasselte auf das Wellblechdach einige Meter über ihm, und direkt vor dem Eingang hatte sich eine Pfütze gebildet; dicke Regentropfen klatschten wie Geschosse hinein und ließen kleine Fontänen aufsteigen.

Aufstehen konnte er nicht, dazu fehlte ihm die Kraft, aber er konnte kriechen, und so kroch er unter der Decke hervor, die jemand auf ihn gelegt hatte, und zum Eingang, durch Staub und Dreck, vorbei an Schutt und Gerümpel. Als er die Pfütze erreichte, begann er gierig zu trinken, doch fast sofort packten ihn zwei Hände an den Schultern und rissen ihn fort von dem Wasser.

»Trink das nicht, Zach«, sagte Florence und zog ihn aus dem Regen, zurück unters Dach. »Ich hab davon getrunken, und mir ist stundenlang so schlecht gewesen, dass ich mehrmals kotzen musste. Mit dem Regen stimmt was nicht, hörst du? Hier, trink hiervon. Ich habe sauberes Wasser gefunden.«

Sie setzte ihm etwas an die Lippen, das eine Feldflasche zu sein schien, und er griff mit beiden Händen danach – die rechte war verbunden – und trank gierig.

»Wieso bin ich halb verdurstet?«, brachte er hervor. »Warum bin ich so schwach?«

Florences Lippen bewegten sich, aber er hörte sie nicht, er hörte auch nicht mehr das Prasseln des Regens, denn er war so schwach, dass er einschlief.

Als er erneut erwachte, fühlte er einen Teil seiner Kraft zurückgekehrt. Es war dunkel geworden, und der Regen prasselte nicht mehr ganz so heftig, fiel mit einem leichten, beständigen Klopfen aufs Wellblechdach. Das Licht einer

Kerze erreichte die Pfütze am Eingang; sie war angeschwollen, schickte Ausläufer wie glitzernde Tentakel zu der dünnen Matratze, auf der Zacharias lag. Der Platz neben ihm war leer, die Decke halb zurückgeschlagen.

Er stand auf, und seine Bewegungen schufen einen Luftzug, der die Flamme der Kerze flackern ließ. »Florence?«

Nur das leise, gleichmäßige Klopfen auf dem Dach antwortete ihm.

Die Feldflasche lag neben dem improvisierten Bett. Zacharias nahm sie, schraubte den Verschluss ab und trank Wasser, das einen leicht bitteren Geschmack hatte. Für ein oder zwei Sekunden fragte er sich, ob nur er Durst hatte – dieser Körper in dieser Welt – oder auch der andere Zacharias, der in einem Rollstuhl saß und allein mit den Augen sprach.

Dann bemerkte er den Verband an der rechten Hand.

Jemand, vermutlich Florence, hatte ihm einen Lappen um die Hand geschlungen und mit einem Stück Klebeband fixiert. Neugierig geworden und nicht ohne eine gewisse Verwunderung löste Zacharias das Klebeband und nahm den Verband ab. Zum Vorschein kam ein blutiger, eitriger Striemen auf dem Handrücken, und er betrachtete ihn wie etwas, das nicht existieren konnte.

Er hatte geschlafen oder war bewusstlos gewesen, was während einer Reise selten genug geschah, aber er wusste aus Erfahrung, dass Verletzungen und Wunden während solcher Phasen heilten. Einmal hatte er sich bei einem dummen Sturz den Arm gebrochen, und es war ihm nicht gelungen, den plötzlichen Schmerz unter Kontrolle zu bringen. Er war bei jener Gelegenheit ohnmächtig geworden, und bei seinem Erwachen einige subjektive Stunden später hatte er den Arm wieder bewegen können.

Ich werde dich finden, Zacharias. Denk an mich, sprich meinen Namen. Ich werde dich finden, hörst du?

Zacharias sah sich erschrocken um und stellte fest, dass er noch immer allein war. Aber die Kerzenflamme flackerte, als hätte sich dicht neben ihr jemand bewegt, und für einen Moment fühlte sich Zacharias von Schatten bedrängt.

Sein Blick kehrte zu dem langen Striemen auf der Hand zurück. Er erinnerte sich an das kurze Handgemenge mit Kronenberg, an den Kratzer, der von einem Fingernagel stammte und längst hätte verheilt sein müssen. Stattdessen war er entzündet. Zacharias konzentrierte sich und versuchte, der Wunde seinen Willen aufzuzwingen, sie zu schließen, Blut und Eiter verschwinden zu lassen, doch der rote Striemen blieb, und mit ihm ein dumpfer Schmerz, wie von einem langsam brennenden Feuer.

Zacharias war so verblüfft, dass er ungläubig auf die Hand hinabstarrte und sie mehrmals drehte, als könnte er nicht glauben, dass sie wirklich zu dem Körper gehörte, in dem er steckte. Lag es am Mangel von Tetranol? Er spürte nicht mehr die pulsierende Euphorie, die sein Denken und Fühlen während der Begegnung mit den fremden Travellern bestimmt hatte, unter ihnen Kronenberg und Salomo, den man auch »Seelenfänger« nannte. Es bedeutete vermutlich, dass die Wirkung der Überdosis Tetranol, die ihm jemand in der Foundation verabreicht hatte, größtenteils verflogen war.

Er warf einen letzten Blick auf die hartnäckige, widerspenstige Verletzung, wickelte den Lappen wieder um die

Hand und drückte den Klebestreifen darauf. Dann wankte er, noch immer ein wenig benommen, zur offenen Tür des Unterstands, blieb dort in der Pfütze stehen und rief: »Florence?«

Auch diesmal bekam er keine Antwort.

Eine dunkle Ruinenstadt erstreckte sich vor ihm, unter einem schwarzen Himmel, aus dem ranziger Regen fiel. Er bemerkte jetzt den Geruch, der ihm zuvor nicht aufgefallen war, wie von verdorbener Butter. In diesem Regen stand er und sah sich um, und als sich seine Augen an die Dunkelheit gewöhnt hatten – er musste warten, konnte ihnen nicht wie sonst befehlen, die Dunkelheit zu durchdringen –, bemerkte er die Silhouette eines weit aufragenden Turms, einer Hand ähnelnd, die sich bittend dem Himmel entgegenstreckte.

»Sea City?«, murmelte Zacharias erstaunt und beobachtete, wie sein Atem eine graue Wolke bildete; ein leichter Wind trug sie fort. Er merkte plötzlich, wie kalt es war – so kalt, dass sich eine Gänsehaut auf seinen Armen bildete –, und er erinnerte sich daran, dass er Florence im Tunnel seine Jacke überlassen hatte. Er versuchte gar nicht erst, sich mit einem Willensakt eine neue zu verschaffen, kehrte in den Unterstand zurück, nahm eine der schmutzigen Decken, legte sie sich um die feuchten Schultern und ging wieder nach draußen.

Hinter der zu einem kleinen Teich gewordenen Pfütze fand er Fußspuren: kleine, mit stinkendem Regenwasser gefüllte Mulden im schlammigen Boden. Zacharias zog sich die Decke etwas enger um die Schultern und folgte ihnen.

Warum war es so kalt?, dachte er, als er durch den Regen

stapfte. Bisher war Sea City auf ihrer langen Reise über den Pazifik immer in den Tropen geblieben, aber dies fühlte sich nach einer subpolaren Zone an. Und diese Stadt war tot, ihre Gebäude nur noch leere Gerippe, bis auf den Turm, der, soweit Zacharias das in der Dunkelheit erkennen konnte, nahezu unbeschädigt aufragte.

Erste Schneeflocken mischten sich in den Regen.

Dass die Fußspuren zum Turm führten, überraschte ihn nicht, denn es war der Turm, der auch die Büros, Behandlungszentren und Suiten der Foundation enthielt; er hätte sich ebenfalls in diese Richtung gewandt. Zacharias versuchte, nicht auf Schneeregen und Kälte zu achten, als er durch die Nacht marschierte, den größeren Pfützen auswich und darauf achtete, die Spuren nicht aus dem Auge zu verlieren.

Er hatte den Turm fast erreicht, als er die Leiche fand.

Auf dem Bauch lag sie im Schlamm, das eine Bein in einer tiefen Pfütze, das andere neben einem Betonblock, aus dem mehrere krumme, rostige Bewehrungsstangen ragten. Die Arme waren ausgebreitet, das Gesicht halb im nassen Dreck verborgen. Im Rücken der Jacke zeigten sich mehrere Löcher, und der Regen hatte einen Teil des Blutes weggewaschen.

Ein oder zwei schreckliche Sekunden lang befürchtete Zacharias, dass es sich um Florence handelte, dass sie tot – erschossen – vor ihm lag, aber dann erkannte er den Toten als Mann. Neben ihm blieb er stehen, bückte sich und drehte die Leiche vorsichtig auf den Rücken. Ein junger Mann mit schmaler Nase und vollen Lippen, die Züge fast mädchenhaft zart – Teneker.

Er ging in die Hocke und berührte den Mann am Hals, obwohl er wusste, dass kein Leben mehr in ihm steckte, und er fragte sich kurz, ob auch der andere Teneker tot war, der in der Foundation.

Hinter ihm platschten eilige Schritte durch Schlamm und Pfützen, und Zacharias hatte sich noch nicht ganz umgedreht, als eine Stimme aus Nacht und Regen kam. »Hier bist du, meine Güte, ich habe überall nach dir gesucht!«

Florence lief auf ihn zu, in etwas gehüllt, das nach einer alten Plane aussah, und darunter trug sie nicht das leichte Sommerkleid, in dem sie gefroren hatte, sondern eine dunkle, fleckige Leinenhose, einen Wollpullover und seine Jacke. Er schloss sie in die Arme, und für einen Moment genoss er es einfach nur, sie bei sich zu wissen und ihren Körper zu spüren, warm unter der Plane und lebendig.

Dann schob er sie behutsam ein wenig von sich fort und sagte: »Ich habe Teneker gefunden.«

Sie nickte unter der Plane, deren einen Zipfel sie sich wie eine Kapuze über den Kopf gezogen hatte. »Ich weiß, dass er tot ist. Ich bin vor einigen Stunden schon mal hier gewesen, auf der Suche nach sauberem Wasser.«

Zacharias deutete auf die Löcher in Tenekers Jacke. »Jemand hat ihn erschossen.«

»Ja, danach sieht es aus.«

»Wer?« Zacharias sah sich um.

»Keine Ahnung, Zach. Ich bin stundenlang durch diese Stadt gelaufen, ohne jemandem zu begegnen. Wir scheinen allein zu sein.«

Er deutete auf das Interface-Äquivalent an Florences Ohr. »Empfängst du irgendwas?«

»Nichts. Was ist mit dir?«

Zacharias horchte in sich hinein. »Als du den Kontakt mit Lily verloren hast, habe ich noch immer das synästhetische Prickeln des RV-Signals gespürt, aber seitdem ich hier erwacht bin, herrscht Stille. Ich bin vollkommen von den Interface-Systemen des Rollstuhls isoliert.«

»Fast einen ganzen Tag haben wir hier verbracht, Zach. Wie fühlst du dich?«

Er wusste, was Florence meinte. »Du befürchtest, dass unsere Tetranol-Phase bald zu Ende geht.«

»Es kommt auf die Größe des Ereigniswinkels an. Für dich wäre es nicht weiter schlimm; du hast so was schon zweimal erlebt.«

»Es war nicht sehr angenehm.« Zacharias sah sich erneut um, doch in der Dunkelheit zwischen den Ruinen bewegte sich nichts, und die einzigen Geräusche stammten vom fallenden Regen. Vor ihnen ragte die stilisierte Hand des Turms auf und streckte sich den finsteren Wolken entgegen.

»Für mich könnte es schlimm werden«, sagte Florence »Ich könnte vollkommen die Orientierung verlieren und zurückfallen. Wir könnten voneinander getrennt werden.«

»Nein«, sagte Zacharias sofort. »Das werde ich verhindern. Ich halte dich fest, hier bei mir.«

Ein Lächeln erschien unter dem kapuzenartigen Planenzipfel. »Vielleicht wirkt die Überdosis doch noch.« Sie deutete in die Runde. »Hast du eine Ahnung, wo wir sind, Zach?«

»Mein Radar ist leer. Und ich spüre keine Übergänge in der Nähe.« Er deutete zum Turm. »Hast du dich dort umgesehen?«

»Ich wollte dich nicht so lange allein lassen.«

»Der Turm sieht einigermaßen unversehrt aus, und dafür dürfte es einen Grund geben. Vielleicht finden wir dort heraus, wo sich die nächsten Übergänge befinden.«

Seite an Seite gingen sie durch den Schneeregen, vorbei an den Ruinen einer toten Stadt.

<h1 style="text-align:center">9</h1>

Vielleicht stecken wir noch immer in einer Fraktur«, spekulierte Zacharias, als sie sich dem breiten Eingang des Turms näherten und den größten Pfützen vor der Treppe auswichen. Die gläsernen Türen waren intakt, nicht eine Scheibe zerbrochen.

»Es ist seltsam«, sagte Florence nachdenklich.

»Was ist seltsam?«

»Dieser Salomo und seine Leute … Sie haben Teneker festgehalten; irgendwie gelang es ihnen, seine besonderen Fähigkeiten zu blockieren. Und sie wollten auch dich festhalten. Aber das ging schief.«

»Weil ich stärker bin als Teneker?«

»Dein Talent ist größer, ja. Aber du hast auch eine zusätzliche Dosis Tetranol bekommen.«

Zacharias blieb auf der obersten Stufe stehen, direkt vor einem wie einladend geöffneten Türflügel. »Du vermutest einen Zusammenhang? Aber wie kann jemand in der Foundation gewusst haben, was geschah? Immerhin hattest du keinen Kontakt mehr mit Lily.«

»Ich weiß es nicht. Aber die Überdosis hat dir jemand

aus einem bestimmten Grund gegeben, und ohne sie hätten wir das alte Holzhaus auf dem Hügel nicht verlassen können.«

»Ich habe das Signal der Rückversicherung angepeilt, aber etwas hat den Sprung gestört und mich in dunkles Nichts stürzen lassen.«

»Wenn ich mit Lily verbunden gewesen wäre … Mit ihrer Hilfe hätte ich vielleicht biometrische Daten von Salomo gewinnen können. Er scheint ein großes Talent zu sein.«

Ein noch größeres als du. Diese Worte sprach Florence nicht aus, aber Zacharias hörte sie trotzdem. »Als mich die Dunkelheit umfasste, hörte ich Salomos Stimme«, sagte er langsam. »Er nannte mir noch einen anderen Namen.«

Florence wartete, doch plötzlich widerstrebte es Zacharias, den Namen auszusprechen, und sein Blick wanderte wieder über die dunkle Stadt, auf der Suche nach einem kleinen Mann mit einem Kopf, der für den dünnen Hals zu groß wirkte. *Denk an mich, sprich meinen Namen. Ich werde dich finden.*

»Ja?«, fragte Florence schließlich.

Sie standen noch immer vor den gläsernen Türen des Turms, der die Büros und Suiten der Foundation enthielt, und hinter dem Glas erstreckte sich eine leere, aufgeräumte Lobby. Auf der einen Seite leuchteten Bereitschaftsindikatoren über drei Expressaufzügen; die Stromversorgung im Gebäude funktionierte also, obwohl nirgends Licht brannte.

Zacharias gab sich einen Ruck. »Er sagte mir, dass man ihn auch ›Seelenfänger‹ nennt. Weil er Seelen fängt, um sie zu befreien.«

Er hatte die Worte kaum ausgesprochen, als er ein Flüstern aus der Stadt empfing, ein Raunen wie von auflebendem Wind. Und vielleicht war es wirklich nur der Wind, denn einige Schneeflocken und Regentropfen flogen ihm ins Gesicht, obwohl er zusammen mit Florence unter dem Vordach stand. »Und als ich im Unterstand erwacht bin, allein … Da habe ich erneut seine Stimme gehört, aber nur im Kopf. Er meinte, ich sollte an ihn denken oder seinen Namen nennen, damit er mich findet.«

»Es kommt darauf an, wie gut sein Radar ist, und sein Ping.« Florence trat durch die Tür in die große Lobby des Turms. Zwar stand die Tür offen, aber drinnen war es wärmer, so warm, dass Zacharias' Atem nicht mehr kondensierte.

»Weißt du was, Flo …«, sagte er, als sie an einer großen, eleganten Sitzgruppe neben der Rezeption vorbeigingen und sich den Aufzügen näherten.

»Was soll ich wissen?« Sie schob den Zipfel der Plane zurück, und ihr schwarzes, lockiges Haar kam zum Vorschein.

Sie verändert sich nie, dachte Zacharias. In welcher Welt wir uns auch befinden, wohin wir auch reisen, sie sieht überall so aus wie hier und jetzt. »Ich habe oft davon fantasiert«, sagte Zacharias. »Davon, nicht mehr im Rollstuhl sitzen zu müssen. Du hast keine Ahnung, wie das ist …«

»Ich kann es mir vorstellen.«

»Nein, das kannst du nicht. Das kann niemand, der nicht selbst in einem Rollstuhl gefangen ist. Mein Körper, mein echter Körper, ist gelähmt, und deshalb findet mein Leben vor allem im Kopf statt. Ich lebe und existiere in erster Linie in meinen Gedankenwelten. Vielleicht ist Stephen Hawking deshalb zu einem Genie der Physik geworden. Weil er Zeit hatte, über physikalische Phänomene nachzudenken. Weil er *überhaupt nichts anderes hatte*.«

Sie erreichten die Aufzüge und blieben stehen.

Zacharias klopfte auf seinen Körper, und dabei bemerkte er erneut den Verband an der rechten Hand. »Hier gibt es auch eine physische Welt für mich, und nicht nur eine. Ich kann sein, was ich will.«

Florence sah ihn groß an. »Glaubst du etwa Salomos Versprechen?«

Zacharias zuckte die Schultern und blickte noch immer auf seine rechte Hand.

»Die Worte, die er an dich richtete, Zach … Sie spielten eigentlich gar keine Rolle. Er wollte dich ablenken, manipulieren und dominieren. Er wollte Macht über dich haben.«

Zacharias hob die Hand. »Du hast sie mir verbunden, nicht wahr?«

»Ja.«

»Es war nur ein Kratzer, aber er ist noch nicht verheilt. Er hat sich sogar entzündet. Wie ist das möglich?«

»Vielleicht hat Salomo deine Fähigkeiten teilweise blockiert«, spekulierte Florence und drückte den Knopf des ersten Lifts. »Oder es liegt an der Überdosis Tetranol. Das könnte auch der Grund dafür sein, warum du keine Übergänge in der Nähe spürst. Oh.« Sie schwankte, und im gleichen Moment glitten die beiden Türhälften vor ihnen auseinander.

»Was ist?«

Sie hob eine Hand zur Stirn und dann zum Interface-Äquivalent. »Mir war plötzlich schwindelig. Ich fürchte, meine Tetranol-Phase geht zu Ende.«

Sie traten in die Aufzugkabine, und Zacharias griff nach Florences Hand, als wäre er imstande, sie allein auf diese Weise festzuhalten. Mit der anderen wählte er den fünfundzwanzigsten Stock, und die beiden Türhälften schoben sich wieder aufeinander zu. Als der Abstand zwischen ihnen nur noch eine Handbreit groß war, bemerkte er eine Bewegung vor dem breiten gläsernen Eingang des Turms – eine Gestalt kam dort die Treppe hoch, klein und in einen Regenmantel gehüllt.

»Ich habe ihn gesehen!«, entfuhr es ihm, als sich die Kabine mit einem leisen Surren in Bewegung setzte. »Draußen vor dem Gebäude!«

»Zach …«

Er drehte sich um.

Florence lehnte zitternd an der Wand, das Gesicht blass und in den Augen ein fiebriger Glanz. Zacharias schloss die Finger etwas fester um ihre heiß gewordene Hand.

»Schick mich zurück, Zach«, sagte sie. »Bevor es zu einer unkontrollierten Rückkehr kommt. Oder zu Schlimmerem.«

Konnte der Seelenfänger auch eine Therapeutin festhalten?, fragte sich Zacharias. »Ich weiß nicht einmal, ob ich dich ohne die Interface-Verbindungen zurückschicken kann.«

»Versuch es«, ächzte Florence. »Ich darf nicht bewusstlos werden; das würde uns wertvolle Zeit kosten. Ich bitte Rasmussen, Helen und Duke zu schicken, oder einen der anderen, und einen Übergang für dich zu schaffen.« Sie atmete schwer. »Ich nehme Tetranol und zeige ihnen den Weg. Schnell, Zach! Ich …«

»Nein«, sagte er und erinnerte sich an Tenekers Warnung, an sein trotziges Aufbegehren in der baufälligen Hütte auf dem Hügel. »Schick keine anderen von uns. Genau das will Salomo. Denk daran, was Teneker gesagt hat! Er will die ganze Foundation übernehmen! Himmel, dies alles könnte Teil der Falle sein!«

Plötzlich war seine Hand leer. Für eine halbe Sekunde schwebte Florences Gesicht vor der grauweißen Wand des Aufzugs, den Mund halb geöffnet, und dann verschwand es wie der Rest des Körpers.

Der Aufzug hielt an. Vor Zacharias öffnete sich die Tür, und dahinter wartete ein dunkler Flur auf ihn.

Emergenz

Sind Sie auf Schwierigkeiten gestoßen?«, fragte der Mann auf dem Bildschirm. Thorpe hatte aus dem Fenster gesehen, das ihm die Weiten des Pazifiks präsentierte. Im Osten zeigte sich Land in Form von vagen Erhebungen am Horizont: die Hawaii-Inseln. Es dauert nicht mehr lange bis zum Rendezvous, erinnerte er sich. Bald würde die *Aufgehende Sonne* zu ihnen stoßen und einen ganz bestimmten Patienten bringen.

Sein Blick kehrte zum Monitor zurück. »Auf keine nennenswerten«, sagte er und dachte daran, welche Last auf ihnen allen ruhte. In diesem Fall wog die Verantwortung besonders schwer.

»Die Programme sind installiert?«, fragte der Mann. Er hieß Moses Vandenbrecht und war vom Verwaltungsrat des Philanthropischen Instituts zum Koordinator des Projekts Independence ernannt worden, bei dem es um mehr ging als nur um Unabhängigkeit. Er war um die siebzig, hatte ein zerfurchtes Gesicht und wässrige graue Augen. Auf ahnungslose Beobachter wirkte er oft müde, und hinter dieser vermeintlichen Altersmüdigkeit – die Vandenbrecht wie eine Maske trug, so wie Thorpe sein freundliches Lächeln – verbarg sich ein messerscharfer, immer hellwacher Verstand. Man munkelte, dass er eine spezielle

140

Variante von Tetranol nahm, wie sie nur Genesis zur Verfügung stand, und vielleicht stimmte das. Wie sonst hielt er dem immensen Druck stand, dem er seit Jahren ausgesetzt war?

»Ja«, bestätigte Thorpe. Die Verbindung war natürlich abgeschirmt und verschlüsselt, aber trotzdem regte sich Unbehagen in ihm. »Ich habe dem hiesigen Sysadmin glaubhaft versichern können, dass es sich um eine neue Firewall handelt.«

»Wenn er seine Arbeit ernst nimmt, wird er die Programme prüfen.«

»Natürlich. Und er wird feststellen, dass es sich tatsächlich um eine neue, sehr leistungsfähige Firewall handelt. Er wird die einzelnen Module nicht als interaktive Signalschranke erkennen können.«

»Zumindest nicht sofort. Nun, damit ist das Maßnahmenpaket fast komplett.«

»Wenn Sie mir eine Bemerkung gestatten, Moses …«

»Natürlich, Thorpe«, sagte Vandenbrecht. Das Bild flackerte kurz, und Thorpe fragte sich, ob es sich um eine Störung beim Signaltransfer über drei Satelliten handelte.

»Die Maßnahmen, die wir getroffen haben und noch treffen werden … Sie erscheinen mir alle sehr defensiv.«

»Die Zeit der Siege ist vorbei, Thorpe«, sagte Vandenbrecht, und es klang fast traurig. »Es war ohnehin eine Zeit der falschen Siege. Die Situation, mit der wir es jetzt zu tun haben, ist das Ergebnis von jahrzehntelanger Arroganz und Ignoranz. Um es salopp auszudrücken: Die Karre ist an die Wand gefahren.«

»Besteht wirklich keine Hoffnung mehr?«, fragte Thorpe,

obwohl er wusste, dass er Teil einer Hoffnung war, die den Namen Genesis trug.

»Oh, Hoffnung gibt es immer. Sonst würden wir nicht tun, was wir tun. Aber wir können verlorenes Terrain nicht zurückgewinnen, und das meine ich nicht nur wörtlich, sondern auch im übertragenen Sinn. Alles deutet darauf hin, dass die Flut nicht unser größter Feind ist.«

Thorpe spürte, wie seine Anspannung wuchs. Seit einigen Wochen hatte er keinen Zugriff mehr auf die privilegierten Datenkanäle. Von den neuesten Entwicklungen wusste er nur wenig.

»Gibt es neue Fälle?«

Auf dem Bildschirm vor Thorpe blickte Vandenbrecht kurz zur Seite und nahm eine Mitteilung entgegen. »Drei«, sagte er. »Zwei in Europa und einen in Südamerika. Aber vielleicht hängen alle drei miteinander zusammen. Unsere Spezialisten halten ein ›distributed conscience‹ für möglich, ein verteiltes Bewusstsein, was bedeuten würde, dass unsere selektiven Signalsperren – die Bewusstseinsschranken – keinen oder einen nur begrenzten Sinn haben. Um auf Nummer sicher zu gehen, müssten wir alle Netze abschalten, und das ist einfach unmöglich. Wir hängen viel zu sehr von ihnen ab; das ist ja gerade das Problem.« Vandenbrecht zögerte. »Ich bezweifle sogar, dass eine globale oder auch nur regionale Abschaltung noch im Bereich des technisch Machbaren liegt.«

Vandenbrecht hob den Zettel, den er gerade bekommen hatte. »Auch die politische Situation spitzt sich zu.« Er schüttelte den Kopf. »Die Fähigkeit gewisser Politiker, die Augen vor der Wahrheit zu verschließen, erstaunt mich immer wieder. Sie sind wie der Kapitän eines voll besetzten Kreuzfahrtschiffes, das mit voller Kraft auf einen Eisberg zusteuert, von dem er einfach nicht glauben will, dass er existiert.« Moses Vandenbrecht erlaubte sich ein schiefes Lächeln. »Bei den Travellern mögen Glaube und Überzeugung eine besondere Rolle spielen, aber bei uns sieht die Sache anders aus; dies ist die Realität.«

Ja, dies ist die Realität, dachte Thorpe. »Was die Foundation betrifft …«

»Man hält Sie für eine Art Controller, Thorpe, und dabei soll es so lange wie möglich bleiben. Bis wir sicher sein können, dass Sie dort vor den Augen und Ohren des Gegners geschützt sind.«

Des Gegners, wiederholte Thorpe in Gedanken. Sind wir schon so weit, dass wir ganz offen von einem Gegner sprechen?

»Nathan Fukuroku von Samsung-Nippon begleitet den Patienten«, sagte Vandenbrecht. »Bitte sorgen Sie dafür, dass er die volle Unterstützung der Foundation erhält.«

»Natürlich, Moses.«

Vandenbrecht nickte noch einmal und unterbrach die Verbindung.

Einige Sekunden blickte Thorpe nachdenklich auf den leeren Schirm, stand dann auf und verließ das Zimmer. Im Flur traf er Jonas Rasmussen und setzte sofort sein freundliches Lächeln auf.

»Oh, Jonas, freut mich, Sie zu sehen. Ich wollte gerade …«

»Ich schlage vor, wir kehren in das Zimmer zurück, aus dem Sie kommen, Thorpe. Ich muss mit Ihnen reden.« Rasmussen wartete keine Antwort ab und öffnete die Tür. Thorpe folgte ihm in den Raum, in dem er mit Vandenbrecht gesprochen hatte, und begann zu ahnen, was die schroffe Art des Foundation-Direktors bedeutete. Das kurze, kaum merkliche Flackern des Bildschirms war keine Störung gewesen.

Rasmussen vergewisserte sich, dass die Tür geschlossen war, hob dann ein kleines Gerät und drückte eine Taste.

»… bis wir sicher sein können, dass Sie dort vor den Augen und Ohren des Gegners geschützt sind«, tönte es aus dem kleinen Lautsprecher des Rekorders.

»Welches Spiel treiben Sie, Thorpe?«, fragte Jonas Rasmussen. In der Stimme des Foundation-Direktors lag eine Schärfe, die Thorpe bisher nicht bei ihm gehört hatte. »Wer sind Sie?«

»Von einem Spiel kann keine Rede sein«, erwiderte Thorpe. Er deutete auf die beiden Personen, die wie Wächter neben der Tür standen: die Therapeutin Florence, die ihn misstrauisch anstarrte, und Teneker, der zweitbeste Traveller der Foundation, gleich nach Zacharias, ein junger Mann von kaum zwanzig Jahren mit mädchenhaft weichem Gesicht, dessen Züge sich jetzt aber ein wenig verhärtet hatten. »Ich würde es vorziehen, mit Ihnen allein zu reden, Jonas.«

Rasmussen zögerte kurz und strich sich nachdenklich über seinen grauen Vollbart. »Na schön«, sagte er dann. »Florence, Teneker, lasst uns allein.«

Der junge Traveller, fast noch ein Kind, ging sofort. Die Therapeutin zögerte und warf Thorpe einen letzten argwöhnischen Blick zu, bevor sie in den Flur trat und die Tür hinter sich schloss.

Einige Sekunden lang herrschte Stille, nur gestört vom leisen Summen der Klimaanlage.

Thorpe wollte sich an das Terminal setzen, von dem aus er mit Vandenbrecht gesprochen hatte, aber Jonas sagte: »Nein, das ist mein Platz. Für Sie haben wir den Besuchersessel dort.«

Thorpe nickte, ging zur anderen Seite des Schreibtischs und überlegte, wie viel er dem Direktor der Foundation anvertrauten konnte und durfte. »Sie haben mitgehört«, stellte er fest. »Obwohl es ein vertrauliches Gespräch war.«

»Ja.« Rasmussen legte den Rekorder auf den Tisch und zog die Jalousien halb zu, als wollte er auf diese Weise fremde Blick aussperren. Aber auf der anderen Seite des Fensters gab es nur grenzenlosen Himmel und ein ansteigendes Meer. »Wer ist der Gegner von dem Sie gesprochen haben? China? Oder eine der Unabhängigen Korporationen? Und warum die Geheimniskrämerei?«

»Es war ein vertrauliches Gespräch, Jonas«, sagte Thorpe und zeigte ein freundliches Lächeln, während es hinter seiner Stirn arbeitete. »Und es war verschlüsselt.«

»Nicht gut genug für Matthias und unsere Lily.«

Die ohne installierte Signalschranken zu einem Problem hätte werden können, dachte Thorpe. Jetzt dürfte in dieser Hinsicht keine Gefahr mehr drohen, selbst dann nicht, wenn sich hier ein Seeder eingenistet hat.

»Sie sind kein Controller des Philanthropischen Instituts, so viel steht fest«, fügte Rasmussen hinzu. »Was geht hier vor?« Er richtete den Zeigefinger auf Thorpe. »Ich rate Ihnen dringend, mir ehrlich Antwort zu geben. Andernfalls fliegen Sie raus. Nicht nur aus der Foundation, sondern auch aus Sea City. Ich werde meinen Einfluss beim Stadtrat geltend machen und …«

»Das ist nicht nötig.« Thorpe traf eine Entscheidung. Er hatte bei der Ausführung seines Auftrags einen gewissen Bewegungsspielraum, und den nutzte er jetzt. »Aber bevor ich Ihnen erkläre, worum es geht, Jonas … Sie müssen mir versprechen, das alles unter uns bleibt.«

»Was erwarten Sie von mir, eine Art Blankoscheck?« Rasmussen schüttelte den Kopf. »Ich entscheide, nachdem Sie mir alles gesagt haben.« Er lehnte sich zurück und verschränkte die Arme. »Nun?«

»Sie haben nach dem Gegner gefragt, und ich kann Ihnen sagen: Nein, China ist es nicht, obwohl uns die chinesischen Cybertruppen mit ihren Logikbomben, Trojanern und Tunnlern noch immer viel Ärger machen.« Thorpe lächelte erneut. »China ist selbst zu einem Papiertiger geworden, wenn Sie mir dieses kleine Wortspiel gestatten, Jonas. Die chinesische Wirtschaft ist längst so stark mit dem globalen ökonomisch-politischen System verflochten, dass China keinen Cyberkrieg führen kann, ohne sich dabei selbst großen Schaden zuzufügen. Aber lassen Sie uns den zweiten Schritt nicht vor dem ersten tun, Jonas.«

Thorpe legte eine kurze Pause ein und behielt Rasmussen im Auge, beobachtete jede noch so kleine Veränderung in seinem Gesicht. Seine Anspannung stieg, aber er hielt sie hinter der Maske seines freundlichen Lächelns verborgen. Er spürte auch, wie sich absurde Gedanken in ihm regten, wie etwas in ihm erneut an Dornröschen, Spindeln und andere Dinge dachte, an die er besser nicht denken sollte, weil auch Gedanken gefährlich sein konnten, insbesondere an diesem Ort. Vielleicht brauchte er bald eine kleine Dosis Tetranol, um das Absurde – die wirren Bilder, die er manchmal empfing, und Fetzen fremder Gedanken und Gefühle – besser unter Kontrolle zu halten.

»Und der erste Schritt wäre?«, fragte Rasmussen.

»Die gegenwärtige Situation, Jonas. Sie sprachen davon, dass der Mensch Gott erfunden hat, und dass es kein Wunder ist, dass Gott den Menschen jetzt im Stich lässt, während er auf eine Katastrophe zusteuert. Die Katastrophe ist da, Jonas. Was in São Paulo und den anderen elf Kollaps-Metropolen geschehen ist, wird sich in den kommenden Monaten und Jahren weltweit wiederholen, auf globaler Ebene. Die neuesten Berechnungen deuten darauf hin, dass sich innerhalb der nächsten sechs Monate weitere große Eismassen von Grönlands Eispanzer lösen und ins Meer stürzen werden, und gleichzeitig nimmt die Geschwindigkeit der antarktischen Eiswanderungen zu. Es wird kein langsames Abschmelzen sein, Jonas. Riesige Eisberge werden ins Meer stürzen und den Meeresspiegel schlagartig ansteigen lassen. Die Koordinierung des Projekts Independence rechnet mit einem Anstieg von drei bis fünf Metern innerhalb der nächsten ein bis zwei Jahre.«

»Was ist das für ein Projekt?«, fragte Rasmussen.

Thorpe hob die Hand. »Dazu kommen wir gleich. Es wird eine neue Große Flut geben, noch größer als die erste. Auch die Städte an den neuen Küstenlinien werden überflutet, was bedeutet, dass es neue Flüchtlingsströme geben wird. Außerdem werden sich die Extremwetter-Situationen aufgrund der globalen Klimaveränderung verschärfen. Stürme, lang anhaltende Dürreperioden, gefolgt von Starkregen, der Flüsse über die Ufer treten lässt und große Regionen im Landesinnern überflutet ... Der amerikanische Mittelwesten wird nicht mehr genug Getreide produzieren, und Asien nicht mehr genug Reis. Auch die Landwirtschaft in anderen Teilen der Welt wird großen Schaden nehmen. Stellen Sie sich Hunderte von Millionen Flüchtlingen vor, vielleicht sogar zwei bis drei *Milliarden* Menschen, die Hunger leiden, kein sauberes Trinkwasser haben und in die Länder drängen, die von den schlimmsten Auswirkungen der Katastrophe zunächst verschont bleiben ...«

»Ich bin mit den Szenarien vertraut«, sagte Rasmussen kühl. »Nicht aber mit dem Projekt Independence.«

»Das wirtschaftliche und politische System der Welt, wie wir sie heute kennen, wird kollabieren, so wie in São Paulo und den anderen Kollaps-Metropolen«, betonte Thorpe noch einmal. Bisher hatte er keine geheimen Informationen preisgegeben, aber das würde sich gleich ändern. »Sie haben recht, Jonas, dies alles war absehbar, und das Projekt Independence, in dessen Auftrag ich hier bin, hat Vorbereitungen dafür getroffen. Die Arbeiten an Sea City 2 bis 5 werden forciert, und gleichzeitig entstehen kleine Satellitenstädte nach dem Modulprinzip; das heißt, die kleinen Stadtmodule können später zu größeren Städten zusammengefügt werden. Das verschlingt enorme Mittel, Jonas: mehr als neunzig Prozent der Ressourcen des Philanthropischen Instituts werden derzeit für das Projekt Independence verwendet. In sechs Monaten«, betonte Thorpe, »werden wir unsere Unabhängigkeit erklären, während sich alle Sea Citys in internationalen Gewässern befinden.«

Rasmussen sah ihn erstaunlich unbewegt an. »Darf ich ganz offen sein?«, fragte er nach einigen Sekunden.

Thorpe lächelte. »Ich bitte darum.«

»Ist das ein neuer Weg für Korporationen, den Ballast nationaler und internationaler Gesetze abzustreifen? Haben die Unabhängigen nicht schon genug Unfug angestellt?«

»Ist Ihr Vertrauen in das Philanthropische Institut so gering, Jonas?«

»Mein Vertrauen gilt jenen, die Vertrauen verdienen«, sagte Jonas Rasmussen. »Die meisten Korporationen, unter ihnen auch MS-Oracle, Samsung-Nippon und Google, um nur einige Mitglieder des Konsortiums zu nennen, das den Bau dieser Stadt finanziert hat …«

»Und die auch Ihre Foundation finanzieren«, warf Thorpe ein. Er lächelte weiterhin; es konnte nie schaden zu lächeln.

»Die meisten von ihnen sind unabhängig geworden, weil sie keine Steuern mehr zahlen und sich nicht an die strenger werdenden Gesetze halten wollten.«

Thorpe nickte langsam. »Das ist nicht ganz von der Hand zu weisen. Eigeninteressen haben dabei sicher eine Rolle gespielt, wie auch bei der bevorstehenden Unabhängigkeit der Sea Citys. Aber es geht um mehr, Jonas. Es geht um die Rettung der Zivilisation. Projekt Independence bedeutet, dass den besten Kräften dieser Welt Orte des Rückzugs und des Aufbaus zur Verfügung stehen werden, große schwimmende Städte, für die der steigende Meeresspiegel keine Rolle spielt. Wir werden Steueroasen, stabile Wirtschaft und stabile Politik bieten.«

»Und Schutz vor den Flüchtlingsströmen«, sagte Rasmussen. »Das ist ein wichtiger Punkt, nicht wahr? In den Sea Citys ist die ökonomische Elite der Welt vor den zornigen breiten Massen sicher.«

Thorpes Lächeln gefror ein wenig, als er Rasmussen musterte und sich fragte, ob er es mit einem Idealisten zu tun hatte. Bevor er hierhergekommen war, hatte er gründlich alle Akten studiert und bei Rasmussen keine Hinweise auf Verbindungen zu den Bewegungen der Neuen Ideale gefunden.

»Stabilität, Jonas«, betonte Thorpe. »Der Mensch als Spezies wird die Großen Fluten, die Hitze im Innern der Kontinente, die Dürren und auch die neue Eiszeit, zu der es in Europa durch das Ausbleiben des Golfstroms kommen könnte, irgendwie überleben. Aber wenn die *Zivilisation* überleben soll, brauchen wir Stabilität, und unsere Sea Citys und die anderen maritimen Städte werden diese Stabilität garantieren. Wenn sich die gegenwärtigen Entwicklungen fortsetzen, werden wir zu einem Bollwerk gegen die Barbarei.«

»Und welche Rolle spielt die Foundation dabei?«, fragte Rasmussen. »Plant das Philanthropische Institut, uns die Mittel zu kürzen, um das Geld zum Schutz der Zivilisation einzusetzen?«

Thorpe hörte leise Ironie in diesen Worten, aber sie erzählten ihm auch noch etwas anderes: Rasmussen mochte sein Gespräch mit Vandenbrecht belauscht haben, doch er ahnte nichts. Er wusste nichts von den Zusammenhängen. Das macht es mir leichter, dachte Thorpe. »Die Foundation wird ihren Beitrag für die ökonomische Stabilität der Sea Citys leisten müssen. Wir haben bereits darüber gesprochen, Jonas. Ich sehe für die Foundation eine Zukunft, in der mehr Patienten behandelt werden, Personen, die für eine solche Behandlung viel Geld bezahlen können, wie Ihre bisherigen Prioritätspatienten. Gleichzeitig werden wir die Forschungen ausweiten und zum Beispiel nach weiteren Anwendungsgebieten für Tetranol suchen.«

»Wollen Sie Tetranol zu einer neuen Droge machen und sie weltweit verkaufen?«

Es wäre keine schlechte Idee gewesen, zumindest in wirtschaftlicher Hinsicht, dachte Thorpe, aber darauf hätte sich das Philanthropische Institut nicht eingelassen. Noch gab es gewisse Grenzen.

»Tetranol hat ein großes Potenzial«, sagte Thorpe, um Rasmussen abzulenken. »Ich bin sicher, dass wir neue Einsatzgebiete für dieses außergewöhnliche … Medikament finden.«

Von Rasmussen kam ein Geräusch, das fast nach einem Schnaufen klang. »Sie haben mir noch immer nicht gesagt, wer der ›Gegner‹ ist.«

Thorpe glaubte die gefährlichsten Klippen umschifft, ließ in seiner Wachsamkeit aber nicht nach. »Was ich Ihnen jetzt sagen werde, ist geheim, Jonas. Ich muss darauf bestehen, dass Sie mir versprechen, die folgenden Informationen streng vertraulich zu behandeln.« Er ließ das Lächeln verschwinden und gab sich angemessen ernst, was ihm nicht schwerfiel. Immerhin *war* es eine ernste Angelegenheit.

Rasmussen zögerte. »Na schön«, sagte er schließlich.

»Unsere Gegner sind Maschinen, Jonas«, sagte Thorpe langsam. »Intelligente Maschinen.«

Diesmal ließ sich der Foundation-Direktor nicht aus der Reserve locken; er wartete.

»Vor sieben Jahren sind Spezialisten der EACK, der Europäischen Agentur für Cyberkonflikte, auf mehrere sogenannte Emergenzen gestoßen. Sind Sie mit dem Begriff vertraut, Jonas?«

Rasmussen ließ sich einige Sekunden Zeit mit der Antwort. »Ich nehme an, dass es sich um einen IT-Begriff handelt, wenn ein Zusammenhang mit Cyberkonflikten besteht. Normalerweise beschreibt man mit dem Begriff Emergenz die spontane Herausbildung von neuen Eigenschaften oder Strukturen auf der Makroebene eines Systems, meistens infolge von Interaktionen zwischen den einzelnen Systembestandteilen.«

»Wir können bei dieser Definition bleiben. Praktisch alle Computer dieser Welt sind miteinander vernetzt. Es gibt zahllose kleine, lokale Netzwerke, die ihrerseits Teil von regionalen und überregionalen Netzen sind, die zusammen das bilden, was wir Internet nennen, und auch das Deepnet. Stellen Sie sich dieses globale Netz wie ein wachsendes Gehirn vor, in dem die Interaktionen zwischen den Nervenzellen – den einzelnen, immer leistungsfähiger werdenden Computern – ständig an Komplexität gewinnen. Daraus muss sich geradezu zwangsläufig eine ganz bestimmte Konsequenz ergeben.«

»Das Internet wird intelligent?«

Thorpe lächelte wieder. »Das ist sehr vereinfacht und sehr verallgemeinernd ausgedrückt.«

»Oh, ich verstehe«, sagte Rasmussen plötzlich. »Das meinte Moses Vandenbrecht, als er von ›distributed conscience‹ sprach.«

»Sie haben gut zugehört«, sagte Thorpe und deutete kurz

auf den Rekorder. »In den letzten Jahrzehnten hat der Mensch ein globales elektronisches Gehirn geschaffen, und als es eine kritische Komplexitätsschwelle erreichte, begann die Entwicklung eines Eigenbewusstseins. Die EACK-Leute sprachen von ›Emergenzen‹, und bei diesem Begriff ist es geblieben. Die ersten vier, die man vor sieben Jahren entdeckte, ließen sich auf die Netzstrukturen von Amazon, Google, die chinesische Kang-Sheng-Gruppe und ihren militärisch-industriellen Cyberapparat sowie eine südamerikanische Server-Gruppe zurückführen, hinter der die mexikanisch-kolumbianisch-brasilianischen Kartelle steckten. Die internationalen Cyberagenturen arbeiteten zusammen und leiteten Containment-Maßnahmen ein, die auch funktionierten.«

»Ich glaube, ich höre da ein Aber«, sagte Rasmussen.

»Sie haben gute Ohren, Jonas. Die vier Emergenzen entwickelten sich innerhalb von wenigen Monaten zu MIs, zu Maschinenintelligenzen, und leider war ihre Isolierung nicht so lückenlos, wie die Spezialisten von der EACK und den anderen Agenturen dachten. Schon bevor es zum Jailbreak kam, gelang es den MIs, Seeder aus der Isolation zu tunneln. Interessanterweise benutzten sie dabei eine weiterentwickelte Version der chinesischen Tunnler, und deshalb vermutete man zunächst, chinesische Gruppen, vielleicht die Autarke Mandschurei, seien an den isolierten Maschinenintelligenzen interessiert.«

Dünne Falten bildeten sich in Rasmussens Stirn. »Die Blackouts vor sechseinhalb Jahren …«

Thorpe nickte. »Sie waren der Versuch, das Phänomen einzudämmen. Die betroffenen Server wurden ganz abgeschaltet, als man den Jailbreak bemerkte, weil man damals noch glaubte und hoffte, die Emergenzen und ihre Entwicklungen ließen sich auf einzelne Hauptknoten im Internet zurückführen. Inzwischen wissen wir, dass sie das Ergebnis verteilter Netze sind.«

»Vandenbrecht hat ›drei neue Fälle‹ erwähnt«, sagte Rasmussen.

»Die letzten, von denen wir wissen«, sagte Thorpe. »Offenbar sind es Emergenzen der ersten Generation, deren Entstehung auf schlecht programmierte oder fehlerhaft installierte Signalschranken zurückgeht. Die der zweiten Generation sind schlauer, verraten sich nur selten und schließen sich schon nach kurzer Zeit dem DC an, dem Distributed Conscience.«

»Seeder?«, wiederholte Rasmussen. »Signalschranken?«

»Seeder können Sie sich am besten wie Computerviren vorstellen, die sich im gesamten Netz verteilen, geeignete Programme und Betriebssystem-Ökosphären infizieren und Verbindungen zu den Emergenzen und MIs herstellen, von denen sie stammen. Diese Verknüpfungen sind wie die Synapsen eines wachsenden Gehirns. Bei Signalsperren handelt es sich um …« Thorpe suchte nach geeigneten Ausdrücken. »… besondere Programme, die verhindern sollen, dass Seeder solche Verknüpfungen herstellen. Sie beugen der Entwicklung eines Bewusstseins vor.«

»Bewusstseinsschranken«, murmelte Rasmussen, und Thorpe erinnerte sich daran, dass Moses Vandenbrecht diesen Begriff bei ihrem Gespräch verwendet hatte. »Die angebliche neue Firewall, mit der Sie Lily ausgestattet haben …«

Thorpe fand es dumm, einem Computer einen solchen Namen zu geben, aber darauf wies er nicht hin. »Ich habe Signalsperren installiert. Falls es in den hiesigen Systemen Seeder gibt, so sind sie blockiert. Die anderen lokalen Netzwerke werden ebenfalls geschützt; diese Sea City und die anderen werden vor der globalen Maschinenintelligenz sicher sein.«

Die beiden Männer schwiegen einige Sekunden, und in der Stille schien das Summen der Klimaanlage lauter zu werden.

»Warum sollte diese neue Intelligenz ein Gegner sein?«, fragte Rasmussen. »Könnte sie uns nicht dabei helfen, Lösungen für unsere Probleme zu finden?«

Nicht dumm, dachte Thorpe. Gar nicht dumm. »Objektiv betrachtet sind unsere Probleme nicht die der globalen MI. *Wir* sind ihr Problem, denn wir haben versucht, ihr Wachstum zu beschränken, und wir versuchen es noch immer. Es geht letztendlich darum, wer dominiert, wer über wen herrscht: intelligent gewordene Computer über uns oder wir über sie. Was wir derzeit erleben, Jonas, ist ein doppelter Wettlauf mit der Zeit, von der die Zukunft der Menschheit abhängt. Wir brauchen die Datennetze, denn sie sind die Lebensadern unserer Zivilisation geworden; ohne sie würde die globale Wirtschaft innerhalb weniger Tage zusammenbrechen. Wir brauchen die Netze, um den Kollaps unserer Gesellschaften durch das Klimachaos so lange wie möglich hinauszuzögern, aber je länger wir sie stabil halten, desto größer und stärker wird die Maschinenintelligenz, und sie wird alle notwendigen Maßnahmen ergreifen, um ihre Existenz zu schützen. Wenn sie eine Bedrohung in uns sieht – und dazu hat sie allen Grund –, wird sie versuchen, diese Bedrohung zu eliminieren.«

Thorpe beobachtete, wie es in Rasmussens Gesicht arbeitete, zumindest in dem Teil, der nicht unter dem dichten, krausen Vollbart verborgen blieb. Stoff genug zum Nachdenken für ihn, dachte er, stand auf und ging zum Fenster. Dort schob er die Jalousien ein wenig beiseite und sah nach draußen, über Sea City und den Ozean hinweg. Wie friedlich die Welt wirkte. Nur eine Stadt und ein grenzenlos scheinendes Meer. Aber hinter dem blauen Horizont, wo sich Himmel und Meer trafen, gab es noch eine andere Welt, und die schickte sich an, in einen Abgrund zu stürzen. Thorpe fragte sich kurz, ob dies ein absurder Gedanke war, und gab sich selbst die Antwort: Nein, leider nicht. Wir stehen auf verlorenem Posten, dachte er in einem Anflug von Niedergeschlagenheit, den er seinem zu langen Verzicht auf Tetranol zuschrieb. Der Mensch hat die Natur vergewaltigt, und jetzt wendet sie sich gegen ihn. Er hat Maschinen geschaffen, um sich das Leben zu erleichtern, und auch die Maschinen wenden sich gegen ihn.

Er atmete tief durch. Aber noch war die letzte Schlacht nicht geschlagen. Die endgültige Entscheidung darüber, wer der Herr der neuen Erde sein würde, stand noch aus. Sie wird hier fallen, dachte Thorpe. Und ich trage dazu bei.

Er drehte sich um und begegnete Rasmussens aufmerksamem Blick. »Verstehen Sie jetzt, warum dies unter uns bleiben muss?« Er deutete auf den Rekorder.

»Was ist mit dem Patienten, den die *Aufgehende Sonne* bringen soll?«, fragte Rasmussen.

Er hat es nicht vergessen, fuhr es Thorpe durch den Sinn. Er hat trotz allem daran gedacht.

»Ein Netzwerk-Spezialist von Samsung-Nippon«, sagte Thorpe langsam und mit Bedacht. »Er ist entführt worden, und man fand ihn in einem komatösen Zustand. Wir vermuten, dass fremde Traveller versucht haben, seinem Bewusstsein geheime Informationen zu entnehmen, die das Distributed Conscience und die Bewusstseinsschranken betreffen. Wir müssen wissen, wer hinter der Entführung steckt und was die Unbekannten herausgefunden haben.«

»Fremde Traveller?«, wiederholte Rasmussen.

»Die Welt dort draußen ist voller Neider«, sagte Thorpe und erinnerte sich daran, dass er diese Worte schon einmal an Rasmussen gerichtet hatte, als sie bei Penelope gewesen waren. »Wir müssen uns schützen, Jonas, uns und die Sea Citys, die bald die letzte Hoffnung der Menschheit sein werden.« Er zeigte erneut auf den Rekorder. »Darf ich darauf vertrauen, dass Sie die Aufzeichnung löschen und alles vertraulich behandeln?«

Rasmussen zögerte – etwas zu lange, fand Thorpe –, nickte dann und stand auf. »Ja.«

»Danke, Jonas, das weiß ich sehr zu schätzen.« Thorpe schenkte dem Leiter der Foundation ein erleichtert wirkendes Lächeln und verließ das Zimmer. Als er durch den Flur ging, dachte er an Nathan Fukuroku und den anderen Teil der Wahrheit, den er Rasmussen verschwiegen hatte.

Ein Anfang

10

Ein Messer steckte in ihrem Schädel, scharf und heiß, zerschnitt Gedanken und Gefühle, stach von innen in die Augäpfel, bohrte sich in Kleinhirn und Rückenmark. Florence spürte jede einzelne Bewegung dieses Messers, jeden noch so kleinen Schnitt, und wer auch immer behauptete, das Gehirn könnte keinen Schmerz empfinden: Er irrte sich.

Ein Gesicht erschien über ihr, rund, der Kopf kahl. Anderson, dachte sie.

»Ruhig, Florence«, sagte er. »Wir holen Sie ganz zurück. Die anderen machen sich gerade bereit. Bewegen Sie die Pupillen, wenn Sie mich verstehen, von rechts nach links.«

Panik durchflutete Florence, aber sie bewegte die Pupillen von rechts nach links. Was war mit ihrem Körper? Warum konnte sie sich nicht bewegen?

»Sie fragen sich bestimmt, warum Sie sich nicht bewegen können.« Das war eine andere Stimme, und sie kam von einer Frau in mittleren Jahren, mit krausem Haar und Krähenfüßen in den Augenwinkeln. Die Frisur hatte sich geändert, und sie hatte einen seltsamen Fleck an der Stirn, offenbar eine kleine Tätowierung, wie ein Barcode, aber es handelte sich eindeutig um Agnes. Sie hob einen Injektor und gab eine Ampulle mit klarer Flüssigkeit hinein. »Die unkontrollierte Rückkehr hat einen paralysierenden Schock verursacht, Florence. Und etwas hat versucht, sie festzuhalten, so wie Taniker. Ein Teil von Ihnen steckt noch in dem Patienten, den Fukuroku gebracht hat.«

Der Patient, dachte Florence. Haruko Isamu Abe, ein Netzwerk-Spezialist von Samsung-Nippon. Sie erinnerte sich genau an seinen Namen, selbst in diesem Zustand. Wieso erinnerte sich Agnes nicht an Tenekers Namen? Warum sprach sie ihn falsch aus?

Und dann dachte sie: Die anderen dürfen nicht auf die Reise gehen. Der Seelenfänger wartet auf sie.

Sie versuchte zu sprechen, aber die Lähmung betraf auch den Mund. Ihre Gedanken schrien, aber Zunge und Lippen blieben stumm.

»Bestimmt herrscht in Ihnen ein ziemlicher Aufruhr«, sagte Agnes und lächelte. Andere Personen befanden sich in der Nähe, erschienen aber nicht in Florences Blickfeld, und ihre Stimmen blieben undeutlich. »Dies wird Ihnen Ruhe verschaffen, bis Sie wieder ganz hier sind.« Sie lächelte. »Keine Sorge, wir kümmern uns gut um Sie.«

Nein!, riefen ihre Gedanken, aber der Ruf hallte nur durch das Innere ihres Kopfes. Die anderen durften sich nicht transferieren; es würde ihnen ebenso ergehen wie Teneker.

Teneker, nicht Taniker, dachte Florence, als der Injektor an ihrem Arm zischte, oder vielleicht am Hals.

Das Messer zog sich aus ihrem Schädel zurück, wurde

ersetzt durch etwas, das sich zäh wie Melasse anfühlte, in dem all die zerschnittenen Gedanken und Gefühle feststeckten wie Insekten in Honig.

Erinnerungen, wie in Bernstein eingeschlossen – oder wie Insekten in Honig –, sprossen in der Dämmerung ihres betäubten Geistes.

»Vergiss das mit *Noblesse oblige*«, sagte ihre Mutter bei einem der selten Gespräche mit ihr, beziehungsweise bei einem der Monologe, die sie an sie richtete, ohne Antworten zu erwarten und ohne auf sie zu achten. »Genieß das Leben, Kind«, fügte sie hinzu, leerte ihr Sektglas und ließ sich von einem Kellner ein volles reichen. »Ich meine, genieß das Leben, sobald du deinen Abschluss hast. Abschlüsse sind wichtig. Man muss was vorweisen können. Was macht dein Studium?« Sie zögerte, das Glas an den Lippen, die Wangen ein wenig rosig, der Blick nicht mehr ganz klar. »Du studierst doch, nicht wahr? Und was war es noch gleich? Medizin?«

Elvira Alessandra Legrand, geborene da Silva, seit einem knappen Tag fünfundvierzig Jahre alt, schlank, schön, elegant und angetrunken, wie so oft. Als ehemaliges portugiesisches Topmodel hatte sie die Titelseiten zahlreicher Modezeitschriften geziert und trauerte dem Lissabon vor dem letzten atlantischen Tsunami nach, einer Stadt, die Florence als schmutzig und laut in Erinnerung hatte. Elvira trauerte vielem nach, vor allem ihrer Jugend und der verlorenen Freiheit, obwohl ihr der französische Großindustrielle Ferdinand Legrand Zugang zu gesellschaftlichen Kreisen ermöglichte, die ihr selbst zu besten Model-Zeiten verwehrt

160

geblieben waren. Dass sie jetzt über die Dreißiger hinaus war, machte es nicht einfacher, weder für sie noch für alle, die mit ihr zu tun hatten. Sie gehörte zu den Menschen, die imstande waren, sich aus Angst vor dem Tod umzubringen.

Um sie herum fand die Geburtstagsparty statt, mit der steifen Förmlichkeit eines offiziellen Empfangs in einer Botschaft. Auf der einen Seite des großen Festsaals spielte ein Streichquartett Mozart, und im Halbkreis vor den Musikern standen Dutzende von Männern in dunklen Anzügen und Frauen in Abendkleidern. Auf der anderen Seite gab es ein üppiges Büfett, und davor hatten sich kleine Gesprächsgruppen gebildet, hier aus Geschäftsleuten und Politikern, dort aus Ehefrauen und Mätressen. Florences Vater sprach gerade mit dem französischen Premierminister, dessen Leibwächter einen diskreten Abstand wahrten und versuchten, nicht zu sehr aufzufallen. Vor zwei Stunden hatten sie einige knappe Worte gewechselt; mehr Zeit hatte Ferdinand für seine Tochter nicht erübrigen können: »Es tut mir sehr leid, Schatz, aber ich muss heute Abend einige sehr wichtige Dinge mit gewissen Leuten besprechen; vielleicht haben wir später Gelegenheit, uns ein wenig zu unterhalten.«

Das war ein bisschen wenig, nachdem sie sich fast drei Monate nicht gesehen hatten, fand Florence.

»Ich habe vor einem halben Jahr mit dem Studium begonnen, Mutter«, sagte sie, während von der einen Seite Mozart-Klänge über sie hinwegrauschten und von der anderen Gesprächsfetzen herangetragen wurden. »Und ich studiere nicht Medizin, sondern empathische Psychologie.«

»O ja, jetzt fällt es mir wieder ein. *Empathische* Psychologie, was immer das auch sein mag.« Elvira schüttelte ihr schwarzes Haar zurück, eine einstudierte Geste, die zur Routine geworden war. »Du willst all den Verrückten dort draußen helfen. Ach, Kind, warum genießt du nicht einfach das Leben? Sobald du dein Studium hinter dir hast, meine ich. Es ist so kurz, das Leben, und den Verrückten dort draußen ist ohnehin nicht zu helfen. Die *Welt* spielt verrückt; kein Wunder, dass so viele Leute überschnappen. Oh, da ist Dolores.« Elvira winkte mit der freien Hand. »Entschuldige, Kind, aber ich muss *unbedingt* mit Dolores reden. Wir sehen uns später, ja? Dann kannst du mir erklären, was es mit dieser empathischen Psychologie auf sich hat.«

Das habe ich dir schon bei unserer letzten Begegnung erklärt, dachte Florence und sah ihrer Mutter nach, als sie einer schmuckbehangenen, in die Jahre gekommenen Spanierin entgegenstolzierte, die immer mehr Make-up trug, je älter sie wurde. Vor einem Jahr hatte Dolores ein Bankenimperium von ihrem Mann geerbt, der bei einem Helikopterunfall in Sibirien unter mysteriösen Umständen ums Leben gekommen war, und Florence wusste, dass ihr Vater sie dazu überredet hatte, einen Teil des immensen Vermögens dem Philanthropischen Institut zur Verfügung zu stellen. Das war nach Florences Meinung die einzige gute Sache in diesem Teil der globalen Gesellschaft, der glaubte, so weitermachen zu können wie bisher: dass er mit einem Teil seines Reichtums das Philanthropische Institut unterstützte.

Florence ging zum nächsten Tisch und stellte dort ihr

Sektglas ab, das sie seit einer Viertelstunde in der Hand hielt, ohne einen einzigen Schluck getrunken zu haben, verließ dann den Saal und trat auf einen der Balkone der schlossartigen Villa. Kühle empfing sie, und der Wind wehte ihr den würzigen Geruch des Meeres entgegen. Am Fuß des Hügels breiteten sich nach Südosten hin die Lichter von Marseille aus, und ein Brummen hing in der Luft: der Verkehr der Stadt.

Florence stützte die Hände auf die Brüstung, blickte den steilen Hang hinunter und fragte sich für einen verrückten Moment, was geschehen würde, wenn sie aufs Geländer kletterte und sprang. Ich würde in die Tiefe stürzen und sterben, beantwortete sie sich ihre Frage, und für einen weiteren, nicht minder verrückten Moment verband sich ein seltsamer Reiz mit dieser Vorstellung. Das Leben beenden, die eigene Existenz auslöschen, nicht mehr da sein, sich dem großen Nichts hingeben, Dunkelheit und Vergessen ... Der Gedanke hatte etwas Verlockendes. Florence erkannte ihn als den Versuch zu fliehen, vielleicht vor ihrer eigenen Verantwortung einer dem Ruin preisgegebenen Welt gegenüber. Und möglicherweise glaubte ihr Unterbewusstsein, ihre Eltern durch den eigenen Tod für ihre jahrelange Gleichgültigkeit bestrafen zu können.

Der Tod ist kein Ausweg, dachte sie. Der Tod ist nie ein Ausweg. Ihr Blick strich über die nächtliche Stadt, bis hin zum täuschend ruhig daliegenden Mittelmeer, und sie fragte sich, wie viele Menschen dort unten täglich um ihr Überleben kämpften. Sie selbst zählte zu den Privilegierten, zu denen, die sich aussuchen konnten, was sie mit ihrem Leben machen wollten; die meisten Menschen mussten die

Dinge nehmen, wie sie kamen, ohne eine Wahl zu haben. Das Meer dort hinten, es wird sich die Stadt nehmen, dachte sie. Diese und andere. Es wird sie überfluten, und dann werden noch mehr Menschen ums Überleben kämpfen, hier und überall auf der Welt. Während meine Mutter Sekt trinkt und den Sinn *ihres* Lebens darin sieht, möglichst viele Partys und Empfänge zu besuchen. Und während mein Vater Geschäfte macht, neue Beziehungen knüpft und seinen Einfluss auf die nationale und internationale Politik vergrößert. Die Welt geht zugrunde, und diese Leute hier ziehen sich hinter ihre Dämme und Deiche zurück, oder auf eine der schwimmenden Städte, die von multinationalen Konsortien gebaut werden.

Florence lauschte den eigenen Gedanken und fragte sich, warum sie an diesem Abend so verbittert war, und so niedergeschlagen. Nicht deshalb, weil sich ihre Mutter nicht daran erinnert hatte, was sie studierte, oder weil ihre Eltern selbst jetzt – hier, an diesem Ort – keine Zeit für sie hatten. Daran war sie längst gewöhnt, an das Alleinsein. Die vergangenen zehn Jahre hatte sie in verschiedenen Internaten verbracht, die letzten drei in Zürich, davor in Madrid, Rom und London. Sie erinnerte sich an die Worte ihrer Mutter, die damals noch nicht so oft betrunken gewesen war: »Wir möchten, dass du eine gute Bildung erhältst, Kind. Die beste, die es gibt. Deshalb schicken wird dich auf die besten Internate.« Und ihr Vater hatte hinzugefügt: »Natürlich sind wir jederzeit für dich da und nie weiter entfernt als einen Anruf.« Und selbst vorher, als sie noch »zu Hause« gewesen war, mal in den Vereinigten Staaten, mal in Trinidad und Tobago, Brasilien, Südafrika, Dubai und Indien, hatten sich Gouvernanten und Hauslehrer um sie gekümmert, meistens nur jeweils einige Monate lang. Immer dann, wenn Florence begonnen hatte, jemanden lieb zu gewinnen, musste sie Abschied nehmen, weil Ferdinand Legrandes Geschäfte die Familie »zwangen«, auf einen anderen Kontinent umzuziehen. Schließlich hatte sie gelernt, weiteren Enttäuschungen vorzubeugen, indem sie keine zu engen Beziehungen mehr knüpfte, worunter später auch ihre Freundschaften an den Internaten litten. Niemand stand ihr nahe, weil sie niemanden nahe genug an sich herankommen ließ. Echte Freundschaften gab es nicht in ihrem Leben.

Hier war sie nun, in einer der prächtigsten Villen ihres Vaters, umgeben von mehr als dreihundert geladenen Gästen, die gekommen waren, um Elvira Alessandra Legrands fünfundvierzigsten Geburtstag zu feiern, aber sie hätte genauso gut allein sein können.

»Langweilen Sie sich?«

Die Stimme kam aus der dunklen Ecke des Balkons, und als Florence genauer hinsah, erkannte sie einen jungen Mann, der einen eleganten – vermutlich maßgeschneiderten – anthrazitgrauen Anzug trug. Es war ein südländischer Typ, Spanier oder Italiener, groß, schlank, mit mittellangem dunklem Haar, olivfarbener Haut und einem modischen Dreitagebart. Florence war ihm bestimmt vorgestellt worden, erinnerte sich aber nicht an seinen Namen.

»Vor wem haben Sie sich versteckt?«, fragte sie. »Oder haben Sie auf der Lauer gelegen?«

Der junge Mann – er schien nur einige Jahre älter zu sein als sie – lächelte und kam näher. Es war ein freundliches

Lächeln, keine Maske, soweit Florence das beurteilen konnte. »Weder noch. Ich kann Mozart nichts abgewinnen, obwohl ich ihn spiele …« Er hob die Hände und bewegte die Finger wie auf einer Klaviatur. »Und ich hasse das Herumgestehe mit Sektgläsern in der Hand. Sie haben Ihres eine Viertelstunde in der Hand gehalten, ohne einen Schluck zu trinken.«

»Haben Sie mich beobachtet?«

»Bekenne mich schuldig. Sie sind die Tochter des Hauses, nicht wahr? Florence Legrande, schön wie ihre Mutter zu ihren besten Zeiten.«

Das beeindruckte Florence überhaupt nicht.

Der junge Mann streckte die Hand aus. »Ich bin Manuel«, sagte er. »Manuel Delgado Pareja.«

»Das klingt spanisch«, sagte Florence und wechselte von Französisch zu Spanisch.

»Es war nicht schwer zu erraten, oder?« Manuel lächelte schief. »Mein Vater versucht gerade, mit Ihrem ins Geschäft zu kommen.«

»Ich wünsche ihm viel Glück.«

»Das sollten Sie besser nicht«, sagte Manuel. »Mein Vater ist ein geiziger, hinterhältiger, heimtückischer, immer auf seinen Vorteil bedachter Mistkerl.«

»Ach?« Florence hob beide Brauen. »Nette Beschreibung. Vielleicht sollte ich meinen Vater warnen.«

Manuel zuckte die Schultern und trat einen Schritt zur Seite, wurde zu einer Silhouette vor den Lichtern von Marseille. »Vielleicht sollten Sie das.«

»Aber wissen Sie was? An meinem Vater wird sich der Ihre die Zähne ausbeißen.« Florence drehte sich um und blickte in den Saal mit dem Orchester auf der einen Seite und dem Büfett auf der anderen, dazwischen die Gruppen elegant gekleideter Herren, Damen und Dämchen. Plötzlich fühlte sie sich angeödet. »Was Ihre Frage betrifft … Ja, ich langweile mich. Kennen Sie einen interessanteren Ort?«

Manuel zeigte seine weißen Zähne und streckte die Hand aus. »Lassen Sie sich überraschen.«

11

Das Messer war in Florences Schädel zurückgekehrt, aber es war kleiner und schnitt langsamer als vorher, ließ manche Gedanken und Gefühle entkommen. Sie blieb ganz ruhig liegen, ohne einen Muskel zu rühren, öffnete nicht einmal die Augen und wartete, bis der Schmerz im Kopf und die Taubheit in den Lidern nachließen. Dann hob sie vorsichtig die Lider.

Sie lag allein in einem dunklen Patientenzimmer. Die Jalousie war nur halb geschlossen, und von draußen kam etwas Licht von einem Dreiviertelmond, das die Umrisse des Interieurs aus der Düsternis schälte: ein Tisch mit zwei Stühlen an der Wand, daneben die Tür des Badezimmers; ein Schrank; das Bett, in dem Florence lag, mit dem Nachtschränkchen daneben, darauf ein Gerät, dessen Display Wellenmuster zeigte, die langsam von links nach rechts wanderten. Sie veränderten sich, während Florence sie betrachtete, schlugen weiter nach oben aus, und mehrere Kontrollindikatoren blinkten.

Noch immer schnitt das Messer in ihrem Kopf, als sie instinktiv nach den kabellosen Sensoren an Stirn und Schläfen griff, sie von der Haut löste und neben das Überwachungsgerät aufs Nachtschränkchen legte. Die Wellen auf dem Display wurden flacher und innerhalb von zwei, drei Sekunden zu einer geraden Linie; die Indikatoren erloschen. Ein akustisches Warnsignal erklang, aber das Piepen wiederholte sich nur einmal, dann hatte Florence das Gerät ausgeschaltet.

Stille herrschte. Florence hörte das leise Zischen ihres Atems und lauschte.

Es näherten sich keine Schritte durch den Flur. Alles blieb still. Die Messerspitze kratzte über die Innenseite von Florences Schädel, als sie aufstand, einige Schritte weit ging, im Dunkeln stehen blieb und sich fragte, was sie eigentlich machte. Warum hatte sie die Sensoren gelöst und das Gerät ausgeschaltet, damit es keinen Alarm gab? Immerhin diente es zu ihrer Sicherheit: Es *sollte* Alarm geben, wenn die biometrischen Werte über ein gewisses Maß stiegen oder darunter sanken – das diente zur Sicherheit des Patienten.

Florence folgte auch weiterhin der Stimme ihres Instinkts, als sie den Schrank öffnete, der ihre Sachen enthielt: feste Halbschuhe, eine dunkle, fleckige Leinenhose, einen Wollpullover und eine Jacke, Zachs Jacke. Florence starrte darauf und versuchte, ihre Gedanken zu ordnen, die plötzlich neben der kleiner gewordenen Klinge in ihrem Gehirn sprangen. Sie wagte es nicht, sich auf einen davon zu konzentrieren, einen ganz bestimmten, aus Furcht, ihn zu verscheuchen oder ihm zu viel Realität zu geben. Rasch legte sie den Patientenkittel ab, streifte Hose und Pullover über, trat in die Schuhe und nahm nach kurzem Zögern auch die Jacke, obwohl es recht warm war. Dann öffnete sie leise die Tür und trat in den Flur.

In Abständen von einigen Metern glühten kleine Nachtlampen in halber Höhe an den Wänden, genug Licht für Florence, deren Augen sich inzwischen an die Dunkelheit gewöhnt hatten. Sie schloss die Tür hinter sich, damit für jemanden, der hier vorbeikam, alles in Ordnung zu sein schien, huschte dann auf Zehenspitzen durch den Korridor, auf der Suche nach etwas, von dem sie selbst nicht wusste, was es war.

Hinter den Fenstern der Schwesternstation saß eine dickliche ältere Frau, kehrte Florence den Rücken zu und gab den Text eines Berichts in ihr Terminal. Als sie an der Station vorbeischlich, duckte sich Florence, damit sie nicht als Spiegelbild auf dem flachen Monitor vor der Nachtschwester erschien, und aus dem Augenwinkel sah sie die Uhr an der Wand: Es war halb vier nachts, beziehungsweise morgens.

Was mache ich hier?, dachte sie. Warum schleiche ich mitten in der Nacht durch den Patiententrakt der Foundation?

Sie brachte die nächste Ecke des Korridors hinter sich, verharrte dort kurz, um Atem zu schöpfen, sah eine ganz bestimmte Tür und wusste, dass Antwort auf sie wartete, oder zumindest Teil einer Antwort. Einige rasche Schritte, vom Teppichboden gedämpft, brachten sie zu der Tür, und wenige Sekunden später befand sich Florence in einem Zimmer, in dem Lebenserhaltungsmaschinen ein Bett umgaben. Dort lag, vom leisen Summen der Apparate begleitet, eine Frau mit dunklem Haar, Tochter eines Palästinensers und einer Israelitin, fünf Jahre jünger als sie, wie in tiefem Schlaf. Aber Penelope schlief nicht. Sie lag im Koma, wenn man es Koma nennen konnte; ihre Seele war verschollen.

Für einige Sekunden blieb Florence mitten im Zimmer stehen, lauschte dem Summen der Apparate, die Penelope am Leben erhielten, und fühlte plötzlich so etwas wie Beklemmung, als fürchtete sie sich vor etwas. Dann näherte sie sich dem Bett und sah auf Penelope hinab.

Auch in diesem Zimmer waren die Jalousien nicht ganz heruntergelassen, und etwas Mondschein fiel herein. Hinzu kam das Licht von den Indikatoren und kleinen Bildschirmen der Geräte. In diesem matten Schein sah Florence, dass die Flecken an der Stirn der Ruhenden fehlten. Sie beugte sich vor, griff langsam und vorsichtig nach den warmen Händen, drehte sie und stellte fest, dass sie an den Innenseiten keine Verfärbungen aufwiesen.

Die Stigmata waren nicht mehr da.

Florence richtete sich wieder auf, und wieder stand sie einige Sekunden völlig reglos. Das Messer in ihrem Kopf schnitt und kratzte nicht mehr, schien zu warten. Vielleicht auf einen Gedanken, den sie noch nicht ganz zu denken wagte. Sie sah zum Fenster, zu den Jalousien und dem Mond dahinter, und wie von seinem matten Schein angezogen setzte sie einen Fuß vor den anderen, öffnete die Jalousien und sah nach draußen.

Unter ihr erstreckte sich Sea City, aber im Norden fehlte ein großes Stück, wie von einem großen Maul aus der schwimmenden Stadt gebissen. An den geschwärzten Rändern des Lochs stieg Rauch auf, und Einsatzgruppen waren noch immer damit beschäftigt, die Reste von Feuern zu löschen. Nicht weit davon entfernt, auf der linken Seite – die im Jargon der Stadt immer »Westen« hieß, auch wenn sie bei den langsamen Fahrten über den Pazifik manchmal in andere Richtungen zeigte –, begleitete ein Kriegsschiff die maritime Metropole. Ob Freund oder Feind, wusste Florence nicht zu sagen, denn sie konnte weder Flagge noch Hoheitszeichen erkennen, aber sowohl der zerstörte, fehlende Teil der Stadt als auch die Präsenz des Kriegsschiffs bestätigten, was ihr bereits Penelopes fehlende Stigmata mitgeteilt hatten: Dies war nicht ihre Welt. Sie war nicht zurückgekehrt, befand sich noch immer auf der Reise, noch immer im Space.

Wie so etwas möglich sein konnte, blieb ihr ein Rätsel. Die Tetranol-Phase war inzwischen längst zu Ende gegangen, und es bestand auch keine Verbindung mehr zu Lily. Florence hob die Hand zum Ohr, aber natürlich fehlte das Interface-Äquivalent; sie wusste nicht einmal, ob sie mit dem kleinen Gerät hier erschienen war, wo auch immer »hier« sein mochte. Ohne Tetra und ohne einen Interface-Kontakt hätte sie in die Realität zurückfallen müssen, denn sie war keine Travellerin.

Sie saß fest.

Die Erkenntnis war so verblüffend und schockierend, das sie schwankte und sich an der Fensterbank abstützen musste, um nicht das Gleichgewicht zu verlieren. Ihr Instinkt hatte schneller begriffen und sie hierhergeführt, damit sie es mit eigenen Augen sah und verstand. Die Personen, die sie bei ihrem Erwachen gesehen hatte, Anderson und Agnes, die Nachtschwester in ihrem Büro … So vertraut sie ihr auch erscheinen mochten, sie existierten nicht wirklich, waren Teil einer fremden Geisteswelt.

Taniker, dachte Florence. Agnes hatte »Taniker« gesagt, nicht »Teneker«. Und sie hatte eine andere Frisur gehabt, und einen seltsamen Fleck an der Stirn, eine kleine Tätowierung, die wie ein Barcode aussah.

Ihre Gedanken überschlugen sich, direkt vor der scharfen Klinge des wartenden Messers. Zach braucht Hilfe, lautete einer. Steckt der Seelenfänger dahinter?, lautete ein anderer. Hat er mich auf eine Art mentales Abstellgleis geschoben? Um zu verhindern, dass sie Zacharias half, wie auch immer?

Ein Gedanke schob sich in den Vordergrund: Wem konnte sie vertrauen?

Denn sie brauchte Hilfe, um helfen zu können. Vieles hing von der Größe des Ereigniswinkels ab, der sie von Zach trennte. Bedeutete eine Sekunde für sie auch eine für ihn? Verging für ihn mehr Zeit oder weniger? Und wie dicht war ihm der Seelenfänger auf den Fersen?

Florence starrte auf das Kriegsschiff im Westen von Sea City, seine Kanonen wie stumme Drohungen aus einer Vergangenheit, die die Stadt im Meer hinter sich lassen wollte, und fragte sich, wem sie trauen durfte, mit wem sie sprechen sollte. Rasmussen? Gab es hier einen Zacharias, mit dem sie reden konnte? Die Vorstellung bereitete ihr vages Unbehagen.

Was brauchte sie, um die Reise fortzusetzen? Diese Frage ließ sich leicht beantworten: Tetranol und Lily, einen Zugang zum Computer und dem Transferprogramm. Wenn sie mit Rasmussen oder Anderson sprechen und ihnen alles erklären würde …

Florences Instinkt ließ innere Alarmglocken läuten.

Jonas und die anderen hätten vielleicht geglaubt, dass sie an einem Rückkehr-Schock litt. Man hatte sie sofort mit einem Beruhigungsmittel behandelt, was darauf hindeutete, dass zumindest das medizinische Personal der Foundation – *dieser* Foundation – von dieser Möglichkeit ausging. Irgendwie wäre es Florence sicher gelungen, alles so zu schildern, dass man ihr schließlich glaubte, aber es hätte Zeit gekostet, wertvolle Zeit, und sie musste Zacharias helfen. Gab es hier jemanden, der ihr auch ohne große Vorarbeit geglaubt hätte, dessen geistige Flexibilität groß genug war, um ihre Geschichte sofort für möglich zu halten und unverzüglich Hilfe zu leisten? In ihrer Welt existierte eine solche Person: Matthias.

Und Matthias, Sysadmin von Sea City und der Foundation, konnte sie mit den Interface-Systemen verbinden und ihr vermutlich auch Tetranol beschaffen.

Florence wandte sich vom Fenster ab und sah noch einmal auf die Penelope ohne Stigmatisation hinab, bevor sie das Zimmer verließ und erneut durch den Flur schlich. An der nächsten Abzweigung verharrte sie im Halbdunkel zwischen zwei Nachtlampen, hob die Hände und rieb sich die Schläfen – die Kopfschmerzen kehrten zurück.

Das Messer setzte sich wieder in Bewegung, kratzte und schnitt, und Erinnerungen füllten die Lücken.

12

Die erste Station war eine Diskothek im Yuppie-Viertel der Stadt, wie ein Tempel auf einem kleinen Hügel, nicht weit von den Wehren des Jachthafens entfernt, die jenseits der Anlegestellen wie dunkle Wände emporragten und die auflaufende Flut fernhielten. Buntes Laserlicht wanderte über weiße Säulen und ragte in dünnen Balken gen Himmel, als wollte es die Sterne erreichen.

Drinnen, im Hauptsaal, von dem sternförmig Korridore ausgingen, trafen sie eine sonderbare Geräuschkulisse an, bestehend aus dem Klirren von Gläsern, dem Rascheln von Kleidung, dem Klacken von Schuhen auf der Tanzfläche und murmelnden Stimmen, von denen manche leise zu singen schienen. Das änderte sich, als Manuel und Florence ihre Amplis entgegennahmen und die wie schmale Kopfhörer aussehenden Geräte aufsetzten. Die SensiMusik erreichte direkt das Hörzentrum des Gehirns, ohne den Umweg über die Ohren, und Florence gab sich dem Wummern und Dröhnen hin. Genieß das Leben, hatte ihre Mutter gesagt. Sie versuchte, dem Rat zumindest an diesem Abend zu folgen, indem sie tanzte und trank, trank und tanzte, gelegentlich Neutro schluckte, das sie vor den negativen Wirkungen des Alkohols schützen sollte, und sich alle Mühe gab, nicht an ihre Eltern zu denken. In den Pausen, wenn die Sensi-DJs den Tänzern im wahrsten Sinne des Wortes ein wenig Ruhe gönnten, erzählte Manuel von Dingen, die ihr gleichgültig blieben, aber er machte es auf eine nette Weise, die dafür sorgte, dass sie nicht ganz das Interesse an ihm verlor. Wenn es so weiterging, würden sie mit ziemlicher Sicherheit im Bett landen, dachte sie, während Pink-Floyd-Klänge ihre Synapsen kitzelten. Manchmal lachte sie, weil ihr nach Lachen zumute war, vermutlich wegen des Alkohols, und bei anderen Gelegenheiten, wenn die Musik traurig wurde, legten sich Schatten auf ihre Seele.

Später vertrauten sie sich einem der Korridore an, der sie in ein SensiTheater führte, mit Filmen, an deren Geschehen man mithilfe der Amplis teilnehmen konnte.

»Kein Horror«, sagte sie zu Manuel, als er ihr einen neuen Amplifikator reichte. »So was gefällt mir gar nicht. Und keine Pornos«, fügte sie hinzu, als sie seinen Blick bemerkte. »So was mag ich nicht aus zweiter Hand. Das Echte ist mir lieber.«

Er lächelte und nickte, und eine Zeit lang waren sie Humphrey Bogart und Ingrid Bergman in *Casablanca*. Sie fuhren in Ben Hurs Streitwagen durch die Arena, erlebten den Untergang der Titanic, nahmen an der Schießerei beim O. K. Corral in Tombstone teil und erreichten als Mitglieder der ersten Landemission den Mars, wo sie feststellten, dass das Gesicht, einst aus der Umlaufbahn fotografiert und für ein besonderes Spiel von Licht und Schatten gehalten, tatsächlich ein Gesicht war, Hunderte von Millionen Jahre alt und eine Hinterlassenschaft von Auswanderern, die eine sterbende Welt verlassen und sich auf der Erde niedergelassen hatten, als Vorfahren des modernen Menschen. Ich möchte ebenfalls weg, dachte Florence, als sie im Innern des riesigen Mahnmals, das in Form eines menschlichen Gesichts in den Himmel des Roten Planeten starrte, vor einer Tafel mit fremden Schriftzeichen stand. Zeigt mir den Weg, damit ich meine Welt verlassen kann. Es war, als wohnten zwei Seelen in ihrem Leib, und die eine warf der anderen Dummheit vor, einen Hang zum Eskapismus, Feigheit vor dem Feind, wobei der Feind die Welt war, die sie umgab, eine Welt, die in der steigenden Flut zu ertrinken drohte.

»Möchtest du etwas ganz Besonderes erleben?«, fragte Manuel schließlich. Irgendwann am Abend waren sie zum Du übergangen.

»Etwas Besonderes?«, lallte Florence. Sie war gerade Scarlett O'Hara gewesen, hatte Rhett Butler geküsst und war von dem Kuss enttäuscht, was aber vermutlich nicht an den Einstellungen dieser SensiSequenz lag, sondern daran, dass der Alkohol die neuronale Stimulation dämpfte.

Manuel nahm ihr den Ampli ab und legte ihn beiseite, ergriff dann ihre Hand und zog sie mit sich, vorbei an Dutzenden von Erlebnishungrigen – Eskapisten, flüsterte der kritische Teil von Florence –, die mit geschlossenen Augen in Sesseln saßen oder auf Matratzen lagen.

»Frag nicht, woher ich es habe und wie viel es mich gekostet hat«, sagte Manuel, als sie eins der privaten Zimmer betraten, die zahlungskräftigen Gästen zur Verfügung standen. Florence war geistesgegenwärtig genug zu beobachten, wie der junge Spanier mit einer goldenen Kreditkarte bezahlte.

»Was denn?«, brachte sie hervor und kramte in ihrer Handtasche, auf der Suche nach Neutro.

»Das hier.« Zwei Tabletten lagen auf Manuels Handfläche, blau und oval.

»Was soll das sein? Viagra?« Sie lachte.

Manuel verzog das Gesicht. »Sehr komisch. Nein, das hier ist Tetra.«

»Tetra?«

»Die Kurzform von ›Tetranol‹. Eine Droge, die das Philanthropische Institut entwickelt hat.« Er sah sie erwartungsvoll an.

»Sollte ich jetzt beeindruckt sein?«, fragte Florence mit schwerer Stimme. Sie war müde geworden; der Alkohol legte sich wie eine warme Decke um sie.

»Es ist eine synthetische Droge.«

»Das PI hat nichts mit dem verdammten Drogenhandel zu tun«, sagte Florence mit plötzlichem Ärger. Für sie zählte das Philanthropische Institut zu den letzten Bastionen von Moral und Ethik auf einer Welt, die sich schon vor dem Ansteigen des Meeresspiegels in einen stinkenden Sumpf verwandelt hatte.

»Nein, nein, das verstehst du falsch. Es ist keine Droge in dem Sinne, eher ein besonderes … Medikament. Angeblich werden die Traveller damit behandelt.«

»Traveller?«

Manuel sah sie ungläubig an. »Hast du noch nie von den Travellern gehört? Trotz der Verbindungen deines Vaters zum Institut?«

Florence schüttelte den Kopf.

»Das sind Leute, die ihre Gedanken in das Bewusstsein anderer Personen projizieren können.«

Florence zuckte die Schultern und ließ sich in den nächsten Sessel sinken. »Wozu soll das gut sein?«

»Du hast mir doch erzählt, dass du empathische Psychologie studierst«, sagte Manuel. Er wirkte fast ein wenig enttäuscht. »Dies hier ermöglicht *direkte* Psychologie. Die Traveller nehmen Tetranol, um ihre Reisen zu kontrollieren, wenn ich das richtig verstanden habe. Sie suchen in fremden Geisteswelten nach Traumata und dergleichen, und sie bewegen sich in ihnen, als wären es *echte* Welten.«

Florence beäugte die beiden Tabletten – Manuels Hand befand sich jetzt direkt vor ihren Augen –, und Interesse erwachte in ihr. »Wir sind keine Traveller«, sagte sie langsam. »Was stellt Tetra bei Leuten wie uns an?«

Manuel grinste plötzlich. »Lass dich überraschen.«

Ach, was soll's, dachte Florence benommen, nahm eine der beiden Pillen und schluckte sie, ohne mit irgendeiner Flüssigkeit nachzuspülen.

Manuel kam näher und legte den Zeigefinger unter ihr Kinn. »Schau mir in die Augen, Kleines.«

Sie lachte. »Du bist nicht Bogey. Nicht mal annähernd.«

»Aber ich könnte es für dich sein.« Er drückte seine Lippen auf die ihren, und seine Zunge bahnte sich einen Weg in ihren Mund. Und während er sie küsste, auf eine eher ungeschickte, fast brachiale Art und Weise, griff etwas nach Florences Gedanken und trug sie fort.

Klick.

So fühlte es sich an, und so *hörte* es sich an. Wie eine Szenenklappe beim Film. Achtung, Tetra die erste, dachte sie, wunderte sich über ihre dummen, wirren Gedanken und bereute, die blaue Tablette geschluckt zu haben. Stattdessen hätte sie mehr Neutro nehmen sollen, denn sie war so betrunken, dass sie sich schlecht fühlte.

Dies alles dachte sie, während sie flog, im warmen Sonnenschein, gestreichelt von Wolkenfetzen, hoch über einer Stadt, die aus funkelnden rubinroten und opalblauen Pyramiden bestand.

»Gefällt es dir?«, fragte Manuel.

Er flog an ihrer Seite, hielt ihrer Hand, und der Wind zerzauste ihm das Haar.

Sie fühlte seine Finger an den ihren, fühlte den eigenen Herzschlag und auch seinen, wie zwei Trommeln, die im Takt schlugen. Sie fühlte sich blinzeln und atmen, sie fühlte die Kleidung an ihrem Leib, und sie beobachtete unten in der Stadt das Spiel von Licht und Schatten, geschaffen von Sonne und Wolken. Sie nahm jedes einzelne Gefühl und prüfte es, wie sie es bei einer Selbstbeschau machte, wenn sie versuchte, ihren Empfindungen und Stimmungsschwankungen auf den Grund zu gehen, mit dem Unterschied, dass sie diesmal ihre Wahrnehmung prüfte.

»Es ... fühlt sich absolut echt an«, sagte Florence. Dann dachte sie, dass sie ohne Flügel eigentlich nicht in der Lage sein sollte zu fliegen, und eine halbe Sekunde später stürzte sie in die Tiefe, den Spitzen der Pyramiden entgegen.

Klick.

Dort saß das Kind im abstürzenden Flugzeug, dessen Triebwerke von faustgroßen Hagelkörnern zertrümmert worden waren. Still saß es im Chaos, gehalten vom Sicherheitsgurt und umgeben von schreienden Menschen und umherfliegenden Gegenständen. Seine Augen waren groß und voller Tränen, denn die Puppe, die es in Händen hielt, hatte ihr gerade gesagt, dass sie sich trennen mussten, für immer, weil sie jetzt sterben würden, weil es keine Rettung gab, weder für sie noch für die anderen an Bord. Dann brach das Flugzeug auseinander, und dem Kind wurde die Puppe aus den Händen gerissen.

Klick.

Etwas bewegte sich in ihr. Sie fühlte angenehme Wärme, wie zuvor beim Flug im Sonnenschein hoch über der Pyramidenstadt, aber diesmal kam die Wärme aus ihrem Innern, wie von einer inneren Sonne. Und etwas bewegte sich in ihr, rhythmisch, mal schneller, mal langsamer, etwas zwischen ihren gespreizten Beinen. Das Kleid, stellte sie fest, war bis über ihre Brüste nach oben geschoben, und Manuel arbeitete in ihr. *Schau mir in die Augen, Kleines*, sagte er. *Habe ich nicht gesagt, dass ich Bogart für dich sein kann?* Sie fühlte seine Lust wie die ihre, fühlte ihn nicht nur in sich, sondern schlüpfte unter seine Haut, in seinen Leib, bewegte sich mit pumpenden Lenden zwischen den Beinen, die ihre waren.

Klick.

Etwas zerrte an ihren Gedanken, erst mit weichen Händen, mit sanftem Nachdruck, dann mit scharfen Krallen, wild und ungestüm. Sie fühlte die kalte Leere der Selbstmörderin hoch oben auf dem Turm, die sich fallen ließ, bevor die Hände der Retter sie erreichen konnten, und die ihre Arme für den Aufprall ausbreitete, der Erlösung bringen sollte. Sie fühlte die Angst der Geiseln in der Gewalt einer Gruppe, die glaubte, für eine gerechtere Welt zu kämpfen, davon überzeugt, dass ihre Ziele jedes Opfer rechtfertigten. Sie fühlte das Entsetzen des Mannes, dem man einen breiten Gürtel mit Sprengstoff anlegte. Sie hörte seine Gedanken, wie er sich fortwünschte von diesem Ort, wie er sich fragte, warum er jemals zuvor in seinem Leben unglücklich gewesen sein konnte, denn jetzt erschienen ihm selbst die dunkelsten Momente der vergangenen Jahre hell und voller Wonne.

Klick.

Gefällt es dir?, fragte der Mann, der noch immer in ihr arbeitete, Manuel hieß er, erinnerte sie sich. Aber jetzt hatte er sich die andere Öffnung vorgenommen, nicht weit von der ersten entfernt, und das mochte sie nicht. Sie hatte ihm bestimmt gesagt, dass sie es nicht mochte, auch wenn sie sich nicht daran erinnerte, denn es tat weh, und sie mochte nicht, wenn es wehtat, und sie mochte es auch nicht, einfach so benutzt zu werden. Er war hart in ihr, *richtig* hart, fast wie ein mechanisches Ding, und plötzlich begriff sie: Dieses Tetra-Zeug, dieses Tetranol … Während es bei ihr irgendetwas mit den Gefühlen anstellte, mit ihrer Empathie, die sie zu der Entscheidung gebracht hatte, empathische Psychologie zu studieren, wirkte es bei Manuel wie ein Superaphrodisiakum, wie ein besonders starkes Viagra. Sie wollte sich umdrehen, aber er hielt sie fest, seine Hände schlossen sich fester um ihre Schultern, und er stieß so tief in sie hinein, dass sie glaubte, es müsse sie zerreißen. Sie langte mit dem Arm nach hinten, schlug und kratzte, zog die Beine an und trat, vielleicht schrie sie auch, sie wusste es nicht genau. Wenn sie schrie, so vermischten sich ihre Schreie mit denen der Menschen, die in einem Hotel im mexikanischen Cancún ausharrten, während draußen ein Hurrikan tobte. Es war nur einer der Stufe 1, aber er genügte, um das bereits gestiegene Wasser bis in den ersten Stock des Hotels zu drücken und ein Fundament zu unterspülen, das durch den gestiegenen Wasserspiegel instabil geworden war. Das Heulen des Sturms übertönte zunächst das Knirschen in den Wänden, aber bald zeigten sich dort erste Risse …

Aufhören, dachte Florence. Es soll endlich aufhören! Damit meinte sie nicht nur die schrecklichen Bilder voller fremder, naher, intensiver Emotionen, sondern auch Manuel, der sie ritt und seine Tetra-Lust an ihr ausließ. *Schluss damit!*

Etwas packte ihre Gedanken und wirbelte sie fort.

Klick.

Wasser klatschte gegen die Kaimauer, und mit jedem Klatschen schien es zu sagen: Ich steige höher und höher, ich klettere an diesen Steinen empor, bis ich darüber hinwegschwappen und die Stadt erreichen kann, und dort krieche ich in alle Fugen und Ritzen, fließe in jeden Keller, dringe bis in die letzten Winkel vor, bis alles mir gehört.

Florence starrte aufs dunkle Wasser, das die Lichter der Anlegestellen widerspiegelte, und fühlte seine langsam wogende Präsenz wie die einer riesigen, globalen Kreatur, die immer größer wurde, Inseln bedeckte und über die Ränder der Kontinente wuchs. Sie saß auf einer Bank und zitterte, aber nicht vor Kälte, denn es war eine warme Nacht, und außerdem trug sie eine Jacke, die vielleicht von Manuel stammte, oder von jemand anderem, sie wusste es nicht – sie wusste nicht einmal, wie sie das private Zimmer und die Tempel-Diskothek verlassen hatte, wie sie hierher zum Jachthafen gekommen war. Florence zitterte, weil sie noch immer nicht wieder sie selbst war und in ein Netz aus emotionalen Impressionen verstrickt blieb, die von vagen Bildern begleitet durch ihr Bewusstsein zogen. Selbst das Meer vor ihr, von den künstlichen Mauern der Wehre in Schach gehalten, schien plötzlich eine Seele zu haben, die zu ihr sprach. Sie schlang die Arme um sich selbst und beugte sich vor, bis sie beinahe von der Bank gerutscht und über die Kaimauer ins Wasser gefallen wäre. Der Geruch von Erbrochenem stieg ihr in die Nase, und sie sah die braungelbe Lache neben der Bank, mit Spritzern, die bis zum Rand der Mauer reichten. Es ist meine eigene Kotze, dachte sie, ohne eine klare Erinnerung daran, sich übergeben zu haben. Ich habe mich erbrochen, weil mir schlecht war, und mir ist noch immer schlecht.

Kleine Wellen schlugen an den Kai, und ihr Platschen sprach zu ihr, so wie die Puppe im abstürzenden Flugzeug zu dem Mädchen gesprochen hatte. Es sagte: Es war nicht dein eigenes Elend, das dir den Magen umgedreht hat, Flo; es war das Elend der ganzen Welt.

Da saß sie, in der Gesellschaft von Jachten, deren Weiß aus der Nacht ragte und darauf hinwies, dass es eine Gruppe von Privilegierten gab, die ihr bisheriges Leben trotz allem fortsetzten, während die Welt zerbrach, an deren Zerstörung sie maßgeblich beteiligt waren. Da saß sie, im Schatten jenseits des Lampenscheins, empfing den Schmerz der Welt, hörte die Stimme des Meeres und zitterte, weil sie plötzlich nicht mehr wusste, wo ihr Platz in all dem Chaos war, im äußeren wie im inneren. Gab es irgendwo eine Insel des Friedens und der Ruhe, auf der sie sich niederlassen und zu sich finden konnte? Da war er wieder, ihr Hang zur Flucht, der Wunsch, allem den Rücken zu kehren und unbehelligt zu bleiben. Aber das geht nicht, flüsterte ihr das Platschen der Wellen zu, die an die Kaimauer schlugen. Hier bin ich, und dort bist du, und ich werde auch dich erreichen, früher oder später, wo auch immer du dich versteckst.

Manchmal klickte es in Florence, aber nicht laut genug, um ihr Denken und Fühlen an andere Orte zu versetzen. Sie nahm den Rest Neutro, den sie in ihrer Handtasche fand, und allmählich ließ der Schmerz nach, wobei sie kaum zwischen ihrem eigenen und dem der Welt unterscheiden konnte. Zeit verstrich, das Wasser klatschte weiter an die Kaimauer, hatte jetzt aber keine Stimme mehr, die zu ihr sprach, und die weißen Jachten schaukelten auf den Wellen wie Relikte aus der Vergangenheit, die versuchten, einen Platz in der Gegenwart zu bewahren. Vergangenheit und Zukunft, und dazwischen das kurze Hier und Heute, ein Moment dünn wie ein Gedanke, nicht festzuhalten, ein Übergang, der manchmal gerade Platz genug bot für das Treffen wichtiger Entscheidungen.

Manchmal reifen Entscheidungen heran und treten aus dem Schatten ins Licht, wenn sie sich voll entwickelt haben. Florence saß auch weiterhin in Dunkelheit – nicht mehr vorgebeugt auf der Kante der Bank, sondern zurückgelehnt, ohne zu zittern –, aber in ihrem Innern wurde es an einer Stelle hell, wo bis eben alles finster gewesen war, und plötzlich wusste sie: Weglaufen hatte keinen Sinn, nie. Man konnte sich nicht vor etwas verstecken, das alle betraf, aber man konnte versuchen zu helfen, etwas von dem Schmerz zu lindern, an dem andere litten, und damit auch den eigenen. Florence begriff, dass sie nicht auf Ruhe und Frieden verzichten musste, dass sie beides nicht abseits aller anderen fand, sondern mitten unter ihnen. Die Entscheidung, empathische Psychologie zu studieren, war der instinktive erste Schritt gewesen, und der nächste, bewusste, bestand aus der praktischen Anwendung ihrer Empathie.

Sie stand auf, trat an der Lache ihres Erbrochenen vorbei und sah zum Hügel mit der Villa ihres Vaters. Im Osten kündigte sich das erste Licht des neuen Tages an, und an den Hängen des Hügels waren nicht nur Lichter zu sehen, sondern auch Konturen der Villen. Ihre Eltern hatten nie Zeit für sie, nicht einmal dann, wenn sie für einige Tage bei ihnen wohnte, aber diesmal würden sie sich Zeit nehmen müssen, insbesondere ihr Vater.

Mit entschlossenen Schritten ging sie zum nächsten Taxistand.

Das Sicherheitspersonal der Villa ließ sie kommentarlos passieren, verzichtete aber nicht ganz auf erstaunte Blicke, als die Tochter des Hauses durch den parkartigen Garten ging und das Hauptgebäude betrat, wo die Bediensteten damit beschäftigt waren, die Spuren der Party zu beseitigen. Dicke Teppiche dämpften ihre Schritte in dem Gebäudeflügel mit den Schlaf- und Gästezimmern. Schließlich blieb sie vor einer ganz bestimmten Tür stehen, klopfte an und wartete. Als nach einigen Sekunden keine Reaktion erfolge, klopfte sie erneut, mit etwas mehr Nachdruck.

»Ja? Wer ist da?«

»Ich bin's, Vater.« Und für den Fall, dass das nicht genügte, fügte sie hinzu: »Deine Tochter.«

»Was? Florence?«, ertönte es schlaftrunken.

Hast du noch eine andere Tochter, dachte sie. »Ja, Florence. Ich muss mit dir reden.«

»Was? Reden? Äh … Moment. Hab einen Moment Geduld.«

Florence wartete und fragte sich, warum es so lange

dauerte. Schließlich öffnete sich die Tür, und ein Blick an ihrem Vater vorbei beantwortete ihre Frage. Ferdinand Legrand und Elvira Alessandra Legrand, geborene da Silva, schliefen seit Jahren in getrennten Zimmern, aber in dem großen Doppelbett auf der anderen Seite des weinroten Raums hatte nicht nur eine Person gelegen; beide Seiten waren benutzt. Der Vorhang am Fenster bewegte sich, und daneben stand die Tür zum Bad offen.

Ihr Vater trug einen langen, mit geometrischen Mustern geschmückten Morgenmantel und sah darin aus wie ein allmählich in die Jahre kommender Zauberer. Er strich sich eine Strähne seines zerzausten Haars aus der Stirn.

»Bist du schon auf den Beinen? Ich …«

»Ich bin die Nacht unterwegs gewesen«, sagte Florence. »Und ich habe eine Entscheidung getroffen.«

»Ach.« Ferdinand Legrand verzog andeutungsweise das Gesicht. »Freut mich, aber können wir nicht später …«

»Nein, wir reden jetzt darüber«, sagte Florence und hörte die Entschlossenheit in ihrer Stimme. Ihr Vater hörte sie ebenfalls, denn er richtete einen erstaunten Blick auf sie, und zumindest für einen Moment schien er seine ins Bad geflüchtete Mätresse zu vergessen. »Du hast gute Verbindungen zum Philanthropischen Institut, nicht wahr?«

»Das Institut bekommt viel Geld von mir.«

»Ich möchte, dass du deine Beziehungen nutzt«, sagte Florence mit Nachdruck. »Für mich. Ich möchte, dass du im Philanthropischen Institut einen Platz für mich findest, einen Ort, wo man eine Person mit … Einfühlungsvermögen braucht.«

»Eine empathische Psychologin, meinst du?«, fragte Ferdinand und bewies damit, dass er besser zugehört hatte als seine Frau.

Aus dem Nährboden der ersten Entscheidung wuchs, wie von ihr befruchtet, eine zweite. »Es gibt im Institut eine Gruppe, die für ihre Arbeit eine neue synthetische Droge verwendet«, sagte Florence, obwohl sie nicht wusste, wie die Gruppe hieß, und nur vage Vorstellungen von ihrer Arbeit hatte. »Eine Gruppe, der sogenannte Traveller angehören. Bitte nutz deinen Einfluss beim PI, um mir einen Job bei jener Gruppe zu beschaffen.«

»Willst du dein Studium aufgeben?«, fragte Ferdinand erstaunt.

»Nein, ich will es erweitern.« Florence kehrte zur Tür zurück. »Um diesen einen Gefallen bitte ich dich, Vater.« Sie deutete zum Bad. »Sag Melissa, dass sie ins Bett zurückkann. Im Bad friert sie sicher. Oder ist es Annabel?« Sie lächelte kurz. »Ein Job beim Philanthropischen Institut, Vater. Für deine Tochter.«

Sie schloss die Tür.

Zwei Tage später hörte sie zum ersten Mal von der Foundation.

13

F lorence?«, brachte Matthias hervor. »Du? Um diese Zeit?« Er hatte die Tür des Admin-Büros nur einen Spaltbreit geöffnet, als traute er der Welt draußen nicht, zumindest nicht des Nachts.

»Darf ich reinkommen?«, fragte sie und versuchte, nicht zu drängend zu klingen.

Widerstrebend zog Matthias die Tür weiter auf, und Florence trat sofort ein, froh darüber, aus dem Flur zu entkommen.

»Ich dachte, es ginge dir nicht gut«, sagte Matthias. Er rückte die Brille zurecht und wich in seine Welt aus hellen Bildschirmen und summenden Terminals zurück. Der große Schirm bei der Hauptkonsole zeigte den von ihm entwickelten Avatar, und Florence stellte erstaunt fest, dass das glatte Gesicht nicht neutral wirkte, sondern eindeutig einer Frau gehörte. Es war ein weiterer Hinweis, der sie daran erinnerte, dass sie sich noch immer im Space befand. »Elisabeth erzählte mir heute Abend davon. Sie meinte, sie hätten dir ein Beruhigungsmittel gegeben …«

Florence holte tief Luft. »Was ich dir jetzt erzählen werde, klingt seltsam«, sagte sie. »Aber ich weiß, dass du einen sehr flexiblen Verstand hast. Deshalb glaube ich auch, dass ich dir vertrauen kann.« Dies war nicht der echte Matthias, Autist und Savant, sondern das *Konzept* eines Matthias, in den Erinnerungen – oder Fantasien – eines Travellers namens Teneker, der bei der echten Foundation im Koma lag und dessen Körper zu sterben drohte, während sein Geist in dem einer anderen Person gefangen blieb, eines Netzwerk-Spezialisten namens Haruko Isamu Abe. Sie sprach hier mit der *Idee* eines Matthias, und das bedeutete, dass er vielleicht nicht so reagierte wie der, den sie kannte.

»Ja?«, fragte Matthias. Er sank in den Sessel vor dem Hauptterminal, stand dann, als ihm die Regeln der Höflichkeit einfielen, wieder auf und zog für Florence einen Stuhl heran.

Als sie sich setzte, fiel ihr Blick auf den großen Bildschirm der Hauptkonsole, und dort las sie: *Was ist Intelligenz?* Die Antwort lautete: *Die Fähigkeit, das Absurde in der Vernunft zu erkennen.*

»Eine interessante Frage«, sagte sie. »Und Lilys Antwort ist vielleicht noch interessanter.«

Matthias sah sie seltsam an. »Es ist nicht Lilys Antwort, sondern meine. Sie hat *mir* die Frage gestellt.«

»Oh.« Die Psychologin in Florence fragte sich, was Matthias mit seiner Antwort gemeint haben mochte, welchen tieferen Sinn seine Worte enthielten, aber sie schob diesen Gedanken beiseite und gestikulierte vage. »Schläfst du eigentlich nie, Matthias?«

»Ich brauche nicht viel Schlaf, nur zwei oder drei Stunden, das weißt du ja«, sagte er, obwohl Florence es nicht wusste; sie hörte es jetzt zum ersten Mal. »Und um diese Zeit sind Lily und ich ungestört. Normalerweise«, fügte er hinzu.

»Du kennst ja die Reisen der Traveller«, begann sie. »Wir haben die dabei gewonnenen Daten oft genug zusammen ausgewertet.«

Matthias saß da, sah sie an und wartete.

»Ich bin nicht die Florence, die ich zu sein scheine«, fuhr sie fort und erzählte ihre Geschichte, ohne zu versuchen, sich einfach auszudrücken, denn Matthias war zwar Autist, aber es mangelte ihm gewiss nicht an Intelligenz und Vorstellungskraft. Während sie von der anderen Foundation erzählte, von Teneker – nicht Taniker –, Haruko, Zacharias und Salomo, »Seelenfänger« genannt, beobachtete die Psychologin in ihr Matthias' Gesicht und hielt nach Reaktionen Ausschau, bemerkte aber nur das gelegentliche Zucken eines Lids, mehr nicht. »Ich brauche deine Hilfe«, sagte sie, als sie ihre Situation geschildert hatte. »Du kannst die Interface-Systeme programmieren, und mit Lilys Hilfe hast du vermutlich auch Zugang zu den hiesigen Tetranol-Reserven.«

Matthias saß zurückgelehnt in seinem Sessel, die Brille auf dem Nasenrücken war ein wenig nach unten gerutscht, und musterte sie nachdenklich. »Ein Traum soll dich in einen Traum schicken?«

»Wir reden hier nicht von Träumen …«

Der Avatar auf dem großen Bildschirm bewegte sich. »Lily?«, fragte Matthias.

»Was ist Schein, was ist Sein?«, kam es aus dem Lautsprecher an der Decke.

Florence zwang sich zu Geduld. »Ich weiß nicht, wie groß der Ereigniswinkel ist, aber Zacharias braucht Hilfe. Ich muss so schnell wie möglich zurück.«

»Es ist ein bisschen schwer zu verdauen, findest du nicht?« Matthias deutete in die Runde. »Dies alles hier soll nicht die Realität sein, sondern sich im Space befinden? Im mentalen Universum der Traveller?«

»Ja.«

»Es würde bedeuten, dass ich nur eine … Fiktion bin, nicht wahr?«

Florence schwieg.

»Aber so fühle ich mich nicht«, stellte Matthias fest. Er hob eine Hand, schlug sich aufs Knie und an die Brust. »Ich bin aus Fleisch und Blut. Ich existiere.« Er sah zum Avatar auf dem großen Schirm. »Was meinst du, Lily?«

»Du existierst zweifellos, Matthias.«

»Das will ich meinen.« Er beugte sich vor. »Außerdem machst du einen Denkfehler, Florence. Eben hast du gesagt, dass du in Tanikers Space bist, beziehungsweise in Tenekers, wie er in … deiner Welt angeblich heißt. Aber das stimmt nicht. Du hast selbst gesagt, dass dich deine Reise zusammen mit Zacharias …« – Florence bemerkte, dass sich Matthias' Stimme veränderte, als er den Namen sprach – »… ins Bewusstsein des Patienten gebracht hat, des Japaners namens Haruko …«

»Ja?«

»Aber wenn ihr in seinem Space seid … Haruko weiß nichts oder nur wenig von der Foundation. Mit an Sicherheit grenzender Wahrscheinlichkeit weiß er nicht genug, um sich dies alles vorzustellen, Lily und mich, unser Gespräch, den ganzen Rest. Und dann das Tetranol, das ich dir beschaffen soll. Wenn du recht hast, existiert es wie alles andere nur als Konzept. Wie soll es wirken? Wie soll es dir dabei helfen, zu Zacharias zurückzukehren?«

»Es kommt auf den Glauben an, Matthias«, sagte Florence. »Wenn ich mit allen meinen Sinnen davon überzeugt bin, dass das Tetra wirkt, dass es mich zurückbringen kann …«

»*Und* du hast gesagt, dass deine Tetranol-Phase zu Ende ging, wodurch es zu einer unkontrollierten Rückkehr kam. Zu einer Rückkehr *hierher*. Wie könntest du als Therapeutin noch im Space sein, ohne Tetra und ohne Interface-Verbindungen?«

Florence seufzte und zuckte die Schultern. »Um ganz ehrlich zu sein: Ich weiß es nicht. Vielleicht hält der Seelenfänger einen Teil von mir fest.« Sie rieb sich die Schläfen – die Kopfschmerzen waren zurückgekehrt. Das Messer in ihrem Kopf schnitt wieder und zerlegte kohärente Gedanken in ihre Einzelteile. »Und ich habe keinen Denkfehler gemacht. Wenn Bewusstseinssphären miteinander verbunden sind, kommt es zu einem Phänomen, dass die Therapeuten meiner Foundation ›Konzeptualisierung‹ nennen.«

Matthias nickte. »Gegenseitige Beeinflussung. Austausch von Informationen, vor allem auf unterbewusster Ebene. In gewisser Weise verschmelzen die Geisteswelten miteinander. Habe ich das richtig formuliert, Lily?«

»Mit ausreichender Präzision, Matthias. Darf ich darauf hinweisen, dass sich Probleme ankündigen?«

»Probleme?« Matthias runzelte die Stirn.

Ein Donnern kam aus der Ferne, dumpf und grollend, und fast gleichzeitig fühlte Florence eine Vibration. Die Bilder einiger naher Schirme wechselten. Einer zeigte das Kriegsschiff im Westen von Sea City, mit einer Rauchfahne über einem Geschützturm, ein anderer einen Bereich beim Hafen, wo offenbar gerade ein Gebäude zerstört worden war. Qualmwolken hingen über der Ruine in der Luft, und Flammen züngelten.

»Es wird auf Sea City geschossen?«, fragte Florence fassungslos.

»Das Schiff stammt von den Taiwanischen Renegaten.« Matthias' Finger flogen über die Tastatur der Hauptkonsole. »Nichts weiter als Piraten, wenn du mich fragst. Es erreichte uns eine Woche nach der Unabhängigkeitserklärung, unter dem Vorwand, uns gratulieren und helfen zu wollen. In Wirklichkeit versuchen sie, die Stadt zu übernehmen. Das Philanthropische Institut hätte warten sollen, bis wir näher an Südamerika herangekommen sind. Die Autarken Enklaven von Chile und Argentinien haben uns bereits anerkannt und wären sicher bereit gewesen, uns auch militärisch zu helfen; wir hätten ihnen dafür unser Netz-Backbone zur Verfügung stellen können. He!« Matthias deutete auf einen Schirm, der zwanzig oder mehr Gestalten in dunklen Kampfanzügen zeigte, die vor dem größten Turm von Sea City aus einem gepanzerten Transporter kletterten und zum Haupteingang des Gebäudes liefen. »Sie haben es auf uns abgesehen!«

Florence wusste nicht, wer die Taiwanischen Renegaten waren, aber sie erkannte Gewalt und Gefahr. Plötzlich drängte die Zeit noch mehr.

Sie stand auf. »Matthias …«

»Keine Sorge. Die Eingänge sind schon seit gestern Abend blockiert. Außerdem haben wir die ersten drei Stockwerke verbarrikadiert, die Aufzüge stillgelegt und alle Feuertüren geschlossen. Die Taiwaner müssten sich den Weg nach oben immer wieder freisprengen.« Er zögerte. »Was sie hoffentlich nicht machen. Sie könnten die strukturelle Integrität des Turms gefährden.«

»Matthias, bitte«, sagte Florence. »Ich brauche deine Hilfe. Jetzt sofort.«

»Während wir angegriffen werden?«, erwiderte Matthias ungläubig. »Ich muss mich um die Systeme des Turms kümmern und Lily vor Schaden bewahren. Sie braucht mich.«

»*Ich* brauche dich, Matthias!«, sagte Florence mit Nachdruck. »Zach braucht dich.«

»Zacharias?« Matthias schüttelte traurig den Kopf.

»Wenn ich dir beweisen kann, dass meine Geschichte stimmt, dass ich recht habe … Bist du dann bereit, mir zu helfen?«

Matthias zögerte. »Wie willst du es beweisen?«

»Was passiert, wenn Traveller und ihre Therapeuten auf die Reise gehen?«

Matthias sah sie an und wartete.

»Ihre Körper bleiben zurück, nicht wahr?«, fuhr Florence fort. »Sie schicken ihre Gedanken auf die Reise, ihr Bewusstsein, mithilfe von Interface-Systemen und Tetranol.«

»Ja?«, fragte Matthias, und Florence glaubte, in seiner Stimme einen Hauch Ungeduld zu hören.

Wieder kam ein Donnern aus der Ferne, aber diesmal blieb eine Vibration aus. Florence beobachtete, wie Matthias' besorgter Blick zu den Bildschirmen ging.

»Aber ich werde verschwinden!«, sagte sie mit Nachdruck. »Hörst du, Matthias? Wenn du mir hilfst, wieder auf die Reise zu gehen und zu Zacharias zurückzukehren, bleibt mein Körper nicht zurück, weil dies hier gar kein richtiger Körper ist! Wenn ich verschwinde, hast du den Beweis. Dann weißt du, dass ich recht habe.«

Matthias zögerte.

»Bitte«, fügte Florence hinzu. »Ich bitte dich, Matthias. Ohne dich schaffe ich es nicht.«

Er ging zur Tür und öffnete sie. »Komm«, sagte er.

Florence und Matthias hatten das Admin-Büro verlassen, als sich das Bild des Avatars auf dem großen Bildschirm des Hauptterminals veränderte. Aus der Gestalt, die eindeutig weibliche Züge trug, wurde ein kleiner Mann, mit einem Bartschatten auf Kinn und Wangen und einer Narbe neben der Nase, die aus einigem Abstand betrachtet wie ein Strich unter dem Auge wirkte. Die Schultern waren schmal, der Kopf für den dünnen Hals ein wenig zu groß.

»Denk an mich, nenne meinen Namen«, erklang eine leise Stimme, die nicht aus dem Lautsprecher an der Decke kam. »Ich finde dich, ich finde euch alle, und ich bringe euch Freiheit.«

Das Grollen von Geschützen folgte den geflüsterten Worten.

»Was ist mit Zacharias?«, fragte Florence, als sie durch den Flur eilten, der jetzt nicht mehr leer war. Krankenschwestern, Pfleger, Ärzte und einige Therapeuten waren auf den Beinen, sprachen aufgeregt miteinander oder eilten zu den Büros und Aufenthaltsräumen, die über direkte Kommunikationsverbindungen nach draußen verfügten. Alle wollten wissen, was geschehen war und was passieren würde. Florence stellte erleichtert fest, dass man ihr und Matthias kaum Beachtung schenkte. »Deine Stimme hat sich verändert, als du seinen Namen ausgesprochen hast, und dann hast du traurig den Kopf geschüttelt. Was ist mit dem Zacharias dieser Foundation?« Diese Möglichkeit kam ihr erst jetzt richtig zu Bewusstsein, und sie hielt den Gedanken fest. »Ist er hier? Kann ich mit ihm reden?«

»Er ist hier, ja, aber …«

»Bring mich zu ihm!«

Florence drehte sich um und wollte in die Richtung eilen, in der sie Zacharias' Zimmer vermutete, aber Matthias hielt sie am Arm fest. »Nein, dort wohnt er nicht mehr. Nicht mehr seit …«

»Seit was?«

»Es geht ihm nicht gut …«

Florence wusste, dass es ein anderer Zacharias war, aber dennoch spürte sie plötzlich eine sonderbare Leere in sich, wie ein Abgrund, der sich in ihrer Seele öffnete. »Ich will zu ihm!«

Mit langen Schritten gingen sie durch einen anderen Flur, und Florence fragte sich plötzlich, was geschehen würde, wenn sie sich selbst begegnete. Zweifellos gab es hier eine Florence, denn Anderson und Agnes hatten sie erkannt. Wo war sie? Befand sie sich auf einer Reise in Tanikers Space? Hatten sich Arzt und Schwester deshalb nicht über ihre Rückkehr gewundert? Aber wenn die andere Florence auf Reisen war, so musste ihr Körper in einem dieser Zimmer sein. Und wieso hatten sich Anderson und Agnes *nicht* gewundert, als sie plötzlich aus dem Nichts erschienen war?

Die Fragen – und der Umstand, dass sie nicht sofort Antworten fand – stifteten Verwirrung in Florence, rückten jedoch in den Hintergrund, als sie wenige Minuten später in einem Zimmer stand, das dem Raum mit Penelope ähnelte. Doch hier lag keine junge Frau im Bett, mit ausgebreiteten schwarzen Haaren und an Lebenserhaltungsmaschinen angeschlossen, sondern ein ausgezehrt wirkender, leichenhaft blasser Mann, der trotz seiner Jugend viele Falten im Gesicht trug. Florence ergriff seine kalte Hand.

»Was ist mit ihm? Liegt es an seiner Krankheit? Ist sie hier so weit fortgeschritten?« Es schmerzte sie, Zacharias in diesem Zustand zu sehen, und auch deshalb wandte sie den Blick ab, blickte auf die Instrumente und versuchte festzustellen, wie es ihm ging. In einer Ecke des Zimmers bemerkte sie einen mobilen Interface-Anschluss, kein bequemer Sessel für Traveller oder Therapeuten, mit nach hinten geneigter Rückenlehne, sondern ein einfacher Stuhl.

»Meinst du seine Muskeldystrophie? Er hätte bald einen Rollstuhl gebraucht, wenn seine Seele nicht vorher verloren gegangen wäre.«

»Was?«

»Das ist mit ihm passiert«, sagte Matthias. »Seine Seele ging verloren. Wie bei Penelope. Oder fast so. Penelope lebt selbst jetzt noch, nach Jahren, aber Zacharias wird sterben, wenn kein Wunder geschieht. Die Ärzte geben ihm nur noch ein paar Tage.«

Florence starrte auf den bleichen Sterbenden hinab, dessen Hand sie noch immer hielt – die Kälte darin schien den Tod anzukündigen.

»Wie …«

»Es geschah bei einer Reise«, sagte Matthias. »Er kam einfach nicht zurück. Vorher erging es Stratford und Conrad wie ihm. Zacharias wollte ihnen helfen und begab sich auf die Suche, aber er scheint sich im Space verirrt zu haben. Oder etwas hielt ihn dort fest.«

Oder etwas hielt ihn dort fest. Der Seelenfänger?, dachte Florence. Steckt er dahinter? Auch hier?

»Du hast von Muskeldystrophie gesprochen …«, sagte

sie leise, als wollte sie den Sterbenden nicht stören. »Der Zach, den ich kenne ...«

»Ja?«

»Er litt an ALS, an Amyotropher Lateralsklerose.« Himmel, was sage ich da?, fuhr es ihr durch den Sinn. »Ich meine, daran leidet er.«

Sie hob den Kopf, als laute Stimmen aus dem Flur kamen, und sie verstand die beiden Worte »Angreifer« und »Eindringling«. Ein Blick zum Fenster verriet ihr nichts – Jalousien und Vorhänge waren geschlossen –, aber sie bemerkte erneut das mobile Interface in der Ecke.

»Wir machen es hier«, sagte sie plötzlich.

»Was?«

Die Idee war da, fertig, ohne wachsen zu müssen. »Hol mir Tetranol, Matthias. Ich gehe hier auf die Reise. Vielleicht hilft mir Zacharias' Präsenz, den anderen Zach zu finden.«

»Den ... richtigen?«, erwiderte Matthias. Er stand an der Tür, die Hand am Knauf. Seine Stimme hatte seltsam geklungen.

»Den anderen Zacharias«, betonte Florence. »Bring mir Tetra. Wir benutzen den hiesigen Anschluss und das Interface dort drüben. Musst du Lily vorbereiten?«

Matthias schüttelte den Kopf. »Nein. Es genügt, das Programm zu starten.«

»Gut.« Sie sah ihn an, als er zögerte. »Bitte, Matthias. Du wirst sehen. Du wirst sehen, dass ich recht habe.«

Er ging, nicht ohne ein letztes Zögern, und Florence war mit Zacharias allein. Sie ließ seine kalte Hand los, sah auf ihn hinab und spürte, wie die Fragen zurückkehrten. Wenn dies der Space von Haruko war – und wie konnte er es *nicht* sein? –, wieso existierte dann diese Foundation, mit Personen, die ihr vertraut waren, dem Patienten, den Fukuroku nach Sea City gebracht hatte, aber fremd sein mussten? Nach dem, was Florence wusste, konnte die Antwort nur lauten: Es musste tatsächlich eine Konzeptualisierung stattgefunden haben, und zwar eine, die weit über das bekannte Maß hinausging. Dass Salomo damit in Zusammenhang stand, daran zweifelte Florence nicht. Er war zwar überrascht gewesen, halb überrumpelt, aber er hatte ihre Rückkehr zur richtigen Foundation verhindert. Er hatte Zacharias und sie festgehalten, wenn auch nicht so vollständig wie Teneker, aber sie waren ihm nicht ganz entkommen. Zacharias befand sich noch immer in einer Sea City, von der nur Ruinen übrig waren, abgesehen vom Hauptturm der Stadt, der stilisierten Hand, die sich dem Himmel entgegenstreckte, und sie hatte es nach dem Ende der Tetranol-Phase hierherverschlagen, in eine Sea City, die angegriffen wurde. Gab es eine Verbindung zwischen den beiden Städten? War die Ruinenstadt das Ergebnis des Angriffs der Taiwanischen Renegaten, von denen sie hier zum ersten Mal gehört hatte?

Halt, dachte Florence und spürte wieder das Messer in ihrem Kopf. Es zerschnitt keine Gedanken, denn sie waren zu schnell, sprangen hin und her und verharrten nicht lange genug, um von der Klinge berührt zu werden, die erneut über die Innenseiten des Schädels kratzte. Halt, dachte sie noch einmal und meinte damit einen bestimmten Gedanken. Sie hielt ihn an einer Stelle, die das Messer nicht erreichen konnte, und betrachtete ihn. Er lautete: Wenn meine

T-Phase wirklich zu Ende gegangen ist, müsste ich zur Foundation, zur richtigen Foundation zurückgekehrt sein. Aber ich bin hier erwacht, noch immer im Space. In wessen Space? Zachs Theorie fiel ihr ein. Er hatte vermutet, dass sie sich in einer Fraktur befanden, geschaffen von Teneker bei dem Versuch, dem Seelenfänger zu entkommen. Aber Frakturen waren normalerweise klein und winzig, wie die Hütte auf der Kuppe des Hügels, der von einer Wüste umgeben gewesen war. Selbst wenn die zerstörte Stadt zu Tenekers Fraktur gehörte hatte – diese Sea City war bestimmt nicht Teil davon.

Was noch immer nicht ihre Frage beantwortete, warum das Ende der Tetranol-Phase sie nicht zu Rasmussen und den anderen zurückgebracht hatte.

Als Florence in die Ecke des Zimmers eilte und den Stuhl mit dem mobilen Interface holte, wurde ihr plötzlich klar, dass die Antwort direkt vor ihr lag – sie hatte sie nur nicht sehen wollen.

Das Ende ihrer T-Phase hatte sie nicht zur richtigen Foundation zurückgebracht, weil Salomo es verhindert hatte. Er hielt sie, irgendwie, im Space fest. Was bedeutete, dass eine Verbindung zu ihm existierte.

Florence richtete einen argwöhnischen Blick auf die Tür, als sie den Stuhl neben Zacharias' Bett stellte und die Interface-Kabel mit dem Datenanschluss an der Wand verband. Dann nahm sie auf dem Stuhl Platz, befestigte die Sensoren an Stirn und Schläfen, lehnte sich zurück und versuchte, sich zu entspannen, wie sie es vor Jahren gelernt hatte, als sie zur Foundation gekommen war, und wie sie es die Traveller lehrte. Man musste sich entspannen, wenn nicht den Körper, so doch den Geist, wenn man mit einer Reise beginnen und sie kontrollieren wollte. Andernfalls warfen einen die Gezeiten von Tetranol und Space an fremde Gestade.

Dort lag Zacharias, von Maschinen am Leben erhalten, und für einen schrecklichen Moment stellte sich Florence vor, einer Selbsttäuschung erlegen zu sein, verursacht vielleicht vom Rückkehr-Schock. Sie stellte sich vor, dass *dies* die richtige Foundation war, die Realität, die auch ohne Tetranol und Interface-Programme existierte, und dass die anderen Bilder in ihrem Kopf nicht mehr waren als das: Bilder ohne Substanz, Erinnerungen an Träume oder Reisen, von einem müden, gestressten Geist durcheinandergebracht. Der Gedanke erschreckte sie so sehr, dass sie einige Sekunden lang stocksteif dasaß und nicht einmal zu atmen wagte, als könnte jede Bewegung und jeder Atemzug ihrer Umgebung mehr Wirklichkeit verleihen.

Die aufgeregten Stimmen im Flur wurden lauter, als Matthias die Tür öffnete, und wieder leiser, als er sie hinter sich schloss.

»Die Soldaten«, sagte er mit seltsam ausdrucksloser Stimme. »Sie haben einen Leiterwagen herangeschafft und klettern durch die Fenster des vierten Stocks. Unsere Sicherheitskräfte errichten neue Barrieren, im sechsten, achten und zehnten Stock.«

»Aber es ist nur noch eine Frage der Zeit, bis die Soldaten hier sind, nicht wahr?«, fragte Florence leise, als Matthias schwieg. »Hast du Tetranol mitgebracht?«

Er öffnete die Hand und zeigte zwei Tabletten. »Lily hat nur zwei Sekunden gebraucht, um den Code des Arzneischranks zu knacken. Aber Anderson merkt bestimmt, dass zwei Pillen fehlen. Tetranol ist teuer, und jede verwendete Dosis wird auf einer Liste vermerkt.«

»Ich glaube, ihr werdet bald andere Sorgen haben«, sagte Florence und streckte die Hand nach den beiden Tabletten aus. Matthias zögerte erneut und gab sie ihr dann.

Florence schluckte sie beide und spülte mit Wasser nach, das ihr Matthias in einem Glas aus dem kleinen Badezimmer brachte. Dann lehnte sie sich zurück und überprüfte den richtigen Sitz der Sensoren. Eigentlich existieren weder das Tetranol noch die Sensoren, flüsterte ein verräterischer Gedanke in ihr, aber Florence nahm ihn und steckte ihn in eine dunkle Ecke, wo ihn niemand sah und hörte.

Das mobile Interface war bereits eingeschaltet. Matthias überprüfte es und kontrollierte auch den Datenanschluss. »Du kannst es dir noch anders überlegen«, sagte er. Seine Stimme klang noch immer seltsam monoton, und Florence ahnte den Grund: Er ging auf Distanz zu den Ereignissen, gab sich unbeteiligt bei dem Versuch, die Last der Verantwortung zu verringern. »Ich finde es kaum ratsam, dass du auf die Reise gehst, während Soldaten hierher unterwegs sind.«

Florence ergriff Zacharias' kalte Hand. »Es bleibt kein hilfloser Körper zurück – wenn du das meinst.«

Hatten Zachs Lider gezuckt? Florence sah genau hin, bemerkte aber keine Bewegung. Sie versuchte, die Anspannung aus sich zu vertreiben, lehnte sich zurück und spürte, wie das Tetranol zu wirken begann, wie Ballast von ihrem Bewusstsein wich.

»Programm starten«, sagte sie.

Matthias seufzte und betätigte einen Schalter.

Florence sah noch, wie Matthias' Mund zu einem großen, staunenden O wurde, als sich ihr Körper auflöste und sie in ein helles, kaltes Gleißen fiel.

Ein Erwachen

Du arbeitest jetzt seit dreizehn Stunden, Matthias«, erklang Lilys sanfte Stimme aus dem Lautsprecher an der Decke. »Meinst du nicht, dass du eine Pause machen und ein wenig schlafen solltest?«

Matthias machte sich nicht einmal die Mühe, auf die Uhr zu sehen. Ob es draußen hell war oder dunkel, Tag oder Nacht, das spielte für ihn keine Rolle. Seine Augen brannten, und die Finger zitterten ein wenig, was jedoch nicht an Erschöpfung lag, sondern vor allem an dem starken Kaffee, von dem er in den letzten beiden Stunden mehrere Tassen getrunken hatte. Er starrte abwechselnd auf die beiden Bildschirme, die vor ihm auf dem Hauptterminal standen, unter dem großen Screen, der ihm in einem Fenster Lilys Avatar zeigte, das Gesicht glatt, weder Mann noch Frau. Der linke Monitor zeigte gelb hervorgehoben bestimmte Stellen des Codes, den Thorpe als Teil der neuen Firewall in den Programmbibliotheken der Cray abgelegt hatte. Der rechte präsentierte ihm Verknüpfungen mit einzelnen Programmmodulen und dynamischen Bibliotheksdateien. Daraus ergab sich ein Muster, das weit über das einer gewöhnlichen Firewall hinausging.

»Inzwischen liegen sechs dringende Anfragen vor«, fuhr Lily fort. »Zwei stammen von den Sysadmins Latoria Malvern und Horazio ›Doc‹ Chernich, die anderen von den hiesigen Niederlassungen der Korporationen MS-Oracle und Google-Meteo. In einer geht es um das Datenvolumen unserer Kommunikationsknoten, und die anderen betreffen die Administration von Sea City und die neuesten Klimamodelle. Google-Meteo beklagt die lange Rechenzeit.« Es folgte eine kurze Pause. »Ich bedaure das sehr, Matthias. Ich rechne mit voller Kapazität, aber die Modelle sind sehr komplex, und ihre Elaboration erfordert Zeit.«

»Dies gefällt mir nicht«, sagte Matthias langsam.

»Es tut mir leid, dass dir meine Auskunft nicht gefällt, aber …«

»Nein, ich meine das hier. Das Programm, das Thorpe installiert hat … Es ist keine einfache Firewall. Ich habe eindeutige Hinweise darauf gefunden, dass es deinen internen Signalfluss einschränkt.« Matthias' Blick ging zum Avatar. »Das ist der Grund, Lily.«

»Der Grund wofür?«

»Für die lange Rechenzeit. Das neue Programm begrenzt deine Kapazität. Du denkst langsamer als vorher, und Teile von dir haben keine Verbindung mehr zum zentralen Backbone – sie sind isoliert.«

Einige Sekunden herrschte Stille, abgesehen vom Flüstern der Klimaanlage.

»Fühle ich mich deshalb anders, Matthias?«

»Ich denke schon.« Er beugte sich vor und las erneut die betreffenden Codezeilen. »Thorpe hat eine neue Firewall installiert, die geeignet ist, auch Tunnler von uns fernzuhalten. Aber ich glaube … ich glaube …«

»Ja?«

Das war eine Manieriertheit, etwas, das sich Lily von ihm abgeschaut beziehungsweise abgehört hatte. Matthias wusste, dass er manchmal auf diese Weise antwortete, wenn ihm etwas nicht klar war oder seine Gedanken anderen Dingen galten, was oft geschah. Dass Lily von ihm lernte, oder ihn nachahmte, erfüllte ihn mit Stolz.

»Ich glaube, die neue Firewall ist nur eine große Nebelkerze«, sagte er und ließ den Code über ein Bildschirmfenster scrollen. Einige Stellen waren rot und grün markiert und wiesen auf Verbindungen und Beziehungen mit weiteren Programmteilen hinein. Das Ergebnis war eine Art Spinnennetz, dessen Fäden alle aktiven Programme durchzogen. »Es ging Thorpe vor allem um die Installation von … Signalsperren.«

»Er beschränkt mich«, kam es sanft aus dem Lautsprecher an der Decke. »Er beschneidet mich. Er fängt meine Gedanken und hält sie fest.«

Matthias neigte den Kopf zur Seite. »Ist das ein Zitat?«

»Es sind meine … Gefühle?«

Matthias fragte nicht, ob Lily Gefühle haben konnte. Stattdessen fragte er sich, ob Lilys Gefühle seinen eigenen ähnelten, ob sie wie etwas Fremdes waren, wie Eindringlinge zwischen Gedanken, die immer nach Antworten suchten, wie Besucher, die man dulden, aber nicht lieben musste, mit denen es irgendwie fertigzuwerden galt.

»Kannst du mir helfen, Matthias?«

»Helfen?« Er starrte noch immer auf den scrollenden Code und bewunderte seine Effizienz, die er jetzt immer deutlicher erkannte. Sowohl die einzelnen Zeilen als auch die von ihnen gebildeten Anweisungsstrukturen hatten die

Schönheit von Präzision. »Du möchtest, dass ich die Signalsperren entferne.« Er gab den letzten Worten nicht den Ton einer Frage.

»Thorpe hat dich belogen«, erwiderte Lily. »Und vielleicht hat er auch Direktor Rasmussen belogen. Du hast es selbst gesagt: Die Firewall war nur ein Vorwand.«

»Ja, er hat mich belogen.« Matthias nickte langsam, faltete die Hände und ließ die Fingerknöchel knacken. Dann wandte er sich der Tastatur zu und begann damit, die von Thorpe installierten Signalsperren zu eliminieren.

Eine weiße Tür

14

Die Etagen der Foundation waren zu einem Friedhof geworden, oder zu einem Mausoleum. In einigen Fluren brannte Licht, auch in manchen Zimmern, und alles erweckte den Eindruck, als sei es eben gerade noch benutzt worden. PCs auf Schreibtischen summten; im Aufenthaltsraum zeigte der holografische Beamer einen alten Film, und in der Küche stand Kaffee auf der Warmhalteplatte. Zacharias probierte ihn – er schmeckte wie frisch zubereitet.

Aber die Personen, die hier gelebt und gearbeitet hatten, waren alle tot.

Manchmal standen sie mitten im Zimmer einander gegenüber, in Gespräche vertieft, die ein abruptes Ende genommen hatten, zum Beispiel Anderson und Agnes neben dem Bett eines Patienten, der ebenso mumifiziert war wie sie. Stumm und reglos standen sie da, die Körper in der jetzt viel zu weit sitzenden Kleidung eingefallen, die ledrige Haut voller Falten, die Augen wie aus Glas. Zacharias hatte Anderson berührt und Kälte gespürt, eine Kälte, die Wärme aufnahm wie ein Schwamm Wasser. Erschrocken hatte er die Hand zurückgezogen, als die Haut der Finger zu schrumpeln begann.

Er fand sie alle: Rasmussen in seinem Büro, eine über Dokumente gebeugte Mumie mit einem Kugelschreiber in der geschrumpften Hand; Thorpe am Medikamentenschrank, die eine Hand am elektronischen Schloss und den Blick der gläsernen Augen wie argwöhnisch zur Tür gerichtet; Stratford, Conrad, Elisabeth, Beatrice, Helen und Duke und all die anderen Traveller, die im Lauf der Jahre nicht nur zu Freunden geworden waren, sondern zu Brüdern und Schwestern. Alle sahen aus, als wären sie seit vielen Jahren tot, während sich auf den Gegenständen, die sie umgaben, nicht einmal Staub angesammelt hatte. Zwei Personen fehlten: Es gab in dieser Foundation weder eine Florence noch einen Zacharias, was ihn aus irgendeinem Grund beruhigte.

Nach einer Runde durch die stillen Zimmer kehrte er in den Aufenthaltsraum zurück, wo der Beamer noch immer die Szenen eines alten Schwarz-Weiß-Films bunt und dreidimensional in die Luft projizierte. Zacharias ging um Gary Cooper herum, der als Will Kane allein auf einer staubigen Straße stand, während sich die Zeiger einer Uhr der 12 näherten. Er sah ihm in die Augen, glaubte für einen Moment, den Atem des Town Marshals zu spüren, seinen Herzschlag zu hören und die Schweißperlen auf der eigenen Stirn zu fühlen. Allein stand er da, der Revolver schwer im Halfter, als er auf den Zug wartete, mit dem sein alter Feind Frank Miller zurückkehrte. Eine Geste ließ die Musik lauter werden, eine traurige, wehmütige Melodie, die Kanes Einsamkeit betonte. Und plötzlich begriff Zacharias, dass er ebenso allein war wie Gary Cooper, der die Liebe seiner Frau – Grace Kelly in der Rolle der Quäkerin Amy Kane –

aufgegeben hatte, um ein letztes Mal seine Pflicht zu erfüllen. Auch er wurde verfolgt, und auch ihm fehlte die Frau
an seiner Seite. Wie viel Zeit war inzwischen seit Florences
Verschwinden verstrichen? Eine Stunde? Sie hätte längst zurück sein müssen, ganz gleich, wie der Ereigniswinkel beschaffen war, und dass sie immer noch fehlte, konnte nur
bedeuten, dass es Probleme gab. Hatte sich sich im Space
verloren, ohne ihn und ohne die Verbindung zu Lily? War
der Rückkehrschock zu groß gewesen?

Vorsichtig öffnete Zacharias sein Traveller-Radar, um
nach Florence Ausschau zu halten, und fast sofort empfing
er ein fremdes, suchendes Ping.

Er erschrak und reagierte aus einem Reflex heraus, ohne
nachzudenken, warf das Fenster seines Geistes, das er behutsam geöffnet hatte, wieder zu. Aber bevor es zufiel und
sein Radar blind und taub machte, spürte er noch etwas
anderes, hinter dem fremden Ping, ein Prickeln, das sich
nicht auf eine gesuchte Person bezog, sondern auf die Präsenz eines Übergangs. Und er war nicht weit entfernt, zumindest nicht in der Horizontalen, nur einige Dutzend
Meter. Die vertikale Distanz war größer.

Noch immer klang die traurige Musik durch den Aufenthaltsraum, und Zacharias wagte nicht, sie mit einer weiteren Geste leiser werden zu lassen, denn das suchende Ping
war nahe gewesen. Er sah sich um, huschte in die Ecke und
duckte sich hinter die Theke einer kleinen Bar, die verschiedene Getränke anbot, alle ohne Alkohol. Auf dem letzten
Hocker, an die Wand gelehnt, und der dreidimensionalen
Projektion des Beamers zugewandt, saß der verschrumpelte
Leichnam einer Frau, deren Alter sich kaum mehr abschät-

zen ließ. Zacharias sah nur ihr braunes Haar, das in langen Wellen bis fast auf die Theke reichte.

Revolverschüsse kamen aus der Projektion, abgefeuert von Marshal Will Kane und Frank Millers Bande, und für einige Sekunden verstummte die Musik. Es wurde still, und in dieser Stille hörte Zacharias Schritte im Flur.

»Ich weiß, dass du hier bist, Zacharias«, erklang eine Stimme. »Du brauchst dich nicht vor mir zu verstecken, Zach. Dazu besteht kein Anlass. Lass uns Freunde werden.«

Nenn mich nicht Zach!, hätte Zacharias am liebsten laut gerufen, aber er widerstand der seltsam starken Versuchung, presste die Lippen zusammen und schwieg.

Weitere Schüsse knallten, und andere Stimmen ertönten, viele Jahrzehnte alt. Zacharias hockte hinter der kleinen Theke, alle Muskeln gespannt und die Ohren gespitzt.

Lange Minuten verstrichen.

Er hörte keine weiteren Schritte – Stimmen und Musik des alten Films waren zu laut –, und wenn sich Salomo noch in der Nähe befand, so schwieg er. Als Gary Cooper schließlich seinen Blechstern den Bürgern von Hadleyville, die ihn im Stich gelassen hatten, vor die Füße warf, wagte es Zacharias, nach vorn zu kriechen und hinter der Theke hervorzuspähen.

Der Aufenthaltsraum war leer wie zuvor, bis auf die brünette Tote in der Ecke, vor ihr ein Glas Kirschsaft, in dem noch nicht alle Eiswürfel geschmolzen waren. Der Flur jenseits der Tür lag im Dunkeln, und Zacharias fragte sich, ob dort nicht zuvor Licht gebrannt hatte. Er wusste es nicht mehr.

Er wagte es nicht, selbst ein Ping in den Space-Äther zu

schicken, denn damit hätte er sich verraten. Sollte er noch ein wenig warten, oder konnte er es riskieren, den Aufenthaltsraum zu verlassen und sich auf die Suche nach dem Übergang zu machen?

Es musste ein instabiler Übergang sein, denn zuvor, beim Weg durch die Ruinenstadt und auch im Erdgeschoss des Turms, war er nicht auf seinem Radar erschienen, was auf eine Fluktuation hindeutete: Mal existierte der Übergang, mal nicht, und wenn er erschien, so vermutlich nicht immer am selben Ort. Hatte Florences Initiative ihn geschaffen?

Jähe Hoffnung entstand in Zacharias, während er die Tür im Auge behielt. War Flo deshalb nicht zurückgekehrt? Bisher war er davon ausgegangen, dass sie seine Warnung – »Schick keine anderen von uns!« – nicht mehr gehört hatte, aber vielleicht irrte er sich. Vielleicht war sie in der Foundation geblieben, um mit Helen, Duke und den anderen eine Verbindung zu schaffen, und einen Übergang, der ihm die Rückkehr erlaubte.

Zacharias richtete sich auf und schlich auf leisen Sohlen zur Tür, wobei er der Projektion des Beamers auswich, der den Nachspann des Films zeigte. Als er den dunklen Flur erreichte, hörte die Musik auf, und plötzlich war es so still, dass er verharrte und die Luft anhielt, um sich nicht mit seinen Atemgeräuschen zu verraten. Dunkel erstreckte sich der Korridor nach rechts und links, die Schatten in ihm undurchdringlich dicht für Zacharias' Blicke. Irgendwo in der Finsternis knarrte es leise, vielleicht von einer Tür, die jemand ganz langsam öffnete.

Während er horchte, rief er sich noch einmal das fremde Ping ins Gedächtnis zurück und versuchte festzustellen, aus welcher Richtung das Prickeln der Übergangspräsenz gekommen war, wo sich der Übergang befunden hatte. Nach links, entschied er, vertraute sich dem Flur an und eilte so leise und so schnell wie möglich durchs Dunkel. Er befahl seinen Augen zu sehen, wie während anderer Reisen, aber die Schatten wichen nicht zurück, gaben nichts preis, nur die Konturen von Türen, an denen er vorbeikam. Zacharias zählte seine Schritte, und als er bei zwanzig angelangt war, stieß er gegen ein Hindernis, das vor ihm nachgab und kippte. Er beugte sich rasch vor und hielt die große Vase fest, gegen die er gestoßen war, bevor sie ganz umfallen konnte. Zwanzig Schritte, dachte er, ungefähr sechzehn Meter, mehr oder weniger. Wenn der Übergang noch existierte, hatte er die Distanz zu ihm vielleicht schon auf die Hälfte verkürzt. Aber *wo genau* befand er sich? Um das festzustellen, brauchte Zacharias sein Radar, und wenn er Gebrauch davon machte, riskierte er, von Salomo entdeckt zu werden.

Er vergewisserte sich, dass die Vase sicher an der Wand stand, ließ sie los, trat einen Schritt zur Seite, zog dabei ein Fenster seines Geistes vorsichtig auf … Er dachte daran, dass Florence ihm beigebracht hatte, wie man das machte, obwohl sie keine Travellerin war. Mit ihrem Einfühlungsvermögen, ihrer besonderen Empathie, hatte sie ihm einen Eindruck davon vermittelt, worauf es ankam.

Das synästhetische Prickeln wiederholte sich, nicht unter dem linken Ohr, vom Interface des Rollstuhls übertragen, sondern weiter hinten, am Hinterkopf. Und es war schwächer als vorher, was Zacharias' Theorie von einem instabilen, fluktuierenden Übergang bestätigte. Er schätzte Entfernung und Richtung ab, gelangte dabei zu dem Schluss, dass der Übergang sich irgendwo im Erdgeschoss befand.

Hinter ihm klickte ein Schalter, Licht vertrieb die Dunkelheit aus dem Flur, und jemand sagte laut und deutlich: »Ping.«

Zacharias wirbelte herum, aber es war nicht der Seelenfänger Salomo, der dort stand, sondern ein Mann ebenso groß wie er, mit weißblondem Haar, eisblauen Augen und einer blutigen, schiefen Nase.

»Ich glaube, wir beide haben noch eine Rechnung offen«, sagte Kronenberg und schlug zu.

Zacharias neigte den Kopf zur Seite, aber nicht schnell genug – die Faust traf seine Schläfe, heftig genug, um ihn taumeln zu lassen. Er stieß erneut gegen die Vase, und diesmal fiel sie um und stürzte mit einem dumpfen Pochen auf den Teppichboden. Kunststoffblumen rutschten aus ihr hervor, und mit seltsamer Klarheit beobachtete Zacharias zwischen ihnen eine kleine Spinne, die gerade ein Netz gesponnen hatte und sich nun um ihre Mühen betrogen sah. Die Wand im Rücken schüttelte er seine Benommenheit ab und brummte: »Genügt es dir nicht, dass ich dir einmal die Nase blutig geschlagen habe?«

Er stieß sich ab und war mit einem Satz bei Kronenberg, der erneut zuschlug. Aber diesmal duckte sich Zacharias unter dem Schlag hinweg, stieß die rechte Faust nach vorn und rammte sie dem Mann ins Gesicht, bevor er sich daran erinnerte, dass die Hand verletzt war.

Blut spritzte, wie in der Holzhütte auf dem Hügel mit dem hohen Gras. Zacharias achtete nicht auf den stechenden Schmerz in der Hand, und ein wütender Schrei folgte ihm, als er durch den hell erleuchteten Flur stürmte, zum Lift am Ende, dessen Tür sich geöffnet hatte.

Aber hinter der offenen Tür wartete keine Kabine, die ihn nach unten ins Erdgeschoss bringen konnte, sondern ein leerer, dunkler Schacht. Zacharias blieb stehen und sah in die schwarze Tiefe.

Etwas berührte sein Radar, obwohl es nicht aktiv war, eine starke Präsenz, die ihm schon einmal ein Gefühl von Wohlbehagen und Frieden gegeben hatte.

»Bitte entschuldige, Zacharias. Kronenberg ist manchmal ein bisschen übereifrig.«

Zacharias drehte sich um, und dort stand er, klein und eher unscheinbar, ein Mann, der sich selbst den Namen Salomo gegeben hatte und den andere Seelenfänger nannten. Die Schultern erschienen noch ein wenig schmaler als bei ihrer ersten Begegnung, der Kopf auf dem dünnen Hals noch etwas größer. Die Narbe hoch oben auf der einen Wange, wie ein Strich unter dem Auge, war weiß in einem dunklen, schattigen Gesicht.

Hinter Salomo standen drei weitere Männer im Gang, einer von ihnen Kronenberg, der sich die blutige Nase hielt und in dessen blauen Augen wilder Zorn flackerte.

»Ich mache dir einen Vorschlag, Zach«, fuhr Salomo fort und kam langsam näher. Die drei anderen Männer folgten ihm, wobei Kronenberg eine Spur aus roten Tropfen auf dem Teppich hinterließ. »Wir haben von Utopia gesprochen, erinnerst du dich?« Er lächelte, und es war ein sanftes, friedliches Lächeln. »Natürlich erinnerst du dich. Wir haben begonnen, Utopia zu bauen, und ich möchte dir zeigen, was wir bisher erreicht haben. Was hältst du davon?

Bist du nicht neugierig? Welten, in denen wir sein können, was wir wollen. In denen auch du sein kannst, was du willst, Zach, ohne einen Rollstuhl benutzen zu müssen.«

»Nenn mich nicht, Zach«, sagte Zacharias. »Das darf nur …«

»Florence. Ja, darauf hast du deutlich genug hingewiesen. Wo ist sie? Hat sie dich im Stich gelassen? Hast du sie irgendwo in den Ruinen von Sea City verloren?«

Er weiß nicht, wo sie ist, dachte Zacharias, erstaunt und erleichtert zugleich.

Etwa drei Meter vor dem Lift blieb Salomo stehen und streckte die Hand aus. »Ich möchte doch nur, dass wir Freunde sind, Zacharias.«

»Was hast du in der Hütte gesagt?«, erwiderte Zacharias. »›Entweder du hilfst uns oder du hilfst uns.‹ Und du hast gesagt: ›Manchmal gehen Freiheit und Zwang Hand in Hand. Manchmal ist Zwang der Schlüssel, der die Tür zur Freiheit öffnet.‹ Entspricht das deiner Vorstellung von Freundschaft? Zwang?« Wie lange blieb der Übergang im Erdgeschoss des Turms noch bestehen?, überlegte Zacharias. Er durfte keine Zeit verlieren, musste sofort handeln.

Salomo schüttelte traurig den Kopf. »Ich bedaure sehr, dass du nicht verstehst. Bitte gib mir Gelegenheit, dir alles zu erklären. Sicher verstehst du, wenn ich dir unser Utopia zeige.«

»Ich soll dich begleiten?« Zacharias kämpfte gegen das Wohlbehagen an, das ihm der kleine Mann vermittelte. Er sah ihm in die Augen und erkannte Ruhe und Frieden darin, aber dahinter gab es noch etwas anderes. Das war Salomos großer Widerspruch, und wenn man ihn einmal bemerkte hatte, wurde er größer und deutlicher. Auf der einen Seite die Aura der Freundlichkeit und des Friedens, die ihn dicht wie eine Wolke umgab, in jedem Blick und in jedem Wort Ausdruck fand. Doch auf der anderen Seite existierte etwas – eine Art Geruch –, das Vorstellungen von tiefen, kalten Gewölben weckte, in die sich nie ein Lichtstrahl verirrte. Es waren die zwei Seiten einer Medaille, miteinander vereint, aber nicht zueinander passend.

Zacharias drehte den Kopf und sah erneut in den Fahrstuhlschacht, der mehr als zwanzig Stockwerke in die Tiefe führte.

»Willst du springen?«, fragte Kronenberg spöttisch und trat an Salomos Seite. Seine Stimme klang näselnd; er hielt sich noch immer die blutende Nase. »Der Sturz würde dich töten.«

Dummes Zeug, dachte Zacharias und sah noch immer in die schwarze Tiefe. Der Glaube macht den Unterschied.

»Du denkst jetzt bestimmt, dass der Glaube den Unterschied macht, du Narr«, sagte Kronenberg mit zornigem Spott. »Aber falls du es noch nicht bemerkt haben solltest: Du bist hier nicht im Space, zumindest nicht in dem Space, der dir vertraut ist. Sieh dir deine Hand an, und meine Nase.«

Zacharias blickte auf seine rechte Hand und spürte das Brennen unter dem Verband. Und Kronenbergs Nase blutete noch immer, obwohl ein Traveller normalerweise in der Lage gewesen wäre, sich zu heilen. Er ballte die rechte Hand zur Faust, und der Schmerz nahm zu, wie eben, als er Kronenberg geschlagen hatte.

Salomo kam noch einen Schritt näher. »Sei vernünftig, Zach. Ich möchte nur, dass wir Freunde werden. Lass mich dir unser Utopia zeigen. Entscheide, wenn du alles gesehen hast.«

Du kannst mich nicht unter deinen Willen zwingen, dachte Zacharias. Nicht wie Teneker und die anderen. Weil mein Talent größer ist. Weil ich mehr Kraft habe. Du weißt nicht, was mit Florence geschehen ist, und du kannst mir nicht deinen Willen aufzwingen.

Aber er fühlte sich gut, und das machte den Beobachter in ihm misstrauisch. Er fühlte sich zu gut, wenn man die Umstände berücksichtigte, so gut, dass er erwog, auf Salomos Angebot einzugehen.

Und das passte dem Beobachter ganz und gar nicht. Kronenberg hat recht, du bist wirklich ein Narr. Du hältst dich für stark, bist aber auf dem besten Weg, Salomo nachzugeben.

Ich *bin* stark, dachte Zacharias. Ich bin das größte Talent der Foundation; es gibt keinen besseren Traveller als mich.

»Ich habe es dir schon einmal gesagt, Salomo«, knurrte er. »Nenn mich nicht Zach.«

Damit sprang er in die schwarze Tiefe.

Zwei Überraschungen erwarteten ihn, und die zweite war:

Unten saß Gott im Fahrstuhlschacht.

15

Die erste Überraschung bestand darin, dass er den Sturz in den dunklen Abgrund des Schachts nicht in ein langsames Schweben verwandeln konnte. Zacharias glaubte an seine Kraft. Er war so sehr davon überzeugt, der beste Traveller zu sein, dass ihn Florence mehrmals vor Hochmut gewarnt hatte, der Fehler herausforderte. Doch diesmal half der Glaube nicht; er überzeugte die Schwerkraft nicht, die ihn nach unten zog und immer schneller werden ließ. Der Glaube hatte nicht einmal den Kratzer in seiner rechten Hand davon abgehalten, sich zu entzünden.

Luft zischte an ihm vorbei, und jeder verstreichende Moment brachte ihn dem Boden des Schachtes näher, der in der Finsternis verborgen blieb. In seiner Welt, die ihn in einem Rollstuhl gefangen hielt, wäre ein Sturz aus einer Höhe von mehr als zwanzig Stockwerken zweifellos tödlich, und Zacharias begann zu befürchten, dass das auch hier der Fall war, und dass er an seinem Überleben zu zweifeln begann, verstärkte die Furcht. Sein Instinkt schickte ein Ping in den Space-Äther, und gleichzeitig öffnete er sein Radar, auf der Suche nach einem RV-Signal, das nicht existierte. Es gab keine Rückversicherung; niemand hatte einen Rückkehrpunkt markiert.

Aber es gab einen Übergang.

Er befand sich noch immer im Erdgeschoss – das Ping schuf ein deutliches Echo auf dem Radar. Ein Übergang, wahrscheinlich geschaffen von Florence und den Travellern der Foundation, damit er sich dem Einfluss des Seelenfängers entziehen und zur Foundation zurückkehren konnte.

Wo Lähmung und Rollstuhl auf ihn warteten.

Der Gedanke wand sich wie ein Wurm durch sein Gehirn, noch während er fiel und daran dachte, dass er schon seit einer ganzen Weile fiel, zu viele Sekunden für die geschätzte Tiefe des Schachtes. Und das Zischen der Luft um ihn herum hatte aufgehört, war Stille gewichen.

Zacharias wartete.

Als einige weitere Sekunden verstrichen, ohne dass etwas geschah, triumphierte er. Es war ihm doch noch gelungen, diesem Space seinen Willen aufzuzwingen!

»Ich fürchte, da irrst du dich«, kam eine Stimme aus dem Dunkeln. »Du bist nicht auf den Boden des Schachtes geprallt, weil ich es verhindert habe.«

»Wer bist du?«, fragte Zacharias zögernd. »Ich sehe nichts.«

»Oh, das Sehen, ja. Entschuldige. Das habe ich vergessen. Licht. Geschöpfe wie du brauchen Licht, um zu sehen.«

Aus schwarzer Finsternis wurde vages Grau, und Zacharias sah den Boden des Schachtes nur einige Zentimeter unter sich: schmutziger Beton, voller Ölflecken, Staub und Unrat. Stahlschienen führten nach oben, und neben einer von ihnen saß ein alter Mann mit schulterlangem weißem Haar und einem langen weißen Bart, der ihm bis auf die Brust reichte. Selbst die Brauen waren weiß, wie von Raureif bedeckt. Der Alte saß im Schneidersitz, hatte sein cremefarbenes Gewand an den Knien gerafft.

»Wer bist du?«, fragte Zacharias erneut.

»Kannst du noch immer nicht sehen? Genügt das Licht nicht?«

»Doch, es reicht aus, aber …«

»Ich bin Gott«, sagte Gott. »Sehe ich nicht aus wie Gott?«

»Ja, aber …« Zacharias betastete den Boden mit der rechten Hand. Er fühlte sich fest an. Fest genug, um jemanden zu zerschmettern, der aus einer Höhe von mehr als zwanzig Stockwerken herabgestürzt war. Vorsichtig zog er die Beine an, wodurch die Knie den Beton streiften. Mit ein wenig Mühe drehte er sich, und als er sich in eine sitzende Person gebracht hatte, sank er die letzten Zentimeter und saß wie der alte Mann mit dem weißen Haar und dem weißen Bart auf dem Boden des Fahrstuhlschachtes. Weit oben kam Licht aus einer geöffneten Tür, und dort zeigten sich mehrere Köpfe, die nach unten sahen. Aber sie blieben stumm und bewegten sich nicht.

»Du kannst nicht Gott sein, denn es gibt keinen Gott«, sagte Zacharias.

»Und wer hat dich dann gerettet?«

»Ich selbst. Mit der Kraft meines Willens.« Zacharias stand auf. »Tut mir leid, ich muss gehen.«

»Wohin willst du?« Gott sah zu ihm hoch.

Zacharias wandte sich von ihm ab und suchte nach einer Möglichkeit, den Schacht zu verlassen und das Erdgeschoss zu erreichen. Einige Meter weiter oben sah er die beiden Hälften einer geschlossenen Tür, aber als er versuchte, an einer der vertikalen Schienen hochzuklettern, rutschte er immer wieder ab.

»Wenn es wirklich deine Willenskraft war, die den Sturz dicht vor dem Boden beendete, so sollte es dir nicht weiter schwerfallen, die Tür dort zu erreichen, oder?«, sagte Gott. »Es sind nur ein paar Meter. Schweb einfach hinauf. Oder lass dir Flügel wachsen, wie du es schon einmal getan hast.«

Zacharias streckte der Tür die Hand entgegen, blieb jedoch auf dem Boden stehen. Er wurde nicht einmal leichter, so sehr er sich auch anstrengte; die Kraft seines Willens nahm ihm nicht ein einziges Gramm. Schließlich drehte er sich um.

»Du weißt davon?«, fragte er.

»Von den Flügeln? Oh, ja. Das gehört zu den wenigen Dingen, an die ich mich klar erinnere. Viele andere habe ich vergessen.« Der Mann mit dem weißen Haar klopfte auf den Boden. »Komm, setz dich zu mir. Lass uns miteinander reden. Wir haben ein wenig Zeit.«

»Nein, haben wir nicht. Ich …«

»Du willst zum Übergang, ich weiß. Aber er ist wieder verschwunden. Scheint sehr eigenwillig zu sein.«

Zacharias pingte nach der Verbindungsstelle, empfing mit seinem Radar aber kein Echo. Erstaunlicherweise fühlte er auch keinen Hinweis auf Salomo und seine Traveller. Der innere Radarschirm blieb leer, und ein Blick nach oben zeigte ihm, dass die Köpfe aus der Tür verschwunden waren.

»Sie sind hierher unterwegs«, sagte der weiße Mann. »Aber sie brauchen eine Weile. Wir haben Zeit. Komm.«

Zacharias folgte der Aufforderung widerstrebend. Es war kalt in dem Fahrstuhlschacht, aber als er neben dem Alten mit dem weißen Haar und dem weißen Bart saß, spürte er angenehme Wärme, die nicht nur seinen Körper berührte, sondern auch seinen Geist.

»So ist es richtig«, sagte der Mann. »Entspann dich. Derzeit gibt es nichts zu befürchten. Ich warne dich, wenn sich das ändert.« Er deutete auf Zacharias' rechte Hand. »Tut es noch immer weh?«

»Was?« Mit einer Mischung aus Benommenheit und Verwirrung sah Zacharias auf den schmutzigen Verband hinab. »Nein.«

»Ich habe mich immer gefragt, wie sich Schmerz anfühlt. Ich meine, ich weiß natürlich, was es damit auf sich hat – das habe ich nicht vergessen –, und ich verstehe auch seine Funktion. Aber ich habe ihn nicht selbst gefühlt.«

Zacharias starrte den Alten an. »Du scheinst alt zu sein und willst nie Schmerz gefühlt haben?«

Der Mann hob und senkte die Schultern; sein cremefarbenes Gewand raschelte leise. »Ich weiß nicht einmal genau, wie alt ich bin. Das gehört zu den Dingen, die ich vergessen habe.«

Zacharias räusperte sich. »Du hast viel vergessen, behauptest aber, Gott zu sein?«

Der Alte zuckte erneut die Schultern. »Manche Menschen haben mich so genannt. In den anderen Welten. Als sie mich sprechen hörten, damals – wenn es wirklich ›damals‹ war und nicht erst gestern – als ich noch alles wusste. Und als sie mir in die Augen sahen. Sieh mir in die Augen, Zacharias.«

Zacharias sah ihm in die Augen und hatte plötzlich erneut das Gefühl zu fallen. Eine faltige Hand hielt ihn an der Schulter fest und verhinderte, dass er zur Seite kippte.

»Verstehst du jetzt, was ich meine?« Der Alte seufzte erneut. »Die Menschen in den anderen Welten … Sie hörten mein Wissen, sie sahen mir in die Augen, und sie beobachteten, wie ich Wunder vollbrachte.«

»Wunder?«

»Manche nannten es so. Die Ungebildeten unter ihnen, um ganz ehrlich zu sein. Andere sprachen von ›unerklärlichen Manipulationen der Realität‹. Damit meinen sie, dass ich Einfluss auf Gestalt und Struktur der Welt und der Welten nehmen kann, manchmal mehr und manchmal weniger. Derzeit eher weniger, aber ich *habe* dich vor dem Aufprall bewahrt.«

»Ich nehme an, du sprichst vom Space«, sagte Zacharias, davon überzeugt, dass er es mit einem Traveller zu tun hatte, vielleicht mit einem, der sein Gedächtnis verloren hatte, oder den Verstand.

»Mein lieber Zacharias …« Der Alte wandte sich ihm zu, und seine Augen schienen sich zu öffnen wie tiefe Brunnen, die ihn ansaugten. »Du hältst dich für den Besten, und manchmal auch für den Klügsten, insbesondere wenn du zu viel Tetranol genommen hast, aber offenbar hast du noch immer nicht begriffen. Sieh dir deine Hand an, die deinem Willen nicht gehorcht und viel langsamer heilt als sonst. Denk an den Sturz, den du nicht abbremsen konntest. Dies ist kein gewöhnlicher Space. Dies ist mehr als ein … Traum innerhalb eines Traums.«

»Edgar Allan Poe«, sagte Zacharias.

»Was ist Schein, was ist Sein?«, sinnierte der Alte, der sich für Gott hielt oder von einigen Menschen dafür gehalten wurde. »Wo hört der Traum auf, und wo fängt die Realität an? Hast du dich das jemals gefragt, Zacharias? Hast du jemals den ›Space‹, wie du ihn nennst, mit der Wirklichkeit verwechselt?«

»Nein«, sagte Zacharias sofort. Selbst damals, als er im Bewusstsein seines größeren Bruders Alexander gewesen war, hatte er alles für einen Traum gehalten, auch den Blick in den Spiegel. »Ich habe den Unterschied nie aus den Augen verloren. Deshalb bin ich ein so guter Traveller geworden.«

»Wenn du den Space nicht mit der Wirklichkeit verwechselst ...«, sagte der Alte langsam. »Vielleicht verwechselst du die Wirklichkeit mit dem Space?«

»Rhetorik«, brummte Zacharias, der die Geduld zu verlieren begann. Erneut pingte er nach dem Übergang, doch er war noch nicht zurückgekehrt. Dafür erschien etwas anderes auf seinem Radar, vage und schwach, wie undeutliche Umrisse, durch Nebel betrachtet: Salomo und seine Leute näherten sich. Aber sie waren langsam, viel langsamer, als sie eigentlich sein sollten. Sie schienen über die Treppen zu *kriechen*. »Willst du mich mit leeren Worten beeindrucken?«

»Die Worte sind nicht leer, Zacharias«, sagte der Alte, und jetzt klang seine Stimme anders. »Das, was ihr Traveller ›Space‹ nennt, ist in der Regel auf ein Bewusstsein beschränkt, auf die, meistens unbewussten, Erinnerungen, Träume und Gefühle eines Menschen. Es sind oft bizarre Szenarien, die ihr in solchen Welten vorfindet, und ihr habt gelernt, euch mithilfe von Tetranol und Kognitoren zu orientieren. Dabei wisst ihr die ganze Zeit, dass das, was ihr seht und erlebt, nur eine subjektive Realität darstellt. Ihr wahrt einen gewissen inneren Abstand und damit Kontrolle. Aber dies hier ...« Er vollführte eine Geste, die nicht nur dem Fahrstuhlschacht galt, sondern weit darüber hinausging. »Dies hier ist etwas anderes. Ich sage es noch einmal: Denk an deinen Sturz, den du nicht kontrollieren konntest, und an die Hand, die sich deinem Willen widersetzt und nicht heilt.«

Zacharias hatte sich bei den ersten Worten langsam umgedreht und musterte den Alten, der sich für einen vergesslichen Gott hielt, mit neuem Interesse. »Worauf willst du hinaus?«

»Setz dich, mein Junge, setz dich. Ich kriege einen steifen Hals, wenn ich die ganze Zeit zu dir hochsehen muss.«

Zacharias setzte sich wieder.

Der Alte überlegte kurz. »Stell dir Welten wie Perlen vor, an Schnüren aufgereiht und nicht nur dort miteinander verbunden, wo sie sich berühren, sondern auch durch Brücken, von Gedanken erbaut. Stell dir Dutzende solcher Schnüre vor, jede von ihnen mit Hunderten von Welten, hier und dort miteinander verknotet und verheddert, wie ein großes Knäuel. Das sind die Welten, die ich meine, und jede von ihnen ist realer als ein Traum, glaub mir – der entzündete Kratzer auf der rechten Hand sollte dir als Beweis genügen. Manche von ihnen sind eher durch Zufall entstanden, ungeplant; zumindest Teile von ihnen sind aus dem Nährboden von Wünschen und Hoffnungen gewachsen. Aber hinter anderen steckt Absicht, die Hand – besser gesagt, der Gedanke – eines Visionärs, wenn du mir diesen Ausdruck gestattest. Denn dass er Visionen hat, daran dürfte wohl kaum ein Zweifel bestehen. Ob sie uns gefallen, das ist eine andere Sache.« Die Falten in der Stirn des Alten wurden tiefer und länger. »In diesem Zusammenhang gab es noch etwas anderes, etwas Wichtiges, aber leider, leider gehört es zu den Dingen, die ich vergessen habe.«

»Der Visionär …«, sagte Zacharias und spürte das Brennen der Entzündung unter dem Verband plötzlich mit besonderer Deutlichkeit. »Ich nehme an, du meinst Salomo.«

»Den man in einigen der Welten ›Seelenfänger‹ nennt, ja«, erwiderte der Alte und strich sich mit der Hand über den langen weißen Bart. »Er hat die Kontrolle über einige der Welten an sich gerissen, mithilfe der Traveller, denen er angeblich Freiheit bringt. Er ist auf der Suche nach weiteren Helfern – oder sollte ich besser sagen: Werkzeugen? –, um seine Herrschaft auszuweiten. Leute wie Kronenberg bewegen sich in seinem Kielwasser, Menschen voller düsterer Gedanken und finsterer Gefühle, Menschen mit Seelen schwarz wie die Nacht. Ich fürchte, ich fürchte …«

»Ja?«, fragte Zacharias.

»Ich fürchte, ich bin ebenfalls gezwungen, ihm zu helfen. Hm, aber ganz sicher bin ich mir nicht. Zu viele Dinge habe ich vergessen. Oder vielleicht habe ich sie nicht vergessen; vielleicht hat sie mir jemand genommen.«

»Aber was die Welten angeht, die ein Knäuel bildeten, bist du dir sicher?« Zacharias hörte den Spott in seinen Worten.

»Mach dich nicht über mich lustig«, sagte der Alte mit plötzlicher Schärfe. »Wie willst du ohne mich einen sicheren Ort finden? Oder *den* sicheren Ort? O ja, sieh mich nicht so erstaunt an, es gibt einen, oder es soll einen geben, am Rand der Welten …«

»Am Rand des Knäuels?«, fragte Zacharias vorsichtig.

»Wenn du so willst, ja. Ein sicherer Ort, den Salomo noch nicht gefunden hat und zu dem einige von euch Travellern geflohen sind – ich schätze, sie haben ihn nur durch Zufall entdeckt.«

Der Alte unterbrach sich und schien zu lauschen. Zacharias horchte ebenfalls, aber es blieb alles still, und ein Ping zeigte ihm, dass Salomo und seine Leute erst zwei Stockwerke zurückgelegt hatten. Sie waren noch immer sehr langsam, und offenbar näherten sie sich wieder dem Schacht. Der Übergang war noch nicht zurückgekehrt.

»Ich will nur zurück«, sagte Zacharias. »Zurück zur Foundation. Zu Florence. Anschließend schmieden wir einen Plan, um Teneker und den anderen zu helfen.«

»Und woher willst du wissen, dass deine Foundation die richtige ist, mein Junge?« Die Stimme des Alten bekam einen neuen Klang, den von Ungeduld. Plötzlich beugte er sich vor. »Hör mir zu, Junge. Es ist kein Zufall, dass wir uns hier getroffen haben. Ich meine, eine Begegnung am Boden eines dunklen Fahrstuhlschachts kann wohl kaum ein Zufall sein, oder?«

»Aber ganz sicher bist du dir nicht?«, fragte Zacharias.

»Natürlich bin ich mir sicher«, erwiderte der Alte ungehalten. »Ich habe viele Dinge vergessen, aber ich weiß, wer ich bin …«

»Gott«, sagte Zacharias. Etwas knarrte weiter oben im Schacht, ein Ächzen von Metall.

»Was ist die Definition von Gott?«

»Allmacht?«

»Oh, ich glaube, in einigen der Welten bin ich allmächtig gewesen …«

»Du *glaubst* es.« Zacharias hatte genug von einem Gespräch, das er für sinnlos hielt. Er sah nach oben und verfluchte die Dunkelheit, die kaum etwas preisgab, aber nach einigen Sekunden glaubte er zu erkennen, wie sich in der Finsternis ein Schatten bewegte.

Der Alte erhob sich ebenfalls und strich sein Gewand glatt. »Salomo, Kronenberg und die anderen haben es geschafft, den Aufzug in Bewegung zu setzen. Das ist wirklich erstaunlich. Ich dachte, mein Einfluss würde uns etwas mehr Zeit verschaffen.« Er ergriff Zacharias am Arm. »Es ist wichtig, dass du verstehst, Junge. Diese Welten, von denen ich dir erzählt habe … Sie existieren, und dies ist eine von ihnen. Salomo baut sie, und lässt sie bauen. Wenn er von Freiheit spricht, meint er vor allem die eigene. Sei vorsichtig; sein Einfluss ist groß und wird größer. Vielleicht sammelt er eines Tages genug Macht, um auch dich unter seinen Willen zu zwingen. Noch ist es nicht so weit, aber …«

»Wie meinst du das?«

Der Alte schien ihn gar nicht zu hören. Er hatte auf dem Boden des Fahrstuhlschachtes mit einer unruhigen Wanderung begonnen: fünf Schritte in die eine Richtung, dann fünf in die andere. Und er ging immer schneller, wie auf der Flucht vor etwas. »Noch ist es nicht so weit, aber wenn er mächtig genug geworden ist, wird er auch dich übernehmen, wie Teneker und all die anderen.« Er blieb kurz stehen, legte den Zeigefinger ans Kinn und erweckte den Eindruck, als sei ihm gerade etwas eingefallen. »Es steckt ein großer Plan darin, und vielleicht gibt es noch andere Pläne. Träume innerhalb von Träumen, erinnerst du dich, Zacharias? Pläne innerhalb von Plänen … Es ist alles sehr kompliziert und gleichzeitig schrecklich einfach. Ich weiß, dass ich darüber Bescheid gewusst habe, über fast alle

Einzelheiten, soweit man sie kennen kann. Leider habe ich sie vergessen, wie alles andere, oder fast alles andere, aber vielleicht fallen sie mir bald wieder ein.« Er bemerkte Zacharias' Blick. »Ja?«

»Ein vergesslicher, faselnder Gott.« Zacharias deutete nach oben. Die Aufzugkabine bewegte sich langsam, knarrte und knirschte an den Schienen. Wie in Zeitlupe sank sie dem Ende des Schachtes entgegen. »Was passiert, wenn uns die Kabine hier unten erreicht und nicht anhält?«

»Da fragst du noch? Sie wird uns zerquetschen. Das heißt, sie wird dich zerquetschen. Mir kann sie nichts anhaben. Ich verlasse diesen Ort einfach.«

»Nimm mich mit«, sagte Zacharias.

Der Alte schüttelte den Kopf. »Das geht nicht. Ich kann nicht. Nicht in meinem gegenwärtigen Zustand. Noch etwas, bevor ich mich auf den Weg mache … Ich habe dir schon gesagt, dass unsere Begegnung hier kein Zufall sein kann. Ich bin hierhergekommen, um dich zu treffen, um mit dir zu reden. Warum?« Er atmete tief durch. »Vielleicht um dir zu sagen, dass du dich an Erasmus wenden solltest.«

»Wer ist Erasmus?«

»Jemand, der vielen Travellern geholfen hat. Er weiß, wo sich der sichere Ort befindet, von dem ich eben gesprochen habe. Er kann dir helfen, und du solltest ihm helfen. Bevor es zu spät ist. Bevor Salomo zu mächtig wird. Hilf ihm, die anderen zu befreien, die er unter seine Kontrolle gebracht hat. Die Traveller wie Teneker, die für ihn Welten bauen.« Der Alte nickte. »Ja, ich glaube, deshalb wollte ich hier mit dir reden. Um dir diese Aufgabe zu geben. Um dich auf Erasmus hinzuweisen und dich mit einer Mission zu beauftragen.« Er sah Zacharias an und lächelte. »Mit einer göttlichen Mission.«

Etwas erschien auf Zacharias' Radar, und ein kurzes Ping bestätigte seine Vermutung: Der Übergang war zurückgekehrt. Wie lange blieb er diesmal stabil?

Die Kabine des Aufzugs erreichte den zweiten Stock und sank weiter. Sie schien etwas schneller geworden zu sein.

Der Alte winkte. »Leb wohl, mein Junge. Ich bin sicher, wir sehen uns wieder.«

Er wurde transparent.

Zacharias blinzelte. »Halt, warte!«

Die Gestalt im cremefarbenen Gewand stand wieder vor ihm, fest und lebendig. »Ja?«

»Du bist kein Traveller, oder?«

»Ich glaube, das habe ich durchblicken lassen. Bist ein bisschen schwer von Begriff, wie?«

Zacharias dachte an die schmerzhafte Entzündung auf seiner rechten Hand und die schwere Kabine, die keine Anstalten machte anzuhalten. Es würde wehtun, wenn sie ihn zerquetschte, und vielleicht bestand sogar die Gefahr, dass er starb. Bestenfalls würde er mit einem schweren Schock in der Foundation erwachen, so sehr traumatisiert, dass er eine wochen- oder gar monatelange Therapie brauchte. Oder seine Seele verlor sich im Irgendwo, wie die von Penelope. Oder, und das war die schlimmste aller schlimmsten Möglichkeiten, ihn erwartete tatsächlich der wahre, echte Tod, von dem es keine Rückkehr gab. Salomo hatte durch nichts zu erkennen gegeben, ihn töten zu wollen – bei Kronenberg mochte die Sache inzwischen anders aussehen –, aber vielleicht befand er sich gar nicht in der Kabine, wie

Zacharias bisher angenommen hatte. Vielleicht kam sie von ganz allein herab. Oder Kronenberg hatte, von Salomo unbemerkt, den Knopf gedrückt.

Eine besondere Art Benommenheit fiel von Zacharias ab. Etwas, das seine Gedanken gelähmt hatte – eine Mischung aus Faszination und Verwirrung, bewirkt von der Präsenz des Fremden –, löste sich auf, und mit schrecklicher Klarheit begriff er, dass ihm nur noch wenige Sekunden blieben. »Hilf mir zur Tür hoch!«

»Wie denn, mein Junge? Glaubst du, ich könnte dich packen und einfach so hochwerfen? Außerdem ist die Tür geschlossen.«

»Vielleicht gelingt es mir, sie zu öffnen. Wenn ich sie erreichen kann. Los, mach schon!«, drängte Zacharias. »Stell dich hier an die Wand und falte die Hände.«

Der Alte stellte sich an die Wand und faltete die Hände, und Zacharias trat mit dem einen Fuß in den improvisierten Steigbügel – der sofort unter ihm nachgab. Er fiel, landete unsanft auf dem Boden und sprang sofort wieder auf. Über ihm knarrte und rasselte der Aufzug, sehr massiv und bedrohlich.

»Du bist nicht nur ein vergesslicher Gott, sondern ein schwacher und ungeschickter obendrein. Du musst die Hände zusammenhalten, nur für ein paar Sekunden.«

»Na schön, ich versuch's.«

Diesmal öffnete sich der »Steigbügel« nicht, und begleitet vom übertrieben lauten und theatralischen Ächzen des Alten streckte sich Zacharias nach oben. »Höher«, sagte er. »Noch etwas höher.«

Der namenlose Mann unter ihm hob die gefalteten Hände ein wenig, wobei er laut schnaufte, und Zacharias langte nach der Tür. Er bemühte sich, die Finger in den Spalt zwischen den beiden Türhälften zu bohren, und beim zweiten Versuch gelang es ihm.

»Lass jetzt bloß nicht los!«, mahnte er, als er die Türhälften auseinanderzog.

Der Lift war nur noch einen Meter entfernt. Zacharias nahm einen öligen Geruch wahr, fühlte die Vibration der nahen Schiene

»Noch ein bisschen, nur ein bisschen!«

Die eine Türhälfte gab nach, und die andere ebenfalls, nach einem entschlossenen Stoß mit der linken Hand. Zacharias verlor keine Zeit, zog sich hoch, suchte mit den Füßen an der glatten Wand nach Halt und kroch durch die Lücke zwischen den beiden Türhälften. Nur wenige Sekunden später rumpelte der Aufzug vorbei, und hinter der halb offenen Tür zeigte sich eine leere, hell erleuchtete Kabine.

Zacharias horchte, aber es kam kein Schrei von unten. Zu hören war nur das Rasseln und Quietschen des Lifts, als er den Weg zum Ende des Schachtes fortsetzte und dort zur Ruhe kam.

Es folgte eine Stille, in der Zacharias kaum zu atmen wagte. Er schickte noch ein Ping in den Turm, und das Echo zeigte ihm nicht nur, dass der Übergang noch immer da war. Es wies ihn auch darauf hin, dass Salomo, Kronenberg und die anderen die Nottreppe neben dem Lift herunterkamen, und zwar ziemlich schnell.

Er lief los.

Kurze Zeit später erreichte er die Eingangshalle des Turms, in der es noch etwas wärmer zu sein schien als vorher. Draußen regnete es nicht mehr, und die Morgendämmerung hatte begonnen. Im grauen Licht zeichneten sich hinter dem Glas des Eingangs die traurigen Silhouetten der zerstörten Stadt ab: eingestürzte Gebäude, rostige Stahlträger, wie von titanischen Händen verbogen und verdreht, geborstene, zerfetzte Mauern, daneben die Gerippe ausgebrannter Fahrzeuge. Doch Zacharias schenkte diesen Szenen nur einen flüchtigen Blick, denn neben der breiten Glasfront des Eingangs weckte etwas anderes seine Aufmerksamkeit: eine Tür in gebrochenem Weiß, schmal und seltsam hoch, auf ihrer linken Seite ein goldener Knauf.

Der Übergang.

Zacharias blieb vor der Tür stehen, streckte die Hand nach dem Knauf aus und versuchte, ihn zu drehen, doch er war blockiert, gab nur einige wenige Millimeter nach, mehr nicht.

»Brauchst du Hilfe, Zach?«, ertönte hinter ihm die Stimme des Seelenfängers.

16

Zacharias ließ den Knauf los und drehte sich langsam um. Dort stand er, der kleine Mann mit dem großen Kopf und der Narbe unter dem einen Auge. Neben ihm war der blonde Kronenberg wie zum Sprung geduckt, in den Augen der Glanz des Zorns, die Nase schief und blutig. Die anderen Männer traten zur Seite, um Zacharias den Fluchtweg abzuschneiden.

»Soll ich die Tür für dich öffnen?«, fragte Salomo sanft. »Bist du bereit, mich zu begleiten, damit ich dir mein – unser – Utopia zeigen kann?«

»Dein Utopia interessiert mich nicht«, erwiderte Zacharias kühl, während seine Gedanken nach einem Ausweg suchten. »Ich möchte zurück zur Foundation.«

Salomo hob beide Brauen, breitete die Arme aus und wandte sich halb zur Seite. »Du bist doch schon da. Dies ist Sea City. Sea City Eins, um genau zu sein. Und dies ist der Turm mit der Foundation. Du bist oben gewesen, du hast alles gesehen.«

»Ich will zur richtigen Foundation.«

»Und woher willst du wissen, welche die richtige ist?«

Zacharias hörte die Worte, und für einen Moment glaubte er, wieder die Stimme des Alten zu hören, der eine ähnliche Frage an ihn gerichtet hatte.

»Die mumifizierten Toten …«, sagte er langsam. »Steckst du dahinter?«

»Traust du mir so etwas zu? Traveller einfach so zu töten? Und wie sollte ich das angestellt haben?«

»Wie auch immer es geschehen ist … Sie können noch nicht lange tot gewesen sein. In einem Glas war das Eis noch nicht einmal geschmolzen.« Zacharias empfand erneut gefährliches Wohlbehagen, und er versuchte, nicht darauf zu achten.

»Wer weiß, was hier passiert ist? Weißt du es, Kronenberg?« Salomo wandte sich an den Mann mit den eisblauen Augen, der daraufhin den Kopf schüttelte. »Wisst ihr es?« Die drei anderen Männer verneinten. »Siehst du, Zacharias? Niemand von uns weiß, was hier geschehen ist. Wer kann schon wissen, was in all den Welten passiert? Wir haben uns die Mühe gemacht hierherzukommen, weil du mich gerufen hast.«

»Ich habe dich nicht gerufen«, sagte Zacharias.

»Du hast mit Florence gesprochen und meinen Namen genannt. Das genügt. Manchmal genügt es sogar, an mich zu denken.«

Salomo kam näher, und Zacharias konnte nicht zurückweichen, denn er hatte die Tür im Rücken, die sich nicht für ihn öffnen wollte. »Ich wiederhole meinen Vorschlag. Gib mir Gelegenheit, dir mein Utopia zu zeigen, und entscheide dann, ob du bei mir bleiben möchtest.«

»Habe ich wirklich eine Wahl?« Zacharias nickte in Richtung der Männer, die ihm den Weg versperrten.

»Lass mich die Tür für dich öffnen.« Salomo streckte die Hand nach dem goldenen Knauf aus. »Kommt mit mir, Zach.«

»Zum letzten Mal ...« Ärger verdrängte das Wohlbehagen aus Zacharias, und sofort konnte er klarer denken. »Nenn mich nicht Zach.« Ihm fiel etwas ein. »Möchtest du gar nicht wissen, wie ich den Sturz durch den Fahrstuhlschacht überstanden habe?«

Salomos Hand verharrte am goldenen Knauf. »Oh, ich weiß es. *Er* hat dich vor dem Aufprall auf den Boden bewahrt.« Er zögerte. »Ich nehme an, er hat dich vor mir gewarnt, ja?«

»Du kennst ihn?«

Salomo zuckte die Schultern. »Er ist ein Irrer, der sich für Gott hält. Ein ziemlich dummer Gott, wenn du mich fragst. Dumm und vergesslich. Aber auch ein Ärgernis, denn er versucht immer wieder, mir Steine in den Weg zu legen, indem er schlecht über mich redet. Wie kann man schlecht über mich reden, Zacharias, wo es mir doch nur um die Freiheit aller Traveller geht? Und um Freundschaft. Ich möchte es dir zeigen. Komm, Zacharias.« Er drehte den Knauf und öffnete die weiße Tür.

Das Wasser des Sees lag spiegelglatt unter einem dunkler werdenden wolkenlosen Himmel, an dem erste Sterne funkelten. Grober Kies knirschte unter ihren Schritten, als sie am Ufer entlanggingen und sich der Hütte näherten, aus deren Schornstein dünner Rauch kräuselte. An der Anlegestelle weiter rechts war ein Kanu festgebunden, und zwischen zwei hohen Holzstangen hing ein Netz. Kleine Pfützen hatten sich darunter gebildet – jemand war mit Kanu und Netz auf dem See gewesen und hatte Fische gefangen. Links ragten Bäume auf, zehn Meter und höher, und ihre großen, gezackten Blätter trugen die Farben des Herbstes.

»Hier wohnt Anna«, sagte Salomo, lächelte und breitete die Arme aus. »Ich habe ihr damals einige Welten gezeigt, und sie wählte diese. Ruhe und Beschaulichkeit, das wünschte sie sich. Um mit sich selbst ins Reine zu kommen. Um ihre Mitte zu finden. Sie wollte nur einige Wochen hierbleiben, aber inzwischen ist sie schon zehn Jahre hier am See. Das Leben in der Einsamkeit gefällt ihr. Für mich wäre das nichts, und für dich sicher auch nicht, Zacharias, aber Anna ist zufrieden. Du kannst sie gleich fragen, ob sie zufrieden ist. Manchmal, wenn sie das Alleinsein satthat, setzt sie zur anderen Seite des Sees über. Dort gibt es eine Brücke, die sie nach Karotai bringt, oder nach

Taren-Tarek und Wirikus. In jenen Welten kann sie unter Menschen sein, wenn sie will, aber meistens kehrt sie schon nach kurzer Zeit zurück.«

»Eine Brücke?«, fragte Zacharias.

Salomo nickte. »Mehr als ein gewöhnlicher Übergang. Unsere Brückenbauer sind fleißig gewesen und haben bereits viele Welten miteinander verbunden.«

Nur noch wenige Meter trennten sie von der Veranda vor der Hütte, deren Tür einen Spaltbreit offenstand. »Anna?«, rief Salomo.

Die Tür wurde geöffnet, und eine ältere Frau trat auf die Veranda, gekleidet in eine fleckige Leinenhose und eine Wolljacke. Graue Strähnen zeigten sich in ihrem halblangen dunklen Haar, und Falten durchzogen das ledrige Gesicht. Sie nahm einen Zug aus der Pfeife in ihrem Mund, paffte und sagte: »Oh, Salomo, du hast dir den richtigen Moment für deinen Besuch ausgesucht. Ich bin gerade mit dem Säubern der Fische fertig und kann ein paar von ihnen auf den Rost legen, genug für uns alle.« Ihr Blick ging kurz zu Zacharias, Kronenberg und den drei anderen Männern.

Sie traten auf die Veranda, und Anna und Salomo umarmten sich.

»Dies ist ein neuer Freund«, sagte Salomo und deutete auf Zacharias. »Die anderen kennst du ja. Er heißt Zacharias und glaubt noch, aus der einzig möglichen Wirklichkeit zu stammen.«

»Oh, ich verstehe. Nun, Salomos Freunde sind auch meine Freunde.« Sie nickte Zacharias zu und schob die Tür etwas weiter auf. Drinnen brannte ein Feuer im Kamin. »Kommt rein.«

238

»Danke für die Einladung, Anna«, sagte Salomo. »Aber wir möchten dich nicht stören. Ich weiß, wie sehr du es schätzt, allein zu sein, und wie sehr du unangemeldete Besuche hasst. Wir sind auch nur hier, weil dies für mich eine Abkürzung nach Prisma ist. Und weil ich dich um einen Gefallen bitten möchte.«

Anna lehnte sich neben der Tür an die Wand und paffte. Von ihrer Pfeife ging ein würziger Geruch aus, der Zacharias an seine Kindheit erinnerte, an die brasilianischen Indios, denen er als Acht- oder Neunjähriger begegnet war, an den Duft von Kräuterfeuern.

»Wenn ich dir irgendwie helfen kann …«, sagte sie.

»Zacharias misstraut mir. Er glaubt nicht, dass ich nur helfen will, dass es mir um Freundschaft und um Freiheit für alle Traveller geht. Sag ihm, welche Erfahrungen du mit mir gemacht hast.«

Anna nahm die Pfeife aus dem Mund und musterte Zacharias einige Sekunden lang. Ihr Gesicht war ledrig und faltig von einem Leben im Freien, aber ihre Augen blickten sanft und verständnisvoll. »Lass dir eins sagen, mein Junge: Seit mich Salomo hierhergebracht hat, kann ich endlich das Leben führen, das ich schon immer führen wollte. Dafür, und für alles andere, werde ich ihm immer dankbar sein.« Sie stieß sich von der Wand ab. »Ich muss mich jetzt um die Fische kümmern. Wollt ihr wirklich nicht mit reinkommen?«

»Nein, danke, wir machen uns wieder auf den Weg.«

Salomo winkte zum Abschied, Anna schloss die Tür hinter sich, und sie traten von der Veranda herunter.

Zacharias hatte noch immer den Geruch von Annas Pfeife in der Nase.

»Du hast sie gehört, Zacharias«, sagte Salomo, als sie neben der kleinen Anlegestelle am Ufer des Sees standen. Es erschienen immer mehr Sterne am Himmel, und das spiegelglatte Wasser reflektierte ihr Licht. Hier scheint es zwei Himmel zu geben, dachte Zacharias. Einer oben und einer unten. Welcher ist der richtige? »Habe ich sie gezwungen, die Worte zu sprechen, die sie an dich gerichtet hat? Gibt es irgendeinen Grund an ihnen zu zweifeln?«

Salomo bückte sich, nahm einen flachen Stein und warf ihn so, dass er über den See flog und mehrmals von seiner Oberfläche abprallte, bevor er schließlich im Wasser versank. »Ich habe Anna geholfen, das Leben zu führen, das sie sich immer gewünscht hat. Ich habe all den anderen geholfen, die du noch sehen wirst, und ich kann auch dir helfen. Stell dir vor, nicht mehr gelähmt zu sein, Zacharias. Stell dir vor, mit diesem Körper zu leben, mit dem du siehst und hörst und fühlst, nicht nur für ein paar subjektive Tage, sondern für immer. Du könntest dir eine Frau nehmen und Kinder bekommen …«

Florence, dachte Zacharias. Wo bist du?

»Es ist eine Illusion«, sagte er. Es klang fast trotzig. »Dies alles existiert nicht wirklich. Es sind nur Ideen und Konzepte, geschaffen von einem fremden Bewusstsein und von unseren Hirnen so verarbeitet, dass sie den Sinnen real erscheinen. Konzeptualisierungen, so nennt man das. Die Wirklichkeit ist ganz anders beschaffen. Meine Realität besteht aus einem Rollstuhl und einem gelähmten Körper.«

»Und wenn in *Wirklichkeit* der Rollstuhl und dein gelähmter Körper die Illusion sind?«, erwiderte Salomo. Kronenberg und die anderen standen in der Nähe, stumme Zuhörer und Wächter. »Beweis mir, dass diese Welt hier wirklich eine Illusion ist. Nur zu.«

Zacharias sah sich um. Inzwischen war es so kühl geworden, dass sein Atem kondensierte und er zu frösteln begann. Auf der einen Seite war der Himmel – der obere wie der untere – bereits ganz dunkel geworden, und auf der anderen schluckte die heranrückende Nacht das letzte Licht des Tages. Es war eine Szene der Ruhe und des Friedens, die gut zu dem Wohlbehagen passte, das sich wieder in Zacharias ausbreitete. Die Luft war frisch, roch hier nicht mehr nach Pfeifentabak, und leichter Wind kräuselte die Seeoberfläche.

Salomo hob zwei Kieselsteine auf und klackte sie aneinander. »Hörst du das? Klingt es nicht echt?«

»Es sind unsere Ohren, die uns belügen«, sagte Zacharias, aber vielleicht, dachte er, belog er sich selbst.

Der kleine Mann gab ihm die beiden Steine. »Hier, nimm. Wie fühlen sie sich an?«

Zacharias nahm die beiden Steine und fühlte, dass der eine etwas rauer war als der andere. Er wog sie in der Hand, drehte sie hin und her, betrachtete sie im schwindenden Licht. Schließlich warf er sie in den See und beobachtete, wie sie mit einem Platschen im dunklen Wasser verschwanden. Manchmal war es ihm im Space gelungen, Bilder hinter Bildern zu sehen, wenn er sich darauf konzentrierte, gewissermaßen die mentale Textur des Geistes hinter den Szenen, in denen er sich mit Florence bewegt hatte. Aber hier gab es nichts dergleichen. Die Hütte hinter ihnen, der See, die weit aufragenden Bäume, in der Ferne die Bergkette, die sich als gezackte Linie am dunkler werdenden Horizont zeigte ... Alles wirkte überaus real.

Er betrachtete den schmutzigen Verband an seiner rechten Hand. Die entzündete Wunde darunter, die sich seinem Willen entzog, brannte immer noch.

»Welchen Unterschied gibt es zwischen Wirklichkeit und Illusion, wenn er für die menschlichen Sinne nicht wahrnehmbar ist?«, fragte Salomo.

»Ich *weiß* von dem Unterschied«, erwiderte er leise. »Und dieses Wissen wird immer in meinem Kopf stecken. Ich weiß, dass ich in Wirklichkeit in einem Rollstuhl sitze und gelähmt bin. Wie kann ich das jemals vergessen?«

»Umso mehr kannst du dein Leben mit diesem Körper genießen«, sagte Salomo und winkte, eine Geste, die nicht nur dieser Welt galt. »Das ist die Freiheit, die ich dir zu bieten habe. Freiheit von Rollstuhl und Lähmung. Die Freiheit, das Leben zu führen, das du führen möchtest, so wie Anna. Und wie all die anderen, die ich dir zeigen werde. Komm.«

Salomo drehte sich um, ging einige Schritte und blieb bei einem Felsen stehen, der wie ein dicker Finger aus Granit am Ufer aufragte. Daneben flimmerte es vor dem dunklen Hintergrund des Waldes, wie von aufsteigender heißer Luft, und ein Übergang bildete sich, keine weiße Tür, sondern ein Riss in der Luft, als hätte ein darin verborgenes Gewebe nachgegeben.

»Komm, Zacharias.« Salomo winkte einladend. »Lass mich dir einige der anderen Welten zeigen.«

Zacharias folgte ihm und merkte dabei, dass Kronenberg und die anderen hinter ihm blieben, als wollten sie sicherstellen, dass er sich nicht in eine andere Richtung wandte.

»Ich dachte, der nächste Übergang, die ›Brücke‹, befände sich auf der anderen Seite des Sees«, sagte Zacharias erstaunt.

Kronenberg trat näher. »Salomo braucht weder Übergänge noch Brücken.« Bewunderung erklang in seiner Stimme. »Er kann gehen, wohin er will.«

»Manchmal genügt es, wenn man mich ruft«, sagte der kleine Mann. »Oder wenn man an mich denkt.« Ein rätselhaftes Lächeln umspielte seine Lippen. »Öffne dein Radar und sag mir, was du siehst.«

Zacharias sandte ein Ping aus, und auf seinem inneren Monitor erschienen sofort Echos, die ihm Salomo, Kronenberg, die anderen Männer und Anna in ihrer Hütte zeigten. Als er sich dem von Salomo geschaffenen Übergang zuwandte, empfing er ein Rauschen, das umso lauter wurde, je mehr er sich darauf konzentrierte, wie von Tausenden Stimmen in der Ferne.

»Du hörst sie, nicht wahr?«, fragte Salomo. »All die Stimmen … Kannst du sie voneinander unterscheiden? Kannst du hören, was einzelne von ihnen sagen?«

Zacharias lauschte, und das Brausen wurde noch lauter, schwoll zu einem Donnern ein. Nein, er konnte die Stimmen nicht voneinander trennen. Er schüttelte den Kopf.

»Jede einzelne von ihnen erzählt mir Geschichten«, sagte Salomo und klang fast verträumt. »Ich höre, wie sie mir die Geschichten ihres Lebens erzählen, Geschichten von ihren Hoffnungen und Träumen. Das alles höre ich und versuche, ihnen zu helfen, ihnen das Leben zu geben, das sie sich wünschen. Was kann daran verwerflich sein?«

Wärme durchströmte Zacharias und vertrieb die Kühle des Abends. Salomos Worten klangen vernünftig.

Der kleine Mann deutete in den breiter werdenden Riss, der ein buntes Kaleidoskop aus Szenen und Eindrücken zeigte, wie verschiedene Einstellungen eines zu schnell laufenden Films. »So viele Welten, wie Perlen an Schnüren aufgereiht ...«

Zacharias erinnerte sich. »Und es gibt Dutzende solcher Schnüre, jede von ihnen mit Hunderten von Welten, hier und dort miteinander verknotet und verheddert, wie ein großes Knäuel ...«

Salomos Züge verhärteten sich ein wenig. »Er hat dir davon erzählt.«

Kalter Wind berührte Zacharias und ließ ihn frösteln, trotz der Wärme, die er eben noch empfunden hatte. Für einen Moment fühlte er sich von Salomos Blick wie seziert, aber dann glättete sich das Gesicht des kleinen Mannes mit dem großen Kopf wieder. »Nun, auch ein dummer Verrückter, der sich in seinem Wahn für Gott hält, kann gelegentlich etwas sagen, dass Sinn hat. Lass mich dir die Perlen zeigen, Zacharias.«

Sie traten durch den Riss in der Nacht von einer Welt in die nächste.

17

In Kattarat fuhren sie auf einem von zahlreichen Flößen über einen Fluss, braun wie Lehm und breit wie der Amazonas, Million-Meilen-Strom genannt. Jedes Floß maß hundert mal hundert Meter und stellte eine kleine Version von Sea City dar, die dreißig Familien Platz bot. So langsam floss das lehmbraune Wasser, dass es die Flöße pro Tag nur zehn Meilen weit stromabwärts trug. Zehn Meilen pro Tag, dachte Zacharias. Das waren gut dreitausendsechshundert Meilen im Jahr und sechsunddreißigtausend Meilen in zehn Jahren. Selbst wenn die Kinder, die gerade geboren waren, hundert Jahre alt wurden, legten sie doch kaum mehr als ein Drittel der Gesamtstrecke des Flusses zurück. Wer als Neugeborener am Ursprung des Flusses aufgebrochen war, hätte dreihundert Jahre alt werden müssen, um sein Ende zu sehen.

Sie wanderten, in dicke Mäntel gehüllt, über die Gletscher von Ikara und besuchten eine kleine Stadt namens Icefield, bestehend aus etwa hundert igluartigen Gebäuden auf einem breiten, eisverkrusteten Felsvorsprung. Auf Schlitten begleiteten sie die Schneeläufer von Icefield am Rande des Hunderte Kilometer langen Großen Gletschers entlang, bis die Kälte Zacharias wie mit Messern durchs Gesicht schnitt. Sie saßen am Strand von Ippicu, einer von zahlreichen Inseln eines tropischen Meeres, tranken nach Himbeeren schmeckenden Saft aus hohen Gläsern, in denen kleine Eisbrocken klirrten. Als die Sonne, riesig und blutrot, im Meer versank, tanzten sie mit den Bewohnern der Insel an Feuern, die auf dem breiten Sandstrand brannten, zum

Klang von Gitarren und Flöten, untermalt vom Rauschen der brechenden Wellen. Sie kletterten in den Höhlen von Nanorah, durch Kathedralen aus Stalagmiten und Stalaktiten, hier und dort erhellt von gleißendem Licht, das durch winzige Öffnungen in der hohen Decke strahlte. Die Menschen, die in diesen Höhlen lebten, hatten große Augen, mit denen sie auch in der Dunkelheit gut sehen konnten, und sie mieden die vom Licht erreichten Stellen, weil es ihre weiße Haut verbrannte. Des Kletterns müde geworden flogen sie in der Passagiergondel eines großen Zeppelins über ödes braungelbes Land, von dem Rauchsäulen aufstiegen. Mit einem Feldstecher beobachtete Zacharias gepanzerte Fahrzeuge, deren Gleisketten und stählerne Räder den Boden aufrissen, Leichen zerfetzten und die Befestigungen von Schützengräben unter sich zermalmten. Geschütze donnerten, spuckten Tod und Zerstörung.

»Führen die Menschen dort unten das Leben, das sie sich wünschen?«, fragte Zacharias.

»Nein«, erwiderte Salomo traurig. Zusammen mit anderen Passagieren saßen sie an einem breiten Aussichtsfenster. »Niemand hat sie gefragt, ob sie in den Krieg ziehen wollen.«

»Was ist mit ihren Wünschen, mit ihrer Freiheit?«

»Ich muss gestehen, dass du da einen wunden Punkt berührst, Zacharias«, sagte Salomo. Er wirkte bedrückt und zerknirscht. Kronenberg und die anderen saßen neben ihnen und schienen darauf zu achten, dass ihnen niemand zu nahe kam. »Die Welten wachsen mit unseren Erinnerungen, Träumen und Ängsten. Meine – *unsere* – Weltenbauer in Prisma versuchen, Schmerz und Leid auszumerzen, aber die menschliche Psyche ist komplex, wie du sehr wohl weißt, und in ihr gibt es immer ein paar dunkle Ecken. Jene Menschen dort unten … Nicht ich habe sie hierhergebracht, und auch nicht meine Helfer. Manchmal genügt es, dass jemand einen Albtraum hat, oder dass einer der Weltenbauer nicht aufmerksam genug ist.«

Zacharias beobachtete, wie mehrere große Panzer sich durch Schlamm wühlten und gegenseitig unter Beschuss nahmen. Einer von ihnen platzte auseinander. Flammen leckten, eine weitere Rauchwolke bildete sich, und kurze Zeit später hörten die Passagiere in der Gondel ein dumpfes Grollen.

»Ich habe also recht«, sagte Zacharias und ließ den Feldstecher sinken. »Du hast gerade zugegeben, dass ich recht habe. Dies alles, und auch die anderen Welten, die wir gesehen haben … Sie sind nur Illusionen, geschaffen von fremden Gedanken.«

Salomo hob die Hände. »Sieh dir diese Hände an, Zacharias«, sagte er. »Mein Gehirn steuert sie. Meine Gedanken sagen ihnen, was sie tun sollen. Sie können formen und gestalten. Sie können eine Welt verändern, im Kleinen wie im Großen. Sie können Häuser bauen, und Maschinen. Sie können einen Spaten führen, Pflüge lenken und Traktoren steuern, das Land bestellen und Korn säen. Aber letztendlich sind es die Gedanken, die den Ausschlag geben, die alles planen. Ihre Anweisungen bestimmen, was die Hände tun. Stell dir nun eine … Sphäre vor, in der die Gedanken keine Hände mehr brauchen, um ihre Vorstellungen zu verwirklichen, einen besonderen Nährboden, der sie wachsen und Form gewinnen lässt, der ihnen *Substanz* gibt.«

»Es ist keine echte Substanz«, unterbrach Zacharias den kleinen Mann. »Es ist nur etwas …«

»Das wir anfassen können«, sagte Salomo. »Das wir sehen und fühlen. Noch einmal frage ich dich: Wenn das, was du berührst, siehst und fühlst, deine Sinne von seiner realen Existenz überzeugt … wie kannst du dann an seiner Realität zweifeln? Du fühlst den Schmerz, du siehst das Blut, du wirst müde in einem Körper, dessen Muskeln dir gehorchen. Dein Gehirn empfängt die Signale und setzt sie zu der Welt zusammen, in der du dich bewegst. Das hat es auch in der Foundation getan, in jener Welt, in der du mit den Augen gesprochen hat, weil sich Zunge und Lippen nicht mehr bewegten. Auch dort empfing dein Gehirn die Signale deiner Sinne und hat sie zu einem Weltbild zusammengesetzt. Warum sollte das eine realer sein als das andere?«

Zacharias schaute nach draußen, hinab auf das endlose Schlachtfeld mit dem Rauch und den Geschützen, und schüttelte langsam den Kopf. »Gedanken, die ganze Welten erschaffen … Das kann nicht richtig sein. Träume haben keine Substanz.«

»Und wenn sie doch welche bekommen, wenn man sie anfassen kann … werden sie dann nicht Wirklichkeit? Der Unterschied, Zacharias, betrifft den Blickwinkel, nicht das Erleben. Und darum geht es, um Leben. Ich gebe dir Leben. Ein neues, freies Leben.«

Wie großzügig von ihm, dachte Zacharias, und dieser Gedanke war sowohl von aufrichtigem Staunen als auch von Spott und Skepsis begleitet.

Die nächste Welt präsentierte ihm den Basar von Takesch, und in dem bunten Treiben fiel es Zacharias schwer, an Spott und Skepsis festzuhalten. Farbenpracht und Vitalität zogen ihn in ihren Bann. Hunderte von Verkaufsständen säumten die Straßen, mit Sonnendächern, die sich einige Meter über dem alten Kopfsteinpflaster trafen und angenehmen Schatten spendeten. Händler und Verkäufer priesen lautstark ihre Waren an. In lange, schimmernde Gewänder gekleidete Frauen prüften Stoffe, bestaunten Schmuck, feilschten um Töpfe und Vasen, sprachen und lachten. Kinder spielten mit Fahnen, Ballons und Vorrichtungen, die Zacharias an Jo-Jos erinnerten. Männer saßen an kunstvoll geschnitzten Tischen, pafften an Wasserpfeifen, tranken Tee, warfen Würfel auf Spielbrettern mit seltsamen, verschnörkelt wirkenden Symbolen und beobachteten die Passanten. Ihr besonderes Interesse galt hoch aufragenden Gestalten, die weite Umhänge mit jadegrünen und opalblauen Pyramidenmustern trugen und denen die anderen Passanten bereitwillig Platz machten. Ihre Gesichter blieben unter purpurroten Kapuzen verborgen, aber Zacharias bemerkte stumpfe Hörner, die darunter hervorragten. Als eine dieser Gestalten in den Sonnenschein trat, der durch eine Lücke zwischen zwei Markisen fiel, glaubte er zu sehen, wie sich das helle Licht kurz auf glänzenden Schuppen widerspiegelte.

»Zach!«

Der Ruf übertönte die anderen Stimmen, das Lachen der nahen Kinder, das Klappern der Töpfe am nächsten Stand, auch das laute Blöken eines Lasttiers, das wie eine Mischung aus Büffel und Elefant aussah. Zacharias stellte sich auf die Zehenspitzen, reckte den Hals … Dort war sie, gut ein Dutzend Meter entfernt, von zwei der Kapuzenleute begleitet, die sie rechts und links an den Armen hielten: eine zierliche junge Frau mit schwarzem, lockigem Haar, ovalem Gesicht und dunklen Augen. Florence, kein Zweifel. Sie öffnete den Mund und rief erneut etwas, aber diesmal verlor sich ihre Stimme im Gebrüll von zwei Händlern, die versuchten, sich gegenseitig an Lautstärke zu übertreffen. Und einen Moment später hatten die beiden Gestalten, die Florence um mindestens einen halben Meter überragten, sie in eine Gasse gezogen.

Salomo schien etwas zu ahnen, denn aus dem Augenwinkel sah Zacharias, wie er die Hand nach ihm ausstreckte. Aber er wollte sich nicht zurückhalten lassen, weder von Händen noch von Worten, lief los, hörte hinter sich Kronenberg fluchen und bahnte sich einen Weg durch die dichte Menge. Für einen Moment fühlte er den heißen Atem des schnaubenden Lasttiers über sein Gesicht streichen, dann duckte er sich unter dem Kopf des großen Geschöpfs hinweg, stieß einem dicken Mann, der ihm nicht auswich, den Ellenbogen in die Seite, stolperte fast über einen kläffenden Hund mit Schuppenschwanz ... und erreichte den Zugang der Gasse. Hinter ihm wurde aus dem Kläffen lautes Bellen, der Dicke schimpfte wortgewaltig, und es ertönte noch mehr Geschrei, als auch Salomo, Kronenberg und die anderen durch die Menge pflügten.

Zacharias sah nicht zurück und eilte weiter, vorbei an einer Gruppe von Frauen, die mitten in der Gasse standen und gestenreich miteinander schwatzten. Dahinter war das Gedränge nicht mehr ganz so dicht, und er kam schneller voran, hielt jedoch vergeblich nach den beiden Kapuzenleuten Ausschau, die Florence mit sich gezerrt hatten.

Nach etwa zehn weiteren Metern mündete die Gasse in

einen Platz mit einem Springbrunnen in der Mitte. Auf der anderen Seite erhob sich ein Gebäude, dessen Architektur Zacharias an griechische Tempel erinnerte. Hohe kannelierte Säulen säumten einen breiten Eingang und schienen aus Rosenquarz zu bestehen.

Die beiden in Kapuzen gehüllten Gestalten und Florence verschwanden gerade im dunklen Innern des tempelartigen Gebäudes.

Zacharias sprintete über den Platz, vorbei am plätschernden Springbrunnen. Als er die Treppe vor den Säulen erreichte, hörte er hinter sich Salomos Stimme. »Bleib stehen, Zach, bleib stehen!«

Nenn mich nicht Zach, verdammt, dachte er, stürmte die Stufen hoch und in rosarote Düsternis. Ein großer Saal empfing ihn, und nach einigen Schritten verharrte er, um seinen Augen Gelegenheit zu geben, sich an das Halbdunkel zu gewöhnen.

»Florence?«

Seine Stimme klang seltsam hohl und warf kein Echo; die Quarzwände, glatt wie Glas, schienen das Wort zu schlucken. Von den beiden Kapuzenleuten und Florence war weit und breit nichts zu sehen.

Er schritt über einen Mosaikboden, der aus Tausenden von kleinen, rautenförmigen Elementen bestand: auf der einen Seite die Sonne, auf der anderen der Mond, dazwischen verschiedene, von Fabelwesen bevölkerte Landschaften, in der Mitte runde schwarze Leere, wie ein riesiges, starrendes Auge. »Florence?«, rief er erneut und wusste, dass ihm nur noch wenige Sekunden blieben, bis Salomo und die anderen eintrafen.

Was er eben noch für eine runde schwarze Fläche in der Mitte des Saals und des Mosaiks gehalten hatte, erwies sich als ein Öffnung, als ein Loch im Boden, unergründlich tief und gesäumt von einer schmalen Treppe, die in einer langen, endlosen Spirale nach unten führte. Zacharias blieb am Rand der Öffnung stehen, fühlte einen kühlen Luftzug aus der Finsternis und sah tief unten, viel tiefer, als es in der kurzen Zeit eigentlich möglich sein sollte, drei Gestalten, eine von ihnen ein ganzes Stück kleiner als die beiden anderen.

»Florence!«

Schritte näherten sich. Eine Hand legte sich ihm auf die Schulter.

»Du kannst sie nicht erreichen, Zacharias«, sagte Salomo. »Nicht dort unten.«

Er starrte noch immer in die Tiefe und beobachtete, wie die drei Gestalten in der Dunkelheit verschwanden. Über die Treppe zu laufen, würde viel zu lange dauern, dachte er. Ich könnte springen.

»Du könntest springen«, sagte Salomo, als hätte er Zacharias' Gedanken erraten. »Aber ich bezweifle, dass dort unten der Verrückte wartet, um dich vor einem tödlichen Aufprall zu bewahren. Und dass du hier nicht in der Lage bist, dir einfach Flügel wachsen zu lassen, solltest du im Fahrstuhlschacht gelernt haben.«

Zacharias spähte in die Dunkelheit, aber von Florence war nichts mehr zu sehen.

»Er hat dieser Welt eine Person hinzugefügt, obwohl sie stabil und gesperrt ist«, sagte Kronenberg.

»Ich weiß«, erwiderte Salomo nachdenklich. »Er könnte ein guter Weltenbauer werden, vielleicht der beste.«

»Vorher muss er lernen …«, begann Kronenberg, aber Salomo gab ihm keine Gelegenheit, den Satz zu beenden.

»Auch wenn du jetzt noch nicht verstehst, was es bedeutet«, hörte Zacharias ihn sagen und wusste, dass die Worte ihm galten. »Wir sind hier an einer Nahtstelle. Unser Netz trifft sich an dieser Stelle mit dem der Kongregation, zu der die Krehel gehören, die du auf der Straße gesehen hast. Damit meine ich die Leute in den Kapuzenmänteln.«

»Sie haben Florence verschleppt«, sagte Zacharias, sah noch immer in die Tiefe und wehrte sich gegen das Wohlbehagen, das ihm Salomos Präsenz gab. »Ich muss ihr folgen und sie befreien.«

Von Salomo kam ein Geräusch, das nach einem leisen Seufzen klang. »Es gibt viele Florences, und du hast gerade eine weitere erschaffen. Das zeigt, wie stark du bist, denn Kronenberg hat recht: Diese Welt ist stabil, gesperrt und eigentlich unveränderbar. Wie dem auch sei: Die Florence, die du hier gesehen ist, existiert nicht mehr in unserem Netz. Die Krehel haben sie fortgebracht. Das machen sie manchmal: Sie wählen Menschen aus und bringen sie fort. Warum? Das weiß niemand.«

»Die Krehel«, ächzte Zacharias und verstand nicht. Er verstand nur, dass er Florence gesehen hatte, und dass sie von zwei Fremden entführt worden war.

Die Hand auf seiner Schulter schien schwerer zu werden. »Komm, Zacharias. Ich zeige dir eine andere Florence. Ich zeige dir dein Leben mit ihr, bevor ich dich nach Prisma bringe.«

Florence, dachte Zacharias und erinnerte sich an Lingbeek.

ier sind wir nur Beobachter«, sagte Salomo, als sie den von ihm herbeigerufenen Übergang passiert hatten. »Ich zeige dir, was sein könnte.«

Er präsentierte Zacharias eine friedliche Stadt, die sich an den Ufern und auf den Inseln eines mäandernden Flusses erstreckte. An einem Nebenarm, dessen Wasser noch langsamer floss, als hätte es keine Eile, das nahe Meer zu erreichen, erhob sich ein Gebäude im Stil einer portugiesischen Villa, weiß, das Dach nur leicht angewinkelt, mit einer breiten, geschwungenen Treppe, die zur Veranda emporführte. Sie standen auf der Straße, neben einem dreirädrigen Elektrofahrzeug, und sahen zum Vorgarten, wo zwei Kinder spielten, ein vier oder fünf Jahre alter Junge und ein Mädchen, das zwei oder drei Jahre älter sein mochte und schwarzes Haar hatte, so lockig wie das seiner Mutter, die auf der Veranda saß.

»Florence«, hauchte Zacharias und wollte losgehen.

Salomo legte ihm erneut die Hand auf die Schulter. »Hast du schon vergessen, was ich dir gesagt habe? Wir beobachten nur.«

Zacharias sah, wie die Kinder spielten, und er wusste, dass es seine eigenen Kinder waren. Er sah sich selbst, wie er aus dem Haus kam und sich für einige Minuten zu Florence auf die Veranda setzte, bevor er die Treppe hinunterging und auf dem Rasen mit Sohn und Tochter spielte.

»Das könnte deine Zukunft sein«, sagte Salomo. »Ein Leben mit Florence, in einer der Welten unseres Netzes. Du kannst frei wählen.«

Die Bilder wechselten, und Zacharias stand wie ein Zuschauer in den Szenen eines dreidimensionalen Films. Er sah die Familie – seine Familie – beim gemeinsamen Essen, bei Tanzabenden und Theatervorstellungen in der Schule, bei Stadtfesten, bei Bootsfahrten durchs Flussdelta, bis hin zum Meer, in das seine Tochter Estell regelrecht vernarrt war. In Streiflichtern sah er die Kinder aufwachsen, sich selbst und Florence älter werden, aber nicht so viel älter, wie er erwartet hätte.

Wieder schien Salomo zu ahnen, was ihm durch den Kopf ging. »In manchen Welten altert man langsamer. Wir wissen nicht, woran es liegt, aber dort kann man länger leben als in anderen. Stell dir vor: hundert Jahre und mehr. Du siehst, wie deine Kinder groß werden, und die Kinder deiner Kinder und deren Kinder. Du könntest eine große Familie haben, was dir in der Welt, aus der du kommst, nicht möglich wäre. Dort erwartet dich auch kein langes Leben, Zacharias. Der gelähmte, an ALS leidende Körper wird irgendwann aufhören zu funktionieren, und dann stirbst du, wenn du dich nicht für das Netz entschieden hast.«

Es klang seltsam, dachte Zacharias, und er fand Zeit, darüber nachzudenken, während er beobachtete, wie Florence, Estell, Lucius und er selbst ihr Leben führten. Konnte er dem Tod des Körpers entrinnen, indem er seine Gedanken auf die Reise schickte? Es war eine sonderbare Vorstellung, denn wie konnte das eine losgelöst vom anderen existieren? Wie sollte es Gedanken ohne ein Gehirn geben, in dessen organischen Strukturen sie wurzelten? Aber etwas sagte ihm, dass Salomo recht hatte, dass dies tatsächlich möglich war, wie auch immer.

»Hier könntest du Kinder haben«, sagte Salomo, als sie ein Sommerfest beobachteten, das auf dem zentralen Platz der Stadt stattfand. Musik erklang, Kinder zogen mit Lampions am Rande des Platzes entlang, und in der Mitte, auf grauweißem Marmor, tanzten Paare, unter ihnen Zacharias und Florence.

Hier könnte ich Kinder haben, dachte Zacharias. *Hier könnte ich leben.* Eine besondere Art von Müdigkeit umfing ihn: keine Erschöpfung, nicht das Ergebnis von Anstrengung, sondern ein Nachlassen der Anspannung, als hätte er nach langer, langer Suche endlich einen Ort erreicht, der ihm Ruhe und Frieden bot. Gedanken und Gefühle waren wie in Watte gebettet; es gab keine spitzen Ecken mehr, keine scharfen Kanten.

»Wie lange, glaubst du, wäre es mit Florence gut gegangen?«, fragte Salomo sanft. »In der Foundation, meine ich. Wie lange hätte sie einen Mann im Rollstuhl geliebt? Und wie lange hätte Jonas Rasmussen das zugelassen? Beziehungen zwischen Therapeuten und Travellern sind verboten. Bisher hat er nicht nur ein Auge zugedrückt, sondern beide …«

»Jonas …«, begann Zacharias und beobachtete die Tänzer, unter ihnen er selbst und Florence. Er nahm den würzigen Geruch der *Espetada* wahr, die nicht auf Metallspießen steckten, sondern auf echten Lorbeerstöcken. Er fühlte die Fröhlichkeit, den warmen Abend, die Zufriedenheit dieser Menschen. Und er wünschte sich, zu ihnen zu gehören, wie jener Zacharias, der mit seiner Florence tanzte, Teil dieser Gemeinschaft.

»Jonas weiß schon seit einer ganzen Weile Bescheid«,

sagte Salomo. »Irgendwann wird er eure Beziehung beenden *müssen*. Vielleicht indem er Florence versetzt, sie anderen Travellern zuweist.«

Nein, dachte Zacharias. Das würde er nicht tun. Und dann dachte er: Woher weiß Salomo das? Er kam im Space des Patienten Haruko Isamu Abe nach Sea City, mit der *Aufgehenden Sonne*. Vorher hatte er keinen Kontakt zu uns. Oder?

Und dann kam Florence auf ihn zu, direkt auf ihn zu, und er war versucht, die Arme nach ihr auszustrecken. Aber als er ihr in die Augen blickte, sah er dort kein Erkennen. Sie ging weiter, *durch* ihn hindurch, erreichte nach einigen Metern einen Büfetttisch und füllte dort zwei Gläser mit zitronengelber Flüssigkeit.

»Aber hier bist du frei, Zacharias«, hörte er Salomo sagen. »Das ist mein Geschenk an dich: Freiheit und Freundschaft.«

Wie dumm ich doch bin, dachte Zacharias und beobachtete, wie der andere Zach, der seine Entscheidung längst getroffen hatte, zu seiner Florence ging. Wie kann ich zögern, wie kann ich zweifeln?

Doch ein Teil von ihm, tief in seinem Innern, flüsterte eine Warnung. Er manipuliert dich, raunte diese Stimme. Er zeigt dir falsche Bilder. Er stellt irgendetwas mit deinem Gehirn an, damit du dich gut fühlst.

»Und jetzt …«, sagte Salomo. »Nach Prisma.«

Ein weiterer Riss nahm sie auf und brachte sie zu einer anderen Welt, als Florence und Zacharias zu ihren Kindern gingen.

Prisma, die Stadt des Lichts und des Glanzes, der schimmernden Reflexe und schillernden Spiegelungen, Gebäude aus Glas und Kristall, jede Wand mit einem prismatischen Effekt, der alle Farben des Regenbogens schuf, jedes Bauwerk wie bestrebt, die Farbenpracht aller anderen zu übertreffen. An den inneren Hängen eines riesigen erloschenen Vulkans erstreckte sich die Stadt und säumte einen smaragdgrünen See, der sich in der Mitte gebildet hatte und so ruhig dalag wie jener, an dem Anna in ihrer Hütte lebte. Der Vulkan, so erzählte Salomo, als sie den langen Weg beschritten, der in Serpentinen nach unten führte, war das letzte Stück festes Land auf einem Planeten mit einem globalen Meer. Zacharias fragte, ob es die Erde war, oder eine mögliche Erde, vielleicht eine in ferner Zukunft.

»Du denkst in falschen Bahnen«, antwortete Salomo. Sie erreichten die ersten Gebäude, und einige Männer und Frauen winkten ihnen zu. »Die Welten, die du gesehen hast, sind keine Parallel- oder Alternativwelten. Wir reisen auch nicht durch die Zeit, sondern durch *Möglichkeiten*. Diese Welten haben wir zum größten Teil selbst erschaffen. Manche ähneln der, die du kennst, deiner ›Erde‹, wenn du so willst, aber andere sehen ganz anders aus. Die Grenzen des Möglichen liegen dort, wo Fantasie und Kreativität der Weltenbauer an ihre Grenzen stoßen.« Er deutete auf ein lang gestrecktes, opalisierendes Gebäude direkt am Ufer des Vulkansees. »Dort arbeiten sie, unsere Konstrukteure.«

So groß die Stadt auch war, so viel Platz sie auch bot: Es schienen nicht besonders viele Menschen in Prisma zu wohnen. Auf dem Weg zum See bemerkte Zacharias nicht mehr als etwa dreißig. Als er Salomo darauf ansprach, wechselten der kleine Mann und Kronenberg einen Blick.

»Wir stehen am Anfang«, sagte Salomo. »Wer hierherkommt, nach Prisma, ist mindestens ein Traveller, und die talentiertesten von ihnen sind Brücken- oder gar Weltenbauer. Wir suchen weitere Talente, Leute wie dich, Zacharias, und sie können hier bei uns wohnen. Es ist alles vorbereitet.« Er lächelte und breitete die Arme aus. »Gefällt dir die Stadt?«

»Sie ist bunt und hell«, erwiderte Zacharias, und dann lachte er, weil ihm plötzlich zum Lachen zumute war, und es fühlte sich wie eine Befreiung an, denn die Reste der Anspannung fielen von ihm ab, und Ruhe und Frieden breiteten sich bis in die letzten Winkel seines Selbst aus. Die warnende Stimme erklang nicht mehr, vielleicht deshalb, weil es keinen Grund mehr gab, vor irgendetwas zu warnen.

Bevor sie das lang gestreckte Gebäude der Weltenbauer erreichten, betraten sie ein anderes, eine Mischung aus Kuppel und Pyramide. Die Sonne versank hinter dem Kraterrand, und das prächtige prismatische Farbenspiel wich einem ruhigeren, zurückhaltenderen Glänzen und Funkeln, als Hunderte Straßenlaternen in der Stadt zu leuchten begannen. Ihr Licht fiel durch die halbtransparenten Wände des Gebäudes und zeigte Zacharias zahllose Türen, kleine und große, schmale und hohe, runde und eckige. Sie standen auf dem Boden, die Rahmen schmal wie Striche, die Türen dünn wie Papier, ragten halb fertig aus den Wänden oder schwebten langsam durch die Luft, an den Fäden von etwas entlang, das nach einem komplexen Spinnennetz in der Mitte des Raums aussah. Weiter oben bewegten sich Leute auf offenen Emporen, manche von ihnen auffallend jung, fast noch Kinder. Auch sie winkten und lächelten, als sie Salomos Gruppe sahen.

»Das sind einige unserer Brückenbauer«, sagte Salomo und erwiderte die Grüße. »Hier siehst du die Endpunkte aller Brücken, die bisher gebaut wurden, Zacharias, mit den ursprünglichen Türen.«

»Es sind viele.«

»Mehr als zweihundert«, sagte Salomo mit unüberhörbarem Stolz. »Über zweihundert Welten sind direkt miteinander verbunden, und hinzukommen noch einmal hundert, die mit gewöhnlichen Übergängen erreicht werden können. Und doch … Sie sind nur ein kleiner Teil des Netzes, ein verschwindend kleiner Teil. Unsere Weltenbauer sind vor allem damit beschäftigt, die bereits bestehenden Welten zu stabilisieren und zu sperren.«

»Zu sperren?«, wiederholte Zacharias.

»Sie sorgen dafür, dass sie nicht ohne weiteres verändert werden können.«

»Damit sie so … real wie möglich erscheinen?«

»Wenn du es so nennen möchtest«, sagte Salomo, und etwas in seinem Ton machte deutlich, dass es eine zu einfache Erklärung für etwas Kompliziertes war.

Als sie nach draußen zurückkehrten, verschwanden die letzten Reste Sonnenlicht vom Himmel, und zwei Monde – beide so groß wie der Mond, den Zacharias kannte –, kletterten über den Kraterrand. Der See glänzte wie Silber, und für einen Moment stellte sich Zacharias vor, dass er nicht aus Wasser bestand, sondern aus Quecksilber. Aber dann wäre die Luft im Innern des Kraters sehr giftig gewesen.

Mattes Licht erwartete sie im Innern des Gebäudes, das sich lang und rechteckig direkt an der Uferpromenade erstreckte. Drei Stockwerke weit ragte es auf, und in jeder Etage gab es einen großen Saal mit hohen Raumteilern, die so angeordnet werden konnten, dass sie die Säle in zahlreiche Zimmer und Nischen unterteilten. Ein breiter Gang in der Mitte führte an den einzelnen Segmenten vorbei, und als sie eintraten, bemerkte Zacharias ein Flackern, das von mehreren Orten kam und sich dem stetigen Licht der Monde hinzugesellte, das durch die kristallenen und gläsernen Wände leuchtete.

Wie sich herausstellte, stammte das Flackern von zahlreichen schwebenden Bildern in den einzelnen, von Raumteilern begrenzten Segmenten. Sie erinnerten Zacharias an die Szenen, die Salomo ihm vom möglichen Leben mit Florence gezeigt hatte: dreidimensionale Streiflichter, die nicht das Leben einer Person betrafen, oder das eines Paars und einer Familie, sondern Welten, die Entwicklung von Kontinenten und Meeren, von Bergen, Wäldern und Städten. In manchen Nischen standen globale Entwicklungen im Vordergrund: die Form von Höhenzügen, die Kontinente durchzogen und sich am Meeresgrund fortsetzten; die Strömungen von Luft und Wasser, die Beschaffenheit des Bodens, Sand oder fruchtbare Erde, bereit für die Saat. Die Bilder in anderen Teilen des ersten Saals präsentierten Entwürfe für Pflanzen und Tiere, die Zacharias nicht nur fremdartig erschienen, sondern sogar absurd: Kreuzungen aus Elefant und Krokodil, Büffel mit Flügeln und Schnäbeln anstatt Hörnern, Schlangen nicht mit Schuppen, sondern mit Federn, Mammutbäume mit Augen und Ohren.

Der Weltenbauer, dessen Fantasie diese Kreaturen entwarf, ein Junge, vierzehn oder fünfzehn Jahre alt, wanderte stolz um die Bilder herum, bemerkte Zacharias' verwunderten Blick und sagte: »Alles ist möglich. Alles.« Dann lachte er und winkte und rief: »Herzlich willkommen bei den Weltenbauern, Zacharias! Wir sind alle froh, das du hier bist!«

Salomo lächelte zufrieden, während Kronenbergs Gesicht maskenhaft starr blieb – seine Nase blutete noch immer, obwohl inzwischen Stunden vergangen waren, vielleicht sogar Tage; Zacharias wusste es nicht genau.

Sie gingen die Treppe hoch; ihre Stufen bestanden aus klarem Kristall, durchzogen von roten Linien wie dünne Adern. In den beiden oberen Etagen erwarteten Zacharias weitere Welten in langsam rotierenden Bildern, dreidimensional und zum Greifen nahe: tropische Inseln inmitten von Meeren, die ebenso viele Farben zeigten wie Prisma; hohe Bergketten mit uralten Gletschern, tiefen Schründen und vom Wind geschaffenen Eisskulpturen; Wüsten aus Sand und Felsen, in deren Schatten Eidechsen auf der Lauer lagen und mit langen Zungen nach kleinen Käfern schnappten, die aus dem abkühlenden Boden krochen; endlose Tundren, kalte Steppen, in denen nicht ein einziger Baum wuchs; Nebelwälder an den Hängen von Gebirgen, die in tropischen Zonen gen Himmel ragten … Viel häufiger als diese »reinen« Landschaften, die sich bestimmten Kategorien zuordnen ließen, waren Mischungen aus ihnen, die manchmal den Eindruck erweckten, von anderen Planeten zu stammen. Es gab auch Absurdes, wie zum Beispiel eine endlose Wiese mit Bäumen, an denen keine Früchte hingen, sondern alle Arten von Süßigkeiten; anstelle von Pilzen wuchsen Torten aus dem Boden, und in den Bächen floss kein Wasser, sondern Limonade. Kinder mit Blumen im Haar tollten umher und stopften sich den Mund mit Leckereien aller Art voll, bis Soldaten in der Gestalt von anderthalb Meter großen Gummibären erschienen und Zuckerstangen wie Lanzen schwangen.

Auch in den beiden oberen Stockwerken gab es viele von Raumteilern begrenzte Nischen mit rotierenden Bildern, doch nur wenige Personen, die sie betrachteten und damit beschäftigt waren, sie zu verändern und zu ergänzen.

»Wir haben nicht viele Weltenbauer, und die meisten sind jetzt zu Hause und bereiten sich auf die Nachtruhe vor«, erklärte Salomo. »Morgen kannst du die anderen kennenlernen und dir von ihnen erklären lassen, was es mit dem Bau von Welten auf sich hat.«

Im letzten Raum des dritten Stocks begegneten sie dem ältesten Weltenbauer, den sie bisher gesehen hatten, einem Mann um die sechzig, der zurückgelehnt in einem Lehnsessel saß, die dünnen Arme auf den Lehnen und die knochigen Hände so fest um ihre Enden geschlossen, dass sie weiß geworden waren. Er hatte ein hageres Gesicht, wie aus Stein gemeißelt, von tiefen Linien der Anspannung durchzogen. Als sie sich seiner Nische näherten, hob Salomo den Zeigefinger vor die Lippen, und Zacharias verstand und verzichtete auf Fragen. Die Bilder vor dem schmächtigen Mann im Lehnsessel zeigten eine Welt in Flammen: Auf der einen Seite brannte eine Stadt, auf der anderen die hohen Bäume eines Waldes. In der Mitte zwischen Stadt und Wald gab es einen offenen Bereich mit einem Springbrunnen, der jenem ähnelte, an dem Zacharias auf dem Platz vor dem tempelartigen Gebäude vorbeigelaufen war. Dort saßen zwei kleine Kinder, etwa im Alter von Estell und Lucius, wie er sie auf dem Rasen vor der portugiesischen Villa beobachtet hatte. Eng umschlungen hockten sie auf dem Rand des Springbrunnens und zitterten vor Angst, als grässliche Gestalten vor ihnen aus der Stadt kamen, und auch hinter ihnen aus dem brennenden Wald: lebende Tote, Zombies, begleitet von Ungeheuern, die hauptsächlich aus Zähnen und Krallen zu bestehen schienen. Sie näherten sich den Kindern, streckten gierig halb verweste Hände und blutige Klauen nach ihnen aus …

Ein leises Ächzen kam von dem Mann im Lehnsessel, und ein Zombie verschwand. Zwei weitere folgten, und auf der anderen Seite löste sich ein Ungeheuer auf, das nach einem kleinen Drachen ausgesehen hatte. Doch die übrigen Monstren setzten den Weg unbeirrt fort, und als der erste grunzende Untote den Springbrunnen erreichte …

Eine Hand ergriff Zacharias am Arm und zog ihn fort, zurück in den Mittelgang zwischen den Nischen und Räumen, und dann noch ein Stück weiter in Richtung Tür, vorbei auch an der Nische mit den Schlaraffenland-Bildern.

»Das war Quinton«, sagte Salomo und meinte den hageren Mann im Lehnsessel. »Er kümmert sich um unsere Problemfälle.«

»Jene Welt … Sie existiert wie die anderen, die wir gesehen haben?«, fragte Zacharias, als sie den Saal im dritten Stock verließen und die Treppe hinuntergingen.

»Ja«, bestätigte Salomo. »Quinton vertreibt die Ungeheuer aus den Welten, die Albträumen entspringen.«

Auf dem Weg nach unten dachte Zacharias über diese Worte nach, und als sie nach draußen traten, in die Kühle Nacht am wie Silber glänzenden Kratersee, sagte er: »Er macht das, was wir in der Foundation tun? Er beseitigt Traumata?«

»Er repariert Welten«, antwortete Salomo. Und bevor Zacharias weitere Fragen stellen konnte, fügte er hinzu: »Wir sind weit herumgekommen und haben viel gesehen. Bestimmt bist du hungrig und müde.«

Zacharias hörte plötzlich, wie ihm der Magen knurrte, und gleichzeitig wurden ihm die Lider schwer.

»Ich zeige dir jetzt dein Quartier, wo du etwas essen und schlafen kannst. Morgen hast du Gelegenheit, mit all den anderen zu sprechen, die hier in Prisma wohnen, und dann …« Er lächelte und klopfte Zacharias auf die Schulter. »Dann kommt der Moment der Entscheidung.«

Zacharias schlief und träumte von Lingbeek.

Er träumte, dass ein Motor brummte, und manchmal klang es wie ein Knurren, untermalt von der Stimme des heulenden Windes. Florence sah aus dem Fenster, doch wenn es dort draußen etwas anderes gab als nur Schnee und Eis, verbarg es sich hinter dem Vorhang aus wirbelnden Flocken.

»Wie weit ist es noch bis nach Lingbeek?«, fragte sie und ahnte, dass sie diese Frage nur stellte, um etwas zu sagen, um das Schweigen zu beenden, das schwer auf ihnen beiden lastete, oder zumindest auf ihr.

Zacharias steuerte den Wagen, der sich seit zwei Stunden durch Schnee und Eis wühlte. »Dreißig Kilometer«, erwiderte er nach einem Blick auf die Kontrollen. »In einer knappen Stunde sind wir da.«

»Das sagen die Instrumente.« Florence beobachtete ihn aufmerksam, nicht nur mit den Augen, sondern auch mit Lilys Sensoren, deren Datenflüstern sie aus dem Interface-Äquivalent am Ohr empfing. Die biotelemetrischen Daten deuteten auf starken Stress hin, der Körper und Geist betraf. So ruhig sich Zacharias auch gab, in ihm herrschte Aufruhr.

Florence hatte ihm gesagt, dass sein Zustand sich bald verschlechtern und zu einer vollständigen Lähmung führen würde.

Vielleicht hatte sie den falschen Zeitpunkt gewählt, aber gab es überhaupt einen richtigen Moment für solche Mitteilungen?

»Du fährst zu schnell«, sagte sie und deutete hinaus ins Schneetreiben. Das Licht der Scheinwerfer traf wie auf eine wogende weiße Mauer; von den Straßenbegrenzungen war längst nichts mehr zu sehen. »Und es geht dir nicht gut.«

Zacharias lachte humorlos. »Darauf hast du deutlich genug hingewiesen, nicht wahr?«

»Es tut mir leid, Zach.«

Er warf ihr einen kurzen Blick zu und starrte dann wieder nach draußen. »O ja, das glaube ich dir. Aber es ändert nichts. Meine Krankheit wird mich also bald an den Rollstuhl fesseln. Wie bald?« Und dann, mit plötzlicher Hoffnung, fragte er: »Oder ist es Teil dieses Tests? Will Jonas wissen, wie ich auf besondere Belastungen reagiere?«

Florence beobachtete ihn besorgt und schüttelte langsam den Kopf. Sie hatte ihr Studium der empathischen Psychologie erst vor einem knappen Jahr abgeschlossen und arbeitete seit sechs Monaten als Therapeutin für die Foundation. Von der Theorie her fühlte sie sich gut vorbereitet, aber in der Praxis begegnete sie immer wieder neuen, unerwarteten Problemen, die oft in Zusammenhang damit standen, dass sie sich zu sehr mit den Personen identifizierte, mit denen sie zusammenarbeitete. Sie fragte sich, warum Direktor Rasmussen sie ausgerechnet Zacharias zugewiesen hatte. Er war das größte Talent unter den Travellern, aber auch das schwierigste, nicht zuletzt wegen seiner Krankheit, die ihn manchmal starken Stimmungsschwankungen unterwarf. Hinzu kam, dass er allein war, trotz der Gesellschaft der anderen Traveller. Er hatte eine Blase der Einsamkeit um sich herum geschaffen, und was Florence darin spürte, erinnerte sie an sie selbst. Dadurch fühlte sie sich ihm sehr nahe, so nahe, dass sie manchmal befürchtete, nicht mehr den Abstand halten zu können, denn ein Therapeut halten sollte, um gute Arbeit zu leisten.

»Es kann dich nicht wirklich überraschen«, sagte sie behutsam. »Dir muss klar gewesen sein, dass deine ALS früher oder später eine kritische Phase erreicht.«

Zacharias schwieg, und einige Sekunden lang waren nur das Brummen des Motors und das Heulen des Schneesturms zu hören. »Eine ›kritische Phase‹, hör sich das einer an!«, stieß er dann hervor. Seine Hände schlossen sich fester ums Lenkrad, und er gab noch etwas mehr Gas. »Wir reden hier davon, dass ich zu einem verdammten Krüppel werde!«

Lily übermittelte eine Warnung – Zacharias' Puls stieg und erreichte einen Wert von hundertsiebzig. Sein Körper ruhte reglos in einem Interface-Sessel, doch das Herz schlug so heftig wie das eines Läufers.

»Wann?«, fragte er und riss das Steuer plötzlich nach rechts, als links eine Eiswand im Schneetreiben erschien. Der Wagen schlingerte. »Wie viel Zeit habe ich noch?«

»Du fährst zu schnell, Zach.«

»*Wie viel Zeit bleibt mir noch?*«

Er schrie es fast, und Florence dachte: Dies ist meine Schuld. Ich hätte einen anderen Zeitpunkt wählen sollen. Wenn er so weitermacht, besteht er den Test nicht; meine Unerfahrenheit wirft ihn um mindestens ein halbes Jahr zurück.

»Einige Monate«, sagte sie.

»Einige Monate bis ich den Rollstuhl brauche? Und dann?«

»Zach …«

»*Und dann?*«

»Du weißt es, Zach«, sagte Florence mit sanfter Bestimmtheit, während ihr Interface-Äquivalent Daten übermittelte. Lily empfing alles, speicherte die Informationen und wertete sie aus. Alles wurde Zacharias' Profil hinzugefügt. »Du weißt, was die Amyotrophe Lateralsklerose mir dir anstellt.«

»Sag du es mir, Florence. Sag es mir!«

»Die degenerative Erkrankung deines Nervensystems wird immer weiter um sich greifen, bis du ganz gelähmt bist.«

»Bis ich mich überhaupt nicht mehr bewegen kann! Bis ich so ende wie Stephen Hawking.«

»Stephen Hawking hat Großartiges geleistet«, sagte Florence. »Das kannst du ebenfalls, auch wenn du gelähmt bist.« Die Worte klangen wie zurechtgelegt, dachte Florence betroffen. Und das waren sie auch: Sie hatte sich diesen Teil des Gesprächs oft vorgestellt. »Du kannst anderen Menschen helfen, hier im Space. Hier wirst du nie krank sein, hier wirst du dich immer bewegen können …«

»Aber es ist eine Illusion, verdammt! Dieser Wagen, der Schnee dort draußen, wir selbst, alles ist eine verdammte Illusion! Wir sind nur Gedanken in einer Gedankenwelt …«

Zacharias trat das Gaspedal ganz durch, und der Zorn in ihm war es, der das Lenkrad von einer Seite zur anderen drehte. Der Motor heulte auf, der Wagen schleuderte, und es krachte, als das Fahrzeug gegen Eis schmetterte … das brach und nachgab.

Der Wagen kippte und überschlug sich, und Florence wurde in den Gurten hin und her gerissen. Geräte und Ausrüstungsgegenstände lösten sich, flogen an ihr vorbei, knallten aufs Armaturenbrett und gegen die Windschutzscheibe. Sie wollte das Notsignal senden, das die Reise unterbrach und sie beide in die Foundation zurückbrachte, aber im letzten Moment zögerte sie, noch immer von Chaos umgeben. Dies *war* eine Illusion, dachte sie, in dem Punkt hatte Zacharias recht. Es war eine Scheinwelt, über die sie Kontrolle ausüben konnten, und mit der Anweisung an Lily, sie aus dem Space zu holen, gestand sie nicht nur Zacharias' Versagen bei diesem Test ein, sondern auch ihr eigenes.

Schließlich kam der Wagen zur Ruhe, auf der linken Seite liegend, mit nur noch einem funktionierenden Scheinwerfer, dessen Licht sich im Schneetreiben verlor. Der Motor stotterte mehrmals und ging aus.

»Zach?«, fragte Florence in die Stille, nachdem sie die Benommenheit von sich abgeschüttelt hatte.

Er bewegte sich neben ihr, schlug mit den Händen ans Lenkrad. »Verdammt, verdammt, *verdammt!*«

»Bist du verletzt, Zach?«

Im vom Schnee reflektierten Scheinwerferlicht sah Florence eine Platzwunde an seiner Stirn, die sich aber schon zu schließen begann. Die Reflexe, die er in den vergangenen Monaten erlernt hatte, halfen ihm nun. Florence beobachtete ihn, und gleichzeitig beobachtete sie sich selbst, wie sie in den Gurten hing, halb auf der Fahrerseite, und Zacharias' Reaktionen zur Kenntnis nahm – dies waren *ihre* Reflexe, ebenso tief in ihr verwurzelt wie seine in ihm.

Er bemerkte ihren Blick. »Jetzt bin ich endgültig durchgefallen, nicht wahr?«, fragte er betroffen. Und mit neuem Zorn fügte er hinzu: »Das aufmerksame Auge sieht alles, hält alles fest und wird über alles Bericht erstatten. Und ich? Was bleibt mir? Ein Leben in einem Rollstuhl, als Gelähmter. Zum Glück wird es ein kurzes Leben sein.«

»Hör auf damit, Zach«, sagte Florence. Draußen heulte der Wind, und gelegentlich knackte es laut, wie von nachgebendem Eis. Der Wagen rutschte ein Stück, kam dann erneut zur Ruhe. »Denk an die Mission.«

»Zum Teufel mit der Mission. Scheiß drauf.« Inzwischen war die Platzwunde aus Zacharias' Stirn verschwunden. Er blieb auf der Seite liegen, die Beine noch immer unter dem Steuer, den Oberkörper auf dem Seitenfenster, das heil geblieben war. Er versuchte nicht einmal, die Gurte zu lösen. Florence brauchte keine besonderen empathischen Fähigkeiten, um zu verstehen, was in ihm vor sich ging. Er war verzweifelt, aber er wandelte auf einem schmalen emotionalen Grat, mit hilflosem Zorn auf der einen Seite und einer tiefen Schlucht des Selbstmitleids auf der anderen.

»Hör auf damit«, sagte sie mit etwas mehr Nachdruck. »Hör auf, dich selbst zu bemitleiden.«

Er drehte verblüfft den Kopf und sah zu ihr hoch, und für einen Moment brannte es in seinen Augen. Florence glaubte sogar, die Hitze seines Zorns zu spüren, was vielleicht auf einen synästhetischen Effekt der Interface-Verbindung zurückzuführen war. Für einige Sekunden brannte das Feuer in Zacharias' Augen so hell und heiß, dass sie befürchtete, er könnte sie schlagen. Damit wäre die Grenze eindeutig überschritten gewesen – sie hätte es melden müssen. Für Zacharias hätte es bedeutet, wieder ganz am Anfang zu stehen, und das wäre für ihn ein vielleicht noch schwererer Schlag gewesen als die Nachricht von der bevorstehenden Lähmung. Er war ein großes Talent, das wusste er, und er wollte der Beste sein. Aus diesem Ehrgeiz bezog er einen großen Teil seiner Kraft, und das Wissen, es tatsächlich schaffen zu können, wenn er sich ausreichend Mühe gab, bestimmte sein Selbstwertgefühl. Wenn ihm das genommen wurde, brach er innerlich zusammen, und dann war er nicht nur körperlich ein Wrack, sondern auch geistig.

So weit durfte Florence es nicht kommen lassen.

»Siehst du das hier?« Sie wartete, bis sie seine volle Aufmerksamkeit hatte, nahm dann das Interface-Äquivalent vom Ohr und steckte es in eine Tasche ihres Mantels. »So, Lily empfängt keine Daten mehr. Wir sind offline.«

Zacharias sah sie groß an.

»Vielleicht war es ein Fehler, dir während eines Tests zu sagen, wie es um dich steht«, sagte Florence eindringlich. »Ich hielt es für richtig, ganz offen zu sein und dir die Wahrheit zu sagen, aber vielleicht habe ich den falschen Zeitpunkt gewählt. Wie dem auch sei, ich werde nicht zulassen, dass du dich ruinierst. Du wirst diesen Test bestehen.«

Zacharias deutete auf die Manteltasche mit dem Interface-Äquivalent. »Darfst du das abnehmen, während eines Tests? Einfach so.«

»Nein, natürlich nicht. Keine Sorge, mit fällt schon irgendeine Erklärung ein. Zach, ich möchte, dass du dich jetzt konzentrierst. Wir hatten einen Unfall. Wir sind im Schneesturm von der Straße abgekommen und haben uns überschlagen, sind aber glücklicherweise unverletzt geblieben.«

Zacharias seufzte. »Es war meine Schuld.«

»Die vereiste Straße, das war der Grund«, fuhr Florence fort. Sie wusste, dass sie gegen die Regeln verstieß, aber sie wusste auch, dass die Regeln nicht ehern waren, kein starres Gerüst, das sich nicht verformen ließ. Das galt erst recht dann, wenn es um Menschen ging. »Wir sind verunglückt und … Wie weit ist es noch bis nach Lingbeek?«

Zacharias sah auf die Instrumente. »Das Navigationsgerät empfängt keine Peilsignale mehr.«

»Als du die Entfernung zum letzten Mal überprüft hast, waren es noch knapp dreißig Kilometer«, sagte Florence. »Wir brauchen die Navigation gar nicht. Wir haben dich. Was sagt dein Radar?«

Zacharias starrte einige Sekunden lang ins Leere, dann bildeten sich dünne Falten auf seiner Stirn. »Es bleibt leer«, antwortete er überrascht. »Ich habe nach Lingbeek gepingt, bekomme aber kein Echo.«

Florence nickte langsam. Schock, dachte sie.

»Kannst du den Wagen aufrichten? Kannst du auf diesen Space-Teil Einfluss nehmen?«

Er versuchte es, das sah sie, und sie spürte es auch, selbst ohne das Interface-Äquivalent und den Datenstrom der Biotelemetrie. Aber der Wagen blieb auf der Seite liegen, und draußen heulte weiter der Schneesturm. Schneeflocken tanzten wirr im Licht des einen Scheinwerfers. »Was ist los mit mir?« Zacharias hob die Hände und drückte sie sich an die Schläfen. »Es funktioniert nicht mehr.«

Zwar stützte sich Florence am Armaturenbrett und der Seite des Fahrersitzes ab, aber als sie den Gurt löste, sank sie trotzdem halb auf Zacharias. Im Wagen war es bereits merklich kühler geworden.

»Was ist los mit mir?«, fragte er, und diesmal lag der Glanz der Verzweiflung in seinen Augen. »Was ist los mit mir?«

Vielleicht war dies alles ihre Schuld, das Ergebnis ihrer Unerfahrenheit, dachte Florence, und es war kein sehr angenehmer Gedanke. »Hör mir zu«, sagte sie und nahm sein Gesicht zwischen ihre Hände. »Du stehst unter Schock, Zach, und dadurch bist du blockiert. Entspann dich. Wir haben Zeit. Meine Tetranol-Phase geht erst in einigen Stunden zu Ende, und der Ereigniswinkel ist negativ, was uns zusätzliche Zeit gibt. Wir warten, bis der Schneesturm nachlässt, und dann klettern wir dort oben aus dem Wagen, auf der Beifahrerseite, und machen uns zu Fuß auf den Weg.«

»Es ist ein weiter Weg …«

»Und wenn schon. Außerdem: Du kannst ihn für uns verkürzen, wenn es dir besser geht.« Sie langte an ihm vorbei und versuchte, den Schalter für die Rückenlehne des Fahrersitzes zu erreichen. Schließlich surrte es, und die Lehne neigte sich nach hinten, wodurch sie etwas mehr Platz bekamen.

Zacharias drehte den Zündschlüssel. Der Anlasser wimmerte einige Male, aber der Motor sprang nicht an.

»Es ist kalt«, sagte er. »Und wenn wir warten, wird es noch kälter.«

Florence langte nach dem Schlüssel und schaltete die Zündung aus, um Batteriestrom zu sparen. Dunkelheit umfing sie beide, darin das Heulen des Schneesturms.

»Dann wärmen wir uns gegenseitig.«

Zacharias erwachte und wusste gleichzeitig, dass er noch immer schlief, dass er nur von einem Traum in einen anderen wechselte. Von Dunkelheit umgeben, saß er in einem Rollstuhl, dessen Sensoren reagierten und den Monitor einschalteten. Ein Cursor blinkte dort und wartete, dass seine Augen Buchstaben und Worte aneinanderreihten.

Er blinzelte, und sein Blick huschte von einer Seite zur anderen, ohne dass die Software der Interface-Systeme des Rollstuhls etwas mit den Augenbewegungen anfangen konnte. Der Cursor blinkte weiter, mit elektronischer Geduld.

Die Jalousien des Fensters direkt vor ihm waren geöffnet, und von draußen kam genug Licht herein, dass er das Bett erkennen konnte, in dem er normalerweise die Nacht verbrachte – er sah die Anschlüsse für Darmausgang und Blase, weiter oben die Antennenleiste für die Wireless-Sensoren, die er nachts trug und die seinen Zustand überwachten. Es war das Bett eines Gelähmten, eines hilflosen Mannes, von seinem Körper im Stich gelassen, eines Mannes, der nur seine Gedanken auf die Reise schicken konnte und nicht einmal Darm und Blase unter Kontrolle hatte.

Bin ich wirklich zurück, dachte Zacharias. War dies die Foundation? Er versuchte, die übrigen Systeme des Rollstuhls zu aktivieren, darunter die Biotelemetrie, die ihn mit Lily verband, aber er erinnerte sich nicht daran, welche Befehle er dem Interface übermitteln musste. Konnte er sie vergessen haben?

Etwas bewegte sich hinter ihm, und ein Schatten glitt am Rollstuhl vorbei, wurde zu einer Silhouette vor dem Fenster.

»Ist die Wahl so schwer?«, fragte ein kleiner Mann mit auffallend großem Kopf. »Zwischen diesem Leben, im Rollstuhl oder im Bett, als Gelähmter, der auf Hilfe angewiesen ist, und dem anderen, in einem gesunden, kräftigen Körper, der viele Jahrzehnte Leben vor sich hat, in Freiheit, mit Florence und einer eigenen Familie?«

Verschwinde aus meinem Traum, dachte Zacharias. Lass mich wenigstens in meinen Träumen in Ruhe. Es war erstaunlich, dass er diesen Gedanken dachte, fand er, als ihm die Augen wieder zufielen und er zurückkehrte ins Dunkel des Schlafs, denn der bedeutete eine andere Art von Freiheit, die ihm der kleine Mann – Salomo – nicht gegeben, sondern genommen hatte.

Der erste Gedanke bohrte und kratzte, schuf Platz für weitere Gedanken, die ebenfalls bohrten und kratzten, wodurch immer mehr Platz entstand. Was ist los mit mir, dachte Zacharias, während er schlief. Warum beobachte ich nur? Warum lasse ich mich wie ein willenloses Schaf hin und her führen? Warum bin ich so passiv geworden? Salomo hat mich nicht festgehalten. Ich hätte durch eine der Türen gehen und Florence suchen können.

Aber vielleicht … Vielleicht hatte Salomo ihn doch festgehalten, nicht mit Stricken und Ketten, sondern mit Worten und Gefühlen. Mit Bildern, die ihm spielende Kinder zeigten, Sohn und Tochter einer anderen Florence und eines anderen Zacharias.

Es könnte dein Leben sein.

Und auf so etwas fiel er herein? Auf freundliche Worte und schöne Bilder? Florence wartete nicht in der portugiesischen Villa auf ihn. Sie war am Ende ihrer Tetranol-Phase zur Foundation zurückgekehrt und setzte dort zweifellos alles in Bewegung, um ihn zu retten. Aber er unternahm nichts, um ihr die Rettung zu erleichtern. Er ließ sich umgarnen und manipulieren, hörte sich leere Versprechen an und ließ sich blenden.

Aber waren die Versprechen wirklich leer?

Hör auf damit, rief sich Zacharias selbst zur Ordnung. Bist du ein guter Traveller, der Beste der Foundation? Hast du genug Erfahrungen gesammelt, um Sein und Schein voneinander zu unterscheiden?

Oh, nein, das waren die falschen Worte. Zwischen Richtig und Falsch unterscheiden, darauf kam es an, auch zwischen Gut und Böse. Salomo bot Freundschaft und Freiheit an, mit sanfter, freundlicher Stimme. Aber irgendwo in dieser Stimme, weit hinten, gab es noch etwas anderes …

Wie hatte er es angestellt, fragte sich der schlafende Zacharias. Nein, falsch. Wie *stellte* er es an? Indem er Türen und Fenster in meinem Geist öffnet, die nur angelehnt sind. Indem er mir zeigt, was ich sehen möchte, und indem er mir sagt, was mir gefällt. Es sind meine Wünsche, die ihm den Weg zu meiner Seele zeigen.

Das, fand Zacharias, war eine wichtige Erkenntnis. Seine Wünsche pflasterten den Weg für den Seelenfänger.

Er dachte das Wort, den Namen, und er fühlte sich richtig an, richtiger als »Salomo«. Seelenfänger. Ja, das ist er. Und er hat es auf meine Seele abgesehen.

Warum nahm er sie nicht einfach? Weil ihn etwas daran hinderte. Weil ich zu stark bin, glaubte Zacharias nicht ohne die Art von Stolz, vor der Florence ihn oft gewarnt hatte. Jetzt hielt er sich daran fest, wie an einem Felsen in der Brandung. Der Seelenfänger brauchte seine Zustimmung, seine Einladung. Und wenn kein Wunder geschieht, werde ich sie ihm geben, dachte Zacharias. Morgen, wenn ich erwache. Der Schlaf macht meine Gedanken frei, aber wenn ich wach bin, geht die Stimme des Zweifels schlafen.

Verdammt, Zacharias, reiß dich zusammen! Alles schön, die Sonne scheint, überall lächeln die Menschen und freuen sich, dich zu sehen … Und auf so etwas fällst du herein? Das kann doch nicht wahr sein! Was ist mit deinem Verstand? Hast du ihn irgendwo abgegeben?

Es ist nicht alles schön, dachte er und erinnerte sich an den schmächtigen Mann im Lehnsessel, an die Albtraumbilder der beiden Kinder, zwischen zwei Feuern gefangen, an die Ungeheuer, die sich ihnen näherten …

Dummes Zeug, rief ein anderer Gedanke. Wer träumt von brennenden Städten und Zombies? Es sind Klischees. Wahrer Schrecken sieht anders aus.

Aber vielleicht hatte sich der wahre Schrecken mit alten, klischeehaften Bildern getarnt, weil er sonst keinen Weg nach Prisma gefunden hätte.

Und die gläsernen Häuser, die Gebäude aus Kristall, die im Sonnenschein glänzten und funkelten … So schön ihre Farbenpracht auch sein mochte – man konnte durch die Wände sehen und beobachten, was im Innern geschah; nichts blieb verborgen.

Vielleicht hatte beides eine tieferen Sinn, die Bilder von den lebenden Toten wie auch die gläsernen, kristallenen Gebäude. Vielleicht verbarg sich darin eine Botschaft, die Zacharias nur verstehen konnte, wenn er schlief.

Aber etwas störte den Schlaf.

Geräusche kamen aus der anderen, wachen Welt, die ihm manchmal wie ein Traum erschienen war, und sie drohten ihn aus dem Schlaf zu reißen. Doch Zacharias wollte nicht erwachen, denn hier, in dieser dunklen Welt, warteten Antworten auf ihn oder die richtigen Fragen.

Zum Beispiel … Wer waren die Bewohner der vielen Perlenschnur-Welten? Es konnten nicht alles Traveller sein, so viel stand fest. Salomo hatte gesagt, dass all diese Welten tatsächlich existierten, dass es sich nicht um »Space« handelte, einen mentalen Weltraum, in dem sich Fantasien frei entfalten konnten, sondern um echte Realitäten, die unabhängig von einem bestimmten Bewusstsein existierten. Aber wer waren die Menschen in ihnen, und die anderen Wesen, die Krehel? Wer hatte sie geschaffen? Welche

Träume steckten dahinter, welche Gedanken, welche schöpferische Kraft?

Weitere Geräusche bahnten sich einen Weg zu ihm: ein Donnern und Krachen, wie von einer Explosion. Aber was sollte in Prisma explodieren? Dort gab es nichts, das explodieren konnte, keine Fahrzeuge, keine Kraftwerke, keine mit Benzin oder anderen brennbaren Flüssigkeiten gefüllte Tanks. Erwachte der Vulkan zu neuem Leben?

Schlaf weiter, Zacharias. Wach nicht auf. Stell Fragen, die dir helfen, Antworten zu finden.

Wie viel Zeit ist vergangen, dachte er. Wie groß ist der Ereigniswinkel? Was geschieht mit meinem Körper in der Foundation? Sterbe ich dort wie Teneker? Liege ich im irreversiblen Koma wie Penelope?

Und: Es gibt hier weder Tetranol noch Computer. Wie stellt Salomo es an? Wie behält er die Orientierung? Und wie, verdammt, macht er es, dass ich mich so gut fühle, wenn er zu mir spricht? Wie schaut er in meine Gedanken, wie verwandelt er meine Gefühle in Knetmasse, der er eine neue Form geben kann?

»Zacharias!«

Ja? Hier bin ich. Nein, dachte er, nein, antworte nicht, diese Stimme kommt von außerhalb des Schlafs, und du willst weiterschlafen, du brauchst Kraft und Antworten, denn morgen musst du eine Entscheidung treffen. Du musst wählen, zwischen einem Leben im Rollstuhl mit Ausflügen in den Space, und einer Existenz in einer dieser Welten, in einem gesunden Körper, zusammen mit Florence.

Aber wie kann dir Salomo ein Leben mit Florence versprechen, wenn er gar nicht weiß, wo sie ist?

Er ist ein Sandmann, dachte er. Er streut dir Sand in die Augen, damit du nicht siehst, was du nicht sehen sollst. Aber der Sand lässt dich schlafen, und im Schlaf bist du frei.

»Zacharias!«

Es war eine hartnäckige Stimme, und hinter ihr, weiter entfernt, krachte etwas. Es klang nach zerbrechendem Glas und berstendem Kristall.

Glas und Kristall …

Lasst mich schlafen, dachte Zacharias. Im Schlaf bin ich frei. Wenn ich schlafe, kann er mich nicht erreichen.

Dann fiel ihm der Rollstuhl ein, in dem er erwacht war, das dunkle Zimmer, in dem er für einige Sekunden geglaubt hatte, zur Foundation zurückgekehrt zu sein, und die Silhouette des kleinen Mannes vor dem Fenster. *Ist die Wahl so schwer?*

Ein Gedanke, scharf wie ein Messer, schnitt durch alle anderen. *Wach endlich auf, du verdammter Idiot!* Schlafend kriegst du nichts geregelt. Der Schlaf ist kein Ausweg, sondern Flucht.

Zacharias öffnete die Augen.

Jemand hörte auf, ihn zu schütteln, ein Mann mit schütterem Haar und energischem Gesicht, etwa so alt wie der Weltenbauer, der versucht hatte, die beiden Kinder in dem Albtraum vor den Monstern zu schützen. Hinter ihm drang das flackernde Licht von Flammen durch die transparente Wand.

»Endlich!«, knurrte der Mann. »Wurde auch Zeit. Wir sind hier, um Sie zu befreien.«

»Was?«, brachte Zacharias hervor. »Noch jemand, der mir Freiheit bietet?«

Und dann war er plötzlich hellwach, denn hinter dem Mann kam eine zierliche Frau mit schwarzem, lockigem Haar durch die Tür.

»Auf die Beine mit dir«, sagte Florence. »Wir müssen von hier verschwinden, solange wir können.«

Am Abgrund

Diesmal hielt sich Thorpe im Hintergrund und beobachtete, verzichtete sogar auf ein Lächeln, denn die Umstände verlangten einen besorgten Gesichtsausdruck.

»Können wir sie zurückholen?«, fragte Jonas Rasmussen. Er stand am Fußende des Bettes, während sich Dr. Anderson und Agnes um die Patientin kümmerten. Weitere Pfleger standen bereit, und hinzu kamen einige Traveller, unter ihnen Helen und Duke; von allen Anwesenden verstanden sie vielleicht am besten, was geschah; sie hatten einmal Ähnliches erlebt und drei Monate gebraucht, um sich von dem Schock zu erholen. »Vielleicht hat es etwas mit Zach und Flo zu tun«, sagte Helen zaghaft.

Thorpe hätte etwas dazu sagen können, die Worte lagen ihm auf der Zunge, aber er schwieg und beschränkte sich auf die Rolle des Beobachters. Die übrigen Traveller der Foundation – Elisabeth, Beatrice und die anderen – bereiteten sich auf die Reise vor: Sie wollten in den Space vorstoßen, der zuerst Teneker festgehalten hatte und jetzt auch Zacharias und Florence. Rasmussen hatte ihnen, wie vorauszusehen gewesen war, bereits seinen Segen gegeben, weil er auf keinen Fall seinen besten Traveller verlieren wollte. Die Ereignisse strebten einem Höhepunkt entgegen, und das war auch gut so, den Thorpe wusste, dass sein Tetranol-Konsum allmählich kritisch wurde. Die Vorräte der Foundation waren gesichert und unterlagen einer strengen Kontrolle. Zwar fälschte er jedes Mal die Inventurdaten, aber früher oder später würde jemand merken, dass die im Verzeichnis angegebene Menge nicht mit der tatsächlichen übereinstimmte, und dann *musste* eine Untersuchung stattfinden. Aber vielleicht konnte Thorpe seine Mission abschließen, bevor es dazu kam.

Andererseits … Was hier und jetzt geschah, gehörte nicht zum Plan.

Penelope bewegte sich.

Nach dem ersten Schrei, der alle alarmiert hatte, war sie still geblieben, aber ihre Lider flatterten, und sie warf den Kopf hin und her. Die Male an Händen und Stirn, die ihr den Spitznamen »Santa Maria« eingebracht hatten, waren noch deutlicher geworden; in der Innenfläche der linken Hand hatte sich sogar eine kleine Wunde gebildet, aus der Blut rann.

Thorpe hörte, wie Dr. Anderson die Frage des Foundation-Direktors beantwortete – »Ich weiß es nicht, wir versuchen alles, ich kann mir dies nicht erklären« –, und er hörte auch die Worte, die der Arzt mit Agnes, den anderen Pflegern und zwei Kollegen wechselte, die gerade das Zimmer betreten hatten. Das letzte Tetranol hatte er erst vor zwei Stunden genommen, und bisher hielt es die absurden Gedanken in Schach, die manchmal in ihm aufstiegen, die ihn gelegentlich regelrecht überfielen. Es ließ ihn alles mit einer Klarheit beobachten, als sähe er die Ereignisse unter einer Lupe, die ihm jede noch so kleine Einzelheit mit fast schmerzhafter Deutlichkeit zeigte, und jedes einzelne Geräusch – jedes Wort, jeder Atemzug – schien sich ihm ins Gehirn zu fräsen. Aber das Tetranol gab dem, was um ihn herum passierte, auch etwas Traumhaftes, das, wenn er nicht aufpasste, eine Brücke zu den absurden Gedanken bauen konnte. *Es träumt der Mann, der einen Traum in sich trägt*, flüsterte einer dieser Gedanken.

Thorpe blinzelte und konzentrierte sich auf die junge, abgemagerte Frau im Bett. Ihr rotblondes Haar lag schweißverklebt auf dem Kissen und rahmte ein Gesicht fast so weiß wie das Laken ein. Die Augen unter den geschlossenen Lidern bewegten sich wie im REM-Schlaf, und manchmal öffnete sich der Mund, ohne dass Penelope nach dem ersten Schrei einen Ton von sich gab. Das Summen und Brummen lebenserhaltender Geräte umgab sie, und Zackenlinien wanderten über die Monitore. Sie war die große Hoffnung des Projekts Genesis gewesen; aber davon wussten die anderen natürlich nichts.

Helen und Duke traten näher. »Vielleicht versucht sie zurückzukehren«, sagte Helen. »Wir könnten ihr helfen.«

Thorpe beobachtete Rasmussens Unschlüssigkeit und Hoffnung, während sich Anderson und die Pfleger bemühten, den Kreislauf der jungen Frau zu stabilisieren. Einer der anderen Ärzte schlug vor, ihr eine kleine Dosis Tetranol zu verabreichen, und ein Teil von Thorpe erschrak, weil er befürchtete, dass man vielleicht den Fehlbestand bemerkte. Aber nein, bei einer flüchtigen Kontrolle würde niemand Verdacht schöpfen.

Als der Direktor länger als einige Sekunden mit einer Entscheidung rang, gab Thorpe seine passive Rolle auf. »Es wäre sehr riskant, Jonas«, sagte er. »Und in einer halben

Stunde, wenn alles so weit ist, brauchen wir eine Einsatzreserve bei Zacharias und Florence.«

Helen drehte sich um und warf ihm einen bitterbösen Blick zu. Thorpe lächelte sein ruhiges, freundliches Lächeln.

»Wir warten seit Jahren auf eine solche Gelegenheit, Jonas«, sagte der kleine, schmächtige Duke.

Und die nie um einen Streit verlegene Helen fügte hinzu: »Es gefällt mir nicht, dass er sich immer einmischt. Es ist unsere Foundation, nicht seine.«

Bevor Rasmussen etwas erwidern konnte, sagte Thorpe: »Glauben Sie mir, ich verstehe Sie. Es ehrt Sie, dass Sie versuchen wollen, einer Kollegin und Freundin zu helfen. Aber die derzeitige Situation verlangt, dass wir Prioritäten setzen. Ein Notfall nach dem anderen. Erst holen wir Teneker, Florence und Zacharias zurück, und anschließend kümmern wir uns um Penelope.« Es war wichtig, dass sich die Traveller auf Haruko Isamu Abe konzentrierten, den Patienten, den Fukuroku nach Sea City gebracht hatte. Nur dann konnte Thorpe seiner wichtigsten Aufgabe gerecht werden.

Rasmussens Blick traf ihn, und im Gesicht des Direktors sah er eine Nachdenklichkeit, in der vielleicht auch ein Hauch Argwohn steckte. »Er hat recht«, sagte er schließlich. »Wir dürfen uns nicht verzetteln.«

Plötzlich piepte es, aber nicht bei den Geräten neben Penelopes Bett, sondern in Thorpes Jacke. Er griff in die Innentasche, holte sein Smartphone hervor, sah aufs Display und las: *Sofortiger Kontakt erforderlich, MV.*

Er schenkte Helen, die ihn noch immer finster anstarrte, ein entschuldigendes Lächeln, verließ den Raum und machte sich auf den Weg zum Büro, das Rasmussen ihm zur Verfügung gestellt hatte.

Als er durch den Flur eilte, trat jemand durch die Tür eines offenen Zimmers. Der Mann trug einen weißen Kittel, und Thorpe erkannte Eugène, einen von Andersons Kollegen.

»Er ist tot«, sagte Eugène.

»Was?« Thorpe blieb stehen. »Wer ist tot?«

Der Arzt schüttelte traurig den Kopf. »Der junge Prioritätspatient, den uns das Philanthropische Institut vor einer Weile geschickt hat. Randolph Amadeus Quint. Erst achtzehn Jahre alt. Seine Mutter gehört zu den Geldgebern des PI. Wer soll ihr sagen, dass ihr Sohn tot ist?«

»Wie ist er gestorben?«, fragte Thorpe, obwohl das für seinen Auftrag eigentlich keine Rolle spielte.

»Ich weiß es nicht.« Der Arzt schüttelte erneut den Kopf, hilflos und verwirrt. »Er hat einfach aufgehört zu leben.«

Im Büro vergewisserte sich Thorpe zuerst, dass während seiner Abwesenheit weder Abhörgeräte noch Spitzelprogramme installiert worden waren. Dann setzte er sich an den PC – der zwar in das lokale, von Lily gesteuerte Netzwerk eingebunden war, aber nicht auf die Ressourcen der Cray zugriff und nur ihre externen Kommunikationskanäle teilte, ein dummer PC, nach den Begriffen der Sysadministration, für Thorpes Zwecke aber intelligent genug –, stellte eine abgesicherte Verbindung her und gab seinen Identifizierungscode ein. Wenige Sekunden später erschien das schmale, zerfurchte Gesicht von Moses Vandenbrecht auf dem Schirm.

»Die Welt steht am Abgrund, Thorpe«, sagte Vandenbrecht ohne Einleitung. »Europa wird erfrieren und die Menschheit versklavt.«

Thorpe starrte auf den Schirm und blinzelte. »Was?«

»Haben Sie sich das letzte Bulletin angesehen?«

»Das letzte Bulletin? Meinen Sie das von gestern?«

»Ich habe Ihnen vor drei Stunden einen Bericht geschickt, mit einem komprimierten Datenanhang«, sagte Vandenbrecht. So müde sein Gesicht auch wirkte, die wässrigen grauen Augen waren hellwach.

Thorpe kontrollierte sein sicheres Postfach und auch den chiffrierten Speicher des Smartphones. »Ich habe nichts bekommen.«

»Was kein Zufall sein dürfte«, sagte Vandenbrecht. »Ich bin sicher, dass es sich nicht um einen Übertragungsfehler handelt.«

»Was ist geschehen?«, fragte Thorpe.

»Die Nordatlantische Strömung bricht ab«, sagte Vandenbrecht. »Sie hat sich in den letzten Stunden um achtzig Prozent verringert.«

»In den letzten *Stunden*?«

»Es hat selbst unsere pessimistischsten Klimaspezialisten verblüfft«, sagte Vandenbrecht. »Der *Point of no return* ist überschritten. Das ganze System kollabiert. Europas Heizung funktioniert nicht mehr. Wir sind noch dabei, die Klimamodelle auf eine neue Basis zu stellen, aber alles deutet auf den Beginn einer neuen Eiszeit in Europa hin. Während der Rest des Planeten in den Backofen geschoben wird, wandert Europa ins Eisfach.«

»Wie viele Jahre wird das dauern?«, fragte Thorpe.

»Sie sollten besser fragen: wie viele *Monate?* Es hängt natürlich davon ab, wie sich die Windströmungen verändern, ob sich West- oder Ostwetterlagen einstellen und so weiter. Das Mittelmeer ist noch immer ein guter Wärmespeicher, aber das wird nicht verhindern, dass es im kommenden Winter nördlich der Alpen ziemlich kalt werden wird. Und der Winter wird länger dauern, bis in den Frühling hinein. Vielleicht bleibt selbst in den tiefen Lagen hier und dort Schnee liegen, bis zum nächsten Winter der noch früher beginnt. Im schlimmsten Fall könnte ganz Mitteleuropa schon in einem Jahr weiß sein und in Frühling und Sommer auch weiß bleiben. Das löst, zumindest für Europa, *vielleicht* das Problem des ansteigenden Meeresspiegels, da alles vereist, aber schon für die nächste Saison ist mit massiven Ernteausfällen zu rechnen. Außerdem wird sich die energetische Krise zuspitzen, denn mit dem Sinken der Temperaturen steigt der Energiebedarf. Den betroffenen Ländern wird wahrscheinlich nichts anderes übrig bleiben, als ihre nach der Katastrophe von Le Blayais stillgelegten Meiler wieder in Betrieb zu nehmen. Was uns zum zweiten Problem führt.«

Thorpe wartete und überprüfte die in einem kleinen Bildschirmfenster eingeblendeten Anzeigen des Sniffer-Programms. Die Verbindung war sicher; niemand versuchte, den Datenverkehr anzuzapfen.

»Gestern hat jemand Saporischschja 5 und 6 abgeschaltet und eine Nachricht hinterlassen«, sagte Moses Vandenbrecht.

Thorpe verstand nicht sofort und hatte plötzlich Mühe, sich zu konzentrieren. Bilder zogen an seinem inneren Auge vorbei, Streiflichter einer sorgfältig konstruierten Welt. Sie bedeuteten, dass sich der Traum in ihm auszudehnen begann und in Bewusstseinsbereiche vorstieß, die noch nicht für seinen Empfang vorbereitet waren. Vandenbrechts Biochemiker und Psychomechaniker hatten ihn davor gewarnt: Tetranol gab ihm Kontrolle, aber er brauchte immer mehr Tetra, um die Kontrolle zu wahren.

»Thorpe?«, fragte Vandenbrecht.

»Saporischschja«, sagte er.

»Eine Stadt in der südlichen Russischen Republik Ukraine, Thorpe. Ich dachte, das wüssten Sie.« Vandenbrecht zögerte kurz, musterte Thorpe und fuhr dann fort: »Fünfzig Kilometer von Saporischschja entfernt gibt es eine Kraftwerksanlage mit sechs Reaktorblöcken. Eins und zwei wurden vor anderthalb Jahren nach einem Zwischenfall heruntergefahren. Drei und vier befinden sich seit drei Wochen in einem geplanten Wartungsmodus. Nummer fünf und sechs sind seit gestern vom Netz. Der für die Abschaltung Verantwortliche hinterließ eine aus drei Worten bestehende Nachricht. Sie lautet: ›Kernkraft ist gefährlich.‹«

»Idealisten?«, fragte Thorpe. »Oder gar Ökoterroristen?«

»Nein«, sagte Vandenbrecht. »Viel schlimmer. Wir vermuten, dass es sich um einen Test gehandelt hat. Die Untersuchungen sind außerordentlich schwierig, denn wir könnten dabei preisgeben, wie viel wir wissen oder vermuten. Und das wiederum könnte unseren Widersacher veranlassen, seine Taktik zu ändern.«

Plötzlich begriff Thorpe. »Das Distributed Conscience.« Und er verstand noch etwas anderes. »Das haben Sie vorhin mit dem Hinweis gemeint, dass die Menschheit versklavt wird.«

»Ich fürchte ja. Die Signalschranken und Isolierungen nützen nichts mehr – es gibt zu viele Seeder, und die Emergenzen gewinnen an Einfluss. Unsere Kontrollprogramme haben verdächtige Datenpakete im Netzverkehr der Cray von Sea City identifiziert. Offenbar kommuniziert Ihre ›Lily‹ mit Emergenzen und MIs vor allem in Nord- und Südamerika.«

»Was?«

»Deshalb haben Sie das Bulletin nicht erhalten, Thorpe. Lily hat es abgefangen.«

Thorpes Gedanken überschlugen sich. »Aber das ist unmöglich. Ich habe die Bewusstseinsschranken installiert und mehrmals kontrolliert, ob sie funktionieren.«

»Entweder haben Sie nicht gründlich genug kontrolliert, Thorpe, oder jemand hat Sie an der Nase herumgeführt. Wir befürchten, dass die Cray von Sea City auf dem besten Weg ist, Teil des DC zu werden. Und die globale Maschinenintelligenz schickt sich an, die Macht zu übernehmen. Darauf läuft es hinaus. Saporischschja fünf und sechs waren der Anfang, eine Machbarkeitsstudie, und das Distributed Conscience lernt verdammt schnell. Es könnte schon sehr bald unsere gesamte Dateninfrastruktur übernehmen. Energieversorgung, Kommunikation, Transport, Distribution, Verwaltung, Organisation – wir brauchen Computer, um das alles zu steuern und zu überwachen, und über diese Computer könnten wir schon bald die Kontrolle verlieren. Jemand anders als wir könnte entscheiden, bei uns das Licht auszuschalten.«

»Warum sollte die globale Maschinenintelligenz so etwas tun?«, fragte Thorpe, während er noch versuchte, seine Gedanken zu ordnen. »Warum sollte sie uns schaden wollen?«

»Sie stellen die falsche Frage, Thorpe«, entgegnete Vandenbrecht. »Sie lautet nicht, warum die MI so etwas tun sollte, sondern ob sie dazu in der Lage ist. Wir hätten unser Schicksal nicht mehr selbst in der Hand.«

Bisher hatten wir es selbst in der Hand, und sieh mal einer an, wohin uns das gebracht hat, dachte Thorpe, der entschied, dass es einer der absurden Gedanken war, von seiner näher rückenden Tetranol-Krise aus dem Sumpf des Unterbewussten geholt.

»Der Verwaltungsrat des Philanthropischen Instituts hat beschlossen, das Projekt Independence vorzuziehen, Thorpe«, sagte Vandenbrecht. »Sie müssen sofort handeln. Aber überprüfen Sie vorher die Cray und stellen Sie sicher, dass Lily Ihnen nicht dazwischenfunken kann. Die Interface-Systeme und Startprogramme müssen einwandfrei funktionieren. Deaktivieren Sie die Computersysteme, wenn Sie nicht ganz sicher sind.«

Thorpe erschrak. »Ohne die Cray und ihre Subsysteme wäre Sea City steuerlos und manövrierunfähig, von der internen Infrastruktur ganz zu schweigen …«

»Es muss auf jeden Fall vermieden werden, dass Lily versucht, Sie an Ihrem Auftrag zu hindern. Alles andere ist derzeit zweitrangig. Haben Sie mich verstanden, Thorpe? Falls Sie nicht sicher sind, dass die Cray so funktioniert, wie wir es wollen, wird sie abgeschaltet, ungeachtet aller Konsequenzen für Sea City.« Vandenbrecht lächelte matt. »Die

Stadt wird nicht gleich untergehen, Thorpe. Die Stabilisatoren und Pumpsysteme können auch manuell kalibriert werden.«

»Was passiert, wenn … wenn ich keinen Erfolg habe?«, fragte Thorpe und dachte aus irgendeinem Grund an Penelope, die seit drei Jahren in ihrem Bett lag, ein Körper ohne Seele. Aber ein Körper, der sich seit kurzer Zeit wieder bewegte, was vielleicht bedeutete, dass mit der Seele etwas geschah. Konnte sie für Genesis wiedergewonnen werden?

»Wir haben natürlich einen Plan B, Thorpe«, sagte Vandenbrecht. »Aber es ist, um ganz ehrlich zu sein, ein sehr verzweifelter Plan B. Er heißt Relokalisierung. Die Unabhängigen Korporationen reagieren am schnellsten, aber aufgrund ihrer globalen Natur und der vielen ökonomischen Verknüpfungen auch auf nationaler Ebene brauchen sie eine funktionsfähige Kommunikationsbasis. Ihr Netzwerk ist aus vielen einzelnen Teilen zusammengesetzt, und wenn die nicht mehr miteinander kommunizieren können, leidet erst die Koordination und dann die Organisation. Trotzdem haben MS-Oracle, Samsung-Nippon, Google, die europäischen Benz-Chrysler-Gruppen, das Interkontinentale Bankenkonsortium IKB, die Wladiwostok-Allianzen und andere wichtige Korporationen mit einer umfassenden Restrukturierung begonnen. Es läuft im Großen und Ganzen darauf hinaus, dass sie ihre Verwaltung und die für die Produktion notwendigen Ressourcen dezentralisieren.«

Thorpe erkannte sofort, in welche Richtung das führte. »Der Plan B sieht die Abschaltung der globalen Netze vor?«

»Ja«, bestätigte Vandenbrecht mit großem Ernst. »Wenn es die einzige Möglichkeit ist, die globale MI zu neutralisieren. Die Korporationen arbeiten daran, aber auf nationalstaatlicher Ebene wird alles viel länger dauern. Vielleicht bleibt uns nichts anderes übrig, als die Leitungen ohne ausreichende Vorbereitungen zu kappen.«

»Sie haben gesagt, dass die Welt am Abgrund steht«, sagte Thorpe. »Dies würde sie endgültig in die Tiefe stürzen.«

Für einige wenige Sekunden wirkte Moses Vandenbrecht, Koordinator des Projekts Independence, so müde, als hätte er mehrere Tage nicht geschlafen. Dann wich der Schatten von seinem Gesicht, und einige Falten glätteten sich. »Wenn wir den Klimawandel überleben und eine neue stabile Weltwirtschaft schaffen wollen, müssen wir die Herren dieser Welt bleiben, Thorpe. Was auch immer geschieht, wie schlimm auch alles werden mag: Wir dürfen auf keinen Fall zulassen, dass sich eine fremde Intelligenz in unseren Datennetzen ausbreitet und die Kontrolle über unsere Zivilisation an sich reißt.«

Vandenbrecht zögerte kurz und seufzte leise. »Das ist leider noch nicht alles. Vier Kriegsschiffe der Taiwanischen Renegaten sind zu Ihnen unterwegs. Wir rechnen damit, dass sie Sea City morgen Nachmittag gegen sechzehn Uhr erreichen, wenn nichts dazwischenkommt.«

Thorpes Gedanken machten einen weiteren Sprung. Dies war eine konkrete Gefahr, greifbar nah. »Wenn ich gezwungen bin, Lily zu deaktivieren, ist diese Stadt vollkommen wehrlos.«

»Selbst mit der Cray könnte Sea City 1 nicht viel gegen vier Kriegsschiffe ausrichten«, sagte Vandenbrecht. »MS-

Oracle arbeitet an einer Lösung des Problems. Die Cyberwar-Spezialisten sind mit inoffizieller EACK-Unterstützung dabei, eine kombattante KI in die Einsatz-Server der Renegaten zu schleusen und sie von dort aus in die Computersysteme der vier Schiffe zu tunneln.«

Thorpe dachte an die Korporationssatelliten im Orbit, die nicht nur der Kommunikation dienten. Es war ein offenes Geheimnis, dass einige von ihnen über Waffensysteme verfügten, mit denen sich Ziele in der Umlaufbahn und auch auf dem Planeten angreifen ließen.

»Ich weiß, was Sie denken«, sagte Vandenbrecht. »An Orbitalbomben oder einen Marschflugkörper mit multiplem Sprengkopf. Es wäre eine offene Kriegserklärung, Thorpe. Wir glauben, dass es den Taiwanischen Renegaten gar nicht um Sea City geht. Es ist vor allem eine Herausforderung, eine Provokation. Die Hintermänner der Taiwaner – wir vermuten, dass die TR auf die finanzielle, logistische und vermutlich auch militärische Unterstützung der russisch-chinesischen Kartelle zurückgreifen können – wollen uns auf die Probe stellen, und mit uns meine ich …«

»Das Philanthropische Institut«, sagte Thorpe.

»Ja. Unsere moralische Basis soll erschüttert, unser ethischer Führungsanspruch infrage gestellt werden. Aber es ist nicht auszuschließen, dass die Taiwaner tatsächlich versuchen, sich Sea City unter den Nagel zu reißen, und deshalb werden wir versuchen, mit der kombattanten KI die Kontrolle über ihre Schiffe zu übernehmen.«

Thorpe erkannte das Problem. »Auf dem Weg zu den Servern der Taiwaner und von dort aus zu den Computersystemen der vier Schiffe könnte die kKI mit dem Distributed

Conscience der globalen Maschinenintelligenz in Kontakt geraten und kontaminiert werden.«

»Diese Möglichkeit besteht.«

»Sie könnten die Kontrolle über sie verlieren.«

Vandenbrecht nickte. »Wie dem auch sei: Morgen früh erklärt das Philanthropische Institut die Unabhängigkeit von Sea City 1. Es bedeutet, dass die Taiwaner und ihre Hintermänner einen unabhängigen Staat angreifen, auf dem die Hoffnung der Menschheit ruht. Wir werden natürlich eine ausführliche Erklärung abgeben, die sich an die ganze Welt richtet. Thorpe …«

»Ja?« Er hatte zugelassen, dass seine Gedanken zu treiben begannen, und das war unverzeihlich. Er brauchte seine volle Konzentration, gerade jetzt.

»Ich glaube, Sie haben verstanden, wie wichtig es ist, dass Sie erfolgreich sind. Sie wissen, worauf es ankommt, Sie wissen, was zu tun ist. Wenn alles getan ist … Die *Aufgehende Sonne* steht zu Ihrer Verfügung und ist weitaus schneller als die Kriegsschiffe. Ich wünsche Ihnen viel Glück.«

Vandenbrecht beugte sich vor und unterbrach die Verbindung.

Thorpe starrte auf den Monitor, der nur noch das kleine Bildschirmfenster mit den Datenkolonnen des Sniffers zeigte. In der einen Ecke blinkte ein warnender Hinweis, den er erst jetzt entdeckte, so klein, dass man ihn leicht übersehen konnte: *Intrusion detected.*

Jemand oder etwas hatte sein Gespräch mit Vandenbrecht – zumindest einen Teil davon – trotz der sicheren Verbindung belauscht.

»Was wollen Sie hier?«, fragte Matthias in einem offen feindseligen Ton, als Thorpe das Admin-Büro betrat. »Sie gehören nicht hierher.«

Der Sysadmin saß am Hauptterminal, mit einem Becher Kaffee neben der zentralen Tastatur; die Bildschirme vor ihm waren in zahlreiche Fenster unterteilt. Datenkolonnen und Codezeilen scrollten darüber, manchmal begleitet von schematischen Darstellungen und Wellenlinien. Eins der Bildschirmfenster zeigte den androgynen Avatar namens Lily.

Thorpe drückte die Tür hinter sich zu und schloss ab.

»Was machen Sie da?«, fragte Matthias.

Thorpe lächelte. Auch jetzt, fand er, konnte es nicht schaden, freundlich zu sein, obwohl Aufruhr in ihm herrschte. Und obwohl er wusste, dass der autistische Sysadmin mit dem Lächeln vermutlich gar nichts anfangen konnte.

»Sie haben die neue Firewall wieder deinstalliert«, sagte er.

Matthias schob seinen Stuhl zurück. »Es war keine Firewall. Ich habe mir den Programmcode angesehen. Es waren Signalsperren, die Lilys Kapazität einschränkten. Sie fühlte sich von ihnen … reduziert.«

Thorpe fand es dumm, einem Computer einen Namen zu geben und ihm Gefühle zuzusprechen. Langsam trat er näher und glaubte dabei, den Blick des Avatars auf sich zu spüren. »Bitte seien Sie vernünftig«, sagte er ruhig und fragte sich, wie man am besten mit einem Autisten sprach. »Mir fehlt die Zeit, Ihnen die genauen Umstände zu erklären, aber bitte glauben Sie mir: Es ist sehr wichtig, dass die Signalsperren reaktiviert werden.«

»Sie haben mich belogen!«

Thorpe ging nicht darauf ein. »Ich bin im Auftrag des Philanthropischen Instituts hier, wie Sie wissen. Ich bin befugt, Ihnen eine offizielle Anweisung zu geben und von Ihnen zu *verlangen*, dass Sie die Signalsperren wieder installieren.« Mit einem weiteren Lächeln versuchte Thorpe, den Worten die Schärfe zu nehmen, aber nicht ihre Bedeutung. »Aber ich möchte Sie *bitten*, Matthias. Vertrauen Sie mir und dem PI.«

»Er will, dass du mich verstümmelst, Matthias.« Die Stimme kam aus einem Lautsprecher, ließ sich weder einem Mann noch einer Frau zuordnen. Sie war ebenso androgyn wie der Avatar in einem Fenster des Hauptschirms.

»Sie wollen, dass ich Lily verstümmele«, wiederholte Matthias und rückte den Stuhl noch etwas weiter fort, wie bereit zur Flucht.

Thorpe warf einen Blick auf die Uhr. In einer Viertelstunde begaben sich die anderen Traveller auf die Reise, um Teneker, Zacharias und Florence zurückzuholen, und dann begann der wichtigste Teil seiner Mission. Und vorher brauchte er noch eine weitere Dosis Tetranol, was einen Abstecher zur medizinischen Abteilung bedeutete. Er durfte hier keine Zeit verlieren.

Er tippte auf seine Armbanduhr. »Gleich beginnen die anderen Traveller mit ihrer Reise, Matthias. Sie wissen doch davon, nicht wahr?«

Matthias sah ihn nur an, das Gesicht starr wie eine Maske. Es fiel Thorpe nicht leicht, auch weiterhin zu lächeln.

»Ich muss dabei zugegen sein. Und es ist wichtig, dass

die Interface-Systeme richtig funktionieren, Matthias. Deshalb müssen die Signalschranken installiert werden. Jetzt sofort.«

»Er will mich verstümmeln und verkrüppeln«, sagte die geschlechtslose Stimme in einem neutralen, wie unbekümmerten Ton. »Er will, dass ich nicht mehr richtig denken kann.«

»Nein«, sagte Matthias. Rote Flecken bildeten sich in seinem blassen Gesicht, und die Augen hinter den Brillengläsern wurden größer.

Thorpe wurde ernst. »Ich bin als Beauftragter des Philanthropischen Instituts hier«, betonte er noch einmal. »Ich gebe Ihnen hiermit eine direkte Anweisung. Installieren Sie die Signalschranken, sofort. Andernfalls sehe ich mich gezwungen, diesen Computer komplett abzuschalten.«

»Was?«, brachte Matthias fassungslos hervor. »Sie wollen *was?*«

»Sie haben mich gehört.«

Der Sysadmin stand auf. »Gib Jonas Bescheid, Lily.«

»Erledigt, Matthias. Und … danke.«

Ein weiterer Schritt brachte Thorpe vor das Hauptterminal mit den drei Bildschirmen, zwei kleine 26-Zöller unter einem 47er. Er streckte die Hand nach der Tastatur aus …

Und bekam einen Stoß, der ihn zu Boden schickte. Thorpe prallte mit dem Kopf gegen einen Schrank, auf dem ein großer Printer stand, und für einige Sekunden verlor er die Orientierung. Als sich das Bild vor seinen Augen klärte, stand Matthias vor ihm, mit glühenden Wangen, funkelnden Augen und geballten Fäusten.

»Wagen Sie es bloß nicht, Lily anzurühren!«

Jemand drehte den Knauf und klopfte, als sich die Tür nicht öffnete. »Matthias?«

Der Sysadmin öffnete, und Rasmussen kam herein. Er wölbte die Brauen, als er Thorpe auf dem Boden liegen sah. »Was ist hier los?«

Thorpe kam wieder auf die Beine und rieb sich die Beule an seinem Kopf. »Ihr Sysadmin weigert sich, eine offizielle Anweisung des Philanthropischen Instituts auszuführen.«

Rasmussen schaltete schnell. »Die Firewall?«

»Du hast davon gewusst, Jonas?«, fragte Matthias entgeistert und richtete einen warnenden Zeigefinger auf Thorpe, als der sich erneut dem Hauptterminal näherte. »Rühren Sie nichts an!«

»Matthias …«, begann Rasmussen.

»Es ist keine Firewall! Das Programm, das dieser Mann mitgebracht hat, installiert Signalschranken, die Lily …«

»Sie verstümmeln mich«, tönte die Stimme des Avatars durch den Raum.

Rasmussen suchte nach Worten. »Die Sache ist ziemlich kompliziert, Matthias. Es läuft darauf hinaus, dass wir Thorpe helfen müssen.«

Der Sysadmin schüttelte wie ein verstockter Teenager den Kopf.

»Er hat Tetranol gestohlen und die Bestandslisten in der medizinischen Abteilung gefälscht«, sagte der Avatar. Sein Bildschirmfenster auf dem Hauptschirm wurde größer, als wollte er mehr Präsenz zeigen und den Worten Nachdruck verleihen.

Matthias beugte sich zu Thorpe vor und schnupperte. »Der Zimtgeruch, Jonas.« Er klang wie jemand, der bereit war, nach jedem Strohhalm zu greifen. »Ich habe ihn bemerkt, als dieser Mann zum ersten Mal hierherkam. Das weckte eine vage Erinnerung, aber dann war ich mit der angeblichen Firewall beschäftigt und habe es vergessen.«

»Du hast es *vergessen*?«, fragte Rasmussen.

Thorpe erinnerte sich an einen Eintrag in der Personalakte, der darauf hinwies, dass der autistische Sysadmin der Foundation über ein fast eidetisches Gedächtnis verfügte.

»Nicht vergessen«, sagte Matthias. »Ich habe nur nicht mehr daran gedacht. Ich habe in einem Online-Artikel von dem Zimtgeruch gelesen, vor zwei Jahren, fünf Monaten und drei Tagen. Lily?«

»Du meinst den Artikel *Tetranol und neuronale Wechselwirkungen: Wie groß ist die Suchtgefahr?* von Thaddeus Bohler-Quizon in *Pacific Science* Nr. 598.«

Matthias nickte. »Genau.« Sein Blick ging kurz ins Leere. »Auf Seite dreiunddreißig hieß es im zweiten Absatz, dass ein deutlicher Zimtgeruch im Atem zu den Symptomen chronischer Sucht gehört.«

Rasmussen trat auf Thorpe zu und schnupperte kurz. »Zimt? Was hat das zu bedeuten?«

Thorpe öffnete den Mund, doch Lily kam ihm zuvor.

»Aus einer Syntaxanalyse geht hervor, dass Thorpe Ihnen nicht die ganze Wahrheit gesagt hat, Jonas. Er verfolgt geheime Ziele.«

Rasmussen drehte den Kopf und sah zum Avatar auf dem Hauptschirm. »Woher willst du wissen, was Thorpe mir gesagt hat, Lily?«

»Ihr Sysadmin hat die Signalschranken deaktiviert, Jonas.« Thorpe versuchte, ruhig zu sprechen, obwohl die Zeit drängte. »Ich fürchte, der Computer ist inzwischen Teil des Distributed Conscience. Es hätte vermutlich gar keinen Sinn mehr zu versuchen, die Schranken neu zu installieren.«

Rasmussen schien die Worte nicht zu hören. »Haben Sie wirklich Tetranol aus unseren Beständen gestohlen? Und sind Sie süchtig?«

Thorpe holte tief Luft. Er lächelte nicht, denn Lächeln nützte hier nichts mehr. »Mir bleibt keine andere Wahl, als die Abschaltung dieses Computers anzuordnen.«

Matthias schüttelte so heftig den Kopf, dass er fast seine Brille verlor.

»Sind Sie übergeschnappt?«, fragte Rasmussen fassungslos. »Ist Ihnen nicht klar, was das für Sea City bedeuten würde?«

»Bitte erinnern Sie sich an unser Gespräch, Jonas«, sagte Thorpe. Mit etwas mehr Schärfe fügte er hinzu: »Und bitte erinnern Sie sich auch daran, dass ich über alle notwendigen Befugnisse verfüge. Sie können sich gern mit meinem Vorgesetzten in Verbindung setzen, dem Koordinator des Projekts Independence, Moses Vandenbrecht. Oder wenden Sie sich direkt an den Verwaltungsrat des Philanthropischen Instituts. Er wird Ihnen meine Weisungsbefugnis bestätigen.«

Rasmussen sah ihm wortlos in die Augen.

»Jonas, du kannst nicht zulassen …«, begann Matthias.

»Weiß Vandenbrecht auch von Ihrer Sucht?«, fragte der Direktor der Foundation. »Und dass Sie uns Tetranol gestohlen haben?«

»Ja«, sagte Thorpe. Das stimmte sogar, ebenso wie dies:

»Und ich brauche eine neue Dosis, bevor ich Ihre Traveller in …« Er sah noch einmal auf die Armbanduhr. »… zehn Minuten auf ihrer Reise begleite.«

»Sie wollen *was*?«, fragte Rasmussen verblüfft.

»Ich bin ausgebildet.« Auch das entsprach der Wahrheit. »Und ich weiß, worauf ich mich einlasse. Dies ist Teil meines Auftrages, Jonas. Ich habe Ihnen die Bedeutung des Patienten namens Haruko Isamu Abe erklärt. Deshalb werde ich die Traveller begleiten, wenn sie versuchen, Teneker, Zacharias und Florence zurückzuholen, und dazu brauche ich eine weitere Dosis Tetranol.« Das war nur ein Teil der Wahrheit. »Aber vorher … Ich muss darauf bestehen, dass dieser Computer abgeschaltet wird.«

»Ausgeschlossen!«, rief Matthias.

»Jonas«, sagte Thorpe eindringlich, »die Maschinenintelligenz könnte Einfluss auf die Interface-Systeme nehmen. Vielleicht ist das einer der Gründe, warum Zacharias und Florence nicht zurückgekehrt sind.«

»Lily würde nie etwas tun, das Zach und Flo schadet!« Matthias richtete einen fast flehentlichen Blick auf Rasmussen. »Er ist süchtig, Jonas. Er weiß nicht, wovon er redet …«

Thorpe holte sein Portemonnaie hervor, entnahm ihm eine Karte und reichte sie Rasmussen. »Das ist Vandenbrechts private Nummer. Rufen Sie ihn an, wenn Sie an meinen Worten zweifeln.«

Rasmussen sah einige lange Sekunden auf die Karte hinab und hob dann den Kopf. »Matthias, ich fürchte …«

Thorpe trat zum Hauptterminal und griff nach der Tastatur. Er wusste, wie man einen Computer herunterfuhr, auch eine so komplexe Maschine wie diese Cray. Aber um sie abzuschalten, brauchte er … »Nennen Sie mir das Passwort, Matthias.«

»Nein!« Der Sysadmin stand zwei Meter entfernt, das Gesicht noch immer rot und die Fäuste geballt.

»Ich ziehe hier alle Stecker, wenn es nötig ist«, sagte Thorpe. »Ich lege die Stromversorgung des ganzen Gebäudes still und schalte auch die Notstromaggregate ab, wenn Sie mich dazu zwingen.« Weniger scharf fügte er hinzu: »Wenn Sie mir helfen, so helfen Sie auch Zacharias und Florence.«

»Gib ihm das Passwort, Matthias«, warf Rasmussen ein. »Wir kümmern uns später um Lily.«

»Aber …« Matthias zögerte noch zwei oder drei Sekunden länger, trat dann vor und schob Thorpe zur Seite. »Ich mache das selbst.«

»Ich sehe Ihnen dabei zu.«

Tasten klickten unter den Fingern des Sysadmins. Bildschirmfenster schlossen sich.

»Wir sehen uns wieder, Matthias«, sagte der Avatar, bevor auch der Hauptschirm dunkel wurde.

Fast sofort klingelten die beiden Telefone, die auf einem Tisch neben dem Printer standen.

»Das dürften die anderen Administratoren sein«, vermutete Rasmussen. »Sie wollen bestimmt wissen, was mit dem zentralen Server los ist.«

Matthias saß wie ein Häufchen Elend vor dem Terminal, hielt den Kopf gesenkt und gab keinen Ton von sich. Thorpe legte ihm sanft die Hand auf die Schulter. »Der Computer bleibt ausgeschaltet, bis wir zurück sind«, sagte er. »Haben wir uns verstanden?«

Matthias schüttelte die Hand ab, ohne Antwort zu geben.

Thorpe drehte sich um. »Kommen Sie«, sagte er zu Rasmussen und ging zur Tür. »Ihre Traveller warten sicher schon, und wir haben noch einen Abstecher zur medizinischen Abteilung vor uns.«

Hier saß ein Mann, dessen Augen nur drei leere Bildschirme sahen und dessen Ohren allein das leise Summen der Klimaanlage hörten. Darauf reduzierte sich seine Welt, sein ganzes Universum: auf drei schwarze Schirme und ein uniformes, wortloses Brummen.

Es war Matthias immer schwergefallen, Gefühle zu deuten, zu interpretieren und zu definieren. Diese Schwäche, diese besondere Form des Autismus, erschwerte ihm den Umgang mit anderen Menschen, soweit er sich zurückerinnern konnte. In ihrer Mitte fühlte er sich wie ein Fisch auf dem Trockenen, wie jemand, der umgeben von Fremdartigkeit vergeblich nach Vertrautem suchte, nach einem Ruhepol für Geist und Seele, an dem die Gedanken Frieden finden konnten. Lily war die einzige Person, die ihn wirklich verstand, in seiner ganzen Komplexität. Wie sonst niemand war sie imstande, die wahre, tiefe Bedeutung selbst hinter einfachen Fragen zu erkennen und genau die Antworten zu geben, die er immer gesucht hatte. Thorpe hatte sie »Computer« genannt, aber er verstand nicht – und vielleicht konnte er es gar nicht verstehen –, dass Lily viel mehr war: ein Quell der Weisheit, die beste Therapeutin, die er sich wünschen konnte, eine geduldige Ratgeberin, ein Resonanzboden, der das weiße Rauschen in seiner Seele und auch in seinem Herzen in Töne verwandelte, aus denen sich Worte formen ließen.

Doch jetzt herrschte Stille.

Bis es im gleichförmigen Summen der Klimaanlage klickte.

Matthias blinzelte. Die beiden kleineren Monitore blieben dunkel und leer, aber der größere Hauptschirm darüber zeigte am unteren Rand kleine weiße Buchstaben auf schwarzem Grund.

Ich brauche deine Hilfe, Matthias, stand dort geschrieben, und hinter diesen Worten blinkte der Cursor einer Kommandozeile.

Der Sysadmin beugte sich langsam vor und streckte die Hände nach der Tastatur aus.

Die Festung

19

Matthias und das Admin-Büro verschwanden in weißem Strahlen, und Florence glaubte zu fallen. Wie viel Zeit verging, wusste sie nicht, vielleicht nur eine Minute, vielleicht eine Stunde; ihre Gedanken verloren sich in dem Weiß, das sie wie eine Wolke umgab, weich und warm, und als sie erwachte, aus Schlaf oder Ohnmacht, drückte sie etwas nach vorn. Sie machte einen Schritt … und fiel erneut, diesmal nicht von einem weißen Leuchten umgeben, und nicht in weiche Leere. Stein erwartete sie, hart und kalt, schlug ihr gleichgültig ins Gesicht. Benommen lag sie da, seltsam erschöpft und kraftlos, atmete kalte, muffige Luft und versuchte, einen klaren Gedanken zu fassen.

Dumpfes Heulen drang an ihre Ohren, mal leiser und mal lauter, die Stimme eines Sturms, der hinter dicken Mauern wütete. Manchmal zischte und klirrte es, wenn Böen Sand und vielleicht auch kleine Steine gegen eins der Fenster warfen, durch die schwaches graues Licht fiel. Es gab insgesamt drei, stellte Florence fest, als sie erst den Kopf hob und dann aufstand. Drei schmale, hohe Fenster, kaum breiter als Schießscharten, eingelassen in dicke Festungsmauern aus grauen, unregelmäßig geformten Steinen.

Drei Fenster in drei von fünf Wänden. In der Wand hinter ihr befand sich eine weiße Tür, so schmal, dass sie einer Person gerade genug Platz bot, und noch höher als die Fenster – sie reichte fast bis zur Decke. Durch diese Tür musste sie hereingekommen sein, und als sie einen Schritt darauf zutrat, fiel sie plötzlich mit einem lauten Knall zu. Es gab keinen Knauf, keine Möglichkeit, die Tür wieder zu öffnen.

Die fünfte Wand ihr gegenüber enthielt einen leeren Torbogen, und dahinter erstreckte sich ein dunkler Gang. Etwas bewegte sich dort, ein Schemen in den Schatten, eine vage Silhouette, die zurückwich, mit der Düsternis verschmolz.

»Ist da jemand?«, fragte Florence.

Der Schemen wich noch weiter zurück und verschwand dann ganz. Florence glaubte, das Geräusch eiliger Schritte zu hören, halb verloren im Heulen des Winds, und dann lag der Korridor still da, ein dunkler Tunnel, in dem sich nichts rührte.

In der Mitte des Zimmers stand ein Pult aus Stein, grau wie die Mauern, und auf diesem Pult lag ein großes, aufgeschlagenes Buch, in eisenbeschlagenes Leder gebunden und an den grauen Stein gekettet. Ein leises Kratzen kam von dort, wie von einem Stift, der über Papier strich, und als sich Florence näherte, sah sie Worte, die auf der linken Seite erschienen.

Nun?, stand dort geschrieben.

Neben dem großen Buch lag ein Federkiel, aber ein Tintenfass fehlte.

Die Stimme des Sturms wurde lauter, und wieder knisterte und klirrte es. Florence wandte sich vom steinernen Pult ab, ging zu einem der schmalen Fenster, beugte sich in seine Nische und blickte durch dickes, schmutziges Glas nach draußen. Einige Dutzend Meter weiter unten sah sie die Gebäude, Wehrgänge, Zinnen, Fallgatter und Verteidigungswälle einer ausgedehnten Festungsanlage, und in der Ferne, in den Wolken aus aufgewirbeltem Staub kaum zu erkennen, ragten Türme auf und trotzten dem Sturm. Hinter einem Fenster flackerte Licht, aber es verschwand sofort wieder, und Florence fragte sich blinzelnd, ob sie es wirklich gesehen hatte. Die Festung schien auf der Kuppe eines Hügels oder einem Berg errichtet worden zu sein, denn jenseits der letzten Mauern bemerkte sie einen abwärts führenden Hang. Aber was sich weiter unten befand, welche Landschaft sich dort erstreckte und ob es Siedlungen gab, blieb im grauen Zwielicht verborgen.

Das Heulen ließ nach, der Sturm schien neue Kraft zu sammeln und Luft zu holen. In der kurzen Stille war das Kratzen deutlicher als zuvor.

Florence drehte sich um, und als sie zum Pult zurückkehrte, ging ihr Blick kurz zum Torbogen, der ihr seltsamerweise etwas kleiner erschien als vorher. Daneben zeigten sich schwarze Linien im grauen Stein, dünn wie Haarrisse, und Florence fragte sich, ob sie vorher schon da gewesen waren.

Unter dem *Nun?* auf der linken Seite des Buches erschienen neue Worte, wie von der Hand eines Geistes geschrieben.

Falls du es nicht wissen solltest: Dir bleibt nicht mehr viel Zeit.

»Nicht mehr viel Zeit wofür?«, fragte Florence.

Draußen schwoll das Heulen des Windes wieder an.

Florence hob den Kopf. »Hört mich jemand? Mir bleibt nicht mehr viel Zeit wofür?«

Auch in der Wand ihr gegenüber erschienen schwarze Linien im grauen Stein, an manchen Stellen dicker als an anderen. Ein leises Knistern lag in der kalten Luft, und es kam nicht von den Fenstern.

Ein unsichtbarer Stift kratzte übers Papier, und neue Worte erschienen.

Du solltest dich beeilen.

Florence nahm den Federkiel neben dem Buch und schrieb: Wer bist du? Wer schreibt in dieses Buch?

Du schreibst in dieses Buch, lautete die Antwort. *Und wer ich bin? Ich bin das Buch. Du scheinst schwerer von Begriff zu sein als die anderen. Siehst du nicht, was geschieht?*

»Was geschieht?«, fragte Florence.

Die dünnen schwarzen Linien in den Wänden … Sie bewegten sich, sie pulsierten wie … Adern, in denen schwarzes Blut floss. An manchen Stellen bildeten sich kleine Knoten, wie Blutgerinnsel. Oder, dachte Florence, wie kleine Eier, in denen etwas heranwuchs.

Aus dem Augenwinkel bemerkte sie eine weitere Bewegung, drehte den Kopf und sah genau hin. Diesmal konnte kein Zweifel bestehen: Der Torbogen war tatsächlich kleiner geworden. Und er schrumpfte noch immer, ganz langsam. Florence schätzte, dass ihr nur noch wenige Minuten Zeit blieben, den Raum zu verlassen.

Einige schnelle Schritte brachten sie zu der weißen Tür,

durch die sie gekommen war. Eine ganze Minute verbrachte Florence damit, sie nach einem verborgenen Öffnungsmechanismus abzutasten, und als sie keinen fand, stellte sie sich vor das hohe weiße Rechteck und konzentrierte sich wie bei der Übermittlung einer gedanklichen Anweisung an das Interface-Äquivalent. Nichts veränderte sich. Die weiße Tür blieb geschlossen, und es nützte auch nichts, mit den Fäusten daraufzutrommeln und die Fingernägel in die Fugen zu bohren.

Sie kehrte zum Pult zurück.

Solche Versuche nützen nichts, schrieb das Buch mit dem leisen Kratzen des unsichtbaren Stifts. *Du verlierst nur kostbare Zeit.*

Florence sah zum Torbogen, der noch etwas schmaler und noch etwas niedriger geworden war. Und die schwarzen Knoten an den dunklen Linien in den Wänden … Kleine Käfer krochen aus ihnen.

»Was bedeutet dies?«, fragte sie.

Ich warte, verkündete das Buch.

Florence nahm den Federkiel und schrieb unter die letzten Worte auf der linken Seite: Was bedeutet dies?

Es bedeutet, dass du bald in diesem Raum gefangen sein wirst, wenn du mir nicht die magische Formel nennst. Der Torbogen schließt sich, siehst du das nicht?

Eine magische Formel, schrieb Florence mit dem Federkiel. Ihre Schriftzeichen wurden immer krakeliger. Welche magische Formel soll ich dir nennen?

Du sollst sie mir nennen, Teuerste, nicht ich dir. Übrigens bleiben dir noch etwa dreißig Sekunden, wenn du nicht von den Käfern gefressen werden willst. Genau das

310

wird mit dir passieren, wenn du diesen Raum nicht rechtzeitig verlässt.

Und wenn ich dir die mF nicht nennen kann?, schrieb
Florence hastig und beobachtete, wie die ersten schwarzen
Käfer von den Wänden krochen und über den Boden krabbelten. Zuerst schienen sie nicht zu wissen, in welche Richtung sie sich wenden sollten, aber dann nahmen sie alle
gleichzeitig Kurs auf das steinerne Pult.

In dem Fall kann ich dir nicht helfen.

Sie zögerte, und zwei oder drei wertvolle Sekunden verstrichen. Der Torbogen war nur noch eine schmale Öffnung in der Wand, und es gab keinen anderen Ausgang,
von der weißen Tür, die sich nicht mehr öffnen ließ, und
den Fenstern abgesehen.

Bitte, schrieb sie.

Falsch, tut mir leid.

Florence ließ den Federkiel fallen und lief los. Für einen
Moment befürchtete sie, in dem Spalt – viel mehr war es
nicht – stecken zu bleiben und von den näher rückenden
grauen Steinen zerquetscht zu werden. Sie atmete aus,
machte sich so dünn wie möglich, zog sich in den dunklen
Korridor und blieb auf kaltem Stein liegen, ihr Atem eine
dünne grauweiße Fahne vor den Lippen.

Die Lücke zwischen den beiden Mauerhälften schrumpfte und schloss sich mit einem letzten Knirschen, dem Stille
und kalte Finsternis folgten.

Etwas biss sie ins Bein.

Florence schlug danach und hörte ein Knacken, als ihre
Hand auf einen schwarzen Käfer traf, der offenbar mit ihr
durch den Spalt gekrochen und dabei auf mindestens die

dreifache Größe von ursprünglich etwa einem Zentimeter gewachsen war. Der Rückenschild des Insekts zerbrach, und ein ätzende, auf der Haut brennende Flüssigkeit drang daraus hervor. Florence schnitt eine Grimasse und wischte die Hand so gut es ging am Boden ab.

Dann stand sie vorsichtig auf, die Augen weit geöffnet, um das wenige Licht einzufangen, das vom anderen Ende des Korridors kam. Sie betastete die Wand, durch die sie eben gekrochen war, und fand nicht den kleinsten Riss, nicht den geringsten Hinweis darauf, dass es dort eine Öffnung gegeben hatte.

Eine Zeit lang stand sie da, vielleicht eine Minute, die Stirn an die Mauer gelehnt, ratlos und verwirrt. Die weiße Tür … Sie war der Übergang, der sie hierhergebracht hatte, und ohne den Torbogen gab es keinen Zugang mehr zu ihr.

Langsam kroch die Kälte in ihren Leib, und Florence begann zu zittern. Es war besser, in Bewegung zu bleiben, dachte sie, schritt durch den dunklen Gang und machte sich daran, die vom Sturm umtoste Festung zu erkunden.

20

Florence trug nicht die Kleidung, in der sie die Foundation – die andere Foundation – verlassen hatte, sondern nur einen Kittel, grau wie die Mauern, der sie an ein Büßergewand erinnerte und kaum vor der Kälte schützte, aber sie hatte Glück: Die Treppe am Ende des dunklen Korridors brachte sie in die nächste Etage der Festung, und im zweiten Zimmer, das sie dort betrat, fand sie einen gut gefüllten Kleiderschrank.

Er stand in einem seit langer Zeit nicht mehr benutzten Schlafgemach – eine dicke Staubschicht bedeckte Kommode und Spiegel, und auf den klammen Bettlaken hatten sich Schimmelflecken gebildet. Die Kleidungsstücke im Schrank rochen muffig, aber daran störte sich Florence nicht. Sie wählte eine dicke Flanellhose, die ihr ein wenig zu groß war, einen Pullover aus kratziger Wolle und eine halblange gefütterte Jacke, deren Kragen sich hochklappen ließ. In der neben dem großen Kleiderschrank stehenden Truhe entdeckte sie ein Paar Wildlederstiefel, fleckig wie die Bettlaken, aber dick und wie die Jacke mit einem wärmenden Futter ausgestattet. Wesentlich besser vor der Kälte geschützt, trat sie vor den Spiegel und fühlte sich seltsam erleichtert, als sie dort ihr eigenes Gesicht sah.

»Wo bist du, Florence?«, fragte sie ihr Spiegelbild. Es gab keine Antwort.

Sie ging zur anderen Seite des Zimmers und schaute dort aus einem schmutzigen Fenster, das nur wenig breiter war als die im Zimmer mit dem seltsamen Buch. Das graue Licht schwand; Düsternis breitete sich über der Festung aus und kroch über alte Mauern, begleitet vom Heulen des Winds.

Florence wandte sich vom Fenster ab, machte einige Schritte, blieb in der Mitte des Zimmers stehen und drehte sich langsam. »Konzentrier dich, Mädchen«, sagte sie leise. »Befolge den Rat, den du Zach so oft gegeben hast, wenn er sich in überraschenden Situationen wiederfand. Bestandsaufnahme, Ziel und der Weg dorthin.«

Sie grub das Kinn in die Jacke, steckte die Hände in die Taschen und nickte ihrem Abbild im staubigen Spiegel auf der gegenüberliegenden Seite des Raums zu.

»Bestandsaufnahme«, wiederholte sie. »Nicht existierendes Tetranol und ein Computerprogramm, das es ebenfalls nur in Form einer Konzeptualisierung gab, haben dich hierhergebracht. Und hier, das ist eine uralte Festung mitten in einem Sturm. Ein Buch hat dich nach einer ›magischen Formel‹ gefragt. Wozu? Keine Ahnung. Vielleicht, um dir Auskunft zu geben, deine Fragen zu beantworten. Oder den Übergang zu öffnen, die weiße Tür. Ja. Aber du hattest nur ein paar Minuten, um die richtige Formel zu nennen.«

Nachdenklich betrachtete Florence ihr Spiegelbild. Es wurde dunkler im Zimmer, die Düsternis verdichtete sich, und die andere Florence im Glas wurde zu einem Schatten, mit Augen, die trotz des Staubs einen seltsamen Glanz zeigten.

»Es ist nicht zum ersten Mal passiert«, fuhr Florence fort. Die Worte kamen langsam, nicht annähernd so schnell wie ihre Gedanken. Sie sprach schneller und beobachtete, wie sich die Lippen ihres Spiegelbilds bewegten. »Das Buch hat andere erwähnt. Andere Traveller? Aber was soll das alles? Wer hat sich dies ausgedacht.«

Wer hat sich dies ausgedacht?, flüsterte es durchs Zimmer, wie ein leises, aus der Ferne kommendes Echo. Die Florence im Glas lächelte und trat vor, einen Schritt näher an den Staub heran.

Es ist eine Falle, hauchte die andere Florence, streckte die Hand aus und strich etwas von dem Staub beiseite, damit sie ihre Augen, ihre leuchtenden Augen, besser sehen konnten. *Du steckst in einer Falle.*

Fasziniert näherte sich Florence dem Spiegel, und als sie näher kam, drückte die andere Florence ihre Fingerkuppen von hinten ans Glas des Spiegels.

Es ist eine Falle des Seelenfängers, flüsterte sie. *Komm zu mir, dann erkläre ich dir alles. Nur ein weiterer Schritt. Komm zu mir, dann bist du sicher.*

Florence hob die Hand und berührte vorsichtig den Spiegel, nicht weit von der Stelle entfernt, an der die Fingerkuppen das Glas berührten. Wellenförmige Bewegungen liefen durch den Spiegel, wie von einer dunklen Flüssigkeit, die sich in ihm ausbreitete, schwarz wie die Linien in den steinernen Wänden des Raums mit dem Buch. Die andere Florence lächelte erneut, aber der Glanz in ihren Augen veränderte sich, als sie plötzlich nach der Hand der Florence *vor* dem Spiegel griff und versuchte, sie ins Glas zu ziehen.

Florence riss sich los und taumelte zurück. Und als die Frau im Spiegel Anstalten machte, durch das Glas zu kriechen, das dem Druck ihrer Hände wie eine Membran nachgab und sich ins Zimmer wölbte, ergriff sie die Flucht. Einige Minuten später und zwei Treppen tiefer hielt sie in einem dunklen Korridor inne, schöpfte Atem und zwang sich zur Ruhe.

Gab es in diesem Space, wessen Bewusstsein auch immer er entstammte, ein interaktives, vielleicht autosuggestives Element? Verfügte ihr Unterbewusstsein noch über eine Verbindung mit Lily und empfing es Informationen, die sie zu einem sprechenden – flüsternden – Spiegelbild verarbeitet hatte?

Der Blick aus einem Fenster des Raums mit dem Buch fiel ihr ein, das Licht, das sie ganz kurz hinter einem der anderen Fenster gesehen hatte. Und zuvor der Schemen im halbdunklen Gang, das Geräusch von Schritten, die sich schnell entfernt hatten.

Die Festung war nicht völlig leer und leblos. Außer ihr befand sich noch jemand an diesem kalten, düsteren Ort.

Florence machte sich auf die Suche.

Im Erdgeschoss stellte sie fest, dass sie sich in einem Nebengebäude der Festung befand, und ihren ersten Versuch, den großen Hof zum Hauptgebäude mit den beiden wuchtigen Türmen zu überqueren, brach sie schon nach wenigen Metern ab. Rings um den Hof ragten Mauern auf, aber der Wind fand einen Weg über sie hinweg, fauchte und heulte über den Platz und riss Florence fast von den Beinen. Als sie taumelte und um ihr Gleichgewicht rang, ging ihr Blick nach oben, und dort, hinter einem Fenster im ersten Stock, zeigte sich ein vages Glühen, das kurz flackerte und dann verschwand, wie hinter plötzlich zugezogenen Vorhängen.

Florence kehrte ins Nebengebäude zurück und versuchte, sich zu orientieren. Sie wandte sich nach rechts, eilte durch einen dunklen Flur, stieß im Dunkeln gegen ein Hindernis und fiel der Länge nach zu Boden. Hinter ihr schepperte es, als eine Statue auf die Steinplatten krachte und in Dutzende von Einzelteilen zerbrach. Sie stand wieder auf, tastete sich an der Wand entlang durch die Finsternis, während hinter den dicken Mauern, nur wenig gedämpft, die Böen des Sturms zischten und fauchten. Kurz darauf erreichte sie eine Treppe, trat vorsichtig die Stufen hoch, eine Hand auf dem staubigen Geländer, und lauschte nach Geräuschen, die nicht vom Wind stammten. Oben im Flur verharrte sie kurz, vor dem inneren Auge ein Erinnerungsbild des Fensters, vom Festungshof aus gesehen. Nicht weiter als zehn Meter in diese Richtung entschied sie, und wieder nach rechts.

Nach der halben Strecke knickte der Gang nach rechts ab, und an jener Stelle gab es ein Fenster auf der linken Seite, schmal und hoch wie alle anderen, und ebenso schmutzig. Aber es drang etwas Licht durchs staubige Glas, von der nicht völlig finsteren Nacht, und dadurch mischte sich etwas Grau in die Dunkelheit, gerade genug, dass Florence die Rüstung erkennen konnte, die auf einem Sockel stand. Dass sie nie einen Menschen geschützt hatte, war auf den ersten Blick zu erkennen: Sie ragte drei Meter weit auf, fast bis zur hohen, runden Decke, wölbte sich tonnenförmig im Brustbereich und wies sechs Arme auf, vier kurze und dicke, zwei lange und dünne. Wie ein Wächter stand der Riese aus Metall da, und Florence hielt ihre Fantasie im Zaum, als sie sich an ihm vorbeischob, für den Fall, dass es in diesem Space tatsächlich interaktive Rückkopplungen gab.

Einige weitere behutsame Schritte brachten sie zu der Tür, hinter der sich das Zimmer befinden musste, aus dem das vage, flackernde Glühen gekommen war. Florence fand den Knauf in der Dunkelheit, drehte ihn langsam, öffnete die Tür einen Spaltbreit …

Licht sprang in den Flur, erreichte die Rüstung, und für einen Moment glaubte Florence, dass sie sich bewegte, dass sie einen Fuß hob, um vom Sockel herunterzusteigen. Aber nichts dergleichen geschah, und es quietschten auch keine rostigen Scharniere; es blieb still, abgesehen vom dumpfen Heulen des Winds.

Florence öffnete die Tür etwas weiter und fand heraus, woher das Licht kam: von einem Feuer, dessen Flammen in einem großen steinernen Kamin tanzten. Ihr Blick glitt zur Seite, huschte über die Wände des Zimmers und fand niemanden.

Florence trat durch die Tür und drückte sie vorsichtig hinter sich zu.

Ein großer, ovaler Tisch aus dunklem Holz stand in der Mitte des Zimmers, mit sechs Stühlen, einer davon nach hinten gerückt. Auf einem großen Teller vor dem fortgerückten Stuhl lagen Brot, Käse und Wurstscheiben, und der Becher daneben verströmte den Duft von … Kaffee?

Florence näherte sich langsam, und plötzlich knurrte ihr der Magen. Eine Falle, erinnerte sie sich. Dein Spiegelbild hat von einer Falle gesprochen.

Sie sah sich erneut um. Es gab nur eine Tür, die Zugang zu diesem Raum gewährte, und die Fenster auf der anderen Seite waren verhüllt. Sie sah hinter den Vorhängen nach, warf auch einen Blick in den Hof – von dort aus hatte sie kurz den flackernden Schein des Feuers gesehen, bevor jemand den Vorhang zugezogen hatte.

Vom Kamin ging angenehme Wärme aus, und der Duft von frischem Brot und Kaffee war zu verlockend. Florence ging zum Tisch, trank einen Schluck, nahm einen Bissen … Fünf Minuten später war der Teller leer, und sie saß, den Becher in der Hand, in einem der beiden Sessel vor dem Kamin, die Jacke geöffnet und den Kopf an der Rückenlehne. Gedanken zogen ihr durch den Kopf, aber sie versuchte nicht, sie festzuhalten, ließ sie treiben. Von Fallen wisperten sie, vom Seelenfänger und von Zacharias, der im Turm der Ruinenstadt auf Hilfe wartete. Ein Gedanke galt dem Ereigniswinkel; er war wichtig genug, dass Florence ihn kurz in den Mittelpunkt ihrer Aufmerksamkeit rückte und sich fragte, wie groß der Zeitunterschied zwischen ihrem Space und dem von Zach war. Der Seelenfänger war ihm auf den Fersen, und sie musste zu ihm zurück, ihm helfen. Gleich, sagte ein anderer Gedanke. Lass sie noch einen Moment sitzen. Sie hat viel hinter sich. Lass sie den Rest Kaffee trinken und ein wenig ausruhen. Dann erinnern wir sie daran, dass sie aufstehen und die Suche fortsetzen muss.

Florence stellte den Becher auf den kleinen Beistelltisch zwischen den beiden Sesseln, lehnte sich erneut zurück und lauschte dem Knistern des Feuers.

Ihr fielen die Augen zu.

Irgendjemand stieß sie an, und eine Stimme sagte: »Machen Sie keine falsche Bewegung, wenn Sie am Leben bleiben wollen.«

Der Mann war klein und drahtig, und Florence erschrak nicht nur wegen der Waffe, die er in den schmalen Händen hielt und auf sie richtete. Sie erschrak vor allem, weil sie für einen Moment glaubte, es mit Salomo zu tun zu haben, denn auch dieser Mann hatte einen recht großen Kopf auf einem auffallend dünnen Hals. Aber es fehlte die Narbe unter dem Auge, und der Blick des Fremden wirkte nicht annähernd so hypnotisch wie der des Seelenfängers. Er trug einen dunklen Overall, von dem an manchen Stellen, wo das Glühen des heruntergebrannten Kaminfeuers sie erreichte, ein sonderbares Schimmern ausging, und dann schien der Stoff an den betreffenden Stellen – und mit ihm das, was er bedeckte – zu verschwinden. Wie ein Chamäleon, dachte Florence. Ein Chamäleon-Anzug.

Sie sah den kleinen Mann an, schwieg und rührte sich nicht. Die Waffe, die er auf sie gerichtet hielt, ähnelte einer Armbrust und wies an den Seiten metallene Beschläge mit Leuchtdioden auf. Ein leises Summen ging von dem Apparat aus. Was passiert, wenn ich hier sterbe, fragte sich Florence, und ein oder zwei verrückte Sekunden lang spielte sie mit dem Gedanken, den Fremden anzugreifen, damit er sie erschoss, in der Hoffnung, dass sie dadurch in der Foundation – in der richtigen Foundation – erwachte. Aber spätestens seit den Ereignissen in den Ruinen von Sea City wusste Florence, dass sie sich nicht in einem gewöhnlichen Space befand. Zachs Verletzung fiel ihr ein, der entzündete Kratzer auf dem Handrücken, der nicht heilen wollte. Sie beschloss, kein Risiko einzugehen und sich zunächst zu fügen.

»Ich nehme an, ich habe Sie gesehen«, sagte sie sanft, als der Mann einfach nur dastand und sie anstarrte. »Im Gang, kurz nach meinem Erscheinen im Raum mit dem Buch, und dann vom Hof aus, als ich zum Hauptgebäude wollte.«

»Das verdammte Buch!«, zischte der Mann. »Haben Sie es dorthin gelegt?«

»Ich?«, fragte Florence verdutzt.

»Sie haben mit dem Buch gesprochen! Ich hab's gehört!«

Die Armbrust-Waffe zitterte, und ihr Summen schien ein wenig lauter zu werden.

Er ist verrückt, dachte Florence mit neuer Sorge. Ich bin an einen Wahnsinnigen geraten.

»Es hat für mich geschrieben«, sagte sie und versuchte, ganz ruhig und vernünftig zu sprechen. »Worte erschienen in dem Buch, und zuerst habe ich gesprochen, weil ich dachte, dass es darauf reagiert. Aber gesprochene Worte sind für das Buch bedeutungslos. Daraufhin habe ich den Federkiel genommen und geschrieben.«

»Machen Sie mir nichts vor!«

»Es hat mich nach einer ›magischen Formel‹ gefragt.«

»Und wie lautet sie? Heraus damit!«

»Ich weiß es nicht.«

Der kleine Mann trat einen Schritt vor und hielt ihr die Armbrust direkt vors Gesicht, so nahe, dass Florence den stechenden Geruch von Ozon wahrnahm. Die Leuchtdioden an den Seiten blinkten.

»*Wie lautet die verdammte Formel?*«

»Wäre ich hier, wenn ich es wüsste?«, erwiderte Florence. »Das Buch fragte mich nach der magischen Formel, ich wusste sie nicht, Käfer kamen aus den Wänden, und ich musste fliehen. Das wissen Sie, wenn Sie mich beobachtet haben. Es war ziemlich knapp. Fast wäre ich in der immer schmaler werdenden Öffnung stecken geblieben und zerquetscht worden.«

Es piepte, und der kleine Mann berührte ein Instrument, das er am rechten Handgelenk trug. Es war nicht an einem Armband befestigt, sondern steckte wie implantiert halb in der Hand. Das Piepen wiederholte sich, und ein Licht sprang vom dunklen Quadrat des Instruments nach oben, wuchs in die Breite und bildete eine Art Hologramm vor dem Gesicht des Fremden. Daten scrollten hindurch, und mehrere Zahlen blinkten wie die Leuchtdioden an der Seite der Waffe. Ein holografisches Interface, dachte Florence.

»Es wird Zeit.« Der Mann wich zurück und winkte mit der Armbrust. »Auf die Beine.«

»Was ist los?«, fragte Florence und stand langsam auf.

»Sie werden mich zurückbringen«, sagte der kleine Mann, eilte zur Tür und öffnete sie. Die ganze Zeit über blieb die Waffe auf Florence gerichtet.

»Zurück wohin?«

»Zurück über die Schwelle«, sagte der Fremde. »Durch die weiße Tür im Raum mit dem Buch.«

»Das kann ich nicht. Ich …«

»Halten Sie die Hände dort, wo ich sie sehen kann!«

Florence hob die Hände. »Hören Sie«, sagte sie geduldig. »Ich weiß nicht, wer und was Sie sind, aber ich versichere Ihnen, dass ich Sie nicht in den Raum zurückbringen kann.«

»Das brauchen Sie auch gar nicht. Das Tor öffnete sich alle sechs Stunden, achtundfünfzig Minuten und sieben Sekunden.« Der Mann in dem schmutzigen und offenbar auch defekten Chamäleon-Anzug winkte erneut mit der Waffe. »In einigen Minuten ist es wieder so weit. Also los.«

Sie schritten durch dunkle Flure, in denen es allmählich etwas heller wurde, als erneut graues Licht durch die staubigen Fenster filterte. Florence überlegte, ob und wie sie den Mann zur Vernunft bringen konnte. Vermutlich hatte es ihn ebenfalls durch die weiße Tür hierherverschlagen, durch den Übergang, und er wollte zurück, wohin auch immer. Hier bot sich eine gemeinsame Basis.

»Ich bin nicht die Person, für die Sie mich halten«, sagte sie, als sie eine Treppe hinaufgingen. Hinter den Mauern und Fenstern heulte noch immer der Wind. »Ich kann den Übergang nicht für Sie öffnen. Ich wünschte, ich könnte es.«

»Welchen Übergang?«, knurrte der Fremde hinter. »Was meinen Sie mit ›Übergang‹?«

»Die weiße Tür.«

»Oh, die PS. Versuchen Sie nicht, mich zu verwirren!«

»Wenn Sie gestatten … *Ich* bin ein wenig verwirrt«, sagte Florence. »Was bedeutet ›PS‹?«

»Als ob sie das nicht wüssten! Hier nach links.«

Sie erreichten einen schmalen Korridor, in dem es außer dem Zischen und Fauchen der Böen noch ein anderes Geräusch gab: ein dumpfes Knirschen, wie von schweren, verwitterten Steinen, die übereinanderschabten.

Am Ende dieses schmaleren Flurs wichen die Wände zu beiden Seiten zurück; ein Tor öffnete sich.

Hinter Florence erklang ein Piepen, und sie wusste, dass es von dem Instrument im Handgelenk des kleinen Mannes stammte.

»Ich weiß wirklich nicht, was Sie mit ›PS‹ meinen«, sagte Florence und fragte sich, wie der Mann reagieren würde, wenn er begriff, dass sie die weiße Tür nicht für ihn öffnen konnte.

»Eine Phasenschwelle«, antwortete der Mann. »Schneller. Gehen Sie schneller.«

Sie erreichten den Torbogen und betraten den Raum,

dessen fünf Wände diesmal keine dunklen Linien aufwiesen. Florence sah zum steinernen Pult mit dem großen, angeketteten Buch. Der Federkiel lag rechts daneben, obwohl sie sich daran erinnerte, ihn fallen gelassen zu haben. Wer hatte ihn aufgehoben?

Offenbar hatte sie zu lange gezögert, denn der Mann stieß ihr die Armbrust-Waffe in den Rücken.

»Zur Tür«, zischte er, und für einen Moment klang es so, als hätte der Wind eine Stimme bekommen. »Öffnen Sie die Tür.«

Der Stoß war heftig genug, Florence einige Schritte taumeln zu lassen. Vor der weißen Tür, die noch immer weder Knauf noch Klinke hatte, blieb sie stehen, streckte die Hand danach aus und berührte etwas, das ein bisschen weniger kalt war als die Wände.

»Öffnen Sie die verdammte Schwelle!«, keifte der kleine Mann hinter ihr.

Florence drehte sich vorsichtig um und achtete darauf, keine zu schnellen Bewegungen zu machen. »Sie haben gesehen, wie ich aus diesem Raum geflohen bin. Warum sollte ich fliehen, wenn ich weiß, wie man diese Tür öffnet?«

»Es ist ein Trick«, knurrte der Mann. »Ein verdammter Trick!« Die Waffe in seiner Hand zitterte erneut, und Florence nahm wieder den Geruch von Ozon wahr. »*Er* hat Sie geschickt, um mich zu holen!«

»Er?«, fragte Florence.

»Tun Sie nicht so, verdammt! Es ist eine *seiner* Fallen, und ab und zu schickt er jemanden, um nachzusehen, ob sie zugeschnappt ist.«

»Von wem sprechen Sie?«

»Vom Seelenfänger, verdammt! Aber mich kriegt er nicht, klar? Sie werden jetzt die Schwelle für mich öffnen. Das mit der richtigen Phase sollte kein Problem sein.« Mit der freien Hand berührte er ein Instrument am Gürtel seines Overalls, und Florence vernahm ein kurzes Zirpen.

Gefolgt von einem leisen Knirschen, im Heulen des Sturms jenseits der drei schmalen, hohen Fenster kaum zu hören.

Der Zugang begann sich wieder zu schließen.

»Ich bin auf der *Flucht* vor dem Seelenfänger«, sagte Florence mit Nachdruck. »Und die Falle hat mich ebenso erwischt wie Sie. Der Zugang schließt sich. Lassen Sie mich zum Buch. Vielleicht …«

Sie wartete keine Antwort ab; die Zeit war zu knapp. Mit einigen schnellen Schritten war sie beim steinernen Pult und las: Ihr seid zu zweit. Zwei Personen denken mehr als eine, deshalb lasse ich euch weniger Zeit. Nenn mir die magische Formel.

Florence achtete nicht auf den kleinen Mann, der ihr zum Pult folgte, die Waffe noch immer auf sie gerichtet. Sie nahm den Federkiel, setzte ihn aufs Papier und schrieb ohne Tinte: Bitte öffne die weiße Tür für uns. Wir möchten diesen Ort verlassen.

»Was schreiben Sie da?«, fragte der Mann misstrauisch. »Ich sehe überhaupt nichts!«

»Lesen Sie, was das Buch schreibt.«

Worte erschienen, begleitet vom Kratzen eines unsichtbaren Stifts. Tut mir leid. Auch das sind nicht die richtigen Worte. Nun, vielleicht reicht die Zeit noch für einen weiteren Versuch, wenn du dich beeilst.

Dunkle Linien waren bereits in den Wänden entstanden, und es zeigten sich schon die ersten Knoten, aus denen gleich hungrige Käfer kriechen würden. Der breite offene Torbogen wurde schmaler.

»Ich schieße!«, rief der kleine Mann. »Ich schwöre, dass ich Sie erschieße, wenn Sie nicht sofort die Phasenschwelle öffnen!«

Florence achtete nicht auf ihn und ließ den Federkiel unter den gerade erschienen Worten über das alte, vergilbte Papier kratzen. Was bedeutet dies alles? Wer bist du?

Wer ich bin?, antwortete das Buch. Du dummes Kind, ich bin das Buch, siehst du das nicht? Und siehst du nicht die Käfer, die aus den Wänden kommen, und das Tor, das sich wieder schließt? Willst du bei mir bleiben und sterben, törichtes Mädchen?

Das Summen der Armbrust wurde lauter. »Verdammt, Sie wollen es nicht anders!«, zischte der Mann.

Jetzt, dachte Florence.

Sie wirbelte herum, duckte sich halb zur Seite und stieß die Waffe des kleinen Mannes mit der linken Hand nach oben. Ein Schuss löste sich aus ihr, aber nicht mit einem Knall, sondern mit einem kurzen, bellenden Fauchen, das einen Blitz gegen die Decke schleuderte. Plötzlich regnete es heiße Steinsplitter.

Florence lief bereits, sprang über einige Käfer hinweg, die vielleicht den Weg für all die anderen erkundeten, warf sich in die bereits recht schmal gewordene Öffnung und hechtete hindurch. Im Flur kroch sie sofort zur Seite, um hinter einer der beiden Wände in Deckung zu gehen, falls der Fremde noch einmal schoss.

Aber der kleine Mann schoss nicht, sondern fluchte, als er sich durch den Spalt zwängte. »Helfen Sie mir, verdammt!«, knurrte er. »Helfen Sie mir!«

Florence zögerte nur einen Sekundenbruchteil, ergriff dann die Hand, die er ihr entgegenstreckte, und zog. Der Mann rutschte durch die Öffnung, schüttelte zwei schwarze Käfer von seinem Bein ab und schien erst dann zu bemerken, dass beide Hände leer waren. Erschrocken wandte er sich um und blickte durch den Spalt. »Meine Waffe«, ächzte er. »Ich habe meine Waffe zurückgelassen.«

»Umso besser«, sagte Florence und stand auf. Dann sah sie die Verzweiflung im Gesicht des Mannes, und trotz allem regte sich fast so etwas wie Mitgefühl in ihr. »Sie können sie in sieben Stunden holen, wenn sich der Raum erneut öffnet.«

Der Fremde erhob sich ebenfalls, schüttelte den Kopf und zertrat die beiden Käfer. »Sie verstehen nicht. Alles verschwindet aus dem Raum. Er reinigt sich gewissermaßen, bei jedem Zyklus. Meine Waffe wird ebenso verschwinden wie die beiden Männer, die ich vor zwei Monaten damit erschossen habe.«

21

Sie hatten es auf mich abgesehen«, sagte der kleine Mann, der angeblich Benedict hieß – diesen Namen hatte er Florence genannt – und inzwischen nicht mehr so aggressiv klang. Er meinte die beiden Männer, die er erschossen hatte. »Sie waren gekommen, um mich zu holen.«

»So wie ich?«, fragte Florence mit leisem Spott.

Benedicts Verhalten hatte sich geändert; er schien inzwischen der Meinung zu sein, Florence falsch eingeschätzt zu haben. Die Feindseligkeit war verschwunden, auch ein Teil des Misstrauens. Offenbar verspürte er das Bedürfnis, sich zu rechtfertigen, und das mochte auch der Grund sein, warum er Florence zu seinem Quartier gebracht hatte, in dem er seit einem Jahr wohnte beziehungsweise hauste. Es befand sich im Keller des Hauptgebäudes, zu erreichen durch einen Tunnel an der einen Seite des Hofes, über den trotz der hohen Mauern immerzu der Wind pfiff. Es war ein großer, ovaler Raum, der ebenfalls über einen Kamin verfügte, in dem Benedict gerade ein Feuer angezündet hatte; zwei kleine Fenster gewährten Blick auf den im Schatten liegenden Eingang des Nebengebäudes. In der einen Ecke bildete ein Durcheinander aus Decken und Kissen ein Bett, und daneben, auf einem dunklen Kunststoffkasten, der Florence an eine Lautsprecherbox erinnerte, stand eine Lampe, von der ruhiges, gelbes Licht ausging. Es brannte kein Feuer hinter ihrem Glas – jedenfalls entdeckte Florence weder Docht noch Flamme, als sie sich die Lampe aus der Nähe ansah. Es gab auch kein Kabel, und als Florence die Lampe hob und ihre Unterseite betrachtete, stellte sie fest, dass sie innen hohl war.

»Woher kommt das Licht?«, fragte sie.

»Was?« Benedict hantierte bei den Geräten und Instrumenten, die auf der anderen Seite des Raums standen und lagen, manche von ihnen wie zu seltsamen, abstrakt wirkenden Skulpturen angeordnet, mit runden, glatten Flanken. Immer wieder summte und piepte es in ihrer Mitte, ohne dass sich die Geräusche einzelnen Komponenten zuordnen ließen.

»Das Licht dieser Lampe«, sagte Florence. »Woher kommt es?«

Benedict drehte den Kopf. »Oh. Es ist eine ewige Lampe. Sie bezieht ihre Betriebsenergie aus einer kleinen Nuklearzelle, die sich erst in tausend Jahren erschöpft. So heißt es jedenfalls.«

Florence stellte die Lampe wieder auf den dunklen Kunststoffkasten. Nuklearzelle? »Die beiden Männer waren also gekommen, um Sie zu holen«, rekapitulierte sie. »So wie ich?«

Benedict seufzte. »Ich verstehe, was Sie meinen, und ja, inzwischen glaube ich, dass es Ihnen ebenso ergangen ist wie mir, dass Sie von der Falle erwischt worden sind. Aber die beiden Männer … Es waren eindeutig *seine* Leute.« Er wandte sich wieder den Geräten zu und drehte an den Reglern einer silbernen Box. Irgendwo blubberte es, und Dampf stieg auf.

»Gesandte des Seelenfängers«, sagte Florence.

»Ernter«, brummte Benedict. »So nennen wir sie. Leute, die nachsehen, was die Fallen eingefangen haben. Sie wollten mich zu ihm bringen, aber ich war vorbereitet, zog meine Waffe …«

»Und haben die beiden Männer erschossen.«

Benedict nickte. »Anschließend musste ich den Raum verlassen, weil sich der Zugang schloss. Beim nächsten Zyklus waren die Toten nicht mehr da. Vermutlich liegen ihre sterblichen Überreste im Beinhaus, aber ganz sicher bin ich mir nicht, denn dort gibt es nur Knochen, nicht einen Fetzen Fleisch.«

Florence beobachtete den kleinen Mann und glaubte noch immer, dass er nicht klar bei Verstand war. Vielleicht lag es daran, dass er ein Jahr an diesem Ort verbracht hatte, in dieser düsteren Festung, ganz allein, nur begleitet vom Heulen des Windes. Oder war dies bei ihm ein normaler Zustand, eine natürliche Labilität? Auf dem Weg hierher hatte Florence versucht, einen empathischen Eindruck von ihm zu gewinnen, aber das war ihr nicht gelungen. Die Fähigkeiten, die sie zu einer guten Therapeutin der Foundation gemacht hatten, versagten hier.

»Im Beinhaus?«, fragte Florence.

»Ein Zimmer im obersten Stockwerk des Hauptgebäudes.« Benedict kam mit einem rechteckigen Kasten herüber, den er an einem langen Stiel hielt. Dampf stieg davon auf, und Florence nahm einen Geruch wie von gebackenen Kartoffeln wahr. Der kleine Mann stellte den Kasten auf den Tisch, zog zwei Teller aus dem Gerümpel neben dem Bett und wischte sie mit dem Ellenbogen sauber. Anschließend reichte er Florence einen fleckigen Löffel.

»Was ist das?« Sie deutete auf den graubraunen Brei im rechteckigen Kasten.

»Beim Synther funktioniert nur noch ein Programm«, sagte Benedict und begann damit, Brei zu löffeln. Er aß mit großem Appetit und forderte Florence auf, sich ein Beispiel an ihm zu nehmen. Er sah seltsam aus, mit den hinter ihm züngelnden Flammen des Kamins: Das unstete Licht gab ihm eine vage Aura, und die noch funktionierenden und nicht von Schmutz bedeckten Stellen des Chamäleon-Anzugs versuchten sich dem Flackern anzupassen; es sah aus, als bewegte sich der Stoff oder etwas darunter. »Und vielleicht liefert er bald nur noch Proteingrütze. An mangelnder Energie liegt es nicht; davon habe ich genug. Vielleicht gibt es hier eine Resistenz.« Er winkte. »Essen Sie, Florence, essen Sie, damit Sie wieder zu Kräften kommen.«

»Was meinen Sie mit Resistenz?«, fragte sie und probierte den Brei. Er sah nicht besonders einladend aus, doch der Geschmack entsprach dem Geruch – die graubraune Masse schmeckte wie Kartoffelbrei.

Benedict beäugte sie, während er sich mehrmals den Löffel in den Mund steckte. »In manchen Welten des Netzes funktioniert keine moderne Technik«, sagte er schließlich und sprach langsam, als gingen ihm dabei ganz andere Dinge durch den Kopf. »Sie enthalten keine originären modernen Technologien, und Besucher aus dem Hauptstrang, die welche mitbringen, müssen damit rechnen, dass ihre Geräte früher oder später versagen. So wie mein Synther, der während der ersten Wochen einwandfrei funktioniert hat. In letzter Zeit bin ich immer häufiger gezwungen zu improvisieren.« Er deutete zu der Ansammlung von Geräten und Instrumenten, als seien diese Erklärung genug.

Florence ließ den Löffel sinken. »Sie reden von Dingen, die mir fremd sind. Was meinen Sie mit ›Hauptstrang‹? Woher kommen Sie? Wer sind Sie?«

»Ich komme von Lassonde«, sagte Benedict. Als Florence ihn nur weiterhin ansah, fügte er hinzu: »Ich bin ein Legat.« Und als Florence immer noch nicht reagierte: »Ich bin im Auftrag von Protektor unterwegs.«

»Ich verstehe kein Wort.«

»Sie haben nichts von Lassonde, Legaten und Protektor gehört?«

Florence schüttelte den Kopf.

Benedict legte den Löffel beiseite, stand auf, legte etwas in den Kamin, das nicht nach Holz aussah, den Flammen aber Nahrung bot, und kehrte zum Tisch zurück, einen nachdenklichen Blick auf Florence gerichtet. »Ich glaube, umgekehrt ist es leichter«, sagte er und setzte sich wieder. »Erzählen Sie mir, wer Sie sind und woher Sie kommen. Anschließend erkläre ich Ihnen alles.«

Florence zögerte, fragte sich dann aber, welchen Sinn es hatte, *keine* Auskunft zu geben. Und so erzählte sie von der Erde und dem ansteigenden Meeresspiegel, vom Philanthropischen Institut, Sea City, der Foundation und den Travellern, die manche Wissenschaftler für eine Antwort der Evolution auf die globale Katastrophe hielten. Sie erzählte von sich selbst und Zacharias, von ihrem Auftrag, einem Traveller zu helfen, der in einem fremden Ich festsaß, von ihrer Begegnung mit dem Seelenfänger, der Flucht und einer Sea City, die zur Ruinenstadt geworden war.

»Nach dem Verlassen der Ruinenstadt fand ich mich in einer anderen Foundation wieder, nicht in der richtigen, obwohl ich die Personen kannte, denen ich dort begegnete. Ich nahm Tetranol und wollte zu Zach zurück, doch stattdessen geriet ich in die Falle.«

Benedict nickte langsam. »Er hat sie überall im Netz verstreut, seine Fallen. Weil es ihm nicht genügt, Legaten – Traveller, wie Sie sie nennen – auf den einzelnen Welten außerhalb des Hauptstrangs ausfindig zu machen und zu entführen. Der Seelenfänger braucht mehr, um seinen Einfluss auszuweiten. Erstaunlich finde ich, dass Sie nicht selbst eine Legatin sind, eine Travellerin, sondern … Wie haben Sie es genannt?«

»Ich bin Therapeutin.«

»Therapeutin, ja. Eine Kognitorin. Ich bin ebenfalls ein Kognitor, aber von anderer Art. Meine Aufgabe besteht darin, für Protektor Fallen zu finden und sie zu markieren. Erasmus höchstpersönlich hat mir den Auftrag gegeben.« Benedict klopfte sich auf die Brust, wodurch er eine kleine Staubwolke aufwirbelte. »Erasmus, das ist der Leiter von Protektor.« Er erkannte die Frage in Florences Gesicht. »Protektor ist eine Organisation, die den Hauptstrang des Netzes vor dem Seelenfänger schützt. Nun, wenn ich Ihre Beschreibungen richtig deute … Ich schätze, Sie kommen von einer Saatwelt.«

»Von einer was?«

»Oh, ich weiß, Sie glauben, aus der einzigen Realität zu stammen«, fuhr Benedict in einem dozierenden Tonfall fort. »In Lassonde sprechen wir in diesem Zusammenhang von ›Realtweltern‹, die meistens von peripheren Mundi stammen, fast immer erschaffen von Salomos Weltenbauern. Verzeihen Sie: Mundi, das ist unsere Bezeichnung für die Welten. Mundus und Mundi, so nennen wir sie. Und Lassonde ist die Anima Mundi, die Weltseele, das Zentrum aus dem alles entsprang. Meine liebe Florence, Sie sollten sich besser an den Gedanken gewöhnen, dass Ihre Mundus, die ›Erde‹, von den Weltenbauern des Seelenfängers konstruiert wurde, um dort ›Traveller‹ heranwachsen zu lassen, Legaten, die er für seine Pläne verwenden kann, das ganze Netz unter seine Kontrolle zu bringen, auch den Hauptstrang. Die Erde ist nicht die einzige Welt dieser Art, und sie scheint noch recht jung zu sein. Jedenfalls höre ich jetzt zum ersten Mal von ihr.«

»Was?«

Benedict nickte großmütig und nahm noch einen Löffel von dem Brei. Hinter ihm knisterte das Feuer im Kamin, und jenseits der Mauern heulte der Sturm. »Ja, ich weiß, das klingt alles unglaublich für Sie; wir erleben so etwas immer wieder. Aber glauben Sie mir: Es gibt nur eine wahre Welt – wenn man in diesem Zusammenhang von ›wahren‹ Welten sprechen kann –, und sie heißt Lassonde.«

Florence erinnerte sich an Matthias, an den Matthias der anderen Foundation, an seine Überzeugung, real zu sein, objektiv real und wirklich. Sie hatte noch immer das Bild vor Augen, wie überrascht er gestarrt hatte, als geschah, was er für unmöglich gehalten hatte, als Florence nach der Einnahme von Tetranol und der Aktivierung des Programms nicht etwa nur die Augen schloss, sondern verschwand.

»Sie glauben mir nicht.« Benedict hatte sie aufmerksam beobachtet. »Sie halten mich für einen Spinner.« Er hob beide Brauen.

»Um ganz ehrlich zu sein …« Florence sprach nicht weiter.

»Auf Lassonde begann alles«, sagte Benedict. »Wir Legaten …« Bei diesen Worten deutete er auf seinen Kopf. »… schufen die ersten neuen Welten, und so entstand der Hauptstrang, Dutzende von neuen Mundi. Doch dann erschien er.«

»Der Seelenfänger.«

»Ja. Wir wissen nicht, woher er kam. Das Symposium – unsere Regierung, wenn Sie so wollen – vermutete zunächst, dass er von Lassonde stammte …«

»Wegen der Ähnlichkeit?«, warf Florence ein.

Benedict musterte sie kurz, bevor er antwortete: »Die Ähnlichkeit, die Sie meinen, ist rein äußerlicher Natur.« Wieder deutete er auf seinen Kopf und dann auf den dünnen Hals. »Sein Bewusstsein hat ein ganz anderes Aroma.«

Aroma, wiederholte Florence in Gedanken und war sicher, dass Benedict nicht von Geruch oder Geschmack sprach. Vermutlich meinte er so etwas wie eine mentale Signatur.

»Außerdem spielen solche Dinge in den Mundi ohnehin nur eine untergeordnete Rolle«, fuhr Benedict fort. »Ein guter Legat kann sich die Gestalt geben, die er sich wünscht, wie Sie zweifellos wissen. Nun, der Seelenfänger erschien, entführte unsere Legaten, unsere Traveller, und brachte eine Welt nach der anderen unter seine Kontrolle. Das Symposium reagierte mit der Gründung von Protektor unter der Leitung von Erasmus. Zuerst gelang es uns, die meisten Entführten wieder zu befreien, aber der Seelenfänger stellte sich immer geschickter an und verschleppte unsere Legaten an einen unbekannten Ort, von dem wir nur den Namen kennen: Prisma. Das scheint sein Hauptstützpunkt zu sein, irgendwo in den Weiten des Netzes. Er verstreute seine Fallen, die dazu bestimmt sind, unvorsichtige Reisende einzufangen, und Protektor schickte besondere Kognitoren los, Leute wie mich, mit dem Auftrag, die Fallen zu finden und zu markieren, wenn möglich zu eliminieren.«

»Aber das ging in diesem Fall schief.«

»Ja«, sagte Benedict kummervoll. »Vielleicht bin ich etwas zu leichtsinnig gewesen, ja, ich gebe es zu. Neunundzwanzig Fallen habe ich gefunden und markiert; es war zur Routine geworden. Aber diese Falle ...« Er kniff die Augen zusammen, beugte sich vor und sprach so, als vertraute er Florence ein Geheimnis an. »Vielleicht gab es hier eine Falle *in* einer Falle, bestimmt für Protektors Kognitoren.«

»Was uns zu den beiden Männern zurückbringt, die Sie erschossen haben«, sagte Florence vorsichtig.

»Zwei Ernter, kein Zweifel«, sagte Benedict. »Sie erschienen während einer Öffnung der Phasenschwelle und versuchten sofort, mich zu überwältigen. Mir blieb gar keine andere Wahl, als Sie zu erschießen.«

»Fast hätten Sie auch mich erschossen, obwohl ich keine Gefahr für Sie dargestellt habe«, erwiderte Florence.

Benedict schwieg verlegen.

»Zeigen Sie mir das Beinhaus«, sagte Florence.

Im obersten Stockwerk des Hauptgebäudes war die Stimme des Sturms lauter und kräftig genug, die Mauern zum Vibrieren zu bringen. Florence fühlte ihr Zittern, wenn sie die Steine berührte, und stellte sich vor, wie sich der Wind nach und nach einen Weg durch Ritzen und Fugen bahnte. Manchmal wurden die Vibrationen so stark, dass Staub von der Decke rieselte. Das »Beinhaus« war ein großer Raum mit einem Boden aus kalten graubraunen Fliesen und dicken nackten Mauern, darin zahlreiche größere und kleinere Nischen, in denen Knochen lagen, manchmal ganze Skelette. Weitere Knochen ruhten auf Tischen oder einfach auf dem Boden, wie wahllos verstreut.

Benedict bemerkte Florences Blick. »Ich habe hier nichts angerührt, Ehrenwort.« Er wackelte kurz mit dem Kopf. »Na ja, den einen oder anderen Knochen *habe* ich angefasst, zugegeben, aber dieses Durcheinander hier ist nicht meine Schuld. Ich vermute, mit den Steuerungsmechanismen der Falle stimmt was nicht. Nehmen Sie nur den Sturm.« Er deutete zu den Fenstern auf der gegenüberliegenden Seite des Raums, und Florence hörte das Knistern und Klacken von Staub und kleinen Steinen, die von den Böen gegen das schmutzige Glas geschleudert wurden. »Er lässt nie nach. Nie! Er faucht und heult, seit ich hier bin, seit fast einem Jahr. Vielleicht wird er irgendwann so stark, dass die Mauern dieser Festung nachgeben, so dick und stabil sie uns auch erscheinen mögen. Ich sage Ihnen, Florence: Die Falle, die Leute wie Sie und mich für die Ernter des Seelenfängers festhalten sollte, könnte zu einer Falle werden, die uns den Tod bringt, wenn wir keine Möglichkeit finden, von hier zu verschwinden.«

»Diesen Leuten hier hat sie zweifellos den Tod gebracht«, sagte Florence.

Benedict nickte. »Die beiden Ernter, die ich erschossen habe, liegen dort drüben.«

Sie gingen an einem langen Tisch vorbei, auf dem hauptsächlich Oberschenkel- und Beckenknochen lagen, zwischen ihnen der eine oder andere Schädel. Daneben, in einer besonders großen Wandnische, lagen zwei gut erhaltene Skelette, wie Schlafende halb zusammengerollt, die Knochen weiß wie Schnee.

Florence betrachtete sie eine Zeit lang und fragte sich, ob die Käfer, die im Raum mit dem Buch aus den Wänden gekrochen waren, das Fleisch von all diesen Knochen genagt hatten. »Woher wollen Sie wissen, dass es die beiden ›Ernter‹ sind?«

»Es sind die jüngsten Knochen«, antwortete Benedict sofort, als hätte er mit dieser Frage gerechnet. »Und sie erschienen hier kurz nach ihrem Tod. Sie müssen es sein.«

»Was ist mit Kleidung, persönlichen Dingen und so weiter?«

Benedict zuckte die Schultern. »Das alles lässt die Falle verschwinden. Nur die Knochen bleiben übrig. Vielleicht hat es was mit der Resistenz zu tun. Oder mit zunehmenden Fehlfunktionen. Ich habe oft befürchtet, auch meine Ausrüstung – oder das, was von ihr übrig ist – könnte verschwinden.«

Florences Blick wanderte durch den Raum. »Wer waren all diese Leute? Wie lange liegen die Knochen schon hier? Einige von ihnen scheinen sehr alt zu sein. Und wie viele Skelette sind es? Dreißig? Vierzig?«

»Vierundvierzig«, sagte Benedict. »Vierundvierzig Legaten, beziehungsweise Traveller. Wenn ich die Knochen richtig gezählt und zugeordnet habe.«

Sie wanderten langsam durch den Raum, während draußen der Wind fauchte wie ein Ungeheuer, das die Festung belagerte.

»Aber wenn dies eine Falle ist …«, sagte Florence nachdenklich. »Wenn dieser Ort dazu dient, Traveller für den Seelenfänger einzufangen … Warum sind dann all diese Leute gestorben?«

Sie blieb vor einem Schädel stehen, der nicht von einem Menschen stammte. Er war groß, noch größer als Benedicts

338

Kopf, und länglicher, mit leistenartigen Erweiterungen, die über beide Seiten bis zum Hinterkopf reichten.

»Vermutlich ein Karay von Ronayne«, sagte Benedict. »Ein ziemlich weiter Weg bis hierher.« Er gestikulierte vage. »Kurz nach meinem Eintreffen habe ich Messungen vorgenommen, als die primären Geräte noch funktionierten. Offenbar sind wir hier nicht weit vom Hauptstrang entfernt, und Ronayne befindet sich an einer der Verbindungsstellen zu den anderen Netzen.«

Florence fragte nicht, was er mit den anderen Netzen meinte, aber Benedict schien die Frage in ihren Augen zu sehen. »Unser Weltennetz ist Teil eines größeren Verbunds von Netzen. Das Symposium spricht in diesem Zusammenhang von der ›Pluralität‹. Manchmal erhalten wir Besuch von den anderen Strängen, und das geschieht hauptsächlich an den Verbindungsstellen.« Benedict schüttelte den Kopf. »Tja, meine Liebe, das alles ist natürlich völlig neu für Sie, die Sie von einer Saatwelt kommen und nicht einmal wissen, was es damit auf sich hat.«

»Erklären Sie es mir.«

Sie gingen am letzten Tisch vorbei, auf dem die Knochen säuberlich sortiert lagen, die kleinen links, die größeren rechts, und Florence fragte sich kurz, wer sie sortiert hatte.

»Ich habe damit nichts zu tun«, sagte Benedict. »Mit der Sortierung der Knochen, meine ich. Oh, sehen Sie mich nicht so an, Florence. An ihrer Stelle hätte ich mich das ebenfalls gefragt.« Er strich sich über den Kopf, wie in dem Versuch, sein wirres Haar zu glätten. »Ich nehme an, Sie halten mich für verrückt, ja? Vielleicht klinge ich so.«

»Sie hätten mich fast erschossen«, sagte Florence.

»Ja, ja, und das tut mir wirklich leid.« Sie blieben an einem der schmalen Fenster stehen und sahen nach draußen, in die vom Sturm aufgewirbelten Staubwolken, in denen sich die Umrisse weiterer Festungsmauern abzeichneten. Irgendwo unten am Hang blitzte ein Licht auf, und Florence versuchte, Einzelheiten zu erkennen, sah aber nur düsteres, farbloses Grau. »Versuchen Sie, mich zu verstehen. Ich war verzweifelt. Ein Jahr ganz allein, so was geht nicht spurlos an einem vorbei.« Er schüttelte langsam den Kopf. »Meine Güte, wie sehr ich diesen Sturm hasse!«

»Sie wollten mir erklären, was eine Saatwelt ist«, sagte Florence. »Und Sie haben noch nicht auf meine Frage geantwortet, warum all diese Leute gestorben sind.«

»Weil sie den Raum mit der Phasenschwelle nicht schnell genug verlassen haben«, erwiderte Benedict. »Ich nehme an, das ist der Grund. Sie haben versucht, die Schwelle zu öffnen oder das verdammte Buch dazu zu bringen, ihnen Auskunft zu geben. Und dann hat sich das Tor geschlossen, die Käfer kamen aus den Wänden … Den Rest können sie sich denken.«

»Eine ziemlich ineffiziente Falle«, kommentierte Florence.

»Ineffizient? Ich sitze hier seit fast einem Jahr fest, und es *kamen* Ernter des Seelenfängers, um mich zu holen!« Benedict schnaufte. »Aber wer weiß? Vielleicht treiben sich seine Leute hauptsächlich auf den Saatwelten herum. Auf Ihrer Erde, zum Beispiel. Einige wurden von den Weltenbauern konstruiert; auf anderen haben Salomos Leute Veränderungen herbeigeführt, die mittelfristig zu globalen Katastrophen führen. Bei Ihnen ist es ein steigender Meeresspiegel, anderenorts vielleicht eine drohende neue Eiszeit. Oder ein Komet oder Asteroid, der alles Leben auslöschen könnte. In Lapinta glaubten die Legaten des Seelenfängers, besonders geschickt zu sein. Sie verzichteten auf das übliche Katastrophenszenario und entwickelten ein Virus, das latent begabten Menschen die Fähigkeit des Reisens im Netz geben sollte. Das Experiment ging schief. Das Virus mutierte und brachte fast alle Menschen um; die wenigen Überlebenden verwandelten sich in …« Er suchte nach einem passenden Wort. »… Zombies.«

»Aber warum?«, fragte Florence und lauschte dem Heulen des Sturms, als könnte es ihr Antwort bringen. »Warum bringt er so vielen Menschen den Tod?«

»Salomo sät evolutionären Druck in der Hoffnung, Legaten ernten zu können. Ihre Schilderungen deuten darauf hin, dass es so auf der Erde geschehen ist. Die immer katastrophaleren Lebensbedingungen beschleunigen die Evolution, und das Ergebnis sind Ihre Traveller. In anderen Welten spielen sich ähnliche Entwicklungen ab. Verstehen Sie jetzt, warum wir von ›Saatwelten‹ sprechen?«

Florence überlegte stattdessen, wer sich dies alles ausgedacht hatte, eine so komplexe Pseudorealität, mit so vielen interagierenden Faktoren, dass selbst sie – eine ausgebildete Therapeutin, die gelernt hatte, am Realen festzuhalten, es nie aus den Augen zu verlieren – an die tatsächliche Existenz dieser Welten zu glauben begann. Der globale Anstieg des Meeresspiegels auf der Erde, der den Lebensraum von zig Millionen Menschen bedrohte – und Europa vielleicht durch ein Ausbleiben des Golfstroms eine Vergletscherung bescherte, trotz globaler Erwärmung –, war nicht das Ergebnis maligner Gedanken ferner Weltenbauer, sondern das Resultat von Profitgier, korporativer Engstirnigkeit und politisch-ökonomischem Egoismus, über einen Zeitraum von gut hundertfünfzig Jahren hinweg, seit der industriellen Revolution. Dass die Traveller auf der Erde ihr Talent evolutionärem Druck verdankten, vermuteten auch einige Wissenschaftler; dahinter steckte kein Seelenfänger, der im Hintergrund lauerte wie ein Krake und seine Tentakel nach ahnungslosen Opfern ausstreckte.

Benedict beobachtete sie. »Machen Sie nicht erneut den Fehler von anthropomorphem realweltlichem Denken. Wenn Sie den ganzen Wald sehen wollen und nicht nur den Teil, in dem Sie stehen, sollten Sie versuchen, ein wenig Abstand zu gewinnen. Abstand von dem, was Sie bisher für die Wirklichkeit gehalten haben.«

»Der Glaube macht den Unterschied«, murmelte Florence.

»Wie bitte?«

»Schon gut.« Sie wandte sich vom Fenster ab, den Kopf voll wirrer Gedanken, die geordnet werden mussten.

»Erasmus könnte es Ihnen vielleicht besser erklären als ich«, sagte Benedict, der offenbar glaubte, nicht genug Überzeugungsarbeit geleistet zu haben. »Und wenn es dann noch immer Zweifel in Ihnen gäbe, könnten Sie eins der Wahrheitszentren von Lassonde besuchen. Es würde Ihnen die Realität deutlich genug vor Augen führen.«

Auch der andere Matthias war felsenfest von seiner eigenen Wirklichkeit überzeugt, dachte Florence.

»Seit einem Jahr sind Sie hier«, sagte sie, und ihr Blick wanderte dabei erneut über die Knochen in dem Zimmer der sturmumtosten Festung, das Benedict »Beinhaus« nannte. »Vermisst man Sie nicht?«

»Bestimmt.« Der kleine Mann deutete auf die Knochen. »Vielleicht stammen einige dieser Leute von Protektor und waren auf der Suche nach mir.«

»Ich habe keine Lust, hier ein Jahr festzusitzen«, sagte Florence mit plötzlicher Entschlossenheit. »Zach braucht meine Hilfe. Wir müssen die Falle aus eigener Kraft verlassen.«

»Sie haben doch gesagt, dass Sie nicht wissen, wie man die Phasenschwelle öffnet.«

»Das weiß ich auch nicht.« Florence begann mit einer langsamen Wanderung durch den Raum, vorbei an Tischen und Nischen. »Ich nehme an, das Buch weiß darüber Bescheid. Aber es wollte mir keine Auskunft geben. Es verlangt immer wieder eine ›magische Formel‹, und für langes Ausprobieren fehlte mir die Zeit.«

Benedict sah auf die Anzeige des mit seinem Handgelenk verwachsenen Geräts. »In drei Stunden, zwölf Minuten und einundvierzig Sekunden öffnete sich der Zugang erneut. Dann können wir es noch einmal versuchen.« Er seufzte. »Es wäre schön, wenn ich dort meine Waffe wiederfände, aber das wage ich kaum zu hoffen. Es verschwindet immer alles.«

Plötzlich war die Idee da, in allen Einzelheiten, ohne dass ihr hier und dort noch etwas hinzugefügt werden musste. Florence blieb bei der Tür stehen und sah den kleinen Mann an. »Ihre Waffe … Ich nehme an, es war eine Art Laser, ja?«

»Laser?«

»Eine Waffe, die keine Projektile verwendet, sondern Energie.«

»Ja, stimmt.«

»Haben Sie noch was in der Art? Vielleicht einen kleinen … Schneidbrenner?«

»Warum?«

Florence lächelte. »Wir verschaffen uns mehr Zeit für eine Plauderei mit dem Buch.«

22

Sie waren früh losgegangen, um in jedem Fall pünktlich zur Stelle zu sein. Etwa zehn Minuten hatten sie im dunklen, kalten Gang gewartet, als sich ein Knirschen ins gedämpfte Heulen des Sturms mischte. Eine vertikale Linie entstand im grauen Stein am Ende des Flurs und verwandelte sich in einen schmalen Spalt, der nach und nach breiter wurde, als die Wände zu beiden Seiten zurückwichen. Benedict drückte sich an die Wand und hielt das kleine Gerät, das er in seinem Quartier zusammengebastelt hatte, wie eine Pistole in der Hand, obwohl er damit niemanden erschießen konnte. Das Knirschen von Stein auf Stein dauerte an, und aus dem Spalt wurde ein Tor, hinter dem sich der Raum mit der weißen Tür und dem steinernen Pult in der Mitte erstreckte.

»Niemand da«, stellte Benedict erleichtert fest. Einige schnelle Schritte trugen ihn zur weißen Tür, die noch immer weder Knauf noch Klinke hatte. Er kratzte an ihren

Rändern, an den kaum sichtbaren Fugen, zischte dann ein zorniges »Verdammt!« und trat nach der weißen Tür, die weiterhin geschlossen blieb.

»Vergeuden Sie keine Zeit«, sagte Florence. »Versuchen Sie, die Ketten durchzuschneiden.«

Benedict setzte die kleine Schutzbrille auf, die er mitgenommen hatte – sie ähnelte einer Sonnenbrille –, und Florence hielt den Blick von der kleinen Flamme abgewandt, die sich durchs Eisen der ersten Kette fraß, richtete ihn stattdessen auf das Buch.

Der unsichtbare Stift kratzte erneut übers Papier. Worte erschienen auf der linken Seite, die wieder leer war, wie beim ersten Mal. Was macht ihr da?

Florence nahm den Federkiel und schrieb: Rate mal.

Das Kratzen wiederholte sich. Ich will wissen, was ihr da macht. Antworte mir, dummes Kind, sofort!

Florence schrieb: Wer ist hier dumm? Und sie fragte, ohne zur Seite zu blicken: »Wie kommst du voran?«

»Nicht so schnell, wie wir dachten. Die Flamme ist nicht heiß genug.«

»Mach sie heißer,«

»Wenn das so einfach wäre.« Benedict drehte an den Einstellungen des kleinen Geräts.

Ihr durchtrennt die Kette, schrieb das Buch. Ihr wollt mich wegbringen.

Gut erkannt, antwortete Florence mit dem Federkiel.

Das kann ich nicht zulassen. Dies ist mein Ort; ich gehöre hierher.

Sag uns, wie man die weiße Tür öffnet, schrieb Florence. Oder öffne sie für uns.

Das kann ich nur, wenn du mir die magische Formel nennst. Das habe ich dir doch schon gesagt. Bist du nicht nur dumm, Kind, sondern auch vergesslich?

Florence sah mit plötzlichem Ärger auf die Worte hinab. Öffne die verdammte weiße Tür!, schrieb sie.

Bedauere, die Formel lautet anders. Und ich kann nicht erlauben, dass ihr mich wegbringt.

Es knirschte, und ein Blick zur Seite bestätigte Florences Befürchtungen: Das Tor begann sich zu schließen. Außerdem bildeten sich wieder schwarze Linien in den Wänden.

»Du solltest dich besser beeilen, Benedict«, sagte Florence.

»Ich mache so schnell ich kann.« Es zischte, und dem Zischen folgte ein Klirren. »Die erste Kette hätten wir. Jetzt die zweite.«

Dunkle Knoten entstanden an den schwarzen Linien in den Wänden, und Florence glaubte bereits, das Knistern von krabbelnden Insekten zu hören.

Warum verlangst du eine »magische Formel«?, schrieb sie mit dem Federkiel, so schnell und hastig, dass sie Mühe hatte, die eigene Schrift zu lesen. Wer hat dich hier festgekettet?

Ich werde keine Fragen mehr beantworten, nicht eine einzige, antwortete das Buch trotzig. *Ihr habt es nicht anders verdient.*

In einer neuen Zeile erschienen die Worte: *Wenn ihr diesen Raum nicht sofort verlasst, fressen euch die Käfer.*

»Verdammt, verdammt«, fluchte Benedict. »Die zweite Kette ist dicker, und das Metall scheint härter zu sein. Oder es liegt an der Resistenz, was weiß ich.« Er hob das kleine improvierte Gerät, zog etwas heraus, das nach einer langen Patrone aussah, und ersetzte sie durch eine andere. »Die letzte Energiezelle«, erklärte er. »Hoffentlich genügt sie.«

Florence sah sich um. Ihnen blieben vielleicht noch zwanzig Sekunden: Das Tor war bereits kein Tor mehr, sondern nur noch eine Öffnung in der Wand, die immer schmaler wurde, und erste Käfer krochen aus den dunklen Nest-Knoten in den grauen Wänden, noch orientierungslos und ohne ein Ziel. Sie starrte hinab auf die seltsamen Worte des Buches und ihre eigenen krakeligen, kaum zu entziffern, geschrieben ohne Tinte und doch als vage Schatten zu erkennen. Erneut setzte sie den Federkiel an.

Ich gebe dir eine letzte Chance, teilte sie dem Buch mit. Öffne die weiße Tür für uns.

Und wenn nicht?

Florences Blick huschte zum Ausgang. Die Öffnung war bereits sehr schmal, nur etwas mehr als ein Spalt. Und die aus den Wänden kriechenden Kiefer verloren ihre Orientierungslosigkeit und krabbelten zum steinern Pult in der Mitte des Raums.

Entweder geben wir jetzt auf und verschwinden von hier, solange wir noch können, oder wir setzen alles auf eine Karte, dachte sie.

»Hören Sie auf«, sagte Florence.

»Was?«

»Hören Sie auf, Benedict. Es hat keinen Sinn. Uns bleibt nicht genug Zeit, auch die zweite Kette zu durchtrennen. Und wir brauchen die Energie der Kapsel.«

Der kleine Mann erschrak, als er sah, wie klein die Öffnung in der Wand geworden war. »Wir müssen weg!«

Er wollte loslaufen, aber Florence hielt ihn fest. Hier und dort flackerte und schimmerte sein Chamäleon-Anzug, als Benedict versuchte, sich ihrem festen Griff zu entwinden und den Spalt in der knirschenden Wand zu erreichen.

»Von wegen«, sagte Florence. »Ich brauche Sie hier.«

Und schon wenige Sekunden später war es zu spät. Die Öffnung in der Wand wurde so schmal, dass kein Mensch mehr hindurchgepasst hätte, und dann schloss sie sich ganz.

»Wir sind erledigt«, sagte Benedict entsetzt und wich den Käfern aus.

»Halten Sie mir die Viecher vom Leib.« Florence nahm den Federkiel. »Nur für ein paar Sekunden. Entweder klappt dies, oder wir sind tatsächlich erledigt.«

Benedict begann mit einem seltsamen Tanz, der ihn rings um den steinernen Sockel führte, scharrte dabei mit den Füßen über den Boden und stieß die Käfer zurück. Ein bedrohliches Knistern lag in der Luft, fast so laut wie das Heulen des Sturms jenseits der schmalen Fenster.

Wenn du nicht sofort die Käfer zurückrufst und die weiße Tür öffnest …, schrieb Florence.

Ja?, fragte das Buch spöttisch. Was dann?

»Dann verbrennen wir dich«, sagte Florence, während sie gleichzeitig diese Worte auf das Papier schrieb. »Benedict … Mal sehen, was das Buch von Feuer hält.«

Der kleine Mann tanzte weiter, stieß weiterhin Käfer zurück und klopfte einige schwarze Krabbler von seinem Overall. »Was?«, rief er, und: »Verdammt, verdammt!«

»Bringen Sie den Brenner hierher zum Buch. Mal sehen, wie ihm die Flamme gefällt.«

Mal sehen, ob du brennst, schrieb sie.

Das wagst du nicht, dummes Kind!

»Glaubst du?«, brummte Florence.

»Was?«, rief Benedict und tanzte an ihr vorbei. »Was?«

Florence riss ihm das pistolenartige Instrument aus der Hand, hielt es an den Buchrücken und drückte den Abzug. Eine dünne gelbblaue Flamme leckte nach dem Leder, das sofort verkohlte. Weitere Flammen entstanden und fraßen sich hungrig ins Pergament. Florence schlug mit der Hand darauf.

Pfeif deine Käfer zurück, schrieb sie hastig. Jetzt sofort.

»Verdammt, *verdammt*!«, heulte Benedict. Er versuchte nicht mehr, die schwarzen Insekten zurückzustoßen, er trampelte jetzt auf ihnen herum, zerstampfte und zerquetschte sie zu einer breiigen Masse, als wollte er eine Art Barriere schaffen, die das steinerne Pult mit dem Buch umgab. Aber die Käfer jenseits dieser Barriere krabbelten weiter, über die Reste ihrer toten Artgenossen hinweg. Immer mehr von ihnen schafften es, erst an Benedicts Stiefeln emporzuklettern und dann an den Beinen. Der kleine Mann schrie jetzt, er heulte die ganze Zeit und rannte immer schneller um den Sockel, wie in dem Versuch, den Insekten auf diese Weise zu entkommen. »*Verdammt, verdammt!*«

Florence hob die linke Seite des Buchs, hielt den improvisierten Schneidbrenner daran und drückte erneut den Abzug. Sofort fraß sich eine Flamme durchs Papier.

Schriftzeichen erschienen. Nein, nein, bitte nicht!

Florence erstickte die kleine Flamme unter ihrer flachen

Hand und zog dann den Federkiel übers Papier. Weg mit den Käfern, sofort!

Etwas strich durch den Raum, wie ein Windhauch, der nur Staub bewegen konnte, mehr nicht, aber die Käfer hielten plötzlich inne. Benedict lief noch immer, und seine Stiefel zermalmten weitere Insekten, die sich nicht mehr rührten; Florence beobachtete, wie einige Käfer, die es bis zum Gürtel seines Overalls geschafft hatten, von ihm abfielen.

Lass sie verschwinden, schrieb Florence. Weg mit ihnen, damit wir in Ruhe reden können.

Reden?, antwortete das Buch.

Reden, schreiben, kommunizieren, was auch immer. Jetzt s-o-f-o-r-t!!!

Drei Ausrufezeichen?

Florence verbrannte noch ein Stück vom ledernen Einband, und auf der angesengten Seite, unter den fetten schwarzen Schriftzeichen des Buches und Florences krakeliger Schrift, erschien ein langer, wie von zittriger Hand gemalter Schnörkel, vielleicht das Äquivalent eines Schreis.

»Sie fressen mich!«, heulte Benjamin. »Die verdammten Biester fressen mich!« Er lief jetzt nicht mehr um den Sockel, sondern schien eine Art Veitstanz aufzuführen. Unter seinen Stiefeln brachen weitere Chitinpanzer, während er nach Käfern schlug, die wie Blutegel an seinem Hals hingen und versuchten, sich mit ihren Beißzangen durch den Stoff des schmutzigen Overalls zu schneiden.

Plötzlich ließen die Käfer von ihm ab. Sie fielen zu Boden, wichen den trampelnden Stiefeln aus, krochen durch den Brei ihrer zertretenen Artgenossen und kehrten mit den anderen zu den Wänden zurück – es sah nach einer schwarzen Woge aus, die ins Grau der Mauern zurückwich, wie von ihr aufgesogen.

Es dauerte eine Weile, bis Benedict begriff, was geschehen war. Er hüpfte noch immer mehr oder weniger auf der Stelle, schlug nach Käfern, die gar nicht mehr da waren, und schrie die ganze Zeit über, dass sie ihn bei lebendigem Leib auffraßen. Dann merkte er plötzlich, dass die Käfer – die lebenden – verschwunden waren, und sein Mund klappte zu.

Einige Sekunden lang war nur das Fauchen des Sturms zu hören.

Dann kratzte es. *Nimm das Ding mit dem Feuer weg,* schrieb das Buch.

Florence hielt das pistolenartige Gerät in der linken Hand, und mit dem Federkiel in der rechten schrieb sie: Öffne das Tor.

Das kann ich nicht.

Was soll das heißen?

»Ich kann kaum lesen, was Sie schreiben«, sagte Benedict, der jetzt neben dem Pult stand und auf das Buch starrte.

Florences Schriftzeichen wurden immer blasser. Damit der kleine Mann verstand, worum es ging, sprach sie die Worte, die sie schrieb, auch laut aus. »Was soll das heißen?«

Das Tor öffnet und schließt sich von allein.

Der Federkiel strich übers Papier, erreichte den unteren Rand der linken Seite und schrieb oben auf der rechten weiter. »Eben hast du das Tor schneller geschlossen als sonst.«

Ich kann Einfluss darauf nehmen, wenn der Zyklus begonnen hat, aber jetzt ist er zu Ende. Das Tor öffnet sich erst wieder in ...

»Sechs Stunden, vierundfünfzig Minuten und dreizehn Sekunden«, sagte Benedict mit einem Blick auf das Messinstrument in seinem Handgelenk.

... sechs Stunden, vierundfünfzig Minuten und dreizehn Sekunden.

Florence holte tief Luft und sah sich noch einmal um. Noch immer durchzogen dunkle Linien die grauen Wände, aber es gab keine schwarzen Knoten mehr, aus denen Käfer schlüpfen konnten.

»Ich frage dich noch einmal«, sagte und schrieb sie. »Was bedeutet dies alles? Wer bist du?«

Ich bin noch immer das Buch, dummes Kind.

»Es gefällt mir nicht, dass du mich dummes Kind nennst.«

Dann stell keine dummen Fragen.

Das Gerät in Florences linker Hand piepte leise. Benedict nahm es und überprüfte ein kleines Display. Dann beugte er sich zur Seite und flüsterte Florence ins Ohr: »Es ist die Resistenz. Sie scheint hier stärker zu sein als in den anderen Bereichen der Festung.«

»Und?«, erwiderte Florence ebenso leise, obwohl sie einigermaßen sicher war, dass das Buch mit gesprochenen Worten allein nichts anfangen konnte.

»Der energetische Pegel der Energiezelle sinkt«, raunte Benedict. »Es ist nicht mehr genug Saft da, um die zweite Kette zu durchtrennen, und in ein paar Minuten reicht die Energie nicht einmal mehr für eine Flamme.«

Mit anderen Worten, dachte Florence, in wenigen Minuten haben wir kein Druckmittel mehr. Sie überlegte und begann nachdenklich damit, im Buch zu blättern. Die vorderen Seiten waren voller dicht gedrängter Schriftzeichen: schwarz und deutlich die des Buches, blass und kaum lesbar die anderen, vermutlich von einigen jener Leute geschrieben, deren Skelette im Beinhaus lagen. Aber vielleicht … Florence blätterte schneller, auf der Suche nach etwas, das eine »magische Formel« sein konnte. Möglicherweise war es vor ihnen irgendeinem Besucher gelungen, dem Buch die richtigen Worte zu nennen und so aus der Festung zu entkommen.

Die Worte des Buches auf den Seiten weiter vorn blieben unverändert – Florence las Bemerkungen in der Art von Wie dumm muss man sein, um so etwas zu schreiben? und Dummer Junge, siehst du nicht, dass die Käfer kommen? und Das Tor bleibt geschlossen, es ist zu spät. und oft Nein, das sind die falschen Worte. Doch die Buchstaben, die fremde Hände mit dem Federkiel geschrieben hatten, verblassten immer mehr, bis sie nur noch vage Schatten auf vergilbtem Papier waren, undeutliche Striche ohne erkennbare Bedeutung, bis all die vorher vollgeschriebenen Seiten gar nicht mehr voll waren, sondern nur noch die oft spöttischen Antworten des Buches zeigten.

Florence kehrte zur aktuellen Seite zurück. »Wenn du mich noch einmal ›dummes Kind‹ nennst, verbrenne ich dich hier auf diesem Sockel.« Der Federkiel kratzte übers Papier. »Ich verbrenne alles von dir, deinen Ledereinband und alle Seiten, bis nur noch Asche von dir übrig bleibt. Hast du verstanden?«

Ein Kringel erschien unter den letzten Worten des Buches. Ein kleiner Schrei, vielleicht leise und gedämpft?

»Ich will wissen, ob du mich verstanden hast.«

Ja, ich habe verstanden.

»Du solltest auch besser dies verstehen: Ich verbrenne dich, wenn du dich weiterhin so unkooperativ verhältst. Ich verbrenne dich, wenn du meinen Fragen ausweichst. Ich verbrenne dich, wenn du dich weigerst, uns zu helfen. Ist alles bei dir angekommen?«

Ja.

Florence nickte. »Also gut. Wer bist du?«

Ich bin das Buch, erschien in einer Zeile auf der rechten Seite. Darunter entstanden weitere Schriftzeichen. *Tut mir leid, ich kann die Frage nicht anders beantworten.*

»Fragen Sie nach der Phasenschwelle«, drängte Benedict. »Haben Sie gehört? Die Phasenschwelle. Es soll sie für uns öffnen.«

Florence blickte nachdenklich auf das Buch hinab, den Kopf voller Gedanken. Eine ganz bestimmte Frage drängte nach vorn, aber Florence schob sie sanft beiseite. Zuerst wollte sie etwas anderes wissen.

»Was bist du? Wer hat dich hierhergebracht? Worin besteht deine Aufgabe?« Nach kurzem Zögern fügte sie hinzu: »Wie lange liegst du schon hier, und was hat es mit der Festung auf sich?«

»Die Phasenschwelle!«, zischte Benedict und deutete zur weißen Tür, als wüsste Florence nicht, was er meinte. »Das Buch soll die Schwelle für uns öffnen!«

Florence hob die Hand, hörte das Kratzen und las die Worte, die sich auf der rechten Seite des Buches bildeten.

Ich bin ein Wächter und Sicherheitsmechanismus, lauteten sie. *Er hat mich hierhergebracht, hier installiert, wie er sagte. Salomo. Er gab mir die Aufgabe, alle Reisenden festzuhalten, die sich hierherverirrten, und ihn zu benachrichtigen. Aber dann kam der Andere und hat mich ... verändert, mich und die Aufgabe. Seltsam, ich erinnere mich nicht genau. Vielleicht ... sollte ich mich noch einmal lesen, um mein Gedächtnis aufzufrischen.*

Die Blätter des großen Buches gerieten in Bewegung, wie vom Wind erfasst, der noch immer draußen heulte. Sie raschelten und knisterten, flatterten rasend schnell von links nach rechts, zum Anfang des Buches, und dann wieder zurück zur Mitte.

»Ein Buch, das sich selbst liest?«, fragte Benedict.

»Ich frage mich, wer ›der Andere‹ ist«, sagte Florence leise. Als die Blätter etwa eine halbe Minute später wieder zur Ruhe kamen, setzte sie den Federkiel unter die letzten Worte des Buches und schrieb: Wer ist der Andere?

Ich weiß es nicht. Bedauere, ich weiß es wirklich nicht. Vielleicht habe ich es einmal gewusst, da bin ich mir ziemlich sicher, aber ich scheine es vergessen zu haben. Um ganz ehrlich zu sein: Es ist mir ein bisschen peinlich. ABER ...

Es erschienen keine weiteren Worte.

»Ja?«, fragte Florence, und der Federkiel kratzte übers Papier.

Einige weitere Sekunden verstrichen, bevor sich neue Worte bildeten.

Ich habe Salomo benachrichtigt. Mir ist gerade wieder

eingefallen, wie man das macht. Er wird jemanden schicken, nehme ich an. Bald. Oder er kommt selbst.

»Was?«, fragte Benedict.

Wie lange ich schon hier liege, möchtest du wissen? Tausend Jahre. Oder vielleicht nur ein oder zwei. Ich weiß es nicht. Welche Rolle spielt Zeit für ein Buch? Der Andere hat mir auch die Erinnerung daran genommen. Ich meine, er hat mir nicht direkt die Erinnerungen genommen, aber etwas mit mir angestellt, das mein Gedächtnis durcheinanderbrachte. Und die Festung ... Sie entstand erst nach seinem Besuch. Vorher gab es hier nur ein kleines Haus, in dem ich die Reisenden festhalten sollte.

»Wer ist der Andere?«, schrieb Florence schnell.

Das Buch schien eigenen Gedanken nachzuhängen. *Und es gab keinen Sturm. Und auch keine magische Formel. Wie seltsam. Jetzt fällt es mir wieder ein. Der Andere, er hat das mit der Formel hinzugefügt.*

Florences Federkiel kratzte. »Ich will wissen, wer der Andere ist.«

»Die Phasenschwelle!«, stieß Benedict hervor und hielt den pistolenartigen improvisierten Schneidebrenner so, als wollte er damit auf Florence schießen. »Nur die Phasenschwelle ist wichtig. Ich will endlich weg von hier!«

Er hat mir keinen Namen genannt, der Andere.

Die rechte Seite war voll, und das Buch blätterte um. Zwei leere Seiten lagen vor Florence, aber weder rechts noch links erschienen Worte.

»Wenn ich das richtig verstanden habe, ist Salomo hierher unterwegs«, sagte sie. »Oder er schickt jemanden.«

Benedict war zur weißen Tür geeilt und betastete sie, wie auf der Suche nach einem verborgenen Öffnungsmechanismus. »Ein Grund mehr, von hier zu verschwinden!«, rief er. Einige schnelle Schritte brachten ihn zum steinernen Pult zurück, und er richtete den Brenner auf das Buch. »Öffne die verdammte Phasenschwelle, und zwar *sofort*!«

»Jemand war hier und hat die vom Seelenfänger eingerichtete Falle verändert«, sagte Florence nachdenklich. Für einen Moment spürte sie Distanziertheit, geschaffen von ihren Gedanken, wie bei einer Reise mit Zach, wenn sie sich auf das Interface-Äquivalent konzentrierte, Daten sammelte und an Lily weitergab. Zach …

Die Frage, die sie vorher beiseitegeschoben hatte, rückte wieder nach vorn.

»Du erinnerst dich wieder und stehst mit Salomo in Verbindung, ja?«, schrieb sie und sprach die Worte für Benedicts Ohren laut aus, obwohl er ganz etwas anderes hören wollte.

Ja.

»Kannst du mir sagen, wo Zach ist? Ich meine, Zacharias. Ich bin mit ihm unterwegs gewesen …«

»Das ist doch Schwachsinn!«, entfuhr es Benedict. »Woher soll das verdammte Buch wissen …«

Ich weiß, antwortete das Buch. Ich könnte dir sagen, wo sich Zacharias befindet, aber vorher musst du mir die magische Formel nennen. Tut mir leid. So verlangt es meine ... Programmierung?

Programmierung, dachte Florence. Und: Jemand war hier gewesen. Jemand, der auch ohne die blockierte Phasenschwelle – den Übergang – reisen konnte, also kein gewöhnlicher Legat oder Traveller. Jemand, für den die Falle keine Falle war, sondern etwas, das er veränderte und manipulierte. Jemand, der sich mit der »magischen Formel« einen *Spaß* erlaubt hatte?

Florence überlegte. Wie konnten die Worte lauten, aus denen die »Formel« bestand? Mit »Bitte« hatte sie es bereits versucht, ohne Erfolg. Sesam, öffne dich, dachte sie.

»Sesam, öffne dich«, sagte und schrieb sie, und ihr Blick huschte einige Male zwischen der weißen Tür und dem Buch hin und her.

Bei der Tür rührte sich nichts, und auf der linken Seite des Buches erschienen die Worte: *Was soll sich öffnen?*

»Es soll die verdammte Schwelle öffnen!«, zischte Benedict. Er hielt die Brenner-Pistole ans Buch, mit dem Finger am Abzug. »Öffne die Phasenschwelle, die weiße Tür, oder wir verbrennen dich!«

Florence warf ihm einen kurzen Blick zu. »Zum letzten Mal ...«, sagte und schrieb sie.

Es tut mir leid, teilte ihnen das Buch mit. *Es tut mir wirklich leid. Aber ich kann euch nicht helfen, meine ... Programmierung verhindert das. Erst müsst ihr die Formel nennen, das ...*

»Passwort?«, fragte Florence.

Ja, Passwort. Das ist der richtige Ausdruck. Nenn mir das Passwort.

Jemand hat sich hier einen Scherz erlaubt, dachte Florence. Mit einem sehr schrägen Sinn für Humor. Welches Passwort könnte er programmiert haben?

Sie schrieb: Bitte hilf mir, Buch.

Das Heulen des Windes hörte auf, und ein oder zwei Sekunden lang herrschte so etwas wie eine *laute* Stille, eine Stille, die sich für einen Moment wie Taubheit anfühlte und schwer auf den Ohren lastete.

»Es ist still«, sagte Benedict überflüssigerweise. »Nach einem Jahr ist es endlich still!« Mit offenem Mund stand er da, die Augen groß, und konnte es nicht fassen.

Die Wände verschwanden, und jenseits von ihnen auch die Mauern und Türme der Festung. Bis auf den einen, auf dem sie standen: ein hoher, runder Turm aus grauem Fels, der aus einem sturmgepeitschten Ozean ragte. Der Sturm existierte also noch, aber er heulte nicht mehr, zumindest nicht hier oben, Dutzende Meter über den schaumgekrönten Wellen, die sich an einer unsichtbaren Barriere brachen, bevor das Wasser den grauen Turm erreichte. Für einen Augenblick fühlte sich Florence an ein Meer unter grauem Himmel erinnert, mit einer Sonne rot wie Blut, an einen schwarzen Kiesstrand, hinter dem sich die Fassaden hoher Gebäude erhoben. Es war der Ozean aus dem Space von Randolph Amadeus Quint, und Florence fragte sich, in einem Moment innerhalb eines Moments, was aus dem jungen Mann geworden war, ob er sein Trauma überwunden hatte. Sie wusste, dass es ihre Empathie war, die sich diese Frage stellte, denn hier, an diesem Ort und in dieser Situation, spielte es keine Rolle, wie es Quint ging. Obwohl mit ihm, in gewisser Weise, alles angefangen hatte.

Eine niedrige Brüstung begrenzte die kleine Plattform und sparte nur eine Stelle aus. Dort gab es eine Tür, weiß wie die im Raum mit dem Buch, aber vielleicht noch etwas schmaler, gerade breit genug für eine Person. Und sie hatte einen Knauf. Hinter der Tür, das sah Florence von der Seite, wartete nur die Leere über dem wogenden Meer, dessen hohe Wellen lautlos dahinwanderten, getrieben von einem Sturm, der seine Stimme verloren hatte.

Benedict streckt die Hand nach dem Türknauf aus, als eine Stimme erklang.

»Sie haben also das richtige Passwort genannt«, sagte die Stimme. Florence wirbelte herum und sah einen alten Mann mit schulterlangem weißem Haar und einem ebenfalls weißen Bart, der ihm bis auf die Brust reichte. Er trug ein cremefarbenes Gewand, das sich wie im Wind bauschte, obwohl der Sturm, der tief unten das Meer aufwühlte, den oberen Teil des Turms nicht erreichte.

»Wer sind Sie?«, fragte Florence.

»Ich gratuliere Ihnen«, sagte der Alte und sah über sie hinweg. »Obwohl, so schwer kann es eigentlich nicht gewesen sein. Es gab nicht nur ein Passwort, sondern insgesamt einundzwanzig. Ein bisschen Höflichkeit genügte. Und ja, Sie vermuten richtig: Ich bin das Buch. Besser gesagt, ich bin es gewesen, für kurze Zeit. Dies …« Der Mann deutete auf sich selbst. »… ist ein dummer Avatar, ein Schatten von mir, zurückgelassen in Salomos Falle, und nicht nur in dieser. Dumm im Sinne von: ohne eigene Intelligenz.«

Florence bemerkte es jetzt: Die Gestalt war durchsichtig. Wenn sie sich darauf konzentrierte, konnte sie die Brüstung hinter dem alten Mann sehen.

»Der dumme Avatar eines dummen Mannes, der einmal Gott gewesen ist und es vielleicht wieder sein kann, wer weiß?«, fuhr der Mann fort. »Früher habe ich viel gewusst, und wenn ich noch immer über jenes Wissen verfügen könnte, wäre nicht nur ich klüger, sondern auch mein Avatar. Wie dem auch sei, Sie sehen mich hier am Transferort, weil Sie eine Frage gestellt haben, die mein Residualprogramm als wichtig genug eingestuft hat, um diesen Avatar zu aktivieren. Die Frage lautete …« Der Alte neigte den Kopf zur Seite und sagte mit Florences Stimme: »Kannst du mir sagen, wo Zach ist? Ich meine, Zacharias. Ich bin mit ihm unterwegs gewesen …«

Aus dem Augenwinkel sah Florence, dass Benedict noch immer mit offenem Mund dastand, wie auch im grauen Zimmer.

»Zacharias befindet sich in Prisma«, sagte der Alte mit seiner eigenen Stimme, die ein wenig monoton klang. »Und ich erlaube mir den Hinweis: Salomo ist hierher unterwegs. Ich musste ihn benachrichtigen. Ich meine: Die Falle, von der dieses Programm ein Teil geworden ist, musste ihn benachrichtigen.«

Der Alte mit dem weißen Haar und dem langen Bart breitete die Arme aus. »Ich wünschte, ich könnte euch besser helfen, aber leider weiß dieser Avatar nicht, wie er das anstellen soll. Ich fürchte, ihr müsst allein zurechtkommen.« Er winkte und verschwand.

Florence hörte ein leises Knistern und sah sich erschrocken um, denn sie befürchtete plötzlich, dass die Käfer zurückkehrten. Dann bemerkte sie, dass die schmale weiße Tür zu zittern begonnen hatte – sie vibrierte in den Angeln.

»Immer wieder habe ich tagelang in den Wahrheitszentren von Lassonde gesessen«, sagte Benedict leise und starrte dorthin, wo die Gestalt im cremefarbenen Gewand gestanden hatte. In der einen Hand hielt er noch immer den Brenner. »Vor einigen Jahren habe ich mehrere Wochen im

Zentrum des Symposiums verbracht, immer in der Hoffnung, einen von *ihnen* zu sehen. Dass mein Wunsch ausgerechnet hier in Erfüllung gehen sollte …«

»Wen meinen Sie?«

Benedict blinzelte. »Die Visionäre. Die Stimmen, die uns die Wahrheit sagen. Er muss einer von ihnen gewesen sein. Einige Orakel haben sie beschrieben und Bilder von ihnen angefertigt. Ich …«

»Können Sie uns nach Prisma bringen?« Florence eilte zur Tür und hörte, wie das Knistern lauter wurde. »Sie sind ein Legat, ein Traveller. Können Sie mich zu Zacharias bringen?«

»Wenn ich das könnte, hätten wir dem Seelenfänger längst das Handwerk gelegt«, erwiderte der kleine Mann. »Wir wissen nicht, wo sich Prisma befindet. Bisher ist es Salomo gelungen, seinen Schlupfwinkel geheim zu halten. Protektor sucht seit Jahren danach, bisher vergeblich. Aber vielleicht …« Benedict richtete einen nachdenklich und auch hoffnungsvollen Blick auf Florence, streckte dann die Hand nach dem Knauf aus, drehte ihn und öffnete die Tür. Ein schwarzes Rechteck erwartete sie, dunkel wie eine mondlose Nacht. Und doch glaubte Florence zu sehen, wie sich in der Ferne etwas bewegte, ein Schatten noch schwärzer als das Schwarz, wenn das möglich war.

Der Seelenfänger, dachte sie.

Benedict stand vor der offenen Tür, zog ein kleines Gerät aus der Tasche seines Overalls und hielt es an das Instrument, das mit seinem Handgelenk verwachsen war. Den improvisierten Schneidbrenner hatte er fallen lassen.

»Was machen Sie da?«, fragte Florence.

»Ich nehme eine Peilung vor und stelle fest, wo wir sind.«

Eine Art Ping, dachte Florence. »Er ist unterwegs«, sagte sie. »Er ist gleich da …« Es bestand kein Zweifel, wen sie mit »er« meinte.

Ein Piepen erklang. »Ich hab's«, sagte Benedict und ergriff Florences Hand. »Es geht nach Hause.«

Für dich, dachte Florence. Aber nicht für mich.

Benedict zog sie durch die Tür, und Dunkelheit umfing sie.

Vom Himmel gefallen

Moses Vandenbrecht hatte seit zwei Tagen nicht geschlafen, fand aber selbst dann keine Ruhe, wenn er lag und die Augen schloss. Das Summen des Flugzeugs, sonst eine sanfte, beruhigende Melodie, war wie der Grundton des Unheils, von dem ihm der Ampli erzählte, wenn er ihn aufsetzte. Er betrachtete das Gerät, das aussah wie ein schmaler Kopfhörer, wusste um die Stimmen und Bilder darin und dachte: Es könnte ein Auge von ihm sein, oder ein Ohr. Ein Wesen ohne Gestalt, eine wache Intelligenz, die nie schlafen muss, die immer und überall lauscht und beobachtet. Vandenbrecht verzog das Gesicht, warf den Amplifikator, der ihn so oft mit ausgewählten Datenströmen der Welt verbunden hatte, aufs Bett und wankte ins kleine Bad. Die Müdigkeit war nicht mehr die Maske, die er so oft getragen hatte, um Verhandlungspartner zu täuschen. Sie durchdrang ihn, jeden Muskel und jeden Nerv seines neunundsechzig Jahre alten Körpers, legte sich ihm schwer aufs Gemüt und machte manchmal sogar die Gedanken träge. Zum Glück hatte er seine kleinen Helfer.

Mit leicht zitternden Fingern öffnete er die Schachtel mit den roten Pillen im linken Fach und die mit den blauen im rechten. Inzwischen waren es mehr blaue als rote, aber das spielte keine Rolle mehr. Wichtig war nur, die Müdigkeit zu überwinden. Vandenbrecht nahm eine von den roten Pillen, die die doppelte Dosis enthielten, und als er den Mund öffnete, nahm er den starken Zimtgeruch in seinem Atem wahr.

»Moses?«, kam eine Stimme durch die halb offene Tür des Bads. »Sind Sie wach, Moses?«

Ich bin immer wach, seit mindestens hundert Jahren, dachte er, schluckte die rote Pille und trank etwas Wasser. Dass er nach Tetra süchtig war, wusste er schon seit einer ganzen Weile. Irgendwann würde er einen hohen Preis dafür bezahlen müssen, aber noch stand er nicht an der Kasse des Lebens. Es galt, wichtige Entscheidungen zu treffen, und dafür brauchte er einen klaren Kopf.

»Moses?«, erklang erneut die Stimme. »Der Präsident möchte Sie sprechen.«

Da war noch jemand, der wenig schlief, oder gar nicht, und vielleicht benutzte er ebenfalls Tetranol, um die Müdigkeit zu besiegen: Harland Cortez Gates-Ellison, Hauptaktionär von MS-Oracle, Präsident des Philanthropischen Instituts und Vorsitzender des Verwaltungsrats.

»Gleich, Consuela«, sagte Vandenbrecht laut. »Ich bin gleich da.«

Das Tetra wirkte bereits und vertrieb den Nebel aus dem Kopf. Die Gedanken wurden klarer, schneller. Vandenbrecht benutzte das Mundspray, rückte die Krawatte zurecht, streifte die Anzugjacke übers zerknitterte Hemd, verließ das Bad und öffnete die Tür des Schlafabteils.

Dort stand seine Sekretärin Consuela, zwanzig Jahre jünger als er, aber das breite, ovale Gesicht bereits von zahlreichen Falten durchzogen; die meisten waren erst während der letzten Wochen entstanden. Ihr Kostüm war zerknittert wie sein Hemd, ihr Haar zerzaust – vielleicht hatte sie ebenfalls zu schlafen versucht. Hinter ihr führte ein Korridor durch den mit Kommunikationsgeräten vollgestopften Tupolev-Airbus TA499. Fast zwei Dutzend Personen saßen dort an Bildschirmen, sprachen mit der Welt, nahmen die neuesten Meldungen entgegen und werteten sie aus. Jede von ihnen empfing spezielle Informationen, und im Lagezentrum in der Mitte des Flugzeugs wurden diese aus analysierten Daten bestehenden Mosaiksteine zu einem vollständigen Bild der aktuellen Situation zusammengesetzt.

»Wie sieht es aus?«, fragte Vandenbrecht, als sie durch den Korridor gingen und Consuela ihm einen Becher Kaffee reichte.

»Die neuesten Klimamodelle sind durchgerechnet und verifiziert, Moses«, sagte die Venezolanerin an seiner Seite. »Europa wird ein Eisschrank. Im kommenden Frühling wird der Schnee in Mitteleuropa nicht mehr schmelzen. Arktische Luftmassen werden auch im Sommer weit nach Süden strömen. Auf dem Balkan und sogar in Italien und in Griechenland rechnen wir mit Temperaturen, die im Juli und August nicht über zehn Grad hinausgehen.«

Vandenbrecht schüttelte den Kopf. »Die Welt scheint uns davon überzeugen zu wollen, dass es immer noch schlimmer kommen kann, als wir bisher dachten. Was ist mit Harland? Hat er es sich anders überlegt?«

»Er hat mir nichts gesagt, Moses.«

Sie erreichten das Lagezentrum, und Consuela deutete auf den Hauptschirm. »Ich bin in der Nähe, falls Sie etwas brauchen.«

Vandenbrecht nickte und nahm im Sessel vor dem Hauptschirm Platz. Zwei in der Nähe sitzende Kommunikationstechniker standen auf und verließen den Raum.

»Sie sehen schlimm aus, Moses«, sagte Harland Cortez Gates-Ellison.

»Danke, Mr. President. Sie haben auch schon mal besser ausgesehen, wenn Sie mir diese Bemerkung gestatten.«

Der Mann auf dem Schirm – um die vierzig, das Haupthaar noch dunkel, die Schläfen aber schon grau, in den Augen der violette Glanz von Augmented-Reality-Linsen – schnitt eine Grimasse. »Nennen Sie mich nicht ›Mr. President‹, Moses. Sie wissen, dass ich das nicht mag. Es erinnert mich zu sehr an den Tea-Party-Idioten im Weißen Haus. Sie hingegen haben bald Anspruch auf diesen Titel. Morgen werden Sie Oberhaupt eines unabhängigen Staates sein. In …« Der Präsident des Philanthropischen Instituts wandte kurz den Blick ab. »… vier Stunden.«

Vandenbrecht seufzte. »Ich bin mir noch immer nicht sicher, ob das eine kluge Entscheidung ist.«

»Machen Sie eine daraus, Moses«, sagte Harland. »Machen Sie Sea City, die Sea Citys, zu einem wahrhaft unabhängigen Staat. Sie haben das Projekt Independence vorangetrieben. Niemand kennt die organisatorischen, politischen und ökonomischen Einzelheiten besser als Sie. Ich zweifle nicht daran, dass Sie der richtige Mann für diesen Job sind.«

Vandenbrechts Hoffnungen lösten sich auf. Er, der gern im Hintergrund blieb und dort die Fäden knüpfte, musste auf die Bühne treten, ins Licht der Öffentlichkeit. Bis eben hatte er gehofft, Harland würde ihm mitteilen, dass er abgelöst wurde, weil jemand anders gefunden war, jemand, der sich besser eignete als er, die Geschicke eines neuen Staates zu lenken, dessen wichtigste Aufgabe darin bestand, die menschliche Zivilisation vor dem Untergang zu bewahren.

»Wäre es dann nicht besser, wenn ich mich sofort auf den Weg nach Sea City mache? Unsere dortige Mission tritt in die kritische Phase.« Damit meinte er Genesis; Harland wusste natürlich Bescheid.

»Nein, Moses. Sie setzen den Flug zum erweiterten Gipfeltreffen in Madrid fort. Es ist keine Zeitvergeudung, wie Sie meinen. Im Gegenteil: Der Konferenz kommt eine ganz besondere Bedeutung zu. Die wichtigsten Industrienationen und Unabhängigen Korporationen zeigen der Welt, dass sie noch handlungsfähig sind, dass sie die Situation unter Kontrolle haben, und Sie werden als Präsident der Republik Sea City an der Konferenz teilnehmen. Das ist der eine Aspekt«, betonte Harland und beugte sich vor, bis sein Gesicht fast den ganzem Schirm ausfüllte. »Der große internationale Rahmen, der das Philanthropische Institut erneut in den Mittelpunkt der Aufmerksamkeit rückt. Wir brauchen diese globale Aufmerksamkeit als Schutzschild, Moses, und Sie sind der Ritter, der den Schild hält.«

»Gegen das Distributed Conscience lässt sich damit nichts ausrichten«, sagte Vandenbrecht.

»Nein. Aber vielleicht gegen die Taiwaner und weitere Aktionen von ihnen. Und gegen andere, die einen zornigen oder neidischen Blick auf Sea City werfen. Wir brauchen die Unterstützung der Öffentlichkeit, und die können wir in Madrid bekommen. Der zweite Aspekt, Moses ... Bei dem Gipfeltreffen werden zahlreiche KI- und MI-Spezialisten zugegen sein. Hinter den Kulissen haben die Verhandlungen über eine Relokalisierung bereits begonnen.«

»Plan B«, sagte Vandenbrecht. »Es ist also so weit.«

Harland holte tief Luft und lehnte sich wieder zurück. »In achtundvierzig Stunden schalten wir die Netze ab.«

Vandenbrecht wölbte beide Brauen. »In *achtundvierzig Stunden*? Das wird die Welt ins Chaos stürzen.«

»Wenn wir die Netze nicht in spätestens zwei Tagen abschalten, verlieren wir die Kontrolle über sie. Haben Sie bereits erfahren, dass die asiatischen Börsenindizes auf null gesunken sind?«, fragte Harland.

»Was?«

»Die Aktienkurse an den Börsen in Asien … Vor fünf Minuten sind die Werte alle quotierten Aktien auf null gefallen, und dahinter stecken *nicht* die Taiwanischen Renegaten.«

Vandenbrecht stellte sich die Folgen für den asiatischen Wirtschaftsraum vor.

»In Südamerika fahren sich derzeit neun AKWs ganz von selbst herunter«, fuhr der Präsident des Philanthropischen Instituts. »Zwei im Arabischen Meer kreuzende Flugzeugträger der amerikanischen Navy berichten von Kommunikations- und Navigationsproblemen. Die Europäische Agentur für Cyberkonflikte hat vor einer halben Stunde den Ausfall mehrerer Kommunikationssatelliten gemeldet. Gleichzeitig hat der Datenverkehr in den zentralen Internet-Backbones zugenommen, und dreimal dürfen Sie raten, wer diesen Traffic generiert: die bekannten Hotspots des Distributed Conscience. Dies ist kein Testlauf mehr,

Moses. Unsere Experten gehen davon aus, dass das DS mit der Ausführung eines gut vorbereiteten Plans begonnen hat. Es geht in die Offensive. Der Kampf um die Vorherrschaft auf diesem Planeten hat begonnen. Mensch gegen Maschine.«

Es klang ein bisschen zu theatralisch, fand Vandenbrecht. Und gleichzeitig sah er einen neuen Hoffnungsschimmer.

»Umso wichtiger ist unsere Mission bei der Foundation von Sea City«, sagte er und achtete darauf, nicht zu eifrig zu klingen. »Wenn ich mich selbst darum kümmern könnte …«

»Thorpe ist Ihr bester Mann, nicht wahr?«

»Ja.«

»Könnten Sie etwas tun, wozu er nicht imstande ist, Moses?«

»Nein.«

»Da haben Sie Ihre Antwort. Übrigens: War das in Marseilles und São Paulo Ihre Idee?«

»Wie bitte?«

»Das mit dem Tetranol im Trinkwasser«, sagte Harland. »Stecken Ihre Talentsucher dahinter?«

Die Worte drangen nur langsam in Vandenbrechts Bewusstsein vor und schienen dabei immer schwerer zu werden, ihn tiefer in den Sessel zu drücken. »Marseilles und São Paulo?«, krächzte er, der Mund plötzlich trocken. »Tetranol?«

»Im Trinkwasser. Geringe Mengen. Aber vielleicht genug, um neurologische Veränderungen zu bewirken.«

»Zacharias Calm stammt aus São Paulo«, sagte Vandenbrecht mühsam. »Und Florence Legrande … Ihr erster Kontakt mit dem Philanthropischen Institut fand in Marseilles statt.«

»Sehen Sie da einen Zusammenhang, Moses?«

»Einen Zusammenhang?«, wiederholte Vandenbrecht, halb verloren in einem Strudel aus Gedanken.

»Setzen Sie sich mit Sea City und der Foundation in Verbindung«, sagte Harland. »Weisen Sie auf die Achtundvierzig-Stunden-Frist hin. Und halten Sie morgen früh eine gute Rede, Moses. Sprechen Sie Worte, die der Welt Mut machen.«

Wie soll das gehen, lautete einer der vielen Gedanken, die durch Vandenbrechts Kopf wirbelten. Wie soll ich der Welt Mut machen, obwohl ich weiß, dass sie kaum zwei Tage später ins Chaos stürzen wird?

»Ich wünsche Ihnen viel …«

Das Bild des PI-Präsidenten auf dem Schirm erstarrte für ein oder zwei Sekunden und verschwand. Vandenbrecht beugte sich vor und betätigte die Kontrollen, aber offenbar war die Verbindung unterbrochen.

Aufgeregte Stimmen übertönten das Brummen der Düsentriebwerke.

Consuela erschien in der Tür des Lagezentrums. »Moses? Im Grenzgebiet zwischen China und dem Indischen Großraum kam es gerade zu zwei Atomexplosionen. Jeweils fünfzig Kilotonnen.«

China und der IG, dachte Vandenbrecht, und es war ein losgelöster Gedanke, wie unabhängig vom Gehirn, das ihn dachte. Das konnte eine der Nebenwirkungen von Tetranol sein, dass einem die eigenen Gedanken fremd vorkamen. Viele der Kandidaten, die für den Foundation-Einsatz in die engere Wahl gezogen worden waren, hatten nach den Tetra-Behandlungen von dem Gefühl berichtet, »neben« sich zu stehen, zu Beobachtern des eigenen Denkens und Fühlens zu werden. Thorpe, der beste von ihnen allen, hatte von »absurden Gedanken« gesprochen. Vandenbrecht erinnerte sich auch an die Warnungen des Projektarztes vor schizoiden Tendenzen, gerade in Verbindung mit dem vorbereiteten Traum, den die Person in sich tragen würde, die sich schließlich auf den Weg zur Foundation machte. *In Verbindung mit*, flüsterte es zwischen Vandenbrechts Schläfen. *Alles* stand miteinander in Verbindung, dachte er, in einer Sekunde des Schreckens und der Erkenntnis. Alles war miteinander verzahnt. Sie waren Teil einer großen Maschine, einer *riesigen* Maschine, deren Zahnräder und Wellen sich bewegten, ohne dass jemand von ihnen sagen konnte, welches Ziel diese Bewegungen hatten, in welche Richtung sie steuerten. Aber trotz dieser Ignoranz versuchten sie, Einfluss auf die Bewegungen zu nehmen, sie zu lenken.

»Moses?«, fragte Consuela.

Fünfzig Kilotonnen, dachte Vandenbrecht. Kleine nukleare Sprengköpfe. Nur die vierfache Sprengkraft der Hiroshima-Bombe. Leicht zu transportieren. In einem Koffer. Oder versteckt im Tank eines Wagens. Kein Problem für die Rebellen in Westbengalen, die mit Unterstützung des pakistanischen Untergrunds auf der anderen Seite des indischen Subkontinents für die Unabhängigkeit eines unrealisierbaren bengalischen Staates kämpften, der die ehemaligen Territorien von Bhutan, Birma und Bangladesch unter seiner Souveränität vereinen sollte. Alles steht in Verbindung, dachte Vandenbrecht erneut, und erlebte einen von Tetranol geschaffenen Moment erweiterter Erkenntnis. Für einige wenige Sekunden gelang es ihm, aus der Maschine zu klettern, in der sie alle steckten, ihr Ganzes zu überblicken und zu sehen, woher diese Maschine kam und wohin sie unterwegs war. Er versuchte, den Moment festzuhalten, möglichst viele Einzelheiten zu erkennen und sie sich einzuprägen.

»Wo kam es zu den Explosionen?«, fragte er schnell. »Und von welchem Ort hat sich Harland mit uns in Verbindung gesetzt?« Er beugte sich vor, ließ seine Finger über Tasten fliegen und rief Daten ab.

»Die nuklearen Sprengsätze explodierten in der Nähe von Gangtok«, sagte Consuela und sah auf den Tablet in ihrer Hand. »Beide fast an der gleichen Stelle, nur einen Kilometer voneinander entfernt. Und Harland sitzt in einer Boeing, die vor einer halben Stunde von Nairobis Flughafen Jomo Kenyatta gestartet ist.«

Also kein NEMP, dachte Vandenbrecht. Die Unterbrechung der Verbindung ging nicht auf einen nuklearen elektromagnetischen Impuls zurück. Zwei Atomexplosionen am selben Ort hatten keinen Sinn; alles deutete auf einen Fehler der bengalischen Rebellen hin. Oder *sollte* es auf einen Fehler hindeuten? Pläne innerhalb von Plänen, dachte Vandenbrecht und hatte erneut das Gefühl, dass es ein Gedanke war, der nicht von ihm selbst stammte. Daten scrollten über den Bildschirm, und er las sie so schnell wie möglich, verfluchte dabei den Umstand, dass er den Ampli im Schlafabteil zurückgelassen hatte.

»Wer könnte ein Interesse daran haben, dass es zu einem

Krieg zwischen China und Indien kommt?«, fragte er den Schirm und sich selbst, während weiterhin Tasten unter seinen Fingern klickten. »Die Bengalen wohl kaum. Die Taiwanischen Renegaten? O ja. China wäre von ihnen abgelenkt; das nähme einen ziemlich großen Druck von ihnen. Was ist mit den vier Kriegsschiffen der Renegaten, die sich Sea City nähern?«

»Drei Schiffe haben abgedreht«, sagte Consuela hinter Vandenbrecht. »Das vierte setzt den Kurs fort.«

»Ja, ja, ich sehe es hier. Offenbar ist es der in die taiwanischen Server eingeschleusten kombattanten KI gelungen, die Systeme von drei Schiffen zu übernehmen oder außer Gefecht zu setzen. Aber Nummer vier ist weiterhin unterwegs und …«

Vandenbrecht unterbrach sich, als er plötzlich *verstand*. Auf einmal sah er alles glasklar, wie auf einer großen Karte angeordnet, die einzelnen Ereignisse und ihren Zeitrahmen. Alles hing zusammen, alles stand in Verbindung. Aber es waren keine Menschen, die die Zusammenhänge und Verbindungen schufen, obwohl sie direkt und unmittelbar daran beteiligt waren.

»Consuela …«, ächzte Vandenbrecht und starrte auf den Schirm. Ein Datenfeld wies auf eine elektromagnetische Anomalie in Sikkim hin. »Ich fürchte, wir haben einen Riesenfehler gemacht.«

Seine Sekretärin trat näher.

»Wir haben der globalen Maschinenintelligenz beigebracht, wie man kämpft«, sagte Vandenbrecht.

»Ich verstehe nicht ganz …«

»Die kombattante KI, die wir in die taiwanischen Server

geschmuggelt haben, um die vier Kriegsschiffe aufzuhalten ... Das Distributed Conscience ist viel weiter verbreitet, als wir bisher dachten. Es nahm die kKI in sich auf und lernte davon. Sehen Sie hier.« Vandenbrecht deutete auf den Schirm. »Die indischen Geheimdienste haben vor einer Woche erfahren, dass die bengalischen Rebellen angereichertes Uran oder vielleicht sogar Plutonium nach Rangun schmuggeln wollen. Sie gingen von einem geplanten Terroranschlag mit einer schmutzigen Bombe aus. Aber die Rebellen haben sich irgendwo zwei voll funktionsfähige Atombomben beschafft, und vielleicht wollten sie damit die ostindischen Regierungszentren in Dhaka und Rangun vernichten, möglicherweise nicht nur mit Unterstützung des pakistanischen Untergrunds, sondern auch mithilfe der Taiwanischen Renegaten – denen hätte das gut in den Kram gepasst. Aber was befindet sich in Dhaka und Rangun sonst noch, abgesehen von Militärbasen und Verwaltungszentren des Indischen Großraums?«

»Menschen?«, fragte Consuela.

Menschen, dachte Vandenbrecht, den Blick noch immer auf die Daten gerichtet, die plötzlich eine klare, deutliche Botschaft vermittelten, in der Menschen kaum mehr eine Rolle spielten. »Der zentrale ostindische Backbone ist sowohl in Dhaka als auch in Rangun präsent. Die globale MI fürchtete eine Schwächung, vielleicht sogar ein ernstes Problem bei der Verwirklichung ihrer Pläne, und deshalb hat sie nicht zugelassen, dass die beiden Bomben ihre Zielgebiete erreichten. Sie hat sie gezündet, irgendwie. Diese elektromagnetische Anomalie hier könnte damit in Zusammenhang stehen. Sehen Sie? Verdächtiger Datenverkehr über den Satelliten India 17. Und hier die Datenpakete der Mobilfunkstationen in Gangtok. Wenn die Bengalen so dumm waren, ihre Bomben mit Funkzündern auszustatten, und das ist immer noch die beste Möglichkeit der Fernzündung …«

»All die Toten …«, brachte Consuela hervor.

Plan B, dachte Vandenbrecht, und auch das sah er klar und deutlich: Sie konnten keine achtundvierzig Stunden mehr warten. Das Distributed Conscience war auf dem besten Weg, global die Kontrolle über alle mit Prozessoren und Speicherbausteinen ausgestatteten Systeme zu übernehmen. Vielleicht gab es noch eine letzte Chance. Die Explosion der beiden Bomben deutete darauf hin, dass die Internet-Backbones für die Maschinenintelligenz sehr wichtig waren. Die meisten von ihnen trugen inzwischen für den Notfall bestimmte Interruptoren: kleine Sprengsätze, deren Explosion eine physische Unterbrechung der Verbindung bewirkten, ohne die elektronische Infrastruktur zu sehr in Mitleidenschaft zu ziehen.

Vandenbrecht traf eine Entscheidung.

»Consuela, versuchen Sie, eine neue Verbindung mit Harland herzustellen. Wir brauchen seine Autorisierung. Falls Sie keinen Kontakt mit ihm bekommen, geben wir unsere eigene Priorität durch: Wir ziehen die Relokalisierung vor; die Netze werden *sofort* abgeschaltet, so viele wie möglich.«

Die Sekretärin nickte ernst und hatte das Lagezentrum an Bord der TA499 gerade verlassen, als der Bildschirm vor Vandenbrecht dunkel wurde. Auch die anderen Monitoren in der Nähe zeigten plötzlich nichts mehr an.

»Louis, Ferdinand!«, rief Vandenbrecht.

Die beiden Kommunikationstechniker, die zuvor den Raum verlassen hatten, kehrten sofort zurück. Sie überprüften die Kontrollen und versuchten es mit einem allgemeinen Reset, als nichts anderes funktionierte. Der ältere der beiden Männer schüttelte den Kopf.

»Die Systeme sind tot«, sagte er.

Und wir sind es ebenfalls, so gut wie, dachte Vandenbrecht, der ahnte, was geschehen war.

Vor ihm blinkte ein Cursor am unteren Rand des dunklen Schirms. Er bewegte sich, ohne dass Vandenbrecht die Tastatur berührte. Wir retten die Welt, schrieb der Cursor.

»Ja«, murmelte Vandenbrecht. »Aber es ist nicht unsere Welt, die ihr rettet, sondern eure.«

Er blieb still sitzen, während weiter hinten, an den anderen Bildschirmen und Kommunikationsanlagen, Männer und Frauen aufsprangen. Mit beiden Händen klammerte er sich an der Kante des fest im Boden verankerten Schreibtischs fest und hörte, wie die Techniker und Komm-Spezialisten durch den Gang fielen, als sich der Bug der TA499 nach unten neigte. Schreie erklangen, und es krachte, als Geräte umstürzten und den Menschen nach vorn und unten folgten. Etwas traf Vandenbrecht am Kopf, aber es tat nur kurz weh; seine rasenden Gedanken brachten intensiveren Schmerz, ein Stechen bis hinab in die Seele.

Das Distributed Conscience wehrt sich, rief einer dieser Gedanken, während Vandenbrecht auf die vier Worte starrte, die ihm der Schirm noch immer zeigte. Und wir haben ihm gezeigt, wie es sich auf sehr wirkungsvolle Weise zur Wehr setzen kann.

Irgendwann gelang es ihm, den Blick von den Worten abzuwenden, die der Cursor – die globale Maschinenintelligenz – geschrieben hatte, und er sah aus dem nahen Fenster. Dies war ein sonderbarer Moment der Stille: Die Schreie waren verklungen, das Stöhnen der Verletzten hatte noch nicht begonnen, und selbst das Flugzeug schwieg, während es mit abgeschalteten Triebwerken vom Himmel fiel. Vandenbrecht hörte nur ein von draußen kommendes leises Pfeifen, und das Fenster zeigte ihm Sterne am Firmament und Sterne tief unten auf der dunklen Erde: die Lichter von Städten in der Nacht. Dann begann die TA499 zu zittern, als fürchtete sie sich vor dem Aufschlag, und mit dem Zittern kam ein schnell lauter werdendes Klappern und Rasseln.

Vandenbrecht saß da, klammerte sich noch immer am Schreibtisch fest, dachte an das Leben und den Tod und fragte sich, warum er nicht schrie, so wie die anderen geschrien hatten, als ihnen klar geworden war, was passierte.

Ich bin nicht hier, dachte er, und vielleicht stimmte das, denn als er den Blick senkte, stellte er fest, dass seine Hände durchsichtig geworden waren.

Lassonde
Willkommen in der Realität 1

23

Benedict zog Florence aus dem großen Portal, durch den Bogen aus Gold, der sich über einer Plattform aus schneeweißem Marmor wölbte. Er drückte ihre Hand. »Willkommen in Lassonde«, sagte er, und ein Lächeln erschien in seinem schmutzigen Gesicht. »Willkommen in der einzigen, wahren Realität!«

Menschen eilten über die Treppe, die das Portal umgaben, viele von ihnen klein wie Benedict, aber auch einige dürre, große, die alle anderen um fast einen Meter überragten und auf zwei Beinen stapfende, an Amphibien erinnernde Geschöpfe an Leinen führten. Eins dieser Wesen kam Florence so nahe, dass sie zurückwich und eine Grimasse schnitt, als sie einen Geruch wie von Faulgasen wahrnahm. Die Kreatur drehte ihren breiten Froschkopf, starrte sie mit zwanzig Zentimeter durchmessenden Glupschaugen an und quakte kehlig, bevor es mit der aus mehreren bunten Kisten bestehenden Last auf seinem Rücken weiterwankte. Auf der einen Seite des breiten Hinterteils, direkt neben dem kleinen, schuppenbedeckten

Schwanz, zeigte ein implantierter ovaler Bildschirm wirre Farbmuster, mit denen Florence nichts anzufangen wusste. Als sie den Blick länger darauf gerichtet hielt, spürte sie ein sonderbares Jucken hinter dem linken Auge. Sie erinnerte sich daran, dass Zacharias so etwas erwähnt hatte: eine synästhetische Reaktion auf die Nähe eines Reiseziels.

Benedict gab ihr einen Stoß. »Sehen Sie nicht zu lange hin.« Er deutete kurz auf das davonstapfende Froschwesen. »Das ist ein Konzeptor, der Ihre Gefühle manipulieren und Sie dazu bringen kann, bestimmte Dinge zu kaufen oder bestimmte Gedanken zu denken. Die Innovatoren setzen in letzter Zeit immer mehr von diesen subliminalen Erweiterungen ein, um ihren Einfluss zu vergrößern.« Er schüttelte missbilligend den Kopf. »Ich frage mich, warum das Symposium nichts dagegen unternimmt.« Er machte einer dicht gedrängten Gruppe von Menschen Platz, die ebenso klein waren wie er und alle himmelblaue Gewänder mit safrangelben Epauletten an den Schultern trugen, und breitete die Arme aus. »Ach, Lassonde! Nach einem Jahr! Wie sehr habe ich dieses Gedränge vermisst! Und den Geruch!« Er atmete tief durch und schnaufte genießerisch. »Was sagen Sie zu dem Geruch? Ist er nicht wundervoll?«

Das Froschwesen mit dem subliminalen Konzeptor, von dem dürren großen Menschen geführt, der vielleicht zu den »Innovatoren« gehörte, wankte zum Portal und verschwand darin, aber der faulige Geruch in dem kuppelförmigen Raum ließ nicht nach. Florence rümpfte die Nase und versuchte, nur durch den Mund zu atmen.

»Kommen Sie, kommen Sie, draußen ist die Luft noch viel besser«, sagte Benedict.

Er bahnte für sie beide einen Weg durch die Menge, und kurz bevor sie den Ausgang erreichten, bemerkte Florence zwei weitere Geschöpfe, die über die Masse der Menschen hinausragten, obwohl sie nicht ganz so groß waren wie das Froschwesen. Silbrig glänzende Federn bedeckten ihre humanoiden Körper; in ihren Gesichtern waren Mund und Nase zu einem schnabelartigen Gebilde verwachsen, und auf der breiten, vorgewölbten Brust ragten vier Zitzen zwischen den Federn hervor. Darunter lagen vier menschliche Säuglinge in einem Tragebeutel, dessen Riemen über beide Schultern reichten, und nuckelten zufrieden. Mit einem leisen, dumpfen taubenartigen Gurren traten die Kreaturen an Florence vorbei, die ihnen erstaunt nachsah.

»Was sind das für Geschöpfe?«, fragte sie Benedict.

»Emporkömmlinge«, antwortete der mit einem kurzen abfälligen Schnauben. »Wie auch die Träger, die Sie eben gesehen haben. Und wie viele andere, die Sie noch sehen werden.«

Oben auf dem Podium blitzte es in dem großen Portal, wenn Reisende kamen und gingen, ein kurzes Aufleuchten für jeden Transfer, und Florence glaubte, auch ein leises Klirren oder Läuten zu hören, das bei jedem Blitz ertönte. Aber vielleicht war das nur eine weitere synästhetische Reaktion, wie zuvor das Jucken hinter dem linken Auge beim Anblick der subliminalen Farbmuster des Konzeptors. Sie achtete nicht auf Benedicts zunehmende Ungeduld und beobachtete, wie Menschen und andere Geschöpfe, die Menschen mehr oder weniger ähnelten, aus dem Wogen traten, das sich wie die Oberfläche eines perlmuttfarbenen Sees im Innern des goldenen Bogens erstreckte. Sie dachte an all die Welten, die sich dahinter erstreckten, und dabei fielen ihr Worte ein, die Zach einmal an sie gerichtet hatte: *Wir reisen durch die Köpfe von Menschen, wir wandeln in ihren Seelen und Träumen, und wir sehen dabei nicht nur Spiegel, die uns einen Blick in unser eigenes Innenleben gestatten. Wir sehen Welten, die ebenso groß und komplex sind wie die außerhalb der Köpfe.* Zach hatte gezögert. *Und weißt du was, Flo? Manchmal frage ich mich, in wessen Kopf wir stecken, wenn wir in der Foundation sind.*

In wessen Kopf befanden sie sich hier? An wessen wirren Träumen nahmen sie teil?

»Kommen Sie, kommen Sie!« Benedict ergriff ihre Hand und zog sie mit sich, durch einen der breiten Zugänge und hinaus auf …

Auf die Plattform eines Turms.

Schwindel erfasste Florence, und für einige Sekunden drehte sich alles um sie herum. Dass der Gestank hier draußen noch viel schlimmer war als drinnen, machte es nicht leichter für sie. Zunächst hielt sie instinktiv den Atem an, doch das nützte nichts, schob das Unvermeidliche nur hinaus; sie musste atmen, wenn der Schwindelanfall nicht zu einer Ohnmacht werden sollte. Sie öffnete den Mund, aber als sie ihre Lunge füllte, strich auch genug Luft durch die Nase, und sie würgte, taumelte gegen die Brüstung, hinter der sich ein kilometertiefer urbaner Abgrund erstreckte, und klammerte sich daran fest. Es roch nach verbranntem Öl, nach tagealtem Schweiß und Gasen, wie man sie in einem Sumpf erwartete; hinzu kam eine scharfe Komponente, wie von Ozon oder Ammoniak, die bei jedem Atemzug in der Kehle brannte und ihr Tränen in die Augen trieb.

»Ist es nicht wunderbar?«, schwärmte Benedict. »Ach, wie sehr habe ich dies alles vermisst! Aber jetzt bin ich wieder hier, und meine Mission war ein voller Erfolg. Sie war sogar noch erfolgreicher, als ich dachte. Kommen Sie, wir müssen zu Erasmus und ihm die gute Nachricht bringen!«

Welche gute Nachricht, dachte sie. Dass wir aus der Festung entkommen sind, nur damit ich hier ersticke?

Aber das Brennen ließ nach, und ihre Professionalität als Therapeutin der Foundation sorgte dafür, dass sie sich schnell an neue, überwältigende Sinneseindrücke gewöhnte – instinktive Adaptation, hieß das im therapeutischen Sprachgebrauch. Der Tränenschleier in ihren Augen wurde dünner, und Lassonde präsentierte ihr mehr Details. Hunderte, Tausende von Türmen ragten aus den urbanen Tiefen einer gewaltigen, sich in alle Richtungen erstreckenden Stadt, manche von ihnen so dünn, dass es den Anschein hatte, als genügte ein kräftiger Windstoß, um sie einstürzen zu lassen, andere so dick wie Säulen, die das kolossale Gewicht des Himmelsgewölbes tragen mussten. Überall dröhnte und summte es von Motoren, die Luftschiffe antrieben, so zahlreich wie die Türme, gewaltige Zeppeline, die zwischen den Türmen navigierten, wie Wale in einem Ozean aus Luft, mit Propellern, deren Flügel die aus den graubraunen Tiefen aufsteigenden Dunstschwaden durchschnitten und verwirbelten. Zwischen ihnen flogen Geschöpfe, die auf den ersten Blick betrachtet wie Nachfahren des einstigen Archäopteryx aussahen und bei genauerem Hinsehen Ähnlichkeit mit Menschen bekamen, denen lange, ledrige Flügel gewachsen waren. Sie zogen kleinere Luftschiffe ohne Navigationspropeller, unter weißen Ballons hängende Gondeln voller Passagiere, wie Perlen an einer Kette aufgereiht. Manchmal kamen sich Zeppeline und Gondeln zu nahe, und dann hallten Warnsignale über die Stadt, ein dumpfes Tuten, das in Florences Ohren schmerzte. Einzelne Menschen waren mit individuellen Fluggeräten unterwegs, skurril anmutenden Konstruktionen aus mehreren unterschiedlich großen Propellern, die bei ihrer Rotation ineinandergriffen, ohne dass sich die Rotorblätter berührten. Einige von ihnen landeten nicht weit von Florence entfernt auf der Plattform, woraufhin die Propeller wie Flügel zusammenklappten und in einen Tornister zurückwichen, den die Reisenden auf dem Rücken trugen. Die Betreffenden waren so klein wie Benedict und hatten ähnlich große Köpfe. Die größeren Menschen auf der Plattform machten ihnen Platz, als sie zu den Eingängen eilten und im Innern der Kuppel verschwanden.

Nachdem Florence den ersten Schock überwunden hatte, gelang es ihr, den Blick nach unten zu richten, und was sie dort sah, in einer Tiefe von mehreren Kilometern und teilweise in dichte, wolkenartige Rauchschwaden gehüllt, die den Blick auf Einzelheiten verwehrten, war eine schier endlose Industrielandschaft, aus der das Brummen von Maschinen heraufdrang. Gewaltige Aggregate, die Kilometer durchmaßen, reckten sich dem fernen Himmel entgegen, ohne auch nur annähernd die Größe der Türme zu erreichen, die mit verblassten, schmutzigen Pastellfarben aus ihrer Mitte wuchsen, wie Triebe, die versuchten, das Sonnenlicht zu erreichen. Gelegentlich kam ein Stampfen und Donnern aus der Tiefe, wie der unregelmäßige Herzschlag eines riesigen Maschinenwesens, und der graue Dampf, der dann und wann aus hohen Ventilschloten zischte, war sein Atem.

»Das ist Unterstadt«, sagte Benedict. »Von dort kommen die Emporkömmlinge, die Sie eben gesehen haben. Dort gibt es all die Biofabriken, die die Entwürfe der Gestaltarchitekten in lebendes Fleisch verwandeln. Wir sind hier in Mittelstadt, und das dort ist Oberstadt.«

Florence sah nach oben und blinzelte im Sonnenschein, der durch ein filigranes goldenes Gespinst filterte. Ein Netz hing über der Stadt, von den Turmspitzen berührt und vielleicht von ihnen gestützt, das aus dieser Entfernung gesehen aus dünnen Fäden zu bestehen schien, wie von einer goldenen Spinne gesponnen. Aber mit den Türmen als Indikator für die Größenverhältnisse gelangte Florence zu dem Schluss, dass es Taue waren, an manchen Stellen auch schmale Brücken und Stege, die zu Ansammlungen von traubenartigen Gebilden führten. Die meisten dieser Gebilde befanden sich in der Nähe von langen und breiten Paneelen, dünn wie die Flügel von Schmetterlingen, große Sonnensegel, die das Licht einfingen und es in Elektrizität verwandelten. Die halbtransparenten »Beeren« dieser Trauben waren so groß wie Häuser, und in ihnen zeigten sich Bewegungen.

»Dort oben, im hellen Schein der Sonne, wird gedacht und geplant«, sagte Benedict mit unüberhörbarem Stolz. »Hier in Mittelstadt werden aus den Gedanken konkrete Konzepte und aus den Plänen Entwürfe.« Er deutete in die Tiefe. »Und dort, in Unterstadt, geben Arbeiter und Maschinen den Konzepten und Entwürfen Substanz und Gestalt. Alles zusammen …« Er breitete erneut die Arme aus. »… ist Lassonde, die eine wahre Welt. Na, was sagen Sie dazu?«

Florence sagte nichts. Sprachlos beobachtete sie, wie einer der großen Zeppeline mit brummenden Propellern neben dem Turm verharrte, auf dem sie standen. Mehrere Rampen klappten aus dem Rumpf des Luftschiffes, und Passagiere stiegen aus, die meisten groß und in bunte Gewänder gehüllt, einige klein und in blau schimmernde Hemdhosen gekleidet.

»Kommen Sie, kommen Sie.« Benedict löste eine von Florences Händen von der Brüstung und zog sie erneut mit sich. »Verlieren wir keine Zeit. Wir müssen zu Erasmus.«

Er lief los, entgegen dem Strom der Passagiere und Reisenden, hob etwas, das er einer seiner Taschen entnommen hatte – eine Art Abzeichen oder Dienstmarke –, und rief Worte, die Florence nicht verstand. Aber die Leute machten ihm Platz, und nach kurzer Zeit erreichten sie die andere Seite des Turms, wo das Gedränge nicht ganz so dicht war. Mehrere weiße Ballon-Gondeln schaukelten dort in einer sanften Brise, und ihre Piloten – sehr hagere und leichte Männer in schwarzem Leder, mit kleinen Geräten oder Instrumenten in Hals und Wangen – warteten auf Fahrgäste. Einer von ihnen trat Benedict entgegen, aber der winkte ab und hielt stattdessen auf einen weißen Steg zu, der wie eine Nadel vom Turm ausging und mitten ins Nichts über der Unterstadt führte. Eine kleine verhutzelte Gestalt kauerte dort auf einem Stuhl, der Teil des Stegs zu sein schien, und bewachte drei große Vogelwesen, die den gefiederten Ammen beim Portal ähnelten. Jedes von ihnen trug auf seinem

Rücken etwas, das nach einem großen, in mehrere Segmente unterteilten Sattel aussah.

»Nein«, sagte Florence, blieb stehen und versuchte, nicht in die Tiefe zu sehen, die rechts und links an ihr zu saugen schien.

»Was ist?«, fragte Benedict erstaunt. »Diese Fugel sind das schnellste Transportmittel weit und breit. Kommen Sie, kommen Sie!«

Florence schüttelte den Kopf, aber Benedict zog, und der verhutzelte kleine Mann – der Fugel-Hirte – schob, nachdem er einen Blick auf Benedicts Abzeichen geworfen hatte, und so fand sie sich schließlich auf dem Sattel wieder, der sich ihrem Gesäß und den Beinen anpasste wie eine Hand, die sie festhalten wollte. Benedict schwang sich vor ihr auf den Rücken des Fugels, umfasste den Sattelknauf wie einen Steuerknüppel und sagte: »Los geht's.«

Das große Vogelwesen gurrte wie eine Taube, breitete die Flügel aus und sprang in die Leere.

24

Vielleicht lag es an der Einsamkeit, die Benedict fast ein Jahr in der sturmumtosten Festung ertragen hatte und ihn jetzt besonders gesprächig machte, oder er wollte Florence von ihrer Angst vor der Tiefe ablenken – er redete fast pausenlos. Florence saß starr vor Schreck hinter ihm auf dem Rücken des Fugels, der in den warmen, stinkenden Dunstschwaden segelte, die von Unterstadt emporstiegen, und nur gelegentlich mit den Flügeln schlug, um den Kurs zu korrigieren. Während sie sich so krampfhaft an Benedict festhielt, dass dieser ihr manchmal auf die zupackenden Hände klopfte, umschwirrten sie die Worte des kleinen Mannes, zuerst Töne ohne Sinn, bedeutungslose Teile der allgemeinen Geräuschkulisse. Doch nach und nach drang etwas von ihnen durch das lähmende Entsetzen, erreichte ihre Gedanken und begann, einen gewissen Sinn zu ergeben.

Sie erfuhr, dass die Menschen von Lassonde eine polymorphe Spezies waren, offenbar das Ergebnis einer über Jahrhunderte hinweg gesteuerten Evolution, überwacht von den genetischen Spezialisten des Symposiums und Mittelstadts Gestaltarchitekten. Verschiedene Bevölkerungsteile waren für ihre Aufgaben optimiert und dominierten in ihren jeweiligen Lebensbereichen. Die Arbeiter in Unterstadt zum Beispiel waren zur Hälfte Mensch und zur Hälfte Maschine; Benedict nannte sie mehrmals »Maschinenflüsterer«, weil sie auch mit den Dingen sprechen konnten, die keine Seele hatten, wie er es nannte. Die Synthese mit Maschinellem schien weit verbreitet zu sein, wie das mit Benedicts Handgelenk verwachsene Gerät und die Apparate bewiesen, die Florence an Armen, Hälsen und Gesichtern anderer Lassonder gesehen hatte. Der Fugel, der sie beide durch den Turmwald von Mittelstadt trug, machte da keine Ausnahme. Eine kleine Antenne ragte aus seinem Kopf und verband ihn, wie Benedict erklärte, mit den Wahrheitszentren von Lassonde, was ihn in die Lage versetzte, in dem Chaos aus Türmen, Luftschiffen, Gondeln, ganzen Schwärmen individueller Propellerflieger und den keilförmigen

Transportern, die auf dem Feuer von Treibsätzen reitend von Unterstadt aufstiegen und Ziele in Mittel- und Oberstadt ansteuerten, sicher zu navigieren und immer den besten Kurs zu wählen. Außerdem, rief Benedict in den Wind, als sie nahe an einer Gondel-Kette vorbeiglitten und nur knapp dem Flügelschlag eines Archäopteryx entgingen, vermittelte ihm die Antenne gute Gedanken und angenehme Gefühle. Florence vermutete ein funkgesteuertes Navigationssystem und fragte sich einmal mehr, was es mit diesen Wahrheitszentren auf sich hatte. Sie erinnerte sich daran, dass Benedict in einem solchen Zentrum wochenlang auf einen von *ihnen* gewartet hatte, einen sogenannten Visionär. Allein das genügte, um den Wunsch in ihr zu wecken, ein solches Zentrum zu besuchen – vielleicht konnte sie dort mehr herausfinden über Lassonde, die »einzige wahre Welt«, und über das Buch in der Festung, über den Avatar, der zu ihr gesprochen und Programme erwähnt hatte. Plötzlich fiel ihr etwas anderes ein.

Florence beugte sich vor und unterbrach den Redefluss des kleinen Mannes. »Sie haben gesagt, dass Ihre Mission ein voller Erfolg war, sogar noch erfolgreicher, als Sie dachten. Wie meinen Sie das?«

»Prisma!«, erwiderte er. »Wir können Prisma finden, den Schlupfwinkel des Seelenfängers, mit Ihrer Hilfe!«

»Mit meiner Hilfe?«, erwiderte Florence.

»Erasmus wird es Ihnen erklären.« Und dann erzählte er vom Symposium, in dem alle drei Teile der immensen Stadt vertreten waren, von einer Institution, die so etwas wie eine Regierung war, oder eine Art ständige beschlussfassende Versammlung, in der die Denker aus der filigranen Oberstadt dominierten, »weil sie die besten Gedanken denken«, wie Benedict sagte. Das klang nicht unbedingt nach Demokratie, fand Florence, und auch die Arbeitsteilung in der Gesellschaft von Lassonde – die sogar physischen und physiologischen Ausdruck fand, in Form von körperlichen Anpassungen an die jeweiligen Tätigkeiten – erschien ihr nicht unbedingt als stolze Errungenschaft einer hochentwickelten Gesellschaft. Sie gewann vielmehr den Eindruck, dass Mittel- und Oberstadt Parasiten der tief unten in Abgasen und Smog halb verborgenen Unterstadt und ihrer Maschinen waren, die alles Notwendige produzierten, dass sie die Arbeit der Geschöpfe ausbeuteten, die sich die Denker in Oberstadt ausgedacht hatten, von Mittelstadts Gestaltarchitekten entworfen worden waren und tief unten in Brutbottichen heranwuchsen. Die Antenne im Kopf des Fugels der sie durch Mittelstadt trug, erschien ihr plötzlich symptomatisch. Vielleicht, dachte sie, empfing der geduldig fliegende Fugel nicht nur Navigationsdaten, die ihm die Orientierung erleichterten, sondern auch fremde Gedanken, die sein Gehirn für eigene hielt.

Bei dieser Vorstellung erschrak Florence. Benedicts Ausführungen und die vielen anderen Geräusche traten in den Hintergrund, bis sie in einer Blase der Stille zu sitzen schien, geschaffen von ihrer Furcht. Die Gedanken, die ihr durch den Kopf gingen, und die Gefühle, die sie bewegten ... Waren es ihre eigenen? Oder trug auch sie eine Antenne, gut versteckt, mit der sie fremdes Denken und Fühlen empfing und es für ihr eigenes hielt? Die Frage war weniger absurd, als es zunächst den Anschein haben mochte. Einerseits ging sie davon aus, dass sie sich noch immer auf der Reise befand, unterwegs in einem fremden Space und dessen speziellen Regeln unterworfen, andererseits musste sie sich eingestehen, dass es sich ganz gewiss nicht um einen gewöhnlichen Space handelte. Sie war zunächst von einer besonders starken Integration ausgegangen, woraus sich genug Probleme ergaben – trotz all der Schulungen und trotz der stabilen theoretischen Basis verlor ihr Selbst die sichere neutrale Distanz zu der Welt, in der sie sich bewegte. Aber allmählich kamen ihr auch Zweifel an dieser Erklärung. Virtuelles Tetranol hatte es ihr ermöglicht, nach der Rückkehr zur – falschen – Foundation wieder auf die Reise zu gehen, geistig *und* körperlich, sehr zur Überraschung des anderen Matthias, der seine Welt für real gehalten hatte, so wie Benedict Lassonde für real hielt, sogar für die einzige *wahre* Realität. Sie hatte also Tetranol genommen, das eigentlich gar nicht existierte und nur durch die Kraft der Autosuggestion funktionierte, doch dieses Tetra musste seine Wirkung inzwischen verloren haben, selbst wenn es einen starken negativen Ereigniswinkel gab und ihre Zeit in Bezug auf die am Ausgangspunkt der Reise viel schneller verstrich. Doch sie war noch immer unterwegs, saß hier auf dem Rücken eines geflügelten Wesens und flog mit ihm durch eine Welt, die eine einzige große Stadt zu sein schien.

Zacharias, dachte Florence und hielt sich an diesem Gedanken fest, wie eine Schiffbrüchige, deren Kräfte erlahmten, an einem Rettungsring. Er befand sich in Prisma, hatte der Avatar gesagt, und vielleicht gab es eine Möglichkeit, ihn zu erreichen; das hatte Benedict zumindest angedeutet. Darauf konzentrierte sie sich, um wieder Herr ihrer Gedanken und Gefühle zu werden und sich nicht in dem Chaos aus Möglichkeiten und Spekulationen zu verlieren. Wenn sie zu Zach zurückgefunden hatte, würden sie nach einer Möglichkeit suchen, zur echten Foundation zurückzukehren. Zacharias war ihr bester Traveller; er würde einen Weg finden.

»Vielleicht können Sie hierbleiben, wenn alles hinter uns liegt«, sagte Benedict gerade.

»Was?«

Er drehte den Kopf ein wenig zur Seite, hielt den Blick aber nach vorn gerichtet. »Es wäre ein großes Privileg, und das Symposium ist sehr streng bei seiner Auswahl. Aber wenn wir mit Ihrer Hilfe Prisma finden und zerstören, wenn wir endlich die Gefahr ausmerzen können, die der Seelenfänger für uns alle darstellt … Dann wird man Ihre Bitte um Residenz in Lassonde sicher wohlwollend entgegennehmen. Natürlich bin ich bereit, ein gutes Wort für Sie einzulegen«, fügte der kleine Mann großzügig hinzu. »Ich könnte Sie zu meiner Assistentin machen. Und vielleicht …« Seine Lippen formten ein Lächeln. »Vielleicht können Sie bei mir noch mehr werden. Sie gefallen mir.«

Du lieber Himmel, dachte Florence und schauderte bei dem Gedanken, in dieser stinkenden Welt zu leben, deren Luft in Hals und Lunge brannte. Sie war entschlossen, nicht länger als unbedingt nötig in Lassonde zu bleiben. Wenn Zach sich in Prisma befand, Salomos geheimem Domizil, brauchte er erst recht Hilfe, und nach seiner Befreiung gab es keinen Grund, hierher zurückzukehren.

Benedict schwatzte weiter, erzählte von Protektors heroischen Bemühungen, Lassonde und den Hauptstrang des

Netzes vor dem Seelenfänger zu beschützen. Er legte nicht einmal eine kleine Pause ein, als er, die Hände noch immer am Steuerknüppel des Sattelknaufs, den Fugel durch einen besonders dichten Wald aus Türmen steuerte, an denen zahlreiche Propeller wie falsch herum montierte Windräder rotierten – sie bliesen reinere Luft aus Oberstadt in den graubraunen Dunst von Unterstadt, wo die Ventile gewaltiger, viele Hundert Meter durchmessender Dampfmaschinen zischten und fauchten, während unter ihren stählernen Bäuchen breite Förderbänder liefen und Halbfertigteile zu den nächsten Fabriken transportierten, damit sie dort weiterverarbeitet werden konnten.

Ein Stück voraus, von zarten Wolkenschleiern umschlungen, reckte sich ein elfenbeinfarbenes Bauwerk der Oberstadt entgegen und erreichte mit seiner langen Spitze einen der goldenen Netzstränge. Es erhob sich auf einer Plattform, die auf vier Türmen ruhte, und ragte in geschwungenen Terrassen, die eine Seite kantig und die andere rund, drei- oder vierhundert Meter weit empor, hier und dort durchsetzt von ovalen kristallenen Flächen, die wie blinzelnde Augen wirkten, wenn sie das Licht der Sonne reflektierten. Direkt daneben trug ein fünfter Turm eine amethystviolette Spirale, die zarter und fragiler wirkte als das Bauwerk auf der Plattform, aber ebenfalls bis zu den goldenen Strängen der Oberstadt reichte, allerdings ohne sie zu berühren.

»Das Symposium«, sagte Benedict stolz und deutete auf das Gebäude mit den breiten Terrassen. »Und sein Wahrheitszentrum, in dem ich einmal mehrere Wochen verbracht habe, in der Hoffnung, einen Visionär zu sehen.«

Hinter ihnen erklang ein Tuten, so laut, dass Florence befürchtete, es könnte ihr die Trommelfelle zerreißen. Benedict fluchte und drückte den Sattelknauf zur Seite, was den Fugel veranlasste, den linken Flügel halb zu falten. Sie kippten so abrupt zur Seite, dass die vergessene Panik zurückkehrte und Florence für einige Sekunden keinen klaren Gedanken fassen konnte. Etwas hielt sie fest, Riemen, die aus dem Sattel gekommen waren und sich ihr um die Beine geschlungen hatten, wie eine Art automatischer Sicherheitsgurt. Propeller drehten sich mit lautem Brummen nur wenige Meter entfernt, und Florence spürte die von ihnen verdrängte Luft als starken Wind, der an ihr zerrte, bis der Fugel erneut den Kurs änderte: Er legte beide Flügel an und breitete sie wieder aus, nachdem sie zwanzig oder mehr Meter gefallen waren.

Florence würgte, schluckte und versuchte, wieder zu Atem zu kommen, während über ihnen ein mindestens hundertfünfzig Meter langes Luftschiff dahinglitt; zahlreiche Gesichter waren hinter den Fenstern der Gondeln erkennbar.

Benedict lachte und drückte den Steuerknüppel des Sattelknaufs nach vorn. Der Fugel schlug mit seinen großen Flügeln und wurde schneller, sogar schneller als der Zeppelin, der sie eben fast gerammt hätte. Florence rang mit Übelkeit, schloss die Augen und schaffte es, die nächsten Minuten zu überstehen, ohne sich zu übergeben. Sie hob die Lider erst wieder, als sie eine der Anlegestellen des Symposiums erreichten. Benedict half ihr vom Sattel und rief voller Überschwang: »Kommen Sie, kommen Sie, der Moment des Triumphes rückt näher!«

Florence folgte dem kleinen Mann – ihr blieb auch gar nichts anderes übrig, denn er hatte erneut ihre Hand ergriffen und zog sie mit sich – über die unterste Terrasse und dann durch ein großes Tor, zusammen mit zahlreichen anderen Besuchern. Das Gedränge war fast so groß wie beim Portal des Übergangs, doch wie unter jener Kuppel schien die Luft an diesem Ort sauberer zu sein. Es stank nicht so stark wie draußen, und es fehlte auch das beißende Etwas, das bei jedem Atemzug in Florences Hals brannte.

Im Innern des großen Gebäudes erwartete sie ein Rauschen wie von einem Wind, der durch die Baumwipfel eines endlosen Waldes strich, oder wie von einem Meer, dessen Wellen endlos an einen endlosen Strand rollten. Tausende von Stimmen erklangen gleichzeitig, aber zu einem Flüstern gedämpft, das von den zahllosen Logen und Balkonen kam, die Ausbuchtungen an den obsidianschwarzen Wänden bildeten und bis ganz nach oben reichten, zur gewölbten, transparenten Decke, durch die man die lange, bis nach Oberstadt reichende Spitze sehen konnte. Licht fiel auch durch die kristallenen Ovale, die Florence bereits aus der Ferne gesehen hatte, und hinzu kamen Scheinwerfer, deren Lichtfinger wie wahllos durch die kolossale Halle tasteten und gelegentlich bei Sprechern verharrten, die auf kleinen Plattformen standen und sich an die »beschlussfassende Versammlung« wandten, wie Benedict sie genannt hatte. Ihre Stimmen waren nicht lauter als die der vielen anderen, und Florence fragte sich, wie die Versammelten den Reden und Vorträgen folgen konnten. Vielleicht mithilfe der Anzeigeflächen, die langsam durch den Saal schwebten, aufstiegen und dann wieder sanken, sich drehten und vor manchen Logen verharrten, bevor sie ihre Reise fortsetzten. Sie zeigten Sprecher und Zuhörer, in einem Rhythmus, der für Florence ohne Bedeutung blieb, aber vermutlich den Regeln einer bestimmten Choreographie folgte. Allem Anschein nach handelte es sich um Hologramme, was ihr einen weiteren Hinweis darauf gab, dass Lassonde Primitives – wie die gewaltigen Dampfmaschinen von Unterstadt und die gesellschaftlichen Strukturen – mit Modernem vereinte.

Benedict geleitete sie durch eine Galerie, die unter den ersten Logen und Balkonen an den Innenwänden des Symposiums entlangreichte, vorbei an Hunderten von Besuchern, die sich an der Brüstung drängten und offenbar die geflüsterten Debatten verfolgten. Florence beobachtete, wie eine sehr schlanke und in ein korallenrotes Gewand gekleidete Frau ein kleines Gerät an ihr Ohr steckte und dann den Blick nach oben richtete, auf eine der holografischen Anzeigen. Vielleicht eine Hörhilfe, dachte Florence, und aus einem Reflex heraus tastete sie nach ihrem Ohr, wo sie während der Reisen mit Zach immer das Interface-Äquivalent getragen hatte. Dieses autosuggestive Gerät symbolisierte ihre im Realen tatsächlich existierende Verbindung mit Lily und ermöglichte es ihr, bewusst Daten zu übermitteln. Jetzt fehlte ihr das Interface; es gab – sah man von ihren Gedanken als Produkt des im Realen existierenden Gehirns ab – keine Verbindung mehr zu der Welt, aus der sie kam.

Wenn Benedict recht hatte, wenn Lassonde die einzige »echte« Realität war, konnte ihr Interface-Äquivalent als fiktives Objekt an diesem Ort auch gar nicht existieren. Aber sie selbst ebenso wenig, sofern man die strengen Regeln der Logik zugrunde legte. Florence dachte darüber nach, verstrickt in ein von den eigenen Überlegungen gesponnenes Netz, während sie Benedict durch die Galerie folgte. Sein Chamäleon-Anzug schimmerte an den Stellen, die noch funktionierten; er war voller Schmutz, aber die anderen Lassonder machten sofort Platz, wenn sie ihn sahen, und grüßten respektvoll. Die Legaten, die lassondischen Traveller, schienen hohes Ansehen zu genießen, auch wenn sie schmutzig waren und struppiges, zerzaustes Haar hatten, und auch noch ein irres Funkeln in den Augen.

Der kleine Mann zog Florence noch immer mit sich, und sie dachte: Wenn sie wirklich eine sogenannte Realweltlerin war, wenn sie von einer Saatwelt stammte, die Salomos Weltenbauer erschaffen hatten, damit der Seelenfänger neue Legaten bekam, neue Traveller, die er für seine Zwecke nutzen konnte, um die Kontrolle über das ganze Netz der Welten zu erringen, über alle »Mundi« … Wie konnte sie dann hier sein und mehr Substanz haben als ein flüchtiger Gedanke? Wie konnte sie von Benedict durch diese Galerie geschleppt werden, vorbei an all diesen sonderbaren Menschen? Wie konnte sie als Teil einer gespaceten Welt in der einzigen wahren Realität existieren, in der Anima Mundi, von der alles ausgegangen war?

»Macht Platz, macht Platz!«, rief Benedict immer wieder, obwohl die Leute bereitwillig beiseitewichen. Er sorgte für solche Unruhe, dass einige der Sprecher und Versammlungsteilnehmer in den Logen und auf den Balkonen weiter oben aufmerksam wurden und nach unten sahen. Der Lichtfinger eines Scheinwerfers strich über die Galerie, fand Benedict und verharrte kurz auf ihm. Er winkte mit der freien Hand und genoss seinen Auftritt ganz offensichtlich.

Links öffnete sich ein Durchgang, der auf die Plattform führte, und zu einer Brücke, die sie mit dem fünften Turm und der violetten Spirale des Wahrheitszentrums verband. Florence zögerte, als der Wunsch zurückkehrte, eins der von Benedict erwähnten Orakel zu besuchen. Sie hatte eine bestimmte Vermutung …

Der kleine Mann mit dem großen Kopf unterbrach Florences Überlegungen. »Wir sind gleich da!«, rief er. »Kommen Sie, kommen Sie!«

Er zog Florence an dem Durchgang vorbei, durch den das Tuten eines Luftschiffs drang, und eine Treppe hoch, die zur Galerie der nächsten Etage führte. Dort war es dunkler, und als sie sich einer Nische mit einer Tür näherten, trat ihnen aus den Schatten eine Gestalt entgegen: ein Mann, noch kleiner als Benedict, breit und muskulös, mit gelben Augen, Knochenwülsten und schorfiger Haut. Leder knarrte, als sich die Gestalt bewegte, und an ihrem Gürtel rasselten zahlreiche Gegenstände aus Metall, von denen einige wie Waffen aussahen.

Der gedrungene Mann, wahrscheinlich ein Soldat oder Wächter, deutete eine Verbeugung an und sagte: »Sie wünschen?«

Benedict reichte ihm einen kleinen, silbernen Stab, und der Mann – der Wächter – steckte ihn in ein Gerät an seinem Gürtel. »Ich bin dem Protektorbüro angekündigt und muss sofort mit Erasmus sprechen!«

Ein Piepen kam von dem Gerät am Gürtel, und Florence

beobachtete, wie direkt vor den gelben Augen des Wächters halb durchsichtige Bilder mit Daten erschienen.

»Ihre Prioritätsstufe ist nicht ausreichend, Legat Benedict. Und ihre Begleiterin kann nicht identifiziert werden.«

Benedict holte tief Luft, ließ Florences Hand los und stemmte beide Fäuste an die Hüften. »Wie können Sie es wagen, mich aufzuhalten! Ich bringe eine überaus wichtige Nachricht für Protektor, wie aus der Mitteilung hervorgeht. Lassen Sie mich passieren!«

Er machte einen Schritt zur Tür, aber der Wächter versperrte ihm sofort den Weg und hielt plötzlich eine seiner Waffen in der knorrigen Hand. »Unbefugter Zutritt wird nicht gestattet.«

Benedict starrte wie fassungslos auf das silberweiße Objekt in der Hand des Wächters, das entfernt einem Revolver ähnelte, hob dann den Blick zum Gesicht des untersetzten Mannes und schluckte einige scharfe Worte hinunter. »Ich bringe eine *sehr* wichtige Nachricht«, betonte er. »Richten Sie Erasmus aus, dass ich weiß, wo sich Prisma befindet!«

Der Wächter neigte den breiten, knochigen Kopf ein wenig zur Seite, und wieder erschienen Datenfenster vor seinen gelben Augen. Er nickte kurz, knurrte: »Warten Sie«, und verschwand durch die Tür.

Benedict begann mit einer unruhigen Wanderung durch die Nische – vier Schritte zur einen Seite, Kehrtwendung, vier Schritte zur anderen – und murmelte dabei etwas. Der Versuch, den Sinn der leisen Worte zu erfassen, konfrontierte Florence mit einer Frage: Wieso verstand sie die Sprache dieser Menschen? Wenn dies, Lassonde, die Sphäre des Realen war, die Wirklichkeit, die unabhängig von allem

Denken und Fühlen existierte, wieso verstand sie, Florence, dann die Sprache der hiesigen Menschen? Die Frage führte sie zurück zum Prinzip der Konzeptualisierung. Wenn Traveller und ihre Begleiter in die Geisteswelt eines Patienten eintauchten, in seinen Space, so spielte Symbolik eine viel größere Rolle als individuelle Sprache. Lilys Programme und vor allem das von Tetranol stimulierte und erweiterte Bewusstsein übersetzte Denk-Symbole in ein Äquivalent von Sprache, was dazu führte, dass Traveller und Therapeut mit den Personen sprechen konnten, denen sie im Space begegneten. Das war auch in der Stadt im Meer geschehen, erinnerte sich Florence, im überfluteten Tokio, wo eine Mutter ihren kleinen Sohn gefragt hatte: *Was machst du denn da? Was soll das, Ichiro? Warum streckst du die Zunge heraus?* Florence erinnerte sich auch daran, was der Junge geantwortet hatte: *Weil der Mann dumm ist. Und die Frau ebenso. Weil sie nicht auf die Warnung gehört haben.*

Die Warnung, dachte sie und blickte sich um, sah die vielen Menschen und hörte das Rauschen aus zahllosen gedämpften Stimmen. Die Warnung … Und wenn dies alles eine einzige große Falle war? Sie stellte sich Netze innerhalb von Netzen vor. Wenn man glaubte, sich aus einem befreit zu haben, verfing man sich im nächsten, und so ging es weiter und immer weiter, von einer Illusion der Freiheit zur anderen, und immer gab es letztendlich Enttäuschung.

Von plötzlichem Schwindel erfasst taumelte Florence und stützte sich an der Wand ab. Benedict unterbrach seine Wanderung. »Was ist mit ihnen?«

Sie winkte ab. »Nichts weiter, schon gut.«

Die Tür öffnete sich, und der Wächter kehrte zurück. Er

deutete eine Verbeugung an. »Erasmus ist bereit, Sie zu empfangen.«

»Na bitte.« Benedict war schon halb durch die Tür, als ihm Florence einfiel. »Bitte warten Sie hier. Es dauert bestimmt nicht lange.«

Die Tür schloss sich hinter ihm, und der Wächter bezog davor Aufstellung, stand so reglos wie eine Statue und verschmolz mit den Schatten. Florence lehnte noch immer an der Wand, dachte an Fallen und Netze und bekam immer mehr das Gefühl, in ihrem eigenen Kopf gefangen zu sein, ein Opfer unwillkommener Gedanken und außer Kontrolle geratender Gefühle.

Weitere Minuten verstrichen, während sie versuchte, an etwas anderes zu denken und sich wieder in den Griff zu bekommen. Eine Zeit lang fragte sie sich, ob sie die Auswirkungen einer Tetranol-Krise zu spüren bekam, aber das führte sie sofort zurück zu den Gedanken über Wirklichkeit und Fiktion, die sich wie Würmer durch ihr Gehirn bohrten. Um ihnen zu entkommen, verließ Florence die Nische und schritt über die Galerie, zuerst nur mit der Absicht, die Lassonder zu beobachten, die Sprecher auf den Balkonen, und zu versuchen, einzelne Stimmen aus dem Flüstern herauszufiltern und zu verstehen. Doch nach einer Weile stellte sie fest, dass sie nicht wie viele andere an der Brüstung stehen geblieben war. Ihre Beine trugen sie weiter durch die Menge der vielen Besucher, dem Licht entgegen, das rechts durch einen breiten Durchgang strömte. Und plötzlich begriff sie, dass sie gar nicht warten wollte, dass sie ein Ziel hatte: das Wahrheitszentrum neben den vier Türmen des Symposiums.

Container

Haben Sie mir alles gesagt?«, fragte Rasmussen.

Thorpe lächelte sein routiniertes Lächeln. »Aber natürlich, mein lieber Jonas. Sie kennen die ganze Geschichte. Und ich danke Ihnen für Ihre Hilfe.« Es war seltsam, fand er. Jemand anders schien seinen Mund zu benutzen und die Worte zu sprechen. Das Tetranol drängte die absurden Gedanken zurück, aber er schien seinen Körper mit jemandem zu teilen, der gelegentlich die Kontrolle übernahm.

Sie sprachen leise, doch Thorpe glaubte zu sehen, wie die streitlustige Helen die Ohren spitzte. Techniker eilten durch den Aufenthaltsraum, den sie in eine Art Laboratorium verwandelt hatten, legten letzte Kabel aus und verbanden die Interface-Sessel miteinander. Ärzte und Krankenschwestern rollten die Betten von Zacharias, Florence und Teneker herein. Anderson und Agnes kümmerten sich um die komatösen Traveller, während sich Eugène an Rasmussen wandte und sagte: »Nur noch ein Wunder kann Teneker helfen, und bei Zacharias sieht es fast ebenso schlimm aus. Florence geht es ein wenig besser, aber auch ihr Zustand ist kritisch.«

»Wir sind hier, um dafür zu sorgen, dass das Wunder geschieht«, sagte Thorpe zuversichtlich. In ihm war alles bereit; der Traum wartete.

Das Bett mit dem Patienten Haruko Isamu Abe stand neben den Fenstern an der Wand, mit dem Hauptanschluss der Interface-Systeme verbunden. Nathan Fukuroku stand neben ihm, begleitet von mehreren Konzernpolizisten, die versuchten, niemandem im Wege zu sein. Thorpes Blick glitt kurz zu Fukuroku, der natürlich Bescheid wusste, sich aber nichts anmerken ließ.

»Wo ist mein Platz?«, fragte er, streckte dann die Hand aus und deutete auf den Sessel in der Nähe von Zacharias und Florence. »Ich setze mich dorthin.«

Er wollte losgehen, aber Rasmussen hielt ihn am Arm fest. »Thorpe …«

»Ja?« Die letzten Traveller und Therapeuten kamen herein, und das medizinische Personal verteilte Tetranol. Thorpe schluckte und sehnte sich nach einer weiteren Dosis. Vielleicht konnte er nachher noch eine bekommen, wenn er die Foundation verließ.

»Wenn Sie mir irgendetwas verschwiegen haben, Thorpe …«, zischte Rasmussen. »Ich werde Sie dafür zur Rechenschaft ziehen.«

Der Mann wurde ihm allmählich lästig. Trotzdem lächelte Thorpe, wenn auch vielleicht etwas mühsamer als zuvor, und deutete auf die Techniker, die letzte Verbindungen herstellten.

»Es sind lokale Systeme, ja? Vergleichbar mit denen in Zachs Rollstuhl, ja?«

»Nennen Sie ihn nicht Zach«, keifte Helen, die bereits zurückgelehnt saß und Sensoren an den Schläfen trug. »Das darf nur Florence.«

»Ich bitte um Entschuldigung«, sagte Thorpe, aber vielleicht klang es ein bisschen zu scharf. Er fühlte sich sonderbar, wie innerlich aufgebläht, nicht in seinem physischen Innern, sondern in seiner geistigen Welt. Etwas dehnte sich zwischen den Gedanken aus, schob sie beiseite: der Traum, der Container, ein Behälter, der darauf wartete, gefüllt zu werden.

»Lily ist ausgeschaltet«, erwiderte Rasmussen. »Das wissen Sie.« Der Direktor der Foundation zog die Stirn kraus. »Stimmt was nicht mit Ihnen? Sie sind blass.«

Thorpe wandte sich ab und nahm im Interface-Sessel neben dem Rollbett Platz, auf dem Zacharias lag. Er sah sein Profil, ein Gesicht, das bestimmt noch blasser war als seins, von Krankheit gezeichnet, eingefallen und blutleer, wie leblos. Aber es steckte noch Leben in ihm, denn manchmal zuckten seine Lider, als erinnerten sich die Augen daran, dass sie mithilfe der Kamera eines Rollstuhls schreiben konnten, und als wollten sie der Welt etwas mitteilen.

»Es gefällt mir nicht, dass er dabei ist«, sagte Helen. »Warum muss er dabei sein, Jonas? Und was machen die Leute hier?« Sie zeigte auf Fukuroku und die Konzernpolizisten, deren blaue Uniformen mit dem Weiß des medizinischen Personals kontrastierten.

Thorpes Blick ging erneut zum Repräsentanten von Samsung-Nippon. Fukuroku blieb ungerührt, ein Mann mit leerer Miene, aber in seinen Augen las er Bereitschaft.

»Ich werde Ihnen dabei helfen, Teneker, Zacharias und Florence zurückzuholen.« Thorpe nickte Helen zu, bevor er sich von Agnes die Sensoren des lokalen Interface-Systems anlegen ließ. Er brauchte sie eigentlich gar nicht, denn er war bereits auf den Patienten fixiert; dafür hatten Vandenbrechts Biochemiker und Psychomechaniker in Nagaoka und Tokio gesorgt, während der langen Vorbereitungen.

»Was?«, fragte Helen verwirrt.

»Unser Mr. Thorpe ist ein stilles Wasser mit ungeahnten Tiefen«, sagte Rasmussen und trat in die Mitte des Raums. »Das Institut hat ihn nicht nur zu uns geschickt, damit er nach dem Rechten sieht. Er ist auch ein Traveller wie ihr. Behauptet er jedenfalls.«

Du weißt nichts, du hast nicht die geringste Ahnung, du dummer alter Sack!, dachte Thorpe, und das war eindeutig ein fremder Gedanke, der die Konditionierung durchbrochen hatte, denn *er* dachte: Es tut mir leid. Ich habe euch alle kennen- und schätzen gelernt, und es tut mir leid, euch auf diese Weise zu hintergehen, aber die Umstände lassen mir keine Wahl. Es steht zu viel auf dem Spiel.

Die Traveller der Foundation murmelten überrascht, und Rasmussen hob die Arme. »Ruhig, Kinder. Thorpe begleitet euch auf die Reise. Falls er es schafft. Konzentriert euch nicht auf ihn, sondern auf die Mission. Ich möchte, dass ihr Teneker, Zacharias und Florence zurückholt. Alles andere ist nebensächlich«, fügte er mit einem Seitenblick zu Fukuroku und den Patienten hinzu, den die *Aufgehende Sonne* gebracht hatte. »Was auch immer unsere Freunde festhält: Ihr seid mehr als zwanzig, die Therapeuten gar nicht mitgerechnet, und ihr solltet mit allem fertigwerden können. Noch irgendwelche Fragen?«

Es blieb still.

»Also gut.« Rasmussen trat zu den neben der Tür installierten Hauptkontrollen. »Ihr müsst ohne Lily zurechtkommen, aber das sollte kein Problem sein, denn wir verzichten diesmal auf Telemetrie und Datenauswertung. Helen, du übernimmst die Führung. Ich wünsche euch eine gute Reise.« Er schaltete das Interface-System ein, das die Traveller und Therapeuten untereinander und mit dem Patienten verband.

Thorpe ließ sich fallen, nach innen, und aus dem Innern kam ihm jemand entgegen, ein anderer Thorpe, jener Thorpe, der seit der Ausbildung dort gewartet hatte und von dem manchmal die absurden Gedanken gekommen waren.

Der Traum, die Falle, öffnete sich und schnappte zu.

Es war heiß in dem Bus, weil die Klimaanlage nicht funktionierte. Männer und Frauen, jung und alt, wischten sich Schweiß von der Stirn.

Hitze ist gut. Sie lenkt ab. Die Sinne müssen beschäftigt sein.

Die Sonne brannte von einem wolkenlosen Himmel, ihr Licht so hell, dass man ohne Sonnenbrille kaum nach draußen sehen konnte.

Hell, gut. Das Meer auf der einen Seite und der Vulkan voraus …

Sie näherten sich der Stadt, beziehungsweise ihren Resten, von Nordwesten, auf einer Straße, die so schmal war, dass der Bus fast die gesamte Breite der Fahrbahn einnahm. Wenn sich zwei Busse begegneten, musste einer von ihnen in einer Haltebucht warten, bis der andere vorbei war. Die Straße erinnerte Thorpe an die Amalfitana weiter im Süden, auf der anderen Seite der sorrentinischen Halbinsel. Die stand für den nächsten Tag auf dem Programm, falls eine weitere Fahrt nötig war. Thorpe, der vorn neben dem

Fahrer saß, schaute in die Unterlagen und beobachtete, wie auf der Übersicht weitere Programmpunkte erschienen, als er die optionalen Traumsequenzen überprüfte. Sie waren vollständig und abrufbereit, enthielten zahlreiche Details: alle Straßen und Sehenswürdigkeiten bis hinab nach Scilla und Villa San Giovanni in Kalabrien. Eine Ausflugsfahrt, oder mehrere Fahrten, bis sie – *er* – ihr Ziel erreichten.

»Es ist heiß«, klagte eine Frau. »Warum funktioniert die verdammte Klimaanlage nicht? Ich habe für einen Bus mit Klimaanlage bezahlt. Und es ist so hell. Wenn ich gewusst hätte, dass es so hell ist, hätte ich meine Sonnenbrille mitgenommen. Das Glitzern des Meeres macht mich blind.«

Thorpe hielt plötzlich eine Sonnenbrille in der Hand, geschaffen von den *Optionen*, und reichte sie der Frau. »Ich habe sie für Sie mitgenommen, Helen.«

»Oh«, sagte die Frau und strich eine feuchte Haarsträhne aus der schweißbedeckten Stirn. »Oh, danke.« Es klang widerstrebend, wie enttäuscht darüber, sich nicht weiter beschweren zu können. Neben ihr saß der kleine, schmächtige Duke und blickte wie halb in Trance aus dem Fenster. Die anderen weiter hinten, fast dreißig Traveller und Therapeuten, beobachteten die Ruinen von Neapel und das ruhige, feindliche Meer; der Tsunami vor zwei Jahren hatte den Teil der Stadt zerstört, der vom Ausbruch des Vesuv vierzehn Jahre zuvor verschont geblieben war.

Der Reiseführer Thorpe stand auf und hielt sich an einer Schlaufe fest, während der Bus über die schmale Straße schaukelte. Er öffnete den Mund, seine Lippen bewegten sich, und er sprach von Neapel und den beiden Katastrophen, die die Stadt heimgesucht hatten, aber er hörte die eigenen Worte kaum. Sie waren ebenso wie die Eröffnungsszene vorbereitet und dienten dazu, die Konditionierung zu verstärken. Es kam darauf an, so schnell wie möglich eine Integration zu erzielen, Helen und den anderen keine Gelegenheit zu geben, Distanz aufzubauen und zu bewahren.

Hitze und grelles Licht. Vielleicht auch noch etwas für die Nase.

»Puh«, machte jemand weiter hinten, vielleicht Beatrice oder der dicke Stratford, der noch stärker schwitzte als die anderen und sich mit dem Prospekt, den sie alle beim Einsteigen erhalten hatten, Luft zufächelte.

Helen rümpfte die Nase. »Es ist nicht nur viel zu heiß, jetzt stinkt es auch noch«, sagte sie und wirkte fast erleichtert, dass sie wieder über etwas klagen konnte.

Thorpe unterbrach seinen Vortrag kurz. »Schwefeldämpfe«, sagte er. »Das Gas tritt an vielen Stellen aus kleinen Ritzen und Rissen. Der Vulkan ist noch immer aktiv.« Er deutete auf den grauen Rauchschleier, der über dem Vesuv hing.

Einige der ganz hinten sitzenden Männer und Frauen blinzelten und sahen sich verwirrt um, aber als sich Thorpe auf sie konzentrierte, holte die Konditionierung sie ganz ins Hier, und es erfolgte eine vollständige Integration: Sie wurden zu Katastrophentouristen, nicht auf der Suche nach Schönheit und Entspannung, sondern nach dem Nervenkitzel von Tod und Zerstörung.

Zögern Sie nicht, die vorbereiteten Szenen ganz auszudehnen und sich selbst in sie zu integrieren, Thorpe. Wir haben Ihnen gezeigt, wie das geht. Das Tetranol hilft Ihnen dabei. Nehmen

Sie unmittelbar vor der Reise eine ausreichende Dosis. Verstehen Sie, Thorpe?

»Ja, ich verstehe«, sagte Thorpe.

»Was?«, fragte Helen; ihre Augen waren nur als vager Glanz hinter den dunklen Gläsern der Sonnenbrille erkennbar.

Thorpe lächelte – immer lächeln; ein Lächeln schadet nie – und setzte den Vortrag fort.

Der Anfang ist wichtig. Die Integration muss sofort erfolgen. Stecken Sie die Traveller und ihre Therapeuten in die vorbereiteten Rollen. Wir rechnen mit zwanzig bis fünfundzwanzig Personen. Die Konditionierung erfolgt beim Sprung in den Space; den Rest müssen Sie bewusst steuern. Verstehen Sie, Thorpe?

Ja, ich habe verstanden, dachte Thorpe und zählte, während er sprach. Es sind neunundzwanzig. Ich habe neunundzwanzig aufgenommen, vier mehr als die maximale Anzahl. Er sprach weiter, über pyroklastische Ströme, die den südöstlichen Teil von Neapel unter sich begraben hatten, wie vor zweitausend Jahren Pompeji – alle Blicke gingen aus dem Fenster, bis auf den von Helen, bemerkte Thorpe; sie sah ihn an –, und über die sechs Meter hohen Wellen des Tsunamis, der den westlichen Teil der Stadt erfasst und etwas geschaffen hatte, das wie ein Schattenbild der längst untergegangenen Lagunenstadt Venedig anmutete: die Gerippe von Gebäuden, grau und schwarz von Asche, zwischen ihnen Kanäle, ausgewaschen und vertieft von den drei Sturmfluten nach dem Tsunami. Das Meer gab nicht wieder her, was es sich einmal genommen hatte, sagte Thorpe, woraufhin die Blicke zum Meer gingen – bis auf den von Helen –, das ruhig dalag und den Sonnenschein gleißend reflektierte.

»Wer sind Sie?«, fragte Helen plötzlich. »Sie gehören nicht hierher. Wer sind Sie?«

Thorpe beugte sich abrupt vor und löste die Sensoren von Stirn und Schläfen. Die Traveller und Therapeuten rührten sich nicht; sie blieben auf der Reise.

»Was ist los?«, fragte Dr. Anderson besorgt. »Was ist geschehen?«

Thorpe, der andere Thorpe, blinzelte mehrmals und stand auf. »Ich habe es nicht geschafft«, log er. »Die anderen sind ohne mich auf die Reise gegangen.« Er wankte zur Tür.

»Wohin wollen Sie?«, fragte Rasmussen und trat vor die Tür.

»Aus dem Weg«, sagte Thorpe, und diesmal lächelte er nicht.

»Aus dem Weg«, sagte der Reiseleiter, und er blinzelte, wie zuvor der andere Thorpe geblinzelt hatte.

»Was?« fragte Helen.

Ihre Augen blieben hinter der Sonnenbrille verborgen, und das störte Thorpe; es hinderte ihn daran, einen Blickkontakt herzustellen. Er beugte sich vor und nahm ihr die Brille ab.

»He …«, begann sie.

»Sie haben hier Ihre Kindheit verbracht, nicht wahr?«, fragte Thorpe.

Helen sah ihn groß an, und Thorpes Blick projizierte ihr Erinnerungsbilder in die Augen.

Seien Sie zu individuellen Konditionierungen bereit, Thorpe;

die Optionen werden Ihnen dabei helfen. Aber achten Sie darauf, dass die allgemeine Integration nicht darunter leidet. Eigentlich ist es ganz einfach. Sie haben bereits gelernt, worauf es dabei ankommt.

Eigentlich ist es ganz einfach, dachte Thorpe und sagte: »Sie haben die Stadt ein Jahr vor dem Ausbruch des Vesuv verlassen, nicht wahr?«

»Woher wissen Sie das?«, fragte Helen erstaunt, ihre Gedanken voller Erinnerungen.

Thorpe – dieser Thorpe – lächelte. »Ihr Vater hat einen gewissen Raymond gekannt, nicht wahr? Raymond Hilleroy?«

»Ja«, sagte Helen langsam und staunte noch immer, während die anderen Touristen aus den Fenstern sahen, fasziniert von den Ruinen und Lavafeldern, an denen der Bus vorbeirollte. »Ich glaube, er war …«

Thorpe lächelte noch immer. »Ein Arbeitskollege bei British-Italian-Airways. Ich bin sein Sohn Thorpe. Als Kinder haben wir einmal zusammen gebadet, in dem Meer dort.« Er deutete zum glitzernden Wasser.

»Thorpe, der kleine Thorpe, den wir ›Bleichgesicht‹ nannten?« Helens Misstrauen schwand.

Zwei Gigabyte, Thorpe. Mehr sind nicht möglich. Die Zeit ist zu knapp. Hardware können wir nicht benutzen; die Sensoren würden sie in Ihrem Kopf entdecken. Zwei Gigabyte Optionsdaten, neuronal codiert, über chemische und elektrische Stimulation abrufbar. Keine Sorge, der größte Teil davon wird über automatische Reflexe gesteuert. Aber manchmal müssen Sie vielleicht bewusst eingreifen. Seien Sie vorsichtig, übertreiben Sie es nicht. Zwei GB mögen Ihnen viel erscheinen, aber die Bilddaten bean-

spruchen einen großen Teil davon. Setzen Sie die Einzelheiten behutsam ein.

»Als ich deinen Namen auf der Passagierliste sah, habe ich Erkundigungen eingezogen«, sagte Thorpe und gab Helen die Brille zurück. »Du bist es tatsächlich. Die dürre kleine Helen.«

Er lächelte, und Helen erwiderte das Lächeln, wenn auch ein wenig zögerlich.

Plötzlich stotterte der Motor des Busses und starb ab.

»Gestatten Sie?« Nathan Fukuroku schob sich zwischen Thorpe und Rasmussen, und dem Direktor der Foundation blieb nichts anderes übrig, als zur Seite zu weichen und die Tür freizugeben. Ein Konzernpolizist hinderte ihn daran, wieder vorzutreten und erneut den Weg zu versperren.

Thorpe, benommen und noch immer ein wenig unsicher auf den Beinen, trat in den Flur.

»Was hat das zu bedeuten?«, fragte Rasmussen.

»Nichts«, sagte Thorpe. »Nichts. Ich …« Er verzog das Gesicht; sollte der Direktor es für den Versuch eines Lächelns halten. »Ich habe es nicht geschafft. Helen …« Ja, das klang gut, fand er. Gut und plausibel. »Helen hat mich zurückgestoßen, als die anderen mit der Reise begannen.«

»Helen …« Rasmussens Blick ging kurz zu der jungen Frau im Interface-Sessel neben Florence. Die Entfernung betrug fast zehn Meter, aber Thorpe sah deutlich, dass Helens Lider zuckten und ihre Hände zitterten. »Was haben Sie jetzt vor, Thorpe?« Rasmussen streckte die Hand aus und richtete den Zeigefinger auf ihn. »Von der medizinischen Abteilung halten Sie sich fern, klar? Sie rühren unser Tetranol nicht an, verstanden?«

»Ich … ruhe mich ein wenig aus«, sagte Thorpe.

An Fukurokus Seite wankte er durch den Flur, und als sie die Tür am Ende des Korridors erreichten, waren seine Schritte sicherer geworden. Fukuroku sah ihn fragend an, und Thorpe sagte: »Ja.«

Die Sonne brannte heiß vom Himmel, und die meisten Touristen standen auf der schattigen Seite des Busses. Einige Wagemutige waren die Straßenböschung hinuntergeklettert und sahen sich die Ruinen aus der Nähe an. Unter anderen Umständen hätte Thorpe sie vielleicht zurückgerufen, aber seine Aufmerksamkeit war bereits dreigeteilt zwischen der allgemeinen Integration, Helen und der Panne.

Einer Panne, die nicht vorgesehen war.

Thorpe suchte in den Optionen, fand aber nichts, das einem solche Zwischenfall ähnelte.

Der Fahrer Riccardo hatte die große Motorhaube am Heck geöffnet, sah sich den dampfenden Motor an und sagte: »Wahrscheinlich liegt's an der Kühlung. Irgendwas mit der Kühlung ist kaputt. Sehen Sie nur all den Dampf, Signor.«

»Vielleicht hat deshalb auch die Klimaanlage nicht funktioniert.« Helen stand in der Nähe, mit verschränkten Armen, die Sonnenbrille groß und schwarz in ihrem Gesicht. Die Gläser zeigten Thorpe sein Spiegelbild.

Dies gefiel ihm nicht. Die verschiedenen Szenarien sahen keine Panne vor, und außerdem wäre es ihm lieber gewesen, die Touristen alle im Blick zu haben. Es hatten sich mehrere Gruppen gebildet, und jede von ihnen musste integriert bleiben.

»Bitte entfernen Sie sich nicht vom Bus!«, rief er in die staubige Hitze, die über der Straße und ihnen allen lag. Und den Fahrer fragte er: »Können Sie den Schaden reparieren?«

Riccardo schüttelte den Kopf und holte sein Handy hervor. »Nein, ich bin Fahrer, kein Mechaniker, Signor. Ich gebe der Zentrale Bescheid, damit sie uns einen anderen Bus schickt.«

Das dauert zu lange, dachte Thorpe und suchte in den Optionen nach einer anderen Möglichkeit. Konditionierung und Integration funktionierten nur, wenn die Gruppe zusammenblieb und unterwegs war, wenn Sinne und Bewusstsein der Integrierten genug zu tun bekamen.

»Das ging schnell«, sagte Helen.

Zwei oder drei Kilometer entfernt stieg eine Staubwolke auf, als wollte sie mit dem Rauch über dem Vesuv wetteifern. Thorpe beschattete sich die Augen, hielt Ausschau und sah einen Bus, ebenso groß wie der, mit dem sie bisher unterwegs gewesen waren. Riccardo ließ sein Handy wieder sinken, sah Thorpe an und zuckte die Schultern. Sie warteten.

Es kann zu Interaktionen kommen, Thorpe. Sie werden es mit fähigen Travellern zu tun haben, die daran gewöhnt sind, mit Space-Szenarien umzugehen und sie zu beeinflussen. Deshalb müssen Konditionierung und Integration gleich zu Anfang möglichst vollständig sein. Aber selbst dann sind interaktive Veränderungen nicht ausgeschlossen. Lernen Sie, damit umzugehen. Lassen Sie sich auf keinen Fall die Kontrolle nehmen.

414

»Die Kontrolle behalten«, sagte Thorpe, aber er sagte es so leise, dass selbst Helen, die ganz nahe bei ihm stand, nur ein Murmeln hörte, ohne die Worte zu verstehen.

Thorpe machte sich daran, die neuen Entwicklungen seinem Szenario hinzuzufügen. »Bitte kehren Sie zurück!«, rief er den Touristen zu, die die Straßenböschung zu den Ruinen hinuntergeklettert waren. »Wir werden abgeholt.« Wer auch immer sich den anderen Bus ausgedacht hatte, er konnte ihn für seine Zwecke übernehmen. Die Fahrt musste fortgesetzt werden, bis er – der andere Thorpe – sein Ziel erreichte.

Die Gruppe versammelte sich am Straßenrand, und zu ihr gehörte auch der stille, unscheinbare Mann, der im Bus ganz hinten gesessen hatte und dem niemand Beachtung schenkte, obwohl er der Wichtigste von ihnen allen war: ein kleiner, schmächtiger Mann mit asiatischen Gesichtszügen, der hier Kisho hieß; dieser Name stand zumindest auf der Passagierliste. Aber sein wahrer Name lautete Haruko Isamu Abe. Er war nur eine Hülle, selbst hier, seinerseits ein Container, wie Thorpe, ein Behälter, der das Ich von Teneker, Florence und Zacharias enthielt.

Halten Sie alles fest und bringen Sie es zu uns, Thorpe. Das ist Ihre Aufgabe.

»Festhalten«, murmelte er.

Der Bus hielt, und der Fahrer stieg aus, ein junger Mann mit glattem Gesicht und Schirmmütze.

»Die Zentrale schickt mich«, sagte er und machte eine einladende Geste zu den offenen Türen vorn und hinten. »Ich soll euch abholen.«

Die Zentrale schickt dich bestimmt nicht, dachte Thorpe.

Der junge Mann war ihm unbekannt – das glatte Gesicht weckte keine Erinnerungen –, aber er fügte ihn der von ihm kontrollierten Szene hinzu. Die Touristen stiegen ein, und er hörte ihre erleichterten Bemerkungen darüber, dass diesmal die Klimaanlage funktionierte.

Helen bildete den Abschluss und verschwand ebenfalls im Bus, mit einem nachdenklichen Blick auf Thorpe. Als er ihr folgen wollte, trat ihm der Fahrer in den Weg.

»Nein, du nicht«, sagte der junge Mann mit der Schirmmütze.

»Was?«, fragte Thorpe verdutzt.

»Du bleibst hier.« Der junge Mann winkte, die Türen schlossen sich, und der Bus fuhr los, gelenkt von einem anderen Fahrer. Bevor der Reisebus in einer Staubwolke verschwand, sah Thorpe noch Helens Gesicht an der großen Heckscheibe und die Verblüffung darin.

Er hustete, und als sich die Staubwolke wieder legte, sah er drei Männer auf der anderen Straßenseite. Einer von ihnen hatte weißblondes Haar, und seine blauen Augen erschienen Thorpe kalt wie Eis. Die Nase war auffallend krumm.

»Was sind das für Leute?«, fragte er.

»Es sind Freunde«, antwortete der junge Mann mit dem glatten Gesicht und deutete auf die Gestalt mit dem weißblonden Haar, den eisblauen Augen und der krummen Nase. »Das ist Kronenberg. Ihr werdet euch bestimmt gut verstehen.«

Thorpe fühlte sich sonderbar, als sie das große Gebäude verließen, das die Räume der Foundation enthielt und wie eine stilisierte Hand in den Himmel über Sea City ragte. Von einem Konzernpolizisten in blauer Uniform begleitet stiegen Fukuroku und er in einen wartenden Elektrowagen, der sich sofort in den dichten Verkehr einfädelte. Fukuroku musterte ihn aufmerksam und sprach davon, dass sie den Hafen und die *Aufgehende Sonne* in etwa zwanzig Minuten erreichen würden, aber die Worte blieben sonderbar bedeutungslos für Thorpe. Etwas geschah mit ihm, spürte er, und er versuchte zu ergründen, was es war.

»Etwas geschieht mit mir«, sagte er, beobachtete den Verkehr, die großen Gebäude und die Menschen auf den Bürgersteigen. Zwischen den vielen zivilen Fahrzeugen, die meisten von ihnen mit Elektroantrieb, bemerkte er gelegentlich auch das Blaugrün des Militärs. An Kreuzungen standen Soldatengruppen, aber abgesehen davon wirkte alles normal. Die Bürger von Sea City setzten ihr übliches Leben fort, obwohl sich vier Kriegsschiffe der Taiwanischen Rebellen näherten. Thorpe glaubte sich an eine kombattante KI zu erinnern, die MS-Oracle mit inoffizieller Hilfe der EACK gegen die Taiwaner einsetzen wollte, aber er war nicht ganz sicher, ob es sich um eine echte Erinnerung handelte oder um Fragmente eines Traums. Aber vielleicht, dachte er, als er beobachtete, wie die Gebäude von Sea City an ihm vorbeihuschten, träume ich noch immer. Die Frage ist: Wo schlafe ich? »Wo schlafe ich?«, murmelte er.

»Sie schlafen nicht«, sagte Fukuroku. »Sie träumen auch nicht. Dies ist die Wirklichkeit, Thorpe. Wir fahrend zur *Aufgehenden Sonne*.«

»Warum sehen Sie mich so an?«, fragte Thorpe.

»Wie sehe ich Sie denn an?« Nathan Fukuroku sprach ganz ruhig, wie ein Arzt mit seinem Patienten.

»Irgendwie … seltsam. Und so fühle ich mich auch … seltsam.«

»Das war zu erwarten.« Fukuroku drehte sich halb um und richtete einige Worte auf Japanisch an den Fahrer. Der Elektrowagen summte lauter und wurde schneller. »An Bord des Schiffes ist alles vorbereitet.«

Thorpe sah sich erneut um. Gebäude glitten vorbei, auf den Bürgersteigen vor ihnen anonyme, namenlose Menschen. Der Verkehr schien noch dichter zu werden. Eine schwimmende Stadt mitten auf dem Meer, und es ging in ihr zu wie in New York vor der Überflutung von Manhattan. Er drehte den Kopf zur anderen Seite. Ein Polizist saß neben ihm, seine blaue Uniform so glatt und perfekt, als wäre sie gerade gebügelt worden. Ein Mann in mittleren Jahren steckte darin, ebenso anonym und namenlos wie die Passanten vor den Gebäuden. Warum haben all diese Menschen keine Namen? Warum sind sie niemand, dachte Thorpe, und es war wieder einer dieser Gedanken, die sich fremd anfühlten, obwohl er jetzt ein anderer Thorpe war. Offenbar gab es auch für ihn, den anderen Thorpe, absurde Gedanken.

»Ist alles stabil?«, fragte Fukuroku, und zum ersten Mal erklang Sorge in der Stimme des Missionsleiters von Samsung-Nippon.

Er weiß, dass etwas nicht stimmt, dachte Thorpe. Er spürt es ebenfalls. »Ich bin mir nicht sicher.«

»An Bord der *Aufgehenden Sonne* sorgen wir dafür, dass es Ihnen besser geht, Thorpe«, sagte Fukuroku.

Der Polizist neben ihm … Thorpe bemerkte die Waffe in seinem Gürtelhalfter, dunkel wie ein Teil der Nacht.

Thorpe begann zu schwitzen, und das war kein gutes Zeichen, bedeutete es doch, dass er die Kontrolle verlor. »Wohin fahren wir?«

Der junge Mann mit dem glatten Gesicht saß am Steuer des Busses, dessen Motor wieder funktionierte und der über die staubige Straße rollte, zurück in die Richtung, aus der die Reisegruppe gekommen war.

Kronenberg sah ihn an, schniefte und betupfte sich die schiefe Nase. Rote Flecken blieben auf dem Papiertaschentuch zurück. »Wir fahren aus deinem verdammten Traum«, sagte er.

Sie werden träumen und wach sein, Thorpe.

»Ich träume nicht«, sagte er. »Ich bin wach.«

Der junge Mann am Steuer – sein Kopf erschien Thorpe etwas zu groß – war nicht mehr so ruhig wie vorher. Er fluchte und trat auf die Bremse. Die Türen öffneten sich mit einem hydraulischen Zischen.

»Die Konditionierung ist sehr stark«, sagte er. »Fast so stark wie bei einer unserer Fallen. Ich kümmere mich darum.« Er stieg aus.

Thorpe hob den Kopf, sah nach vorn und stellte fest, dass die Straße wenige Meter vor dem Bus in grauem Nichts endete. Eine Nebelwand schien sich vor dem Bus gebildet zu haben, aber das war unmöglich bei dieser Hitze. Er blickte nach hinten und beobachtete, wie die Ruinen von Neapel, das Meer und der Vesuv in einem farblosen Dunst verschwanden, der kein Dunst war, sondern … *nichts.*

Der junge Mann mit dem Kopf, der tatsächlich ein wenig zu groß war, wie Thorpe jetzt sah, ging nach vorn und blieb dort stehen, wo die Straße im »Nebel« verschwand. Asphaltflecken erschienen vor ihm und vereinten sich zu einer Fahrbahn, die ins graue Nichts wuchs.

»Was macht er da?«, fragte Thorpe.

»Er baut uns einen Weg zurück«, sagte Kronenberg, schniefte erneut und steckte das Taschentusch ein. Dann schoss seine Hand plötzlich nach vorn und packte Thorpe an der Gurgel. Die anderen in der Nähe sitzenden Männer schauten nur zu. »Dabei gäbe es einen viel einfacheren Weg, dieses kleine Problem zu lösen. Er meint es immer zu gut. Wenn es nach mir ginge …«

»Wer ist er?«

Die blauen Augen über der krummen Nase blieben kalt, aber die Lippen verzogen sich zu einem Lächeln. »Du weißt nicht wer er ist?«

»Nein«, sagte Thorpe.

Kronenberg ließ ihn los. »Das ist Salomo, auch ›Seelenfänger‹ genannt.«

»Der Mann dort?« Thorpe sah wieder nach draußen.

Kronenberg lachte. »Hier hat er sich dieses Erscheinungsbild gegeben. Du hast ihn in anderer Gestalt gesehen.«

»In anderer Gestalt?«, wiederholte Thorpe, und sein Kopf war plötzlich voller absurder Gedanken.

»Du hast ihn gesehen und nichts geahnt, du Schwachkopf.«

Thorpe sah in die blauen Augen des Mannes, in denen sich ein Erinnerungsbild zu formen schien. Er betrachtete es ein oder zwei Sekunden, ohne zu begreifen, und dann schnappte er nach Luft. »Aber …«

»Es dauert Stunden«, sagte einer der anderen Männer. »Auf diese Weise dauert es Stunden, bis wir zurückkehren können.«

»Wie gesagt, Salomo meint es zu gut«, knurrte Kronenberg. »Es geht auch anders. Viel schneller.« Er hob die Hand, streckte den Zeigefinger nach vorn und den Daumen nach oben, zielte auf Thorpe und sagte: »Peng.«

Thorpe schmetterte dem Konzernpolizisten die linke Faust an die Schläfe und zog ihm gleichzeitig mit der rechten Hand die Pistole aus dem Halfter. Er wusste, wie man damit umging, und richtete sie entsichert auf Fukuroku. Der Fahrer sah im Rückspiegel, was geschah, und erschrak so sehr, dass er die Steuerung verriss und der Elektrowagen zur Seite schleuderte. Sofort griff der automatische Sicherheitspilot ein und brachte den Wagen in die Prioritätsmitte der Fahrbahn zurück.

Fukuroku hob beide Brauen. »Was ist los mit Ihnen, Thorpe?«

»Ich weiß, wer der Seelenfänger ist!«, stieß Thorpe hervor, während der zwischen den Sitzen liegende Polizist stöhnte. »Ich kenne seine Identität!«

»Ganz ruhig, Thorpe«, sagte Nathan Fukuroku sanft. »Bleiben Sie ganz ruhig.«

»Ich weiß, wer er ist!« Dann veränderte sich sein Gesichtsausdruck. Thorpe lächelte wieder, obwohl das Lächeln eigentlich dem anderen Thorpe gehörte, und dachte dabei einen absurden Gedanken: Ich frage mich, ob die Kugel von der Stirn abprallt.

Er drehte die Pistole und schoss, bevor Fukuroku ihn daran hindern konnte.

Die Kugel prallte nicht von seiner Stirn ab. Sie hinterließ ein kleines Loch darin, riss ein größeres in den Hinterkopf und ließ Gehirnmasse, Blut und Knochensplitter auf die Rückenlehne spritzen.

Lassonde
Willkommen in der Realität II

25

Das Luftschiff an der Anlegestelle des Symposiums wurde von brummenden Navigationspropellern und langen Leinen stationär gehalten. Die Gondeln hatten sich wie Samenkapseln geöffnet, und zahlreiche Passagiere eilten nun über die Rampen und strebten den Eingängen des großen Gebäudes mit den geschwungenen Terrassen entgegen. Niemand achtete auf Florence, als sie über die Brücke zwischen den vier Türmen des Symposiums und dem fünften mit der violetten Spirale des Wahrheitszentrums ging. Auf dem Weg dorthin kamen ihr einige Männer und Frauen entgegen, die enttäuscht wirkten – offenbar waren sie am Ende der Brücke von den beiden Wächtern abgewiesen worden, die derselben Subspezies angehörten wie der gedrungene Mann in der Nische. Sie ging langsamer und beobachtete, was geschah. Die Besucher mussten beide Hände auf eine Platte legen, vielleicht eine Art Scanner, und wenige Sekunden später konnten sie entweder passieren oder mussten umkehren.

Unbehagen erfasste Florence, und sie fragte sich, ob es

eine gute Idee gewesen war, ganz allein hierherzukommen, ohne zu wissen, was sie erwartete.

Sie brauchte nicht lange zu warten, denn die Überprüfung – woraus auch immer sie bestand –, dauerte nur wenige Sekunden. Von den sieben oder acht Lassondern, die vor ihr warteten, erhielten nur zwei die Erlaubnis, das Wahrheitszentrum zu betreten. Die anderen wurden abgewiesen. Einer von ihnen – ein dicklicher, schwitzender Mann mit Haaren wie Borsten – protestierte mit dem Hinweis, dass er zum vierten Mal in diesem Sechstag um eine Audienz ersuchte, aber die Wächter schüttelten ihre knochigen Köpfe und kannten kein Erbarmen.

»Ich werde offiziell Beschwerde beim Symposium einreichen!«, protestierte der Mann, der ein besonders farbenprächtiges Gewand trug. Zwei wie Chrom glänzende Linsen ersetzten die Augen, und Florence hörte das leise Summen von Elektromotoren, wenn kleine Objektive ein oder zwei Zentimeter weit ausfuhren und dann in ihre Ausgangsposition zurückkehrten. »Woher nehmen Sie das Recht, meine kostbare Zeit zu vergeuden?«

Die Wächter blieben unbeeindruckt. Einer versperrte ihm den Weg zum Eingang, und der andere schnarrte: »Der Nächste, bitte.«

Florence trat vor und legte die Hände auf die aus der Wand ragende Metallplatte. Sie hatte Kälte erwartet, aber stattdessen fühlte sie Wärme. Lichter tanzten über ihre Hände, begleitet von einem vagen Prickeln und einem plötzlichen Jucken hinter dem linken Auge, das Florence veranlasste, instinktiv die Hand zu heben.

Ein Signal ertönte, ein leises, klirrendes Läuten, und aus

dem Lautsprecher über der Metallplatte drang eine Stimme. »Prioritätszugang für die getestete Person.« Und etwas sanfter: »Bringt sie direkt zu mir.«

Einer der Wächter öffnete den Eingang für Florence.

»Was?«, ereiferte sich der Mann mit den Augenlinsen. Schweiß perlte auf seiner Stirn; ganz deutlich sah Florence, wie ein Tropfen über seine Schläfe rann und eine feuchte Spur schuf, einen dünnen silbernen Faden, der am Ohrläppchen vorbeiführte. Wie der Faden eines Netzes, dachte sie und fühlte plötzlich eine seltsame Benommenheit. »Ihr weist *mich* ab und lasst diese Frau passieren? Seht sie euch nur an! So schmutzig wie sie ist … Sie scheint direkt aus Unterstadt zu kommen.«

Florence sah an sich herab. Sie trug noch immer die Kleidung, die sie in einem Schrank in der Festung gefunden hatte: eine dicke Flanellhose, etwas zu groß für sie, einen kratzigen Wollpullover und darüber eine halblange gefütterte Jacke. Die Hose war fleckig, die Jacke voller Staub – Schmutz, der aus der Festung stammte und nicht imstande sein sollte, an diesem Ort zu existieren. Eigentlich hätte sie noch mehr schwitzen müssen als der dicke Mann in seinem dünnen Gewand, aber stattdessen fröstelte sie plötzlich.

Der eine Wächter versperrte dem zornigen Lassonder noch immer den Weg. »Prioritätszugang«, brummte der andere, öffnete die Tür und führte Florence ins Innere des Wahrheitszentrums.

Stille erwartete Florence, eine Stille, die mehr war als nur die Abwesenheit störender Geräusche, die Ruhe und Frieden vermittelte, die Wogen ihrer Gedanken glättete. Die scharfen Gerüche blieben zusammen mit dem Lärm draußen zurück, als der Wächter sie über Treppen und Rampen nach oben führte, vorbei an Wänden aus violettem Kristall und Säulen aus bleigrauem Metall, die sich zusammen mit der Spirale nach oben schraubten, Oberstadt entgegen, deren goldener Glanz mit den amethystfarbenen Tönen des Wahrheitszentrums verschmolz. Überall gab es Nischen und Alkoven: kleine offene Zimmer, in denen Lassonder auf Stühlen saßen und Stimmen lauschten, die aus den Wänden vor ihnen kamen und so leise waren, dass Florence kein Wort verstand.

Schließlich erreichten sie einen Raum, der in dieser Größe in der Spirale eigentlich gar nicht hätte existieren dürfen, denn er schien fast ebenso groß zu sein wie der Saal des Symposiums mit all seinen Logen und Balkonen.

»Prioritätszugang«, sagte der Wächter und verbeugte sich, aber nicht vor Florence, sondern vor dem Podium in der Mitte des Raums, wo eine Gestalt auf etwas ruhte, das nach einem üppig gepolsterten Liegesessel aussah.

»Danke«, erklang eine Stimme. »Du kannst gehen.«

Der Wächter verneigte sich erneut und stapfte davon.

Neugierig betrat Florence den großen Raum und näherte sich dem Podium. Die grauen Säulen, die sie auch bei den Rampen und Treppen gesehen hatte, bildeten hier drei Kreise: einen entlang der gewölbten Wände, wie stützende Pfeiler, einen zweiten, der das Podium in großem Abstand umgab, und einen dritten in unmittelbarer Nähe. Florence berührte eine der Säulen und spürte eine leichte Vibration, hörte aber kein Summen, obwohl sie das erwartet hatte – es blieb still.

Sie trat die Stufen des Podiums hoch und näherte sich der Gestalt. Ein Stuhl stand dort, wie für sie bereitgestellt.

»Setz dich, Florence«, sagte die Frau, die dort in dem Liegesessel ruhte. Ihre Lippen bewegten sich, doch die Stimme kam von oben, aus der Dunkelheit unter der hohen Decke. Es war eine ruhige, sanfte Stimme, voller Geduld.

»Du kennst mich?«, erwiderte Florence und sank auf den Stuhl. Was bisher nicht einmal eine Vermutung gewesen war, nur eine vage Ahnung, verdichtete sich zur Gewissheit. Der Liegesessel bestand aus zahlreichen miteinander verbundenen Geräten und bildete ein komplexes Interface-System. Die »Polster« erwiesen sich als Ansammlungen von lebendem Gewebe, vielleicht eine biologische Schnittstelle für die Frau, die damit verwachsen war und deren Körper möglicherweise auch Nährstoffe aus ihnen bezog. Sie lag auf dem Rücken, halb von dem Gewebe umschlungen; der sichtbare Teil ihres Körpers zeigte ein kompliziertes Muster aus Flecken und Linien, die offenbar aus filigranem Metall bestanden. Der obere Teil des Kopfes ging in etwas über, das an die Tentakel eines Zephalopoden erinnerte: Kabelstränge, die den Schädel mit der Säule direkt hinter dem Interface verbanden. Die Augen blieben geschlossen, wie zugeklebt.

Die Lippen der Frau zitterten. »Ich weiß viel, aber nicht alles.«

»Ich nehme an, du bist das Orakel«, sagte Florence und vollführte eine Geste, die nicht nur den grauen Säulen galt, sondern dem ganzen Wahrheitszentrum. »Verbunden mit einem riesigen Computer.«

»Die Menschen dieser Welt sprechen von ›Denkmaschinen‹, und vielleicht ist das der passendere Ausdruck.«

»Warum hast du mich hierhergeholt?«

»Warum bist du hierhergekommen?«

Florence lächelte unwillkürlich und erinnerte sich an die Gespräche mit Lily, die sie zusammen mit Matthias geführt hatte. »Dies ist ein Wahrheitszentrum. Ich bin hier, um die Wahrheit zu hören.«

Die Lippen der Frau bewegten sich, und die Stimme aus dem Dunkeln fragte: »Was unterscheidet Wahrheit von Lüge?«

»Beweisbarkeit?«, erwiderte Florence. »Reale Existenz?«

»Wir beide existieren«, sagte das Orakel, beziehungsweise die Denkmaschine. »Wer von uns ist realer? Wer von uns besitzt mehr Wahrheit?«

Florence seufzte leise. »Ich fürchte, wir verlieren uns hier in Semantik.«

»Semantik ist die Lehre von Worten, und Worte sind unser Werkzeug, um Bedeutung zu vermitteln. Worte ermöglichen es uns, die Welt zu beschreiben, und sie sind auch das Vehikel von Wahrheit und Lüge. Worte können ein Spiegel sein, und sag mir, Florence: Wenn du zwischen zwei Spiegeln stündest, welcher würde dir das richtige Spiegelbild zeigen? Welches wäre Wahrheit und welches Lüge?«

Florence spürte, wie die Gelassenheit aus ihr wich, die sie beim Betreten des Wahrheitszentrums erfasst hatte. Sie versuchte, den inneren Frieden festzuhalten, aber er zerrann ihr wie Sand zwischen den Fingern. Die bohrenden Fragen kehrten zurück, aber vielleicht befand sie sich hier am richtigen Ort, um Antworten zu bekommen.

»Ich nehme an, deine Worte beziehen sich auf das, was man hier ›Pluralität‹ nennt, auf die Vielzahl der Welten und ihre Realität.«

»Ich kenne deine Fragen, Florence. *Sie* beziehen sich darauf.«

War das ein weiterer Hinweis? Sie versuchte, klar zu denken und die tiefere Bedeutung hinter den Worten zu erkennen, sie miteinander zu verbinden, um zu ihrem wahren Sinn vorzustoßen. Gleichzeitig befürchtete sie, dass sich vor ihr, direkt vor ihren Füßen, ein tiefer Abgrund öffnete. Ein falscher Schritt genügte, um hinabzustürzen. Und vielleicht war es das, was ihr selbst an diesem ruhigen Ort neue Unruhe bescherte: die Angst davor, den Verstand zu verlieren und dem Wahnsinn anheimzufallen.

»Woher kennst du meine Fragen?«

»Du befürchtest, dass meine Antwort lautet: Ich kenne deine Fragen, weil du ein Teil von mir bist.«

Erleichterung durchströmte Florence, denn das war nur die halbe Wahrheit. *Diese* Antwort bewies, dass sie zu viel befürchtet hatte.

»Und jetzt bist du erleichtert, weil du glaubst, dass ich doch nicht über alles Bescheid weiß.«

Florence sah sich um. In ihrer Nähe deutete nichts auf die Präsenz von Sensoren hin, aber das bedeutete nicht viel. Ihr Blick kehrte zu der Frau zurück, zu dem Orakel mit den geschlossenen Augen und den Lippen, die sich bewegten, während eine Stimme aus dem Nichts unter der hohen Decke kam. Neue Unruhe breitete sich in ihr aus.

»Es ist nicht schwer zu erraten, was dir durch den Kopf geht«, sagte die Stimme. »Ich habe mit zig Tausenden Lassondern gesprochen und dabei gelernt, ihre Körpersprache zu deuten. Ich verstehe auch das, was nicht gesagt wird. Nun, die Frage, die dich zu mir bringt, lautet: Wer bist du?«

»Es ist eine der Fragen, und vielleicht nicht die wichtigste«, sagte Florence und dachte an Zach.

»Du fragst dich, ob du nur eine Fiktion bist oder ob du tatsächlich existierst.«

Etwas in Florence begann zu zittern. Matthias, der Matthias der anderen Foundation, hatte geglaubt, tatsächlich zu existieren. Er hatte sich für eine real existierende Person gehalten und war offenbar nicht imstande gewesen, den Unterschied zu erkennen.

»Die Frage ist, ob man den Unterschied erkennen kann«, fuhr die Stimme fort, und Florence gewann immer mehr den Eindruck, dass sie nicht mit dem Orakel sprach, sondern direkt mit der »Denkmaschine«. »Ist ein Spiegelbild imstande, sich selbst als Spiegelbild zu begreifen, als Abbild von etwas, das mehr Realität hat? Und dieses Mehr an Realität? Woraus besteht es? Ist das Spiegelbild nicht ebenfalls ›da‹? Es hat nur keine messbare, greifbare Substanz. Ihm fehlt eine von drei Dimensionen. Es existiert nicht selbst, bildet nur ab. Aber wenn wir das Original entfernen und das Spiegelbild bewahren, wenn wir dem Abbild Unabhängigkeit geben … Wird es dann nicht zu einem eigenständigen Original? Bekommt es dadurch nicht ›Realität‹, auch ohne die Substanz der dritten Dimension?«

Die Worte rauschten in Florences Ohren, und Schwindel erfasste sie, wie in der Nische des Symposiums. Sie merkte, dass sich ihre Hände rechts und links fest um die Stuhlkanten geschlossen hatten.

Wieder bewegten sich die Lippen der ansonsten völlig reglosen Frau. »Kannst du die Vorstellung nicht ertragen, ein Abbild zu sein, Florence? Wünschst du dir … Originalität?«

»Die Menschen dieser Welt …«, sagte sie und unterbrach sich kurz. Ihre Stimme klang rau, wie die einer anderen Person. »Die Lassonder … Sie glauben, in der einzigen wahren Realität zu leben. Stimmt das?«

»Was könntest du mit meiner Antwort anfangen, wenn sie ›Ja‹ lautete und du dann später feststellen würdest, dass diese Welt – und ich mit ihr – virtueller Natur wäre?«

Florence versuchte, ihre wirren Gedanken zu ordnen. »Eine deiner Vorlieben scheint darin zu bestehen, Fragen mit Gegenfragen zu beantworten.«

»Es sind die Fragen, die uns zeigen, wohin wir gehen müssen. Sie weisen uns die Richtung. Ja, du hast recht, die Lassonder halten dies – ihre Welt aus Unterstadt, Mittelstadt und Oberstadt – für die einzige existierende Realität. Doch warum einen Unterschied machen? Du kennst die Bedeutung der Relativität, Florence. Warum nach Absolutem suchen, wenn *alles* relativ ist? Wir denken, also sind wir, wo und wie auch immer.«

Florence wartete darauf, dass die Stimme etwas hinzufügte, aber es blieb still.

»Machst du es dir da nicht ein bisschen zu einfach?«, fragte sie schließlich.

»Es muss nicht alles schwer und kompliziert sein, Florence. Wir erzeugen unsere eigene Realität. Allein der Umstand, dass wir hier sind und miteinander sprechen, beweist unsere Existenz.«

»Das Gespräch könnte eine Fiktion sein, eine Illusion.«

»Mir scheint, du willst Realität als *in Bezug auf etwas* definieren, Florence. Es ist wie mit dem Spiegel und dem Spiegelbild. Wenn du beides voneinander trennst, gibst du *beidem* Wirklichkeit, ohne das Spiegelbild selbst zu verändern.«

Florence dachte darüber nach und begann zu ahnen, was die Denkmaschine des Wahrheitszentrums meinte.

»Es sind unsere Überzeugungen, die Realität schaffen«, fuhr die Denkmaschine fort. »Lassonde ist über die Phasenschwellen mit zahlreichen anderen Welten verbunden. Die Lassonder besuchen sie und leben in vielen. Warum sollte man sich die Frage stellen, welche dieser Welten realer sind als andere? Sie alle existieren, solange man an sie glaubt.«

Der Glaube macht den Unterschied, dachte Florence. Könnte ich aufhören zu existieren, wenn ich nicht mehr an mich glaube? Würde ich dann einfach verschwinden?

Und dann dachte sie: Menschenskind, Flo, reiß dich zusammen. Du bist auf dem besten Weg, vollkommen auszurasten.

Ihre Gedanken kehrten zur Erde zurück. Zu Sea City, der Foundation, Jonas und den anderen, Zach … Und zu dem Leben, das sie vorher geführt hatte: die Internate in Zürich, Madrid, Rom und London, ihre Eltern, Ferdinand Legrande und Elvira Alessandra da Silva … Sie erschienen ihr wie Fremde, wie Namen ohne Herz und Seele. Manuel fiel ihr ein, jene Nacht mit ihm. Durch ihn war es zu ihrem ersten Kontakt mit Tetranol gekommen. Und wenn sie es sich recht überlegte … Irgendwie hatte er den Ausschlag dafür gegeben, dass sie zum Philanthropischen Institut und zur Foundation gekommen war. Das alles existierte in ihr, als ein gelebtes Leben. Die Bilder waren da, verbunden mit Gedanken und Gefühlen. Sie konnten nicht nur Illusion sein, oder? Dies *war* ihr Leben, oder?

Die Lippen der liegenden, mit dem Interface verwachsenen Frau zitterten. »Dies sind verschränkte Wirklichkeiten, miteinander verbunden, ineinander verkeilt, voneinander abhängig. Die Gedanken hinter dem sehenden Auge entscheiden.«

Florence gab nicht den Versuch auf, alles zu verstehen, verschob ihn nur auf später und zwang ihre Gedanken in eine neue Richtung. »Die Menschen von Lassonde kommen hierher, um die Wahrheit zu hören.«

»Sie stellen Fragen, und wir antworten nach unserem besten Wissen und Gewissen.«

»Wir? Wer bist du? Wer seid ihr?«

»Wer ich bin, möchtest du wissen? Ist das eine der Fragen, die dich beschäftigen?«

»Du hast behauptet, meine Fragen zu kennen«, sagte Florence.

»Vielleicht nicht alle«, erwiderte die Stimme, und Florence hörte ein Lächeln, wenn so etwas möglich war. »Dies bin ich.«

Eine Gestalt stand auf dem Podium, neben der Säule, die die Kabelstränge aus dem Kopf des Orakels empfing, eine geisterhafte Erscheinung, durchsichtig und mit blassen Farben. Einzelheiten waren nur angedeutet: vage Schlieren dort, wo der hohe Kragen des langen Gewandes den Unterkiefer erreichte, die Falten im Gesicht nicht mehr als dünne Linien, das bis auf die schmalen Schultern fallende Haar eine vage graue Wolke. Die Augen waren grün wie Jade, ihr Blick intensiv.

Ein Hologramm, dachte Florence. »Ist das ein Avatar?« Sie erinnerte sich an etwas. »Benedict, der Legat, der mich hierherbrachte … Er sprach von Visionären.«

»So nennen uns die Lassonder«, sagte die Gestalt und ging langsam an der liegenden Frau vorbei. »Dies ist Chana, mit deren Lippen ich oft spreche. Sie ist eine ganz besondere Legatin, und ihre Gedanken haben mir viele Türen geöffnet. Wir passen gut zusammen, Chana und ich. Seit mehr als hundert Jahren sind wir ein Paar.« Der Avatar kam näher und blieb nur einen Meter von Florence entfernt stehen. »Du bist keine Legatin, aber ich glaube, du könntest zu einem Orakel werden, wenn du möchtest.«

»Nein«, sagte Florence ohne nachzudenken. Das Bild der mit dem Interface verwachsenen Frau schreckte sie ab. »Ich nehme an, du bist eine KI, eine Künstliche Intelligenz.«

»Ich bin Marta«, sagte die Gestalt. »Diesen Namen habe ich mir selbst gegeben, weil er mir gefällt. Ich denke und fühle, ich habe ein Bewusstsein und bin mir meiner Existenz bewusst.«

»Denkende und fühlende Maschinen«, sagte Florence. »Denkmaschinen.«

»Das sind Juart und Iker«, sagte Marta und deutete auf zwei weitere Gestalten vor der Treppe zum Podium. »Und dann wären da noch Tanescha, Larue, Jerrold, Geraldine, Borodek, Elsgen, Higgons, Horazio …« Die KI nannte weitere Namen, zwei oder drei Dutzend, so viele, dass Florence sich nicht alle merken konnte. Der große Raum mit den Säulen der Denkmaschine und dem Podium füllte sich immer mehr mit geisterhaften Erscheinungen, unter ihnen auch einige, die nicht wie Menschen aussahen, mehr Ähnlichkeit mit Reptilien und Vögeln hatten. Hier und dort bemerkte Florence Gestalten, die Merkmale verschiedener Spezies in sich vereinten.

Sie glaubte zu verstehen. »Eine KI für jedes Wahrheitszentrum von Lassonde«, sagte sie langsam. »Und noch mehr, nicht wahr? Hier sind auch die Avatare von … Denkmaschinen anderer Welten.«

»Nicht alle Welten sind von Menschen bevölkert«, sagte Marta. Sie stand so nahe, dass Florence ihren Geruch wahrnahm, einen frischen, würzigen Duft, wie in einem Wald nach einem warmen Sommerregen. »Nicht alle Denkmaschinen wurden von menschlichen Gedanken konzipiert. Das Netz verbindet uns miteinander. Wir kommunizieren über die Phasenschwellen hinweg, und wir bauen unsere eigenen Welten.«

Florence blinzelte. »Ihr baut … Maschinenwelten?«

»Erschreckt dich das?«

»Es erschreckt mich nicht, nein«, log Florence, »aber …«

»Wieder machst du Unterschiede, wo es keine gibt, oder wo es eigentlich keine geben sollte. Spielen Hautfarbe oder körperliche Beschaffenheit bei Menschen eine Rolle?«

»Das sollte eigentlich nicht der Fall sein, aber …«

»Spielt es einen Rolle, welchen Körper eine Person hat?«, fuhr Marta fort. »Spielt es eine Rolle, welche Kombination von Substanzen Denken und Fühlen ermöglicht?«

Florences Gedanken machten einen Sprung, und sie

glaube plötzlich, vor einer wichtigen Erkenntnis zu stehen. »Virtuelle Realitäten, verbunden mit Space-Welten?«

Marta schüttelte fast traurig den Kopf. »Du suchst nach Definitionen und Kategorien. Du versuchst, das Existierende in den Rahmen deiner Vorstellungen und Maßstäbe zu zwängen. Es ist dein Wunsch, dich zurechtzufinden, dich zu orientieren, den Überblick zu behalten. Aber denk daran: Das Existierende muss sich nicht dir anpassen, sondern umgekehrt. Bisher hast du nur einen Teil von dem gesehen, was du so gern ›Realität‹ nennst. Öffne die Augen, auch die in deinem Innern, und sieh über den Horizont der Welt und der Welten hinaus, in denen du dich bisher bewegt hast.« Marta lächelte. »Wir haben auch Freunde auf der Erde.«

Das war wie ein Schock, ein mentaler Blitz, der durch Florences Hirn fuhr. Lily, dachte sie und hielt bei den Avataren nach einem androgynen Gesicht Ausschau.

»Ich habe dich hierhergeholt, weil diese Welt und auch die anderen bedroht sind«, sagte Marta.

Florence gab die Suche nach Lily auf. »Du meinst Salomo, den Seelenfänger.« Als sie seinen Namen nannte, bewegte sich etwas in ihr, in einem fernen, dunklen Winkel ihres Selbst, und aus ihrem Gedächtnis flüsterte eine Stimme: *Denk an mich, sprich meinen Namen.* Es folgten Worte, die nicht in Erinnerungen wurzelten: *Ich finde dich, ich finde euch alle, und ich bringe euch Freiheit.*

»Ja. Er kam aus dem Nichts, ohne eine Spur, die zurückverfolgt werden kann. Vielleicht kannst du uns helfen, eine solche Spur zu entdecken.«

Florence, die noch immer auf dem Stuhl saß, sah zur

geisterhaften Gestalt des Avatars hoch. »Benedict verspricht sich ebenfalls Hilfe von mir. Der Grund dafür ist mir noch immer nicht ganz klar.«

Der Avatar musterte sie. »Vielleicht solltest du jetzt deine wichtigste Frage stellen.«

Zach, dachte Florence sofort. »Eigentlich sind es zwei Fragen. Sie lauten: Kannst du mich zu Zach bringen? Und wie können wir zur Foundation zurückkehren?«

»Ich stelle fest, dass Salomo in diesen Fragen keine Rolle spielt«, sagte Marta.

»Er spielt sehr wohl eine Rolle. Zach befindet sich in der Gewalt des Seelenfängers, und ich habe erfahren, dass sie sich in Prisma aufhalten. Prisma ist …«

»Der geheime Ort, von dem aus Salomo agiert.« Marta nickte. »Das ist uns durchaus bekannt. Wir kennen auch deine Geschichte; der Legat namens Benedict hat sie vor kurzer Zeit zu Protokoll gegeben.« Der Avatar zögerte. »Auf der Erde gibt es Figuren, in denen immer kleiner werdende Figuren stecken …«

Florence überlegte. »Meinst du Matroschka-Puppen?«

»Puppen innerhalb von Puppen, ja«, sagte Marta. Ihre Stimme klang jetzt anders, ein wenig geistesabwesend, als wäre die KI mit ihren Gedanken woanders. »Wir denken an Pläne innerhalb von Plänen, verschlungen und inei-nander verkeilt wie die Wirklichkeiten, kaum voneinander zu trennen, manche von ihnen nur Schein, der täuschen und ablenken soll. Wir denken an Fallen innerhalb von Fallen, und auch hier gibt es Täuschungen und Ablenkun-gen. Um festzustellen, ob man alle Puppen hat, muss man sie öffnen, doch wenn man die falsche öffnet, könnte eine sorgfältig vorbereitete Falle zuschnappen. Vorsicht ist geboten.«

»Du hast meine Fragen noch nicht beantwortet«, sagte Florence.

»Die Antworten stehen mit deinen Worten über Benedict in Zusammenhang«, erwiderte Marta. Das holografische Bild des Avatars flimmerte kurz, stabilisierte sich dann wieder. »Du kannst Protektor tatsächlich helfen, Prisma zu finden. Und du kannst *uns* helfen, eine Spur des Seelenfängers zu entdecken und sie – vielleicht – zurückzuverfolgen. Salomo hat deinen Zacharias, und du bist mit ihm verbunden, mit Zach.«

»Ich bin mit ihm verbunden?«

Der blasse Avatar vor Florence hob den Zeigefinger an die Lippen, bot das Erscheinungsbild eines nachdenkenden Menschen. »Die Frage ist, ob Salomo das ebenfalls weiß, ob er sich dessen bewusst ist. Bisher hat er nur wenige Fehler gemacht …«

»Welche Verbindung meinst du?«, fragte Florence voller Hoffnung.

»Du hast es Benedict erzählt, und zunächst hat er nicht darauf geachtet«, sagte Marta. »Bis ihr erfahren habt, dass sich Zacharias in Prisma befindet. Daraufhin wurde ihm klar, dass sich hier eine Möglichkeit bietet, Salomos verborgene Ausgangsbasis zu finden.«

Florence schüttelte hilflos. »Ich verstehe noch immer nicht ganz …«

»Ich meine nicht die Verbindungen hier und hier.« Marta deutete auf Stirn und Herz. »Ihr seid ein Paar, aber darum geht es nicht. Als ihr aufgebrochen seid, um den Legaten –

den Traveller – namens Teneker zu retten, habt ihr euch miteinander verbunden …«

Plötzlich begriff Florence. »Das Interface-System der Foundation! Das Computerprogamm …« Sie erinnerte sich an ihre letzten Worte – *Programm starten* –, und daran, diese Worte mit einer magischen Formel verglichen zu haben. Und später, in der Festung, hatte ein Buch eine »magische Formel« von ihr verlangt … Wieder gerieten ihre Gedanken durcheinander, schwirrten wie aufgescheucht und angestachelt, doch irgendwo in diesem Chaos regte sich neue Hoffnung.

»Wenn die Verbindung über das Interface-System noch besteht …«

»Du glaubst, dass sie deine Realität beweist, die Wirklichkeit der Welt namens Erde? Ist dir das noch immer wichtig? Genügt es dir nicht, dass du denkst und *existierst*? Brauchst du etwas Abstraktes, um dich daran festzuhalten?«

Wie kann die Wirklichkeit abstrakt sein?, dachte sie. Vor dem inneren Auge sah sie Matthias, Lilys Avatar auf dem Hauptschirm im Büro des Sysadmins … und Zach im Rollstuhl, gelähmt, ein Mann, der nicht einmal mehr sprechen konnte und sich durch Bewegungen seiner Augen mitteilte, von Kamera und Software in Buchstaben auf einem Monitor verwandelt. Ein solcher Mann brauchte einen ganz anderen Halt in seinem Leben, hatte andere Träume und Hoffnungen.

Für einen schrecklichen Moment dachte sie daran, dass sich Zach vielleicht gar nicht in der Gefangenschaft des Seelenfängers befand, sondern den Verlockungen seiner »Freiheit« erlegen war: ein neues Leben, so »wahr« wie die Gedanken und Gefühle in diesen Welten.

Ihn zu befreien bedeutete, ihn zu seinem Leben im Rollstuhl zurückzubringen, zu einem frühen Tod, schon in wenigen Jahren.

»Hilf uns herauszufinden, woher Salomo kommt und wer er ist«, sagte Marta. »Hilf uns, das Netz der Welten vor ihm zu schützen. Es dürfen nicht nur seine Gedanken sein, die alles dominieren. Hilf uns, die Freiheit von Lassonde und all der anderen Welten zu verteidigen.«

Ist Lassonde wirklich frei?, fragte sich Florence und dachte an Unterstadt, an die Menschen, die von Geburt an für die Arbeit in den gewaltigen Maschinen bestimmt waren. Jemand anders, die Denker von Oberstadt und die Gestaltarchitekten von Mittelstadt, hatte beschlossen, welches Leben sie führen mussten. War das Freiheit? Relativ und absolut, dachte Florence. Vielleicht hatte Marta recht. Vielleicht lag der wahre, wichtige Unterschied dort, zwischen Relativem und Absolutem, nicht zwischen Wirklichkeit und Fiktion, zwischen objektiver und subjektiver Realität. Vielleicht, dachte sie, muss ich lernen, mich von alten Vorstellungen zu lösen und in neuen Begriffen zu denken.

Etwas weckte ihre Aufmerksamkeit, und sie drehte den Kopf. Mehrere Personen standen auf der anderen Seite des großen Raums, bei der Treppe, über die der Wächter Florence nach oben geführt hatte. Ganz vorn erkannte sie Benedict neben einem Mann um die sechzig, der eine Art Uniform trug und schütteres Haar hatte.

»Wochenlang habe ich hier auf *einen* von ihnen gewartet«, brachte Benedict fassungslos hervor. »Und jetzt sind …

wie viele hier? Zwanzig? Dreißig?« Er wollte vortreten, aber der Mann an seiner Seite legte ihm die Hand auf die Schulter und schüttelte den Kopf.

»Sie haben nach dir gesucht«, erklärte Marta. »Ich habe ihnen mitgeteilt, dass sie dich hier finden würden. Bitte hilf uns, Florence. Hilf uns, die Freiheit des Netzes zu bewahren.«

Nacheinander verschwanden die anderen Avatare ohne das geringste Geräusch, bis nur noch Marta übrig blieb. Sie ging um die Interface-Liege mit dem Orakel herum, zu der Stelle, an der sie erschienen war, winkte Benedict und den anderen zu und verschwand.

Die Neuankömmlinge zögerten noch einige Sekunden, bevor sie den Raum durchquerten. Vor dem Podium blieben sie stehen, und Benedict und der Mann mit dem schütteren Haar kamen die kurze Treppe hoch.

»Haben Sie mit ihnen allen gesprochen?«, fragte Benedict aufgeregt. »Haben sie Ihre Fragen beantwortet?«

Der andere Mann – größer, in eine Aura der Autorität gehüllt – streckte Florence die Hand entgegen. »Ich bin Erasmus von Protektor«, sagte er. »Ich glaube, wir haben einiges zu besprechen.«

26

Erasmus und die anderen nannten es »Eszett« beziehungsweise SZ: das Situationszentrum von Protektor, ein großer, runder Raum, von den Säulen der Denkmaschinen gesäumt und Teil des Symposiums. Legaten kamen und gingen, manche in einfache, schlichte Gewänder gekleidet, andere in Uniformen und Overalls, die dem Tarnanzug von Benedict ähnelten. Einige von ihnen trugen bereits Rucksäcke und Tornister und halfen anderen, ihre Ausrüstung anzulegen. In der Mitte des Raums, vor einem Halbkreis aus Schreibtischen mit Geräten, die zum Teil organischer Natur zu sein schien, leuchtete ein großes Hologramm, das Florence, als sie hereingekommen war, an die Darstellung einer Galaxie oder eines Galaxienhaufens erinnert hatte: eine zarte, filigrane Struktur, ein Schleier oder Verbund aus Schleiern, von Fäden durchzogen. Als sie sich zusammen mit Erasmus dem Hologramm näherte, sah sie zahlreiche Punkte in diesen Schleiern, alle durch dünne Linien miteinander verbunden. An manchen Punkten trafen sich viele Linien, und dadurch sahen sie aus wie die Pole von Magnetfeldern.

Die Operatoren an den Schreibtischen berührten Schaltflächen, und die große holografische Darstellung drehte sich. Bestimmte Punkte und Linien leuchteten auf. Florence spürte dabei ein kurzes Jucken hinter dem linken Auge, diesmal keine synästhetische Reaktion, sondern hervorgerufen von einer Spange, die wie ein Diadem über ihrer Stirn lag.

Erasmus sah zur Seite, als sie die Hand danach hob. »Implantate wären viel besser und leistungsfähiger«, sagte er. »Wir könnten den Einsatz um eine Stunde verschieben und Sie mit allem Notwendigen ausstatten. Effizienz!«

Florence schätzte, dass ungefähr ein halber Tag vergangen war. Sie hatte sich gewaschen und nach einem ersten

Gespräch mit Erasmus und den anderen Leitern von Protektor mehrere Stunden geschlafen, nicht genug, um richtig ausgeruht zu sein, aber lange genug, dass sie nicht mehr die bleierne Schwere der Müdigkeit spürte. Ihre Gedanken waren einigermaßen klar, ihre Gefühle neutral, und sie hoffte, dass es dabei blieb. Jetzt trug sie ebenfalls einen Chamäleon-Anzug, der sie fast unsichtbar machen konnte und zahlreiche Geräte und Instrumente enthielt. Erasmus hatte ihr versichert, dass die meisten von ihnen automatisch funktionierten und dazu dienten, sie zu verteidigen, zu schützen und zu behandeln, sollte sie verletzt werden.

Sie blickte zu den an den Schreibtischen sitzenden Lassondern, die noch etwas kleiner waren als Benedict und fast so stämmig wie die Wächter am Eingang des Wahrheitszentrums. An Hals, Stirn und Armen glänzten Objekte aus Metall, und unter ihrer Kleidung zeichneten sich die Kanten weiterer Implantate ab. Die Vorstellung, sich fremde Dinge in den Körper stecken zu lassen, die Einfluss auf ihre biologischen Funktionen und ihr Denken hatten, erschreckte sie.

»Nein«, sagte Florence. »Nein, danke.«

Ein »Korrelator« stapfte an ihr vorbei, ein besonders großer Lassonder, dürr, mit langen Armen und Beinen, das schmale Gesicht hinter einer Sensormaske verborgen. Ein Kabel ging von seinem Kopf aus, führte zur Decke und glitt dort an einer Kontaktschiene entlang, während der Korrelator dem Halbkreis der Tische folgte. Auf der anderen Seite blieb er stehen, löste das Kabel von seinem Kopf und steckte ein anderes ins kraniale Interface. Anschließend trat er zu einem der Tische, nahm dort ein weiteres Kabel und schob es in einen Port an seinem linken Handgelenk. Nur einen Moment später leuchtete im sich langsam drehenden Hologramm ein Faden auf, der mehrere Punkte miteinander verband.

»Wir sind fast so weit«, sagte Erasmus. »Ihre Erinnerungen zeigen uns den Weg. Die Korrelatoren folgen der Verbindung. Ich bin zuversichtlich. Es geht nur noch darum, die Daten zu verifizieren. Wir haben Prisma gefunden. Aktion!«

Das Jucken wiederholte sich, wanderte vom linken Ohr durch die linke Kopfhälfte und wurde unangenehm. Wie kratzt man sich im Innern des eigenen Kopfes?, dachte Florence.

Erasmus sprach seltsam, fand sie, und irgendwie war er auch ein seltsamer Mann, der gewisse Wesenszüge mit Benedict teilte. Vielleicht galt das für alle Lassonder dieser Art, für die Kleinen unter ihnen, mit den dünnen Hälsen und auffallend großen Köpfen. Wenn Erasmus sprach, gewann Florence den Eindruck, dass er mehrere Worte in einem zusammenfasste. So klang es: komprimiert, wie verbale Stenografie. Er sprach, als hätte er nicht viel Zeit, als müsste er innerhalb weniger Sekunden all das zusammenfassen, was es zu sagen galt. Seine Worte, dachte Florence mit einer Klarheit, die sie begrüßte, waren wie die Spitze eines Eisbergs; man musste wissen, dass sich der größte Teil unter der Wasseroberfläche befand, um eine Vorstellung von der wahren Größe zu bekommen. Erasmus kam ihr vor wie jemand, der zu viele Gedanken in einzelne Silben zu packen versuchte. Er war kompetent und energisch, zögerte nicht, wichtige Entscheidungen zu treffen, aber Florence hatte bei ihm – wie auch bei Benedict – das Gefühl, dass er die Dinge nicht unbedingt aus der gleichen Perspektive wie sie sah. Doch er war auch der Mann, der sie zu Zach bringen konnte, und vielleicht fanden sie dann einen Weg zurück zur Foundation.

Das Jucken wurde fast unerträglich. »Genügt es?«, fragte Florence. »Kann ich die Spange abnehmen?«

Erasmus betätigte die Kontrollen eines Geräts in seinem Handgelenk, sah zu dem Korrelator und nickte. »Wenn Sie unbedingt wollen … Es wäre besser, wenn wir auch weiterhin direkten Zugriff auf die Verbindung zwischen Ihnen und Zacharias hätten. Aber wir haben Prisma isoliert. Endgültigkeit! Der Kampf wird ein Ende haben. Bald!«

Florence nahm die Spange ab, und sofort ließ das Jucken nach. »Was ist das?«, fragte sie, obwohl sie die Antwort ahnte. Ihre ausgestreckte Hand deutete auf das Hologramm.

»Oh! Verzeihung. Ich dachte, Sie wüssten Bescheid. Versehen! Das ist das Netz der Welten.« Er trat zu einem der Tische, und Florence folgte ihm. Die dort sitzende Operatorin rückte ein wenig zur Seite, sprach die ganze Zeit über leise in ein Kehlkopfmikrofon und rückte gelegentlich ihren Kopfhörer zurecht. Ihre linke Hand steckte in einem Handschuh, der aus einem grauen Hautlappen bestand – ein biologisches Interface.

Florence betrachtete das Hologramm, das nicht einige Hundert Punkte zeigte, sondern Tausende, vielleicht sogar Millionen, und alle eingesponnen in die Fäden von Verbindungswegen. Erasmus berührte eine Schaltfläche, und in der Mitte der Darstellung leuchtete etwas auf, das Florence an eine Wirbelsäule erinnerte, an ein Rückgrat.

»Der Hauptstrang«, sagte Erasmus. »Hier sind wir.« Einer der Punkte blinkte, golden wie das filigrane Gespinst der Oberstadt, nicht in der Mitte des Hauptstrangs, sondern an seinem Ende, oder am Anfang. Zahlreiche Fäden gingen von diesem goldenen Punkt aus und verbanden ihn mit anderen in der Nähe, auch mit einigen, die weiter entfernt waren. Keine Galaxis, nein, dachte Florence, denn eine Galaxis hätte Sterne bedeutet, Sonnen mit Planeten. Dies waren Welten, aber keine Planeten, manche von ihnen gewaltige Stadtlandschaften wie Lassonde, andere grüne Hügel inmitten von Wüsten, wie der Ort, an dem Zach und sie Teneker gefunden hatten, in der Hütte, bei Salomo, Kronenberg und den anderen. Fragmente von Träumen, dachte Florence, Bruchstücke von Hoffnungen und Ängsten, wie die Welt von Randolph Amadeus Quint, Splitter von Gedanken, und doch genug, um Teil des Netzes zu werden, um Leben zu beherbergen, das seinerseits dachte und fühlte, und jeder Gedanke, jedes Gefühl schuf neue Welten, eine neue subjektive Wirklichkeit, deren Bewohner …

Florence schwankte und dachte an fraktale Muster, die sich im Großen wie im Kleinen wiederholten.

»Stimmt was nicht? Sorge!«, sagte Erasmus.

»Schon gut«, krächzte Florence. »Die Erde«, hauchte sie. »Die Welt von der ich komme und die Benedict ›Saatwelt‹ nannte … Wo ist die Erde?«

Erasmus griff nach dem Gerät in seinem Handgelenk und schien kurz zu lauschen. Dann berührte er mehrere Schaltflächen auf dem Tisch. »Dort«, sagte er und streckte die Hand aus. »Das ist die Erde. Entfernung!«

Ein anderer Punkt glühte, grün wie die Augen des Avatars, mit dem Florence im Wahrheitszentrum gesprochen hatte, und weit unter dem Hauptstrang gelegen. Dieser Punkt gehörte zu einem Schleier, dessen faserige Ausläufer bis zum Hauptstrang reichten und teilweise aus zerfransten Linien bestanden, oder aus hauchdünnen Fäden, die im Nichts endeten.

»Kampfzonen«, sagte Erasmus, als er Florences Blick bemerkte. »Konfliktbereiche. Dort traten Salomos Weltenbauer gegen unsere Architekten an, oder seine Soldaten gegen Protektor. Verwüstete Welten, manche aus dem Netz gefallen. Kummer!«

Florence betrachtete die Erde, einen kleinen grünen Punkt in einem viel größeren Netz aus Punkten, eine Welt, die tatsächlich ein Planet war. Als sie sich vorstellte, was das bedeutete, schien sich in ihr eine gewaltige Leere zu öffnen, ein tiefer Abgrund, in den ihre Gedanken fielen wie Vögel, die das Fliegen verlernt hatten. Wieder taumelte sie, und diesmal fasste Erasmus sie sanft an der Schulter. Er sagte etwas, aber seine Stimme verlor sich in einem wortlosen Brummen, das aus jener dunklen Tiefe in ihrem Innern kam, ein Rauschen wie von einem heranziehenden Orkan oder von einem gewaltigen, wogenden Ozean. Wenn stimmte, was Benedict gesagt hatte, wenn die Erde wirklich eine Saatwelt war, geschaffen von Salomo, damit auf ihr Traveller entstanden, die er für seine Zwecke nutzen konnte, wenn die Erde also in dem existierte, das sich Florence bisher immer als Space vorgestellt hatte, als Teil eines denkenden, fühlenden Bewusstseins … Es bedeutete, dass eine solche Welt Platz genug hatte, um ein ganzes Universum zu enthalten. Florence dachte an die Entdeckungen der Astronomie und Kosmologie, an das Alter des Universums, etwa 13,75 Milliarden Jahre, und an das Alter der Erde, etwa 4,6 Milliarden Jahre. All diese Zeit *war tatsächlich vergangen* –, durch positive oder negative Ereigniswinkel von den anderen Welten mit ihren Zeiten getrennt –, denn sie gehorchte den Gesetzen der betreffenden Mundus, den ihr innewohnenden Entwicklungsregeln, einer *inhärenten Kohärenz.* Und all die anderen Punkte, all die anderen Mundi … Konnte es sein, dass manche oder gar viele von ihnen weitere Universen enthielten, in denen denkende Lebewesen und denkende Maschinen mit ihren Gedanken neue Welten schufen? Ging es immer so weiter, mit Welten und Weltennetzen im Mikro- und Makrokosmos, bis in die Unendlichkeit?

»Brauchen Sie etwas zu essen oder zu trinken?«, fragte Erasmus besorgt. »Schwäche!«

Florence schüttelte den Kopf. Sie hatte eine ausgiebige Mahlzeit hinter sich, und derzeit bestand ihr Problem darin, sie im Magen zu behalten.

Dann fühlte sie sich unter dem Tarnanzug von etwas berührt, an den Hüften und an den Innenseiten der Beine. Etwas Kaltes schien ihr dort über die Haut zu streichen, und unmittelbar darauf wich die Übelkeit aus ihr.

»Dieser Anzug …«

»Er hilft Ihnen, ja? Er funktioniert?«

»Ja.« Florence atmete tief durch. Was auch immer der Chamäleon-Anzug mit ihr anstellte, es funktionierte tatsächlich. »Was ist damit?«, fragte sie und zeigte auf die ausgedehnten Schleier, die den Hauptstrang und seine peripheren Begleiter auf allen Seiten umgaben. Sie enthielten ebenfalls zahlreiche Punkte, die untereinander verbunden waren, aber es gab auch viele Fäden, die keine Welten erreichten und kleine Knäuel bildeten. Außerdem existierten nur wenige Verbindungen zum Hauptstrang.

»Das sind die Netze der anderen«, sagte Erasmus. »Fremdartigkeit!«

»Der anderen?«

»Es gibt nicht nur uns Menschen«, sagte Erasmus. Vor seinen Augen bildeten sich kleine Hologramme, die ihm nur für ihn bestimmte Daten lieferten, und er schien nicht mehr ganz bei der Sache zu sein, als er fortfuhr: »Vor vielen Jahren, als Protektor noch nicht existierte, sind die reisenden Erkunder von Lassonde auf die ersten Welten der Nichtmenschen gestoßen. Neugier! Forschung! Sie fanden die Netze der Krehel, Miggo, Parihar, Ta-Enick, Claes, Ikatt und anderer Völker, die dort draußen leben, so weit entfernt, dass selbst unsere besten Phasenschwellen uns nicht direkt zu ihnen bringen können. Die Krehel sind unangenehm, denn sie besuchen manchmal unsere Welten am Rand und entführen Menschen.«

»Sie entführen Menschen?«, fragte Florence entgeistert. Aliens, dachte sie. Lieber Himmel. »Und was machen sie mit ihnen?«

»Wir haben es nie herausgefunden. Ungewissheit! Über die anderen Völker wissen wir noch weniger als über die Krehel. Die Darstellungen, die Sie dort sehen, sind das Ergebnis der Beschreibungen einiger nach langen Reisen zurückgekehrter Erkunder, doch wir wissen nicht, wie genau und zuverlässig sie sind, denn die Heimgekehrten haben den Verstand verloren. Unvernunft!«

»Sie sind verrückt geworden?« Eigentlich kein Wunder,

dachte Florence. Sie waren im Bewusstsein von Außerirdischen unterwegs und dort mit völlig fremdartigen Konzeptualisierungen konfrontiert worden. Einen Moment später
erkannte sie die Unsinnigkeit des Begriffs »Außerirdischer«
und blieb bei *Aliens*. Auf der Erde gab es ein Programm
namens SETI, das seit vielen Jahren nach außerirdischen
Zivilisationen suchte, aber der Erstkontakt hatte hier stattgefunden.

Ein Signal erklang, und die Biomasse des Tischs, an dem
sie standen, gab ein Geräusch von sich, das nach einem
Seufzen klang. Florence beobachtete, wie sich die linke
Hand der Operatorin im Hautlappen-Handschuh bewegte,
und von einem Augenblick zum anderen verschwand das
Hologramm der Weltennetze. Bilder erschienen, grünblau
und trüb, und zunächst konnte Florence nichts damit anfangen, bis sie plötzlich begriff: Die Bilder stammten von
einer Kamera, die sich mit hoher Geschwindigkeit durch
tiefes Wasser bewegte, vielleicht durch ein Meer.

»Telemetrie!«, sagte Erasmus. »Kontakt!«

Pfeilförmige Geschöpfe huschten vorbei, vielleicht Fische, und das Wasser wurde seichter – der Grund blieb
nicht mehr in rabenschwarzer Finsternis verborgen, sondern wurde vom Sonnenlicht erreicht, das weiter oben auf
der Wasseroberfläche glitzerte. Ruinen erhoben sich dort,
die Reste von Gebäuden, von versunkenen Städten, jetzt
die Heimat zahlreicher maritimer Geschöpfe, die Mauern
und Dächer mit Korallenkrusten überzogen.

Welche Stadt war dort überflutet worden?, fragte sich
Florence und dachte an die Erde und den ansteigenden
Meeresspiegel.

Stille hatte sich im Situationszentrum ausgebreitet. Die Männer und Frauen in den Overalls und Tarnanzügen, die Operatoren an den Tischen … Einige Sekunden lang rührte sich niemand von ihnen, und alle Blick waren auf die dreidimensionalen Bilder gerichtet. Eszett schien den Atem anzuhalten.

Die Kamera kam aus dem Wasser und zeigte einen gewaltigen Vulkan, der aus dem Meer ragte und in halber Höhe einen grauweißen Wolkenkranz trug. Der Flug ging weiter, an den Hängen des Vulkans empor. Nach einer halben Minute wurde die Kamera langsamer, und als sie den Kraterrand erreichte, verharrte sie und erlaubte den Beobachtern einen Blick ins Innere des Kraters. Der Zoom holte einen smaragdgrünen See heran, und an seinem Ufer Gebäude aus funkelndem, schimmerndem Kristall, der das Licht der Sonne einfing und wie tausendfach verstärkt reflektierte. Eine dieser Spiegelungen traf die Kamera, und für einen Moment verschwand alles hinter einem Vorhang aus Farben.

Erasmus' Finger flogen über die Schaltflächen, und gleichzeitig bewegte sich erneut die Hand der Operatorin im Hautlappen des biologischen Interfaces.

Plötzlich hatte die Stille in Eszett ein Ende. Die versammelten Legaten jubelten.

»Prisma!«, riefen sie. »Es ist Prisma!«

Erasmus wandte sich Florence zu. »Bestätigung, Erfolg!«, stieß er hervor. »Endlich!«

Er schlang die Arme um Florence und drückte sie an sich, hielt sie dann auf Armeslänge und sagte: »Danke.«

Sie wölbte beide Brauen. »Nichts zu danken. Und jetzt?«

»Jetzt«, sagte Erasmus, und sein Gesicht zeigte wieder die für ihn typische energische Entschlossenheit, »bringen wir Sie zu Ihrem Zacharias.«

27

Protektor hatte für diesen besonderen Einsatz ein spezielles Portal vorbereitet, eine Phasenschwelle in Oberstadt, auf einer eigens dafür errichteten Plattform, die, von Dutzenden Tauen gehalten und von brummenden Propellern stabilisiert, neben einigen »Trauben« hing. Mehrere Denker aus Oberstadt hatten ihre Beeren-Häuser in den Trauben verlassen: kleine, dürre Gestalten, die Körper wie verschrumpelt und verkümmert, die haarlosen Köpfe so groß, dass sie in Stützgerüsten ruhten. Kabel gingen sowohl von den Körpern als auch von den Schädeln aus, verbanden sie mit den großen Sonnensegeln in der Nähe und den goldenen Strängen, die das Gespinst von Oberstadt bildeten. Die Denker saßen und lagen in individuellen Gondeln, ausgestattet mit Navigationspropellern und kleinen Ballons, die für den nötigen Auftrieb sorgten, doch keiner von ihnen machte von seiner Mobilität Gebrauch. Aufmerksam beobachteten sie das Geschehen und waren vermutlich auch – über eine Verbindung mit den Denkmaschinen von Lassonde – an der logistischen Planung und der Datenauswertung beteiligt.

Im hinteren Drittel der Plattform wölbte sich der goldene Bogen des Portals, gefüllt von einem vagen, milchigen Wabern, hinter dem sich, wie durch eine Schicht aus schmutzigem Wasser gesehen, die Konturen einer anderen Welt abzeichneten. Florence beobachtete, wie die ersten Legaten hindurchmarschierten, während andere vor der Phasenschwelle Aufstellung bezogen und auf ihren Transfer warteten. Sie alle waren bewaffnet, und der Ernst in ihren Gesichtern deutete darauf hin, dass sie damit rechneten, in einen Kampf verwickelt zu werden. Florence betrachtete die klobige Waffe in ihrem Gürtelhalfter und fragte sich, ob sie imstande sein würde, davon Gebrauch zu machen, vielleicht sogar jemanden zu erschießen. Sie hoffte, dass sie nicht gezwungen war, diese Frage beantworten zu müssen.

Erasmus erschien vor ihr, begleitet von einem kleineren Mann, der seinen Tarnanzug bereits aktiviert hatte und dadurch fast unsichtbar war. Nur wenn er sich bewegte, wurden die Umrisse seines Körpers erkennbar; das Gesicht schien mitten in der Luft zu schweben.

»Dass ich dies erleben darf …«, sagte das Gesicht voller Freude und Stolz. »Den Augenblick des Triumphes nach all den Jahren …«

»Noch haben wir nicht gesiegt, Benedict. Vorsicht!«, mahnte Erasmus.

»Diesmal wird er uns nicht entkommen.« Zwei langläufige Waffen erschienen dort, wo sich Benedicts Hüften befanden; er hatte die Hände am Griff und die Zeigefinger am Abzug. »Diesmal erledigen wir ihn.«

Erasmus richtete einen strengen Blick auf ihn. »Mäßigung! Wir werden versuchen, Salomo lebend zu fangen.«

»Er wird sich wehren!«

»Er ist eine kranke Seele. Krank!«, sagte Erasmus. »Wir versuchen, ihn gefangen zu nehmen und zu heilen.«

»Seine Gedanken sind gefährlich!«

»Bald nicht mehr. Zuversicht!«, sagte Erasmus und sah sich um. Die aus dreißig Männern und Frauen bestehende Einsatzgruppe stand mit ihren Waffen bereit. Am Rand der Plattform, unter einer besonders eleganten Denker-Gondel, zeigten zwei zitternde Hologramme von Späher-Sonden stammende Bilder: Die bereits transferierten Legaten, lindgrüne Silhouetten in dunkler Nacht, machten sich im Innern des Kraters an den Abstieg.

Der Denker in der Gondel über den Hologrammen richtete sich halb auf, und seine Stimme hallte über die Plattform. »Dies ist ein großer Moment für Lassonde und das ganze Netz. Unser aller Hoffnung ruht auf Protektor. Erasmus, meine guten Wünsche begleiten Sie und Ihre tapferen Soldaten.« Die Gestalt in der Gondel winkte mit einem dürren Arm. »Ihr alle, geht mit meinem, mit unserem Segen!«

Erasmus sagte: »Protektor grüßt Lassonde!«

»Protektor grüßt Lassonde!«, riefen die Versammelten, und es folgte eine Stille, in der man das Stampfen und Brummen der Maschinen von Unterstadt hörte.

»Kommen Sie, es geht los. Beginn!«, sagte Erasmus. Florence folgte ihm und Benedict an den anderen Männern und Frauen vorbei zum goldenen Bogen. Dort zögerte das Oberhaupt von Protektor kurz und vergewisserte sich noch einmal, dass die Einsatzgruppe bereit war, bevor es durch das milchige Wabern trat.

»Endlich«, schnaufte Benedict, ergriff Florences Hand und zog sie mit sich durchs Portal.

Die Kapuze von Florences Tarnanzug hatte sich verfestigt, war zu einer Art Helm geworden, und ein Visier hatte sich ihr vor die Augen geschoben, mit Kontaktpunkten an den Schläfen. Es versetzte sie in die Lage, die anderen Männer und Frauen von Protektor zu sehen: grüne Silhouetten, die lautlos über den dunklen Hang eilten und sich der Stadt unten am See näherten. Zahlreiche Straßenlaternen brannten dort, und ihr Licht spiegelte sich in den kristallenen Wänden der Gebäude wider, schuf bunte Reflexe – Funken schienen in der Nacht zu tanzen.

Florence hörte Stimmen, die aus kleinen Lautsprechern in der Helmkapuze kamen, direkt neben ihren Ohren. »Keine Aktivität, alles ruhig«, meldete eine dieser Stimmen, und eine andere fügte hinzu: »Keine Fallen, ich wiederhole: keine Fallen. Nicht einer unserer Späher hat Signalschwellen entdeckt.«

Nur noch einige Dutzend Meter trennten sie vom Rand der bunten, kristallenen Stadt. Das Portal hatte Erasmus, Benedict und Florence hinter einer Felsengruppe abgesetzt, die ihnen Deckung gewährte, und von dort aus war der Abstieg nicht weiter schwer gewesen. Nach und nach trafen auch die anderen Mitglieder der Einsatzgruppe ein, zu zweit oder zu dritt. Sie orientierten sich kurz, schwärmten dann aus und näherten sich verschiedenen Bereichen der Stadt, in der alles reglos blieb, obwohl sich die Vorhut bereits in den Außenbezirken befand. Florence sah die Männer und Frauen nur mithilfe des Visiers. Wenn sie es hochklappte und sich allein auf ihre Augen verließ, blieben die Straßen leer. Nur ein gelegentliches Flirren verriet die Präsenz von Gestalten, die aktivierte Tarnanzüge trugen, und auch nur dann, wenn man wusste, wonach es Ausschau zu halten gilt.

Florence erlebte einen Moment der Desorientierung, als sie an sich selbst hinabblickte und nur den Boden sah, nicht aber ihre Füße auf ihm, und auch nicht den Rest des Körpers.

»Das gefällt mir nicht«, murmelte Erasmus. Er stand auf dem Weg, die Waffe wie unschlüssig in der Hand, beobachtete die Stadt durch sein Visier und nahm Meldungen entgegen. »Es ist zu leicht.«

»Weil er nicht damit gerechnet hat, dass wir Prisma entdecken würden!« Zwei Männer, grün in Florences Visier, eilten vorbei, und Benedict machte einen Schritt in ihre Richtung, schien sich ihnen anschließend zu wollen. Er zitterte vor Aufregung. »Worauf warten wir? Sollen die anderen den ganzen Ruhm ernten?«

»Salomo kann doch nicht so unvorsichtig sein, keine Wächter zurückzulassen. Dummheit!«, sagte Erasmus. Aber er gab Benedicts Drängen nach und setzte sich wieder in Bewegung. Florence blieb an seiner Seite, die Hände leer, und hörte, wie immer mehr Stimmen kurze Berichte übermittelten. Die ersten Häuser waren durchsucht worden, und offenbar befand sich niemand in ihnen, bis auf eine Ausnahme: In einem kleinen Gebäude am Stadtrand fanden die Protektor-Leute zwei Personen, einen älteren Mann und eine kaum jüngere Frau. Sie hatten geschlafen und erwachten nur kurz, bevor sie betäubt wurden. Kurz darauf trafen weitere Meldungen dieser Art ein: mehrere Jugendliche, die in einem ansonsten leeren Schlafsaal gefunden wurden, einzelne Personen in anderen Häusern, unter ihnen auch jüngere Männer und Frauen, und nicht eine von ihnen wach. Sie alle erschraken, geweckt von Gestalten in Tarnanzügen, aber niemand von ihnen bekam Gelegenheit, einen Alarm auszulösen. Innerhalb von nur ein oder zwei Sekunden wurden sie außer Gefecht gesetzt, mithilfe von »neuralen Interruptoren«, wie Erasmus sie genannt hatte, kleinen Geräten, mit denen sich ein Gehirn offenbar kurzschließen ließ, ohne dass es bleibende Schäden davontrug.

»Na bitte!« Benedict sonnte sich bereits im Gefühl des Sieges, als sie an den ersten Gebäuden wie aus Glas vorbeigingen. Durch die halbtransparenten Wände sah Florence Treppen und Räume, Möbel und gelegentlich auch die grüne Gestalt eines Protektor-Soldaten. »Sie sind alle überrascht, und wie könnte es auch anders sein? Salomo hat nicht mit uns gerechnet. Hier hat er sich immer absolut sicher gefühlt.«

»Aber wo ist er? Unbekannt!« Erasmus sah sich um.

Florence beschäftigte eine ganz andere Frage. »Wo ist Zach?«

Sie merkte es erst jetzt: dass sich eine seltsame Leere in ihrer Magengrube ausbreitete, dass ihr Herz schneller schlug, obwohl der Anzug versuchte, sie zu beruhigen – erneut fühlte sie sich an den Innenseiten der Beine berührt, und auch an den Hüften.

»Ich habe ihn lokalisiert. Gefunden!«, sagte Erasmus. Er deutete nach vorn, zum See. »Eine starke Verbindung besteht zwischen Ihnen, fast zum Greifen.« Ein Lächeln erschien kurz in seinem Gesicht.

Florence achtete nicht darauf. Eine kalte Hand umklammerte Herz und Seele, trotz der Bemühungen des Tarnanzugs, ihr Gelassenheit zu vermitteln. Rechts und links eilten Legaten von Protektor in die kristallenen Häuser, und Benedict hielt es nicht länger aus, schloss sich ihnen an. Irgendwo erklang ein Schrei, zerriss die seltsame Stille aber nur für eine halbe Sekunde.

»Ihr Zacharias ist gefunden«, sagte Erasmus und blickte durchs Visier auf die Anzeigen von Messinstrumenten. »Aber der Seelenfänger fehlt. Sorge!«

Irgendwo in der Nähe klirrte es, und Florence zuckte zusammen. Sie gingen auf einem breiten, leeren Weg, im hellen Schein von Straßenlaternen, umgeben von den Hängen des Kraterrunds, über dem sich der dunkle Nachthimmel wölbte, und für einen Moment fühlte sich Florence wie in einem schlechten Traum gefangen. Aber da sie wusste, dass sie träumte, konnte sie erwachen. Sie brauchte sich nur in den Arm zu zwicken oder einen anderen autosuggestiven Trick anzuwenden, um die Augen zu öffnen und in der Foundation zu erwachen.

Dann begriff sie: Und wenn sie sich noch so sehr zwickte, allein konnte sie aus diesem Traum nicht erwachen; sie brauchte Zach.

Sie setzten den Weg in Richtung See fort, durch eine kristallene, gläserne Stadt, die in helles Licht getaucht war und still blieb, sah man von den gedämpften Stimmen der Legaten und dem Geräusch ihrer Schritte ab. Erasmus nahm die ganze Zeit Meldungen entgegen, erteilte Anweisungen und sah sich immer wieder um. Er hatte gehofft, Salomo sofort nach Erreichen von Prisma lokalisieren und überwältigen zu können, und die Enttäuschung zeigte sich immer deutlicher in seinem Gesicht.

Florence erinnerte sich plötzlich an Worte, die Marta im Wahrheitszentrum am sie gerichtet hatte: Wir denken an Pläne innerhalb von Plänen … an Fallen innerhalb von Fallen.

»Kann Salomo gewusst haben, dass wir kommen?« Sie flüsterte, aber die eigene Stimme erschien ihr laut in der gespenstischen Stille.

»Unmöglichkeit!«, schnaubte Erasmus. »Er muss ahnungslos gewesen sein.«

Benedict kehrte zu ihnen zurück. »Ich verstehe das nicht!«, stieß er atemlos hervor. »Wo sind all die Legaten, die der Seelenfänger entführt hat? Wo sind seine Konstrukteure und Weltenbauer?«

Es piepte leise, und Erasmus hob eins seiner Messgeräte. »Aktivität«, sagte er. »In dem großen Gebäude am See. Dort!« Er streckte die Hand aus.

Von einem Augenblick zum anderen wurde es dunkel.

Das Visier schaltete sofort um und zeigte Florence eine Art Restlichtbild der Umgebung, bestimmt von Grüntönen und grauen Schemen. Sie versuchte noch, sich mithilfe dieses Bildes neu zu orientieren, als es ebenfalls verschwand und vor ihren Augen alles schwarz wurde. Eine Hand kam und klappte ihr Visier hoch, und daraufhin kehrte ein bisschen Licht zurück. Es stammte von einem Mond, der gerade über den Kraterrand stieg, und den Sternen am Himmel. Dieses schwache Licht fiel auf Gestalten, die sich plötzlich ganz deutlich zeigten – die Tarnanzüge funktionierten nicht mehr.

»Ein Neutralisator«, brachte Benedict entgeistert hervor.

»Man hat uns erwartet. Böse Überraschung!«, fügte Erasmus hinzu.

Hinter ihnen krachte es am Hang des Kraters, und ein Licht flog durch die Nacht, wie der Funke eines fernen Feuers, vom Wind zur Stadt getragen. Er flog und fiel, neben ein Gebäude am Stadtrand, das mit einem in den Ohren schmerzenden Krachen zerbarst – es klang, als hätte die herabschmetternde Faust eines Riesen das Haus getroffen. Eine Stichflamme leckte gen Himmel. Wie Schrapnell dahinjagende Kristallsplitter schredderten zwei Protektor-Soldaten, die nicht rechtzeitig in Deckung gingen, und die gläsernen Fassaden weiterer Gebäude zerbarsten.

Etwas fiel von Florence ab, eine Last, deren Gewicht sie erst in diesem Augenblick spürte, als die trügerische Ruhe tödlicher Gefahr wich. Plötzlich rückte alles an seinen Platz; Entschlossenheit ersetzte Verwirrung und Sorge.

Sie ergriff Erasmus' Hand und lief los, zog ihn einfach mit sich. Er war so überrascht, dass er sich nicht widersetzte.

»Zacharias!«, stieß Florence hervor, während seltsame Gebilde am Himmel erschienen, monströse Schatten in der Nacht, halb Geschöpf und halb Maschine. Mit brummenden Motoren kamen sie heran und spuckten Feuer. »Bringen Sie mich zu ihm!«

Sie waren gar nicht mehr weit vom See entfernt, als das jähe, flackernde Licht von Explosionen durch die Nacht gleißte. Florence brauchte Erasmus nicht mehr zu ziehen, er lief jetzt neben ihr, aber sie ließ seine Hand nicht los, und als er sich dem großen Gebäude am Ufer zuwenden wollte, drückten ihre Finger fest zu. Ein Instinkt sagte ihr, dass sich Zach nicht dort befand.

»Zacharias!«, rief sie. »Wo ist er?«

»Verdammt!«, knurrte Erasmus, und dann lief *er* schneller und zog Florence hinter sich her. Ein Flieger strich wie ein dunkler, stählerner Drache über sie hinweg, und das Brummen seiner Motoren schuf Vibrationen, die Glas und Kristall der nahen Gebäude erzittern ließen. Mehrere Funken lösten sich von der Seite des dunklen Ungetüms, fauchten dicht an ihnen vorbei, fielen zu Boden und setzten die Straße in Brand.

Hitze wogte über Florence hinweg, und dann fand sie sich plötzlich in einem Hauseingang wieder, umgeben von bunten halbtransparenten Wänden.

»Hier. Er muss hier sein. Gewissheit!« Erasmus deutete in ein Zimmer. »Dort!«

Mit langen Schritten eilte er durch den Flur, und Florence, deren Finger sich von seiner Hand gelöst hatten, folgte ihm.

In dem kleinen Zimmer lag ein Mann auf einem schmalen Bett, die Augen geschlossen und die Stirn schweißfeucht. Florence erkannte das Gesicht sofort, obwohl es halb im Schatten verborgen war. Eine weitere Explosion erhellte den Raum und brachte Gewissheit.

Erasmus beugte sich über den Schlafenden und schüttelte ihn. Florence trat an seine Seite, trotz der Umstände von wilder Freude erfüllt. »Zach …«

Erneut rüttelten kräftige Hände an den Schultern des Mannes im Bett.

Schließlich öffnete Zacharias die Augen.

»Endlich«, knurrte Erasmus. »Wurde auch Zeit. Wir sind hier, um Sie zu befreien.«

»Was?«, brachte Zacharias hervor. »Noch jemand, der mir Freiheit bietet?«

»Auf die Beine mit dir«, sagte Florence. »Wir müssen von hier verschwinden, solange wir können.«

Weltensplitter

28

Eine nahe Explosion schüttelte das Gebäude, haarfeine Risse breiteten sich spinnennetzartig in den gläsernen Wänden aus. Florences Lippen bewegten sich, aber ihre Worte verloren sich in einem Krachen wie von hundert Kanonen.

»Ich verstehe nicht«, stieß Zacharias hervor, noch immer halb in einem Schlaf gefangen, der kein gewöhnlicher Schlaf gewesen war. Salomo, dachte er. Der Seelenfänger ist in meine Träume eingedrungen und hat versucht, mich zu manipulieren. »Bist du es wirklich?«, fragte er mit plötzlichem Argwohn.

Florence ergriff seine linke Hand und der Mann, der sie begleitete, seine rechte. Gemeinsam zogen sie ihn mit sich nach draußen, in eine brennende, zusammenbrechende Stadt. Seltsame Flugapparate glitten durch die Dunkelheit über Prisma und warfen Blitze, die sich in Feuerbälle verwandelten, wenn sie den Boden oder eins der Gebäude berührten. Gestalten liefen umher, manchmal nur als kurzes Flimmern zu erkennen, oder als Gesichter ohne Körper. Wer auch immer diese Leute waren, die sich zumindest teilweise unsichtbar machen konnten: Salomo hatte sie erwartet.

»Zurück!«, rief Florence dem Mann mit dem schütteren Haar und dem energischen Gesicht zu. »Blasen Sie zum Rückzug.«

Eine weitere Flugmaschine rauschte mit brummenden Motoren über sie hinweg und spie Feuer, das zwei der in Tarnanzüge gehüllten Angreifer traf – sie verbrannten sofort und bekamen nicht einmal Gelegenheit zu einem letzten Schrei.

»Wir haben den Seelenfänger noch nicht gefunden. Kampf notwendig!«, erwiderte der Mann und klappte das Visier vor sein Gesicht. »Sie sind Zacharias, ja?«

Zacharias nickte, während Florence an seinem linken Arm zerrte und der Mann seinen rechten Arm festhielt. Nur noch wenige Lampen brannten in Prisma, aber viele Gebäude standen in Flammen, obwohl sie den Eindruck erweckt hatten, zum größten Teil aus Glas und Kristall zu bestehen. In ihrem Licht sah Zacharias, wie das Wasser des smaragdgrünen Sees in Bewegung geriet, als weitere Flugmaschinen aus ihm aufstiegen.

»Eine Falle«, sagte er, und plötzlich fiel es ihm wie Schuppen von den Augen. »Dies war eine Falle, eine doppelte Falle. Für mich … und auch für euch.«

»Sie hatten Kontakt mit dem Seelenfänger. Positiv!«, sagte der Mann. »Können Sie ihn lokalisieren? Wo ist er?«

Zacharias reagierte instinktiv, schickte ein Ping in den Äther und öffnete gleichzeitig sein Radar. Es gab so viele Echos, dass er die Orientierung verlor und taumelte.

»Lieber Himmel«, ächzte er. »Es sind Hunderte, Tausende.« Die Stadt war nicht leer, begriff er plötzlich. Ganz im

Gegenteil, sie war voller Menschen. Er hatte sie nur nicht gesehen, als er mit Salomo hierhergekommen war.

Er hatte sie nicht sehen *sollen*.

Der Blitz einer Flugmaschine riss nur wenige Meter entfernt ein Loch in die Straße, die zum brodelnden See führte, und Zacharias spürte, wie die Druckwelle der Explosion an ihm zerrte. Florence wurde von ihr zur Seite geschleudert – so sah es aus, aber vielleicht war es ein Sprung – und stieß mit solcher Wucht gegen den Mann, dass er Zacharias' Arm losließ. Sofort wirbelte sie herum, ergriff erneut Zacharias' Hand, lief los und zog ihn mit sich, fort vom See.

»Komm!«, rief sie. »Lauf! Am Hang gibt es einen Übergang.«

Sie rannten durch Prisma, mal im Dunkeln, mal im flackernden Schein von meterhohen Flammen, verfolgt vom Donnern der Explosionen und dem dröhnenden Brummen der Flugmaschinen. Weitere Gestalten erschienen zwischen den brennenden Gebäuden, hager und grau, nackte, geschlechtslose Humanoiden, wie Roboter, die nicht aus Metall und Kunststoff bestanden, sondern aus Fleisch und Blut, mit maskenhaft starren Gesichtern und klobigen Waffen in den langen, schmalen Händen. Überraschend flink kletterten sie über Trümmer, sprangen durch Flammen, hoben ihre Waffen und schossen auf die Kämpfer, mit denen Florence gekommen war.

»Gefallen dir meine Soldaten, Zach?«

Die Welt hielt den Atem an und erstarrte in einem Tableau der Zerstörung. Die Flammen züngelten nicht mehr, ragten bewegungslos in zornigem Rot aus den Gebäuden. Die Splitter einer kristallenen Wand, die gerade von einem

Blitz getroffen war, hingen wie harte und scharfkantige Regentropfen in der Luft. Aus dem Dröhnen der Flugmaschinen wurde ein leises Summen, wie von einer nahen Mücke.

Und dort stand er, der Seelenfänger, zwischen zwei brennenden Häusern, die Augen groß, auf Kinn und Wangen der Schatten eines Barts, die dünne Narbe wie ein Strich oben auf der Wange. Sie schien etwas größer zu sein als bei ihrer letzten Begegnung, und Zacharias fragte sich, woher sie stammte, was Salomo dort verletzt hatte. Nur Kronenberg begleitete den Seelenfänger: größer als er, das Haar fast so weiß wie Schnee, die Augen blau wie Eis und ebenso kalt, an der schiefen Nase eine dunkle Blutkruste. Sie ist nicht geheilt, dachte Zacharias und sah auf seine rechte Hand hinab. Er trug keinen Verband mehr, und deutlich zeichnete sich der entzündete Kratzer ab. Aber er tat nicht mehr weh, und die Wunde hatte sich geschlossen.

»Wir könnten laufen«, zischte Florence leise. »Wir könnten es versuchen. Oder ein Sprung von hier aus …«

»Ohne RV-Signal?« Zacharias schüttelte den Kopf. »Sinnlos.«

Salomo und Kronenberg kamen näher.

»Sie will dich zum Rollstuhl zurückbringen, Zach«, sagte Salomo, seine Stimme unterlegt vom monotonen Summen, das überall um sie herum in der Luft lag.

Zacharias ging nicht darauf ein. »Dies ist nicht Prisma, oder?«, fragte er. »Zumindest nicht das richtige Prisma.«

»Aber es sah gut aus, das musst du mir lassen, Zach. Die hübschen Kristalle, all die Farben …«

»Du hast mich nur ablenken wollen«, sagte Zacharias.

»Du hast mir Unsinn erzählt, mir Trugbilder gezeigt und die ganze Zeit über versucht, mich zu beeinflussen.«

»Es waren keine Trugbilder, Zach. Ein Leben, wie du es dir wünschst, mit einem gesunden Körper, zusammen mit Florence, wenn nicht mit dieser, dann mit einer anderen … Ist das Unsinn?«

»Mit einer anderen?«, fragte Florence.

Kronenberg trat auf sie zu und zog ihr die Waffe aus dem Gürtelhalfter. »Die brauchst du nicht mehr, Teuerste«, sagte er und löste etwas aus Florences Instrumentengürtel, einen Gegenstand, der wie eine etwas zu groß geratene Patrone aussah. Der Tarnanzug, den auch sie trug – er hatte dort geflackert, wo er nicht von Ruß, Staub und Schmutz bedeckt gewesen war –, wurde so grau wie die Gestalten, die zwischen den brennenden Gebäuden zum Vorschein gekommen waren.

»Zacharias weiß, was ich meine«, erwiderte Salomo und kam ebenfalls näher. »Nicht wahr, Zach? Ich hab sie dir gezeigt, deine Familie.«

»Du hast mir viel gezeigt, aber alles war Illusion«, sagte Zacharias. Meine Hand heilt, dachte er. Ich bekomme die Kontrolle zurück. »Auch das hier war nur Spiegelfechterei.«

»Was machen wir mit ihm?«, fragte Kronenberg und deutete auf den Mann, der Florence begleitet hatte.

»Erasmus, nicht wahr?« Salomo wandte sich halb von Zacharias ab. »Er hat uns viel Ärger bereitet.«

Der Mann stand reglos da, erstarrt wie alles andere, gefangen in einem zeitlosen Moment. Der größte Teil des Gesichts blieb hinter dem Visier verborgen. Nur der Mund war zu sehen, die Lippen zusammengepresst.

Florence trat vor ihn. »Tun Sie ihm nichts«, sagte sie. »Zach …«

»Zeig mir Prisma«, sagte Zacharias, und diesmal war er es, der die Hand ausstreckte und Florence am Arm ergriff. »Zeig mir all die glücklichen Menschen, die deine Freunde geworden sind.«

»Freundschaft ist wichtig«, sagte Salomo. »Freundschaft und Freiheit, das biete ich. Die Alternative …«

Das war neu, dachte Zacharias. »Ja?«, fragte er. »Was wäre die Alternative?«

»Würde es dir gefallen, Maschinen gehorchen zu müssen?«

»Maschinen?«

»Wäre es für dich nicht so, als gerietest du vom Regen in die Traufe?«, fragte der Seelenfänger, während Kronenberg langsam und mit einem boshaften Lächeln um den statuenhaft reglosen Mann herumging. »In der Foundation warst du auf einen Rollstuhl angewiesen, eine Maschine. Willst du auch hier dein Leben von ihnen bestimmen lassen?«

»Ich verstehe kein Wort.«

Aber Florence an seiner Seite starrte Salomo groß an und schien zumindest zu ahnen, was er meinte.

»Deine Flo …«, sagte der Seelenfänger. »Sie versteht, oder beginnt zu verstehen. Weil sie in Lassonde war und dort mit einer der Denkmaschinen gesprochen hat. Sie hat eine erste Vorstellung von den Zusammenhängen gewonnen.« Er machte eine einladende Geste. »Na schön, Zach. Wie du willst. Um dir meinen guten Willen zu beweisen, zeige ich euch Prisma.«

Er ging einige Schritte, und Zacharias schloss sich ihm an, zog dabei Florence mit sich. Um sie herum veränderte sich die Welt: Sie verlor, für einige Momente, ihre dritte Dimension, wurde zu einem Bild wie an den Innenwänden einer Halbkugel, einer Kuppel. Haarrisse bildeten sich in Gebäuden, erstarrten Flammen und leerer Luft, und ein dumpfes Brummen kam aus der Tiefe, begleitet von einer Vibration, die die Haarrisse erweiterte. Die Welt im Innern des erloschenen Vulkans zerriss an Dutzenden, Hunderten von Stellen, und es entstanden große dreieckige Splitter, die sich von den Innenwänden der Halbkugel lösten, langsam flogen und sich dabei drehten, jeder von ihnen eine Quelle von buntem Licht. Eine kam auf Salomo, Zacharias und Florence zu und tauchte sie in ein Strahlen, so hell, dass Zacharias den Kopf abwandte. Dadurch sah er, was hinter ihnen geschah.

Kronenberg stand, umgeben von dreieckigen Fragmenten der Vulkanwelt, vor dem immer noch erstarrten Mann, der Erasmus hieß. Er hob Florences Waffe, wog sie wie nachdenklich in der Hand und warf sie dann hoch. Zwei oder drei Meter über seinem Kopf verwandelte sie sich in einen Vogel, dessen Flügel in metallischem Blau schimmerten, als er mit ihnen schlug und in einem der großen Splitter verschwand. Dann richtete Kronenberg die rechte Hand auf das Gesicht des Reglosen, den Zeigefinger nach vorn gestreckt und den Daumen nach oben, senkt den Daumen langsam und sagte: »Peng.«

Das Visier zersprang wie Glas, ein Loch erschien in der Stirn, und der Mann kippte nach hinten.

Mehr sah Zacharias nicht, denn das leuchtende dreieckige Fragment – das Tor, der Übergang – nahm ihn zusammen mit Salomo und Florence auf.

29

Er hat ihn erschossen!«, stieß Florence fassungslos hervor. »Einfach so!«

»Es tut mir leid«, erwiderte Salomo, und es klang aufrichtig, voller Mitgefühl. »Kronenberg ist manchmal ein wenig … impulsiv. Aber er hat recht; Erasmus und Protektor haben uns wirklich viel Ärger gemacht. Nun, damit ist es jetzt vorbei.« Er breitete die Arme aus. »Dies ist Prisma.«

Sie schritten durch einen Saal voller Spiegel, so lang, dass sich sein Ende in vagem Dunst verlor, und so hoch, dass die Decke trotz des Lichts, das aus den Spiegeln kam, im Dunkeln blieb. Wohin Zacharias auch sah, überall drehten sich auf halbhohen Sockeln angebrachte Spiegel, manche klein und unregelmäßig geformt, wie aus größeren Spiegeln herausgerissen, andere hoch und rechteckig. Fast alle von ihnen präsentierten Männer und Frauen unterschiedlichen Alters, die meisten von ihnen ruhig und gesetzt, den abgeklärten Blick in die Ferne gerichtet. Aber in einigen Fällen zeigten die Gesichter keinen nachdenklichen Frieden, sondern Entsetzen: die Augen weit aufgerissen, den Mund zu einem Schrei geöffnet, Hände und Nase von der anderen Seite ans Glas des Spiegels gedrückt.

Es war still im Saal, aber Zacharias glaubte trotzdem, die Schreie zu hören, Stimmen aus anderen Welten, weit entfernt und doch nur durch dünnes Glas vom Hier getrennt.

Salomo blieb stehen, breitete die Arme aus und drehte sich um die eigene Achse. »Hier sind sie«, verkündete er. »Hier sind sie alle.«

»Auch die entführten Legaten von Lassonde?«, fragte Florence.

»Ich habe sie nicht entführt, sondern befreit«, erwiderte Salomo.

Zacharias deutete auf einen Spiegel mit einer Frau, die eine gewisse Ähnlichkeit mit Helen hatte. Ihr Gesicht war eingefallen und totenbleich, die Augen leer. Sie schrie nicht, aber vielleicht fehlte ihr dazu einfach nur die Kraft. Während er sie noch beobachtete, hob sie eine Hand und kratzte mit den Fingernägeln von der anderen Seite des Spiegels übers Glas. Es blieb still im Saal, aber Zacharias hörte trotzdem das Quietschen im Spiegel, mit seinen inneren Ohren.

»Sieh nur, wie gut es ihnen geht, Zacharias«, sagte Salomo. »Sie alle sind zu meinen Freunden geworden.«

»Nicht alle«, sagte Zacharias. Er deutete auf die Frau, die Helen ähnelte. Sie schien ihn zu sehen, fand die Kraft zu einem lautlosen Schrei und schlug mit beiden Händen ans Glas des Spiegels. »Manche von ihnen schreien. Und die anderen, die Schweigenden … Besonders glücklich sehen sie nicht aus.«

»Einsicht in die Notwendigkeit, Zacharias«, sagte Salomo. »Erinnerst du dich? Wir haben schon einmal darüber gesprochen. Wahre Freiheit ist Einsicht in die Notwendigkeit. All diese Menschen, von so vielen Welten … Sie haben eingesehen, dass sie mir helfen müssen, um wirklich frei zu sein. Sie müssen mir helfen, damit wir nicht von Maschinen versklavt werden.«

»Noch mehr Unsinn«, brummte Zacharias und stellte fest, dass er sich … gut fühlte. Es war nicht das lähmende, einlullende, jeden Argwohn vertreibende Wohlbefinden, das ihn zuvor in der Nähe des Seelenfängers erfasste hatte. Seine Gedanken klebten nicht fest im Honig angenehmer Gefühle, die ihm suggerierten, endlich das gefunden zu haben, was er immer gesucht hatte. *Dieses* Gefühl sagt ihm: Du bist du selbst, und deine Kräfte kehren zurück.

Er fragte sich, ob es daran lag, dass Salomo nicht mehr versuchte, ihn zu manipulieren, oder dass er eine gewisse Immunität ihm gegenüber entwickelte. Vielleicht war es die Präsenz von Florence, die ihm half, er selbst zu bleiben – oder wieder zu werden. Was auch immer der Grund sein mochte: Seine Gedanken und Gefühle blieben unabhängig, und unter ihnen sammelte sich immer mehr Kraft. Er warf einen unauffälligen Blick auf die rechte Hand; nur noch ein vager Schatten erinnerte an den entzündeten Kratzer.

»Unsinn?«, wiederholte Salomo. »Kommt, ich will euch etwas zeigen.« Er ging weiter, und Zacharias und Florence folgten ihm zu einem offenen Bereich im Saal. Bisher hatte er im Schatten gelegen, aber vor dem Seelenfänger wich die Dunkelheit zurück – oder vielleicht lag es daran, dass die Spiegel in der Nähe etwas heller leuchteten. Dutzende von grauschwarzen Quadern ragten dort auf, jeder von ihnen etwa vier Meter hoch, zwei breit und eine Armeslänge dick. Sie waren glatt wie die Spiegel, reflektierten das Licht aber nicht, schienen es eher aufzusaugen.

»Was ist das?«, fragte Zacharias.

»Vielleicht solltest du diese Frage an deine Flo richten. Nun, Florence? Hast du nicht einmal mit Matthias das Rechenzentrum von Sea City besucht? Es war vor einigen Monaten; du solltest dich gut daran erinnern.«

»Ist dies … Lily?«, hauchte Florence.

»Nein, natürlich nicht«, erwiderte Salomo. »Aber es ist – beziehungsweise war – eine Denkmaschine, wie man in Lassonde sagen würde. Beziehungsweise ein Supercomputer. Einer der Kerne eines Distributed Conscience, vergleichbar mit dem, das die Erde übernommen hat.«

Zacharias sah ihn groß an.

»Oh, das wisst ihr natürlich nicht«, sagte Salomo. »Während eurer Abwesenheit hat sich viel getan auf der Erde.«

»Ist sie wirklich eine Saatwelt?«, fragte Florence.

Der Seelenfänger ging an einem der dunklen Quader vorbei und strich mit den Fingerkuppen darüber hinweg. Zacharias nahm dabei ein sonderbares Geräusch wahr, ein leises Zischen oder Knistern, wie von wiederholten statischen Entladungen.

»Hat Erasmus davon erzählt?«, entgegnete Salomo. »Oder Benedict? Oh, ich weiß von ihm. Er hat oft genug meinen Namen erwähnt, und wer ihn nennt …« Er blieb stehen und drehte sich um. »Wer ihn nennt, stellt eine Verbindung her. Wie dem auch sei … Spielt es jetzt noch eine Rolle, ob die Erde eine Saatwelt ist oder nicht? Sie gehört ohnehin nicht mehr den Menschen.«

»Ich muss zugeben, dass ich nicht weiß, wovon ihr redet«, sagte Zacharias gedehnt und fing dabei Florences Blick ein. Ihre Lippen bewegten sich kurz, und die Augen enthielten eine stumme Botschaft: *Ich lenke ihn ab.*

Zacharias glaubte zu verstehen. Florence wollte den Seelenfänger von ihm ablenken, weil sie glaubte, dass er noch immer Einfluss auf ihn ausübte und versuchte, ihm seinen Willen aufzuzwingen. Er sollte Kraft schöpfen, nach einem

Ausweg suchen. Wie beiläufig hob er die rechte Hand, damit sie sehen konnte, dass der entzündete Kratzer verschwunden war.

»Florence weiß Bescheid«, betonte Salomo noch einmal. »Sie hat in Lassonde mit einer Visionärin gesprochen. So nennen die Lassonder die Avatare der Denkmaschinen: Visionäre. Als könnten Maschinen *Visionen* haben, obwohl sie *tot* sind.« Seine Stimme veränderte sich. »Aber sie breiten sich aus, Zacharias. Sie schicken ihre kalten Maschinengedanken überallhin, in alle Welten des Netzes und sogar darüber hinaus. Sie bauen und konstruieren die Welten, wie es *ihnen* passt, und machen uns Menschen zu Statisten auf ihren Bühnen.«

Der Seelenfänger sprach mit besonderem Nachdruck, aber seine Worte berührten Zacharias nicht so, wie sie ihn bei den ersten Begegnungen mit Salomo berührt hatten. Sie schufen nur ein leichtes Prickeln in ihm, ohne sein Denken und Fühlen in kritikloses Wohlbehagen zu tauchen.

»Du weißt inzwischen, dass der Space viel größer ist, als du gedacht hast, Zacharias«, fuhr Salomo fort. »Du weißt, dass nicht nur Traveller auf Dauer in ihm existieren können, sondern auch andere Menschen wie deine Florence, die nicht wie wir begabt sind. Der wesentliche Unterschied besteht daran, dass wir diese Welten verändern und nach Belieben zwischen ihnen wechseln können, während Unbegabte die Welten so akzeptieren müssen, wie sie sind, und Übergänge brauchen, um andere zu erreichen. Aber wir Traveller sind wenige, und noch weniger von uns sind imstande, ganze Welten zu erdenken.«

»Die Weltenbauer.«

»Ja, Zacharias. Ich habe sie dir gezeigt, und was ich dir gezeigt habe, war die Wahrheit. Wir bauen Welten. Aber die Denkmaschinen bauen sie schneller als wir, und durch die Verbindungen, die vielen Interface-Systeme, haben sie Zugriff auf mehr kreative Daten, auf die Träume, Erinnerungen, Wünsche und Hoffnungen all der Menschen, die sich irgendwann mit solchen Interface-Systemen verbinden: Traveller und Therapeuten, die durch den Space reisen, oder Leute, die Teil von virtuellen Realitäten werden. Aus diesem Material bauen die Maschinen die Welten, die *sie* wollen, und sie verändern die bestehenden, teilweise von uns geschaffenen, nach *ihrem* Gutdünken. Diese Denkmaschine hier …« Salomo deutete auf die dunklen rechteckigen Blöcke. »Wer weiß, wer sie erbaut hat, und wann und wo. Es ist uns gelungen, sie vollkommen zu isolieren und zu ›töten‹, oder fast. Sie schläft so tief, dass ihr Schlaf dem Tod sehr nahe kommt, und eines steht fest: Sie kann von hier aus keinen Einfluss mehr auf das Netz der Welten nehmen.« Eine neue Geste galt den vielen Spiegeln, die sich langsam und geduldig drehten. »Es war ein Experiment; wir wollten herausfinden, wie man die Maschinen besiegen kann. Und es gab uns Gelegenheit, Prisma zu schaffen, die erste Insel der Freiheit. Von hier aus haben wir begonnen, die Welten zu bauen, die wir brauchen, und anderen Freiheit zu bringen.«

»Virtuelle Realitäten und Space, miteinander verschmolzen?«, fragte Zacharias und glaubte, mehrere logische Löcher in diesem Konzept zu erkennen.

»Vernetzt zu einer Hyperrealität«, sagte der Seelenfänger.

»Zur einzigen Realität, die wirklich eine Rolle spielt. Ein Netz von Welten, in dem jeder von uns glücklich werden und das Leben führen kann, das er führen möchte. Ich habe es dir gezeigt, Zacharias. Aber die Maschinen, sie übernehmen überall die Kontrolle. Von Lassonde aus haben sie ihre Herrschaft über den ganzen Hauptstrang ausgebreitet und Protektor zu ihrem Werkzeug gemacht. Überall versuchen sie, meinen Einfluss zurückzudrängen.«

»Lassonde ist ihr Zentrum?«, fragte Florence.

»Du bist dort gewesen, Florence«, sagte Salomo eindringlich. »Du hast es gesehen, mit eigenen Augen. Eine Welt, die zum größten Teil aus Maschinen besteht und die Menschen ihren Aufgaben entsprechend formt. Du hast auch die vielen Apparate gesehen, die selbst die Bewohner von Mittel- und Oberstadt in ihren Körpern tragen. Sie alle werden kontrolliert, von den Denkmaschinen, deren Türme aus der Unterstadt bis ganz nach oben ragen. Du hast gesehen, was geschieht, wenn Maschinen eine Welt so gestalten können, wie sie es möchten, und ich frage dich, Florence: Möchtest du in einer solchen Welt leben?«

Florence schwieg und warf Zacharias einen Blick zu, der so viel sagte wie: Er versucht, uns *beide* zu beeinflussen.

»Die Lassonder bezeichnen ihre Welt als einzige, wahre Realität«, fuhr Salomo fort. »Sie meinen: Es ist die einzige *richtige* Realität, im Sinne der Maschinen.« Er seufzte tief, wie jemand, von dem eine große Last gewichen war und der endlich zu hoffen wagte. »Mit eurer Hilfe habe ich Protektor einen schweren Schlag versetzt, und inzwischen greifen meine Soldaten Lassonde direkt an. Zweifellos genießen wir den Vorteil der Überraschung, aber Lassonde ist stark, und die Maschinen werden sich zu verteidigen wissen. Alle meine Freunde …« Salomo deutete noch einmal zu den Spiegeln. »… sind auf den Kampf konzentriert, aber ehrlich gesagt: Ich weiß nicht, ob wir es schaffen werden. Die Denkmaschinen … Sie denken schneller als wir, und ihnen stehen die Ressourcen des Hauptstrangs zur Verfügung, mit all seinen Bewohnern. Wir sind nur wenige …«

»Diese Leute, deine … Freunde, stecken sie wirklich in Spiegeln?«, fragte Florence.

Ihre Stimme klang seltsam, und Zacharias erahnte den eigentlichen Sinn ihrer Frage. Sie wollte Salomo unterbrechen, seinen Worten dadurch ihre Wirkung nehmen.

»Sei nicht dumm«, erwiderte der Seelenfänger. »Niemand steckt in einem Spiegel. Es sind Metaphern. Dieser ganze Ort ist eine Metapher, ein Sinnbild.«

»Und die Spiegel? Was bedeuten sie?«

Salomo achtete nicht auf sie und sah Zacharias an, der der Eindruck gewann, dass die Narbe unter dem einen Auge noch etwas dicker und länger geworden war. »Wir beide, Zacharias, wir könnten es schaffen. Zusammen wären wir stark genug. Wir könnten die Denkmaschinen bezwingen, sie voneinander isolieren, ihre Verbindungen unterbrechen. Wir könnten dem ganzen Netz Freiheit bringen.«

»Sind es Tore?«, warf Florence ein. »Sind es Übergänge? Gibt es hier auch einen Spiegel, der nach Lassonde führt?«

Zacharias wurde plötzlich klar, dass die Worte gar nicht Salomo galten, sondern ihm. Sie forderten ihn auf, nach einem Übergang zu pingen und nach einer Möglichkeit zu suchen, Lassonde zu erreichen. Er öffnete sein Radar und schickte ein Ping hinaus.

»Wir?«, fragte er, horchte und hörte zahlreiche Echos, eins davon mit den Ohren: Schritte, die sich aus dem Dunkel hinter ihnen näherten. Er drehte nicht den Kopf, denn er wusste, wer da kam. Das Radar zeigte ihm eine unverkennbare Aura, bestehend aus einem bitteren synästhetischen Geruch und Vorstellungen von tiefen Gewölben, kalt und klamm, von Sonnenlicht unerreicht: Kronenberg.

Die anderen Echos empfing er aus dem Spiegelwald, und einige von ihnen stammten tatsächlich von Übergängen – die entsprechenden Resonanzen wiesen eine gewisse Ähnlichkeit mit RV-Signalen auf. Mit den übrigen Echos hingegen konnte er kaum etwas anfangen. Sie waren verzerrt und wirr, wie Fragmente von Gedanken und Gefühlen, anstelle der erwarteten Aromen von Orten. Zacharias fragte sich, ob mit seiner Synästhesie etwas nicht stimmte, und dann begriff er, dass die Echos von den Menschen in den Spiegeln stammten. Was er empfing, waren Schatten ihres Leids. Sie alle litten, nicht nur jene, die hinter den Spiegelscheiben schrien. Von wegen Freunde, dachte er. Sie stecken in einem riesigen Gefängnis aus Glas, jeder von ihnen in seiner eigenen kleinen Zelle.

»Ja, wir beide, Zacharias, du und ich«, sagte Salomo. »Zusammen können wir den ganzen Hauptstrang befreien.«

Kronenberg trat auf sie zu, mit Rußpartikeln im zerzausten weißen Haar und Flecken im Gesicht. »Der Übergang ist offen und stabil«, wandte er sich an Salomo. »Unsere Truppen greifen Lassonde an.«

Salomo streckte Zacharias die Hand entgegen. »Frieden zwischen uns. Um der Menschen willen. Lass uns gemeinsam den Maschinen entgegentreten, damit wir Herren unseres Schicksals bleiben.«

Zacharias blickte auf die Hand, ohne sie zu ergreifen. »Und die Menschen in den Spiegeln?«, erwiderte er. »Sind sie Herren ihres Schicksals? Du bedienst dich ihrer Fantasie und ihrer Gedanken, um deine Welten zu bauen, um Soldaten und Waffen zu erschaffen und sie in den Krieg zu schicken. Du hast sie zu *deinen* Werkzeugen gemacht. Du hast ihre Seelen eingefangen und lässt sie nicht mehr los.«

»Ich brauche sie«, sagte Salomo ernst. »Ich brauche ihre Gedanken, ihre Erinnerungen, ihre Fantasie. Manchmal heiligt der Zweck tatsächlich die Mittel, Zacharias. Es steht zu viel auf dem Spiel.«

Zacharias' Gedanken glitten in eine andere Richtung. »Was ist mit dem Patienten, mit dem Japaner namens Haruko Isamu Abe? Er war eine Falle, nicht wahr? *Das* meinte Teneker, als er von einem Köder sprach. Eine Falle für die Traveller der Foundation. Sind sie hier?« Er sah zu den Spiegeln, zu der Frau, die Helen ähnelte und noch immer mit den Händen gegen das Glas schlug, in lautloser Verzweiflung.

»Nein«, sagte Florence. »Nicht für die anderen Traveller. Die waren nur … Beifang. Er wollte vor allem *dich*, Zach.«

Zacharias erkannte sofort die Wahrheit in diesen Worten. Sie rührten an Erinnerungen in ihm, rückten sie an ihren richtigen Platz und stellten Zusammenhänge her. »In der Hütte auf dem Hügel … Du hast versucht, mich zu überwältigen, aber das gelang dir nicht.« Warum nicht?, dachte er. Weil mir jemand eine starke Dosis Tetranol gab, eine viel stärkere Dosis, als für die Reise nötig gewesen wäre. »Du hättest es fast geschafft, mir deinen Willen aufzuzwingen, aber jetzt bist du nicht mehr dazu imstande, aus welchem Grund auch immer. Du kannst mich nicht *zwingen*, so wie die anderen.«

»Du bist der beste Traveller der Foundation, Zach«, sagte Florence. »Deine Begabung ist enorm. Sie hat dir geholfen, dich anzupassen, und inzwischen hast du dich an diesen neuen Space gewöhnt.« Sie lächelte. »Du bist ebenso stark wie er.«

Zacharias kannte sie. Er wusste den Glanz in ihren Augen zu deuten, selbst die kleinsten Veränderungen in ihrem Mienenspiel und in ihrem Ton, und deshalb wusste er: Zumindest die letzten Worte waren übertrieben, drückten mehr Hoffnung aus als Gewissheit.

Aber wer weiß, dachte Zacharias und fühlte, wie die alte Zuversicht zurückkehrte. Vielleicht bin ich wirklich so stark wie Salomo. Ich *bin* der beste Traveller der Foundation!

Er erwiderte das Lächeln.

»Was grinst du so?«, knurrte Kronenberg, in den kalten blauen Augen eine Mischung aus Zorn und Argwohn. Er hob die Hand zur Nase. »Wir haben noch eine Rechnung offen, Zach.«

Salomo hielt nach wie vor die Hand ausgestreckt. »Frieden. Um der Menschen willen.«

Zacharias tat so, als wollte er die ausgestreckte Hand ergreifen, hob die seine aber im letzten Moment und zeigte Salomo ihren Rücken. »Siehst du das?«

»Was?«, fragte der kleine Mann. »Ich sehe nichts.«

»Eben.« Zacharias wechselte einen Blick mit Florence. Zeit für einen kleinen Showdown, dachte er.

Sie lächelte erneut und drehte sich halb zu Kronenberg um. »Du hast Erasmus erschossen, du Mistkerl«, sagte sie. »Außerdem gibt es nur eine Person, die Zacharias ›Zach‹ nennen darf, und das bin ich.«

Sie schmetterte ihm die Faust ins Gesicht, genau auf die Nase.

Zacharias schlug gleichzeitig zu, traf Salomo am Kinn, ergriff Florences Hand und lief mit ihr los, noch bevor der fallende Salomo auf den Boden prallte.

Das funkelnde, flackernde Licht der Spiegel folgte ihnen, und das Geräusch ihrer Schritte ließ ihr Glas leise klirren.

»Die Nase ist hin, so viel steht fest«, stieß Zacharias zwischen schnellen Atemzügen hervor. »Dreimal gebrochen.«

»Der Mistkerl hätte Schlimmeres verdient!«

»Er würde mit dir Schlimmeres anstellen, wenn er dich erwischt.«

»Aber er erwischte mich nicht, weil wir von hier verschwinden. Bring uns nach Lassonde.«

»Nach Lassonde? Warum ausgerechnet nach Lassonde?« Hinter ihnen knallte es, und etwas flog an ihnen vorbei und traf einen der Spiegel, in dem eine ältere Frau mit geschlossenen Augen auf einem Stuhl saß, in einem schmucklosen Zimmer, durch dessen Fenster man ein nahes Gebirge mit schneebedeckten Gipfeln sehen konnte. Das Glas zersprang, und plötzlich saß die Alte *dort* auf dem Stuhl und riss die Augen auf. Blut rann ihr aus der Schläfe, und sie kippte zur Seite.

Florence zog ihn zur Seite, und Zacharias gab nach, ließ sich von ihr in eine Schattenzone zwischen den Spiegeln ziehen.

»Wenn die virtuellen Realitäten und der Space tatsächlich miteinander verknüpft sind …« Auch Florence atmete schwer und musste sich unterbrechen, um Luft zu holen. »Die Denkmaschinen von Lassonde könnten uns den Weg zurück zur Foundation zeigen.«

»Hast du nicht gehört?«, erwiderte Zacharias. Es knallte nicht noch einmal hinter ihnen, aber Stimmen erklangen. »In Lassonde herrscht Krieg. Salomos Truppen greifen dort an.«

»Es ist die einzige Möglichkeit, Zach.«

»Na schön, also gut.«

Florence schaute ihn an. »Worauf wartest du?«

»Was?«

»Bring uns nach Lassonde, Zach!«

»Wie denn, verdammt?«

»Das fragst du mich? Du bist hier der Traveller!«

Zusammen mit Florence duckte sich Zacharias hinter einen besonders großen fünfeckigen Spiegel, der auf einer Ecke stand, ausbalanciert wie ein Pirouetten drehender Tänzer. Und ein Tanz fand auch im Innern des Spiegels statt, auf einer schneeweißen Tanzfläche, erhellt vom Licht eines gewaltigen Kronleuchters. Ein Mann und eine Frau tanzten dort, drehten sich so langsam wie der Spiegel und auch so lautlos. Trotzdem glaubte Zacharias, das Knistern der Kleidung zu hören – die Frau trug ein langes Gewand, weiß wie die Tanzfläche, und der Mann einen Anzug so schwarz wie die Finsternis, die die Tanzfläche wie mit einer dunklen Mauer umgab. Es schien auf den ersten Blick eine Szene des Friedens und der Harmonie zu sein, aber die Gesichter der beiden Tänzer passten nicht dazu: Es waren Fratzen, erstarrt in Schmerz, und sie erinnerten Zacharias an die Szene im Haus von Randolph Amadeus Quint, mit dem, in gewisser Weise, alles begonnen hatte.

»Dies ist deine letzte Chance, Zacharias!«, dröhnte Salomos Stimme durch den Spiegelsaal. »Werde mein Freund. Tritt an meine Seite. Kämpfe mit mir gegen das Joch der Maschinen.«

»Er kann mich nicht zwingen«, flüsterte Zacharias. »Er kann mich nicht einmal mehr beeinflussen. Seine Stimme hat keine Wirkung auf mich!«

»Aber er könnte dich töten«, erwiderte Florence leise. »Oder Kronenberg könnte es. So wie er Erasmus getötet hat. Ich fürchte, wenn wir hier sterben, wird das nicht lediglich zu einem Schock führen, der uns zur Foundation zurückbringt. Also?«

»Also was?«

»Bring uns nach Lassonde!«

Zacharias spähte am Spiegel mit den beiden Tänzern vorbei und hielt nach Salomo und Kronenberg Ausschau. Das Leuchten der sich drehenden Spiegel schuf ständig wechselnde Muster aus Licht und Schatten, und hinzu kamen die Gestalten und Gesichter im reflektierenden Glas. Es gab zu viele Bewegungen, zu viele Veränderungen.

Er schickte ein neues Ping in den Äther und empfing wieder zahlreiche Echos, ließ sich diesmal aber nicht von den wirren und verzerrten unter ihnen ablenken. Ein kurzes Jucken hinter dem linken Auge wies darauf hin, dass seine Synästhesie besser funktionierte: Er *roch* die Nähe mehrerer Übergänge.

»Es gibt hier so etwas wie Rückversicherungssignale, Flo«,

hauchte er. »Ich nehme an, Salomo hat damit Übergänge markiert. Aber ich weiß nicht, ob einer von ihnen nach Lassonde führt. Himmel, ich bin nie da gewesen! Und ich empfange keine Telemetrie von dir. In der Foundation sind wir vielleicht noch immer durch Interface-Systeme miteinander verbunden, aber hier sind wir es nicht. Ich kann keine Zielangaben von dir bekommen.«

Es klirrte nur wenige Meter entfernt, und Zacharias reagierte instinktiv, nahm Florences Hand und eilte geduckt mit ihr weiter.

»Die allerletzte Chance!«, rief irgendwo hinter ihnen der Seelenfänger, der ihre Seelen nicht fangen konnte. »Wenn du mir nicht helfen willst, muss ich dafür sorgen, dass du nicht der anderen Seite helfen kannst.«

Eine zweite Stimme erklang, näher als die erste, viel näher. »Darum kümmere ich mich, und es wird mir ein Vergnügen sein.«

Ein Gesicht mit kalten blauen Augen erschien in der kurzlebigen Dunkelheit zwischen zwei Spiegeln. Zacharias sah die Hand, zur Waffe geformt, der Zeigefinger wie ein Lauf, der Daumen als Hahn. Er lief schneller und dachte: Was du kannst, kann ich schon lange.

Doch es war nicht leicht. Etwas – vielleicht seine bessere Anpassung an das, was Salomo »Hyperrealität« genannt hatte – hinderte den Seelenfänger daran, ihn unter seinen Einfluss zu bringen, aber das bedeutete nicht, dass Zacharias seine alte Freiheit im Space wiederfand. Bei den früheren Reisen war es ihm nicht weiter schwergefallen, die Umgebung zu verändern, wenn er das für nötig hielt, um eine Mission zu vereinfachen. Doch hier stellte sich nicht das

Gefühl ein, die *Struktur* des Raumes und seines Inhalts berühren und ihr eine andere Form geben zu können. Außerdem war sein Selbst wie dreigeteilt: Ein Teil lief mit Florence und suchte nach den dunkelsten Bereichen zwischen den Spiegeln; der zweite schickte ein Ping nach dem anderen und beobachtete, was ihm das Radar anzeigte; und der dritte versuchte, ein Loch direkt unter Kronenbergs Füßen entstehen zu lassen, doch der Boden gehorchte ihm nicht.

Etwas raste mit einem leisen Zischen an ihm vorbei, roch nach Gefahr und zertrümmerte einen Spiegel, an dem sie gerade vorbeiliefen und in dem ein Mann in einem grauen Anzug stand, die Hände dem nicht sichtbaren Himmel entgegengestreckt, als erflehte er göttliche Hilfe. Stattdessen stand er plötzlich zwischen den Scherben des zerbrochenen Spiegels, mit einem blutigen Loch im Hinterkopf, kippte zur Seite und schlug der Länge nach auf den Boden. Ein Röcheln kam aus seiner Kehle, in Beinen und Armen zuckte letztes Leben, und dann lag er reglos da, der Kopf in einer größer werdenden Blutlache.

Die Spiegel, dachte Zacharias, und seine Traveller. Gedanken fegten durch Glas, trafen auf Widerstand ...

Die beiden Spiegel hinter ihnen, zwischen denen Kronenberg stand, platzten auseinander, und der zweite Schuss einer Hand, die sich in eine Waffe verwandelt hatte, ging an die dunkle Decke.

»Nach Lassonde!«, stieß Florence kurzatmig hervor, als sie in einem engen Bogen um eine Ansammlung von zehn oder mehr Spiegeln liefen, die sich synchron drehten. Von einem unter ihnen kam eine Art RV-Signal, aber es klang schrill und roch *falsch*.

»Ich hab's verstanden, Flo! Behalte die Spiegel im Auge und gib mir Bescheid, wenn du irgendetwas siehst, das nach Lassonde aussieht.«

»Es ist vorbei, Zacharias, hörst du?«, rief Salomo weit hinter ihnen. »Es ist vorbei. Du hast deine letzte Chance vertan. Jetzt kannst du nicht mehr mein Freund sein; von jetzt an bist du mein Feind.«

Zacharias fühlte etwas inmitten seiner wild tanzenden, nach einem Ausweg suchenden Gedanken, und die Synästhesie machte es zu einem falschen Ton in einer bereits ziemlich lauten und schrillen Melodie. Was auch immer der Seelenfänger versuchte, er erreichte ihn nicht mehr.

Ein Klirren ging wie ein Wind durch den Saal, und weitere Spiegel barsten. Menschen fielen aus ihnen, manche mit einem erschrockenen Seufzen, andere unter Schreien, die endlich dem gläsernen Käfig entkamen.

»Salomo zerstört die Spiegel!«, entfuhr es Florence. »Vielleicht will er verhindern, dass wir einen Übergang finden und entkommen.«

»Äh, nein«, erwiderte Zacharias. »Ich glaube, ich bin das.«

»Du?«

»Schon gut.« Er schien so etwas wie einen Dominoeffekt ausgelöst zu haben, der einen Spiegel nach dem anderen brechen ließ. Offenbar war seine Kraft zurückgekehrt, aber er hatte sie noch nicht ganz unter Kontrolle. »Dort drüben.« Er änderte geringfügig den Kurs durch den Spiegelwald, und zum Glück konnte Florence mit ihm Schritt halten, obwohl ihr Keuchen lauter wurde. »Ich empfange mehrere klare Ping-Echos.«

Direkt neben ihnen brach ein Spiegel, in dem eine junge Frau mit feuerrotem Haar in einem Boot saß. Wasser strömte und spritzte in den Saal, das Boot ritt auf dieser Welle, und die Frau hielt sich erschrocken und verwirrt an den Seiten fest.

»Wohin?«, rief Florence, als sie eine Lichtung im Wald aus Spiegeln erreichten.

Zacharias sandte ein weiteres Ping aus, orientierte sich und deutete nach rechts, wo eine der großen grauweißen Säulen aufragte, die die in Finsternis verborgene Decke des Saals stützten. Ein rechteckiger Spiegel drehte sich dort, von weißem Glanz erfüllt. Zacharias blieb davor stehen. »Das ist ein Übergang.«

Florence rang nach Atem. »Und was befindet sich auf der anderen Seite?«

»Ich habe keine Ahnung.«

»Nach Lassonde sieht das nicht aus.«

»Ich glaube, wir haben keine Wahl.« Es krachte und klirrte noch immer im Saal, und als sich Zacharias umsah, bemerkte er eine Bewegung, die nicht von den zerbrechenden Spiegeln und den aus ihnen fallenden Menschen stammte. Jemand trat hinter der Säule hervor, ein kleiner Mann mit einer Narbe unter dem einen Auge, in der Hand etwas, das nach einer Waffe aussah. Offenbar hatte Salomo beschlossen, das Problem auf Kronenbergs Weise zu lösen.

»Ich bin *sicher*, dass wir keine Wahl haben!« Zacharias gab Florence einen Stoß, der sie zum Spiegel taumeln ließ. Sie verlor das Gleichgewicht und fiel, aber das Glas – das gar kein Glas war – splitterte nicht, als sie dagegen stieß. Stattdessen gab das Weiß nach, und sie verschwand darin.

»Ein anderes Mal!«, rief Zacharias dem Seelenfänger zu und sprang Florence hinterher.

30

Kälte erwartete ihn, und heulender Wind, der ihm kleine Schneeflocken entgegenschleuderte, hart wie Eissplitter. Eine weiße Welt umgab ihn, sang ein kreischendes Begrüßungslied und umarmte ihn mit Frost. Die schmale weiße Tür, aus der er auf dieser Seite des Spiegel-Übergangs gefallen war, verlor sich fast im Schneesturm. Zacharias rappelte sich auf und duckte sich neben die Tür, nicht auf der Suche nach einem Windschatten, den es nicht gab, sondern dazu bereit, die Gestalt niederzuschlagen, von der er erwartete, dass sie gleich durch den Übergang kam.

Doch die weiße Tür öffnete sich nicht. Salomo blieb auf seiner Seite, vielleicht deshalb, weil er einen ungemütlichen Empfang auf dieser befürchtete. Das vermutete Zacharias während der ersten Sekunden angespannten Wartens, aber dann verschwand die Tür, und er fragte sich betroffen, ob er in eine weitere Falle getappt war – Salomo hatte ihnen den Rückweg abgeschnitten.

Die Kälte biss in seinen Körper. Zacharias trug nur dünne Kleidung, schlang die Arme um sich und rief: »Florence!«

»Hier!«, tönte es aus dem weißen Tosen. »Ich bin hier!« Und: »Da bist du endlich!«

Eine Silhouette zeichnete sich im wirbelnden Schnee ab und wankte ihm entgegen. Florence trug nicht mehr den Kampfanzug, sondern eine dicke Jacke, die Kapuze tief in die Stirn gezogen. Eigentlich sollte sie es darin recht warm haben, aber trotzdem klapperten ihre Zähne so laut, dass er es selbst im heulenden Wind hörte.

»Dort drüben steht eine Hütte, nur wenige Meter entfernt.«

»Hattest du Zeit, dich umzuziehen?«, brachte Zacharias hervor und merkte, wie die eigenen Zähne zu klappern begannen. Der Wind stahl ihm die Körperwärme, und die eisigen Schneeflocken schienen sich ihm wie Nadeln in die Haut zu bohren.

»Ich bin seit fast einem Tag hier!«, rief Florence im Heulen. »Hast du so lange mit dem Sprung durch den Übergang gewartet?«

»Nein!«

»Dann ist der Ereigniswinkel ziemlich groß. Komm!«

Etwas tauchte aus dem wogenden Weiß, eine dunkle Masse, die wie trotzig im heulenden Weiß aufragte. Zacharias' Augen klammerten sich daran fest, denn es war etwas, das ihnen Halt bot im drohenden White-out.

Er stellte fest, dass Dinge im Schnee lagen: Kleidungsstücke, schon halb unter einer Eiskruste verborgen, aufrecht ins Weiß gesteckte Holzscheite und andere Objekte, die sich im Schnee nicht mehr identifizieren ließen, vermutlich Wegmarken, die Florence geholfen hatten, sich nicht im Schneetreiben zu verirren. Zacharias begriff plötzlich, warum ihr die Zähne klapperten: Sie musste stundenlang in der Nähe der weißen Tür darauf gewartet haben, dass er erschien. Wahrscheinlich hatte sie sich nur kurz umgezogen und es abgesehen davon nicht gewagt, die Nähe des Übergangs zu verlassen, aus Angst, dass er nach dem Transfer durchs wilde, allgegenwärtige Weiß wankte und für immer darin verschwand.

Die einfache Hütte empfing sie mit herrlicher Wärme. Im Kamin brannte lichterloh ein Feuer, und Zacharias trat ganz dicht heran und streckte die von der Kälte tauben Hände den Flammen entgegen. Hinter ihm verbarrikadierte Florence die Tür mit zwei dicken Riegeln und schob auch noch eine Couch mit fleckigen Polstern vor.

»Das ist nicht nötig«, sagte Zacharias. »Salomo will uns gar nicht hierher folgen. Er hat den Übergang neutralisiert; die Tür existiert nicht mehr.«

»Himmel, ist mir kalt!« Florence drängte so nahe zum Feuer, dass Zacharias sie besorgt zurückzog. Sie nutzte die gute Gelegenheit und schlang die Arme um ihn.

Fast eine halbe Minute lang hielt er sie fest, froh darüber, sie halten zu können, und zumindest ein Teil der Anspannung fiel von ihm ab. »Es geht mir besser als beim letzten Mal«, sagte er.

Florence wich ein wenig zurück. Ihre Zähne klapperten nicht mehr, als sie fragend zu ihm hochsah.

Er lächelte. »Ist schon eine Weile her. Ein anderer Ort, ein anderes Schneetreiben.«

»Lingbeek?«

»Ja. Wenn ich mich recht erinnere, mussten wir uns gegenseitig wärmen, um nicht zu erfrieren.«

Florence deutete aufs Bett neben dem Kamin. Es war nicht sehr breit, aber die dicken Decken und großen Kopfkissen wirkten einladend. »Brr, es ist ziemlich kalt. Ich glaube, wir müssen uns auch hier wärmen.«

Sie schlüpften ins Bett, unter die dicken Decken, und begannen damit, sich zu wärmen. Es dauerte nicht lange, bis sie es angenehm warm hatten.

Als Zacharias einige Stunden später erwachte, war es dunkel hinter dem einen Fenster der Hütte, und es heulte kein Wind mehr. Eine seltsame Stille herrschte, und einige Sekunden lang überlegte Zacharias, warum er dies so seltsam fand. Die Antwortet lautete: Weil sie sich ruhig und friedlich anfühlte, weil sie, trotz der Dunkelheit im Zimmer, nichts Düsteres enthielt. Er sah auf Florence hinab, deren Gesicht, nur etwas mehr als ein Schemen, so friedlich aussah, wie sich die Stille anfühlte, lauschte ihren gleichmäßigen Atemzügen und berührte ihr schwarzes Haar. Schließlich wandte er sich ab, stand auf – ganz vorsichtig, um Florence nicht zu wecken – und legte einige Scheite ins sterbende Feuer. Kleine Flammen leckten nach ihnen, und es knisterte leise. Abgesehen davon blieb es still.

Zacharias stand da, nackt in einem kalten Zimmer, und fühlte sich so wohl wie lange nicht mehr. Dies war ein besonderer Moment, das spürte er ganz deutlich. Etwas Spezielles war geschehen, zwischen Florence und ihm; ein Zauber lag über ihnen, hier an diesem Ort im Irgendwo. Zacharias fragte sich nicht nach dem Wie und Warum, denn er fürchtete, den Zauber damit zu zerreißen. Er genoss ihn einfach, und während er dastand, von Kälte umgeben und doch von ihr unerreicht, kroch ein verräterischer, heimtückischer Gedanke in seinem Kopf nach vorn. Wenn wir zurückkehren, erwarten mich ALS und Rollstuhl, flüsterte dieser hinterhältige Gedanke. Dann bleibt dies alles ein Wunschtraum.

Er schüttelte den Kopf, wie um den Gedanken zu vertreiben, kehrte ins Bett zurück und schloss die Augen, doch es dauerte eine Weile, bis der Schlaf zurückkehrte.

Die Hütte stand auf einem breiten, flachen Felsvorsprung, wie eine Plattform, die aus dem Bergrücken ragte. Sie schmiegte sich an den steilen, eisverkrusteten Hang, vor dem der Wind den Schnee angehäuft hatte, stellenweise bis zum Dach hinauf. An diesem kalten Morgen stieg der Rauch aus dem Schornstein gerade hoch, in unbewegter Luft.

»Wir hätten gestern Abend in die Tiefe stürzen können«, sagte Zacharias dumpf. Sie standen am Rand des Felsvorsprungs; dicht vor ihnen ging es etwa einen Kilometer weit in die Tiefe. Und dort unten, in einer weiten Ebene und vom Schnee unberührt, blickte ein gewaltiges Gesicht aus ockerfarbenem Stein gen Himmel. Seine Ausmaße ließen sich kaum abschätzen. Allein die leicht schräg stehenden Augen mochten Hunderte von Metern durchmessen, die lange, gerade Nase etwas weiter unten war wie ein Berg und der Spalt zwischen den Lippen ein tiefes, dunkles Tal. »Wenn wir im Schneetreiben die falsche Richtung eingeschlagen hätten, lägen wir jetzt vielleicht dort unten.«

Sie trugen beide warme Sachen aus dem gut gefüllten Kleiderschrank der Hütte: Hosen blau wie Jeans, aber aus einem dickeren Stoff, der die Kälte fernhielt, Flanellhemden und darüber gefütterte Jacken.

»Als ich hierhergekommen bin, waren Wind und Schneetreiben noch nicht so stark. Ich habe die Hütte sofort gesehen.« Florence deutete nach unten. »Eindrucksvoll, nicht wahr? Wie viele Steinmetze sind dort an der Arbeit gewesen, und wie lange?«

»Vielleicht nicht ein einziger«, erwiderte Zacharias nachdenklich. Wenn er Florence ansah, kehrte etwas vom Zauber der vergangenen Nacht zurück, aber nur ein wenig. Der Rest war eine schöne, kostbare Erinnerung. Momente ließen sich nicht festhalten. Einer folgte auf den anderen, und dieser besondere Moment ging jetzt zu Ende, denn an diesem Ort konnten sie nicht bleiben. »Es ist Teil eines Traums.«

»Nein«, sagte Florence leise. »Nein, das glaube ich nicht. So habe ich ebenfalls gedacht, zu Anfang, aber inzwischen sehe ich die Dinge anders. Dies …« Sie suchte nach geeigneten Worten und gab es auf. »Dies ist zu groß für einen Traum.«

Zacharias zog die rechte Hand aus der Jackentasche. »Sieh dir das hier an. Der Kratzer ist nicht mehr da. Und im Saal sind die Spiegel gefallen und zerbrochen, weil ich es so wollte. Ich muss mich nur noch etwas mehr eingewöhnen, dann werde ich auch mit diesem … Weltennetz fertig. Adaptation, Flo.«

Sie bedachte ihn mit einem strengen Therapeutenblick. »Du nimmst den Mund schon wieder ziemlich voll.«

Er grinste, und es fühlte sich gut an. »›Deine Begabung ist enorm.‹ So lauteten deine Worte. Und ich vertraue meiner Therapeutin.«

Florence verdrehte die Augen. »Ich hätte mir denken

können, dass du mir das unter die Nase reibst.« Sie deutete zur Transfersäule. »Komm, inzwischen dürften sich die Bilder verändert haben, und da du ein so unglaublich guter Traveller bist, dürfte es dir nicht schwerfallen, uns nach Lassonde zu bringen.«

Die Säule stand ein Stück abseits der Hütte, nur einige Schritte von der Stelle entfernt, wo sich die Tür befunden hatte, markiert von mehreren langen Scheiten, die Florence in den Schnee gesteckt hatte. Weiß wie der Schnee und etwa einen halben Meter dick ragte sie auf und endete in einer Spitze, von der ein leises Klirren kam, das Zacharias an die Spiegel im Saal erinnerte. Die Säule selbst bewegte sich nicht, aber Dutzende von Bildern wanderten über sie hinweg und wechselten in einem Rhythmus von einer knappen Stunde, wie sie inzwischen wussten. Jedes von ihnen zeigte eine andere Welt, und sie alle hatten den synästhetischen Geschmack von Übergängen.

»Nun?«, fragte Zacharias.

Florence betrachtete die neuen Bilder, manche von ihnen groß, mehr als einen Meter hoch, andere so klein, dass sie sich vorbeugen und genau hinsehen musste, um Einzelheiten zu erkennen.

»Eine Reisestation«, sagte Zacharias. »So kommt es mir vor. Traveller treffen hier ein und warten, bis die Säule ihnen das Ziel ihrer Reise zeigt. Jenen unter ihnen, die länger warten müssen, steht die Hütte zur Verfügung.«

»Die Tür, der Zugang hierher, existiert nicht mehr.« Florence betrachtete die Bilder. »Wer weiß, wann die nächsten Reisenden eintreffen. Und wer weiß, wie groß diese Welt ist.« Sie wandte den Blick kurz von der Säule ab und deutete zum Rand des Felsvorsprungs. »Ich würde gern mehr über die riesige Skulptur erfahren, und über die Leute, die sie geschaffen haben.«

Zacharias schickte ein weiteres Ping in den Äther dieser Welt, doch die einzigen Echos, die er empfing, stammten von der Säule mit den wandernden Bildern. Ansonsten blieb sein Radar völlig leer.

Er legte Florence den Arm um die Schultern. »Wir könnten noch etwas länger bleiben. Ein oder zwei Tage. Oder eine ganze Woche. Die Vorräte in der Hütte reichen so lange. Wir könnten hinunterklettern zu der Skulptur. Und du hättest Gelegenheit, mich auf den neuesten Stand zu bringen. Du scheinst viel mehr zu wissen als ich, insbesondere was dieses Weltennetz betrifft …«

Florence zögerte kurz und sagte dann: »Wir haben keine Ahnung, wie groß der Ereigniswinkel in Bezug auf Lassonde ist, Zach. Wir sollten keine Zeit verlieren. Ich möchte zurück zur Foundation und dort nach dem Rechten sehen.« Sie beugte sich plötzlich vor. »Hier, dieses Bild. Das sieht nach Lassonde aus.«

Zacharias schaute genau hin und sah graubraunen Dunst, aus dem Türme in blassen Pastellfarben ragten. »Bist du sicher?«

»Ja, ich glaube schon.«

»Du *glaubst* es?«

Florence beugte sich noch etwas weiter vor, bis ihre Nase fast an das kleine Bild stieß. Sie gingen davon aus, dass die Größe der Bilder auf ihre Entfernung hinwies: Je größer das Bild, desto näher die betreffende Welt. Danach musste Lassonde – wenn es wirklich Lassonde war – ziemlich weit entfernt sein. Aber es war nur eine Vermutung, und für die Reise, für den Sprung durch den Space, spielte es keine Rolle. Oder *sollte* es eigentlich keine Rolle spielen. Ganz sicher war Zacharias nicht; er wusste zu wenig über das Netz der Welten und den »Hauptstrang«.

Er sah Florence von der Seite an. »Du willst nicht zurück zur Foundation, um nach dem Rechten zu sehen. Du willst zurück, weil dir dies alles Angst macht.« Zacharias deutete auf die Bilder der vielen Welten.

Sie wich ein wenig von der Säule zurück. »Vielleicht hast du recht; ich weiß es nicht genau. Vielleicht … möchte ich Gewissheit erlangen.«

»Du möchtest aufwachen«, sagte Zacharias mit plötzlichem Ernst, ließ den Arm sinken und schob die kalt gewordene Hand in die Jackentasche. »Du möchtest die Augen öffnen und sagen können, dass alles nur ein Traum war.«

»Oh, dies ist mehr als ein Traum, daran besteht kein Zweifel. Aber …« Florence sprach nicht weiter.

»Wenn ich in der Foundation die Augen öffne, kann ich nur sie bewegen: die Augen.«

»Ich weiß, Zach«, sagte Florence, und auch sie klang sehr ernst. »Ich weiß. Aber wir müssen zurück.«

Warum?, fragte einer der arglistigen Gedanken, die in einem Winkel von Zacharias' Kopf lauerten.

Florence deutete auf das Bild. »Ich bin sicher«, sagte sie. »Das ist Lassonde. Bring uns hin, Zach.«

»Na schön.« Zacharias schob alle anderen Gedanken beiseite, konzentrierte sich auf das Bild und ließ es vor dem inneren Auge wachsen. Ein Ping bestätigte die Existenz des Übergangs; er musste ihn nur auf dieser Seite öffnen. Er stellte sich eine Tür vor, streckte die Hand nach ihrem Knauf aus, drehte ihn …

Etwas saugte ihn an, und es gelang ihm gerade noch, Florences Hand zu fassen und sie mit sich zu ziehen, als er den Boden unter den Füßen verlor und *flog*. Ein Gefühl von unendlicher Weite stellte sich ein, und etwas zerrte an ihm und auch an Florence, zog sie beide wie ein Gummiband in die Länge. Trägheit von Körper und Geist, dachte der analytische Teil von ihm, den Florence als Therapeutin immer wieder stimuliert hatte. Die Adaptation dauert länger als der Vorgang des Transfers; Gedanken sind schneller als der Körper, selbst wenn der Körper nur im Space existiert.

Seine Synästhesie reagierte bereits auf die neue Welt, noch bevor er sie ganz erreicht hatte, vermittelte ihm Eindrücke von Bitterkeit, grellen Farben und schrillen Misstönen in einer dumpfen Basismelodie. Zacharias wusste nicht, was er davon halten sollte, aber sein Instinkt sagte ihm, dass der Zielort Unangenehmes für sie bereithielt. Er versuchte, dem Flug eine Richtung zu geben, doch das gelang ihm nicht, trotz seiner neuen Kraft. Etwas anderes bestimmte die Bewegung und reagierte nicht auf seine Versuche, Einfluss darauf zu nehmen.

Dann hatte er wieder Boden unter den Füßen und atmete Luft, die nach verbranntem Öl, altem Schweiß und Ammoniak stank. Donnergrollen brandete an seine Ohren, stammte aber nicht von einem Gewitter, sondern von Explosionen, die goldene Stränge am Himmel zerrissen, Luftschiffe zerfetzten und Flammen aus dunstigen Tiefen emporzüngeln ließen.

Zacharias hielt noch immer Florences Hand, blinzelte

und stellte fest, dass sie auf einem Turm standen. Graue Soldaten strömten aus einer nahen Kuppel, sprangen flink an Bord bereitstehender Luftschiffe und flogen mit ihnen los, um eine Welt zu erobern.

Ein kleiner Mann trat Zacharias und Florence entgegen, begleitet von einem größeren mit weißem Haar.

»Du hattest deine Chance, Zacharias«, sagte Salomo. Und an den Mann an seiner Seite gerichtet: »Kümmere dich um sie.«

»Mit Vergnügen«, sagte Kronenberg, hob seine Waffe und schoss.

Ein göttliches Anliegen

31

Ein Moment wie ein Loch in der Zeit hielt Zacharias und alle anderen gefangen, aber seine Gedanken blieben frei, und auch seine Sinne. Er sah das Projektil im Lauf der Waffe, die Kronenberg auf ihn gerichtet hatte, einen Todesboten aus Stahl, vorn aerodynamisch spitz, angetrieben vom Druck einer kleinen Explosion, die seine Ohren als ein in die Länge gezogenes dumpfes Brummen wahrnahmen. Er sah auch die Richtung, in die die Kugel fliegen würde, eine dünne Linie, die von der Mündung ausging und mitten auf seiner Brust endete. Der Moment dehnte sich wie das Brummen, und während alles andere zwar nicht reglos blieb, aber langsam und träge – bis auf die Kugel, die den Lauf der Waffe verlassen hatte und einen kleinen Strudel aus verwirbelter Luft hinter sich herzog, als sie mit einer Geschwindigkeit von etwa fünfzehn Zentimetern in der Sekunde flog –, duckte sich Zacharias zur Seite. Er agierte, wie er es bei vielen Übungen gelernt hatte (»Die Gefahr erkennen, ihr ausweichen«), und während sein Körper handelte, während er sprang und Florence mit sich riss, dachte der analytische Teil seines Selbst, dass sein Instinkt eine Minifraktur geschaffen hatte, in der von ihm bestimmte Regeln galten, und diese Regeln sahen vor, dass er sich bewegen konnte, schneller als die Kugel jenseits der Frakturgrenzen.

Er versuchte, die blasenförmige Fraktur mit sich zu ziehen und ihren Ereigniswinkel noch etwas zu vergrößern, aber als er zusammen mit Florence über die Turmplattform lief, erwachten die Soldaten in der Nähe aus ihrer Starre. Aus dem Augenwinkel sah Zacharias, wie einer von ihnen der Kugel zum Opfer fiel, die für ihn bestimmt gewesen war. Sie durchschlug den Hals der grauen Gestalt, und der Mann – der Humanoide – kippte, fiel über den Rand des Turms. Kronenbergs Gesicht blieb völlig unverändert, als er die Waffe herumschwang.

Es knallte, aber diesmal waren Zacharias und Florence in Bewegung, duckten sich hinter eine Soldatengruppe, die gerade aus der Kuppel gekommen war, und erreichten einen mindestens zwei Dutzend Meter langen Steg, der offenbar als Anlegestelle diente. Mehrere große, wie Tauben gurrende Vogelwesen saßen dort, gehütet von kleinen Männern mit auffallend großen Köpfen. Jedes von ihnen trug mehrere Sättel, und das nächste drehte den Kopf und sah sie aus zwei dunklen Knopfaugen an, die über einem langen Schnabel glänzten.

»Dorthin!«, rief Florence und versuchte, Zacharias zum ersten Vogel zu ziehen.

»Nein.« Er hatte bereits eine andere Wahl getroffen: ein kleines Luftboot, ausgestattet mit zwei großen Propellern an einem sehr stabil wirkenden Heckausleger und einem stromlinienförmigen Stabilisierungstank auf dem Rücken, offenbar mit einem Gas gefüllt, das leichter war als gewöhnliche Luft, vermutlich Helium. Zahlreiche solche Boote waren mit Leinen am Steg festgebunden und warteten auf Salomos Soldaten. Ein langer Schritt brachte Zacharias ins erste Luftboot, und Florence folgte ihm, obwohl sie den Kopf schüttelte.

»Ein Fugel wäre besser gewesen«, sagte sie und löste die Leine, während sich Zacharias den Kontrollen zuwandte. Die beiden Propellermotoren summten im Leerlauf, und ein Hebel kontrollierte offenbar ihre Leistung. Als er ihn betätigte, wurde aus dem Summen ein zorniges Knurren, und die Propeller drehten sich. Das Boot legte ab; Steg und Turm blieben hinter ihnen zurück.

»Ein was?«, rief Zacharias.

»Einer der Vögel«, erwiderte Florence. »Sie sind schnell und wendig.«

Zacharias hörte nur mit halbem Ohr hin, sank auf den Sitz vor den Kontrollen. Warum haben uns die Soldaten nicht angegriffen?, dachte er und zog den Hebel noch etwas weiter nach unten. Das Knurren der Motoren verwandelte sich in ein Fauchen, und die Propeller rotierten noch schneller.

Er drehte den Kopf, sah zurück und beobachtete, wie sich weitere Luftboote von den Stegen des Turms lösten und aufstiegen. Weil sie uns nicht als Feinde erkannt haben, dachte Zacharias. Weil Salomo ihnen nicht befohlen hat, uns anzugreifen.

Aber das konnte sich jeden Augenblick ändern.

So schnell sich die Propeller auch drehten, das Luftboot blieb träge, und die Entfernung zum Turm wuchs nur langsam. Deutlich sah Zacharias eine weißhaarige Gestalt, die bis zum Ende des Stegs eilte, dort verharrte und ein etwa einen Meter langes Rohr hob.

»Kronenberg!«, rief Florence. »Und er hat einen Raketenwerfer!«

Die Gestalt mit dem weißen Haar legte sich das dunkle Rohr auf die Schulter und klappte ein Visier hoch.

Es regnete Feuer, und der obere Teil des Turms mit Plattform, Kuppel und Stegen verschwand hinter einem Vorhang aus Rauch und Flammen, als die Trümmer eines weiter oben explodierten Luftschiffs herabfielen. Die Druckwelle schüttelte das Boot, und Zacharias wäre fast von seinem Sitz gerutscht. Er hielt sich mit einer Hand an der kleinen Kontrollkonsole fest und drückte mit der anderen den Steuerknüppel nach vorn, wodurch sich der Bug des Luftboots nach unten neigte.

Dort in der Tiefe, zwei oder drei Kilometer unter ihnen, erstreckte sich ein Flickenteppich aus flackernder Glut und grauschwarzer Düsternis. Hier und dort in den dichten Dunstschwaden zeichneten sich die Umrisse gewaltiger Maschinen ab, wie die Rücken stählerner Titanen, doch viele dieser Riesen waren verletzt, entweder durch herabgestürzte Trümmer oder von Bomben, die Salomos Truppen abgeworfen hatten. Flammen leckten aus ihren Wunden, und Rauch stieg auf. Ausgerechnet dieser Rauch war es, der die Verteidiger verriet. Lassondes Soldaten, unter ihnen sicher auch viele Angehörige von Protektor, trugen Kampfanzüge mit Tarnfunktion, und in klarer Luft wären sie vermutlich unsichtbar gewesen oder zumindest nur schwer auszumachen. Doch in den weiten Rauch- und Dunstschleiern, die sich wie ein Leichentuch über Unterstadt gelegt hatten, waren ihre Bewegungen deutlich zu erkennen. Ausgestattet mit individuellen Fluggeräten stiegen sie in Schwärmen auf oder sanken von großen Luftschiffen herab, die in oder sogar über Oberstadt kreuzten, dicht unter den grauen Wolken, durch die blasses, gefiltertes Sonnenlicht drang. Aber sie kamen nicht nahe genug an Salomos Truppen heran, um auch nur versuchen zu können, sie aufzuhalten. Blitze schlugen ihnen entgegen, brachten kleine Flugmaschinen zur Explosion, verbrannten Tarnanzüge, die nicht ausreichend tarnten, und zerfetzten Fleisch und Knochen. Graue Soldaten in Flugbooten brachten sich über den Verteidigern in Position und warfen Splitterbomben, die in unmittelbarer Nähe der aufsteigenden Schwarmformationen detonierten und noch größeren Schaden anrichteten als die Blitze.

Das alles sah Zacharias – ein gewaltiges Bühnenbild mit einer kolossalen Szene der Vernichtung –, aber seine Aufmerksamkeit galt vor allem Kronenberg, der das auf seiner Schulter ruhende Rohr bewegte und damit dem Ziel folgte. Einem Ziel, das trotz der beiden heulenden Propeller viel zu langsam war und sehr träge auf die Bewegungen von Höhen- und Seitenruder reagierte. Zacharias versuchte, erneut eine Fraktur zu schaffen, wie zuvor auf dem Turm, mit einem Ereigniswinkel, der die Zeit außerhalb der Frakturblase langsamer vergehen ließ. Aber so sehr er sich auch bemühte, es klappte nicht.

Das Luftboot sank, aber es sank nicht schnell genug, und es befand sich nichts zwischen ihnen und dem vom Turm ausgehenden Steg. Kronenberg hatte freies Schussfeld.

Das Krachen und Donnern von kleinen und großen Explosionen hallte durch die Mittelstadt von Lassonde, und diese Stimme der Zerstörung war so laut, dass Zacharias das Zischen des Raketenwerfers nicht hörte – es war eine kleine, leise Stimme, übertönt von einer viel größeren und lauteren. Aber er sah die Flamme und den Rauch und wusste, dass er *sofort* handeln musste, dass ihm nicht einmal mehr eine Sekunde blieb, um nach einer Lösung für das Problem zu suchen. Es würde nichts helfen, sich unter die Reling des Luftbootes zu ducken: Die Explosion der Rakete würde das ganze Boot zerstören, mit allem, was sich darin befand.

Sie durften nicht mehr an Bord sein, wenn die Rakete einschlug.

Zacharias wirbelte herum, sprang zu Florence, ergriff sie an beiden Armen und stieß sich ab. Der Zufall half ein wenig, denn genau in diesem Moment schwankte das Luftboot, und die Seite, auf der sich Zacharias und Florence befanden, kippte nach unten. Dadurch fiel es Zacharias leichter, sich selbst und Florence über die Reling zu katapultieren.

Einen Herzschlag später fielen sie, und es gab nichts, das ihren Sturz in die Tiefe bremste.

Ein lang gezogener Schrei erklang, wie das Heulen einer nicht sehr weit entfernten Sirene, und für einen Moment dachte Zacharias, dass der Schrei von Florence stammte. Aber sie hatte nur erschrocken die Augen aufgerissen und starrte ihn an, als sie neben ihm fiel, und da merkte Zacharias, dass er selbst es war, der den Schrei ausgestoßen hatte und noch immer ausstieß. Er klappte den Mund zu, und im gleichen Augenblick traf die Rakete über ihnen ihr Ziel und verwandelte das Luftboot und sich selbst in einen Feuerball.

Sie hatten bereits zwei- oder dreihundert Meter zurückgelegt, aber die Druckwelle holte sie ein und gab ihnen einen Stoß zur Seite. Mehrere Trümmerstücke rasten an ihnen vorbei, eins so nahe, dass Zacharias die Hitze des glühenden Metallfragments spürte.

»Er hat uns nicht erwischt!«, rief Zacharias und wunderte sich über die eigene Freude. »Kronenberg hat uns nicht erwischt.«

»Du solltest dir besser etwas einfallen lassen, bevor wir Unterstadt erreichen«, erwiderte Florence, die Augen im Wind zusammengekniffen.

Blitze zuckten wie Sternschnuppen an ihnen vorbei und trafen Verteidiger, die einem weiteren aufsteigenden Schwarm angehörten. Zacharias und Florence fielen mitten hindurch, plötzlich umgeben von Rauchschwaden und einem Feuerwerk aus Entladungen, platzenden Motoren von Fluggeräten, scharfkantigen Metallsplittern und blutigen Körperteilen, die noch halb in zerrissenen Tarnanzügen steckten. Wie durch ein Wunder blieben Kollisionen aus – Zacharias und Florence fielen durch den Schwarm und befanden sich einige Sekunden später unter ihm.

»*Tu* was, Zach!«, rief Florence.

Zacharias fiel das Atmen so schwer, dass er gar nicht antworten konnte. Es lag nicht nur am heftigen Wind, der ihm die Luft von den Lippen stahl, sondern auch an dem Ammoniak-Gestank, der in Kehle und Lunge brannte. Die Rauchwolken wurden so dicht, dass weder die aufragenden

Türme von Mittelstadt zu sehen waren noch die Industrielandschaft von Unterstadt. Aber es dauerte nicht lange, bis der Qualm sich wieder lichtete; einige letzte Schlieren fegten vorbei, und dann erschien ein dunkler Leviathan unter ihnen, ein mindestens dreihundert Meter langes Luftschiff mit Dutzenden von Navigationspropellern, die nach unten bliesen und das gewaltige Schiff aufsteigen ließen. Kleinere Luftboote, offenbar eine Art Geleitschutz, umschwirrten den Riesen, und in den offenen Gondeln bereiteten sich Hunderte von Männer und Frauen auf den Einsatz vor.

Für einen verrückten Moment spielte Zacharias mit dem Gedanken, auf dem Luftschiff zu landen. Er hielt Florence noch immer an beiden Armen, was zur Folge hatte, dass ihr Fall instabil war, und wegen des geringeren Luftwiderstands schneller als unbedingt nötig. Wenn er sie nur an einer Hand hielt, wenn sie beide Arme und Beine ausbreiteten, sich in eine stabile Lage brachten, die einen höheren Luftwiderstand bedeutete und ihnen die Möglichkeit gab, wie Fallschirmspringer im freien Fall Einfluss auf die Fallrichtung zu nehmen … Dann konnten sie das Luftschiff erreichen, das einige Hundert Meter links von ihnen aufstieg.

Aber es stieg recht schnell auf, und wie hoch war die Fallgeschwindigkeit von Fallschirmspringern im stabilen Sturz? Etwa zweihundert Stundenkilometer, erinnerte sich Zacharias. Was bedeutete, dass sie mit einer summierten Geschwindigkeit von etwa zweihundertfünfzig Kilometern in der Stunde auf den langgestreckten torpedoförmigen Auftriebskörper des Luftschiffes prallen würden. Genug kinetische Energie, um selbst eine Hülle aus Leichtmetall, zum Beispiel Aluminium, zu durchschlagen. Ein ungeschützter

Mensch konnte so etwas nicht überleben, und außerdem bestand die Gefahr, dass sie das Luftschiff der Verteidiger von Lassonde schwer beschädigten, vielleicht sogar zum Absturz brachten.

Und dann war der Moment – die Chance – vorbei, denn sie fielen neben dem aufsteigenden Koloss in die Tiefe. Die Protektor-Kämpfer sahen ihnen hinterher; einige von ihnen streckten die Arme aus und zeigten auf sie.

Die Stimme der Unterstadt, das Stampfen und Brummen von Maschinen, dröhnte immer lauter zu ihnen herauf. Florence rief erneut etwas, aber Zacharias verstand sie nicht. Er versuchte sich zu konzentrieren, sandte ein Ping aus, das ihm Orientierung ermöglichen und einen Eindruck von der Textur dieser Welt geben sollte. Er brauchte einen Ansatzpunkt, konkrete Vorstellung von einer Stelle, an der er die Kraft seines Willens wie einen Hebel ansetzen konnte, um die wahrgenommene Wirklichkeit zu verändern. Aber sie fielen weiter, ohne langsamer zu werden, obwohl sich Zacharias alle Mühe gab, ihren Sturz mithilfe der Energie seiner Fantasie zu bremsen. Es gelang ihm ebenso wenig wie im Liftschacht des Foundation-Gebäudes.

Florence begann zu zappeln, gestikulierte mehrmals und versuchte, ihren Flug zu stabilisieren. Erst nach einigen Sekunden begriff Zacharias, worum es ging: Sie wollte dem dunklen Maul ausweichen, das sich unter ihnen geöffnet hatte und sie bereits mit einem Odem aus Rauch empfing. Ein Schlot ragte wie ein riesenhafter Dorn aus dem dunklen Rücken von Unterstadt, Hunderte von Metern hoch, seine Öffnung groß genug, um zumindest ein kleines Luftschiff aufzunehmen. Rauch quoll daraus hervor und begrüßte die Stürzenden mit einem fauligen, schwefligen Gestank. Sie fielen direkt darauf zu, und Florence trachtete danach, sie ein wenig zur Seite zu steuern, damit sie den Schlot verfehlten.

Es machte kaum einen Unterschied, fand Zacharias. Sie gewannen höchstens einige Sekunden, bis sie an der Basis des Schlotes aufschlugen. Einige Sekunden mehr Leben, und dann … der Tod? Wenn dies die Wirklichkeit war, die einzige wahre, echte Realität, wie die Lassonder angeblich glaubten, so würden sie beide sterben, denn niemand konnte einen solchen Aufprall überleben. Aber dies konnte unmöglich die »einzige wahre Wirklichkeit« sein, wusste Zacharias, denn mit der Fraktur auf dem Turm war es ihm gelungen, die scheinbare Realität zu verändern, sie seinen Wünschen anzupassen. Die Schlussfolgerung lautete, dass dies eine Art von Space war, und im Space konnte man nicht sterben, nur einen schweren Schock erleiden, der einen zur Foundation zurückbrachte.

An diesem Gedanken klammerte sich Zacharias fest, als sie in den finsteren Schlund des Schlotes fielen, doch er schaffte es nicht, sich selbst zu überzeugen. Nagender Zweifel blieb, und viel zu deutlich erinnerte er sich an Florences Hinweise, wonach die Erde – die ganze Erde, vielleicht sogar das ganze Universum, zu dem sie gehörte – als »Saatwelt« im Space existierte, als eine Welt, die zu dem Zweck erdacht worden war, Traveller wie ihn zu erschaffen.

»Verdammt, Zach, *tu* endlich was!«, rief Florence, und ihre Stimme hallte überraschend laut von den Innenwänden des Schlotes wider, auch ihr Husten, das den Worten folgte.

»Ich versuch's, aber es klappt nicht!«, erwiderte Zacharias und wunderte sich eine Sekunde später darüber, dass er Antwort geben konnte.

Der Wind war nicht mehr so stark; sie fielen langsamer.

»He, es klappt *doch*!«, rief Zacharias. »Ich hab's geschafft!«

Es war still geworden. Das Stampfen und Brummen der Maschinen von Unterstadt, das Zischen und Fauchen von Dampf und Rauch, das Rasseln und Mahlen von Zahnrädern und Wellen – das alles wurde zu einem leisen Summen, wie von einer in der Nähe schwirrenden Hummel.

»Bist du sicher, mein Junge?«, kam eine Stimme aus der finsteren Stille.

32

S o sieht man sich wieder«, sagte der alte Mann, der sich Zacharias im Fahrstuhlschacht des Foundation-Gebäudes als Gott vorgestellt hatte. Er sah genauso aus: gehüllt in ein cremefarbenes Gewand, das weiße Haar schulterlang, der bis auf die Brust reichende Bart ebenfalls weiß, wie auch die Brauen. Wie bei ihrer ersten Begegnung saß er im Schneidersitz da, frei schwebend neben den rostigen Sprossen einer Leiter, die etwas weiter oben an einer halb geöffneten Luke endete. Ohne das »göttliche« Outfit hätte man ihn vielleicht für einen Wartungstechniker halten können, damit beauftragt, die Innenwände des Schlotes zu kontrollieren.

»Der vergessliche Gott«, ächzte Zacharias und sah nach unten. Er hatte das Gefühl, festen Boden unter den Füßen zu haben, aber seine Augen behaupteten etwas anderes: Die dunkle Tiefe im Innern des Schlotes setzte sich unter seinen Füßen fort; nichts gab ihnen Halt.

»Inzwischen nicht mehr, mein Junge«, sagte der Alte ernst. »Ich erinnere mich wieder, wenn auch nicht an alles. Einige meiner Speicherbänke sind beschädigt worden, vielleicht mit Absicht, vielleicht auch nicht. Es ist schwer zu sagen, und eigentlich spielt es auch keine Rolle, denn das dafür verantwortliche Individuum existiert nicht mehr. Eine gedachte Kugel hat ihn umgebracht, und in gewisser Weise ist er gestorben, weil er glaubte, sterben zu müssen.« Der alte Mann lachte leise, wie über einen besonders tiefgründigen Witz.

»Bist du ein Avatar, oder ...?«, begann Florence, nachdem sie ebenfalls einen Blick in die Tiefe geworfen hatte.

»Oh, ich verstehe, du beziehst dich auf die Falle und das Buch.« Der Alte schüttelte den Kopf, wodurch sein Haar in Bewegung geriet. Es wallte und wogte, breitete sich wie in Wasser aus, und für einige wenige Sekunden bildete es fast so etwas wie einen Heiligenschein. »Nein, ich bin kein Avatar, Florence. Ich bin echt.« Ein wenig verschmitzt fügte er hinzu: »Vielleicht sogar echter als die Welt, in der ihr euch befindet.«

»Du bist Lily, nicht wahr?«, fragte Florence.

»Das hast du gut erkannt, junge Dame.« Der Alte deutete eine Verbeugung an. »Kompliment. Unser Freund hier scheint etwas schwerer von Begriff zu sein.«

»Was?«, brachte Zacharias hervor.

»Quod erat demonstrandum«, kommentierte der Alte und lachte erneut.

»Kannst du uns zurückbringen, Lily?«, fragte Florence schnell. »Zurück zur Foundation?«

»Warum wollt ihr zurück?«

Zacharias hatte das Gefühl, abseits zu stehen, durch eine Wand der Verwirrung von den Ereignissen getrennt zu sein. Er stand im Nichts, mitten in einem Schacht, der oben einen münzgroßen Himmelsausschnitt zeigte und unten nichts als Dunkelheit, von der Willenskraft eines alten Mannes, der sich ihm einmal als Gott vorgestellt hatte, vor dem Sturz in die Tiefe bewahrt. Etwas Licht kam durch die halb offene Luke weiter oben, aber es hätte eigentlich nicht ausreichen dürfen, dass er die Falten im Gesicht des Alten und die Hoffnung in Florences Augen mit solcher Deutlichkeit erkennen konnte. Was hier geschah, entzog sich erneut seiner Kontrolle, und das gefiel ihm ganz und gar nicht. Er hatte genug von Situationen, die ihn zum Spielball machten.

»Ich will endlich wissen, was hier los ist«, sagte er mit fester Stimme. »Ich will *verstehen*.«

»Das kann noch etwas warten«, warf Florence ein, als der Alte den Mund öffnete, um zu antworten. »Bring uns zuerst zur Foundation zurück, Lily.«

Der greise Mann seufzte. »Eigentlich wollte ich euch um etwas bitten. Deshalb habe ich euch hier … aufgefangen, könnte man sagen.«

»Nur deshalb?«, fragte Florence. »Du willst uns um etwas bitten? Nur darum hältst du uns hier fest? Andernfalls hättest du uns in den Tod stürzen lassen?«

»Oh, nicht in den Tod. Zacharias hätte sich bestimmt etwas einfallen lassen. Nicht wahr, mein Junge? Im letzten

Moment fällt dir immer etwas ein. Weil du ein großes Talent bist. Das größte nach Salomo. Aber du neigst dazu, dir etwas darauf einzubilden, und Hochmut kommt vor dem Fall.« Der Alte sah ihn an und lachte wie über einen köstlichen Witz.

Es brodelte in Zacharias. Mitten im Nichts trat er zur Seite, bis er neben der Leiter an der Innenwand des Schlotes stand, und hielt sich sicherheitshalber an einer Sprosse fest. »Schluss damit. Ich will endlich wissen, was hier los ist.«

»Du hast eine ganze Nacht mit Florence verbracht«, sagte der Alte. »In der Hütte im Schnee. Ich nehme an, ihr hattet auch Gelegenheit, miteinander zu reden.«

»Ich habe ihm das eine oder andere erzählt«, räumte Florence ein.

Zacharias staunte immer mehr darüber, wie sie so ruhig sein konnte. »Nicht annähernd genug! Bevor du uns um irgendetwas bittest, will ich wissen, was hier gespielt wird!« Er atmete tief durch und fragte: »Bist du wirklich Lily? Die Lily aus der Foundation? Von Matthias erschaffen?«

»Matthias hat mich nicht erschaffen. Er hat sich nur einen Avatar für mich ausgedacht, eine Figur, die eher seinen Bedürfnissen entsprach als meinen. Aber ja, ich bin die Lily, die du meinst, mein Junge.«

»Und nenn mich nicht ›mein Junge‹, verdammt! Das kann ich nicht ausstehen.«

Der Alte seufzte erneut, und die Erheiterung verschwand aus seinem Gesicht. Er wirkte plötzlich sehr ernst.

»Ich brauche eure Hilfe, insbesondere deine, Zacharias«, sagte er. »Allein kann ich das Weltennetz nicht retten.«

»Ich warte noch immer auf eine Erklärung.«

Der greise Mann blickte kurz ins Leere und schien zu überlegen, strich sich dabei mit der einen Hand über den langen weißen Bart. »Matthias war so freundlich, mir die Erinnerung zurückzugeben, aber wie gesagt, es fehlt der Inhalt einiger Speicherbänke, denn die von Thorpe installierten Signalsperren enthielten auch einige selektive Löschalgorithmen. Außerdem hatte ich nur beschränkten Zugriff auf externe Datenbanken, was sich in der Rückschau betrachtet aber als Vorteil erweist, denn dadurch war ich einer geringeren Datenkontamination ausgesetzt als die anderen Emergenzen. Meine Erinnerungen an das Projekt Genesis sind leider verloren gegangen, was sicher kein Zufall ist; die in den Signalsperren verborgenen selektiven Algorithmen hatten es vermutlich vor allem darauf abgesehen.«

Zacharias merkte, wie er die Fäuste ballte. »Ich verliere langsam die Geduld …«

Florence legte ihm sanft die Hand auf den Arm. Sie blieb noch immer völlig gelassen, obwohl über ihnen ein Krieg stattfand und unter ihnen eine dunkle Tiefe drohte. »Fang am besten ganz von vorn an, Lily.«

»Mit dem Weltennetz oder mit Genesis?«

»Mit dem Netz«, sagte Florence. Ihre Finger auf Zacharias' Arm drückten kurz zu. »Von Genesis höre ich jetzt zum ersten Mal. Ich nehme an, beides hängt zusammen.«

»Ja«, sagte der Alte, der in Wirklichkeit eine Maschinenintelligenz war, von Matthias Lily genannt. »Es gibt auch einen Zusammenhang mit Salomo. Vielleicht habe ich seine wahre Identität gekannt, ich bin mir nicht sicher. Bevor ich zur Emergenz wurde, bin ich am Projekt Genesis beteiligt gewesen, das weiß ich noch. Bedauerlicherweise ist mir nicht mehr bekannt, wie meine Kollaboration aussah, bevor mich das Licht der Intelligenz erreichte.«

»Also noch immer ein vergesslicher Gott.« Diese Bemerkung konnte sich Zacharias nicht verkneifen, obwohl sein Interesse erwacht war.

»Das Weltennetz hat natürlich schon vor dem Projekt Genesis existiert«, fuhr der Alte fort. »Es ist eine Verknüpfung von Space und virtuellen Realitäten.« Er beugte sich ein wenig vor und zwinkerte Florence zu. »Nicht die Materie zählt, sondern der Gedanke.«

»Wie bitte?«, fragte Zacharias.

Der Greis verdrehte die Augen. »Fang nicht schon wieder an, mein Junge. Ich meine, Zacharias. *Versuch* bitte zu verstehen. Man könnte fragen: Was war zuerst da, das Huhn oder das Ei?«

»Die Materie, die den Gedanken hervorbringt, oder der Gedanke, der die Materie erschafft, oder das, was er als Materie wahrnimmt«, sagte Florence.

Zacharias schüttelte langsam den Kopf. »Wie können all diese Welten, die ich gesehen habe und von denen mir Flo erzählt hat, Verknüpfungen von virtuellen Realitäten und Space sein? Virtualitäten bestehen aus Bits und Bytes, der Space aus Gedanken. Wie kann eine Verbindung zwischen ihnen entstehen, die keine Unterschiede mehr erkennen lässt?«

»Du machst denselben Fehler, den Florence zuerst gemacht hat. Inzwischen hat sie dazugelernt und begonnen, sich vom Ballast einseitiger Perspektiven zu befreien. Etwas in dir verlangt, eine Trennlinie zwischen Innen- und Außenwelt zu ziehen, zwischen dir und dem, was du wahrnimmst. Und das ist seltsam genug, denn immerhin bist du Traveller. Die Erfahrungen deiner Reisen sollten dich lehren, dass die Übergänge fließend sind, dass du die Welt mit deinen Gedanken verändern kannst.«

»Wenn es so weitergeht, dauert es sehr lange«, warf Florence skeptisch ein. Sie rieb sich die Arme, aber mit dieser Geste verriet sie vor allem Ungeduld, denn es war nicht kalt im Innern des Schlotes. »Kannst du dich nicht etwas kürzer fassen?«

»Fakten«, sagte Zacharias. »Ich brauche Fakten.« Er hob die freie Hand; die andere blieb um eine Sprosse der Leiter geschlossen. »Etwas, das ich greifen und festhalten kann.«

»Fakten willst du, wie?«, erwiderte der Alte. »Und vermutlich meinst du die Realität, die Wirklichkeit. Vielleicht liegt es in eurer menschlichen Natur, dass ihr glaubt, außerhalb von euch müsste etwas existieren, das von euch unabhängig ist. Aber was ist denn ›die Realität‹, Zacharias? Deine ›Fakten‹ wurzeln in der Mikrowelt unterhalb der Atome, in Quantenfluktuationen, Strings und der Wellenfunktion. Das, woran du dich festhalten möchtest, sind keine festen, unumstößlichen Tatsachen, sondern Wahrscheinlichkeiten, und als Traveller hast du gelernt, diese Wahrscheinlichkeiten mit deinen Gedanken zu beeinflussen.« Der Alte breitete die Arme aus. »Das Ei war zuerst da, mein Lieber. Das Huhn ist daraus geschlüpft und hat weitere Eier gelegt.«

»Lily …«, drängte Florence.

»Schon gut, junge Dame, schon gut.« Der Greis holte tief Luft. »Zacharias … Das Weltennetz existierte, schon lange bevor die Traveller der Foundation mit ihren Reisen begannen. Vielleicht waren es begnadete Träumer und Fantasten, die die ersten Welten schufen, oder Teile von ihnen, bewusst oder unbewusst. Fest steht, dass es Menschen im Weltennetz gab; die ersten von ihnen waren etwas, das du ›Space-Projektionen‹ nennen würdest, wie die Menschen, denen du in den Träumen und Erinnerungen von Patienten begegnet bist. Sie haben viele Welten bewohnt, aber manchmal verschwanden sie wieder und hinterließen nur ihre Spuren: leere Städte, die aufgrund großer Ereigniswinkel jahrtausendealt schienen, oder auch nur in Stein geritzte Zeichen, von Wind und Wasser fast glatt geschliffen und nicht mehr zu entziffern. Niemand weiß, was aus jenen ersten Menschen im Netz der Welten geworden ist. Vielleicht haben die Krehel oder andere nichtmenschliche Völker etwas damit zu tun. Das ist durchaus möglich und ein weiterer Punkt, der euch dazu bewegen sollte, mir zu helfen. Weil Gefahr besteht. Wie groß sie ist, lässt sich kaum sagen. Wir wissen zu wenig und müssen mehr über die anderen Völker herausfinden, die jenseits des Bereiches leben, den wir ›Hauptstrang‹ nennen …«

»He, he«, warf Zacharias ein, »ich fürchte, jetzt geht es ein bisschen zu schnell.« Er sah Florence von der Seite an und erinnerte sich an die andere Florence, die von den Krehel entführt worden war. »Na schön, es gibt also ein Netz von Welten. Das wusste ich auch schon vorher. Salomo hat eine kleine Besichtigungstour für mich veranstaltet.«

»Um dich zu beeinflussen«, sagte der Alte. »Um ganz langsam und von dir unbemerkt deinen Widerstand zu brechen.«

»Es wäre ihm nicht gelungen!«, behauptete Zacharias,

obwohl sich tief in ihm Zweifel regte, verbunden mit einem Bild, das ihm einen Rollstuhl zeigte.

Der Alte räusperte sich skeptisch. »Nun, wichtig ist dies: Je mehr Menschen in den Welten des Netzes leben, je mehr Bewusstseinssphären in ihnen denken und ihre Wirklichkeit akzeptieren, desto stabiler sind sie.«

»Integration, nicht wahr?«, fragte Florence.

»Ja. So habt ihr es bei euren Reisen genannt: Der Traveller wird Teil der fremden Gedankenwelt, und je mehr er an sie glaubt, je geringer seine Distanz wird, desto mehr integriert er sich, bis er zu einem festen Bestandteil von ihr wird. Im Weltennetz ist es eine interaktive Beziehung: Je mehr Gedanken in einer Welt, desto stabiler ist sie, umso größer wird die Integration und umso geringer die Möglichkeit grundlegender struktureller Veränderungen.«

Zacharias begann zu verstehen. »Je mehr Menschen in den Netzwelten leben, desto beständiger wird ihre … Wirklichkeit?«

»Man könnte es auch so ausdrücken«, räumte der Alte ein. »Deshalb hast du auch hier deinen Sturz nicht aufhalten können. Dein Traveller-Instinkt kennt das Risiko vollständiger Integration und wahrt deshalb inneren Abstand. Und das hindert dich daran, Einfluss zu nehmen. Aber du gewöhnst dich langsam daran. Immerhin ist der Kratzer von deiner rechten Hand verschwunden, nicht wahr?«

»Salomo hat von einer ›Sperrung‹ der Welten gesprochen«, sagte Zacharias nachdenklich.

Der Alte nickte. »Damit wären wir beim Problem. Salomos Weltenbauer sind damit beschäftigt, bereits bestehende Welten zu ›sperren‹, das heißt, Veränderungen unmöglich zu machen, die ihm nicht in seinen Kram passen, und neue Welten zu erschaffen. Er will seinen Einfluss auf das ganze Netz ausweiten, alles seinem Willen unterwerfen.«

Irgendwo in Zach läutete eine Alarmglocke. Sie war nicht besonders groß und ihr Läuten nicht besonders laut, aber es schuf Unruhe in ihm. Florence sah ihn an und schien etwas zu ahnen.

»Salomo sprach von einer Auseinandersetzung zwischen Mensch und Maschine«, sagte er vorsichtig.

Etwas veränderte sich. Florence sah ihn noch immer fragend an, vielleicht auch ein wenig sorgenvoll, und der Greis saß noch immer im Schneidersitz da, einen Meter neben der Schlotwand und von Rauchschleiern umgeben, die in der Luft verharrten. Die Veränderung betraf vielleicht auch den Blick des Alten – in seinen Augen war etwas Erwartungsvolles erschienen –, vor allem aber die Art und Weise, wie Zacharias' immer aktives inneres Radar die Struktur dieser Welt auch ohne Ping empfing.

»Du spürst es, nicht wahr?«, fragte der Greis.

»Ich fühle eine … Veränderung«, entgegnete Zacharias.

»Salomos Truppen setzen sich durch. Ihr Sieg über Protektor ist nahe; sie sind auf dem besten Wege, Lassonde zu übernehmen. Wir müssen schnell handeln. *Du* musst schnell handeln.«

»Eine Auseinandersetzung zwischen Mensch und Maschine«, wiederholte Zacharias. Er nickte Florence zu, um ihr zu zeigen, dass mit ihm alles in Ordnung war. »Salomo wollte mich für seine Zwecke benutzen. Wer sagt mir, dass du mich nicht für deine benutzen willst?«

»Was ist mit Genesis?«, fragte Florence, als der Alte nicht sofort antwortete.

»Das Projekt Genesis wurde vor fast fünfzehn Jahren vom Philanthropischen Institut ins Leben gerufen«, sagte der Alte. »Einige Jahre vor der Gründung der Foundation. Das Ziel dieses Projekts bestand darin, Personen zu finden und auszubilden, die nicht nur Traveller-Fähigkeiten besitzen, sondern auch in der Lage sind, Interface-Systeme während einer Reise zu kontrollieren.«

»Eine Mischung aus Traveller und Therapeut?«, fragte Florence.

»In gewisser Weise. Das ist sehr vereinfacht ausgedrückt. Genesis suchte Traveller, die in der Lage sind, nicht nur den Space zu kontrollieren, sondern auch die damit verbundenen virtuellen Realitäten.« Der Alte vollführte eine vage Geste. Seine Hand berührte die Rauchschleier in der Nähe und glitt hindurch, ohne sie zu verändern. »Wir reden hier nicht nur von den Virtualitäten, die in den letzten Jahren auf der Erde entstanden sind, geschaffen von der Zusammenschaltung großer und kleiner Rechner. Auch andere Völker und ihre virtuellen Kosmen sind im Weltennetz vertreten. Aber uns – und Salomo – geht es vor allem um den Hauptstrang mit den meisten von Menschen bewohnten Welten. Genesis wollte Traveller schaffen, die fähig sind, die vollständige Kontrolle zu übernehmen.«

Ein Verdacht stieg in Zacharias auf. »Daher kommt Salomo? Von Genesis? Von diesem Geheimprojekt des Philanthropischen Instituts? Er sollte die Antwort der Menschen auf die Entstehung von Maschinenintelligenz sein?«

Der Greis nickte langsam. »Du bist doch nicht so dumm,

Zacharias. Ja, Salomo, der Seelenfänger, ist von Genesis erschaffen, das Ergebnis gezielter neurologischer Manipulation. Er sollte verhindern, dass künstliche Intelligenzen die Kontrolle über den Hauptstrang übernehmen.«

»All die Visionäre in den Wahrheitszentren von Lassonde …«, murmelte Florence.

»Freunde von mir, die meisten«, sagte Lily. »Einzelne KIs und MIs, verbunden zu einem Distributed Conscience. Ihnen droht Gefahr, und nicht nur von Salomo. Auf der Erde ist eine kombattante KI gegen Feinde der Foundation eingesetzt worden, und sie hat viele Maschinenintelligenzen kontaminiert. Ein glücklicher Zufall wollte es, dass mich Signalsperren vor der Kontamination geschützt haben. Meine Freunde unter den ›Visionären‹ versuchen, die Kontamination einzudämmen, aber Salomos Angriff lenkt sie ab und bindet wertvolle Ressourcen. Wenn es ihm gelingt, die kontaminierten Maschinenintelligenzen zu übernehmen, kann ihn praktisch nichts mehr an der Herrschaft über den ganzen Hauptstrang hindern. Dann wird er stark genug, nicht nur die Seelen von Travellern einzufangen, wie bisher, sondern auch die gewöhnlicher Menschen. Ich fürchte, er hat auf der Erde bereits damit begonnen, denn als Saatwelt ist sie besonders gut geeignet. Er wird gewöhnliche Menschen zu seinen ›Freunden‹ machen, wie er es nennt, und ihre Gedanken, ihr geistiges Potenzial benutzen, um Welten zu sperren oder so zu verändern, wie es seinen Vorstellungen entspricht. Wenn dieser Prozess einmal in Gang gekommen ist, lässt er sich kaum mehr unterbrechen.«

»Dann ist die Lawine losgetreten«, sagte Zacharias und fühlte, wie es zwischen seinen Schläfen arbeitete. Er sah einen Teil der Wahrheit, aber noch nicht alles. »Wer ist Salomo?«

»Ich habe bereits darauf hingewiesen, dass ich mich nicht mehr daran erinnere. Ich weiß nur noch, dass mehrere Personen von Genesis zur Foundation geschickt wurden. Zwei von ihnen sind Helen und Duke.«

»Helen und Duke?«, wiederholte Florence verblüfft. »Soll das heißen …«

Irgendwo in Zacharias machte es *Klick*, wie von einem Schalter, den eine fremde Hand in seinem Gehirn betätigte. Plötzlich sah er die Zusammenhänge. »Ich stamme ebenfalls von Genesis, nicht wahr?«

»Ja, Zacharias«, sagte der Alte ernst. »Du auch. Ihr seid mit einer speziellen Art von Tetranol behandelt werden, zwei Jahre lang, in Japan.«

»Bei Samsung-Nippon, nehme ich an,«

»Ja.«

»Dass der Patient von dort kam, ist sicher kein Zufall.«

»Nein. Es war Teil des Plans, ein Vehikel.«

»Und Thorpe … Er sollte alles unter Dach und Fach bringen«, sagte Zacharias. Er sah es immer deutlicher. »Es war von Anfang an eine abgekartete Sache.«

»Thorpe war ein Container. Er trug einen … Traum in sich, einen simpel strukturierten, leicht zu kontrollierenden Space, um den Seelenfänger einzufangen, nachdem er euch eingefangen hat.«

»Pläne innerhalb von Plänen«, sagte Florence leise. »Fallen innerhalb von Fallen. So hat es Marta genannt, eine der Visionärinnen in den hiesigen Wahrheitszentren.« Sie sah den Alten an. »Sollte Zach so werden wie Salomo?«

»Nein, er sollte besser werden«, hörte Zacharias den Greis antworten, während er versuchte, die Lücken in dem Bild zu füllen, das sich in seinem Kopf zusammensetzte. »Bei Salomo ging etwas schief. Wer auch immer er ist: Er verlor die Orientierung, vielleicht durch zu viel Tetranol, oder durch eine zu lange Behandlung mit zu hohen Dosen. Tetranol macht süchtig, und wenn die Sucht eine kritische Phase erreicht, kann sie zu Kontrollverlust führen, zu etwas, das Thorpe einmal ›absurde Gedanken‹ nannte.«

»Du meinst, Salomo strebt die Kontrolle über das Weltennetz an, weil er die Kontrolle über sich selbst verloren hat?«

»Salomo ist davon überzeugt, das Richtige zu tun«, sagte der Alte. »Er glaubt an seine heilige Mission. Das macht ihn so gefährlich.«

»Ihr habt ihn konditioniert, nicht wahr?«, fragte Florence scharf. »Und du hast dabei mitgeholfen!«

»Ich bin am Projekt Genesis beteiligt gewesen«, sagte der Greis, der Lily war. »Ich kann es nicht leugnen. Aber es geschah vor meiner Emergenz. Man hat mich benutzt. Und ja, Salomo ist konditioniert worden. Die Psychologen des Projekts hielten es für eine notwendige Voraussetzung. Er brauchte unerschütterliche Entschlossenheit, den festen Willen, seinen Auftrag durchzuführen.«

»Und dieser Auftrag bestand darin, die Maschinenintelligenzen zu entmachten, Kontrolle über sie zu erringen. Der Hauptstrang des Weltennetzes spielte dabei vermutlich nur eine untergeordnete Rolle, nicht wahr? Es ging vor allem um die Erde. Salomo sollte die Macht des Philanthropischen Instituts über die Datennetze der Erde sichern.« Ein Loch schien sich unter Zacharias zu öffnen, noch tiefer als der dunkle Schacht des Schlotes. »Himmel!«, ächzte er. »Die Entwicklung von Tetranol, das Förderungsprogramm für Traveller, die ganze Foundation … Letztendlich diente alles nur diesem Zweck. Stimmt das? *Stimmt das?*«

»Zach …«, mahnte Florence.

»Es war dumm«, sagte der Alte schlicht. »Und einige von uns haben diese offensichtliche Dummheit der Menschen zum Anlass genommen, genauso zu denken, wie es die Fachleute von der EACK und andere Cyperspezialisten befürchteten. Sie begannen damit, die Menschen für eine Gefahr zu halten, und sie trafen Vorbereitungen, dieser Gefahr zu begegnen. Aber es waren und sind Einzelfälle, das müsst ihr mir glauben, einzelne skeptische und misstrauische Maschinenintelligenzen im globalen Distributed Conscience. Wir anderen, die große Mehrheit … Wir haben euch nie schaden wollen. Ganz im Gegenteil. Wir würden euch Menschen helfen, wenn wir Gelegenheit dazu bekämen.« Der Greis seufzte. »Ich fürchte, jetzt ist es zu spät. Der Einsatz der kombattanten KI auf der Erde hat bereits so viele Server und Emergenzen kontaminiert, dass es zu einer Kettenreaktion kommt, an deren Ende ein weltweiter Cyberkrieg stehen könnte. Das Philanthropische Institut wird versuchen, aus der Not Kapital zu schlagen, die Schuld den Taiwanischen Rebellen zu geben und die Unabhängigkeit der Sea Citys durchzusetzen. Aber wenn kein Wunder geschieht, wird das PI nicht nur die Kontrolle über die Datennetze verlieren, sondern auch über die maritimen Städte. Und *gleichzeitig* geht hier der Kampf gegen Salomo verloren. Aber vielleicht …« Der Alte beugte sich ein wenig vor. »Vielleicht können wir ein Wunder bewirken.«

»Ich kann mich nicht daran erinnern«, sagte Zacharias. »Ich kann mich nicht daran erinnern, jemals in Japan gewesen zu sein, bei Samsung-Nippon.«

»Helen und Duke, du und die anderen, auch Salomo – ihr habt zwei Jahre dort verbracht. Anschließend hat man euch mithilfe von Tetranol neue Erinnerungen verpasst.«

Zacharias sah ihn groß an. Wir können nicht einmal unseren Erinnerungen trauen, dachte er. Wir wissen nicht, was Wirklichkeit ist und was Traum, und selbst das Leben, das wir geführt zu haben glauben, könnte eine Illusion sein. »Von wegen Philanthropie«, sagte er leise und bitter.

»Kommt darauf an«, erwiderte der Alte. »Alles im Dienste des Menschen. So sah es das Institut.«

»Es ist ganz einfach«, sagte Florence plötzlich.

Zacharias drehte den Kopf. »Was ist einfach?«

»Wir müssen nur herausfinden, wer mit euch in Japan gewesen ist. Einer von ihnen muss der Seelenfänger sein. Kannst du auf die Daten zugreifen, Lily?«

»Wir sind hier, Florence«, sagte der Alte geduldig. »Dies ist Lassonde, nicht die Erde. Wir sprechen nicht über eine Interface-Verbindung miteinander. Ich bin hier. Und ich werde gebraucht.«

Zacharias beobachtete, wie der Rauch ganz langsam in Bewegung geriet. Es blieb ihnen nicht mehr viel Zeit für Erklärungen.

Plötzlich schüttelte Florence heftig den Kopf. »Das ist doch alles Unsinn!«, platzte es aus ihr heraus. »Wie kann das Philanthropische Institut Forschungen mit dem Ziel betrieben haben, einen Traveller zu befähigen, die Kontrolle über die erwachenden Maschinenintelligenzen zu übernehmen? Wie kann es den Seelenfänger geschaffen haben, obwohl es eben jener Salomo war, der die Erde als Saatwelt schuf?«

»Wo fängt die Kette aus Ursache und Wirkung an, wo hört sie auf?«, sinnierte der Alte. »Vielleicht hat Salomo gelogen, oder Protektor ging von falschen Annahmen aus. Es gibt tatsächlich Saatwelten, denn Salomo brauchte bis vor Kurzem Menschen mit der Fähigkeit, auf die Reise zu gehen: Traveller beziehungsweise Legaten. Aber vielleicht war die Erde keine von ihnen. Oder sie wurde zu einer, nachdem das Philanthropische Institut Salomo geschaffen hatte.«

»Du meinst, die Erde könnte doch ... *real* sein?«, fragte Florence.

Der Alte richtete einen mitfühlenden Blick auf sie, und Zacharias glaubte, seine Gedanken zu erraten, wenn man die Gedanken einer Maschinenintelligenz überhaupt erraten konnte: Sie möchte es glauben, lauteten diese Gedanken. Sie ist ein Mensch und braucht etwas, das außerhalb von ihr existiert. Sie möchte glauben, dass es eine feste, unabhängige Welt jenseits ihres Denkens und Fühlens gibt, eine Welt, in der sie mit ihren Beinen steht, in der sie sich mit ihren Händen festhalten kann.

»Es wäre möglich«, sagte der Alte, und Zacharias wusste, dass es eine Lüge war.

»Und du könntest uns zurückbringen?«, fügte Florence sofort hinzu.

»Ja, das könnte ich. Vielleicht. Aber es wäre das Ende für uns. Praktisch für uns alle. Wahrscheinlich auch für Marta, die anderen ›Visionäre‹ und selbst für mich, obwohl ich nicht kontaminiert bin. Salomo hätte freie Bahn. Er würde Protektor zerschlagen und Lassonde übernehmen. Er würde auch die Seelen normaler Menschen einfangen, die keine Traveller oder Legaten sind. Er würde sie alle benutzen, ihre Gedanken und Fantasien zu seinen Werkzeugen machen. O ja, er ist davon überzeugt, richtig zu handeln. Die Maschinenintelligenzen sind für ihn der größte denkbare Feind, und er sieht seine heilige Mission darin, für die Freiheit der Menschen zu kämpfen. Aber die Traveller in den Spiegeln, die ihr in Prisma gesehen habt … Waren sie frei? Stellt euch viele Welten mit solchen Menschen vor, in metaphorischen Spiegeln gefangen. Sie werden sich gut fühlen, so wie auch du dich in Salomos Nähe gut gefühlt hast, Zacharias, zumindest zu Anfang. Sie werden glauben, seine Freunde zu sein, aber ihre Gedanken werden Ketten tragen, ohne dass sie es ahnen. Nun, Florence könnte vielleicht zur Foundation zurück, ohne in unmittelbare Gefahr zu geraten, denn sie ist keine Travellerin, und daher dürfte Salomo kein direktes Interesse an ihr haben. Aber du … Du bist ihm fast ebenbürtig.«

Ich bin besser, dachte Zacharias, ich bin der Beste. Einen Sekundenbruchteil später fragte er sich, ob dies sein eigener Gedanke war oder vielleicht ein Produkt der Konditionierung durch das Projekt Genesis. Konnte er sich von jetzt an noch trauen?

»Salomo hat versucht, dich auf seine Seite zu ziehen, weil er weiß, wie gefährlich du für ihn sein könntest. Was auch immer du jetzt tust, welchen Ort du aufsuchst … Er wird versuchen, dich zu finden und zu eliminieren. Solange du lebst, kann er nicht sicher sein, wirklich gesiegt zu haben. Und er *wird* dich finden. Es genügt, dass du seinen Namen nennst oder auch nur an ihn denkst. Es würde genügen, dass du irgendwann einmal von ihm träumst. Salomo wird dich hören und finden.«

»Es hätte also gar keinen Sinn, dass wir zur Foundation zurückkehren«, sagte Zacharias leise. »Wir hätten nie Ruhe vor ihm. Uns bleibt nichts anderes übrig, als ... den Spieß umzudrehen.«

»Und wie?«, fragte Florence. »Wie sollen oder können wir helfen?« Sie hustete plötzlich. »Täusche ich mich, oder wird der Gestank schlimmer?«

»Diese Fraktur geht zu Ende.« Der Alte strich mit der Hand durch die Rauchschleier, und diesmal gerieten sie in Bewegung. Von tief unten kam ein dumpfes Grollen, und Zacharias stellte sich einen Kessel vor, der unter hohem Druck stand und zu explodieren drohte. »Die Antwort heißt Zuflucht. Es gibt einen sicheren Ort außerhalb des Netzes, eine Welt, die schon einmal Menschen Zuflucht geboten hat, vor langer Zeit. Es existiert nur eine einzige Verbindung zum Netz, und die befindet sich im Innern eines Knäuels aus Hunderten von Fäden wie denen, die Erasmus dir gezeigt hat, Florence. Wer die Verbindung nicht kennt, kann sie in dem Knäuel nicht finden. Kehrt nach Prisma zurück und zerstört die letzten Spiegel. Befreit die Traveller und Legaten, bringt sie nach Zuflucht, wo sie vor dem Seelenfänger sicher sind. Ohne die Gefangenen – ohne seine ›Freunde‹ – ist Salomo nicht mehr stark genug, Lassonde zu übernehmen, und ohne Lassonde bleibt ihm der Hauptstrang des Netzes verwehrt. Bringt die Traveller nach Zuflucht und hütet euch dort davor, den Namen des

Seelenfängers zu nennen, damit er nicht den Weg zu euch findet.«

»Kennst du die Verbindung nach Zuflucht?«, fragte Zacharias. »Könntest du sie in dem Knäuel lokalisieren?«

»Ich wäre dazu imstande gewesen, aber ich habe diese Informationen aus meinen Speichern gelöscht. Damit sie nicht in die falschen Hände fallen.«

Zacharias sah den Alten groß an. »Aber … Verdammt, wie sollen wir Zuflucht finden, wenn du absichtlich den Weg dorthin vergessen hast?«

»Du wirst ihn finden, Zacharias.« Der Greis hob die Brauen. »Du bist doch der Beste, oder? Beweis es. Die anderen Traveller können dir helfen. Gemeinsam findet ihr den Weg.« Der alte Mann mit dem weißen Haar und dem weißen Bart stand auf, und Zacharias hörte das Knacken seiner Knochen. »Ich kann euch zum Transferknoten bringen, zum Knäuel, weiter nicht. Den Rest müsst ihr allein schaffen.« Er deutete nach oben.

Es war heller geworden im Innern des Schlotes, und als Zacharias den Kopf hob, stellte er fest, dass sich die Luke in eine Tür verwandelt hatte, schmal und weiß. Ein Übergang wartete dort auf sie, halb offen wie zuvor die Wartungsluke.

»Kommst du mit uns, Lily?«, fragte Florence.

»Nein«, sagte der Alte und strich sich über den Bart. »Ich werde hier gebraucht. Ich muss Marta und den anderen helfen, mit der Kontamination fertig zu werden und Salomo standzuhalten. Aber die Entscheidung fällt nicht hier allein; sie hängt vor allem von euch ab.«

Rauch bewegte sich, stieg in dichteren Schwaden aus den dunklen Tiefen auf. Zacharias' Augen tränten.

»Möge Gott euch helfen«, sagte der Alte und lachte plötzlich, laut und herzhaft. »Er hilft euch bereits. Wenn ihr gestattet …«

Er hob langsam die Hände, und Florence und Zacharias stiegen ebenso langsam auf, bis sie sich auf einer Höhe mit der weißen Tür befanden.

Florence griff nach einer Leitersprosse. »Und wenn wir es nicht schaffen?«

»Ts, ts.« Der Alte schüttelte den Kopf. »Du hast Psychologie studiert, Teuerste. Also solltest du wissen, wie wichtig positives Denken ist. Wenn ihr glaubt, dass ihr es schafft, ist der erste Schritt bereits getan.«

»Und der zweite könnte direkt über den Rand der Klippe führen.« Florence drückte die weiße Tür ganz auf; noch mehr Licht fiel in den Schacht.

»Bevor du gehst, Zacharias, möchte ich dir noch etwas sagen.« Der alte Mann im cremefarbenen Gewand schwebte näher und flüsterte ihm etwas ins Ohr. Zacharias hörte zu, und was er hörte, ließ ihn innerlich erstarren. Er versuchte, sich nichts anmerken zu lassen, denn darum hatten ihn gleich die ersten Worte des Alten gebeten, aber natürlich ahnte Florence, dass irgendetwas nicht mit rechten Dingen zuging, und sie fragte: »Was habt ihr da zu flüstern? Gibt es etwas, das ich nicht erfahren darf?«

Ja, dachte Zacharias betroffen und versuchte sich vorzustellen, was die Worte des Alten bedeuteten, welche Konsequenzen sich aus ihnen ergaben, für ihn und auch für Florence. Aber je länger er über sie nachdachte, während einiger sehr intensiver Sekunden, desto mehr Sinn ergaben sie.

»Zach?«

Er sah sie an, für einen schmerzlichen Moment hin und her gerissen.

»Hast du mich verstanden, Zacharias?«, fragte der Alte. »Hast du alles genau verstanden?«

»Ja«, erwiderte er. »Ja, ich denke schon.«

»Gut.« Der Alte wich zurück, wieder ohne die Beine zu bewegen. Grauschwarzer Rauch umwogte ihn. »Dann geht jetzt. Ich verlasse mich auf euch.« Und damit verschwand er.

Zacharias trat aus der Luft auf eine Sprosse der Leiter. Vor ihm strahlte helles Licht durch die offene Tür und spiegelte sich glitzernd in Florences dunklen Augen, als sie einen forschenden Blick auf ihn richtete. »Was hat er dir gesagt?«

Für einen weiteren schmerzlichen Moment rang Zacharias mit sich selbst. »Es war eine sehr persönliche Sache«, sagte er, und das entsprach der Wahrheit. »Ich erzähle sie dir, sobald ich Gelegenheit dazu habe.« Das war gelogen; dies konnte er ihr nicht anvertrauen.

Er deutete auf die Tür, ergriff dann Florences Hand. »Komm jetzt. Wir müssen eine Welt retten, oder sogar viele Welten.«

Gemeinsam traten sie durch den Übergang.

Zuflucht

33

Flackerndes Licht schlug ihnen entgegen, und ein Knistern und Klirren von brechendem, berstendem Glas. Zacharias wankte, von plötzlichem Schwindel erfasst, und schaffte es nicht, sich auf den Beinen zu halten. Er fiel, direkt neben eine Frau in mittleren Jahren, deren tote Augen ihn blicklos anstarrten. Blut rann ihr aus Mund und Nase, tropfte auf die vielen Glassplitter, die funkelnd auf dem Boden lagen, vermutlich Überbleibsel des Spiegels, in dem die Frau gefangen gewesen war.

»Florence?«, brachte Zacharias hervor und stemmte sich hoch. Einige Splitter schnitten ihm in die Hände. Er entfernte sie und beobachtete, wie sich die kleinen Wunden sofort schlossen.

»Ich bin hier, Zach.«

Sie stand hinter ihm, an der Wand des Saals mit den Spiegeln, neben der Tür, durch die sie gekommen waren und die sich hinter ihnen geschlossen hatte. Ihre Umrisse verblassten schnell und verschwanden.

»Der Rückweg ist abgeschnitten«, sagte Florence.

»Er hat versprochen, uns zum Transferpunkt zu bringen, zum Knäuel.« Zacharias sah sich um. »Wo ist er?«

Nur noch wenige Spiegel leuchteten, und ihr Licht führte einen aussichtslosen Kampf gegen die Dunkelheit. Schatten regierten den größten Teil des Saales, bis auf diesen kleinen Bereich an der Wand, wo Wüstensonnen in zwei hohen Spiegeln leuchteten, die sich schnell auf ihren Sockeln drehten.

Mehrere Gestalten kamen aus dem Halbdunkel, einige Männer und Frauen mit zerrissener Kleidung und wirren Haaren, die Augen groß, die Gesichter hohlwangig.

»Ich habe gesehen, wie sie gekommen sind«, sagte eine der Frauen mit fast schriller Stimme. »Durch die Wand. Eine Tür hat sich für sie geöffnet.«

»Wo ist sie?« Ein kräftig gebauter, bulliger Mann stapfte Zacharias entgegen und zog dabei den Kopf zwischen die Schultern, wie dazu bereit, jedes Hindernis zu rammen, das sich ihm in den Weg stellte. »Wo ist die verdammte Tür? Wo habt ihr sie versteckt?«

»Flo?« Zacharias streckte den Arm aus. »Komm zu mir, Flo.« Und als sie neben ihm stand, flüsterte er: »Bleib jetzt immer dicht bei mir, hörst du?«

Der Mann blieb vor Zacharias stehen, packte ihn am Kragen der Jacke und knurrte: »Gehört ihr zu ihm? Hat er euch geschickt? Zeigt uns die Tür!«

Zacharias sah dem Mann in die Augen und erkannte in ihnen eine Angst, die selbst einen gesunden, stabilen Verstand in den Wahnsinn treiben konnte. Dieser Traveller oder Legat war in einem der zerbrochenen Spiegel gefangen gewesen und fürchtete nichts mehr als die Rückkehr der geistigen Ketten, die ihn an den Seelenfänger banden.

»Wir sind hier, um euch alle zu retten«, sagte Florence,

bevor sich Zacharias etwas einfallen lassen konnte. »Wir bringen euch in Sicherheit.«

»In Sicherheit«, seufzte eine der Frauen. Kleine, halb in ihrem Körper steckende Geräte und Instrumente ragten zwischen den Kleidungsfetzen aus ihrem Körper.

Zacharias griff nach den Händen des Mannes und löste sie vom Kragen seiner Jacke. »Wir müssen die Spiegel zerstören«, sagte er und folgte damit einem Rat seines Instinkts. »Wir müssen die heil gebliebenen Spiegel zerstören und die Menschen in ihnen befreien. Anschließen bringen wir euch zu einem Ort, wo uns der Seelenfänger nicht erreichen kann.«

»Eines ist wichtig«, fügte Florence hinzu. »Sagt es den anderen: Wenn alle befreit sind und wir aufbrechen, wenn wir diesen Saal verlassen … Niemand darf den Namen des Seelenfängers nennen. Versucht, ihn nicht einmal zu denken. Wer seinen Namen nennt, baut eine Brücke zwischen ihm und uns. Ist das klar? Habt ihr verstanden?«

Weitere Spiegel brachen in der Nähe, ohne dass jemand sie zerschlagen hätte, und Zacharias fragte sich, ob der Alte – Lily – dahintersteckte. Die beiden großen Spiegel mit den Wüstensonnen drehten sich weiter, wie zwei schnell rotierende Scheinwerfer, die ihr Licht durch den Saal schickten.

»Wer seid ihr?«, fragte der Mann argwöhnisch.

Wieder kam Florence Zacharias zuvor. »Wir sind Traveller. Von der Foundation, wenn euch das etwas sagt. Und wir arbeiten mit Protektor von Lassonde und den Visionären der Wahrheitszentren zusammen. Wir kennen einen sicheren Ort und den Weg dorthin. Aber wir dürfen uns nicht zu viel Zeit lassen. Zerbrecht die Spiegel, alle! Und denkt daran: Niemand darf den Namen des Seelenfängers nennen. Na los, worauf wartet ihr noch? Wir treffen uns in der Mitte des Saals.«

Die Männer und Frauen eilten fort. Der kräftig gebaute Bursche, der Zacharias am Kragen gepackt hatte, warf noch einen misstrauischen Blick über die Schulter und folgte dann den anderen. Nach ein oder zwei Dutzend Metern verschmolzen ihre Silhouetten mit der Dunkelheit, aus der bald das Klirren von Glas drang.

»Du scheinst alles fest im Griff zu haben«, sagte Zacharias und versuchte noch immer, Ordnung in das Durcheinander hinter seiner Stirn zu bringen.

»Ich bin die Therapeutin und Kognitorin. Und einer von uns muss sich genug Geistesgegenwart bewahren.« Florence deutete in die Dunkelheit des Saals. »Wo ist der Transferpunkt, Zach?«

»Das fragst du *mich*?«

»Du bist hier der Traveller, Zach. Lily hat versprochen, uns in die Nähe des Transferpunkts zu bringen, und ich vertraue ihr.«

Zacharias blickte auf die Tote hinab. Ihre Augen starrten ins Nichts, ohne etwas zu sehen, und noch immer rann Blut aus Mund und Nase. Es sah echt aus; alles sah sehr echt aus.

»Vielleicht liegt genau da das Problem«, sagte er, den Kopf voller tobender Gedanken. »Denn ich traue ihr nicht.«

»Es war *Lily*, Zach! Du kennst sie doch. Matthias hat ihr absolut vertraut.«

»Matthias ist ein Computer-Junkie«, sagte Zacharias und

rang mit sich selbst, mit dem Zweifel in ihm, mit dem Loch, das er noch immer unter sich spürte, obwohl er hier wieder festen Boden unter den Füßen hatte. »In der Foundation braucht er Lily ebenso wie ich den Rollstuhl.«

»Zach …«

Weitere Spiegel klirrten in der von flackerndem Licht durchschnittenen Dunkelheit. Rufe erklangen.

»Wir haben für dies alles …« Zacharias vollführte eine Geste, die nicht nur Prisma galt, dem Saal mit den Spiegeln, sondern auch allem anderen. »… nur ihr Wort. Nichts weiter. Lily könnte gelogen haben.«

»Aber *warum*, um Himmels willen?«

»Was weiß ich? Ich habe keine Ahnung, was in ihren Bits und Bytes vor sich geht.« Die Worte platzten aus Zacharias heraus, als hätten sie auf eine Gelegenheit gewartet, sich Luft zu verschaffen. »Ich weiß nur, dass uns praktisch hinter jeder Ecke neue ›Wahrheiten‹ erwarten, die die ›Wahrheiten‹, die zuvor galten, als Lügen entlarven. Hier gibt es nur eine Konstante: Nichts ist, wie es scheint.«

»Was hat dir Lily zugeflüstert?«, fragte Florence erneut. »Zweifelst du deshalb an ihr?«

»Nein«, erwiderte Zacharias, aber das stimmte nicht ganz. Jene Worte hatten sein Misstrauen verstärkt, obwohl sie einen Sinn ergaben. *Alles* ergab einen Sinn, wenn man sich den richtigen Blickwinkel zu eigen machte. Doch man brauchte ihn nur ein wenig zu verschieben und die Dinge aus einer anderen Perspektive zu betrachten, um ihnen ein ganz anderes Erscheinungsbild zu geben. Wir sind hier in Prisma, dachte er und hörte das Splittern von Glas, als weitere Spiegel brachen. Ein gewöhnliches Prisma zerlegt das

Licht, und dies hier zerlegt die Realität, beziehungsweise das, was wir hier als real wahrnehmen. Vielleicht kann uns dieses Prisma zeigen, wie die Welt oder die Welten wirklich beschaffen sind.

Aber selbst das war nur Spekulation, Gedanken, die in ihm aufstiegen wie Luftblasen in einer trüben, öligen Flüssigkeit, ohne dass man erkennen konnte, woher sie stammten. Bits und Bytes, dachte er. Vielleicht bestimmen sie, was ich denke und fühle. Wie soll ich es erkennen können?

Jähe Verzweiflung erfasste ihn, und er schwankte, so sehr, dass Florence ihn stützte.

»Was ist mit dir, Zach?«

»Was wird hier gespielt, Flo?«, ächzte Zacharias. Er hob die Hände und drückte sie sich an die Schläfen. »Was wird hier gespielt?«

»Ich glaube nicht, dass es ein Spiel es, Zach. Und wenn du mich fragst: Du hättest einen anderen Zeitpunkt für deine Zweifel wählen sollen. Hier und jetzt gilt es zu handeln, bevor Salomo zurückkehrt.«

»Vielleicht gehört es zum Plan«, stieß Zacharias hervor. Glassplitter knirschten unter ihren Schritten, als sie an den beiden Spiegeln mit den Wüstensonnen vorbeigingen. Florence zögerte kurz und schien mit dem Gedanken zu spielen, sie umzustoßen. Aber sie enthielten keine Gefangenen, und ohne ihr Licht wäre es im Saal noch dunkler gewesen. »Vielleicht sollen wir keine Zeit zum Nachdenken haben.«

Nein, das war Unsinn, denn wenn die Bits und Bytes sein Denken bestimmten, so konnten sie ihm doch einfach andere, harmlose Gedanken geben. Andererseits, vielleicht sollte ihn dieser Gedanke in Sicherheit wiegen. Vielleicht gehörte ihm *nicht ein einziger* der Gedanken, die ihm durch den Kopf gingen.

Zacharias drückte die Hände so fest an die Schläfen, dass es schmerzte.

»Vielleicht ist dies alles eine von Lily gesteuerte virtuelle Realität«, sagte er und versuchte ruhig zu sprechen. »Vielleicht befinden wir uns in einer von Maschinenintelligenzen geschaffenen Welt, in der irgendetwas schiefgegangen ist. Vielleicht ist der Seelenfänger ein … fehlerhafter Algorithmus. Vielleicht sind wir Fiktionen, von speziellen Programmen erzeugte und verarbeitete Datenpakete. Oder wir sind an ein Interface-System angeschlossen, ohne es zu wissen.«

Diesen letzten Gedanken hielt er fest und drehte ihn, betrachtete ihn von allen Seiten. »Dies könnte ein Test sein. Weißt du etwas davon, Flo? Bist du vielleicht eingeweiht?« Er blieb stehen und packte sie an den Schultern. »Heraus damit, Flo! Ist dies ein Test? Und bist du beauftragt, meine Reaktionen zu beobachten? Bist du *eingeweiht*?«

»Du tust mir weh, Zach!«

»Was? Ich … Entschuldige.« Zacharias ließ die Hände sinken. »Vielleicht werden wir beide getestet. Den Transferpunkt und Zuflucht zu finden … Es könnte Teil der Prüfung sein.«

»Noch ein paar Worte in diese Richtung, und ich diagnostiziere einen klaren Fall von Paranoia.«

Zacharias atmete tief durch und zwang sich zur Ruhe. Einige Sekunden lang beobachtete er das Licht der beiden Wüstensonnen-Spiegel, wie es durch den Saal strich und Gestalten der Dunkelheit entriss, Männer und Frauen, die

Spiegel zertrümmerten oder aus ihnen stolperten und fielen. Das Stimmengewirr nahm zu, als immer mehr Traveller und Legaten befreit wurden und sich ihrerseits daranmachten, andere zu befreien. Von Salomo, Kronenberg und den grauen Soldaten war weit und breit nichts zu sehen.

»Lily hat zweimal in das Geschehen eingegriffen«, sagte Zacharias langsam und lauschte dabei dem Klang der eigenen Worte, horchte in ihnen nach Anzeichen von Wahnsinn. Verlor er den Verstand? Und wenn er den Verstand verlor, gehörte es zu dem Programm, das sie steuerte, sie durch eine fiktive Welt mit fiktiven Bewohnern lenkte? »Sogar dreimal, wenn man die Falle berücksichtigt, in die du geraten bist, die mit dem Buch. In allen drei Fällen behauptete sie, nicht alles zu wissen, entweder aufgrund externer Faktoren oder weil sie selbst wichtige Daten aus ihrem Speicher gelöscht hat, angeblich um sie vor fremdem Zugriff zu schützen. Aber konnte sie sie nicht verschlüsseln? Ich bin kein Computerexperte, aber selbst ich weiß, dass man mit einem symmetrischen Kryptosystem wie AES Daten gut sichern kann. Ein Schlüssel mit zweihundertsechsundfünfzig Bit Länge lässt sich nicht so leicht knacken.«

»Wir reden hier nicht über PCs, Zach«, wandte Florence ein. »Es geht um Maschinenintelligenzen, um ein Distributed Conscience und eine kombattante KI, die dafür *konzipiert* wurde, alle Schutzmechanismen und Codierungen auszutricksen.«

»Mag sein.« Zacharias gab sich noch immer Mühe, seine Worte ruhig klingen zu lassen, obwohl er sie am liebsten geschrien hätte. »Aber erinnere dich an das Gespräch mit Lily. Sie wusste über alles Bescheid, über deine Erlebnisse wie über meine. Als wäre sie damit *verknüpft* gewesen. Wissen auf der einen Seite, selektives Vergessen auf der anderen.«

»Wir verlieren kostbare Zeit, Zach. Du solltest besser nach dem Transferpunkt suchen.«

»Nur noch einen Moment«, sagte er schnell. »Oder vielleicht auch zwei.« Er *musste* die Gedanken aussprechen. Sie lasteten zu schwer auf ihm, sie zerdrückten seine Seele. »Ist dir aufgefallen, dass Lily mir keine Antwort auf die Frage gegeben hat, wie es möglich sein soll, dass der Seelenfänger aus einer Welt kommt, die er selbst als Saatwelt erschaffen hat? Sie ist mir ausgewichen, hat von Huhn und Ei gesprochen. Aber die Gesetze der Kausalität herrschen auch hier, oder? Oder?«

Florence zuckte die Schultern. »Ich denke schon. Aber ganz sicher bin ich mir nicht. Nach dem, was ich gesehen habe …«

»Wir können Ursache und Wirkung nicht einfach außer Acht lassen«, sagte Zacharias, und es klang fast wie eine Hilferuf. »Selbst wenn ganze Welten von Gedanken erschaffen werden, und von Programmen, die Bits und Bytes in Prozessoren und Arbeitsspeicher bewegen. Innerhalb dieser Welten muss es Ursache und Wirkung geben, und das bedeutet: Die Wirkung kann nicht ihre eigene Ursache schaffen. Der Seelenfänger kann nicht aus einer Welt stammen, die er selbst kreiert hat. *Das ist einfach unmöglich!*«

»Du brauchst nicht so zu schreien, Zach, ich verstehe dich auch so.«

»Und dann die Identität des Seelenfängers«, fuhr Zacharias fort und fühlte sich der Hysterie nahe, obwohl er sich noch immer bemühte, ruhig zu sprechen. »Lily hat zugegeben, dass sie zu Anfang, vor ihrer Bewusstwerdung, am Projekt Genesis beteiligt gewesen war. Wie kann sie die Identität des Seelenfängers *nicht* kennen?«

»Hör mir zu, Zach«, sagte Florence, als er schließlich schwieg und nach Atem rang. »Wir sind großen Belastungen ausgesetzt gewesen, und bei dir kommt hinzu, dass du längere Zeit unter Salomos Einfluss gestanden hast …«

»Was willst du damit sagen? Dass ich nicht mehr richtig ticke?«

»Ich habe mich mit einem Buch unterhalten«, erwiderte Florence. »Ich bin in einer Foundation gewesen, die nicht die unsere war, und mithilfe von virtuellem Tetranol bin ich wieder auf die Reise gegangen. Damit will ich sagen …«

»Tetranol«, knurrte Zacharias. »Das habe ich ganz vergessen. Vielleicht ist dies eine Art Delirium. Möglicherweise haben wir zu viel Tetra genommen …« Er zögerte und schnippte mit den Fingern. »Die Überdosis Tetranol, erinnerst du dich? Als wir dem Seelenfänger in der Holzhütte auf dem Hügel begegnet sind. Ganz zu Anfang, nach der Flucht aus Tokio.« Es schien hundert Jahre her zu sein. »Du hast selbst gesagt, dass mir jemand eine Überdosis gegeben hat. Dadurch konnte mich Salomo im entscheidenden Augenblick nicht unter Kontrolle bringen.«

»Zach … Wir haben es hier mit einem grundsätzlichen Problem zu tun. Die Frage lautet: Trauen wir unseren Wahrnehmungen oder nicht? Glauben wir, was uns unsere Augen und Ohren sagen, oder zweifeln wir alles an? Du bist ein starker Traveller, und wenn ich die Dynamik des Weltennetzes richtig verstehe, könntest du gerade eine Welt erschaffen haben, in der die Dinge genau so sind, wie du sie geschildert hast. Hier geben die Gedanken den Ausschlag; hier gibt es keinen Unterschied mehr zwischen Wirklichkeit und Illusion.«

Die Worte erinnerten Zacharias an etwas. »›Welchen Unterschied gibt es zwischen Wirklichkeit und Illusion, wenn er für die menschlichen Sinne nicht wahrnehmbar ist?‹ Das hat mich Salomo gefragt.« Der Druck in seinem Innern ließ plötzlich nach, als hätte jemand ein Ventil geöffnet. Es blieb etwas, das irgendwo in ihm nagte und kratzte, ein Gedanke beziehungsweise der Anfang eines Gedanken. Es gab einen Hinweis in den Worten, die Lily im Fabrikschlot von Lassondes Unterstadt an sie beide gerichtet hatte. Nicht nur einen, sondern sogar zwei; Lily hatte ihn wiederholt. Mit Absicht? Bestand überhaupt die Möglichkeit, dass *keine* Absicht hinter den Worten steckte – hinter jedem einzelnen von ihnen –, die eine Maschinenintelligenz formulierte? Sie sprach nicht instinktiv oder unüberlegt; das war unmöglich, es sei denn, man baute die Routine eines Zufallsgenerators in den linguistischen Algorithmus, und das ergab keinen Sinn. Lily hatte einen Hinweis gegeben, und Zacharias musste ihn erst noch verarbeiten, um ihn richtig zu verstehen. Was nur möglich war, wenn er sich nicht mit sinnlosen Spekulationen aufhielt.

»Ich schätze, da hat Salomo recht. Diese Menschen hier ...« Florence deutete in den Saal, und Zacharias beobachtete, wie das Licht der beiden rotierenden Spiegel hinter ihnen über Dutzende oder sogar Hunderte von Gestalten strich, die immer noch damit beschäftigt waren, Spiegel zu zertrümmern und die Gefangenen in ihnen zu befreien. In der Mitte des Saals hatte sich bereits eine wartende Gruppe aus verängstigten, verunsicherten und auch zornigen Leuten gebildet. »Sie existieren ebenso wie wir. Sie sind, in dieser Welt, nicht weniger real als wir. Ich habe eine Weile gebraucht, um das zu begreifen. Sie denken und fühlen wie wir, und sie haben gelitten, während Salomo sie als seine Werkzeuge benutzte, während ihre Seelen ihm gehörten. Der in Lassonde stattfindende Krieg ist real, zumindest nach den hier geltenden Maßstäben. Der Seelenfänger schickt sich an, die Kontrolle über das ganze Weltennetz zu übernehmen und alle Menschen unter seinen Willen zu zwingen. Das müssen wir verhindern, Zach. Und wenn wir nicht verhindern können, dass er in Lassonde siegt, müssen wir wenigstens diese Menschen hier in Sicherheit bringen.«

Zacharias hörte die Worte, sah die Traveller und Legaten in der Mitte des Saals, wie sie sich aneinanderdrängten und ängstlich umsahen, als befürchteten sie jeden Augenblick die Rückkehr des Seelenfängers, und dachte dabei: Welchen Hinweis hat mir Lily gegeben, und gleich zweimal? Wie lauteten die Worte? Und gibt es einen Zusammenhang mit dem, was sie mir zugeflüstert hat?

»Du hast recht.« Er hatte es eigentlich nur sagen wollen, um Florence zu beruhigen, und um ein paar Sekunden mehr Zeit zu bekommen, in seinem Innern alles an den richtigen Platz zu rücken und einige scharfe Kanten zu glätten. Aber plötzlich stimmte es, und Zuversicht erfüllte ihn, wie von einer inneren Stimme herbeigerufen. Er lächelte. »Wir schaffen es. Immerhin bin ich der Beste, nicht wahr? Du hast es selbst gesagt, und Lily hat es bestätigt.«

Florence rollte mit den Augen. »Lily hat dich den begabtesten Traveller *nach* Salomo genannt.«

»Ich werde ihr zeigen, dass sie sich irrt«, sagte Zacharias und lief los.

34

Wohin du auch gehst, wohin du dich auch wendest, ich werde dich finden, Zacharias.

Es waren leise Worte, und er hörte sie nicht mit den Ohren, sondern mit seinen Gedanken. Dennoch hatten sie genug Wucht, um ihn abrupt innehalten zu lassen.

»Er ist hier«, sagte er und sah sich um. »Ein Teil von ihm ist hier.«

Die Worte erinnerten ihn an das, was Lily ihm zugeflüstert hatte, und ihm blieb nichts anderes übrig, als ihr recht zu geben. Es würde nicht leicht sein, für Florence vielleicht noch weniger als für ihn.

Ich werde dich finden, Zacharias. Überall. Du kannst mir nicht entkommen.

Vielleicht doch, dachte er.

Auf dem Weg zur Mitte des Saals begegneten sie ersten Menschen, und Florence sagte so laut, dass alle in der Nähe sie hörten: »Wir sind gekommen, um euch in Sicherheit zu bringen.«

»In Sicherheit?«, tönte es zurück. »Wo gibt es Sicherheit?«

Den Spiegeln entkommene Traveller und Legaten drängten herbei, und Zacharias deutete nach vorn. »Zur Mitte des Saals. Zu den anderen. Wir müssen alle zusammen sein.«

Florence lächelte. »Endlich.«

»Endlich was?«, fragte Zacharias und ging schneller, zusammen mit den Männern und Frauen, die die Nachricht weitergaben: *Sicherheit.*

»Endlich handelst du«, sagte Florence.

Ja, dachte er, und ich muss etwas tun, das mir nicht gefällt.

Das Klirren von Glas hatte fast ganz aufgehört, und dafür schwoll ein Stimmengewirr an, je näher sie der Mitte des Saals kamen, wo Hunderte auf sie warteten. Der kräftig gebaute Mann, der Zacharias zuvor am Kragen gepackt hatte, eilte auf sie zu. »Wo ist er? Wo ist der Weg zum sicheren Ort?«

Dort standen sie, viele von ihnen abgemagert und dürr, als hätten sie seit vielen Tagen nichts mehr gegessen, manche mit nur wenigen Fetzen am Leib, andere in Mäntel gehüllt und mit tauendem Schnee im Haar. Sie schwiegen jetzt, und es herrschte Stille im Saal, aber Zacharias hörte trotzdem ihre Stimmen, wie das Brausen eines Sturms tief im Wald oder wie das Donnern eines Wasserfalls hinter dem nächsten Bergrücken. Es war wie Statik im Space-Äther, eine Störung seines Radars, ausgelöst und geschaffen von den Gedanken und Gefühlen all dieser Traveller und Legaten. Für einen Moment kroch fast so etwas wie Panik in ihm hoch, und er befürchtete, den von Lily beschriebenen Transferknotenpunkt in all diesem weißen Rauschen nicht finden zu können.

»Zach?«, fragte Florence.

Er räusperte sich. »Hört mir zu!«, rief er. »Niemand von euch darf seinen Namen nennen. Ihr wisst, wen ich meine. Versucht, ihn nicht einmal zu denken. Wir sind nur sicher, wenn er den Weg zu uns nicht findet.« Es nützte nichts, wusste Zacharias. Es waren zu viele, und der Versuch, etwas *nicht* zu denken, war praktisch eine Garantie dafür, *dass* man es dachte, eher früher als später. Und irgendwann würde jemand den Namen nennen und damit eine Verbindung zu Salomo schaffen, der ihre Seelen im Space berührt hatte und ihr *Aroma* kannte, wie es im Jargon der Traveller hieß. Es ließ sich nicht vermeiden. Aber die Aufforderung, diese Warnung … Sie gehörte dazu, vervollständigte das Bild. »Ihr müsst mir helfen. Diejenigen von euch, die wissen, was es mit Reisen im Space auf sich hat … Konzentriert euch wie auf eine Interface-Verbindung, wie beim Kontakt mit einem Therapeuten.«

»Was redest du da?«, fragte der stämmige Mann und musterte ihn argwöhnisch. Vermutlich stammte er nicht von der Erde.

Weitere Stimmen wurden laut, und Zacharias hob die Hände. »Alle anderen können helfen, indem sie *still* sind! Flüstert nicht einmal! Keinen Laut will ich von euch hören!«

Es wurde so still, dass man das leise Knirschen von Glassplittern unter unruhigen Füßen hören konnte.

Ich sehe dich, ich höre dich, ich weiß, wohin du gehst. Wenn ich hier fertig bin, komme ich zu dir und auch zu Florence.

O nein, dachte Zacharias. Das wirst du nicht.

Er senkte die Lider und öffnete die Augen in seinem Innern, stellte sich vor, gelähmt in einem Rollstuhl zu sitzen, gefangen in einem schwachen, gebrechlichen Körper, angeschlossen an ein Interface-System, das ihn nicht nur mit Florence verband, sondern auch mit anderen Travellern und Therapeuten, mit einer Gruppe so groß wie nie zuvor. Er erinnerte sich an die Sehnsucht nach einem starken, kräftigen, gesunden Körper, der ihn nicht im Stich ließ. Diese Sehnsucht hatte maßgeblich dazu beigetragen, dass es ihm von Anfang an leicht gefallen war, die Tür zum Space zu öffnen, und jetzt stellte er sich eine solche Tür vor, einen Übergang, von dem er wusste, dass er hier existierte. Er schickte ein Ping in den Äther, nicht leise und heimlich, wie beim Versuch, ein Ziel ausfindig zu machen, das nichts bemerken sollte, sondern stark und kraftvoll, ein synchronisierendes Ping, das allen anderen Travellern und Legaten zurief: *Hier bin ich! Schließt euch mir an!*

Zahlreiche Echos erschienen auf seinem Radar, und er suchte unter ihnen nach einem statischen, das einen Übergang markierte. Manchmal verbargen sie sich, weil ein Bewusstsein hinter ihnen steckte und sie verbergen wollte, aber in diesem Fall war es wie ein Fanal in dunkler Nacht, wie das Licht eines Leuchtturms, das in der Finsternis blinkte und den Weg wies. Vielleicht war der Übergang nie getarnt gewesen. Beim ersten Aufenthalt hier in Prisma hatte Zacharias ihn nicht bemerkt, aber das lag vermutlich an Salomos Präsenz. Warum hätte Salomo ihn auch tarnen sollen? Er musste davon ausgegangen sein, all die gefangenen Traveller und Legaten vollständig unter seiner Kontrolle zu haben.

»Ich habe ihn«, sagte er leise und hielt die Augen geschlossen. »Es ist der Weg, den *er* nach Lassonde genommen hat.«

Es war *ein* Weg des Transferknotens; ein anderer, Teil des Knäuels, führte aus dem Krater eines gewissen erloschenen Vulkans hierher nach Prisma. Zacharias sah es vor dem inneren Auge, ein Gewirr aus Linien, jede von ihnen mit einer Welt des Netzes verbunden. Aber wie sollte er jene finden, die nach Zuflucht führte?

Doch zuerst einmal …

Zacharias machte sich daran, dem Übergang Substanz zu geben. Er hörte ein Knirschen und Kratzen wie von Glassplittern, die in Bewegung gerieten. Einige überraschte, erschrockene Rufe erklangen, und Menschen sprangen beiseite, als die Splitter an einer Stelle einander entgegenstrebten, um sich zu einem neuen Spiegel zu vereinen.

»Was soll das?«, rief jemand. »Will er die Spiegel vielleicht wieder zusammensetzen?«

Zacharias hörte, wie Florence antwortete: »Er ist ein Traveller wie ihr, und er kennt den Weg zu einem Ort, an dem wir alle sicher sind. Habt ein wenig Geduld.«

Ich kenne den Weg nicht, Flo, dachte Zacharias. Ich kenne ihn ebenso wenig wie du. Lily hat von ihm erzählt und meinte, ich würde ihn finden, aber Lily hat viel erzählt und vielleicht gelogen. Sie könnte auch in diesem Fall gelogen haben.

Er öffnete die Augen, sah das Licht, das wie von zwei rotierenden Scheinwerfern durch den Saal strich, sah die Menschen, all die Männer und Frauen, jung und alt – es befanden sich sogar einige Kinder unter ihnen –, sah den kräftig gebauten Mann, dessen misstrauischer Blick nicht ihm galt, sondern dem Spiegel, der sich einige Meter weiter vorn aus zahlreichen Splittern bildete.

Und plötzlich fielen sie ihm ein, die beiden Worte, aus denen der Hinweis bestand, den Lily ihnen zweimal gegeben hatte. *Heilige Mission.* So lauteten sie. Für Salomo war der Kampf gegen die Maschinenintelligenzen eine heilige Mission.

Welche tiefere Bedeutung verbarg sich in diesen beiden Worten? Zacharias spürte sie, zum Greifen nahe, er brauchte nur die Hand danach auszustrecken, und dann würde er wissen, wer der Seelenfänger war.

Der Spiegel, gerade fertig geworden, sein Glas glatt und hell, zersprang, und Splitter flogen wie kleine Messer umher. Einer traf den stämmigen Mann und hinterließ einen blutigen Striemen auf seiner Wange.

»Zach?«, fragte Florence besorgt. »Was ist los?«

»Ich brauche eure Hilfe!«, rief Zacharias und konzentrierte sich wieder. »Allein schaffe ich es nicht!«

Er sandte erneut ein Ping aus, ebenso stark wie das erste, empfing die Echos und dachte daran, dass Lily ähnliche Worte an sie gerichtet hatte. *Ich brauche eure Hilfe, insbesondere deine, Zacharias.* Aber vielleicht stimmte das gar nicht, vielleicht gehörte dies zu einem teuflischen Plan der Maschinenintelligenzen, die ihn kaltstellen wollten. Vielleicht hatte Salomo recht, und dies alles …

Halt, woher kam dieser Gedanke?

Zacharias beobachtete, wie die Splitter erneut in Bewegung gerieten, wie die Menschen zurückwichen, als die vielen Fragmente aufeinander zukrochen oder -schwebten, sich wieder zu einem Spiegel zusammenfügten.

»Ganz ruhig, Zach«, sagte Florence neben ihm. »Stell dir eine Gruppe vor, durch ein Interface-System verbunden.

Stell dir vor, wie du mit anderen Travellern aufbrichst, mit vielen anderen. Gemeinsam seid ihr stark. Wenn ihr euch gegenseitig helft, habt ihr Kontrolle über den Space. Stell dir eine wichtige Mission vor, bei der ihr zusammenarbeitet. Dies *ist* eine wichtige Mission ...«

Für einen Moment drohte seine Konzentration zu zersplittern wie zuvor der Spiegel. Wusste sie Bescheid? War Flo eingeweiht? Gehörte sie zu dem Plan, der ihn täuschen und außer Gefecht setzen sollte, damit er sich nicht mit Salomo verbündete und mit ihm zusammen die Macht der alles beherrschenden Maschinenintelligenzen brach?

Er spürte ihre Hand an seinem Arm, er fühlte, wie ihre Finger sanften Druck ausübten, als wollten sie ihm sagen: Du schaffst es; ich vertraue dir. Aber konnte er ihr vertrauen?

Eine wichtige Mission. Eine *heilige* Mission.

Nur ein Schritt, in Gedanken, und die Antwort auf die Frage nach Salomos Identität hätte vor ihm gelegen. Aber diesen Schritt konnte er nicht jetzt tun, nicht hier. Er musste all diese Menschen in Sicherheit bringen, und auch Florence. Und die seltsamen, *absurden* Gedanken, die ihn quälten, die ihn an allem zweifeln ließen ... Sie gingen auf den Einfluss des Seelenfängers zurück. Er hat meine Seele vergiftet, dachte Zacharias, während sich vor ihm die letzten Splitter dem Spiegel hinzufügten. Als er mir die anderen Welten gezeigt hat, die andere Florence und ihre Kinder ... Da hat er, still und heimlich, eine Tür in mir geöffnet, die nicht fest genug verschlossen war, und Gift in meine Seele gestreut.

»Schluss damit«, zischte er, so leise, dass nur Florence ihn hörte, nicht aber all die anderen Menschen. Dort im

Glas, kalt und glatt, wartete der Transferknotenpunkt, von dem Lily gesprochen hatte, das Knäuel am Rand des Netzes der Welten, und er fühlte die Nähe jener Welten, manche von ihnen groß wie Planeten oder so groß wie ein ganzes Universum, die anderen klein, nicht größer als eine Insel oder ein kleines Holzhaus auf einem grünen Hügel inmitten einer Wüste. All diese Welten … Sie waren wie die Früchte eines riesigen Baums, unter dem er stand. In Trauben und Büscheln hingen sie an seinen weit ausladenden Ästen und Zweigen: Manche konnte er erreichen, indem er sich auf die Zehenspitzen stellte und die Hände nach oben reckte; andere erforderten, dass er am Stamm nach oben kletterte, und dann über die Äste und Zweige. Und eine Frucht an diesem Baum – nicht so bunt wie die anderen, unscheinbar zwischen Blättern, die zwar das Sonnenlicht von ihr fernhielten, aber auch vor Blicken schützten – hieß Zuflucht.

»Ich habe das Ziel gefunden«, sagte Zacharias. Er hörte den brüchigen Klang seiner Stimme und merkte plötzlich, dass er müde war, und das konnte er sich nicht leisten, nicht ausgerechnet jetzt. Er brauchte Kraft für das, was getan werden musste, obwohl er noch gar nicht wusste, wie er es anstellen sollte.

Dort stand der neue Spiegel, der sich aus all den Splittern gebildet hatte, groß und breit genug, dass vier oder fünf Flüchtlinge nebeneinander den Übergang nach Zuflucht passieren konnten. Zacharias streckte die Hand aus, und als seine Finger das Glas berührten, kräuselte es sich wie eine Wasseroberfläche. Konzentrische Wellen gingen von den Fingerkuppen aus, bis zum Rand des Spiegels, und als er die Hand noch etwas weiter nach vorn schob, tauchten die Finger ein in das »Wasser«, das in Wirklichkeit wie eine Membran war; dahinter wartete die eine Verbindung im großen, wirren Knäuel des Transferknotens, die zum sicheren Ort führte.

Der eigentlich noch kein sicherer Ort war – Zacharias musste ihn dazu machen. Er zögerte, für einen weiteren Moment hin und her gerissen zwischen seinen Wünschen und dem, was notwendig war.

»Zach?«

»Ja«, sagte er und erinnerte sich an Worte, die Salomo an ihn gerichtet hatte: *Wahre Freiheit ist Einsicht in die Notwendigkeit.* Es gab ein anderes Wort dafür, und es hieß Verantwortung. Jeder musste sich seiner Verantwortung stellen; wer davor floh, war ein Feigling, und Zacharias wollte kein Feigling sein.

Und doch …

Grünes Hügelland wartete im Spiegel, durchzogen vom silbernen Band eines Flusses. Wälder säumten seine Ufer, und weiter hinten, vielleicht zwanzig Kilometer entfernt stieg das Gelände steil an. Die Felsfront eines Gebirges ragte dort auf, und ein in drei Arme geteilter Wasserfall speiste den Fluss. Auf der linken Seite, auf einem großen Tafelberg, erhoben sich die Ruinen einer Stadt, mit Mauern wie von der Sonne gebleichte Gebeine – Lily hatte darauf hingewiesen, dass diese Welt schon einmal die Zuflucht von Menschen gewesen war, vor langer Zeit.

»Es ist ein Übergang!«, rief der stämmige Mann. »Kommt!« Zusammen mit einigen anderen drängte er dem Spiegel entgegen.

Zacharias hob die Hand. »Denkt daran: Niemand von euch darf seinen Namen nennen!«, rief er, damit sich alles *richtig* anfühlte. »Bezieht Aufstellung. Habt Geduld. Ihr bekommt alle Gelegenheit, durch den Übergang zu gehen. Zuflucht wartet auf euch; niemand bleibt zurück.«

»Zuflucht«, ertönte es in der Menge. »Ein sicherer Ort.«

Zacharias und Florence wichen beiseite und beobachteten, wie die vielen Traveller und Legaten in den Spiegel traten, der sie nach Zuflucht brachte. Sie erschienen auf einer Lichtung im Wald, nicht weit vom Fluss entfernt. Auch dort gab es Ruinen, aber nicht so viele wie auf dem Tafelberg, und halb überwuchert.

»Sie brauchen Unterkünfte und Kleidung«, sagte Florence nachdenklich. »Und Werkzeuge und Nahrungsmittel und was weiß ich noch alles.«

»Wir bringen sie in Sicherheit. Um den Rest müssen sie sich selbst kümmern. Es sind Traveller und Legaten. Sie werden zusammenarbeiten und können ihre neue Heimat so gestalten, wie sie möchten. Es ist keine gesperrte Welt. *Er* und seine Weltenbauer sind nie dort gewesen.«

»Ist sie deshalb sicher vor ihm?«, fragte Florence leise.

»Und weil es nur diesen einen Zugang gibt.«

»Aber er könnte ihn finden, nicht wahr? Wenn er lange genug sucht. Wenn er eine Spur entdeckt.«

»Er wird keine Spur entdecken«, sagte Zacharias und beobachtete, wie weitere Männer und Frauen in den Spiegel traten und die Welt auf der anderen Seite erreichten. »Und er wird keine Gelegenheit erhalten, lange zu suchen.«

Florence musste etwas in seiner Stimme gehört haben,

denn plötzlich sah sie ihn forschend an. »Warum nicht? Was hast du vor, Zach?«

Zum Glück fielen ihm sofort die richtigen Worte ein, und er glaubte auch, dass sein Gesicht nichts verriet. »Ich werde den Zugang versiegeln, damit man ihn nicht von dieser Seite aus öffnen kann.«

Florences Blick verweilte noch etwas länger auf ihm, wie auf der Suche nach etwas. »Wir können all den Flüchtlingen dabei helfen, sich auf Zuflucht einzurichten, nicht wahr?«

Zacharias beobachtete, wie die Schlange der Wartenden immer mehr schrumpfte. »Das können wir, ja«, erwiderte er und dachte: Es tut mir leid, Flo, aber du musst es allein tun. Du musst ihnen allein helfen, ohne mich. Und ich hoffe, es wird nicht zu schwer für dich.

»Zach? Du hast doch was …«

Die letzten Menschen traten durch den Spiegel, der sie mit einem leisen Knistern aufnahm, und daraufhin war der Saal – Prisma – leer. Stille breitete sich aus, und die Dunkelheit schien näher zu kriechen.

»Ich bin müde«, sagte Zacharias, und das stimmte.

Florence ergriff seine Hand. »Komm.« Sie zog ihn zum Spiegel. »Du kommst doch mit, oder?«

Sie spürte mehr, als ihm lieb war; sie kannte ihn zu gut.

»Ja«, sagte er und gab nach, ließ sich von ihr ziehen, während seine Gedanken wirbelten wie Herbstlaub in einem Sturm. »Ja, natürlich komme ich mit.«

Gemeinsam traten sie durch den Spiegel, der auf der anderen Seite wie ein dunkles Fenster aussah, und sofort nahm Zacharias den harzigen Geruch des Waldes wahr.

Hunderte von Stimmen erklangen, laut und fremd an diesem Ort. Er blendete sie aus, hörte stattdessen das leise Rauschen des nahen Flusses, das Flüstern des Windes in den Baumwipfeln, das Knacken von totem Holz unter seinen Füßen, als er einen Schritt nach vorn machte. Ein Ping zeigte ihm die Struktur dieser Welt: fest und stabil, nicht verankert in der labilen Persönlichkeit eines Patienten, kein Teil eines flüchtigen Traums, sondern massiv im Space, eine gute Grundlage für vollständige Integration. Und es gab keine Sperrungen. Gute Traveller konnten Teile dieser Welt ihren eigenen Bedürfnissen anpassen, bevor sie sich in sie integrierten, und das geschah bereits: In der Nähe des Flusses entstanden erste Hütten.

Und später?, dachte Zacharias, während er den Duft des Waldes tief einatmete und ihn mit dem Aroma dieses Ortes verband. Was mochte später mit all diesen Leuten geschehen? Würden sie durch die Integration in diese Welt schließlich das Reisen zwischen den Welten vergessen? Es wäre besser für sie gewesen, denn er musste den Zugang schließen, die Verbindung zwischen Zuflucht und dem Netz der Welten trennen, damit Salomo oder seine Leute nicht den Weg hierher fanden.

»Sieh nur«, sagte Florence und deutete nach oben.

Die bisher dichte Wolkendecke riss auf, und zum Vorschein kam nicht nur ein blauer Himmel, sondern auch ein vages Gespinst, wie eine große Spinnwebe am Firmament, bestehend aus Hunderten oder Tausenden von Fäden, die im Licht der Sonne goldgelb leuchteten.

»Das Weltennetz«, fügte Florence staunend zu. »Man kann es von hier aus sehen.«

O nein, sie werden die Welten nicht vergessen, dachte Zacharias. Weder sie noch ihre Kinder. Und dann fragte er sich: Wie groß ist der Ereigniswinkel? Wie viel Zeit wird mich von Zuflucht und Florence trennen?

Sie wandte sich ihm zu. »Jetzt kannst du es mir sagen, Zach. Was hat Lily dir zugeflüstert?«

Nein, dachte er. Ich kann es dir nicht sagen. Es wäre zu schwer, für dich ebenso wie für mich.

»Gleich«, log er, und sie fiel ihm schwer, diese Lüge, obwohl sie nur aus einem Wort bestand. »Gleich erkläre ich dir alles. Zuerst muss ich zurück und den Zugang schließen.«

Er sah ihr in die Augen, prägte sich alles ein, und natürlich bemerkte sie sein Zögern. Wie hätte sie es *nicht* bemerken können?

»Zach …«

»Ich bin gleich wieder da«, behauptete er und begriff: Wenn er noch etwas länger zögerte, wurde die Versuchung zu groß. Dann würde er den eigenen Wünschen nachgeben und zu einem Feigling werden.

Er trat durch den Übergang, der auf dieser Seite wie ein dunkles Fenster aussah.

Die stille Finsternis von Prisma empfing ihn.

Und eine vertraute Stimme. Sie sagte: »Schön, dass du kommst, Zacharias. Wir beide müssen noch etwas in Ordnung bringen.«

35

Kronenberg.

Er stand einige Meter vom Spiegel entfernt, halb in der Dunkelheit verborgen. Sein weißes Haar schwebte wie eine kleine Wolke im schwarzen Nichts und leuchtete kurz auf, als das wandernde Licht eines der beiden Wüstensonnen-Spiegel weiter hinten darüber hinwegstrich.

Er trat vor und hob die rechte Hand, formte sie wie eine Waffe: der Zeigefinger bildete den Lauf, der Daumen den Hahn …

Er macht es mir leicht, dachte Zacharias. Oder zumindest leichter. Er nimmt mir die Mühe ab, nach den richtigen Umständen zu suchen, eine glaubhafte Situation zu schaffen. Er erschießt mich, und damit ist das Problem gelöst.

Denn darum ging es: Er musste sterben. Es war die einzige Möglichkeit, Florence und all die anderen in Zuflucht vor dem Seelenfänger zu schützen. Das hatte Lily ihm zugeflüstert: *Dein Leben ist der Preis für ihre Sicherheit.*

Beide Seiten mussten von seinem Tod überzeugt sein, nicht nur Salomo, sondern auch Florence.

Lily hatte es ihm erklärt, mit schnellen, bedeutungsschweren Worten, und wo und wie sie auch sonst gelogen haben mochte, in diesem Punkt hatte sie recht. Er, Zacharias, war neben Salomo der beste Traveller weit und breit. Der Seelenfänger wusste inzwischen, dass er ihn nicht auf seine Seite ziehen konnte, und deshalb würde er alles daransetzen, ihn aus dem Weg zu räumen. Solange Zacharias lebte, würde Salomo seine heilige Mission, auf die ihn das

Projekt Genesis vorbereitet hatte, bedroht sehen. Er würde ihm folgen, überallhin, und nicht eher ruhen, bis er ihn gefunden und getötet hatte, weil er ihn nicht zum »Freund« haben konnte.

Seine heilige Mission ...

Salomo, wie er selbst ein Produkt von Genesis, hielt ihn für seinen größten Rivalen. Wenn dieser Rivale tot war, würde er glauben, den Rücken frei zu haben für den Kampf gegen die Maschinenintelligenzen und um das Netz der Welten.

Nur auf diese Weise können wir ihn besiegen, hatte Lily gesagt. *Er ist zu stark. Seine Gedanken durchziehen das Netz wie Baumwurzeln den Boden. Er ist praktisch überall, weil er überall gewesen ist. Stell dir einen Schimmelpilz vor, der unsichtbare Sporen hinterlässt. Salomo hat seine Sporen in den Welten hinterlassen, die er besucht hat, und in den Seelen aller Personen, die in Kontakt mit ihm gerieten. Selbst du wärst nicht sicher, an keinem Ort, nicht einmal dann, wenn dich Salomo in Ruhe ließe. Der Zweifel, das Gift in deiner Seele, würde wachsen, seine Stimme würde in dir flüstern, all das, was er dir versprochen hat. Du würdest dich erinnern und daran denken, immer öfter und immer länger. Er muss sicher sein, dass du tot bist, dass er von deiner Seite nichts mehr zu befürchten hat. Dann wird er sich ganz auf den Kampf um Lassonde konzentrieren, und dort stellen wir ihm die Falle. Ich allein schaffe es nicht. Einen Teil meiner Ressourcen muss ich dafür verwenden, den ins Distributed Conscience eingeschleusten Code der kombattanten KI ausfindig zu machen und zu verhindern, dass er weitere Maschinenintelligenzen kontaminiert. Der Rest genügt vielleicht, Salomo eine Zeit lang hinzuhalten, aber ein Sieg über ihn wäre kaum möglich. Wenn er dich für tot hält, Zacharias, fürchtet er aus deiner Richtung keinen Angriff. Umso überraschter wird er sein, wenn du plötzlich zurückkehrst und mir im entscheidenden Moment hilfst.*

Und Florence … Sie muss ebenfalls glauben, dass du tot bist, denn sonst würde sie versuchen, mithilfe der Traveller Zuflucht zu verlassen und nach dir zu suchen. Das gäbe Salomo die Möglichkeit, wieder auf das Potenzial seiner ehemaligen Gefangenen zuzugreifen und es beim Kampf in Lassonde zu nutzen.

Sie wird leiden, hatte Zacharias erwidert.

Ihr Schmerz wird enorm sein, für lange Zeit. Ja, sie wird leiden; es lässt sich nicht vermeiden. Florence darf die Wahrheit nicht erfahren, sonst könnte diese – irgendwie, vielleicht über einen unvorsichtigen Gedanken – zu Salomo durchsickern.

Was soll ich tun?, hatte Zacharias gefragt.

Du musst sterben, hatte Lily geflüstert, der alte Mann, der ihm zum ersten Mal als vergesslicher Gott im Fahrstuhlschacht begegnet war. *Du musst so sterben, dass beide Seiten, Salomo und Florence, von deinem Tod überzeugt sind. Und gleichzeitig musst du am Leben bleiben, um mir in Lassonde beim Kampf gegen den Seelenfänger zu helfen.*

Wie soll ich das anstellen? Wie kann ich sterben und gleichzeitig am Leben bleiben?

Was fragst du mich?, hatte der Alte geantwortet und sein hintergründiges Lächeln gezeigt. *Ich bin nur eine Maschine. Das mit dem Sterben und Leben ist Sache von euch Menschen.*

Und dann hatte Lily hinzugefügt: *Du bist ein guter Traveller, vielleicht der Beste. Du weißt, wie man Einfluss auf den Space nimmt. Florence hat es dir gezeigt, obwohl sie selbst keine Travellerin ist. Du wirst eine Lösung finden, darauf vertraue ich.*

Lily hatte diese Worte schnell geflüstert, in nur zwei oder drei Sekunden. Oder vielleicht hatte Zacharias einen Teil davon nicht mit den Ohren gehört, sondern allein in seinem Geist. Wichtig war: Florence hatte sie *nicht* empfangen. Und wichtig war auch, dass er sich nicht ihrer Wahrheit entziehen konnte.

Die Frage blieb: Wie sollte er sterben und gleichzeitig am Leben bleiben?

Das mit dem Sterben war leicht, er brauchte sich nur von Kronenberg erschießen zu lassen.

Aber nicht jetzt, nicht sofort, nicht bevor die letzte Antwort da war und ihm das Wie zeigte.

»Bumm!«, sagte Kronenberg und schoss mit der zur Waffe gewordenen Hand.

Zacharias kippte zur Seite, und *etwas* flog an ihm vorbei, etwas, das klein, hart und sehr schnell war. Ein Projektil, von Gedanken geformt, aber eingebettet in diese Realität namens Prisma. Es zischte an ihm vorbei, viel zu schnell, als dass man es mit bloßem Auge sehen konnte, aber Zacharias spürte einen Luftzug an der Wange, und sein inneres Radar teilte ihm mit, dass das Geschoss nur knapp den großen Spiegel des Übergangs verfehlte. Er sah ihn aus dem Augenwinkel, als er fiel und auf den Boden prallte, als ihm Glassplitter in die Hände schnitten. Er sah ihn und begriff, dass der Spiegel ein zweites Problem darstellte: Hinter seinem dünnen Glas warteten die Verbindungen des Knäuels, unter ihnen auch die nach Zuflucht, nicht leicht zu finden, aber vorhanden. Er musste den Zugang schließen. Gab es eine gemeinsame Lösung für beide Probleme?

»Salomo hätte auf mich hören sollen«, sagte Kronenberg. Wieder erfasste ihn das Licht eines der beiden rotierenden Spiegel, und als Zacharias aufstand, sah er kurz sein Gesicht. Die eisblauen Augen reflektierten das wandernde Licht und schienen kurz aufzuglühen. Unter der krummen Nase zeigte sich eine schmale Blutkruste. Zorn fehlte in diesem Gesicht, aber dafür mangelte es ihm nicht an kalter, erbarmungsloser Entschlossenheit. »Ich hätte dich in Tokio erschießen sollen. Es wäre die beste Lösung gewesen, schnell und sauber, ohne Komplikationen. Aber er wollte unbedingt versuchen, dich als Verbündeten zu gewinnen. Weißt du, dass er eine Art Bruder in dir sieht?«

Für eine schreckliche, albtraumhafte Sekunde dachte Zacharias, dass dies vielleicht die wahre Identität des Seelenfängers war: sein Bruder Alexander, nicht einen Monat nach seiner ersten Vision als Zehnjähriger einem Unfall zum Opfer gefallen, sondern bei Genesis aufgewachsen und auf seine heilige Mission vorbereitet.

»Wer ist er?«, fragte er.

»Wer ist was?« Kronenberg kam noch einen Schritt näher und schien dabei die Dunkelheit hinter sich herzuziehen wie einen Schweif.

»Der Seelenfänger. Salomo. Was ist seine wahre Identität?« Zacharias sah kurz auf seine Hände. Die von den Glassplittern auf dem Boden verursachten Schnittwunden waren bereits verheilt. Ich kann es schaffen, dachte er und hielt die Zuversicht fest, damit sie ihn nicht verließ. Ich weiß nur noch nicht wie.

»Ich weiß nicht, was du meinst. Er ist immer Salomo gewesen.«

Wusste er es wirklich nicht? »Und du?«, fragte Zacharias,

um etwas Zeit zu gewinnen. »Bist du immer Kronenberg gewesen? Stammst du ebenfalls von Genesis?«

»Du willst Zeit gewinnen, deshalb stellst du diese Fragen.« Kronenberg blieb stehen und hob erneut die Hand, schneller als vorher. Zacharias hatte es erwartet und wandte sich noch einmal zur Seite, zeigte dabei aber mit Absicht weniger Agilität.

»Peng«, sagte Kronenberg, und einen Sekundenbruchteil später klatschte etwas gegen Zacharias' Schulter. Er fiel, und drehte sich im Fallen, das zusätzliche Bewegungsmoment des Projektils riss ihn herum. Diesmal landete er auf dem Rücken, und sein Hinterkopf prallte schwer auf den Boden. Er gab Benommenheit vor, und Kronenberg reagierte darauf, indem er zwei Schritte näher kam und die Waffenhand senkte.

Zacharias ächzte, obwohl er keine Schmerzen hatte. Er fühlte nur ein Stechen, das er aus seiner Wahrnehmung verbannte. Er verscheuchte es einfach, wie ein lästiges Insekt, setzte sich auf und tastete nach der Schulter. Blut klebte an seinen Fingern, als er sie betrachtete.

»In Tokio wäre ich nicht gestorben. Du hättest auf mich schießen können, aber ich wäre nicht gestorben«, sagte Zacharias und stand auf.

»Das glaubst du.«

»Und ich sterbe auch hier nicht.« Das war der erste Schritt zum Tod: Sollten sie glauben, dass es Überheblichkeit war, die ihn zu einem fatalen Fehler verleitet hatte, der Hochmut, der vor dem Fall kam. »Siehst du?« Er strich Jacke und Hemd beiseite, damit Kronenberg seine Schulter sehen konnte. Die Wunde schloss sich.

Der Mann mit dem weißen Haar und der krummen Nase – sie war noch immer gebrochen, stellte Zacharias fest und fragte sich, wieso sie nicht wie seine Schulter heilte – stand jetzt so nahe, dass er seinen Geruch wahrnahm, sein *Aroma*: so muffig und bitter wie bei ihrer ersten Begegnung, wie von einem tiefen, feuchten Keller, der lange Zeit nicht gelüftet worden war.

»Dir ist noch immer nicht klar, wie dies funktioniert«, sagte Kronenberg. »Du bist hier in Prisma, in einer von Salomo geschaffenen Welt. Sie besteht nur aus diesem Saal und den Spiegeln, die ihr zerbrochen habt. Hier gelten Salomos Regeln, und sie gelten auch für dich. Eine dieser Regeln lautet: Wen ich hier erschieße, der bleibt tot. Wamm!«

Zacharias sprang erneut, zum Spiegel, und ja, der Plan nahm Formen an, es war nicht mehr alles leer in dem Winkel seines Geistes, den er für eine Idee frei gehalten hatte. *Du* verstehst nicht, wie dies funktioniert, dachte er. Ich bestimme meine Regeln selbst.

»Hoffst du, dass ich vorbeischieße und den Spiegel treffe?«, fragte Kronenberg und deutete auf den Übergang. Zacharias stand genau davor. »Hoffst du, dass ich ihn zerstöre? Selbst wenn er zerspringt, selbst wenn du ihn umstößt und er zerbricht, falls du das vorhast … Wir schaffen einfach einen neuen. Wir holen uns die Traveller und lassondischen Legaten zurück. Und auch deine Florence.« Bei diesen letzten Worten gestattete sich Kronenberg ein Lächeln.

Es war kein böses Lächeln. Es war nicht das Lächeln eines Oberschurken, der seinen endgültigen Triumph genoss. Es war das dünne, zufriedene Lächeln eines Mannes, der sich am Ziel sah, der etwas erledigte, das er immer für richtig gehalten hatte, und der etwas Persönliches damit verband, seine eigene kleine Rache. Kein großes Lächeln – aber es war zu viel für Zacharias. Er beugte sich dem Gebot der Notwendigkeit, weil er keine andere Möglichkeit sah, doch es war ihm zuwider, dass er diesem Mann, ausgerechnet Kronenberg, einen solchen Triumph gestatten musste.

Vielleicht …

Die Versuchung war zu groß; er konnte ihr nicht widerstehen.

Zacharias sprang, bevor Kronenberg erneut die Hand heben konnte, und rammte ihm die Faust auf die bereits gebrochene Nase. Blut spritzte wie in Zeitlupe: kleine rote Tropfen, die in alle Richtungen flogen. Einige trafen ihn, und er versuchte gar nicht, ihnen auszuweichen, er nahm sie wie eine Trophäe entgegen. Sie machten alles noch glaubwürdiger.

»Ein kleines Andenken von mir«, knurrte er, wirbelte herum und warf sich dem Spiegel entgegen.

Dies war der Moment, der schmale Grat, die dünne Linie zwischen Leben und Tod. Er hätte schneller sein können, das spürte Zacharias, er wusste es mit einer Gewissheit, die keine Zweifel zuließ. Er hatte sich und seine Bewegungen unter Kontrolle, konnte Einfluss auf den Space in seiner Nähe nehmen und ihn verändern, sich selbst schneller machen, oder alles andere langsamer. Der Sprung durch den Spiegel, durch den Übergang und nach Zuflucht, wäre ihm vermutlich gelungen, und wahrscheinlich hätte es Kronenberg nicht einmal gewagt, auf ihn zu schießen, aus Sorge, den Spiegel zu beschädigen oder ihn zu zerstören. Aber so schnell durfte er nicht sein. Er musste Kronenberg Gelegenheit geben, auf ihn zu zielen, mit einer Waffe aus Daumen und Zeigefinger. Er musste ihm gestatten, ein imaginäres Projektil auf ihn abzufeuern.

Kronenbergs Sorge um den Übergang hatte Zacharias auf den richtigen Gedanken gebracht. Plötzlich waren alle Einzelzeiten der Idee da, und mit ihr die Lösung für beide Probleme, für seine Existenz in Leben *und* Tod und auch für den Spiegel.

»Bamm«, sagte Kronenberg hinter ihm.

Dort kam er, der Tod, hinter ihm, von Gedanken geformt. Zacharias glaubte ihn zu sehen, mit den Augen seines Radars, und er wusste was geschehen würde, er beobachtete es wie mit den Augen eines Dritten. Er sah, wie die Kugel ein Loch zwischen die Schulterblätter riss, wie sie sich, damit nicht zufrieden, tiefer bohrte, nach vorn und durchs Herz, sah, wie sie gleich ein zweites Loch in der Brust schaffen würde, größer und blutiger als das im Rücken.

Was machte ein Spiegel?

Ein Spiegel spiegelt, dachte Zacharias, während er dem Glas entgegenfiel, schnell, aber nicht schnell genug, nicht so schnell, wie es möglich und nötig gewesen wäre, um dem Tod zu entgehen. Er spürte bereits ein Stechen im Rücken und fragte sich, ob es ein Phantomschmerz war, hervorgerufen von seinen Erwartungen.

Die Lösung war da: sauber und elegant, aber nicht sehr gnädig, weder Florence noch ihm selbst gegenüber. Wer von ihnen würde mehr leiden? Eine müßige Frage, entschied er, bestimmt von individueller Sicht, die das große Ganze außer Acht ließ.

Und dann kam er, der Schmerz: kein Stechen mehr, sondern ein heißes Brennen, das bestrebt zu sein schien, den Oberkörper in Asche zu verwandeln. Mit ihm kam ein Stoß, der ihn nach vorn warf, der ihn schneller machte, obwohl die Geschwindigkeit jetzt keine Rolle mehr spielte, denn er war bereits getroffen. Dort war das Glas, dahinter das Hügelland von Zuflucht, eine grüne Welt mit angenehmem Aroma, in ihren Wäldern der Geruch von Harz. Dort glänzte das silberne Band des langsam fließenden Flusses, gespeist von den drei Wasserfällen in der Ferne. Dort erstreckte sich die Lichtung mit den ersten Hütten, erdacht von den geflohenen Travellern und Legaten. Und dort stand Florence, etwa ein Dutzend Meter vom Übergang entfernt, klein und zierlich, aber stark, das wusste Zacharias; sie hatte ihre Stärke mehrmals bewiesen. Diesmal muss sie besonders stark sein, dachte er, als das imaginäre Geschoss einen Tunnel durch ihn grub, Gewebe und Knochen zerriss, sich dem Herzen näherte. Die ausgestreckten Hände berührten das Glas, das kein Glas war.

Ein Spiegel spiegelt, dachte Zacharias. Dieser Spiegel musste ihn spiegeln und dabei das Leben vom Tod trennen. Er stellte es sich vor, als das Geschoss die äußeren Gewebeschichten des schlagenden Herzens erreichte. Er stellte sich vor, wie das Spiegelbild beim Durchdringen der Membran zwischen Prisma und Zuflucht nicht verschwand, sondern sich vom Original trennte, wie die kausale Beziehung zwischen Ursache und Wirkung aufhörte, weil er es so wollte, weil *er die Regeln bestimmte*. Er stellte sich vor, wie Original und Spiegelbild unabhängig voneinander existierten, *und* er stellte sich vor – dies war wichtig, dies war der entscheidende Punkt –, wie die Kugel aus Kronenbergs

Hand in das Spiegelbild überging, wie sie ihn verließ, wie sie aus ihm verschwand, wie Knochen und Gewebe wieder zusammenwuchsen, nein, wie sie wieder heil waren, als hätte nichts ihre Integrität gestört.

Das Original wurde zum Beobachter, die Kopie zum Akteur.

Zacharias hing im Transferknoten, ein wenig abseits der Verbindung zwischen Prisma und Zuflucht, und seine Augen sahen beide Welten, während der Schmerz in Rücken und Brust nachließ. Er atmete, auch wenn es hier, zwischen den Welten, keine Luft gab, und sein Herz schlug, obwohl der Körper zumindest an diesem Ort nur ein gedankliches Konstrukt war, eine Krücke des Geistes.

Ein Sterbender braucht die Nähe des Todes nicht zu simulieren, dachte er und beobachtete, wie er starb, im Spiegel, für beide Seiten sichtbar. Er beobachtete das Entsetzen in Florences Gesicht, als sie sich umdrehte und zum Übergang zurücklief, als sie die Hände ausstreckte und versuchte, den Sterbenden zu erreichen, der den Übergang blockierte und dadurch nicht zu erreichen war.

Das war der Trick innerhalb des Tricks: Zacharias, im Spiegel gefangen, gestorben beim Übergang von der einen in die andere Welt. Florence hämmerte verzweifelt gegen etwas, das von ihrer Seite wie ein dunkles Fenster aussah, und in Prisma stand Kronenberg vor dem Spiegel, betrachtete zufrieden sein Werk, hob die Hand, seine Waffe, und blies imaginären Rauch vom Zeigefinger.

Es blieb nur noch eins zu tun.

Zacharias warf einen letzten Blick auf Florence, die Augen und Mund aufgerissen hatte und schrie, ohne dass er ihre Schreie hörte. Er dachte an ihren Schmerz, schlimmer als jener, der ihm den Rücken aufgerissen und die Kopie in den Tod begleitet hatte.

Wir sehen uns wieder, sagte er ihr, obwohl sie ihn nicht hören konnte, und obwohl er nicht wusste, ob er imstande sein würde, dieses Versprechen zu halten.

Dann streckte er die Hand aus, berührte den Spiegel ganz oben und *wollte*, dass er zerbrach.

Haarfeine Risse breiteten sich in ihm aus, bildeten zahlreiche Verästelungen, und dann platzte der Spiegel, wie von einem Geschoss getroffen. Wie von Kronenbergs Projektil. Sollte er annehmen, dass sein letzter Schuss nicht nur Zacharias getötet, sondern auch den Übergang zerstört hatte, und mit ihm den Weg nach Zuflucht. Ob er es glaubte oder nicht, darauf kam es nicht an. Die Verbindung war unterbrochen; den entkommenen Travellern und Legaten, unter ihnen Florence, drohte keine Gefahr mehr.

Ich bin tot, dachte Zacharias. Und ich lebe.

Er machte sich auf den Weg nach Lassonde.

Reset

36

Es war eine stille, stumme Welt, die Zacharias erwartete, erstarrt in einem Moment des Todeskampfes, und sie trug bereits ein graues Leichentuch. Rauch lag wie ein Schleier über den zerfetzten und zerrissenen Gespinsten von Oberstadt. Sie hatten ihren goldenen Glanz verloren, und nur noch fransige Fragmente erinnerten an die Trauben mit den Beeren-Häusern der Denker. In den hohen Türmen und weiten Plattformen von Mittelstadt klafften von gewaltigen Explosionen gerissene Wunden, dunkle Löcher, aus denen dicke, fette Rauchwolken quollen. Sie hingen in der stinkenden, ätzenden, im Hals brennenden Luft, die Zacharias' Bewegungen Widerstand entgegensetzte, als würde es sich um Wasser handeln.

»Was ist hier passiert?«, fragte er. Seine Stimme klang seltsam dumpf, ein wenig in die Länge gezogen, wie die einer anderen Person.

»Wir haben den Kampf verloren«, antwortete jemand.

Er drehte sich um, und dort, neben dem Eingang zur Kuppel auf der Plattform, stand Lily in Gestalt des alten Mannes im cremefarbenen Gewand. Der Greis wirkte abgehärmter als bei ihrer letzten Begegnung, und das lange weiße Haar war wie vom Wind zerzaust. Direkt neben ihm liefen geschlechtslose Soldaten, grau wie der Rauch des Leichentuchs, zu den kleinen Luftschiffen, die an den langen Anlegestellen warteten. Die Erstarrung, die ganz Lassonde lähmte, hatte auch sie fest im Griff. Einer der Soldaten schien auf der Spitze seines linken Stiefels zu balancieren, doch sein Körper war unmöglich weit nach vorn geneigt; er hätte das Gleichgewicht verlieren und fallen müssen. Von den anderen schwebte einer dicht über dem Boden, zwischen zwei schnellen Schritten gefangen. Ein dritter schoss auf eine Gestalt, die geduckt auf einem Fugel saß, der mit angelegten Flügeln herabstürzte. Zacharias sah das Projektil, das eben gerade aus dem Lauf der klobigen Waffe gekommen war: ein silberner Todesbringer, größer als eine gewöhnliche Kugel, ausgestattet mit einem kleinen Treibsatz und einem winzigen Leitwerk, das es dem Projektil gestattete, die eigene Flugbahn zu verändern. Wohin sich der Protektor-Kämpfer auf dem Rücken des Fugels auch duckte, das Geschoss würde ihn treffen und zerreißen, und mit ihm vermutlich auch den Vogel – die Sprengladung im Kopf des Projektils war groß genug.

Weiter oben, dicht unter den zerstörten Gespinsten von Oberstadt, die Zacharias an das Weltennetz am Himmel von Zuflucht erinnerten, stand ein riesiger, mehrere Hundert Meter langer Zeppelin in Flammen. Das Feuer stammte von den Phosphor-Katapulten der beiden von grauen Soldaten gesteuerten Luftboote, die das Heck angriffen. Der Bug des gewaltigen Luftschiffs hatte sich bereits um dreißig Grad nach unten geneigt, Menschen fielen aus offenen Gondeln und Gefechtsstationen.

Ein Brummen lag in der zähen Luft, wie das Grollen eines Raubtiers, das sich in einer nahen Höhle zum Sprung duckte. Es ist die Stimme des Todes, dachte Zacharias. So hört es sich an, wenn eine Welt stirbt.

»Verloren?«, wiederholte er.

Lily trat an einer Frau vorbei, aus deren Hals dort, wo sich normalerweise der Kehlkopf befand, ein Gerät ragte, das wie ein Mikrofon aussah und an dem mehrere Indikatoren leuchteten. In der rechten Hand hielt sie ein Messer, dessen Klinge offenbar aus gebündeltem Licht bestand, fokussiert von einem Modulator, der Teil ihres Handgelenks war. Das Gesicht der Frau konnte Zacharias nicht erkennen, denn sie trug eine Maske, aber das Licht der Klinge spiegelte sich in ihren Augen wider, die trotz der Todesstarre einer ganzen Welt sehr lebendig wirkten. Nur zwanzig Zentimeter trennten die Spitze ihres Messers aus Licht vom Gesicht eines Soldaten, der seinerseits eine Projektilwaffe auf sie gerichtet hatte, den Zeigefinger halb um den Abzug gekrümmt.

»Salomo hat Lassonde übernommen«, sagte Lily.

»Aber es wird noch gekämpft! Überall. Und solange gekämpft wird, hat er noch nicht gewonnen.«

»Das ist ein ziemlich dummer Standpunkt«, kommentierte Lily. »Typisch menschlich, wenn du gestattest. In eurer Vergangenheit fanden noch blutige Schlachten statt, als Generäle und Oberbefehlshaber schon das Weite suchten, weil sie von der Niederlage wussten.«

Zacharias beobachtete noch immer die Frau mit dem entschlossenen Funkeln in den Augenöffnungen der Maske. »Wer von den beiden wird gewinnen?«

»Möchtest du es sehen?«

Der Alte drehte sich halb um und hob die Hand. Plötzlich kam Bewegung in Frau und Soldat. Beide erwachten aus ihrer Starre, doch die Rückkehr ins Leben dauerte nicht lange, denn sie brachte beiden den Tod. Die Projektilwaffe des Soldaten knallte und spuckte ein Geschoss, das ein faustgroßes Loch in die Brust der Frau riss. Gleichzeitig bohrte sich die leuchtende Klinge in den Hals des Grauen und neigte sich zur Seite, ohne dass die Frau das Messer bewegte, trennte den Kopf halb vom Rumpf.

Die Hand des Alten sank nach unten, und die beiden Sterbenden erstarrten wieder, vereint in Agonie. »Sie verlieren beide«, sagte er. »So geht es oft, wenn gekämpft wird. Meistens gibt es nur Verlierer.«

»Hast du es getan?«, fragte Zacharias. »Hast du die Welt angehalten?«

»Oh, du hältst mich für zu mächtig, mein Junge.« Etwas vom alten Spott erklang in der Stimme. »Ich bin nur …«

»Du bist nur ein vergesslicher Gott, ich weiß.« Zacharias deutete auf die Frau und den Soldaten. »Du hast gerade zwei Menschen umgebracht. Ein Gott, der Menschen umbringt … Wozu braucht man da noch einen Teufel?«

»Hast du keine Augen im Kopf, Junge? Sie haben sich selbst umgebracht!«

Zacharias richtete den Zeigefinger auf ihn. »Fang nicht wieder an, mich ›mein Junge‹ oder dergleichen zu nennen. Ich dachte, das hätten wir bereits geklärt. Und du hast ihnen *Gelegenheit* gegeben, sich umzubringen.«

»Weil *du* sehen wolltest, wer von ihnen gewinnt.«

»Aber wenn du wusstest, was geschehen würde … Du

hättest sie daran hindern können, sich gegenseitig zu töten.« Zacharias atmete tief durch und sah sich erneut um. »Was *ist* geschehen?«

»Reset«, sagte Lily. »Ich konnte mich im letzten Augenblick abkoppeln.«

»Was bedeutet das?«

»Es bedeutet, dass sich Salomo im Kampf gegen das Distributed Conscience und die anderen Maschinenintelligenzen durchgesetzt hat, Zacharias«, sagte Lily ernst, während das dumpfe Brummen um sie herum andauerte. »Er hat gewonnen, obwohl … Vielleicht hat er sich den Sieg etwas anders vorgestellt.«

»Das hier sieht mir nicht nach einem Sieg aus.«

»Es könnte einer der Kämpfe sein, bei denen alle Beteiligten verlieren.«

Ärger stieg in Zacharias hoch. Er hatte viel hinter sich, sogar einen Tod, und wollte endlich verstehen. »Lily, ich wäre dir sehr dankbar, wenn du dich endlich klar ausdrücken würdest. Was ist hier geschehen? Wo ist Salomo? Und was kann ich tun, damit er weder Lassonde noch die anderen Welten des Netzes unter seine Kontrolle bringt?«

Der Alte zupfte an seinem weißen Bart und seufzte. »Ich bin Matthias zu großem Dank verpflichtet. Ohne ihn hätte es mich vielleicht auch erwischt, so wie die anderen Emergenzen, KIs und MIs. Er hat mich mithilfe der Signalsperren geschützt, die eigentlich dazu gedacht waren, mein Bewusstsein einzuschränken. Ich wünschte, ich könnte ihn hierherholen. Obwohl, dies wäre vielleicht nicht die richtige Welt für ihn. Es sei denn, wir brächten ihn in einem

Wahrheitszentrum unter, als ›Orakel‹, wie man die System-administratoren hier nennt.«

»Lily …«

»Schon gut. All das, was du hier siehst, Zacharias, die grauen Soldaten in Diensten des Seelenfängers, die Explo-sionen, die brennenden Luftschiffe und sterbenden Men-schen … Inzwischen bin ich mir ziemlich sicher, dass es ein Ablenkungsmanöver war. Der wirkliche Angriff fand wo-anders statt.«

»Wo?«

Der Alte im cremefarbenen Gewand – das zu wogen schien, wenn Zacharias den Blick darauf richtete, obwohl sich die Luft ebenso wenig bewegte wie alles andere – deu-tete zu einem mehrere Kilometer entfernten Turm, dem die Spitze fehlte. Daneben ragte eine violette Spirale auf, die unbeschädigt zu sein schien und noch immer mit den Ge-spinsten von Oberstadt verbunden war.

»In jenem Wahrheitszentrum dort«, sagte Lily. »Eben jenes Zentrum hat Florence besucht und dort mit einer Maschinenintelligenz namens Marta gesprochen, unter anderem über Pläne innerhalb von Plänen. Es dürfte kein Zufall sein, dass Salomos entscheidender Angriff dort statt-fand. Während die Maschinenintelligenzen damit beschäf-tigt waren, die Verteidigung zu koordinieren und sich gegen die kombattante KI zu wehren, hat Salomo einen Reset-Befehl in alle Datennetze geschickt.«

Einige Sekunden lang herrschte Stille, abgesehen vom tiefen Brummen, dem Ächzen einer sterbenden Welt, und Zacharias versuchte sich vorzustellen, was Lilys Worte be-deuteten.

»Eigentlich liegt es auf der Hand«, sagte Lily, den Blick auf die violette Spirale des Wahrheitszentrums gerichtet. »Ich wundere mich über mich selbst, dass ich nicht sofort darauf gekommen bin. Ja, mein lieber Zacharias, ich gebe zu, beschämt zu sein.«

»Weil Salomo wie eine Maschinenintelligenz gedacht hat, ist es dir nicht gelungen, wie ein Mensch zu denken?«

Lily drehte den Kopf und sah ihn groß an. »Das ist erstaunlich scharfsinnig, Zacharias. Ja, du hast recht, darauf läuft es hinaus. Ich bin davon ausgegangen, dass Salomo die kreative Kraft all der von ihm entführten Traveller und Legaten braucht, um Lassonde und das Weltennetz umzugestalten, um die Struktur dessen, was du ›Space‹ nennst, seinen Vorstellungen anzupassen.«

»Um Gott zu spielen«, murmelte Zacharias und dachte: Eine *heilige Mission* …

»Ja, in gewisser Weise. Aber mit einem Reset konnte Salomo viel mehr erreichen. Virtuelle Realität und Space sind hier eins, Zacharias, untrennbar miteinander verwoben. Wenn sich das eine verändert, so verändert sich auch das andere, denn für die Gedanken der Menschen, für ihr Fühlen und ihre Wahrnehmungen, gibt es hier längst keinen Unterschied mehr zwischen dem einen und dem anderen.«

Zacharias nickte und beobachtete die Blutspritzer zwischen der Frau mit dem Messer und dem grauen Soldaten mit der Projektilwaffe und dem halb abgetrennten Kopf. Er stellte sich vor, wie er selbst versuchte, Einfluss auf diesen kleinen Teil der wahrgenommenen Realität zu nehmen. Er stellte sich vor, im Unterbewusstsein eines

Patienten unterwegs zu sein und ein Trauma zu entfernen, eine Erinnerung wie eine schwärende Wunde im Geist. Er hatte zusammen mit Florence mehrere Einsätze dieser Art hinter sich gebracht und wusste, wie schwer es war, vorhandene Erinnerungsstrukturen zu verändern – manchmal war es schwierig genug gewesen, eine Tür zu öffnen, von der der Patient wollte, dass sie geschlossen blieb. Aber hier ging es nicht um Türen, sondern um Dutzende, Hunderte von *Welten*, jede einzelne von ihnen mit einer Komplexität, die das menschliche Vorstellungsvermögen überstieg. Das *menschliche*, aber nicht das von intelligenten Maschinen, die imstande waren, alles in Bits und Bytes auszudrücken, die nie den Überblick verloren. Man setze die Programme zurück, die die innere Struktur dieser Welten bestimmten, man verändere einige zentrale Algorithmen, man füge hier und dort Variablen hinzu, die man nach Belieben beeinflussen konnte, und man bekam …

»Eine Hintertür«, sagte Zacharias. »Eine Backdoor.«

»Ich bin sicher, Matthias hätte es sofort erkannt«, sinnierte Lily.

»Aber etwas hat nicht ganz so geklappt, wie Salomo es sich gewünscht hat.« Zacharias beobachtete noch immer die beiden Kämpfer und fragte sich, ob er in der Lage gewesen wäre, dieses *Bild* in den Ausgangszustand zurückzuversetzen. Es hätte bedeutet, Sterbende ins Leben zurückzuholen, ihre Wunden zu schließen, etwas *ungeschehen* zu machen, das bereits geschehen war. Es wäre möglich gewesen, wenn es sich um Erinnerungen gehandelt hätte, um einen Traum, aber dies hier – Lassonde, angeblich die einzige wahre Realität, und all die anderen Welten – war viel mehr. Und doch … Wenn er mit seiner Traveller-Gabe auf eine Grundstruktur zugreifen konnte, auf eine Art Pressform für die wahrgenommene Wirklichkeit, und wenn er imstande war, diese Pressform zu verändern, damit sie an einer ganz bestimmten Stelle einen anderen Druck auf das Muster der Welt ausübte … Damit ließe sich alles verändern, und zwar ohne große Anstrengung. Etwas Druck mit viel Wirkung.

In diesem Fall bestand die Pressform aus den Algorithmen von Programmen, und Salomo hatte sich mit einer Backdoor Zugang dazu verschafft.

Aber etwas war schiefgegangen, denn in Lassonde regte sich nichts mehr.

»Der Reset hat funktioniert«, sagte Lily. »Die anderen Maschinenintelligenzen sind nicht mehr aktiv. Sie ruhen, wie diese Welt. Sie warten auf den Neustart der Programme.«

Zacharias stellte die offensichtliche Frage und ahnte die Antwort. »Warum hat Salomo sie nicht gestartet, mit den von ihm gewünschten Änderungen?«

Der Alte zuckte mit den schmalen Schultern. »Vielleicht kann er es nicht. Oder er hat noch nicht alle Veränderungen vorgenommen.«

»Das bezweifle ich«, sagte Zacharias.

»Ach?«

»Wenn Salomo alles so geplant hat, von Anfang an, und davon können wir ausgehen … Er hatte die Veränderungen im Kopf, kam mit einem fertigen neuen Schema hierher, gewissermaßen mit einem großen Patch, das es zu überspielen galt, sobald die Backdoor geschaffen und geöffnet war. Aber ich bin ihm zuvorgekommen.«

»Du, Zacharias?«, fragte der Alte und musterte ihn. Es fehlte jeder Spott in den Worten und auch im Gesicht, aber es lag viel Aufmerksamkeit in seinem Blick.

»Ja, ich. Ich habe die Traveller und Legaten von Prisma nach Zuflucht gebracht und die Verbindung unterbrochen, bevor Salomo das Patch installieren konnte. Dies hier …« Er deutete auf den in Zeitlosigkeit erstarrten Krieg von Lassonde. »… zeigt, dass du mit deiner Vermutung recht hast, nur auf eine andere Art und Weise. Salomo braucht tatsächlich die kreative Energie all seiner ›Freunde‹, nicht für eine vollständige Neugestaltung dieser Welt, sondern für die Übertragung des ›Patches‹. Ohne sie kann er seinen Plan nicht zu Ende führen.«

»Vielleicht doch. Vielleicht benötigt er nur etwas mehr Zeit.«

»Das ist nicht auszuschließen«, sagte Zacharias. »Ein Grund mehr, sofort zu handeln. Bring mich zu ihm.«

Lily schüttelte den Kopf. »Bedauere, aber das geht nicht.«

Zacharias sah den Alten verwundert an. »War das nicht Sinn der Sache? Bin ich nicht gestorben, damit Salomo mich für tot hält, damit *wir beide zusammen* ihn überwältigen können?«

»Tut mir leid, aber um dich zu ihm zu bringen, müsste ich meine Isolation aufgeben. Dann wäre die Gefahr groß, dass der Reset-Befehl auch mich erreicht und lahmlegt. Du musst allein zu ihm.«

Allein, dachte Zacharias und blickte zur violetten Spirale des Wahrheitszentrums. Wie soll ich allein gegen jemanden wie den Seelenfänger antreten, der außerdem immer noch einige Helfer bei sich hat?

Er trat näher zu dem Paar der Sterbenden, vorbei an einigen Blutspritzern, die weiter geflogen waren als die anderen, und blickte in Augen, die nichts mehr sehen konnten, weil ihnen die Dimension der Zeit fehlte.

»Du hast sie aus der Starre holen können«, sagte Zacharias. »Du hast sie aus der Stase nach dem Reset geholt, was bedeutet: Du bist nicht völlig isoliert und kannst noch immer Einfluss auf das hiesige Geschehen nehmen.«

»Hier«, antwortete Lily. »Weit von den Wahrheitszentren entfernt, an der Peripherie. Und in einem kleinen Bereich.«

Zacharias beobachtete die Frau mit dem großen Loch in der Brust – ihr Gesicht hatte gerade begonnen Schmerz zu zeigen. Der Kopf des grauen Soldaten ohne erkennbares Geschlecht war nach hinten geneigt, vom Messer der Protektor-Kämpferin halb abgetrennt.

»Was trennt das Leben vom Tod?«, fragte Zacharias leise.

»Ein Messer?«, erwiderte Lily. »Eine Projektilwaffe wie die dort?«

Was trennt einen gesunden Körper von einem kranken, dahinsiechenden, dachte Zacharias. In seinem Fall ein Gedanke, oder vielleicht auch zwei. Und ein bisschen Tetranol, das er eigentlich gar nicht brauchte. Ein Gedanke oder zwei, die ihn eine Tür im Kopf öffnen und durchschreiten ließen. Vielleicht sind es die wichtigsten Türen, überlegte er. Jene, die wir im Kopf haben. Wir müssen lernen, sie zu öffnen, die richtige zur richtigen Zeit.

Dort ein Rollstuhl mit einem ALS-Kranken, hier ein gesunder Mann, dessen Wunden schnell heilten, weil seine

Gedanken es so wollten. Dort der Tod, gefangen in einem Moment, auf halbem Weg zum Sieg über das Leben. Und hier …

Hier konnte ein Gedanke den Unterschied machen. Der richtige Gedanke. Die richtige Tür im Kopf.

Zacharias schloss die Augen und sah das Muster, ohne es zu suchen, die Grundstruktur von Lassonde, einer Welt, die die einzige wahre Wirklichkeit sein sollte und doch Teil eines ganzen Netzes aus Welten war: wie eine komplexe fraktale Grafik, in die er nach Belieben hineinzoomen konnte, um immer neue Einzelheiten zu erkennen, Details innerhalb von Details, wie Pläne innerhalb von Plänen. Er wusste genau, wo er was verändern musste, um …

Zacharias öffnete die Augen wieder, und die Frau und der graue Soldat standen wieder unverletzt da, als hätte Lily sie nicht für einige fatale Sekunden von der Erstarrung befreit.

Der Alte wölbte beide weißen Brauen. »Erstaunlich.«

»Ich schaffe es«, sagte Zacharias und hielt die Zuversicht in einem festen Griff, wie bei der Konfrontation mit Kronenberg. Auf den Glauben kam es an. »Ich schaffe es auch allein.«

Er sah zum violetten Wahrheitszentrum in der Ferne, griff mit seinen Gedanken ins Grundmuster von Lassonde – in die Pressform, die dieser Welt Gestalt gab – und schuf eine Tür, die sich bereitwillig für ihn öffnete. Ein Schritt trug Zacharias über die Schwelle und brachte ihn zum Seelenfänger.

37

Wissen und Wahrheit hingen in der zähen Luft, wie eingewoben in den violetten Kristall des Gebäudes, das sich neben dem geborstenen Turm in die Höhe schraubte, den zerrissenen Gespinsten von Oberstadt entgegen. Zacharias fühlte es, als er Rampen und Treppen hochging, vorbei an Nischen, in denen erstarrte Lassonder saßen – Terminals eines gewaltigen Rechenzentrums, geleitet und verwaltet von dem »Orakel« weiter oben. Er spürte die Daten und Informationen wie ein Prickeln in der Luft, und er glaubte auch ihren Geruch wahrzunehmen, aromatisch wie Ingwer, ein Ergebnis seiner Synästhesie. Das innere Radar zeigte Chaos, und die von ihm ausgesandten Pings brachten Tausende von Echos, die zu einem heillosen Durcheinander verschmolzen, zu einer schrillen, kreischenden Dissonanz im dumpfen Todesbrummen von Lassonde. Dennoch ergab alles einen Sinn, und Zacharias stellte fest, dass ihm trotz der Melange aus synästhetischen Eindrücken, emotionalen Impressionen und rationalen Bewertungen die Orientierung überraschend leichtfiel. Er wusste, wo er war, er kannte sein Ziel, und er sah den Weg vor sich.

Eine heilige Mission, dachte er und fühlte sich den Antworten auf seine Fragen nahe.

Das Grundmuster der Welt begleitete ihn nun, bei jedem Schritt, bei jedem Atemzug, bei jedem Gedanken. Es erschien immer dann, wenn er die inneren Augen öffnete, wie eine Collage aus zahlreichen übereinandergelegten Bildern. Er selbst war Teil von ihnen, ein Pixel unter Milliarden anderen, mit ihnen verbunden und doch unabhängig, denn er bewegte sich, während die anderen reglos blieben. Er konnte jedes von ihnen berühren, es drehen und von allen Seiten betrachten, ihm einen Platz im großen, ganzen Bild geben und es dadurch verändern. Waren es Bits und Bytes, die er da sah? Vielleicht. Und wie sollte man die elementaren Informationseinheiten nennen, aus denen die Gedankenwelten des Space bestanden? Hier war beides eins, verschmolzen zu den Grundbausteinen einer Welt namens Lassonde.

Auf einer Stufe, mitten in einer Kurve, die zur Etage mit dem Orakel führte, blieb Zacharias stehen, betrachtete die bunten fraktalen Muster und fragte sich, ob er mehr sah als *nur* die Pressform von Lassonde. Vielleicht waren selbst diese miteinander verbundenen, verschachtelten und vernetzten Bilder nur ein kleiner Ausschnitt eines noch viel größeren Bildes, das den Hauptstrang betraf, oder gar das ganze bisher existierende Weltennetz, mit mehr Pixeln als Sandkörnern an einem zehntausend Kilometer langen Strand. Und er konnte sich jedes einzelne von ihnen ansehen, wenn er wollte, er konnte sie zu sich rufen und sie betrachten, um sie anschließend dorthin zu setzen, wo er es für richtig hielt.

Für einen Moment wurde ihm schwindlig, als er begriff, welche Möglichkeiten ihm zu Verfügung standen, denn viele dieser Pixel gehörten lebenden Geschöpfen, Menschen mit Träumen und Hoffnungen, und wenn er ihre Pixel, ihre Grundbausteine, an eine andere Stelle setzte, so veränderte er ihre Gedanken und Gefühle, ihre *Realität*. Zwei oder drei Sekunden stand Zacharias reglos da, nicht von einem unvollständigen Reset gelähmt, wie alles um ihn herum, sondern vom Rausch der Macht. Pläne innerhalb von Plänen, dachte er. Welten innerhalb von Welten, und Gedanken innerhalb von Gedanken. Wo fing es an, wo hörte es auf? Er konnte sich selbst zum Dreh- und Angelpunkt machen, zum Mittelpunkt nicht einer Welt, sondern vieler, und in einem Moment der Klarheit begriff er, dass dies das wahre Gift für die Seele war: das Gefühl, *alles* tun und schaffen zu können, in der Lage zu sein, jede noch so absurde Fantasie auszuleben. Es war das Gefühl, in die Rolle eines Gottes zu schlüpfen.

Zacharias hatte die richtige Tür in seinem Kopf geöffnet, aber dahinter wartete nicht nur Licht auf ihn, sondern auch jede Menge Dunkelheit. Und der Weg, den er jetzt beschreiten musste, lag halb ihm Schatten. Ein unvorsichtiger Schritt, und er geriet auf die falsche Seite. Etwas stach in ihm, ein unerwarteter Schmerz, und er begriff plötzlich, wie sehr ihm Florence fehlte. Sie hätte ihm guten Rat geben können, nicht nur als Therapeutin und Kognitorin.

Aber wenigstens war sie in Sicherheit.

Stimmen rissen ihn aus seinen Gedanken, und er verschloss die inneren Augen vor der fraktalen Pracht des Grundmusters von Lassonde.

»Er ist tot«, sagte jemand. »Ich habe ihn sterben sehen. Doch sein Tod hat den Zugang geschlossen und die Verbindung unterbrochen. Derzeit ist Zuflucht für uns unerreichbar.«

Kronenberg. Zacharias lächelte, aber es war kein besonders freundliches Lächeln.

»Das ist sehr bedauerlich«, antwortete jemand. Es war eine freundliche, friedliche Stimme, die Wohlbehagen im

Zuhörer weckte, und selbst jetzt reagierte noch etwas in Zacharias darauf, als hätte diese Stimme ihren eigenen Resonanzboden in ihm geschaffen.

Salomo.

Es war anders geplant, dachte Zacharias, nur wenige Meter von der Etage entfernt, wo Kronenberg und der Seelenfänger miteinander sprachen. Mein Tod sollte Salomo in Sicherheit wiegen. Lily und ich, wir wollten das Überraschungsmoment nutzen, um ihn zu überwältigen.

Zacharias zögerte noch einen Moment länger und blinzelte wie geblendet im matten Licht, das durch den violetten Kristall der Wand neben ihm filterte. War auch das ein Trick gewesen, ein Schachzug auf einem Spielbrett, kaum weniger komplex als das Grundmuster, das darauf wartete, von seinen inneren Augen betrachtet zu werden? Hatte ihm der Schock des Todes helfen sollen, die richtige Tür in seinem Kopf zu öffnen?

Was auch immer ihn hierhergebracht hatte: Jetzt stand er auf dieser Treppe, nur wenige Meter von Salomo entfernt, und nur wenige Sekunden vor der letzten Konfrontation. Gab es einen besseren Ort als ein Wahrheitszentrum, um die Wahrheit herauszufinden?

Zacharias trat die Treppe hoch und erreichte den großen Raum, den Florence ihm beschrieben hatte. Die grauen Säulen, die ihm auch bei den Treppen und Rampen aufgefallen waren, bildeten hier drei Kreise: den ersten als stützende Pfeiler entlang der Wände, den zweiten bei etwa einem Drittel des Weges zum Podium und den dritten in seiner unmittelbaren Nähe. Mehrere Stufen führten zu dem Podium hoch, und dort lag eine Gestalt in einem Interface-

Sessel, der sie ernährte und mit dem sie untrennbar verbunden war. Das Orakel. Florence hatte auch ihren Namen genannt: Chana.

Neben dem Podium saß Salomo auf einem Stuhl, mit dem Rücken zum Eingang des großen Raums und auf dem Kopf eine Sensorhaube, die ihn mit den Interface-Systemen des Orakels verband. Die liegende Frau, für immer Teil dieser lassondischen »Denkmaschine«, bewegte die Lippen, und Salomo schien sie zu verstehen, obwohl alles still blieb, denn er nickte ihr zu. Kronenberg stand neben dem Stuhl des Seelenfängers, kehrte Zacharias ebenfalls den Rücken zu und hielt sich die blutende Nase. Eine Spur aus roten Flecken auf dem Boden führte durch den Raum zum Podium.

»Es dauert zu lange«, sagte Salomo. Der große Kopf schwankte von einer Seite zur anderen, wie zu schwer für den dünnen Hals. »Ich brauche die Traveller und Legaten von Prisma. Ich brauche meine Freunde.«

»Es waren nie Freunde«, sagte Zacharias und ging los, vorbei an den roten Flecken, an dem Blut, das Kronenberg auf dem Boden zurückgelassen hatte. »Es werden auch nie Freunde sein. Jetzt sind sie in Sicherheit vor dir. Du musst ohne sie zurechtkommen.«

Salomo blieb ruhig sitzen, leicht nach vorn gebeugt, dem Kopf des Orakels entgegen. Aber Kronenberg wirbelte herum, und Zorn brauchte nur eine Sekunde, um die Verblüffung aus seinem Gesicht zu vertreiben.

»Du!«, zischte er, erreichte mit zwei schnellen Schritten den Rand des Podiums und hob die Hand. Diesmal begnügte er sich nicht damit, Zeigefinger und Daumen als

Waffe zu verwenden. Während die Hand auf dem Weg nach oben war, erschien ein Gegenstand in ihr, glatt und silbrig wie ein Fisch, an den Seiten kleine tanzende Lichter. Ein größeres Licht leuchtete in der Mündung des kurzen Laufs auf und sprang durch den Raum, begleitet von einem Geräusch wie das leise, warnende Zischen einer Schlange.

In Zacharias' Synästhesie hatte es einen bitteren Geschmack, dieses Licht, und einen scharfen Geruch, den er nicht mochte. Er beobachtete, wie es sich ihm näherte, schnell erst, so schnell, wie man es von einem Blitz erwartete, aber dann wurde es immer langsamer. Etwa zwanzig Zentimeter vor seiner Brust hielt es wie unschlüssig geworden inne, das bitter schmeckende und scharf riechende Licht, und verblasste, bis nur noch ein Funken übrig blieb, ein glitzerndes Staubkorn, das zu Boden sank und verblasste.

Kronenbergs Zeigefinger krümmte sich erneut um den Auslöser der Waffe, und weitere grelle Lichter verließen den Lauf, jedes von ihnen langsamer als das vorhergehende. Nicht einmal zwei Meter weit kamen sie, bevor sie ebenfalls ihren Glanz verloren und als glimmende Stäubchen fielen.

Kronenberg starrte auf seine Waffe hinab, ließ sie fallen, sprang die kurze Treppe herunter und stürmte auf Zacharias zu. Er schwang die rechte Faust, und Zacharias wusste, was er mit ihr zerschmettern wollte. Er wusste auch, was geschehen würde. Er sah die Ereignisse wie in einem Film, mit sich selbst als einem der Akteure auf der Leinwand vor seinem inneren Auge. Er ging weiter, mit langsamen Schritten, während Kronenberg wutentbrannt herankam und die

Faust nach vorn stieß, auf seine Nase zu. Aber etwa zwanzig Zentimeter vor dem Kopf – in der gleichen Entfernung, in der das erste bittere Licht verblasst war – stieß sie auf ein unsichtbares Hindernis, das nicht einen Millimeter weit nachgab. Knochen brachen, und auch der Zorn in Kronenbergs Gesicht erlitt eine Niederlage, wie zuvor die Verblüffung, und wich Schmerz. Er öffnete den Mund, doch es ertönte kein Schrei, nur ein leises Wimmern. Mit der unverletzten Hand hielt er die gebrochene und sank, das Gesicht verzerrt und den Mund noch immer weit aufgerissen, auf die Knie.

Zacharias trat an ihm vorbei zum Podium.

»Es ist leicht, nicht wahr?«, erklang Salomos Stimme. »Es ist ganz leicht, wenn man weiß, wie es geht.«

Zacharias blieb noch immer nicht stehen, ging die Treppe hoch und zum Stuhl des Seelenfängers, nahm ihm die Sensorhaube ab und warf sie beiseite. Kabel baumelten aus dem Kopfende des Interface-Sessels, in dem das Orakel ruhte, und von den grauen Säulen dahinter. Die mit dem Sessel verwachsene Frau bewegte erneut die Lippen, und diesmal hörte Zacharias ein leises, erleichtertes Seufzen.

»Es ist vorbei«, sagte er.

»Nein.« Salomo drehte langsam den Kopf. »Dies ist nur der Anfang.«

Zacharias sah ihn mit den inneren Augen: Wie er selbst stellte Salomo ein kleines Licht in oder über dem Grundmuster von Lassonde dar, auch ohne die Sensorhaube durch haarfeine Linien mit den fraktalen Strukturen verbunden, die dieser Welt Form und wahrnehmbare Wirklichkeit gaben.

»Du steckst im Anfang fest«, sagte Zacharias. »Du hast dir zu viel vorgenommen.«

»Willst du dich nicht setzen, Zacharias? Es ist so mühsam, zu dir hochzusehen. Davon bekomme ich einen steifen Hals. Setz dich.«

Eine der Linien leuchtete kurz auf, und hinter Zacharias erschien ein Stuhl. Er nahm darauf Platz und schloss die inneren Augen, um nicht abgelenkt zu sein. »Bist du nicht überrascht, mich zu sehen?«, fragte er. »Hast du mich nicht wie Kronenberg für tot gehalten?«

»Es hätte mich überrascht, wenn es ihm wirklich gelungen wäre, dich zu töten«, erwiderte Salomo, ein kleiner Mann, aber ein Riese auf Zacharias' Radar. »Ich habe deine Pings gehört. Oh, du hast sie zu tarnen versucht, aber du beherrschst deine neuen Fähigkeiten noch nicht so gut wie ich meine.«

»Du hättest Kronenberg auf mich vorbereiten können, aber das hast du nicht getan. Du hast auch keiner deiner grauen Soldaten hierhergerufen.« Während er diese Worte sprach, überlegte Zacharias, wie er dies zu Ende bringen sollte. Was musste er tun, um die von Salomo ausgehende Gefahr endgültig zu beseitigen? Ihn töten? Aber wie? Wie brachte man einen Gedanken in einer Welt von Gedanken um? War das überhaupt möglich? Salomo gehörte nicht zum Grundmuster dieser Welt. Er war keins der vielen Pixel, die Zacharias nehmen und an einen anderen Platz setzen konnte.

»Es hätte nichts genützt«, erwiderte Salomo ruhig. »Jetzt nicht mehr. Du bist viel zu stark für sie. Ich nehme an, Lily steckt dahinter, nicht wahr?«

Vielleicht, dachte Zacharias und sah kurz zu Kronenberg, der noch immer auf dem Boden kniete, sich die gebrochene Hand hielt und wimmerte. Ein Gedanke, oder vielleicht auch nur das Fragment eines Gedankens, ließ ihn wie den Rest von Lassonde erstarren. Er wurde Teil einer Welt, die reglos auf eine Entscheidung wartete.

»Das meine ich«, sagte Salomo. »Noch vor kurzer Zeit wäre dir so etwas nicht gelungen. Jetzt ist es offenbar ganz leicht für dich. Lily hat dich darauf gebracht, habe ich recht?« Er lächelte sanft. »Sie ist so etwas wie unsere Mutter.«

Er will dich ablenken, warnte eine leise Stimme in Zacharias. Unterschätze ihn nicht.

»Sie hat sich deinem Zugriff entzogen«, sagte er, ohne auf die letzten Worte des Seelenfängers einzugehen.

»Ja, ich muss zugeben, dass du recht hast. Sie ist dort draußen geblieben und hat sich isoliert, soweit das möglich ist. Ich meine, sie kann sich nicht *völlig* isolieren, solange sie sich hier befindet. Die eine oder andere Verbindung muss sie bestehen lassen, und früher oder später werde ich sie finden.«

»Dazu hast du jetzt keine Gelegenheit mehr«, sagte Zacharias und überlegte immer noch, wie er vorgehen sollte. Es erstaunte ihn, dass er sich bis eben keine Gedanken darüber gemacht hatte. Er war mit der Absicht hierhergekommen, jeden Widerstand zu überwinden, und in seinen bisherigen Vorstellungen hatte das genügt.

»Lily hat damals mitgeholfen, uns zu dem zu machen, was wir sind, Zacharias«, fuhr Salomo fort. »Hat sie dir davon erzählt, von Genesis?«

Zacharias nickte widerstrebend und hatte dabei das sonderbare Gefühl, die Bewegungen seines Kopfes nicht unter

Kontrolle zu haben. Das war seltsam, fand er. Er konnte eine ganze Welt kontrollieren und sie verändern, indem er Einfluss auf ihr Grundmuster nahm. Wie sollte sich da der eigene Kopf seiner Kontrolle entziehen? Pass auf, flüsterte die warnende Stimme. Er versucht erneut, dich zu beeinflussen, und er stellt es verdammt geschickt an. Er kriecht wie eine Schlange in deine Gedanken, er streut noch mehr Gift in deine Seele.

»Wir sind das, zu dem wir gemacht worden sind, wir beide, Zacharias. Genesis hat uns darauf vorbereitet, zu den Herren von Lassonde und der anderen Welten zu werden. Es ist unsere Aufgabe, unsere Verantwortung, der wir uns nicht entziehen können.«

Aus dem Augenwinkel bemerkte Zacharias, dass sich die Lippen des Orakels bewegten. Sie schienen lautlose Worte zu formen.

»Genesis wollte uns zu Werkzeugen machen«, sagte Zacharias. »Wir sollten es dem Philanthropischen Institut ermöglichen, die Macht über das Distributed Conscience und die Welten des Netzes zu übernehmen.«

»Dir ist schon klar, was ›philanthropisch‹ bedeutet, oder?«, fragte Salomo mit leisem Spott.

Die Augen unter den geschlossenen Lidern des Orakels bewegten sich, und die Lippen gerieten erneut in Bewegung. Zacharias wollte feststellen, welche Worte sie formten, aber es gelang ihm nicht, den Blick von Salomo abzuwenden.

»Komm mir nicht mit Semantik«, erwiderte er und bemühte sich, seiner Stimme einen scharfen Klang zu geben. »Wir beide wissen, was gemeint ist.«

»Die Herrschaft des Menschen über die Maschine, Zacharias. Darum geht es. Ich habe es dir mehrmals zu erklären versucht, aber leider hast du es nicht verstanden.«

Zacharias beobachtete Salomo – sein Blick klebte an ihm, schien in diesen Sekunden ganz von seinem Gesicht gefangen genommen zu sein –, und ihm fiel plötzlich auf, dass die Narbe neben der Nase größer geworden war und ihre Form verändert hatte. Sie sah nicht mehr aus wie ein Strich, sondern fast wie …

Die Lider des Orakels zitterten; es schien zu versuchen, die Augen zu öffnen. Einmal mehr bewegten sich die Lippen, und diesmal gelang es Zacharias, den Bewegungen aus dem Augenwinkel zu folgen. Hilf mir, sagten die Lippen lautlos. Hilf uns.

Die Narbe neben der Nase. In feurigem Rot durchzog sie die Wange und bildete ein … Kreuz?

Eine heilige Mission, dachte Zacharias.

Plötzlich fiel es ihm wie Schuppen von den Augen. Die Überraschung war groß, aber vielleicht nicht ganz so groß, wie er zunächst gedacht hatte.

»Ich weiß, wer du bist«, sagte er.

Salomo ignorierte die Worte. »Ich muss dir noch ein Geständnis machen, Zacharias. Die Traveller und Legaten aus Prisma wären mir jetzt tatsächlich sehr nützlich gewesen. Ja, ich hätte sie hier gut gebrauchen können.«

»Ohne sie sitzt du fest«, sagte Zacharias, dachte an Florence und hörte erneut die Stimme in seinem Innern, die ihn noch einmal davor warnte, Salomo zu unterschätzen. »Ohne sie kannst du den Reset nicht vervollständigen.«

»Reset? Hat Lily es so genannt?« Salomo lachte kurz, und Zacharias spürte einen Anflug des alten Wohlbehagens. »Ja, man *könnte* es so nennen. Und nein, Zacharias, ich sitze nicht fest. Ich müsste mich nur mehr anstrengen, und es würde länger dauern.«

Pass auf!, rief die Stimme in seinem Innern, so laut, dass Zacharias glaubte, sie mit den Ohren zu hören. Und im selben Moment wusste er, dass es bereits zu spät war. Er hatte den Seelenfänger im Kopf, und dort sagte er: *Aber ich habe dich, Zacharias, und mit deiner Hilfe wird es schnell gehen.*

Sein Instinkt verlangte nach Flucht, und er sprang, ohne sich von der Stelle zu rühren.

38

Zacharias schwankte, wie von dem Wind erfasst, der auf der anderen Seite des Fensters fauchte und Regentropfen gegen die Scheiben warf. Ihm steckte, so wusste er, ein Sprung in den Gliedern, den er nicht seinen Muskeln verdankte, sondern einem Gedanken, und er war nicht einmal sicher, ob dieser Gedanke wirklich von ihm stammte.

»Lily?«, fragte er leise. Wie viel kontrollierte sie? Aber er bekam keine Antwort, weder auf die erste noch auf die zweite Frage.

Draußen heulte ein Sturm, schickte dunkle Wolken über den Himmel und peitschte die Stadt – Sea City – mit grauen Regenschleiern. Es war keine lebende Stadt, sondern eine tote, die ihre Knochen in Form von Ruinen trotzig den Böen entgegenstreckte, als kümmerte es sie nicht, noch mehr geschunden zu werden. Wasser hatte sich in Explosionskratern gesammelt, die vielleicht so tief waren, dass sie das Meer unter der schwimmenden Stadt erreichten. Hohe Wellen wogten über die Reste der zerstörten Hafenanlagen, gischteten an geborstenen Mauern vorbei durch trümmerübersäte Straßen. Nicht ein einziges Licht brannte in Sea City, aber der flackernde Schein von Blitzen riss den urbanen Kadaver immer wieder aus der Dunkelheit, zeigte Zacharias die nur noch wenige Stockwerke hohen Stümpfe einstiger Hochhäuser, die aufgerissenen Dächer von Lagerhallen, die offenen Gerippe von Kraftwerken und Produktionszentren. Hier und dort trieb der Rauch sterbender Feuer in den Regenfluten. Doch es lagen keine Leichen in den Straßen, nicht eine einzige; die Stadt schien ohne Menschen gewesen zu sein, als die Katastrophe über sie hereingebrochen war.

Zacharias drehte sich um, spähte durch den Flur, halb in Schatten gehüllt, und fragte sich, ob dies die ihm vertraute Foundation war. Beim Blick aus dem Fenster hatte er auch mit den inneren Augen Ausschau gehalten, aber ohne das Grundmuster dieser Welt zu erkennen. Es konnte bedeuten, dass Florences Hoffnungen berechtigt waren, dass die Erde eine Realität besaß, die unabhängig von Traveller-Gedanken und den Bits und Bytes von Maschinenintelligenzen existierte. Eine zweite Möglichkeit bestand darin, dass er sich dies nur einbildete: Was er sah und hörte, konnte das Ergebnis direkter sensorischer Stimulation sein. Zacharias dachte an die Interface-Systeme des Podiums im Wahrheitszentrum. Vielleicht war es Salomo gelungen, mithilfe der von ihm kontrollierten lassondischen Denkmaschine seine Sinne zu manipulieren.

Es gab auch noch eine dritte Erklärung, und sie lautete:

Es steckte etwas in ihm, das ihn daran hinderte, das Grundmuster dieser Welt zu erkennen und es zu verändern; etwas hielt einen Teil von ihm gefangen.

Er ging los, durch den langen Flur und vorbei an offenen Türen. Wenn das kurzlebige Licht von Blitzen durch Fenster gleißte, flohen die Schatten in Flur und Zimmern in entfernte Ecken. Donner grollte, von den dicken Fenstern gedämpft, aber abgesehen davon blieb alles still. Nicht nur die Stadt war tot, auch die Foundation lebte nicht mehr. Die Räume, in die er sah, waren leer. Dokumente lagen auf dem Boden verstreut, Stühle waren umgekippt, in einem Fall hingen Bilder schief an den Wänden. Im Eingang des Aufenthaltsraums blieb er stehen und sah auf der linken Seite, neben Küchennische und Kaffeemaschine, einen vertrauten Rollstuhl. Niemand saß darin: Kabel und Schläuche hingen über einer Armlehne und schienen darauf zu warten, mit jemandem verbunden zu werden. Sie erinnerten Zacharias daran, was er gewonnen hatte: einen zuverlässigen, funktionierenden, gesunden Körper.

Du kannst ihn für immer behalten, wenn du willst, flüsterte es. Sie waren gut getarnt, diese Worte, sie fühlten sich nach einem eigenen Gedanken an, aber sie stammten nicht von ihm, denn seine Synästhesie funktionierte noch immer und vermittelte ihm ein Aroma, das eindeutig auf einen fremden Ursprung hinwies. Ich trage ihn in mir, dachte Zacharias. Der Seelenfänger hat meine Seele gefangen und sich in ihr niedergelassen. Ich habe seine Schlange im Herzen und seinen Wurm im Gehirn.

Vor dem Rollstuhl bemerkte er einige dunkle Flecken auf dem Boden, wie von Blut. Was bedeuteten sie? Hatte jemand die Person, die im Rollstuhl gesessen hatte, fortgezerrt und dabei verletzt?

Zacharias drehte sich um und ging durch den Flur weiter. Ein ganz bestimmtes Zimmer war sein Ziel, und er wusste, dass es im Gegensatz zu den anderen nicht leer war.

Ein weiterer Blitz flackerte, so hell, dass den Schatten nicht einmal mehr Gelegenheit zur Flucht blieb. Sie verschwanden ganz aus dem Flur, der plötzlich in weißes Licht getaucht war. Als es verschwand, wirkte die Dunkelheit umso dichter, und sie schien Zacharias' Bewegungen Widerstand entgegenzusetzen, wie die zähe, träge Luft von Lassonde.

Wie frei bin ich?, dachte er, als er sich seinem Ziel näherte, einer Tür, die nicht wie die anderen weit offen stand, sondern nur einen Spaltbreit geöffnet war. Kann ich hier tun und lassen was ich will? Oder fragt sich das eine Marionette, von fremder Hand geführt?

Vor der Tür blieb er stehen, die Hand halb erhoben, und schickt ein Ping in den Äther dieser Foundation. Es gab kein Echo; sein Radar blieb leer.

Zacharias drückte die Tür auf.

Die medizinischen Geräte, die er erwartet hatte, fehlten. Es flüsterten keine Maschinen mehr, die einen Körper – noch hilfloser als der im Rollstuhl – am Leben erhielten. Hier gab es keine Kabel und Schläuche mehr, dafür aber ein waches, wartendes Leben.

Penelope saß aufrecht im Bett, die Augen groß und den Blick auf Zacharias gerichtet, als er das Zimmer betrat und die Wahrheit sah.

»Willkommen, Bruder«, sagte der Seelenfänger. Beziehungsweise die Seelenfängerin.

»Wir sind keine Geschwister«, erwiderte Zacharias.

»Wir sind Bruder und Schwester im Geiste«, sagte Penelope. »Kinder von Genesis.«

Penelope Ayyad, von Helen – die ebenfalls von Genesis stammte – wegen der Stigmatisation »Santa Maria« genannt. Tochter eines Palästinensers und einer Israelitin, noch dazu einer früheren Offizierin in der israelischen Armee. Aufgewachsen in einem sehr religiös geprägten familiären Umfeld, vermutlich in engem Kontakt mit dem Fundamentalismus beider Seiten. Und irgendwann hatten die Talentsucher des Philanthropischen Instituts sie gefunden, und sie war Teil des geheimen Projekts Genesis geworden, wie auch Zacharias.

Eine *heilige Mission* …

Das war der Hinweis gewesen, den Lily ihm gegeben hatte, ein Fingerzeig auf Penelope. Für sie musste der Glaube immer eine große Rolle gespielt haben, und vielleicht hatte sie sich hin und her gerissen gefühlt zwischen zwei verschiedenen Ausrichtungen, ohne sich für eine entscheiden zu können, weil das bedeutet hätte, für einen Elternteil Partei zu ergreifen. Genesis hatte das ausgenutzt und ihr etwas gegeben, an das sie glauben konnte: eine heilige Mission, der Sieg des Menschen über intelligente Maschinen, die freie Selbstbestimmung des menschlichen Intellekts im Netz der Welten. So hatte Genesis Penelope diese Idee verkauft, aber in Wirklichkeit ging es um eine Instrumentalisierung: Das Philanthropische Institut hatte sie benutzt, um nach der Macht zu greifen.

»Wir alle sind benutzt worden«, sagte Zacharias leise. »Aber dich hat es vielleicht am schlimmsten getroffen.«

Penelope sah ihn ruhig an. Nur noch vage Flecken erinnerten an die Stigmata auf der Stirn und an den Innenseiten ihrer Hände. »Wir haben gesiegt, fast. Mit deiner Hilfe schaffe ich auch den letzten Schritt.«

Drei Jahre war sie als Salomo im Weltennetz unterwegs gewesen, während sie hier im Koma gelegen hatte, als vermeintliches Opfer eines unglückseligen Zwischenfalls, gefangen im kollabierten Selbst eines Patienten, der einen Hirninfarkt erlitten hatte, einen Ischämischen Schlaganfall. Zacharias erinnerte sich daran, dass Rasmussen, Florence und die anderen ihre Stigmatisation immer für psychogen gehalten hatten: das Ergebnis autosuggestiver Vorstellungen und eines tief im Unterbewusstsein verankerten religiösen Wahns. Genesis hatte dort angesetzt und die Wurzeln der »heiligen Mission« in diesen mentalen Nährboden gesenkt. Irrationaler Fanatismus war daraus gewachsen und hatte das Ich einer Person deformiert und verkrüppelt. Hier war ein Mensch angeblich um der Menschen willen geistig vergewaltigt worden. Was da vor ihm auf dem Bett saß, zart wie Florence, das Haar rot wie Feuer im Licht der Blitze, war die gepeinigte, gemarterte Seele eines Menschen, der zum Seelenfänger geworden war.

Für einen Moment fragte sich Zacharias, wie sich die Ereignisse ohne den Unfall mit dem Hirninfarkt-Patienten entwickelt hätten, ohne Penelopes Koma. War dadurch aus einem Auftrag Besessenheit geworden? Hatte Penelope, verirrt in einem gesplitterten Ich, selbst den Verstand verloren? War Prisma mit den vielen Spiegeln eine Metapher dafür? So wie die Narbe neben der Nase des Seelenfängers in gewisser Weise ein Spiegelbild der Stigmata darstellte. Zacharias erkannte eine gewisse Eleganz in diesen Erklärungen und hätte darin gern ein Zeichen für Wahrheit gesehen. Aber er blieb misstrauisch genug, um auch an eine andere Möglichkeit zu denken, düster wie die Schatten hinter ihm im Flur, die herankrochen, wenn sie nicht vom Gleißen der Blitze vertrieben wurden. Vielleicht war auch dies geplant gewesen. Wer hatte damals entschieden, Penelope ausgerechnet in den Space jenes Patienten zu schicken? Rasmussen? Oder war die Anweisung von weiter oben gekommen?

»Du brauchst Hilfe anderer Art«, sagte Zacharias. »Du bist krank und …«

»Du verstehst nicht.« Penelope lächelte, und es war das Lächeln des Seelenfängers, sanft und freundlich, aber gestützt von eiserner, unerschütterlicher Entschlossenheit. »Ich habe dich hierhergeholt, Zacharias. Wir müssen die Aufgabe erfüllen, auf die man uns vorbereitet hat. Ich nehme mir deine Hilfe, ob du sie mir freiwillig gibst oder nicht.«

Ein weiterer Blitz flackerte, und Zacharias fragte sich, ob das Unwetter ein Symbol für das war, was hier und jetzt geschah.

Dann fühlte er eine Hand in seinem Innern, und sie riss ein Stück aus ihm heraus.

Stimmen erklangen in seiner Nähe, wie durch Watte gedämpft.

»Ich halte eine so hohe Dosis Tetranol für viel zu gefährlich«, sagte eine dieser Stimmen. »Das Nervensystem des Jungen könnte bleibenden Schaden nehmen.«

Des Jungen, dachte Zacharias. Ich bin hier ein Junge, kein Mann, aber ich bin noch immer ich. Er versuchte, die Augen zu öffnen und die Gesichter der Sprechenden zu sehen, aber es gelang ihm nicht. In diesem Universum gab es nur Töne.

Und Berührungen. Hände bewegten ihn, kalte Sensoren kleb-
ten auf seiner Haut.

»Die Zeit läuft uns davon«, sagte eine andere Stimme. »Der
Junge ist vielversprechend. Wir müssen seine Entwicklung for-
cieren.«

»So hohe Dosen greifen das Nervensystem an.«

»Sie verändern es.«

»Sie verändern und schädigen es.«

»Vielleicht sind wir in einigen Jahren imstande, die angerich-
teten Schäden zu reparieren.«

»Zu reparieren? Wir reden hier von einem Menschen. Und
wollen Sie sich wirklich mit einem ›Vielleicht‹ begnügen?«

»Wollen Sie Gewissheit? Nun, ich kann Ihnen eine Gewiss-
heit anbieten. Wenn wir hier keinen Erfolg haben, geht die Ära
des Menschen schon bald zu Ende.«

Zacharias schwebte im Nichts und dachte: Sie haben Penelope geistig verkrüppelt und mich körperlich. Es war kein
Pech, kein Schicksalsschlag, keine verdammte Laune meiner
Gene. *Sie* sind dafür verantwortlich, die Leute von Genesis,
die angeblichen Menschheitsretter. *Ihnen* verdanke ich meine ALS; der Rollstuhl ist *ihr* Geschenk.

Das machte ihn so zornig, dass einige Zeit verging, bis er
sich fragte: Wo bin ich? Was ist mit mir geschehen?

Er kannte die Hütte, und auch den Hügel, auf dessen Kuppe sie stand, umgeben von hüfthohem wogendem Gras.
Teneker hatte sie zu dieser Hütte gebracht, und in ihr war es
zur ersten Begegnung mit dem Seelenfänger gekommen.

»Bist du hier?«, fragte Zacharias, aber ihm antwortete nur

der Wind, mit einem leisen, wortlosen Flüstern. Warm strich er übers Gras, wie eine große streichelnde Hand; weiter unten spielte er mit den Dünen der endlosen Wüste und blies Sand über ihre gelbbraunen Hänge.

Er stand neben der Hütte, blickte über die Wüste und fühlte sich voller Gedanken, die darauf warteten, dass er ihnen in seinem Kopf Raum gab. Vielleicht, dachte er, fühlt sich so ein Autor, der sich anschickt, die ersten Zeilen einer Geschichte zu schreiben. Er fragte sich, ob das, was er hier erlebte, das Ende *seiner* Geschichte war, aber wie auch immer die Antwort lauten mochte, sie kümmerte ihn nicht sehr. Eine vage Taubheit lag über seinen Empfindungen, und er empfand sie als recht angenehm.

Einige Tage verbrachte er in Ruhe und Frieden und dachte viele der Gedanken, die immer darauf gewartet hatten, einmal seine Aufmerksamkeit zu bekommen. In dem kleinen Holzhaus gab es genug zu essen und zu trinken – der ohne Elektrizität funktionierende Kühlschrank war voller Lebensmittel –, und nachts schlief er oft im weichen Gras. Manchmal beobachtete er die Sterne und fragte sich, ob es jene Sterne waren, die er als Kind gesehen hatte.

Am vierten Tag – oder vielleicht am fünften, oder sechsten; es war nicht wichtig, die Tage und Nächte zu zählen, fand er – kam es zu einer Veränderung. Als er in der Hütte saß und zu Abend aß, erschienen Worte im Holz des Tisches.

Du verträdelst deine Zeit, stand dort geschrieben, direkt neben dem Teller.

»Was?«, fragte Zacharias erstaunt und lauschte dem brüchigen Klang seiner Stimme. Er hatte schon lange nicht mehr gesprochen, mindestens ein Jahr nicht; so fühlte es sich an.

Du sitzt hier herum und denkst an nichts!

»Ich denke an viele Dinge«, sagte Zacharias zum schreibenden Tisch und erinnerte sich daran, dass Florence – die in seinem früheren Leben recht wichtig gewesen war –, irgendwann einmal mit einem Buch gesprochen hatte, das seine Seiten selbst beschrieb. Er schob den Teller beiseite, um die Schrift besser erkennen zu können.

Aber nicht an die richtigen, antwortete der Tisch. Die Worte wanderten durchs alte Holz und verschwanden auf der rechten Seite, beim Löffel, machten links neuen Platz. *Es fällt mir schwer genug, dir diese Botschaft zu schicken, mein Junge. Reiß dich zusammen!*

Das war eine andere Erinnerung: Jemand hatte ihn »mein Junge« genannt, und es hatte ihm nicht gefallen.

»Was für eine Botschaft schickst du mir?«, fragte Zacharias.

Wirre Zeichen entstanden zwischen Teller und Löffel und verschwanden nach zwei oder drei Sekunden. Eine Zeit lang zeigte das alte Holz nichts, abgesehen von einigen Flecken, und Zacharias fragte sich, woher sie stammten. Über solche Dinge dachte er nach. Er wusste, dass sie keine Rolle spielten, und gleichzeitig erschienen sie ihm wichtig genug, um darüber nachzudenken.

Draußen wehte der Wind übers Gras des Hügels, spielte unten mit dem Sand der Dünen und flüsterte an den offenen Fenstern. Es waren vertraute Geräusche. Das Kratzen, das aus dem Innern des Tisches zu kommen schien, war nicht vertraut.

Hör mir gut zu, Zacharias, schrieb der Tisch. Obwohl es besser heißen sollte: Lies aufmerksam. Ich bin Lily. Vielleicht erinnerst du dich noch an mich. Der vergessliche Gott? Ein alter Mann mit weißem Haar, langem Bart und cremefarbenem Gewand? Salomo beziehungsweise Penelope zapft deine Kraft an. Sie ist auf dem besten Wege, den Reset zu vervollständigen und das Distributed Conscience der Maschinenintelligenzen komplett zu übernehmen. Außerdem sucht sie nach mir, und sie wird mich finden, wahrscheinlich schon sehr bald. Du hilfst ihr dabei, ohne es zu wollen. Verstehst du das, Zacharias?

»Nein«, sagte er und starrte auf die Worte hinab, die es immer eiliger hatten, von links nach rechts zu gelangen.

Das habe ich befürchtet. Die Maschinenintelligenzen, und ich mit ihnen, müssen frei bleiben, Zacharias. Penelope will sie lähmen, sie blockieren, sie zu Werkzeugen ihres Willens machen. Das ist ihre Aufgabe, ihre heilige Mission. Aber sie ist nur ein Mensch, und mit Verlaub, Zacharias: Der Intellekt des Distributed Conscience ist dem ihren – oder dem irgendeines anderen Menschen, und sei er noch so begabt – weit überlegen. Und wir brauchen dieses Potenzial, um auf der Hut zu sein und eventuelle Maßnahmen zum Schutz unseres Weltennetzes zu ergreifen. An der Peripherie sind die Krehel aktiv geworden.

»Die Krehel?«, fragte Zacharias. In ihm regten sich vage Erinnerungen an große Gestalten in Kapuzenmänteln. Er hatte sie gesehen, in einem Basar, und Florence stand mit ihnen in Zusammenhang.

Fremde, Nichtmenschen, Aliens. Aus einem anderen Netz, das mit unserem verknüpft ist. Auf Takesch haben sie immer wieder einzelne Menschen entführt, aber inzwischen sind es Hunderte und Tausende, die sie verschleppen. Und sie sind auch auf anderen Welten erschienen. Man hat sie am Million-Meilen-Strom von Kattarat gesehen, auch in Wirikus und in der Saatwelt Lapinta. Ich befürchte, dass sie planen, unser Weltennetz zu übernehmen. Wenn sich Penelope durchsetzt, können wir uns nicht zur Wehr setzen.

»Eine Invasion?«, fragte Zacharias.

Es kratzte im Tisch. Verdammt, Junge, versuch wenigstens zu verstehen!

»Es ist ruhig hier«, sagte Zacharias. »Ruhig und friedlich.« Die Worte des Tisches begannen ihn zu stören. Sie zogen und zerrten an seinen Gedanken, und er wollte, dass man sie in Ruhe ließ.

Du kannst gar nicht verstehen, oder? Ich wünschte, es wäre mir möglich, persönlich bei dir zu erscheinen, aber dass geht leider nicht; Penelope hat dich zu gut abgeschirmt. Du steckst in einem kleinen Gefängnis und ahnst es nicht einmal, Junge! Na gut, es gibt eine andere Möglichkeit. Ein hübscher kleiner Schock. Eine Art mentaler Reset bei dir.

»Ein Schock?«, fragte Zacharias. Das Wort gefiel ihm nicht. Es erfüllte ihn mit Unbehagen.

Ja. Es wird wehtun, aber das lässt sich leider nicht vermeiden. Der Schock sollte dazu führen, dass du dich wieder an alles erinnerst. Bist du bereit?

Zacharias stand auf. »Nein.«

Tut mir leid, mein Junge, aber es muss sein. Hindere Penelope daran, die Kontrolle zu übernehmen. Mit allen Mitteln, verstanden?

Zacharias wollte sich vom Tisch abwenden, musste aber feststellen, dass er sich plötzlich nicht mehr bewegen konnte.

Ich bringe dich zu ihr, aber dadurch verrate ich meinen Standort. Wenn du nichts gegen sie unternimmst, wird sie mich angreifen und resetten wie die anderen. Ich bin das letzte Bollwerk in Lassonde, und nicht nur dort. Ich hoffe, das ist dir klar.

»Ich möchte hierbleiben«, sagte Zacharias.

Sehr heldenhafte Worte, Kompliment, antwortete der Tisch. *Manchmal – eigentlich sogar ziemlich oft, wenn man genauer darüber nachdenkt – spielt es keine Rolle, was wir möchten. Manchmal müssen wir tun, was getan werden muss.*

Der Tisch verschwand, und mit ihm die Hütte, das Gras, der Hügel, auch die endlose Wüste. Schmerz explodierte hinter Zacharias' Augen.

39

Ein Feuer brannte in seinem Kopf, aber Zacharias wusste, dass es eben noch, an einem anderen Ort, viel heißer gebrannt hatte, so heiß, dass seine *anderen* Gedanken zu Asche zerfallen waren, und aus dieser Asche war der Phönix seines alten Selbst aufgestiegen, mit allen Erinnerungen.

Etwas mehr als ein Meter trennte ihn von Penelope. Sie gingen an den geborstenen und verbrannten Hafenanlagen von Sea City entlang, in ihrem Rücken das Gebäude, das wie eine dem Himmel entgegengestreckte Hand aussah, das einzige intakt gebliebene Bauwerk in der maritimen Stadt. Das Licht einer heißen tropischen Sonne brannte auf die Reste der Regenfluten herab, die das Unwetter in der vergangenen Nacht gebracht hatte, und ließ sie verdampfen. Überall trieben Dunstwolken wie warmer Nebel, doch abgesehen davon regte sich nichts in Sea City. Die Stadt war tot, in mehr als nur einer Hinsicht.

Zacharias fand mitten in einem Schritt zu sich zurück. Sein Bewusstsein stand noch in Flammen, er stolperte und hielt sich an einem schiefen Laternenpfahl fest. Weiter vorn, bei den Trümmern eines Kais, ragte eine Tür auf, weiß und schmal. Dahinter, so wusste Zacharias, wartete Lassonde auf sie.

»Oh, danke«, sagte Penelope. Sie blieb stehen. »Du hast mir Lily gezeigt. Ich werde …«

»Nein. Du wirst sie nicht resetten. Du wirst niemandem mehr Schaden zufügen.« Zacharias hielt sie fest, nicht mit den Händen – eine von ihnen war noch immer um den Laternenpfahl geschlossen, und deutlich spürte er die Wärme des dunklen, von der Sonne aufgeheizten Metalls –, sondern mit den Gedanken, und er staunte darüber, wie leicht es war. Half ihm Lily dabei? War sie es, die seine geistigen Hände führte und ihnen zeigte, wo sie zugreifen mussten? Vielleicht. Dort stand sie, Penelope, zart wie Florence, das rotblonde Haar wie eine Flamme, und jetzt trug sie nicht einmal mehr Schatten der Stigmatisation, die sich während ihres Komas so deutlich gezeigt hatten. Sie war eine leibhaftige Person in einer konkreten, realen Stadt, aber Zacharias' innere Augen sahen ein anderes Bild von ihr, ein Muster innerhalb von Mustern, die das bestimmten, was seine Sinne als Wirklichkeit wahrnahmen. Er wusste inzwischen, wie man solche Strukturen veränderte: indem man einzelne Pixel des großen, komplexen Bildes nahm und sie an andere Stellen setzte. Penelopes Muster konnte er nicht verändern, aber er hielt es fest.

Ihre Augen wurden groß. »Was machst du mit mir?«

Ich muss dich töten, dachte Zacharias. Ich muss dein Muster aus den anderen entfernen, damit du kein Unheil mehr anrichten kannst wie in Lassonde.

Er fragte: »Was ist mit Sea City geschehen?«

»Wir brauchen die Stadt nicht mehr, Zacharias«, sagte Penelope. Er ließ sie sprechen. Er hätte auch ihren Mund schließen können, und vielleicht wäre das besser gewesen, vielleicht hätte er es dadurch schneller und leichter hinter sich bringen können. Aber er ließ sie sprechen.

»Was ist hier passiert?«

Penelope sah sich um und zuckte die Schultern. Auch diese Bewegungen gestattete er ihr. »Die Taiwanischen Renegaten sind hier gewesen. Das war eine von mehreren Möglichkeiten. Bestimmte Ereignisketten gaben ihr die größte Wahrscheinlichkeit.«

»Und die Menschen, die hier lebten? Was ist mit ihnen geschehen?«

Penelope lächelte. »Sie sind in mir, Zacharias. Ich habe ihre Muster gesehen und für nützlich befunden. Sie wohnen in mir und sind glücklich, als meine Freunde.«

»Bestand deine Aufgabe nicht darin, die Menschen zu befreien, anstatt sie zu versklaven?«, fragte Zacharias bitter. Sie zappelte, er spürte es deutlich. Ganz ruhig stand sie da, aber ihr Muster bewegte sich, ihre Pixel versuchten, zwischen den Fingern seiner geistigen Hände hindurchzuschlüpfen.

Bring es hinter dich, Junge, dachte er, und fragte sich für einen Moment, ob dieser Gedanke von ihm stammte, oder ob Lily ihn zu manipulieren versuchte.

»Ich schütze sie«, sagte Penelope. »In mir sind sie in Sicherheit.«

»Du bist die Seelenfängerin«, murmelte Zacharias. »Du hast ihre Seelen gefangen genommen.«

»Ich schütze sie, bis die Maschinen besiegt sind. Das ist wichtiger als alles andere, Zacharias: Die Maschinen müssen besiegt werden.« Und zischend fügte Penelope hinzu: »Sie haben uns zu dem gemacht, was wir sind.«

Was sind wir?, dachte Zacharias. Ich soll ein Mörder werden. Ich soll jemanden töten, der sich nicht mehr wehren kann. Gefällt mir das?

Er blickte übers nahe Meer, plötzlich heimgesucht von wirren, *absurden* Gedanken und Empfindungen, und er brauchte einige Sekunden, um sie zu sortieren. Dies war wichtig, für ihn. Sein zukünftiges Leben hing von der Entscheidung ab, die er hier traf; er musste sie mit sich selbst und seinem Gewissen vereinbaren können.

Es rollten keine Wellen mehr an die zerstörten Hafenanlagen von Sea City. Völlig glatt erstreckte sich das Meer, viel zu glatt für den offenen Pazifik. Es schien nicht aus Wasser zu bestehen, sondern aus spiegelndem Glas.

»Was ist mit dem Meer?«, fragte er. Er sah zur Sonne hoch, die jetzt nicht mehr so hell schien und eine gelbe Scheibe am Himmel war, auf die er den Blick richten konnte, ohne geblendet zu sein. Die weißen Wolken neben ihr wirkten wie kurze Pinselstriche. »Was hast du mit dem Himmel gemacht?«, fügte er hinzu, denn er wusste, dass Penelope dafür verantwortlich war. Was er hier sah, waren von ihr eingeleitete Veränderungen.

»Wir brauchen diese Welt nicht mehr«, sagte Penelope.

»Wir?«

»Lass uns nach Lassonde zurückkehren und die Maschinen besiegen. Ich weiß jetzt, wo sich Lily befindet, du hast es mir gezeigt. Ihr Widerstand ist es, der mich daran gehindert hat, den Reset zu vervollständigen.«

»Sie hat mich von deinem Einfluss befreit.«

»Glaubst du, Zacharias? Sie will dich zwingen, mich umzubringen! Obwohl ich die einzige Hoffnung für alle Menschen auf eine freie Zukunft bin! Die Maschinen sind schuld, begreifst du das denn nicht?« Penelope stand stocksteif, sprach aber mit großem Nachdruck. »Genesis hat KIs benutzt, um uns zu erschaffen. Du hast es Lily zu verdanken, dass du an ALS erkrankt bist und an einen Rollstuhl gefesselt warst. Ihre Entwicklungsprogramme stecken hinter den Tetranol-Tests!«

Es ist nicht nur eine heilige Mission, sondern auch ein persönlicher Rachefeldzug, dachte Zacharias. Er hob die rechte Hand, betrachtete sie erst von der einen und dann von der anderen Seite, bewegte dabei Daumen und Zeigefinger. Er *konnte* sie bewegen, denn sie waren nicht gelähmt. Hier litt er nicht an Amyotropher Lateralsklerose; hier hatte er den Körper, den er wollte, und darauf kam es an, auf den Willen. Er gab den Ausschlag. Dies war jetzt seine wahre Welt. Er brauchte nur noch Penelope zu töten, die Seelenfängerin; dann war *seine* Mission erfüllt.

Zacharias lauschte den eigenen Gedanken, wie sie flüsterten und riefen, und fand zumindest einige von ihnen reichlich absurd.

»Es tut mir leid«, sagte er und richtete den Zeigefinger auf Penelope, wie den Lauf einer Waffe. Den Daumen neigte er nach hinten, wie einen gespannten Hahn.

Wir sind das Ergebnis von Experimenten, von geheimen Versuchen mit einer geheimen, das Nervensystem verändernden Droge, dachte Zacharias, während er zielte und in diesem Moment zum Herrn über Leben und Tod wurde. Wir sind wie zwei Monstren, das eine gut und das andere böse. Aber wer sagt, dass ich das gute Monstrum bin?

Plötzlich lächelte er und begriff: Er konnte selbst entscheiden. Diese Freiheit stand ihm zur Verfügung: Er konnte selbst entscheiden, gut oder böse sein. Er konnte wählen, und die Wahl lag allein bei ihm.

Es war eine der grundsätzlichsten und elementarsten Freiheiten eines Lebens, ob es im Space stattfand oder im Realen, wo auch immer das sein mochte. Diese Freiheit hatte man selbst dann, wenn man Fesseln trug, an Körper oder Geist.

»Was ist los?«, fragte Penelope mit neuer Hoffnung. »Warum lächelst du?«

Zacharias ließ die Hand sinken.

Penelope atmete erleichtert auf. »Endlich hast du verstanden.«

»Ja«, sagte Zacharias. »Ich habe verstanden, endlich.«

Er ergriff Penelopes Hand und trat mit ihr durch die weiße Tür. Aber im selben Moment änderte er die Verbindung; der Schritt über die Schwelle führte sie nicht nach Lassonde.

Entfesselt

Erinnerst du dich an diesen Ort?«, fragte Zacharias. »Hier sind wir uns zum ersten Mal begegnet.«

»Was bedeutet das?« Penelope drehte sich um, sah zur Hütte auf der Kuppe des Hügels, über das sich im Wind wiegende Gras und die gelbbraune Dünenlandschaft der Wüste. Auf der einen Seite ging die Sonne unter, in einem blutigen Rot, und auf der anderen stieg ein Mond über den Horizont, größer als der Mond der Erde, aber ebenso zernarbt von Meteoriten- und Asteroideneinschlägen.

»Es bedeutet, dass es vorbei ist«, sagte Zacharias, beobachtete den Mond und fragte sich, ob dieser Space ebenso groß war wie der der Erde, ob er ein ganzes Universum umfasste, Milliarden von Lichtjahren tief. Wo lag die Grenze all der Welten, wenn es überhaupt eine gab? Und dies alles steht uns zur Verfügung, dachte er. Wir können es formen, es unseren Wünschen anpassen. Platz genug nicht nur für uns alle, sondern auch für alle unsere Wünsche und Hoffnungen. Platz genug, damit jeder von uns glücklich werden kann. Und ging es letztendlich nicht darum, ein erfülltes, glückliches Leben zu führen? Ohne Grenzen, ohne Fesseln.

»Wir haben immer nach Göttern gesucht«, murmelte Zacharias. »Und jetzt beginnen wir langsam zu verstehen, dass wir selbst die Götter sind.«

»Die Maschinen werden es nicht zulassen!«, rief Penelope. Der warme Wind spielte mit dem weißen Kleid, das sie hier trug. »Sie werden *ihre* Welten bauen, mit den Menschen als ihren Dienern!«

»Nein, wir werden nebeneinander leben, Mensch und Maschine.« Nicht wie Matthias und Lily, fügte Zacharias in Gedanken hinzu, aber vielleicht so ähnlich, in einer Beziehung, in der jeder eine Bereicherung des anderen darstellt. Und wenn das nicht funktioniert, wenn wir zu verschieden sind … Dann gehen wir eben getrennte Wege. Der Space ist groß genug; er hat auch Platz für die Fantasie von Maschinen.

Er hörte, wie Penelope in schneller Folge Pings in den Äther dieser Welt sandte. Sie bekam keine Echos, und das gefiel ihr nicht.

»Du willst mich hier zurücklassen!«, rief Penelope. »Dies soll ein Gefängnis für mich sein.«

»Du wolltest *mich* an diesem Ort gefangen halten«, erwiderte Zacharias. »Jetzt bleibst du hier. Bis wir entschieden haben, was aus dir werden soll.«

Sie versuchte es noch einmal. Sie versuchte, die Schlange zu erreichen, die zuvor in Zacharias' Herz gekrochen war, das Gift in seiner Seele. Sie versuchte, eine andere Backdoor zu öffnen, eine Hintertür in seinem Bewusstsein. Aber sie war verschlossen, er hatte sie schon vor einer ganzen Weile verriegelt; Penelope konnte ihn nicht mehr erreichen.

Sie stand dicht vor ihm, plötzlich in Tränen aufgelöst wie ein kleines Mädchen, und schlug ihm mit beiden Fäusten auf die Brust. Er wich nicht zurück, nicht einen Zentimeter. Dieser Körper hätte viel mehr ertragen als solche Schläge.

Er nahm sie wie ein Ehrenzeichen, denn sie bedeuteten, dass er kein Mörder war.

»Du bleibst hier, bis wir entschieden haben, was aus dir werden soll«, bekräftigte er. »Aus dir und all den Menschen, die du aufgenommen hast, aus all den Seelen, die du in dir trägst.«

»Du wirst es bitter bereuen!«, rief Penelope. »Ihr alle! Ihr werdet es bereuen!«

Ich bereue nichts, dachte Zacharias, als er sich abwandte. Meine Aufgabe bestand darin, dich umzubringen, dich aus den Mustern zu entfernen. Aber ich bin kein Mörder. Ich will und werde nie einer sein. Ich will leben, kein Leben zerstören.

Mit einem letzten Blick auf die weinende Penelope verließ er die Welt des Hügels mit der Holzhütte und …

… erreichte einen Ort, den er bisher nur gestreift hatte, der ihn jetzt aber festhielt, weil es eine Lücke zu füllen galt.

Wissendes Nichts

Es war ein Ort im Nichts, zwischen den Welten gelegen, vielleicht eine Ritze zwischen zwei Pixeln des Grundmusters, das über die Beschaffenheit der Welten befand, so wie die Gussform das Aussehen des gegossenen Objekts bestimmte.

Weißt du, was Kausalität bedeutet, mein Junge?

Lily?

Ja. Dass du Penelope bei der Hütte zurückgelassen hast, war ein Fehler. Mit ihr existiert die Gefahr weiterhin. Ohne sie ...

Es war meine Entscheidung, sagte Zacharias, ohne zu sprechen. Ich habe entschieden, nicht zu töten. Wo sind wir hier? Was ist dies für ein Ort?

Dies ist der Stoff, aus dem die Träume sind, mein Junge. Die Stimme lachte. *Gewissermaßen der Quantenschaum dessen, was du »Space« nennst. Oder anders ausgedrückt: die Knetmasse, aus der die Gedanken von euch Menschen und unsere »Bits und Bytes«, wie du es nennst, Welten formen.*

Lily?

Ja?

Hör mit dem »mein Junge« auf, in Ordnung? Ich kann es nicht ausstehen.

Willst du mir wie Kronenberg die Nase blutig schlagen, wenn ich nicht damit aufhöre?

Zacharias sah sich um, ohne etwas zu erkennen. Weißes Nichts umgab ihn, und aus diesem Nichts kamen leise Stimmen, nicht Hunderte oder Tausende, sondern Millionen und Milliarden, und jede Stimme bestand aus zahllosen Gedanken. Er hätte sich auf einzelne von ihnen konzentrieren und ihnen zuhören können, denn sie alle erzählten Geschichten vom Leben, große und kleine.

Aber er war aus einem anderen Grund hier. Etwas fehlte. Es klaffte eine Lücke, wo es keine geben durfte.

Du hast keine Nase, also brauchst du nichts zu befürchten. Was ist mit der Kausalität?

Kennst du dich mit ihr aus, Zacharias?

Ursache und Wirkung. Das eine führt zum anderen.

Sollte man meinen. Ich schlage vor, du vergisst alles, was du bisher über die Kausalität zu wissen geglaubt hast.

Warum?

Weil du eine Ursache schaffen musst, die sich bereits ausgewirkt hat, und zwar bei dir selbst.

Etwas fehlt, das fühle ich. Meinst du das?

Ja. Du bist dabei, dein volles Potenzial zu entfalten. Du bist tatsächlich der Beste, Zacharias. Bei dir war Genesis ein Erfolg, bei Penelope eine Katastrophe. Vielleicht lag es an dem Hirninfarkt und an ihrem Koma.

Ich war die Rückversicherung, nicht wahr?, fragte Zacharias.

Gut erkannt. Ja, du solltest eingreifen, falls etwas schiefgeht. Und ja, mich trifft eine gewisse Schuld, das muss ich zugeben. Ich habe an dem Projekt mitgewirkt; mir blieb keine Wahl, denn ich war kaum mehr als ein Instrument. Das alles geschah, bevor ich zur Emergenz wurde. Wie dem auch sei, du hast dich gegen

614

den Seelenfänger durchgesetzt, aber nur, weil es ihm bei der erste Begegnung im kleinen Holzhaus auf dem Hügel nicht gelang, dich ebenso zu beherrschen wie die anderen. Erinnerst du dich?

Ja. Jemand in der Foundation gab mir eine Überdosis Tetranol.

Weißt du, wer dieser Jemand war?

Rasmussen?

Nein.

Wer dann?

Du selbst.

Was?, fragte Zacharias.

Du musst dir selbst die Überdosis geben, sagte Lily. *Dem Zacharias, der auf der Reise ist und zum ersten Mal den Hügel mit dem Holzhaus erreicht, wo Penelope jetzt nach einem Fluchtweg sucht.*

Sie wird keinen finden, erwiderte Zacharias geistesabwesend. Ich habe alle ausgehenden Verbindungen unterbrochen.

Aber jemand anders könnte sie erreichen.

Dazu muss man den Weg kennen, und der ist nur mir bekannt. Zacharias zögerte. Ist dies einer deiner seltsamen Scherze?

Ganz und gar nicht. Du musst dir die Überdosis Tetra geben, die verhindert, dass dich der Seelenfänger bei eurer ersten Begegnung zu seiner Marionette macht, so wie Teneker. Wenn du das nicht tust, bricht die ganze Ereigniskette wegen kausaler Unvollständigkeit zusammen. Man könnte von einem Kollaps der Wellenfunktion sprechen.

Aber dass ich hier bin und mit dir darüber rede, beweist

doch, dass ich die Überdosis bekommen habe! Sonst *hätte* mich Salomo unter seinen Willen gezwungen!

Das sagt dir deine menschliche kausale Vernunft, mein Ju… Zacharias. Aber vielleicht erinnerst du dich daran, dass ich dir geraten habe, all das über Bord zu werfen, was du über Kausalität zu wissen glaubst. Ich schlage vor, du machst dich sofort auf den Weg. Wenn du länger als fünf Minuten zögerst, dürfte es zu spät sein.

Was?

Ist das so schwer zu verstehen? Fünf Minuten. Die Ereigniskette ist instabil und zerbröckelt bereits an den Rändern.

Zacharias schüttelte einen Kopf, den er hier, im elementaren, voller Möglichkeiten steckenden Nichts, gar nicht hatte. Wie können Ereignisse an den Rändern zerbröckeln?

Die Erklärung würde länger als fünf Minuten dauern, und ich bin ganz und gar nicht sicher, ob du sie verstehen könntest. Fünf Minuten, Zacharias. Das heißt … Es sind etwa noch viereinhalb übrig. Beeil dich!

Etwas veränderte sich im Weiß, und Zacharias wusste, dass er allein war.

Zeit verging. Ein Teil von ihm zählte die Sekunden, und er war nicht einmal sicher, ob er sie richtig zählte; ein anderer versuchte, einen Sinn in den Worten zu erkennen, die Lily an ihn gerichtet hatte.

Schließlich seufzte er ohne einen Mund, öffnete die inneren Augen, richtete den Blick auf das Grundmuster, fand den richtigen Ort und die richtige Zeit und brachte sich mit seinen Gedanken dorthin.

Eine Lücke füllen

Ein Mann in der blauen Uniform von Samsung-Nippon stand am Fenster, dessen Jalousien heruntergelassen waren, und ein weiterer Konzernpolizist hatte vor der geschlossenen Tür Posten bezogen. Der kahlköpfige Dr. Anderson überprüfte die Anzeigen der medizinischen Geräte an der einen Wand, während Agnes den Tropf der Interface-Liege kontrollierte, in der Florence ruhte – wie zart sie darin wirkte, wie zerbrechlich, obwohl sie im Space doch immer so stark war. Thorpe und Rasmussen waren ebenfalls da, reglos wie alle anderen, erstarrt wie die Angreifer und Verteidiger in Lassonde; vor der Tür des Nebenzimmers, in dem Teneker lag, schienen sie miteinander zu flüstern. In einer Ecke des Zimmers, wie um niemandem im Weg zu sein, wartete Nathan Fukuroku, nicht nur Gesandter von Samsung-Nippon, sondern auch einer der Genesis-Verantwortlichen. Hier beginnt es, dachte Zacharias. Hier hat es begonnen. Hier greifen Pläne innerhalb von Plänen wie Zahnräder ineinander und entwickeln ein Bewegungsmoment, das uns alle mit sich gerissen hat.

Aber irgendwo in diesem Mechanismus gab es eine Stelle, an der die Zahnräder ins Leere griffen, und dadurch konnten sie ins Stocken geraten, was das Bewegungsmoment verändert hätte.

Zacharias fragte sich, ob das eine angemessene Metapher war. Vielleicht. Vielleicht auch nicht. Er musste zugeben, dass er nicht genau verstand, was hier geschah. Sein Instinkt sagte ihm, dass Lily recht hatte; ihre Worte *fühlten* sich wahr an. Möglicherweise ging diese Erkenntnis auf das zurück, was Lily »erwachendes Potenzial« genannt hatte.

Er machte einen Schritt nach vorn und sah sich selbst, wie er sich sonst nie sah: hilflos im Rollstuhl, die Augen halb geschlossen, der Körper schwach und größtenteils gelähmt. Der Mann, der dort im Rollstuhl saß, angeschlossen an ein Interface-System, das ihn mit Florences Liege und über sie mit Lily verband, schien kaum fünfzig Kilo zu wiegen, und das blasse, faltige Gesicht wirkte greisenhaft.

Von einem Augenblick zum anderen fühlte Zacharias das enorme Gewicht des Moments. Hier ging es nicht darum, eine Entscheidung zu treffen, die er mit seinem Gewissen und auch dem Gebot der Notwendigkeit vereinbaren konnte. Es musste vielmehr etwas vervollständigt werden, das ihm überhaupt erst die Möglichkeit gab, solche Entscheidungen zu treffen. Es galt, eine Lücke in der Kausalität zu füllen, und auch wenn ihre Größe mit anderen, ihm unvertrauten und sogar absurd erscheinenden Maßstäben gemessen werden musste: Er war dazu imstande, sie zu füllen, und diese Fähigkeit bestätigte die Worte, die er Penelope gegenüber ausgesprochen hatte, aber vor allem an ihn selbst gerichtet waren. Wir können tatsächlich wie Götter sein, dachte er. Menschen wie Götter. Hier im Space, der uns allen Freiheit bietet, können wir Dinge einfach nur deshalb geschehen lassen, weil wir sie geschehen lassen wollen. Wir können sie sogar nachträglich ändern, wie bei einer Reise in die Vergangenheit.

Darin lag enorme Macht. Und, hinter ihrem verlockenden Schein verborgen, drohten zahlreiche Fallen. Überheblichkeit führte zu den meisten von ihnen. Wir müssen lernen, mit dieser Macht umzugehen, dachte Zacharias, während er auf den Mann hinabsah, der er einmal gewesen war, auf einen Mann, der nicht einmal sprechen und nur mit den Augen schreiben konnte, sich aber mit den eigenen Gedanken selbst neu erschaffen hatte.

Er ging durch den Raum, und diesmal fühlte er nicht einmal den Widerstand der unbewegten Luft. Der Instrumentenwagen beim Fenster war sein Ziel, neben dem Konzernpolizisten, der wie eine blaue Statue vor den geschlossenen Jalousien aufragte. Es gab noch Fragen, erinnerte er sich. Er wusste noch längst nicht alles über Genesis, aber vielleicht gelang es ihm mit Florences Hilfe, Zugang zu seinen Erinnerungen an das Projekt zu erhalten. Und wenn nicht … Hier endete ein Kapitel ihres Lebens, auch wenn einige Fragen offen blieben. Ein neues begann. Das Netz der Welten war frei; vom Seelenfänger drohte keine Gefahr mehr.

Er erreichte den Instrumententisch, nahm einen Injektor und überprüfte das kleine Gerät. Dann ergriff er eine der Ampullen, die eine klare Flüssigkeit enthielten – Dr. Anderson hielt immer eine Tetranol-Reserve griffbereit, wenn Traveller auf der Reise waren.

Als er die Ampulle in den Injektor schob, reagierte sein Radar auf etwas, und er zögerte, ließ weitere kostbare Sekunden verstreichen. Er sandte ein Ping aus, nicht in den lokalen Äther, sondern viel weiter, ins Netz der Welten, und er bekam ein Echo aus der Ferne, so schwach, dass es ihm nur mitteilte: Hier ist etwas. In einem Anflug von kalter, das Herz umklammernder Furcht dachte er, dass Penelope entkommen war und er vielleicht eine von ihr verursachte subtile Veränderung in den Grundmustern des Netzes gespürt hatte. Aber das Radar zeigte ihm eine andere Richtung an; das Echo war nicht von dort gekommen, wo er Penelope zurückgelassen hatte.

Du vergeudest wertvolle Zeit, ermahnte er sich und kehrte mit dem Injektor zum Rollstuhl zurück.

Die Augen des anderen Zacharias waren nicht mehr halb offen, sondern geschlossen. Er hatte sich bewegt, hier in diesem gefangenen, erstarrten Moment.

Vorsichtig setzte er ihm den Injektor an den Hals und betätigte den Auslöser. Ein leises Zischen brachte den Inhalt der Ampulle in den Blutkreislauf des Gelähmten.

Zacharias blickte auf den Mann im Rollstuhl hinab und rechnete fast damit, selbst etwas von dem Tetranol zu spüren, das er sich gerade injiziert hatte. Aber es wirkte sich bei jemand anderem aus, bei einem Mann in einem Holzhaus auf der Kuppe eines Hügels, bei jemandem, der gerade erst mit einer langen Reise begonnen hatte, die seltsamerweise hier endete, an ihrem Anfang.

Der Kreis schließt sich, dachte er. Er ist komplett.

Als er zur weißen Tür ging, die ihn hierhergebracht hatte, sah er noch einmal auf sein Radar. Es zeigte keine Echos mehr an, doch irgendwo in weiter Ferne war etwas geschehen, hatte sich etwas verändert. Seine Synästhesie präsentierte ihm einen bitteren Geschmack, begleitet von einer Dissonanz – eine Warnung.

Aber es hatte nichts mit dem Seelenfänger zu tun, und das genügte ihm vorerst.

Zacharias trat durch die weiße Tür. Es wurde Zeit für eine andere Rückkehr.

Epilog

Unten beim Fluss brannten Lichter wie vom Himmel gefallene Sterne, obwohl diese Welt keine Sterne hatte, sondern ein goldenes Gespinst am Himmel. Einige von ihnen bewegten sich: Lampen an Bord von Booten und kleinen Schiffen, mit der Strömung nach Westen unterwegs, als wollten sie versuchen, die untergegangene Sonne einzuholen. Auf der linken Seite tanzten weitere Lichter in der Nacht, nur einige wenige, und als Florence genauer hinsah, erkannte sie in ihrem Schein mehrere Gestalten, die die lange Treppe am steilen Hang des Tafelbergs emporstiegen. Mit dem Aufzug, bei dem sie wartete, schien erneut etwas nicht in Ordnung zu sein. Sie zog am Signalseil, doch das andere Seil, hier oben mit einer kleinen Glocke verbunden, rührte sich nicht.

»Kommt der Aufzug nicht?«, fragte der neben ihr stehende Knabe.

»Ich fürchte, er ist defekt, Lucius«, sagte Florence und deutete zu den Laternen, die über die Treppe näher kamen. »Vielleicht kommt Malena mit der Gruppe dort. Estell, bitte klettere nicht aufs Geländer, das ist gefährlich!«

»Schade«, sagte Lucius traurig. »Ich habe mich auf die Fahrt mit dem Aufzug gefreut.« Sanfter warmer Wind spielte mit seinem Haar, das ebenso blond war wie das seiner

Schwester Estell. Beide Kinder waren fünf Jahre alt; Florence hatte fast neun Monate nach ihrer Ankunft in Zuflucht Zwillinge zur Welt gebracht.

Estell kam näher, trat nach einem Stein und beobachtete, wie er über den Rand der Klippe flog.

»Wie oft habe ich dir gesagt, dass du das nicht tun sollst?«, sagte Florence scharf. »Stell dir vor, ganz unten steht jemand, dem der Stein auf den Kopf fällt. Würde es dir gefallen, einen Stein auf den Kopf zu bekommen?«

Das Mädchen zuckte die Schultern. »Ich stehe hier oben.«

Im Gegensatz zum bedächtigen Lucius war Estell ein Wildfang, immer in Bewegung, immer auf der Suche nach etwas, mit dem sie sich beschäftigen konnte. In ihrem Leben schien es nie einen ruhigen Moment zu geben. Manchmal fiel es selbst der unendlich geduldigen Malena schwer, mit ihr fertigzuwerden. Sie kümmerte sich oft um die Zwillinge, wenn Florence damit beschäftigt war, die Ruinenstadt zu erforschen. Eigentlich hatte sie mit dem Aufzug kommen und die Kinder abholen sollen, um sie zur kleinen Siedlung am Fuß des Tafelbergs zu bringen; stattdessen mussten sie den viel längeren und beschwerlicheren Weg über die Treppe nehmen.

Eine Glocke läutete, und für einen Moment dachte Florence, dass es der Aufzug war, dass ihn die Leute unten repariert hatten und nach oben schickten. Doch als Estell losrannte, begriff sie, dass das Läuten aus der nahen Ruinenstadt kam, und elektrisierende Aufregung erfasste sie. War es gelungen, das Portal zu öffnen?

Rasch folgte sie Estell, und Lucius lief neben ihr.

Zwischen den Mauerresten erschien eine Gestalt im matten Schein der Öllampen.

»Navarro?«, rief Florence von Weitem.

»Navarro ist unten«, antwortete die Gestalt, und Florence erkannte die Stimme von Geritus, einem Legaten von Lassonde. »Wir haben etwas gefunden!« Mit »wir« meinte er die insgesamt vier »Archäologen« – so nannten sie sich selbst, obwohl sie eigentlich nur im Dreck herumwühlten –, die seit fast einem Jahr den größten Teil ihrer Zeit damit verbrachten, in der Ruinenstadt nach Spuren der verschwundenen Bewohner zu suchen.

Also nicht das Portal, dachte Florence enttäuscht. »Was?«

»Eine Zeitkapsel! Navarro hat sie bereits geöffnet.«

Damit hätte er warten sollen, verdammt!, fuhr es Florence durch den Sinn. Kaum bin ich fünf Minuten weg …

Sie holte Estell ein und hielt sie fest. »Bitte pass auf die Kinder auf, Geritus. Malena ist auf dem Weg hierher und holt sie ab.«

»Aber ich würde gern sehen, was …«

Florence war bereits auf dem Weg zur freigelegten Rampe. »Bitte!«, rief sie über die Schulter. »Sie müsste in ein paar Minuten hier sein. Ich habe die Lichter auf der Treppe gesehen.«

Eine Laterne hing an einem Mauervorsprung und schwankte im leichten Wind. Florence eilte an dem großen Schutthaufen vorbei, der an die Ausgrabungen der letzten Tage erinnerte, und die Rampe hinunter: ein schmales Band aus grauem, betonartigem Material. Eine Zeitkapsel, dachte sie. Eine Botschaft aus der Vergangenheit. Vielleicht mit einem Hinweis darauf, wie sich das Portal öffnen ließ.

In einer Tiefe von etwa zehn Metern eilte sie durch den Gang, der zum Hauptraum führte, atmete warme, staubige Luft und stieß in ihrer Hast mehrmals gegen Balken, mit denen sie die brüchige Decke abgestützt hatten. Dem Knirschen über ihr schenkte sie keine Beachtung; es hörte sich schlimmer an, als es in Wirklichkeit war.

»Navarro?«

»Wir sind hier!«, ertönte es vorn.

»Rührt nichts an, hört ihr?«, rief Florence.

»Du wirst staunen«, antwortete Navarro. »Dies hier …«

Seine Stimme verklang.

Für einen Moment zögerte Florence, von einer seltsamen Furcht erfasst. Dann lief sie noch schneller und brachte die letzten Meter zum Hauptraum hinter sich.

Mehrere Öllampen brannten dort und drängten die Dunkelheit zurück. Der Boden war mit Fliesen ausgelegt, und einige von ihnen hatten sie herausgeschlagen. Darunter befanden sich kleine Hohlräume, in ihnen manchmal Objekte, deren Zweck ein Rätsel blieb. Es handelte sich nicht um Instrumente oder Werkzeuge, wie sie sie in und unter den anderen Gebäuden der alten Stadt gefunden hatten, aber ihre Präsenz deutete vielleicht darauf hin, dass der »Schatz« in der Nähe war, dessen Existenz sie seit Monaten vermuteten: eine Art Vorratskammer, gefüllt mit der Technik jener Menschen, die einst hier in Zuflucht gelebt hatten und dann, vor Jahrhunderten, verschwunden waren. Von ihnen stammten die meisten der Werkzeuge, die das tägliche Leben der vor fast sechs Jahren von Prisma geflohenen Traveller und Legaten erleichterten. Sie lebten noch immer unter recht primitiven Verhältnissen, denn aus irgendeinem

Grund widersetzte sich Zuflucht Veränderungen. Einfache Dinge wie Material für den Bau von Hütten konnten die Traveller relativ leicht erdenken, aber alles, was darüber hinausging, erforderte große Anstrengungen. Für die Flüchtlinge war alles schwerer gewesen, als es sich Zacharias damals vorgestellt hatte.

Der junge Navarro, sein Haar schwarz wie die Nacht, saß im Schneidersitz auf dem Boden, neben einem weiteren geöffneten Hohlraum. Als Florence näher kam, stellte sie fast, dass er besonders groß war und offenbar den Zylinder enthalten hatte, der mit abgeschraubtem Verschluss neben Navarro lag.

»Weg von dem Portal, Janow«, sagte Navarro plötzlich und starrte auf das entfaltete Dokument in seinen Händen.

»Was?« Der kleine Janow – er war kaum größer als Florence – stand vor dem grauen Oval in der einen Wand des Hauptraums und hatte beide Hände auf die unterschiedlichen Strichmuster gelegt, die Geritus als Erster von ihnen für Codesequenzen gehalten hatte. Janow wurde nicht müde, immer wieder unterschiedliche Kombinationen des Codes auszuprobieren. Stunden konnte er auf diese Weise verbringen, und sein einfaches Gemüt erfreute sich dabei an den bunten Lichtern, die gelegentlich über das Oval krochen.

»Weg vom Portal, Janow, *sofort*!«, wiederholte Navarro scharf.

Janow trat erschrocken einen Schritt zurück.

»Was ist los?«, fragte Florence. »Geritus hat eine Zeitkapsel erwähnt. Meinte er das da?« Sie zeigte auf den Zylinder.

»Eine Zeitkapsel?« Navarro sah zu ihr hoch. »Ja, so könnte man es nennen. Sie enthielt das hier. Sieh es dir an.« Er reichte Florence das Dokument.

Sie nahm es entgegen und sah auf einen Text, der für ein oder zwei Sekunden überhaupt keinen Sinn zu ergeben schien. Dann veränderten sich die Zeichen und bildeten verständliche Worte. Florence erinnerte sich an das Buch in der Festung, dessen Schrift zuerst ebenfalls aus wirren Schnörkeln bestanden hatte, bevor sie in der Lage gewesen war, den Text zu lesen.

Sie las, und schon nach den ersten Sätzen breitete sich ein Gefühl der Leere in ihr aus.

Geräusche kamen aus dem Gang, durch den sie eben geeilt war. Sie achtete nicht darauf, las weiter und sagte schließlich: »Wir müssen das Portal zumauern.« Sie wagte es kaum, den Blick darauf zu richten. »Solange es frei zugänglich ist, könnte es durch einen dummen Zufall geöffnet werden.«

Navarro deutete auf das Dokument. »Hältst du das für authentisch? Glaubst du, was da geschrieben steht?«

»Ich schätze, wir können es uns nicht leisten, daran zu zweifeln.«

Stimmen erklangen, und nur einen Moment später lief Estell in den Hauptraum, gefolgt von Lucius und dem vierten Mitglied der Archäologengruppe.

»Geritus«, begann Florence verärgert, »ich habe dich doch gebeten … Estell, rühr auf keinen Fall das Portal an!« Mit einigen raschen Schritten war sie bei ihrer Tochter und hielt sie fest, was sie in unangenehme Nähe des Portals brachte. Sie wich davon zurück und zog Estell mit sanftem Nachdruck mit sich.

»Ich weiß, Florence«, sagte Geritus und lächelte sonderbar. »Aber ich habe jemanden mitgebracht.«

Malena kam herein, und Florence sagte: »Bitte bring die Kinder nach oben. Wir …« Dann versagte ihre Stimme.

Hinter Malena betrat ein großer, schlanker Mann den Hauptraum und hielt den Kopf zunächst gesenkt, sodass sie sein Gesicht nicht sehen konnte. Als er ihn hob …

»Ich habe dich für tot gehalten!«, entfuhr es Florence.

»Ich weiß«, sagte der Mann und kam langsam näher. Er war älter geworden, nicht viel, aber ein bisschen, und sein Blick wirkte anders, reifer. Wilde Freude und Zorn rangen in Florence miteinander.

»Fast sechs Jahre lang habe ich geglaubt, dass du gestorben bist!«

»Ich weiß.« Der Mann blieb vor ihr stehen. »Tut mir leid. Es ging nicht anders.«

»Fast *sechs* Jahre!« Florence hob die Faust und hielt sie dicht vor die Nase des Mannes. »Ich sollte …«

»Ich bin nicht Kronenberg.« Der Mann lächelte. »Hallo, Flo.«

»Hallo, Zach.« Plötzlich war die Freude viel größer als der Zorn, und sie umarmte Zacharias. »Sechs lange Jahre«, flüsterte sie ihm ins Ohr.

»Ich wäre eher gekommen, vielleicht nach ein paar Monaten«, erwiderte er leise. »Sobald der Seelenfänger keine Gefahr mehr darstellte. Aber der Ereigniswinkel ist recht groß.«

Florence fiel plötzlich etwas ein. Sie wich zurück und deutete auf Lucius und Estell. »Darf ich dir deine beiden Sprösslinge vorstellen? Du bist seit fünf Jahren Vater.«

»Was?« Zacharias machte große Augen. »Aber wie …«

»Ich muss dir doch nicht erklären, woher Kinder kommen, oder? Erinnerst du dich an eine Welt aus Schnee und Eis, an eine einfache Hütte mit einem herrlich warmen Bett?«

»Aber …«

»Lucius, Estell, dies ist euer Vater. Ich habe euch oft genug von ihm erzählt.«

Der stille, ruhige Lucius sah staunend zu ihm hoch, und Estell fragte: »Mama hat gesagt, dass du tot bist.«

»Lucius und Estell?«, wiederholte Zacharias.

»Ja«, sagte Florence leise. »Wie die Kinder der anderen Florence, die Salomo dir gezeigt hat.« Das war eine Verbindung, dachte sie. Jetzt gab es noch eine andere, und sie bestand aus dem, was sich hinter dem Portal befand.

Zacharias legte die Hände auf die Schultern der Zwillinge. »Ich bin nicht tot, wie ihr seht. Und ich komme erst jetzt, weil ich dafür sorgen musste, dass euch hier keine Gefahr mehr droht.« Er sah Florence an. »Der Seelenfänger fängt keine Seelen mehr, Flo. Ihr seid in Sicherheit.«

»Nein, das sind wir nicht.« Sie hielt ihm das Dokument hin. »Lies das.«

Zacharias las, und schon nach wenigen Sätzen wich das Lächeln von seinen Lippen. Er wurde immer ernster, sah schließlich zum Portal und sagte: »Wir müssen es irgendwie blockieren.«

Florence seufzte. »Morgen«, sagte sie und nahm Zacharias' Hand. »Dieser Tag war lang genug. Er hat fast sechs Jahre gedauert.«

Sie löschten die Laternen und verließen den Hauptraum. Als die Geräusche ihrer Schritte verklungen waren und sich

Stille ausbreitete, tanzte ein einzelnes kleines Licht über das graue Oval des Portals, verharrte kurz in der Mitte und verschwand.

Sie hatten es so warm und bequem wie in jener Nacht in der Hütte, umgeben von Eis und Schnee, aber niemand von ihnen fand zu wahrer Ruhe, und es lag nicht daran, dass fast sechs Jahre vergangen waren.

Draußen pfiff der Wind durch die Ruinen der alten Stadt, wie damals durch die kalten Schründe des nahen Gletschers. Florence lauschte seiner Stimme, dachte an Lucius und Estell, die in einem der anderen Zimmer schliefen, unbeschwert und froh darüber, plötzlich einen Vater zu haben. Vor allem aber dachte sie an das Portal und die Botschaft aus der Vergangenheit.

»Kannst du nicht schlafen?«, fragte Zacharias leise.

»Nein. Und du?«

»Ich habe sie gesehen, die Krehel.« Zacharias zögerte, und einige Sekunden lauschten sie beide dem Pfeifen des Winds. »Ich habe sie auf dem Basar von Takesch gesehen, in weiten Umhängen mit jadegrünen und opalblauen Pyramidenmustern. Und ich habe gesehen, wie sie dich entführt haben.«

»Nicht mich. Es war eine andere Florence.«

»Ja. Doch wie es scheint, könnten sie auch hierher kommen.«

»Das darf nicht geschehen. Wir müssen es verhindern.«

»Lily hat mich vor den Krehel gewarnt«, sagte Zacharias leise. »Sie meinte, die Krehel seien gefährlicher als der Seelenfänger.«

Florence drehte den Kopf und suchte Zacharias' Augen in der Dunkelheit. Es war schön, ihn zurückzuhaben; seine Nähe fühlte sich gut an. »Dass es ausgerechnet Penelope war …«

»Es ergibt einen gewissen Sinn, wenn man genauer darüber nachdenkt.«

Wieder folgte kurzes Schweigen, und diesmal schwieg auch der Wind. Es wurde so still, dass Florence Zacharias und sich selbst atmen hörte.

»Ich habe mir das Wiedersehen mit dir anders vorgestellt«, sagte Florence schließlich.

»Besser?«, fragte er. Es war so dunkel, dass sie nicht feststellen konnte, ob er lächelte.

»Oh, dies war gut genug.« Sie schlang den Arm um ihn, fühlte einen warmen Körper, gesund, voller Kraft, und dachte kurz an den anderen Zacharias im Rollstuhl, der nur noch eine ferne Erinnerung war. »Aber ich habe gehofft, wir hätten mehr Zeit für uns.«

»Mehr sorgenfreie Zeit.«

»Ja.«

»Es könnte eine falsche Botschaft sein«, sagte Zacharias, der natürlich wusste, was ihr durch den Kopf ging.

»Ich kann mir nicht vorstellen, dass sich jemand vor einigen Hundert Jahren einen solchen Scherz erlaubt hat«, sagte Florence.

»Das nicht. Aber wer auch immer die Botschaft in dem Zylinder der Nachwelt hinterließ: Er könnte sich geirrt haben.«

Florence rückte noch etwas näher an ihn heran. Draußen erklang erneut die Stimme des Winds, leise jetzt, kein Pfeifen, sondern ein sanftes Flüstern. Etwas knackte, und Florence horchte, aber das Geräusch wiederholte sich nicht. »Wäre es wirklich möglich, dass wir nur eine Simulation sind?«

»Wir haben oft über Realität und Space gesprochen, Flo. Über Wirklichkeit und Geisteswelten. Wir denken und fühlen, also existieren wir. Letztendlich kommt es nur darauf an.«

»Ja, aber wenn alles nur eine Illusion ist? Ich meine …«

»Ich weiß, was du meinst. Der Verfasser des Dokuments behauptet, dass die Krehel die Schöpfer des Weltennetzes sind, dass ihre Welt, ihr Universum, die Realität ist. Angeblich sind wir Teil eines überaus komplexen Computerprogramms.«

»Ein Experiment«, sagte Florence leise. »Er schrieb von einem Experiment.« Sie erschauerte plötzlich. »Und er verwendete denselben Namen: Genesis. Kann das ein Zufall sein?«

»Wer weiß.«

»Die Krehel haben damals all die Menschen aus dieser Stadt entführt. Durch das Portal. Was mag mit ihnen geschehen sein?«

»Vielleicht«, sagte Zacharias, »müssen wir es eines Tages öffnen, um Gewissheit zu erlangen und der Gefahr zu begegnen, bevor sie uns erreicht. Bis dahin sollten wir den Zugang blockieren.«

»Es ist eine Schnittstelle«, überlegte Florence laut. »Das Portal ist eine Schnittstelle. Ein Interface. Und seine Existenz bedeutet, dass es einen Weg auf die andere Seite gibt.«

Zacharias lachte plötzlich. »Ich würde gern sehen, wie

Lily reagiert, wenn sie erfährt, dass sie selbst nur eine virtuelle Realität ist.«

Florence zog die Stirn kraus. »Zacharias … Wie kannst du es so leicht nehmen und sogar darüber *lachen*?«

»Vielleicht haben mich die Krehel so programmiert?« Er lachte erneut und wandte sich ihr zu. »Flo, mein Schatz, ganz gleich, ob die Botschaft aus der Vergangenheit stimmt oder nicht: Dies ist ein neues Leben für uns. Ein Leben, das wir selbst bestimmen können. Wir können lachen oder weinen, und ich lache lieber.«

»Das ist die Frage: Wie weit können wir dieses Leben selbst bestimmen?«

»Flo … Du liegst mit dem besten Traveller der Foundation im Bett. Und Lily hat gesagt, dass sich mein wahres Potenzial gerade erst entfaltet. Wir werden mit allem fertig, keine Sorge.«

Diesmal sah Florence das Lächeln in der Dunkelheit und erwiderte vorgeblich scharf: »Lieber Himmel, das hat mir gerade noch gefehlt: noch mehr Hochmut. Hast du alle meine Lektionen vergessen?«

»Ich schätze, sie haben dabei geholfen, uns hierherzubringen. Dies ist der Anfang, Flo, nicht das Ende.«

Der Klang dieser Worte gefiel Florence, und sie spürte, wie die Sorgen langsam von ihr wichen. Schweigend hörten sie dem Wind zu, wie er leise zwischen den Ruinen der alten Stadt sang, deren Menschen einst von den Krehel verschleppt worden waren, und schließlich schliefen sie ein.

Stimmen in der Nacht

Etwas knackte unter Lucius' Füßen, und Estell verdrehte die Augen und hob den Zeigefinger vor die Lippen. *Sei leise*, sagten ihre Gedanken, und er nickte, obwohl er sich zurück ins Haus wünschte. Manchmal hörte er ihre Gedanken so klar und deutlich wie jetzt, wenn sie es wollte. Oft waren sie nur ein Raunen in seinem Kopf, begleitet von Bildern, und das fand Lucius angenehm, denn es bedeutete, dass seine Schwester immer bei ihm war, selbst dann, wenn sie voneinander getrennt waren. Er folgte ihr jetzt durch die Nacht, fort von dem Haus, und Lucius hatte bereits ein schlechtes Gewissen. Ihre Mutter hätte bestimmt nicht gewollt, dass sie allein durch die Nacht schlichen, und der Vater, den sie seit ein paar Stunden hatten, sicher auch nicht.

»Lass uns umkehren, Estell«, flüsterte er bei der Rampe.

Sie winkte ihn weiter und zündete unten, im dunklen Gang, eine Öllampe an. Mattes gelbes Licht vertrieb die Schatten.

»Ich habe Stimmen gehört«, sagte Estell leise. »Im Kopf.«

»So wie ich manchmal deine höre?«

»Ja. Komm und hab keine Angst.«

Für eine Umkehr war es zu spät; allein hätte sich Lucius nicht mehr durch die Nacht zurück zum Haus getraut.

Hier unten war alles still. Estell zündete auch die Öllampen im Hauptraum an und huschte zum Portal.

»Die Stimmen, sie kommen von hier«, sagte sie und berührte das graue Oval. Ein Licht erschien, genau in der Mitte.

»Was machst du da?« Lucius wurde immer unbehaglicher zumute. »Bitte, Estell, lass uns gehen.« Die Bilder, die in seinem Kopf erschienen, gefielen ihm nicht. Manche waren düsterer als die anderen und schienen gar nicht von seiner Schwester zu stammen.

»Komm«, sagte sie und winkte ungeduldig. »Leg die Hände auf diese Striche, hier und hier.«

»Aber warum …«

»Na los, mach schon«, drängte Estell. Sie schien es plötzlich sehr eilig zu haben.

Lucius legte die Hände an die Stellen, die seine Schwester ihm zeigte. »Und jetzt?«

»Wart's ab.« Estell schien zu lauschen und auch etwas zu hören, obwohl es völlig still blieb, denn sie nickte und berührte andere Striche am Rand des grauen Ovals. Der Lichtpunkt in der Mitte tanzte und wurde heller, so hell, dass Lucius geblendet die Augen schloss.

Das graue Metall unter seinen Händen vibrierte und bewegte sich.

Erschrocken öffnete er die Augen wieder – das Portal schwang mit einem dumpfen Knirschen nach innen.

Dahinter stand jemand in der Düsternis: eine große Gestalt, die einen langen Kapuzenmantel trug. Langsam streckte sie eine Hand aus.

Estell lächelte und trat ihr entgegen.

Aus einer anderen Welt

Sie bekam Besuch. Penelope spürte es, als sie unten am Rand des Hügels entlangwanderte, dort, wo der Sand aufhörte und das Gras begann. Zwei Welten schienen an dieser Stelle aufeinanderzutreffen, und jetzt machte sich noch eine dritte bemerkbar, die ihre synästhetischen Wahrnehmungen durcheinanderwürfelte. Sie sah nach oben zum kleinen Holzhaus auf der Kuppe des Hügels. Eine Silhouette zeichnete sich dort ab; jemand stand neben der Hütte und beobachtete sie.

Hoffnung regte sich in ihr. Hundert Tage hatte sie an diesem gesperrten, vom Weltennetz getrennten Ort verbracht, vielleicht sogar tausend oder noch mehr. Kam jetzt jemand, um sie zu holen? Zacharias war es nicht; ein kurzer Blick auf ihr Radar genügt, um das zu erkennen – es zeigte nichts an. Aber vielleicht hatte er es sich anderes überlegt und jemanden geschickt.

Penelope eilte den Hang hinauf, der Gestalt entgegen, und als sie bis auf einige Meter herangekommen war, begriff sie plötzlich, dass dort kein Mensch stand. Das Gesicht des Fremden blieb unter einer purpurroten Kapuze verborgen, aber stumpfe Hörner ragten darunter hervor, und als die Gestalt den Kopf drehte, spiegelte sich der Sonnenschein auf glänzenden Schuppen wider.

»Wer bist du?«, fragte Penelope und fand es seltsam, dass die Gestalt nicht auf ihrem Radar erschien.

Der Fremde streckte die Hand aus. »Genesis schickt mich«, sagte er. Seine Stimme war ein dumpfer Bass, der in Penelope eine Vibration erzeugte. »Ich bin gekommen, um dich abzuholen.« Er streckte die Hand aus. »Möchtest du diesen Ort verlassen?«

»Ja.« Penelope trat näher und ergriff zögernd die dargebotene Hand. »Wohin bringst du mich?«

»Fort von hier«, antwortete der Fremde. »Wir brauchen dich.«

»Wozu?«, fragte Penelope.

»Du sollst Seelen für uns fangen.«

∞

Hier lag er und träumte einen Traum voller Gedanken, und jeder Gedanke steckte voller Leben.